देख कबीरा रोया

स्थापित 1912
100 वर्षों की
श्रेष्ठ प्रकाशन परम्परा
राजपाल

₹ 565
ISBN : 9789386534491
संस्करण : 2023
DEKH KABIRA ROYA (Biographical Novel)
by Bhagwatisharan Mishra
मुद्रक : जी. एस. ऑफसेट, दिल्ली

राजपाल एण्ड सन्ज़
1590, मदरसा रोड, कश्मीरी गेट, दिल्ली-110006
फोन : 011-23869812, 23865483, 23867791
website : www.rajpalpublishing.com
e-mail : sales@rajpalpublishing.com
www.facebook.com/rajpalandsons

देख कबीरा रोया

भगवतीशरण मिश्र

राजपाल

प्रस्तावना

कबीर के व्यक्तित्व और कृतित्व को लेकर एक औपन्यासिक कृति प्रस्तुत करना बहुत आसान नहीं है।

इस प्रयास में मैं गत चार वर्षों से लगा रहा। 1992 में आरंभ हुई यह कृति, 1996 के अंत में पूर्ण हुई।

बीच में और उपन्यास आते रहे पर कबीर पर कार्य जारी रहा। उनसे संबंधित स्थानों के भ्रमण के अलावा उनके और उनके जीवन से संबंधित साहित्य के अध्ययन का क्रम चलता रहा!

काशी के कबीर-चौरे पर परामर्श-विमर्श से प्रसन्नता हुई तो वहीं के लहर-तालाब (शिशु-कबीर का प्राप्ति-स्थान) की दुःस्थिति को देखकर रुलाई भी आई। संगमरमर की चंद चट्टानें खड़ी कर देने और उन पर कबीर-संबंधी विद्वानों की उक्तियों को उद्धृत करके ही क्या मिल सकता है जब सरोवर निरंतर अतिक्रमण का आखेट होता जा रहा है। अनेक मठों में चलती मनमानी और अनेक मठाधीशों के कबीर-साहित्य संबंधी अज्ञान और दुराग्रह ने मन को मरोड़ा।

पंथ की विभिन्न शाखाओं-प्रशाखाओं के मध्य मूल-वृक्ष का अन्वेषण ही कठिन हो गया।

कबीर के जीवन को लेकर प्रामाणिक सूचनाओं के अभाव में आज से प्रायः साढ़े पांच सौ वर्ष पूर्व उत्पन्न संत कवि के जीवन को लेकर कथा बुनना एक चुनौती-भरा कार्य था जिसे मैंने दायित्वपूर्ण तरीके से निभाने का प्रयास किया है।

उनके साहित्य को लेकर डॉ. हजारीप्रसाद द्विवेदी और डॉ. रामकुमार वर्मा के अलावा दर्जनों शोधकर्ताओं की कृतियां उपलब्ध हैं पर उनके जीवन-पक्ष पर सामग्री प्रस्तुत करने का साहस किसी ने नहीं किया। किसी ने कुछ किया भी तो वह कई कबीर-पंथियों के कोप का शिकार भी बना। डॉ. रामकुमार वर्मा ने उनके जीवन के रहस्यों पर से कुछ पर्दा उठाने का प्रयास किया तो कुछ मठाधीशों द्वारा भरपूर गालियां खाईं।

कबीर के वैवाहिक जीवन को लेकर विशेष विवाद रहा। कुछ मान्य लेखक उन्हें विवाहित मानते हैं तो कुछ उनके साथ दो पत्नियों का भी नाम जोड़ते हैं—लोई और धनिया का।

कट्टर कबीरपंथी उन्हें बालब्रह्मचारी मानते हैं और वैवाहिक होने की बात को पंथ

के लिए अपमानजनक समझते हैं। इसकी कोई तुक समझ में नहीं आती। विवाहित होने से भक्ति किधर से प्रभावित होती है? अनेक संत-सुधारक गृहस्थ रहे हैं कि नहीं?

मैंने इस विवाद और धनिया-लोई प्रकरण को एक तार्किक एवं विश्वसनीय स्वरूप दिया है। लोई को मैंने कबीर की विधिवत् विवाहिता पत्नी माना है और धनिया को एक ऐसे चरित्र के रूप में उभारा है जिससे कबीर के व्यक्तित्व को उदात्तता ही प्राप्त होती है। इस रहस्य को अभी रहस्य ही रहने देता हूं। पुस्तक के परायण के दौरान वह स्वतः स्पष्ट होता जाएगा।

कबीर के जीवन पर कबीरपंथियों द्वारा रचित पुस्तकें सूचनापूर्ण तो हैं नहीं, आद्यन्त अविश्वसनीय और असंख्य चमत्कारों से भरी हैं। 'कबीर-मंसूर' नामक महाग्रंथ तो इसमें सर्वाधिक अग्रणी भूमिका निभाता है। बिना अंदर देखे उस पुस्तक को खरीदकर मैं अपव्यय का ही दोषी हुआ।

'कबीर-चौरा' काशी के मठाधीश गंगाशरण शास्त्री की जीवनीपरक पुस्तक कुछ हद तक प्रामाणिक प्रतीत होती है पर उसमें भी चमत्कारों की अधिकता ने उसे अविश्वसनीय बना दिया है।

अंग्रेजी की एक पुस्तक मिली पर उससे कुछ हाथ नहीं लगा।

चमत्कारों से मुझे चिढ़ नहीं है। मैं उनका साक्षी भी रहा हूं। मेरी एक सत्य घटनाओं पर आधारित पुस्तक भी है, 'बंधक आत्माएं'।

किंतु चमत्कारों की भी, विशेषकर, व्यक्ति-विशेष के जीवन में एक सीमा होती है। अब किसी मरणधर्मा व्यक्ति के समक्ष साक्षात् विष्णु को ही करबद्ध खड़ा कर देना कैसा लग सकता है? अथवा जो कबीर जीवन-भर अवतारों को नकारता रहा उसे शिव का ही अवतार घोषित कर देना कौन-सा न्याय है?

कबीर के जीवन को मैंने नितांत चमत्कारहीन ही नहीं माना है। जब अघोरी और सामान्य तांत्रिक चमत्कार कर सकते हैं तो एक परम समर्पित राम-भक्त चमत्कारी नहीं होगा, यह कैसे कह सकते हैं?

पर मेरे चमत्कार बहुत चौंकाने वाले नहीं हैं। वे स्थान और व्यक्ति के सर्वथा अनुकूल हैं और उनका अस्तित्व इस पुस्तक में दाल में नमक से अधिक नहीं है। पाठक इन्हें पढ़कर नाक-भौं सिकोड़ने की स्थिति में नहीं आएंगे, यह मैंने सुनिश्चित किया है। साथ ही इन एक-दो चमत्कारों के आधार भी हैं। वे नितांत कल्पना-प्रसूत नहीं हैं।

कबीर एक संत के अलावा एक महान् समाज-सुधारक भी थे। जिस सामाजिक न्याय की बात आज की जाती है उसका प्रबल पक्षधर आज से साढ़े पांच सौ वर्षों से अधिक पूर्व ही पैदा हो चुका था। समानता और सांप्रदायिक सद्भावना का प्रथम शंखनाद कबीर ने ही किया था।

उनके व्यक्तित्व के इस अनूठे पक्ष के साथ भी पुस्तक में पूर्ण न्याय किया गया है।

कबीर के व्यक्तित्व का सबलतम पक्ष है उनका कवि-रूप। इस आशु कवि की चेरी थी कविता। अनुचर थे इसके शब्द और अलंकार। यद्यपि जान-बूझकर अलंकारों

का प्रयोग इसने कभी नहीं किया।

आशु कवि के साथ-साथ आम आदमी के कविं थे कबीर। आश्चर्य है कि आज आधे हजार वर्ष के अधिक के उपरांत भी प्रायः हर पढ़ा-लिखा अथवा नितांत निरक्षर भट्टाचार्य भी कबीर की एक-दो साखियों को अवश्य जानता है, भले ही उसे यह ज्ञात नहीं हो कि वे कबीर की ही उक्ति हैं क्योंकि सबमें कबीर का नाम नहीं आता। उदाहरण के लिए—'निंदक नियरे राखिए⋯।' और 'ढाई आखर प्रेम⋯।' की उक्तियों से आज भी कौन परिचित नहीं?

कबीर की प्रतिभा के इस पक्ष को भी पूर्णतया उजागर करने का प्रयास इस पुस्तक में किया गया है।

कबीर की 'साखियों', 'रमैनियों' आदि के रूप निरंतर परिवर्तित होते गए हैं। यहां विशुद्ध प्रामाणिकता की अपेक्षा व्यर्थ है। कबीर की रचनाओं पर उपलब्ध अनेक संग्रहों में से जो सामग्री अधिकतम ग्राह्य लगी है उसी का उपयोग इस औपन्यासिक कृति में किया गया है।

'बीजक' की प्रामाणिकता अभी तक संदिग्ध ही है, अतः उसकी तरफ मैं बहुत मुखातिब नहीं हुआ हूं।

कबीर की उलटवांसियों से कौन परिचित नहीं—

"कबीरदास की उलटा बानी, बरसै कंबल भीजैं पानी"—

यह सामान्य जन भी बोलता है। इन उलटवांसियों का भी कुछ स्वाद यहां मिलेगा।

पुस्तक में यत्र-तत्र श्रीमद्भागवद्गीता के उद्धरण मिलेंगे। यों तो कुरान-शरीफ के भी मिलेंगे पर गीता पर अधिक बल मिलेगा। इसका कारण गीता के प्रति मेरी विशेष दुर्बलता नहीं अपितु गीता और कबीर दोनों की, मेरी कुछ ही सही, जानकारी को जानना चाहिए। गीता भक्ति-योग, ज्ञान-योग और कर्म-योग तीनों का आदर्श संगम प्रस्तुत करती है तो कबीर भी एक श्रेष्ठ भक्त, अप्रतिम कर्म-योगी और अद्‌भुत ज्ञानी हैं। अगर किसी तरह वे गीता के सिद्धांतों से परिचित हो आए हों और उन्हें अपने व्यक्तित्व और कृतित्व दोनों में उतार दिया हो तो मैं गीता के प्रति पक्षपात का दोषी नहीं कहा जा सकता।

संक्षेपतः यह कि कबीर क्या-क्या थे, क्या नहीं थे इसका पता इस औपन्यासिक कृति से बहुत सीमा तक अवश्य मिलेगा।

इस पुस्तक की भाषा के संबंध में अंतिका के रूप में 'कबीर-उवाच' में कबीर स्वयं बोलते हैं। इस संबंध में उन्हीं का कथन ग्राह्य होना चाहिए।

मेरी अनेक औपन्यासिक कृतियों का शिल्प-विधान अपना है। मेरे शिल्प को पूर्णतया खुल खेलने का सुअवसर तो कबीर प्रदान करने से रहे फिर भी उसकी बानगी यत्र-तत्र मिल ही जाएगी।

अंत में, इतना तो मानना ही पड़ेगा कि यह एक औपन्यासिक कृति है, ऐतिहासिक नहीं। ऐतिहासिकता चाहे इसमें जितनी उपलब्ध हो पर इसे इतिहास-ग्रंथ की संज्ञा तो

नहीं ही दे सकते। फिर भी कबीर के संबंध में जो कुछ ऐतिहासिक साक्ष्य मिल सकता था, आधार-सामग्री के रूप में उसी का प्रयोग हुआ है। औपन्यासिक पुस्तक की प्रामाणिकता पर जितना विश्वास उचित है इससे कम का दावा मैं नहीं करता पर पुस्तक की सफलता निहित है इसकी प्रासंगिकता में। आज साढ़े पांच सहस्त्र वर्ष बाद भी कबीर कितना प्रासंगिक हो उठे हैं, यह इस पुस्तक के अध्ययन के पश्चात् ही ज्ञात होगा।

राजपाल एंड संस के स्वत्वाधिकारी श्री विश्वनाथजी कबीर के अत्यंत प्रेमी हैं। स्व. अमृतलाल नागर से भी उन्होंने कबीर पर उपन्यास लिखने का आग्रह किया था पर उनके काल-कवलित हो जाने के कारण यह योजना धरी रह गई। पुनः मुझसे उन्होंने इस संबंध में बार-बार आग्रह किया। कोई चार वर्षों बाद ही सही, मैं उनकी अभिलाषा की पूर्ति कर सका, इसका मुझे हर्ष है।

इस पुस्तक के लिए सामग्री संयोजन में मु. नसीम, राजभाषा विभाग, पटना का विशेष सहयोग रहा। इस मज़हब-प्रेमी और धर्म-भीरू व्यक्ति की तत्परता का मैं कायल हूं।

भागनेय 'धनु' मेरा सबसे अल्प-वय पाठक है। मेरी कृतियों में उसकी अभिरुचि प्रशंसनीय रही है। बहन गीता और उनके पति श्री श्रीनिवास पांडेय की आत्मीयता मेरे साहित्यिक प्रयासों में सदा सहायक रही है।

डॉ. शिवनारायण आशीर्वादार्ह हैं।

इसकी पांडुलिपि के टंकक श्री त्रिपुरारी प्रसाद की त्वरा और तत्परता ने इस पुस्तक को शीघ्र प्रकाश्य बनाया। उनका साधुवाद।

अन्य बहुत सारे मेरे शुभेच्छुओं, जिनमें भागनेय वैजनाथ भी सम्मिलित हैं, के प्रति मेरा आभार। विशेषतः, अपने पाठक-वर्ग के प्रति जो निरंतर मेरी नई कृति की आतुर प्रतीक्षा करता है, कृतज्ञता-ज्ञापन के लिए मुझे शब्द नहीं मिल रहे।

अंत में उस राम के प्रति अपार श्रद्धा-समर्पण, जिस पर जितना कबीर का दावा था उससे कुछ कम मैं अपना नहीं मानता।

अस्तु।

विजया दशमी, 1996

भगवतीशरण मिश्र

देख कबीरा रोया

1

मैं कबीर, जाति-पांति का पता नहीं, धर्म-संप्रदाय में आस्था नहीं, जिह्वा पर लगाम नहीं, सीधे को उलटा और उलटे को सीधा कहने का आदी, उलटवांसियों के लिए ख्यात-कुख्यात, आज चला हूं लिखने अपनी आत्मकथा—अपनी राम-कहानी।

आप पूछिएगा यह आत्मकथा है कि प्रेतकथा—भूतगाथा? आज से साढ़े पांच सौ वर्षों से भी पूर्व इस धरा-धाम को छोड़ गया यह आदमी आज अपनी आत्मकथा कैसे लिखने लगा?

सच पूछिए तो मैंने कभी लिखा नहीं—अपने जीवन काल में भी। 'मसि कागद छुओ नहीं', इस मेरी प्रसिद्ध उक्ति से आप भी अनभिज्ञ नहीं। जब पढ़ा ही नहीं तो लिखता क्या? जो स्याही, कागज से भी दूर रहा वह क्या खाक पढ़ता व लिखता? ऐसे भी पढ़ाई के प्रति मेरी धारणा से बच्चा-बच्चा परिचित है, भले ही इस उक्ति का बहुतों ने अर्थ का अनर्थ कर दिया हो—

पोथी पढ़-पढ़ जग मुआ, पंडित हुआ न कोय।
ढाई आखर प्रेम का, पढ़ै सो पंडित होय॥

कहा न, इस उक्ति से बहुतों ने बहुत लाभ उठाया। अरे, मैं तो नैसर्गिक, निर्गुण प्रेम की बात कर रहा था—इल्हामी मुहब्बत की, खुदा की इबादत की और बहुत सारे मन-चले अपने और औरों को भटकाने के लिए ढोल पीटते चले--चलो जब कबीर साहब ही ढाई अक्षर को इतना महत्व दे गए तो फेंको पोथी-पतरा और करो प्रेम। इस भौतिक, स्वार्थपरक, सांसारिक प्रेम में ये इतने डूबे-उतराए, मरे-मिटे कि अब लगता है व्यर्थ ही बोल गया (लिख गया नही) ये पंक्तियां? पर अब पछताने से क्या होता है? जीभ से फिसल गई बात और तरकश से निकल गए तीर को कब वापस आना है?

खैर, बात कहां से कहां आ गई? मैं कह रहा था आपको, लग रहा होगा कि यह मुर्दा किधर से और कैसे बोलने लगा। बोलना तो बोलना, लिखने भी लगा। जिसने जीवन-भर लिखने की हिमाकत नहीं कि वह मरने के आधे हजार वर्ष बाद कागज-कलम लेकर कैसे बैठ गया? किस तन, किस हाथ से?

तो भाई मेरे, यहां मरता कौन है? मैंने कहा—'ना मैं हिन्दू ना मुसलमान।' मेरा यह कथन भी कुछ कम प्रसिद्ध नहीं; खैर, इस पर नहीं जाइए तो मेरी एक उक्ति को तो मानिएगा? उन दिनों नाथ संप्रदायी जोगी (योगी) खूब होते थे। अतः मैंने अपने को सबसे काट लिया, योगियों से भी, हिन्दुओं से और मुसलमानों से भी और बोल पड़ा—

जोगी गोरख-गोरख करैं, हिन्दू राम-नाम उच्चारैं।
मुसलमान कहैं एक खुदाई, कबीर को स्वामी, घट-घट बसाई॥

हां तो 'ना मैं हिन्दू ना मुसलमान'। हुआ न यह सिद्ध? मुसलमान कह लो तब भी अच्छा, हिन्दू कह लो तब भी वाह-वाह। पर मरता पूरी तरह दोनों में कोई नहीं। हिन्दू कहते हैं मरना क्या है? शरीर रहे न रहे, आत्मा कहीं जाती है? वह तो अजर, अमर, अविनाशी और न जाने क्या-क्या है। उसे न हथियार काट सकते, न आग जलाकर खाक कर सकती, न पानी गला सकता, न वायु ही उसका बाल-बांका कर सकती। मुसलमान कहते हैं रूहें शरीर छोड़ने के बाद पड़ी रहती हैं उस अंतिम दिन की प्रतीक्षा में जब खुदा सबकी करनी-धरनी का हिसाब लेगा।

तो यही मान लीजिए कि मेरी यह रूह, मेरी यही अमर-अनश्वर आत्मा सवार हो बैठी है एक बीसवीं सदी के मसि-जीवी-लेखक पर और उसी के माध्यम से मैं अपनी पीड़ा को अभिव्यक्ति देने पर पिल पड़ा हूं। हां, पीड़ा ही। अगर अंदर की पीड़ा मुझे अशांत और व्यग्र नहीं करती, मथ नहीं देती मेरे अंतस् को तो इतने दिनों तक शांत पड़ा रहा मैं क्यों कष्ट देने जाता बेचारे इस निरीह लेखक को?

हां, मेरी पीड़ा कुछ कम नहीं है। अथोर और अथाह है वह। जीवन-पर्यंत मैं सांप्रदायिकता, धर्मांधता के प्रति विद्रोह करता रहा, मुल्लाओं-पंडितों से लोहा लेता रहा, आम आदमी को इस व्यर्थ के आपसी विद्रोह के विरुद्ध आगाह करता रहा और आज दुर्भाग्यवश उसी सांप्रदायिकता, उसी धर्मांधता का नंगा नाच देखने को अभिशप्त हो गया हूं। रो रहा हूं मैं। सचमुच।

नहीं, आप मेरी भाषा पर नहीं जाइएगा। मेरी तो कोई खास भाषा रही नहीं। ठीक है पूरबिया था और बहुतों ने मेरी भाषा को भी पूरबिया कहा। पर कभी भी किसी बंधन का कायल नहीं रहनेवाला कबीर, भाषा के बंधन को ही कब अंगीकार करनेवाला था? अतः जब जो भाषा, जो शब्द जीभ पर चढ़ी उसे उगल गया। इस स्वतंत्रता, कह लीजिए स्वच्छंदता ही का अधिकार अब भी अपने पास सुरक्षित रखता हूं। अतः मेरी भाषा में कभी कोई खालिस उर्दू या फारसी का जुमला आ जाए या कभी संस्कृत के विशुद्ध तत्सम शब्द उतर पड़ें तो दोष आप मात्र इस अभागे लेखक को नहीं दीजिएगा। सारी करनी मेरी ही होगी। ऐसे भी, जिसको अपनी आत्मकथा को लिपिबद्ध करने के लिए बाध्य कर रहा हूं, उसे थोड़ी स्वतंत्रता तो देनी ही होगी। उसको कुछ खास शब्दों, किसी विशेष शैली-शिल्प से मोह होगा तो तृप्त करता जाए वह अपनी इस लालसा को भी। मुझे कोई एतराज, कोई आपत्ति नहीं। अंततः वह पंद्रहवीं-सोलहवीं शताब्दी का नहीं, बीसवीं सदी का प्रवक्ता है, अतः उसे तो आज की भाषा में, आपकी भाषा में ही बोलना-लिखना पड़ेगा? यह बात पृथक् कि अगर वह इस कबीर पर नहीं लिखता होता, उसकी जीवन-गाथा को नहीं गाता होता तो वह भाषा के संबंध में दुराग्रही भी हो सकता था और मौज में आता तो मेरी वर्णसंकरी भाषा को तिलांजलि दे विशुद्ध तत्सम शब्दों की माला गूंथकर रख देता और गुलाब के फूल के सदृश अपने संस्कृत-हिन्दी शब्दों से उर्दू-फारसी के शब्दों को कांटों की तरह चुन फेंकता। पर मुझे विश्वास है, वह ऐसा नहीं करेगा। मैं करने भी नहीं दूंगा। मुझे किसी खास जाति, किसी विशेष संप्रदाय, किसी भाषा-विशेष के प्रति राग-अनुराग नहीं रहा तो इसे भी इसकी इजाजत कैसे दूंगा? अतः

उसकी खिचड़ी भाषा को झेलने के लिए आपको प्रस्तुत रहना पड़ेगा। हां, वह इस बात के लिए स्वतंत्र है कि किस स्थान पर किस शब्द का और किस जगह पर किस शिल्प-शैली का प्रयोग करे। इतनी स्वतंत्रता तो उसे देनी ही पड़ेगी क्योंकि मैं कितना भी अंकुश दूं, वह अपनी चलाने से बाज थोड़े ही आएगा? कहा भी गया है न उस प्राचीन संस्कृत भाषा में कि कवि-लेखक निरंकुश होते हैं—निरंकुशाः कवयः।

अब इस वाक्य को भी तूल नहीं दे बैठिएगा कि यह निरक्षर कबीर देव-भाषा (संस्कृत) में कैसे बोलने लगा। अगर ऐसी बात आपके मन में उठी तो इसके पहले का मेरा सारा तर्क पानी का बुलबुला ही सिद्ध होगा न? अंतिम रूप में यह प्रकट ही कर दूं कि अंततः इस आत्मकथा में मेरे तो विचार-मात्र ही होंगे, भाषा बहुत हद तक उसकी ही होगी न? अब यह उसकी मुझ पर अतिरिक्त मेहरबानी होगी कि वह मेरी भावना, मेरे विश्वास, मेरी आस्था की भी कद्र करे और किसी एक भाषा की भंगिमाओं के प्रति दुराग्रही न हो जाए।

खैर, मैं अपनी पीड़ा की बात कह रहा था। यह पीड़ा ही इस अनर्गल (?) गाथा को प्रासंगिकता भी प्रदान करती है, नहीं तो बीसवीं सदी के अंतिम चरण में पंद्रहवीं सदी के किसी पात्र को अपने उपन्यास का नायक बना डालने के लिए इसके समीक्षक इसे कच्चे ही चबा डालेंगे। प्रासंगिकता आपके समीक्षकों का अति प्रिय शब्द है। तो प्रासंगिक है मेरी कहानी अपितु और ही अधिक प्रासंगिक हो आई है आज के परिवेश में—मेरी असह्य पीड़ा की पृष्ठभूमि में।

तो लड़ रहे हैं आज लोग। जाति के नाम पर, धर्म के नाम पर, संप्रदाय के नाम पर, मंदिर के नाम पर, मस्जिद के नाम पर, गिरजे और गुरुद्वारों के नाम पर। यहां तक की चमड़ी के रंग पर भी। अभी कुछ वर्ष ही पहले अमरीका के कई शहरों में श्वेतों और अश्वेतों का ऐसा संघर्ष हुआ जिसने तत्कालीन अमरीकी राष्ट्रपति के भविष्य को ही अंधकार में झोंक दिया। अफ्रीका की बात क्या करें? वहां तो काली चमड़ी, गोरी आंखों की लगातार भारी दुखदायी किरकिरी बनी रही।

खैर, विदेशों की बात छोड़िए। असल पीड़ा तो अपनी धरती, अपनी माटी को लेकर है। यों रूहों-आत्माओं के लिए कोई देश-विदेश नहीं होता। राष्ट्रों की सीमाएं-लकीरें आपकी खींची हुई हैं। एक अशरीरी आत्मा के लिए सारा विश्व ही अपना है पर फिर भी जहां पैदा हुआ, पला-पुसा, बड़ा हुआ, जिसे अपनी कर्मभूमि-रंगभूमि बनाया उसके प्रति कुछ विशेष राग तो स्वाभाविक है। मेरी इस दुर्बलता को आप अपनी उदारता से क्षमा कर देंगे, ऐसा विश्वास है मुझे।

हां, तो मैं अपने प्यारे देश के द्वारा दी जा रही पीड़ा की ही बात करूं। जिसने, हां जिसने ही मुझे अपनी आत्मकथा को लिखवाने को विवश किया है, लाचार कर दिया है।

कुछ इंगित तो ऊपर कर ही दिया है, पर पीड़ाएं अनेक हैं। आज की भाषा में कहूं तो विविध आयामी। अभी मैं सांप्रदायिकता की बात कर रहा था। इसे झेलता तो मैं विगत कई सौ वर्षों से आ रहा हूं, पर यह पीड़ा अब पराकाष्ठा छूने लगी है। उसका तो

पहले ले-देकर एक स्वरूप था—तथाकथित हिन्दू और मुसलमान अल्ला-हो-अकबर और बजरंग बली का नारा दे तलवारें टकरा देते थे, लोगों के जिगरों-पेटों में खंजरें उतार देते थे। जिस्मानी लहू की, शोणित की, नदियां बह चलती थीं। रैन-बसेरों—झोपड़ियों और महलों—तक को आग की लपटों के हवाले कर उन्हें खाक में मिला दिया जाता था। बेकसूर, बेगुनाह अबलाओं—माताओं और बहनों-बेटियों—की अस्मत-इज्जत को नाना प्रकार से, बेदर्दी से बर्बाद किया जाता था।

पर अब इस संप्रदायवाद के सर्प के कई मुख हो आए हैं। यह पौराणिक कालियनाग की तरह कई फनों का बन आया है। अब हिन्दू-मुसलमान ही आपस में लड़ते-कटते हों यह बात कहां रही? कभी अपने को हिन्दुत्व के घोर समर्थक घोषित करनेवाले, हिन्दुओं के लिए अनगिनत कुर्बानियां देनेवाले, अपने किशोरों तक को दीवारों में चुनवा देनेवाले मेरे परम श्रद्धास्पद नानक देव के शिष्य आज अपने को एक सर्वथा नई कौम मान उन्हीं हिन्दुओं को जिबह कर रहे हैं—गाजर-मूली की तरह काट रहे हैं। ए.के. 47 (यह आपके युग का नायाब आविष्कार है) से एक साथ दर्जनों बेगुनाहों-बेपरवाहों के जिस्मों के चिथड़े किए जा रहे हैं? बमों के विस्फोट द्वारा एक साथ अनेकानेक बेगुनाहों के शरीर के टुकड़े कर रहे हैं? प्रधानमंत्रियों और मुख्यमंत्रियों की धज्जियां उड़ाने के साथ, उनके साथ लगे अनेकानेक निर्दोषों के जिस्मों की धज्जियां उड़ा देते हैं। ये पागल हो गए हैं क्या—पूरी तरह विक्षिप्त? मैं समझ नहीं पाता। आदमी, आदमी के लहू से प्यास बुझाए यह तो शायद सभ्यता के आदिम काल में भी कभी-कभी ही होता था। मैं सोचता हूं और कांप जाता हूं। मेरी रूह थर्रा जाती है। ऐसे भी, शरीर में भी रहता तो रूह ही थर्राती। भावना, संवेदना से संबंध तो उसी का होता है।

रूह थर्रा जाती है कि ऐसा तो पशु भी नहीं करते—चौपाये। अपनी जाति-प्रजाति की रक्षा में ये भी अक्सर तत्पर और सावधान रहते हैं। आपका 'डार्विन' कह गया, आदमी बंदर से बना है। चलो, एक क्षण के लिए मान लो पर एक बंदर दूसरे बंदर की जान का दुश्मन कहां बनता है? वे तो बड़े प्रेम से बैठकर एक-दूसरे की जुएं चुनते हैं—पारस्परिक स्नेह दर्शाते हैं। दूसरे जीव उन पर आक्रमण करें तो एकजुट हो उन पर हमला बोल अपने पूरे झुंड को ही बचा ले जाते हैं। कभी-कभी आपस में थोड़ा-बहुत चीं-चपड़ कर लेते हों, वह अलग बात है, पर एक बंदर को छेड़ा नहीं कि बर्रे के छत्ते में हाथ दिया। सारे तुम्हारे पीछे पिल पड़ेंगे।

मैं सोचता हूं आदमी पशु से भी गया-बीता हो गया न? कभी होते होंगे कुछ नरभक्षी, कुछ बियावानों-घोर जंगलों में, पर अब तो 'कंक्रीट' के जंगलों—तथाकथित सभ्य नगरों-गांवों में रहने वाले भी नरभक्षी हो गए हैं। मेरी पीड़ा स्वाभाविक है, मनुष्य पशु (बंदर) से आदमी, क्या बनेगा, वह आदमी से पशु हो गया है—तमाशे का बंदर बन गया है।

इस संप्रदायवाद पर पुनः लौटूं इसके पूर्व प्रदेश-गत, राज्य-गत, भेद-भाव के आधार पर व्यर्थ में बहाए जा रहे खून के परनालों की बात कर लूं। मैंने कहा, मैं

विदेशों के झंझट में नहीं पड़ूंगा, अतः श्रीलंका और उसके जाफना और अन्य प्रदेशों में क्या हो रहा है, उसकी बात नहीं करूंगा। अपनी धरती पर जो कुछ हो रहा है वह इतना त्रासद और पीड़ाप्रद है कि दूसरों का रोना कौन रोए? मैं पूछता हूं क्या होता रहा अब तक प्रकृति के क्रोड़ में बसे, ब्रह्मपुत्र के समान महान् और पावन नद से पोषित अपने असम में? क्यों वे कुछ लोग जो तुम्हारी जमीन पर शरण लेने आ गए वे आदमी नहीं रहे? तुम्हारे बंधु-बांधव, तुम्हारे देशवासी होने से वे कैसे वंचित हो गए? कोई असमी नहीं होकर बंगाली, बिहारी या बंगलादेशी हो गया तब भी आदमी होने से वह किधर रह गया?

खैर, मेरी पीड़ा का सर्वाधिक कारण है कि जिस मंदिर-मस्जिद को मैं आजीवन अनावश्यक समझता रहा उसी को लेकर इस हिन्दुस्तान, इस भारतभूमि में विवाद की आंधी बहती रही। नर-संहार हुआ। किशोर और युवा तक अनावश्यक उत्साह में आ, धर्मांधों के भाषणों के प्रवाह में आ, अपना रक्त सरयू के पानी की तरह बहा गए। एक संप्रदाय दूसरे संप्रदाय के विरुद्ध अब भी अड़ा है—दो अड़ियल सांडों की तरह। अब इस मूर्खता पर मैं रोऊं नहीं तो क्या करूं? अरे मैं तो ठहरा निर्गुणिया, मेरा निर्गुण राम, घट-घट-वासी है। वह कहां किसी एक मंदिर, किसी एक पाषाण-मूर्ति में बसने-रमने गया? क्या मैंने गलत कहा था अपने जीवन काल में—

पाहन पूजे हरि मिलै, तो मैं पूजौं पहार।
ताते वह चाकी भली, पीस खाय संसार॥

और मस्जिदों को भी मैंने कहां बख्शा? अरे खुदा हो या भगवान, वह तो सर्वत्र व्याप्त है—तुम्हारे भीतर भी है तुम्हारे बाहर भी। तुमने कुछ सोचा नहीं, मांगा नहीं कि बात उस तक पहुंच गई। उसके लिए चिल्लाने की आवश्यकता है? अजान की?

मंदिर की, उसके अंदर की पाषाणी मूर्तियों की बात तो मैंने दोटूक कर दी ऊपर। रही मस्जिद की बात तो वह जग-जाहिर है। मुसलमानों ने विशेषकर मुल्लाओं-मौलवियों ने उस समय बहुत आग उगली मेरे विरुद्ध। बात ही चुभनेवाली निकल गई थी मेरे मुख से। पर सच्ची बात, खरी उक्ति, कब मीठी और प्रिय होती है? मुआफ करना मैं तुम्हारी देव-भाषा की इस उक्ति का कायल कभी नहीं रहा कि सत्य बोलो, प्रिय बोलो लेकिन सत्य भी अगर प्रिय नहीं हो, मीठा नहीं हो, कड़वा हो तो नहीं बोलो—

सत्यं ब्रूयात् प्रियं ब्रूयात्
न ब्रूयात् सत्यम् अप्रियम्।

तो मैं तो सत्य ही बोलूंगा और खरा ही बोलूंगा और आज जब तुम बाबरी मस्जिद के नाम पर बवेला खड़ा कर चुके हो, लहू के परनाले बहा चुके हो तो मैं मस्जिद को लेकर भी अपनी उस पुरानी उक्ति को ही दुहराऊंगा—

कंकड़ पाथर जोर के, मस्जिद लिया चुनाय।
ता चढ़ि मौला बांग दे, बहरा हुआ खुदाय॥

—कंकड़-पत्थर से मस्जिद बना ली और उस पर चढ़कर मौलवी मुर्गे की तरह

बांग देता है। खुदा बहरा हो गया है क्या?

ठीक ही कहा न? पुकारो उसको जो तुमसे बाहर है। जो तुम्हारे अंदर ही बसा हुआ है, तुम्हारी सांस-सांस में रचा-बसा है, उसको क्या पुकारना? ठीक ही कहा उस कृष्ण ने न अपनी गीता में भले ही उसे मुसलमान काफिर कह लें और कुछ मनचले हिन्दू 'छलिया' और क्या-क्या, पर थी तो उसपर खुदाई रहमत—ईश्वरीय अनुकंपा? ईश्वर ही तो था वह कि और क्या था? हां, तो मैं कह रहा था कि उसने ठीक ही कहा कि उसी का (ईश्वर का, खुदा का) अंश सभी जीवों के अंदर बसा हुआ है—'ममैवांशो जीव लोके जीव भूतो सनातनः।'

और कुरान (कुरआन मजीद) की ही बात करो तो वह कहां कहती है कि खुदा कहीं एक जगह, आसमान की किन्हीं बुलंदियों में छिपा बैठा है?

'सुरतु आलि इमरान' में साफ लिखा है कि नहीं कि "खुदा ऐसा खबर रखनेवाला और देखनेवाला है कि कोई चीज उससे छिपी नहीं, न जमीन में न आसमान में।" तो इसका मतलब क्या हुआ? यही न कि वह खुदा हर जगह है? वह किसी मस्जिद की चाहरदीवारियों के अंदर अपने को कब से कैद रखने लगा?

तो मैंने क्या बुरा किया जो कहा कि उस तक बात ही पहुंचानी है तो इतने शोर-शराबे की क्या आवश्यकता—जरूरत? वह तो सुन ही लेगा जो तुम सुनाना चाहते हो।

और आज की कहानी तो बड़ी विचित्र है। पहले तो मुल्ला अपने कमजोर बूढ़े कंठ से ही आवाज देता था—अजान पढ़ता था। अब तो तुमने उसकी आवाज को और पुष्ट कर दिया उस यंत्र से। क्या कहते हैं उसे, लाउड-स्पीकर से। इसके द्वारा तो अहले सुबह घरों की खिड़कियों से कड़कड़ाता-खनखनाता स्वर घुस पड़ता है। अब उसके कारण तुम्हारी सुबह की मीठी नींद हराम हो अथवा तुम्हारी अपनी इबादत—पूजा-पाठ—में खलल पड़े तो उसकी बला से। मुर्गे ने कब चिंता की है इसकी? वह तो सुबह होते-न-होते बांग देगा ही, तुम्हें भला लगे या बुरा। तो मुल्ला भी कब फिक्र करने जा रहा है इसका? वह चिल्लाएगा 'अल्ला हो अकबर' लाउड-स्पीकर में। तुम्हें सिर पीटना हो तो पीटो।

और मुल्ला को ही क्यों दोष दें? अब उसकी देखा-देखी हिन्दू पंडे-पुजारी भी यही करने लगे हैं कि नहीं? कुछ नहीं मिला तो हनुमान-चालीसा की पंक्तियां ही भोंपुओं (हां, लाउड-स्पीकरों से ही) तुम्हारे कानों में उगलने लगेंगे। अब जो हनुमान आजीवन राम को अपने अंदर बसाए रहा, कलेजा फाड़कर भी उसे दिखा दिया; उसी हनुमान के लिए तुम्हें गला फाड़ना पड़ता है? हनुमान, राम को अपने अंदर बसा सकता है तो तुम हनुमान को अपने अंदर नहीं बसा सकते?

मैं जानता हूं सब यों ही लड़ते रहेंगे। कभी बाबरी मस्जिद के नाम पर (यद्यपि यह मस्जिद भी कुछ धर्मांधों के कृत्य से इतिहास के पृष्ठों की ही बात बनकर रह गई) तो कभी राम-जन्मभूमि और कृष्ण-जन्मभूमि के नाम पर। जो हर जगह है उसके जन्म को किसी एक स्थान से संबद्ध करना चाहते हो? उसे कितना जानते हो तुम?

अरे मेरा मानो तो पहले उसको जानने-समझने का प्रयास करो। जरा अपने अंदर झांको। मंदिर-मंदिर, मस्जिद-मस्जिद दौड़ने और उसके नाम पर खून की होली खेलने से क्या लाभ? मैं नहीं मानता कि तुम किसी मजहबी तकादे से, किसी धर्म के नाम पर यह सब करते हो। मैं जानता हूं कि न तो बहुत से मुसलमानों ने कुरानशरीफ के सौ सफे भी उलटे हैं न बहुत से हिन्दू ही जिस राम के नाम पर मरने-मारने पर उतारू हैं उसकी कहानी भी ठीक से जानते हैं, ऋषि बाल्मीकि की रामायण और गोस्वामी के रामचरित मानस से तो परिचय बड़ी बात है। गीता के तो बहुतों ने दर्शन भी नहीं किए। वेद-उपनिषद् और पुराणों की बात तो छोड़ो ही।

फिर भी यह लड़ाई जारी है धर्म के नाम पर, मजहब के नाम पर। यद्यपि जाननेवाले जानते हैं कि इसके पीछे न धार्मिक प्रेरणा है न मजहबी लगाव। यह सब सियासी खेल है। दो संप्रदायों को आपस में लड़ाकर जो धर्म और मजहब का ककहरा भी नहीं जानते उन किशोरों-युवाओं को कटवाने के पीछे वे स्वार्थी लोग हैं जो अपना उल्लू सीधा करना चाहते हैं।

तो मैं अपनी पीड़ा की बात कर रहा था जिसने मुझे प्रेरित किया यह आत्म-आलाप ले बैठने को। पीड़ाएं तो बहुत हैं किनको-किनको लेकर सिर पीटूं? कई का तो जिक्र कर ही दिया पर एक और का उल्लेख किए बिना यह व्यथा-कथा अधूरी ही रही जाएगी।

पीड़ा जब औरों से मिलती है तो कोई बात नहीं, हम हंसते-हंसते झेल लेते हैं कि चलो यह कोई बात नहीं। पराए तो पीड़ा देने के लिए होते हैं पर जब अपनों की हरकत ही दुःख देने लगती है तो मन कचोटता है। अब मैं कोई यों ही नहीं लिख गया—

बूड़ा वंश कबीर का, उपजा पूत कमाल।

खैर कमाल पर तो बाद में आएंगे। जब पूरी जीवन-गाथा रखनी ही है आपके सामने तो कमाल-कमाली किधर से छूटेंगे?

मेरी पीड़ा फिलहाल उन लोगों के कारण है जो मेरे नाम पर वह सब लिख गए जिसे मैंने कभी कहा ही नहीं। लिखने की बात तो आप जानते ही हैं—'मसि कागद छुओ नहीं।' मेरे द्वारा रचित साहित्य का भंडार दिन-प्रतिदिन विपुल से विपुलतर होता जा रहा है। आपको आश्चर्य हो तो हो पर मेरे नाम पर अब तक कम-से-कम इकहत्तर पुस्तकों अथवा ग्रंथों की गणना की जाती है। मेरा 'बीजक' निरंतर विस्तार लेता गया है, मेरी 'रमैनियों' की संख्या बढ़ती गई है। उनके रूप विकृत होते गए हैं और मेरी 'साखियों' की बात तो पूछिए ही नहीं, किसी बट-वृक्ष की शाखाओं की तरह इनके विस्तार का क्रम जारी है। जो कुछ कहना हो, 'कबीर-पंथी' भाई कबीर के खाते में डाल देंगे। अब कबीर की रूह अपनी कब्र में करवटें पर करवटें बदले अथवा उसकी आत्मा इस अन्याय पर तड़प-तड़प उठे तो उनकी बला से।

मुझे आत्मकथा लिखवाने को बाध्य होना पड़ा क्या यों ही? साखियों, वाणियों को जो विस्तार देना हो तो देते जाओ पर ऐसा कुछ क्यों मेरे नाम पर लिख मारते हो जिसके विरुद्ध मैं आजीवन विद्रोह का बिगुल फूंकता रहा, जिहाद बोलता रहा? अब

तक किसे पता नहीं कि मैं निरंतर सांप्रदायिकता और व्यर्थ के आडंबर के विरुद्ध आग उगलता रहा? ऐसी स्थिति में निम्नलिखित पंक्तियों को मेरे नाम के साथ चस्पां कर देने की क्या तुक—

माला तिलक निंदा करें, ते परगट जमदूत।
कहे कबीर विचार के, तेई राक्षस-भूत॥
द्वादश तिलक बनवाई, अंग-अंग अस्थान।
कहे कबीर विराज ही उज्ज्वल हंस समान॥

—जो माला तिलक की शिकायत करता है वह साक्षात् यमदूत है। कबीर विचार कर कहते हैं कि ये ही लोग राक्षस और भूत हैं। शरीर के विभिन्न अंगों (मस्तक, बाहु, कंठ, छाती आदि) में बारह स्थानों पर जो तिलक लगाता है वह उज्ज्वल हंस के समान शोभित होता है?

अब बोलिए इस अत्याचार-अनाचार का कोई जवाब है? कबीर और माला-तिलक की सिफारिश करे? एक संप्रदाय-विशेष को प्रश्रय दे?

खैर, अभी बहुत बातें कहनी हैं। अभी तो मेरा जन्म भी नहीं हुआ—इस आत्मकथा में, उस प्रसंग को भी उठाऊंगा।

2

इस सृष्टि में और कुछ घटे या नहीं घटे, दो का घटना तो अनिवार्य है—जन्म और मरण। नित्य करोडों लोग इस धरती को अपने जन्म से धन्य करते हैं और हर रोज प्रायः उससे कुछ कम ही काल-कवलित होते हैं।

यह सब होता है हमारी अपनी इच्छा के विरुद्ध ही। मरना तो कोई स्वप्न में भी नहीं चाहता पर उससे पूछो तो इस असार-संसार में आने को भी वह कभी प्रस्तुत नहीं हो। मरण एक निश्चित यंत्रणा है तो जन्म भी कम कष्ट-कारक नहीं। धरती का स्पर्श प्राप्त हो इसके पूर्व मातृ-गर्भ के नर्क और कैद को झेलना मनुष्य की नियति है। यह तो गनीमत है कि प्रकृति उसे पैदा होने के पूर्व और उसके पश्चात् के कुछ समय तक भी संज्ञाहीन किए रहती है वरना गर्भ के कष्ट तो कष्ट, जन्म-ग्रहण के पश्चात् की निरीह और विवश स्थिति में जब अपनी सारी आवश्यकताओं की पूर्ति के लिए वह पूर्णतया पराधीन और पराश्रित रहता है, अपनी किसी जरूरत, किसी पीड़ा को अभिव्यक्ति भी नहीं दे सकता तो इस हाल में वह जीवित रहने के बदले तत्काल इस धराधाम को ही छोड़ देने की कोई युक्ति सोचता। पर पराधीन, निरीह मानव अनंतकाल से पैदा होता रहा है, पैदा होता रहेगा। विडंबना तो यह है कि जिस धरती पर जन्म लेने की बात से ही वह हाय-तौबा करता है, होश संभालते ही वह उसी से ऐसा चिपकता है कि उसे छोड़ने की बात—मरण की बात—को वह सोचना तक भी नहीं चाहता।

खैर, मैं अधिक दर्शन बघारूं, यह मेरा उद्देश्य नहीं। आपको तो लग ही गया होगा कि अब मैं अपने जन्म की घटना पर आने वाला हूं। यह दर्शन उसी की

भूमिका है। पर इतना कहूं, मुझे जन्म लेने का कभी अफसोस नहीं रहा। होशो-हवाश में इस धरती पर पदार्पण करता तो क्या होता, यह नहीं जानता पर जब से होश संभाली तब से इतनी सारी विचित्रताओं-विडंबनाओं से घिर गया कि अपने द्वारा इस धरा-धाम को धन्य करने की बात पर रोऊं या हंसूं, यह सोचने का अवकाश ही नहीं रहा। इतना कुछ करने-कराने को था कि सोचा यहां आ गया तो अच्छा ही हुआ। अब इस धरती को पहले से कुछ बेहतर ही छोड़कर जाऊं। मेरी इस उक्ति को आप गर्वोक्ति नहीं समझेंगे। कुछ ऐसी लौ ही लग गई थी। कोई ऐसी ज्योति ही जग गई थी अंतर में, कि यहां फैले नफरत, अज्ञान, अंधविश्वास को वह यथासंभव पी जाना चाहती थी। मैं कितना इस अंधकार को काट पाया, यह तो आप ही बताइएगा पर प्रयास तो मैंने अपनी ओर से भरपूर किया।

आइए, अपने जन्म की बात बताऊं। लेकिन यह बताना भी सुनी-सुनाई बातों पर आश्रित है जबकि सुनानेवालों में मेरे पिता 'नीरू' ही थे और मेरे पिता सामान्य नहीं थे। ईश्वर-भक्त थे, गुंसाईं थे अर्थात् इंद्रियों पर उन्होंने विजय प्राप्त कर ली थी, ऐसी अवस्था में वे मिथ्या-भाषण करेंगे इसकी कल्पना ही नहीं की जा सकती। पर ठहरिए, 'नीरू' मेरे पिता तो थे पर जन्मदाता नहीं। आप कहिएगा यह कबीर भी कैसा अहमक है, आजीवन उलटी-सीधी बातें करता रहा, मरने के बाद भी अपनी आदत से बाज नहीं आता। पर क्या कीजिएगा, आदत तो आदत है, स्वभाव तो स्वभाव। किसी की प्रकृति कभी परिवर्तित हुई है?

नहीं, स्वभाव नहीं बदलता। मनुष्य की बाह्य काया परिवर्तित होती जाती है, वह बालक से किशोर और किशोर से प्रौढ़ और प्रौढ़ से वृद्ध हो आता है। तन जवाब देने लगता है पर मन तना रहता है। वह तो वही करता है जो उसके संस्कार में निहित है। जो बचपन अथवा किशोरावस्था में ही कह लें असत्य बोलना सीख जाता है, वह क्या मृत्यु-शय्या पर भी सत्य बोलेगा? मैं तो नहीं मानता। मेरे दीर्घ जीवन के अनुभव मुझे सतर्क करते हैं। जो दुष्ट है वह आजीवन दुष्ट रहता है, जो कुटिल है वह कुटिल ही बना रहता है। बबूल का पेड़ क्या बुढ़ापे में कांटें उगाना छोड़ देता है? यही हालत मनुष्य की है। किसी कंजूस को बुढ़ापे में उदार होते देखा है, किसी जल्लाद को संत होते? कोई बाल्मीकि कभी ऋषि और कवि बन आता होगा पर सत्य तो यही है कि स्वभाव नहीं बदलता आखिर वह स्वभाव जो ठहरा, अपना भाव।

आप भी कहिएगा यह कबीर जो अपने जीवन काल में कवि था, मरने के बाद सहसा कहानीकार कैसे बन आया। मूल बात को दबाकर उत्सुकता को उसकी पराकाष्ठा पर पहुंचाना चाहता है। आधुनिक शब्दों में कहो तो 'सस्पेंस' डालने में माहिर हो गया है। कहां तो चला था अपने जन्म की बात सुनाने और कहां उसे गौण कर दर्शन झाड़ने लगा। तो पहली बात तो यह कि कहा न स्वभाव से विवश हूं। जो पहले था वह अब भी हूं। जो जीवितावस्था में था, वही रूहानी अवस्था में हूं। किसी का स्वभाव नहीं बदलता तो इस ज़ुलाहे कबीर का ही कैसे बदल जाएगा? चौंके न आप, मेरे नाम के पहले जुलाहा जोड़ देने से? चौंका मैं भी था, जब होश संभालते ही पता लगा था कि मैं

जुलाहा हूं। बड़ी पीड़ा हुई उस समय। आप मेरी पीड़ा को आज क्या जानिएगा? आज तो छुआ-छूत और जाति-पांति के बंधन बहुत कुछ ढ़ीले पड़ गए पर मेरे काल में? बाप रे बाप? जुलाहा तो बस जुलाहा था—अस्पृश्य और मूढ़। न मुसलमानों को पसंद न हिन्दुओं को। मूढ़ शब्द का प्रयोग मैंने जान-बूझकर किया है—जुलाहे को उन दिनों मूर्खता का अवतार ही मानते थे। मूर्खों की कहानी गढ़नी हो तो उसमें जान-बूझकर जुलाहे को डाल दो। दूसरी बात यह कि यह कलम एक किस्सा-गो के हाथ में जो चली गई है? वह अपनी भी करने से कब बाज आएगा? सीधी-सादी बात को भी तो कहानी-उपन्यास की शैली में ही कहेगा? रूपकें गढ़ेगा, उदाहरण देगा, आपको बहलाते-फुसलाते अपनी बात (मेरी ही बात) कर जाएगा। मैं तो आजीवन आपकी भाषा में आपको 'बोर' करता रहा। यह बेचारा निरीह लेखक ऐसा करने का प्रयास करे तो कल से उसे भी अपने 'मसि कागद' को किनारे कर मेरी तरह 'सुमिरनी' लेकर बैठना पड़ेगा।

लेकिन जुलाहे की बात पर कहीं अतिशयोक्ति का सहारा नहीं लिया जा रहा है, न मेरे द्वारा न आपके इस लेखक द्वारा। जुलाहा शब्द था ही उस समय तिरस्कार, अपमान और मूर्खता का पर्याय। और तो और (माफ कीजिएगा, इस शब्द के प्रयोग के लिए) उसे 'कमीना' तक कहा जाता था और मैंने भी उसे छिपाया नहीं, साफ लिख ही दिया कि 'कमीना' के खानदान का हूं मैं—

सरग लोक में क्या दुख पड़िया, तुम आई कलि माहीं।
जाति जुलाहा नाम कबीरा, अजहु पती जौ नाहीं॥
तहां जाहु जहां पार-परम्बर, अगर चंदन घसी लीना।
आइ हमारे कहां करौगी, हम तो जाति कमीना॥

अर्थ समझा आपने? क्या समझिएगा इस कबीर को? जीते जी सीधे नहीं बोला तो मरने के बाद यह उम्मीद लगाना रेत से तेल निकालने के ही समान तो है। खैर, लीजिए मैं ही साफ कर देता हूं। अरे यह तो 'धनिया' को लेकर कहा था। हां, अपनी 'धनिया' को लेकर, कहीं उसे भी मेरी उलटवांसी नहीं समझ लीजिएगा और कुछ दिन पहले हुए एक प्रसिद्ध लेखक, क्या नाम था उसका प्रेमचंद, हां प्रेमचंद की एक प्रसिद्ध पात्रा 'धनिया' उसे नहीं समझ बैठिएगा। कृपया मेरी 'धनिया' को कबीर की 'धनिया' ही रहने दीजिएगा उसे 'गोदान' की 'धनिया' समझने की भूल नहीं कर बैठिएगा।

हां, तो कह रहा था यह उक्ति 'धनिया' को लेकर कही गई। मेरी पहली पत्नी जीवित थी तभी उसने मेरे साथ सगाई का प्रस्ताव रखा अब इस बात को व्यर्थ का तूल नहीं दें। मुसलमानों-जुलाहों में तो चार-चार शादियां शास्त्र (कुरान) सम्मत ही हैं। मैंने दूसरी की या नहीं, यह आगे देखिएगा। धनिया मेरे पास प्रस्ताव लेकर आई। पर मेरा हाथ हो इसमें तब तो? तब तक इस कबीर का नाम ही इतना फैल चुका था कि धनिया के समान सुलक्षणा, सुंदरी, धर्मपरायणा औरत भी मुझ पर बिक गई। जैसा कहा मेरे साथ निकाह तक का प्रस्ताव रख दिया। उसी समय मैंने ये पंक्तियां कहीं।

इस तरह मैंने धनिया को बहुत समझाना चाहा—क्या रखा है इस निकाह-विवाह

के चक्कर में? मेरे प्रेम में व्यर्थ दीवानी हो रही हो। उस निर्गुण को साधो, उसे अनदेखे को देखो, खुदाई मुहब्बत का दामन पकड़ो तो इस लोक के साथ उस लोक में भी भला हो। पर धनिया तो जैसा कहा, बिक गई थी मेरे नाम पर। छूटते ही बोली "निर्गुण साधो तुम, मेरे सामने तो तुम साक्षात् सगुण खड़े हो, तुम्हीं मेरे राम हो, तुम्हीं मेरे रहीम। ऐसे में मैं किसी अनदेखे को कैसे देखूं? वह आंख कहां पाई मैंने? वह दीखता होगा तुम्हारे दिल के आइने में, मेरे मन-मंदिर में तो तुम्हीं बसे हो। बाहर भी तुम्हीं दीखते हो, अंदर भी तुम्हीं, ऐसे में देखे को अनदेखा कर, अनदेखे को देखने का कहां सवाल उठता है? और खुदाई मुहब्बत? वह तुम्हीं को बाढ़े। तुम्हें पता है क्या कि मुहब्बत भी निस्स्वार्थ नहीं होती। मुहब्बत भी मुहब्बत के बदले और कुछ नहीं तो मुहब्बत जरूर चाहती है। और तुम्हारा खुदा? लेने के नाम पर वह चाहे जितना ले ले, देने के नाम पर वह भारी कंजूस है। कितने तो इसके नाम का मनका जपते-जपते, इसके ध्यान में डूबते-उतराते यह लोक तक छोड़ बैठे पर उसने कभी किसी के सिर पर अपना मुहब्बत-भरा हाथ फेरा हो यह तो मैंने सुना नहीं। लोक-परलोक की बात करते हो? जो इस लोक में ही कुछ नहीं दे सका, वह दूसरे लोक में क्या देगा? छाया कब किसी की हुई है? और तुम्हारा खुदा तो माफ करना, छाया के बराबर भी नहीं। छाया तो कम-से-कम दिखाई पड़ती है। वह तो कहीं देखने में भी नहीं आता।"

"वह निर्गुण जो है।" मेरे मुंह से आदत-वश निकल गया।

"तुम निर्गुण-निर्गुण करते रहो। न यह लोक सधेगा न परलोक। दुविधा में दोनों जाएंगे माया भी और राम भी।" धनिया झल्लाकर बोली। पर मेरे मन के अंदर दबी एक चिनगारी को वह अवश्य हवा दे गई। राम मेरे अंदर में कहीं गहरे पैठे बैठे थे। यों मैंने राम, रहीम, खुदा, करीम में कोई भेद नहीं माना। पर इस नाम का विचित्र आकर्षण था मेरे लिए। मैं आपसे स्पष्ट कहूं मैं किसी ऐसे गुरु की खोज में बावला बना हुआ था जो मुझे राममंत्र दे दे। पर इस जुलाहे के कान में कौन राम-नाम का महामंत्र फूंकनेवाला था? मत समझिए कि मैं यहां राजा राम की बात कर रहा हूं। दशरथ-कौशल्या-सुत की? मैं तो उस राम की बात कर रहा हूं जो घट-घट वासी है, रोम-रोम में रम रहा है। वह एक नाम जो हो, व्यक्ति नहीं है। वह दशरथ तो दशरथ, किसी भी पंचभूत-निर्मित मनुष्य का पुत्र, पिता या भाई बनकर नहीं आया। पर वह है अवश्य। आकार नहीं है उसका, पर आकार कहां-कहां ढूंढ़ोगे? हवा को आकार है? वह भी निराकार है कि नहीं? तो नकार सकोगे उसके अस्तित्व को? संपूर्ण विश्व को एक क्षण में समाप्त करने का श्रेय तुम अपने आधुनिकतम बमों को अवश्य दे दो, पर इस अर्थ में हवा उनसे भी आगे है। दो क्षणों को वह थम जाए तब? तब बचेगा कोई यहां? मनुष्य तो मनुष्य, पक्षी से लेकर कीट-पतंग तक? और यह विद्युत? तुम्हारा ही आविष्कार है न? कितनी शक्तिशालिनी है यह? तुम्हारे जीवन को नानाविध सुख-सुविधा से भर दिया कि नहीं इसने? पर किधर है इसका आकार? कैसी है यह? गोल, चौकोर, पतली, मोटी, काली, गोरी, लंबी, पतली? बोलो? कितनी आयामी है यह? द्वि-आयामी? त्रि-आयामी, चार-आयामी, पंच-आयामी? उससे अधिक आयामों का तो तुम्हें अता-पता भी होगा

नहीं। तो विविध आयामी है कि नहीं यह? सर्वत्र व्यापिनी? जो साकार होगा वह तो सीमित होगा, होगा कि नहीं? अधिक-से-अधिक कितना स्थान घेरेगा? अर्जुन को श्रीकृष्ण ने गीता में अपना विराट् रूप दिखाया था न? मानते हो न उसका विश्व-रूप, परमेश्वर ही प्रकट हुआ था उस विराट्-स्वरूप में? फिर भी पृथ्वी और आसमान का कितना आयतन घेर सका वह? ब्रह्मांड-पति होकर भी संपूर्ण ब्रह्मांड क्या इस छोटी धरती और उसके अपने आकाश को भी व्याप्त कर सका? साकार की यही तो सीमा है। निराकार है तो सर्वत्र—सर्वव्यापी। साकार है तो सीमाओं में बंधा है। असीम है। असीम तो केवल निर्गुण निराकार ही हो सकता है।

तो मैं अपने इसी राम की बात कर रहा था और कर रहा था धनिया के प्रणय-निवेदन की बात। उसके मुख से जाने-अनजाने 'राम' शब्द क्या निकला, जीवन-भर 'कंकर-पाथर' की बात करनेवाले इस कबीर का दिल भी किसी हिमखंड की तरह पिघल आया।

पर मैं निर्गुणिया, इतना शीघ्र इस मोह-बंधन में कहां फंस सकता था? क्या यह धनिया मेरे आराध्य राम के प्रति मेरे प्रेम, मेरी आस्था को कुछ और अत्यधिक गहराई दे पाएगी? यह माया मिले न राम की बात कर रही है तो यह माया ही है, न? राम को कैसे यह मेरे अंदर की गहराइयों में उतार पाएगी? बुरा नहीं मानिए। आप बीसवीं शताब्दी के पाठक हैं, इक्कीसवीं में पैर रखने जा रहे हैं, नारी-पुरुष समानता के आप महान् प्रवक्ता हैं, घोर समर्थक। पर मैंने अपने मन में नारी की ऐसी मूर्ति कभी नहीं गढ़ी। यह मेरी अपनी दुर्बलता हो सकती है। कह लीजिए दकियानूसी भी। पर नारी सदा मेरे लिए अंधकार की ही प्रतीक बनकर रही, प्रकाश की नहीं। मैंने यों ही नहीं लिखा था—

नारि नसावै तीनि सुख, जा नर पासे होई।
भगति, मुकति, निज ज्ञान में, पैसि न सकई कोई॥

—नारी जिसके पास होती है उसके तीनों सुखों का नाश कर देती है, भक्ति का, मुक्ति का और ज्ञान का। नारी के होते इन तीनों में प्रवेश असंभव है।

मैंने 'धनिया' को यह अपनी उक्ति सुना दी। सोचा नारी-जाति के प्रति मेरी इस धारणा से उसका मेरे प्रति सहसा उमड़ आया प्रेम आश्विन के आकाश के मेघ की तरह ही तिरोहित हो जाएगा।

'ऊंह! ये सब कहने की बातें हैं," धनिया ने मेरी बात को बिना कोई महत्व देते हुए कहा, "सभी साधु-संत, सूफी-फकीर नारी के लिए ऐसे ही शब्द कहते आए हैं और यह भूल जाते हैं कि नारी नहीं होती तो वे इस धरती पर अवतरित ही नहीं होते, फिर कहां की कीर्ति, कहां की साधना-उपासना और कहां की भक्ति-भावना?"

धनिया पर चलाया यह मेरा तीर शिला-खंड पर साधा शर सिद्ध हुआ तो मैंने एक और चुभती हुई बात उगल दी—

एक कनक अरु कामिनी, विष फल कीए उपाई।
देखै ही तो विष चढ़ै, खाए हूं मरि जाई॥

—स्वर्ण और नारी दोनों विष-फल हैं। जिन्हें ये मिल जाएं उसका हाल क्या पूछिए? उनको देखने से ही तो विष चढ़ता है, खाने पर (उपयोग में लाने पर) तो मरने के अलावा और कोई उपाय नहीं।

"तो नारी विष है?" धनिया के अहंकार ने अब जोर मारा।

"कहा तो यही गया है।" मैंने कोई ठोस उत्तर नहीं पाकर इसी लंगड़े तर्क का सहारा लिया।

"तो पुरुष को अमृत होना चाहिए?" धनिया ने आगे पूछा।

"चाहिए तो।" मेरे मुख से निकला।

"आप ज्ञानी हैं न? रहस्यवादी संत?"

"मैं तो नहीं कहता।"

"लोग तो कहते हैं। बात आपसे भी छिपी तो नहीं होगी?"

"नहीं, छिपी तो नहीं है।" मेरे मुंह से अनायास निकला।

"तो ज्ञानीजी, यह बताइए नीम के पेड़ में आम का फल लगते देखा है?"

"देखा तो नहीं है।"

"सुना है?"

"सुना भी तो नहीं।"

"तो विष रूपी नारी से अमृत रूपी नर कैसे पैदा हो गया?" धनिया ने अकाट्य तर्क रख दिया। मेरी सारी विद्या-बुद्धि को जैसे काठ मार गया।

"धनिया आखिर तुम चाहती क्या हो?" कुछ न सूझा तो मैंने झल्लाकर कहा और अपनी विवशता पर अपनी दाढ़ी के बाल नोचने लगा।

"मैं तुमसे प्रेम करती हूं।" धनिया संकुचित होकर बोली। प्रायः पहले-पहल उसके गोरे मुख पर दृष्टि गई। वह लाल गुलाल हो आया था। कपोल रक्ताभ हो उठे थे। आंखें लाख चाहकर भी मेरी आंखों से नहीं मिल पा रही थीं। वे धरती में गड़कर कहीं से कुछ ढूंढ़ निकालना चाहती थीं।

"और मैं प्रेम से घृणा।" सहसा मेरे मुख से निकला। मुझे याद आया हाल ही में मैंने कहीं कहा था—कनक और कामिनी ही संसार के दो फंदे हैं। इनसे जो बचा उसका मैं दास हूं—

एक कनक अरु कामिनी, जग में दोई फंदा।
इन तैं जौन बचावई, ताका मैं बंदा॥

मैं जान-बूझकर कामिनी रूपी इस फंदे में अपनी गर्दन को नहीं फंसाने जा रहा था।

"आप झूठे हैं, मिथ्यावादी हैं।" मैं अभी अपनी सोच से उबरा भी नहीं था कि धनिया श्रावण के मेघ की तरह फट पड़ी।

मैं मूक। अंदर-ही-अंदर सिर पीटने के अलावा मेरे पास कोई उपाय नहीं था। मैं निर्गुणिया, इस नागिन रूपी नारी के आगे अपने को पूर्णतया निरीह अनुभव करने लगा। इस समय दोपहर का वक्त था, कोई चेला-चपाटी भी नहीं जिससे मैं इसे मरे सांप की

तरह ही बाहर फेंकवा देता। दुनिया जिसे संत, सुधारक और जाने क्या-क्या कहती थी, उसे यह दो टके की औरत मिथ्यावादी और झूठा कह रही थी। मेरे अनजाने में ही मेरे अहंकार के सर्प ने सिर उठा लिया था।

"तुम्हारे इस आरोप का आधार?" मेरे मुख से निकला।

"तुमने स्वयं अपने ही मुख से प्रेम का बखान किया है, उसका गुणगान। और आज कहते हो कि तुम प्रेम से घृणा करते हो?" वह खौलते तेल की तरह क्रोध से उबल रही थी।

"तुम्हारा मतलब उस 'ढाई आखर' वाली उक्ति से है?" मैंने कहा और सोचा किस मूर्खतापूर्ण घड़ी में ये पंक्तियां बोल गया। किस तरह लोग आज उसके अर्थ का अनर्थ कर रहे हैं, आगे भी करते रहेंगे। (वह तो कर ही रहे हैं, मैंने पहले भी कहा है।)"

"ढाई आखर वाली बात छोड़ो," धनिया ने इस बार सिर उठाकर सीधे मेरी आंखों में देखते हुए कहा, "वह बहुत पुरानी हो गई। घिसा सिक्का। मैं तुम्हारे दूसरे पद की ओर इशारा कर रही थी।"

"कौन-सा?"

"याद करो।"

"मुझे याद नहीं आ रहा। तुम्हीं बता दो।" मेरा सिर चकरा रहा था।

"बताती हूं—

गुरु प्रेम का अंक पढ़ाय दिया,
अब पढ़ने को कछु नहिं बाकी।

"तो गुरु की शिक्षा को भी धत्ता बताने पर पड़े हो? कैसी है गुरु-भक्ति तुम्हारी? जब प्रेम अंक पढ़कर तुम तृप्त-तृप्त और आप्त-काम हो गए तो प्रेम से घृणा वाली यह बात किधर से आती है?"

"हा! हा! हा!" मैं ठठाकर हंसा। सांसत में पड़े प्राणों को राहत मिली। तनाव समाप्त हुआ।

"क्यों इसमें हंसने की क्या बात है?" धनिया ने अपनी बड़ी-बड़ी आंखों को उठाकर कहा। माया-मोह पर विजय प्राप्त कर चुकने का अहंकार पालनेवाले मुझ कबीर की आंखों को भी उन कजरारी आंखों ने कुछ देर के लिए बांध लिया। धनिया अपने क्रोध में इस भेद को नहीं जान सकी वर्ना तर्करूपी अस्त्र से मुझे पराजित करने के व्यर्थ प्रयास को तिलांजलि दे वह अपने अपरूप-रूप के जादू के जोर पर ही अपना ध्यान केंद्रित करती। खैर, मैं क्षण भर में ही संतुलित हो आया और बोला, "बेर को गुठली और गुठली को बेर समझनेवाली की बुद्धि पर तो हंसना ही पड़ेगा न?"

"फिर आ गए अपनी अबूझ भाषा पर? मुझे ये सब पहेलियां और उलटवांसियां नहीं आतीं। सीधी भाषा में सीधी बात करो।" धनिया झल्लाई। उसके गौर कपोल रक्त की लालिमा से भरकर अजीब रूप में आकर्षक हो आए। और अजीब बात यह कि मेरे अंदर की प्रतिरोधक शक्तियां भी इस तरह अशक्त होती जा रही थीं कि मेरा ध्यान अब

कभी उसकी आंखों की कालिमा पर जाने लगा था तो कभी उसके कपोलों की लालिमा पर। आप समझिएगा कबीर व्यर्थ में कल्पना का सहारा ले एक साधारण बात को तूल दिए जा रहा है पर मुझे गलत नहीं समझें। था ही धनिया के रूप में एक अद्‌भुत आकर्षण और उसके अकाट्य तर्कों में एक विचित्र शक्ति कि मुझे उस दिन तो उसके सामने किसी आंधी से प्रताड़ित पेड़ की तरह झुकना ही पड़ा। पर इस सब पर फिर लौटूंगा। अभी जिस बात को लेकर इस प्रसंग को आरंभ किया था अर्थात् अपने द्वारा इस पृथ्वी पर पदार्पण करने की, उस पर आता हूं। यह धनिया बीच में नहीं आ गई रहती तो रहस्य के आवरण में अनावश्यक रूप से आवेष्टित अपनी जन्म-कथा से मैं अब तक कभी का पर्दा हटा चुका होता।

3

वाराणसी, पुनीत जाह्नवी के तीर बसी वाराणसी। भगवान भूतभावन, विश्वेश्वर की प्यारी नगरी वाराणसी। साधु-संतों, संन्यासियों और सामान्य जनों की भी आध्यात्मिक स्थली वाराणसी। ज्ञान-विज्ञान, धर्म-पुराण, भक्ति-भाव और अथाह पांडित्य और वैदुष्य की भूमि वाराणसी। शिव के त्रिशूल पर बसी बैकुंठवासियों के लिए प्राण त्यागते ही स्वर्ग के कपाटों को तत्काल उद्‌घाटित करने की शक्ति से संपन्न वाराणसी ! अर्थात् शिव के 'तारक' मंत्र से घोर-से-घोर पापियों को भी तारनेवाली यह टेढ़ी-मेढ़ी गलियों और ऊंची-नीची सीढ़ियोंवाली अद्‌भुत नगरी ! जिसके बारे में ठीक ही कोई कह गया—

रांड, सांढ़, सीढ़ी, संन्यासी।
इनसे बचे तो सेवे कासी॥

और इसी काशी अथवा वाराणसी में एक 'रांड' की कोख से ही पैदा हुआ मैं। आप कहिएगा मैं भी कैसा सिर-फिरा हूं कि अपनी मिट्टी स्वयं ही पलीद कर रहा हूं। अरे ! पैदा हुआ 'रांड' से तो, इसे पचा भी तो सकता था? इसकी जगह कोई अन्य कहानी भी तो गढ़ सकता था?

जो सत्य से भागे तो संत क्या? सबके संबंध में दोटूक उगलनेवाला अपने संबंध में ही पक्षपात पर उतर आये वह कबीर नहीं हो सकता और पैदा हुआ 'रांड' के गर्भ से तो हुआ। इसमें शर्म की क्या बात है? और 'रांड' को 'रांड' कौन रखता है?समाज ही तो? पुरुष की पत्नी मर गई तो वह विवाह क्यों रचा लेता है? 'रंडुआ' बनकर क्यों नहीं बैठा रहता? औरत का पति अगर उसके हाथ की मेंहदी के रंग के उतरने के पूर्व ही काल-कवलित हो जाता है तो उसे 'रांड' करार कर जीवन-भर के लिए अभिशप्त क्यों कर दिया जाता है? तब तो उसके पांव भटकेंगे ही और आपके शब्दों में न जाने कितनी नाजायज संतान पैदा होती रहेंगी इस कबीर की ही तरह। फिर या तो तत्काल गर्दन दबाकर उसकी इह-लीला समाप्त कर दी जाएगी अथवा किसी तालाब-पोखर या नदी-नाले के तीर उसे तड़प-तड़पकर मरने को छोड़ दिया जाएगा।

तालाब-पोखर की बात भी खूब चली। थोड़ा बड़ा हुआ तो मैं काशी की गंगा की सीढ़ियों पर बैठा उस पतित-पावनी की लहरों के किल्लोल को बड़े ध्यान से देखा करता था। शाम की बेला होती तो पश्चिम के आकाश में लुढ़कता सूरज का गोला इन लहरों में गुलाल घोल देता। गंगा के वक्ष पर उठती-गिरतीं, मचलतीं ये लोल लहरें मेरे किशोर मन को मोह-मोह लेतीं। मैं पता नहीं कब तक ध्यानावस्थित-सा लहरों की यह मोहक क्रीड़ा देखता रहता। अंत में जब सूरज का गोला पूरी तरह डूब जाता, रात्रि की काली स्याही गंगा के जल के साथ-साथ किनारों तक दूर-दूर पसर जाती, मैं अनमना-सा उठता और उस घाट की ओर बढ़ जाता जहां दहकती चिताओं की ज्वालाओं का नर्तन जारी रहता। एक पीला प्रकाश घाट पर दूर-दूर तक फैला रहता। आप ठीक समझे, मेरा तात्पर्य मरणकंडिका से ही है।

यहां एक किनारे बैठ मैं चटखती चिताओं को ध्यान-मग्न देखता रहता। जलने की प्रतीक्षा में पड़ी लाशों को गिनता रहता और इसी उम्र में जीवन की निस्सारता पर सिर पीटता रहता। मुझे खूब स्मरण है किसी जलती लाश को देखकर ही इसी मरणकंडिका-किनारे मेरे मुंह से निकला था—

हाड़ जरै ज्यों लाकड़ी, केस जरै ज्यों घास।
सबका जलना देखकर भये कबीर उदास॥

आप आश्चर्यचकित नहीं हों कि एक किशोर के मस्तिष्क से ये काव्य-पंक्तियां कैसे निस्सृत हो सकती हैं। वस्तुतः मुझे भी इस पर आश्चर्य होता है कि बातें कविता के रूप में ही मेरे अंदर से कैसे फूटती थीं। 'कविताई' मेरे लिए सहज थी। वैसे ही सहज जैसे किसी झरने से जल का झरना। इसमें आश्चर्य की बात भी नहीं। अक्सर भक्त-कवियों (यद्यपि मैं न अपने को भक्त मानता न कवि) के साथ यही घटा है। चाहे नानक हों, सूर हों, मीरा हों, या तुलसी अथवा दादू। सूर तो अंधे थे, कविताई का ककहरा भी कहां पढ़ा? पर ऐसी 'कविता' लिख गयी कि आंखों के इस 'सूर' को आपने काव्य-गगन का सूर्य ही मान लिया। तुलसी की बात तो खैर और थी। वह तो भक्त होते हुए भी महापंडित थे। 'नानापुराण निगमागम' में निष्णात। उन्होंने कविता रची तो कौन आश्चर्यजनक बात है? आश्चर्य में डालनेवाली तो मीरां निकली। किस पाठशाला और विद्यालय से शिक्षा-ग्रहण की उसने? पर करामात है कि नहीं यह, खुदाई चमत्कार? इस सबसे पता चलता है कि वे कितने मूर्ख हैं जो भगवान को ही नकारते हैं, खुदा के अस्तित्व पर प्रश्नचिह्न लगाते हैं, नास्तिक हैं। अगर भगवान हैं नहीं तो जुलाहा कबीर कवि कैसे बन गया और बाल्मीकि के सदृश नराधम, महाकवि? कौन इस बात से इनकार करेगा कि 'मरा-मरा' जपनेवाला वह व्याध ही विश्व को 'राम' नाम के सदृश अमोघ मंत्र दे गया जिसको लेकर कितने कबीर और कितने तुलसी तर गए? मैंने तो पहले ही कहा धनिया-प्रसंग में कि राम का स्मरण ही मुझे पागल बना देता है। सुरति में ले जाती है तो राम-भक्ति ही। यों ही मैंने राम नाम को लेकर अनेक बातें अनेक प्रकार से नहीं कहीं। कुछ पर ध्यान दीजिए—

कबीर आप राम कहि, औरों राम कहाई।
जिति मुख राम न उचरै, तिहि मुख फेरि कहाई॥

—तुम स्वयं राम कहो और दूसरों से भी कहलाओ। जिस मुख से राम नाम का उच्चारण न होता हो उससे पुनः प्रयत्न करके नाम का उच्चारण कराओ।

और भी सुनिए। और मेरी बातों को व्यर्थ की बकवास नहीं मानिए। मैंने तो कह ही दिया है—'मैं कहता आंखन देखी।' तो मेरी सारी बातें स्वयं की समझी-सुनी हैं। आज की भाषा में वे अनुभूतिजन्य हैं। और, आगे बढ़कर कह लें तो भोगा हुआ यथार्थ हैं। जिसे मैंने स्वयं जांचा-परखा नहीं, एक पक्के स्वर्णकार की तरह उसे कसौटी पर कसा नहीं, उसे मैंने कहा ही नहीं। हां, तो राम के संबंध में एक बात और कह रहा था—

जैसे माया मन रमै, यूं जो राम रमाई।
तारा मंडल छांड़ि कर जहं केसो तहं जाई॥

—जिस प्रकार तुम्हारा मन माया में रमता है, उसी प्रकार यदि वह राम में रम जाए तो तू तारा-मंडल को भी भेदकर वहां पहुंच जाएगा जहां राम (केसो—केशव) रहते हैं।

अब घट-घटवासी राम को तारा-मंडल के पार बैठाने की बात का आप बुरा नहीं मानिएगा। अरे यह तो सामान्य जनों के लिए है जिन्हें ईश्वर या खुदा आसमान की बुलंदियों में ही बसता दीखता है जबकि आप और हम सभी जानते हैं कि आसमान नाम की कोई वस्तु होती ही नहीं। पर जो जिस भाषा में समझ सके उसे तो उसी भाषा में समझाना पड़ेगा न? मकसद तो राम को अंदर उतारने से है। उसे 'मरा' के रूप में उतारो या राम के रूप में। असल लक्ष्य तो उसे दिखाना है। उसे पाताल में देखो या आसमान में, कबीर को इससे क्या अंतर पड़ता है?

हां, तो राम के संबंध में मेरे एक विशेष भाव को भी जान लीजिए। यों तो राम संबंधी मेरी अनेक उक्तियां प्रसिद्ध हैं, जैसे, इसे कौन नहीं जानता—

लूटि सकै तो लूटि लै राम नाम कै लूटि।
पाछे ही पछताहुगे, यहु तन जैहें छूटि॥

तो अपनी उस विशेष साखी पर आऊं जिसकी चर्चा मैंने ऊपर की और विशेषकर राम से ज्यादा उस व्यक्ति, उस गुरु को महत्त्व देती है जो राम से परिचित कराता है। इसी से सिद्ध होता है कि राम की महिमा मेरे लिए कितनी है—

राम नाम के पटतरै, देबे कौ कछु नाहिं।
क्या ले गुरु संतोषिए, हौंस रही मन माहिं॥

—सतगुरु ने राम नाम जैसी दिव्य वस्तु का दान दे दिया। उसके बदले देने को मेरे पास क्या है? किस चीज से गुरु को प्रसन्न करूं यह हौंस (इच्छा) मन की मन में रह जाती है।

गुरु की बात आई तो मुझे अपने जन्म से संबंधित किंवदंती भी स्मरण हो आई। कहा जाता है कि जिस नारी के गर्भ से मैं उत्पन्न हुआ वह एक गरीब ब्राह्मण की बेटी थी। बाल-विधवा। उसे लेकर वह ब्राह्मण उस समय के प्रसिद्ध राम-भक्त, स्वामी रामानंद के पास पहुंचे। लड़की ने प्रणाम किया और गुरु के मुख से निकला—'पुत्रवती

भव'।

ब्राह्मण तो हतप्रभ। यह पतिहीन पुत्रवती कैसे बनेगी ? और बनी भी तो मुझ पर क्या बीतेगी ? या मेरे पूरे परिवार पर ? यह तो यही न हुआ कि हवन करते हाथ जले ? आए थे गुरु-दर्शन से पाप-ताप से मुक्त होने और अब एक पाप का ही वरदान लेकर प्रस्थान करना पड़ रहा है।

बहुत संकोचपूर्वक निवेदित किया—"महाराज, यह पुत्रवती नहीं बन सकती। बाल-विधवा है यह।"

"अब तो बात मुख से निकल गई," स्वामी रामानंद ने कुछ अव्यवस्थित होकर कहा, "पति नहीं है तो बिना पति के ही पुत्र उत्पन्न होगा, बड़ा प्रतापी। राम-भक्त। चिंता नहीं करो।"

अब वह बेचारा ब्राह्मण चिंता नहीं करे तो और क्या करे ? दस महीने तक चिंता करता रहा और सचमुच जब दसवां महीना समाप्त होते-न-होते मैं आ गया उस अभागिन के गर्भ से बाहर तो साक्षात् मुसीबत ही था मैं उसके लिए। देखा, मैं सदा मुसीबत ही रहा लोगों के लिए, जन्म से लेकर मरण तक। वह अब इस मुसीबत को कितनी देर तक अपने यहां रखता ? इससे तो तत्काल मुक्ति लेनी ही थी। सुना रात्रि के घोर अंधकार में इस धरा-धाम को पवित्र किया था मैंने (जैसे कबीर नहीं होकर कृष्ण हो गया मैं ?) इस कारण मुसीबत से पिंड छुड़ाने में उसे बहुत झंझट का सामना नहीं करना पड़ा।

शुरू में गंगा की लोल लहरों की बात की न मैंने ? वह यों ही नहीं थी। मेरे अवचेतन में उस समय एक बात अवश्य करवट ले रही थी। मैं अपनी जन्म-कथा कहने चला था और बात गंगा की उठती-गिरती तरंगों-लहरों में उलझ गई थी तो जैसा कहा यह सब यों ही नहीं था।

वाराणसी में, नगर से कुछ दूर उन दिनों एक विशाल तालाब हुआ करता था। आकंठ जल-पूरित। यों तो हर तालाब-पोखर में छोटी-मोटी लहरें जगती ही रहती हैं पर यह जलाशय कुछ अधिक ही संवेदनशील था। किसी सागर का सखा ही हो जैसे। इसमें लहरें, हवा के थपेड़े जो जगाते सो जगाते, आसमान का चांद उन्हें कुछ अधिक ही जगाता था। पूर्णिमा की रात हो तो बात ही क्या ? उस दिन यह तालाब इस तरह तरंगायित होता कि लगता लहरें आसमान छूने को आतुर हैं। यही कारण था कि 'लहर तालाब' ही रख दिया था लोगों ने इसका नाम। देर रात तक लोग यहां बैठे लहरों का मचलना देखते रहते। बड़ा मनोहारी दृश्य होता यह दर्शकों के लिए। ऊपर अपनी मस्ती में मचलता चांद आकाश की ऊंचाइयों को मापता रहता, नीचे उसकी चांदनी इस तालाब के जल को मथती रहती। इसकी उठती-गिरती सफेद लहरों को पिघले सोने के रंग में रंगती रहतीं। रात-भर चलता यह लहर-नर्तन। यह आकाश से जमीन तक बिछा महताब (चांद) की रोशनी का माया-जाल। यह तालाब अब भी काशी में विराजमान है। पर उसका वह रूप कहां ? वह लंबाई-चौड़ाई कहां ? हां, वहां मेरा एक स्मारक अवश्य बना दिया गया है। मुझसे पूछिए तो उसकी आवश्यकता ही क्या थी ? अपना स्मारक तो कबीर स्वयं है। आप इसे आत्मश्लाघा मानें तो मानें। कबीर का नाम तो अमिट हो ही

गया समय की शिला पर। उसे क्या बचाना ? बचाना था तो बचा लेते इस लहर तालाब को ही। पर लोभ-लालच के दलदल में फंसे आपको तालाब-पोखर, जंगल-पहाड़ की रक्षा की कहां पड़ी, आपको तो जमीन चाहिए, बस जमीन। वह सरोवरों-सरिताओं को पाटकर मिले अथवा जंगलों को काटकर। पहाड़ों को ध्वस्त कर।

खैर, संयोग से मैंने पूर्णिमा को ही जन्म-धारण किया था। उस बेचारे ब्राह्मण को तालाब से कुछ दूर एक घनी झाड़ी में छुपकर धड़कते दिल और चिंताकुल दिमाग से देर तक प्रतीक्षा करनी पड़ी थी तालाब के किनारे जुटी भीड़ के छंटने की। अंततः अर्द्ध रात्रि के पश्चात् जब 'लहर तालाब' के घाट पूरी तरह जन-हीन हो गए तो वह झाड़ी से निकला और तालाब के एक घाट से थोड़ी दूर फटे चिथड़ों में लिपटी मुझ कबीर की लघु काया को रख, वहां से उलटे पैरों भाग चला। लोग कहते हैं उस ब्राह्मण ने बुद्धिमानी की। वह उतनी देर तक उस झाड़ी में प्रतीक्षा करने के बदले मुझे झाड़ी के कांटों के हवाले करके भी लौट आ सकता था। पर नहीं, वह मुझे मरने नहीं देना चाहता था। आखिर, मैं जो होऊं, था तो उसकी अपनी पुत्री की ही संतान, वह भी गुरु-आशीर्वाद से प्राप्त। पता नहीं मुझमें कौन-सी प्रतिभा सोई पड़ी थी। वह मुझे घाट-किनारे ही रखना चाहता था। उसे इस बात का अनुमान था कि सुबह होते-न-होते इस घाट पर लोगों का आना-जाना शुरू होगा और उनमें से किसी-न-किसी का मन पसीजेगा और वह मेरे प्राणों की रक्षा कर ले जाएगा।

घर आकर उस बेचारे को कई प्रश्नों का उत्तर देना पड़ा—मूक का भी, अमूक का भी।

घर में देर तक प्रतीक्षारत पत्नी और पुत्री ब्राह्मण के लौटने में विलंब के कई अर्थ लगा रही थीं। कहीं उसने अपने ब्राह्मणत्व के अकस्मात् जोर मारने से उस नन्हीं जान की जान ही तो नहीं ले ली उसे किसी नदी-नाले के हवाले कर? कहीं किसी ने देख तो नहीं लिया बड़े यत्न से चादर के अंदर छिपाए उस चिथड़ा-लिपटे शिशु को और दाल में कहीं कुछ काला समझ उसे कर दिया शहर-कोतवाल के हवाले और वह हवालात में बंद हो उसके सींखचों पर सिर पीट रहा है अब तक और पता नहीं कब तक पीटता रहेगा?

उसे देखते ही दोनों की जान में जान आई।

पुत्री की आंसू-भरी आंखों में एक प्रश्न तैरा—'क्या किया मेरे उस प्राणों के टुकड़े का?'

पत्नी मुखर हो स्पष्ट पूछ बैठी—"सुरक्षित तो है वह?"

"सुरक्षित है। भगवान ने चाहा तो सुरक्षित ही रहेगा।" ब्राह्मण ने जवाब दिया और निश्चिंतता की सांस ले अपनी टूटी खाट पर आ पड़ा।

पूर्णिमा का चांद मध्य आसमान में इठला रहा था। आंगन में अपनी खाट पर पड़े ब्राह्मण के मन में 'लहर-तालाब' की लहरों की तरह ही विचार-तरंगें उठ रही थीं—कहीं उसने उस जलाशय के तीर उस नवजात को छोड़ कोई भूल तो नहीं की? क्या पता उस पर किसी मानव की दृष्टि पड़ने के पहले किसी मांस-भक्षी जीव—शृगाल, श्वान की ही दृष्टि पड़ जाए और बात-की-बात में उसकी नन्हीं काया उन लोगों के द्वारा उदरस्थ कर

ली जाए। अंदर पत्नी और उससे अधिक पुत्री, क्लेश और पश्चाताप की अग्नि में दग्ध हो रही थीं। अब लग रहा था उस निर्दोष शिशु को गृह से निष्कासित कर उन्होंने अपनी कायरता का ही परिचय दिया। क्या होता अगर समाज उन्हें बहिष्कृत कर देता, उन पर लांछन की उंगलियां उठाता? कम-से-कम वह इस घर में सुरक्षित तो रहता। बाहर गालियां गूंजतीं तो गूंजतीं अंदर उसकी मनोहारी किलकारियां भी तो गूंजतीं? पति नहीं रहा तो एक पुत्र तो रहता—अपनी कोख का जाया? पर यह सब मात्र सोचने की बात थी। उस समय के सामाजिक बंधन इतने कड़े थे, लोग इतने रूढ़िग्रस्त कि मेरी तथाकथित ब्राह्मण-जननी खुलकर आंसू भी नहीं बहा सकती थी। उसकी आंखें सूख आईं, साथ ही सूख आया दो-चार दिनों में ही उसके प्रायः अछूते पयोधरों का पय (दूध) भी। जब उसका कोई उपभोक्ता ही नहीं था तो उसको तो सूखना ही था।

आप कहिएगा यह कबीर सब बातें तो कर गया पर असली बात दबा गया। माना वह पूर्णिमा को पैदा हुआ। पर किस पूर्णिमा को? कौन दिन था उस समय? कौन संवत्-साल? अरे, जब मरने के इतने वर्षों पश्चात् अपनी आत्मकथा ही लिखने चले हो तो पूरी बात लिखो। संशय में रखकर पाठकों की जिज्ञासा को जाग्रत करने का प्रयास कब तक करते रहोगे?

तो मैं कहूं कि यह दोषारोपण तो आप व्यर्थ ही कर रहे हैं न मुझ पर? मैं तो चला था आत्मकथा ही लिखने पर पाला पड़ गया मुझे उपन्यासकार-कथाकार से। अब तो वह अपने हथकंडे अपनाएगा ही। कहेगा, मेरा यह औपन्यासिक शिल्प है। मैं जिस बात को जब अभिव्यक्ति देना चाहूं तब दूं। जिस बात को आगे कहना चाहूं उसे आगे कहूं, जिसको पीछे चाहूं उसे पीछे। हां, तो ये कलाबाजियां हैं आज के कथाकारों की। अच्छा फंसा मैं। जैसे को तैसा मिला। उलटवांसियों के आदी को कलाबाजियों से पाला पड़ गया, यह मजे की ही बात है। अब ये महाशय कहेंगे, "मैं उपन्यास लिख रहा हूं, इतिहास नहीं कि सन्, संवत् और महीने के चक्कर में पड़ूं। और फिर जब इतिहास ही स्पष्ट नहीं है तो मैं अपने उपन्यास को क्यों उसकी अंधी गलियों में झोंक दूं? शोध करना इतिहासकार का काम है। उपन्यासकार तो उस शोध की नींव पर एक मोहक महल खड़ा करना जानता है। इतिहासकार की रुचि आगरे के लाल किले में हो सकती है, उपन्यासकार की आंखों को तो ताजमहल ही बांधेगा?"

तो भई बात तो सच है कि इतिहासकारों ने मेरे जन्म के संवत्, साल, दिन, महीने को लेकर काफी उठा-पटक की है। मेरे ही साथ ऐसी घटना घटी हो यह बात नहीं। प्रायः सभी साधुओं, संतों, कवियों, साहित्यकारों के साथ यही होता है। उनके इस धरती से प्रस्थान के कुछ दिनों पश्चात् ही उनसे संबंधित सारी सूचनाएं समय के गर्द-गुब्बार में दब जाती हैं। वे कोई राजे-महाराजे, शाह-शाहंशाह थोड़े हैं कि उनका इतिहास लिखा जाए—इतिवृत्त। जो राज्य गढ़ता है जोरो-जुल्म और खून-खराबे से; इतिहास उसका लिखा जाता है। अपने शरीर के खून को सुखाकर जो पद गढ़ता है, कविताई करता है, खुदाई बातों में रुचि लेने की मूर्खता करता है, उसका इतिहास कोई क्यों लिखे? मैं तो खैर कुछ पहले ही पैदा हो गया, सूर, तुलसी, मीरां के जन्म-मरण की तारीखों को लेकर

भी अब तक माथा-पच्ची रही है कि नहीं?

खैर, क्या रोना इस निष्ठुर यथार्थ को लेकर? ऐसा ही होता है, ऐसा ही होता रहेगा। चंगेज खां और औरंगजेब के इतिहास तो लिखे जाते रहेंगे; कबीर, नानक और दादू के इतिहास की कौन चिंता करता है? रैदास और नामदेव के?

जो हो ऐसा नहीं कि मेरे जन्मकाल के संबंध में कुछ कहा ही नहीं गया। बहुत कुछ विचार-विमर्श हुआ और अंततः कबीर-पंथियों ने इस संबंध में एक पद रच ही डाला—

चौदह सौ पचपन साल गए, चंद्रवार एक ठाट ठए।
जेठ सुदी बरसायत को, पूरनमासी परगट भए॥
घन गरजै दामिनी दमके, बूंदे बरसैं झर लाग गए।
लहर तालाब में कमल खिले, तहं कबीर भानु परगट हुए॥

—चौदह सौ पचपन संवत् के ज्येष्ठ शुक्ल, बरसात ऋतु में पूर्णमासी सोमवार को एक ठाट (अच्छी घटना) बनी। उस समय मेघ बरस रहे थे, बिजली चमक रही थी, बूंदों की झड़ी लगी हुई थी। लहर-तालाब कमलों से सजा हुआ था। यहीं पर कबीर रूपी सूर्य प्रकट हुए।

खैर, मेरे सूर्य आदि होने की बात तो बतंगड़ है। मैं क्या खाकर सूर्य की समता करूंगा? पर रह गई बात मेरे द्वारा ऊपर में कही कबीर-पंथियों की। यह सही है कि मैंने कोई पंथ आदि नहीं बनाया। मेरे शिष्य अवश्य हुए और ऊपर का पद भी मेरे शिष्य धर्मदास का बनाया हुआ ही है। यह कबीर-पंथ तो मेरे बाद अपना-अपना उल्लू सीधा करने के लिए मेरे तथाकथित शिष्यों ने बनाया। मेरे नाम पर मठ भी खुल गए। मेरे ऊपर चमत्कारपूर्ण कथाएं भी गढ़ी गईं। ग्रंथ भी लिखे गए। पंथ भी एक नहीं अनेक हो गए। मेरे नाम पर स्थापित मठों के मठाधीशों ने मनमानी भी आरंभ कर दी। तात्पर्य यह कि जो जीवन-भर संप्रदाय और मठ, मंदिर तथा मस्जिद के विरुद्ध आवाज बुलंद करता रहा, उसके जाते ही उसी के नाम पर पंथ बनने लगे, मठ खड़े होने लगे। मेरा रोना यों ही नहीं है। पहले भी मैंने अपने कष्ट के कई कारण गिनाए, उनके साथ इस कारण को भी जोड़ लीजिए।

तो बात फिर अपने जन्म की उठाऊं। आपके मन में संदेह उत्पन्न होता होगा कि अपने जन्म के संबंध की चमत्कारी घटना का मैं इतना रस लेकर वर्णन कैसे कर गया। क्या मैं इस सब पर विश्वास करता हूं? मतलब पतिहीन नारी की कोख से बिना किसी पुरुष-संग के पैदा होने में? आप आजकल के पढ़े-लिखे लोग हैं। आप कहिएगा कबीर तो दूसरा 'क्राइस्ट' निकला। एक मरियम ने मात्र ईश्वर-तेज के बल पर, बिना पुरुष-संसर्ग से, बच्चा पैदा किया, दूसरी कबीर की विधवा मां ने मात्र गुरु-आशीष के बल पर। मैं केवल 'आंखों देखी' कहने वाला ऐसी बेबुनियाद बातें कैसे कर गया? तो भई, अपने जन्म को किसने देखा है? यहां तो कही-सुनी बातों पर ही विश्वास करना होगा। मैं महज ईश्वरीय तेज से पैदा हुआ—गुरु-वचन के प्रभाव से—या नहीं, मैं नहीं जानता। हो सकता है ऐसा

घटित भी हुआ हो क्योंकि खुदा के लिए कुछ भी असंभव नहीं है। मैं तो खुदाई चमत्कारों का कायल हूं। जो खुदा इतनी बड़ी जमीन, ऐसे बड़े समंदर, आकाश छूते पर्वत गढ़ सकता है, वह अगर एक नन्हा शिशु अपने ही हाथों गढ़ दे तो इसमें आश्चर्य क्या? पर आप इस पर नहीं भी विश्वास करें तो मैं अपने विश्वास आप पर थोपने नहीं जा रहा। सदा दुराग्रही रहा मैं, यहां आपसे समझौते को प्रस्तुत हूं। नहीं बनना मुझे 'ईसा'। आपके भारत में कोई बन भी नहीं सकता। बनेगा भी तो आप उसे उपेक्षित कर देंगे, दूसरे उसे अपना लेंगे। आपके यहां पैदा हुआ एक बुद्ध। यों तो उसको अपनी धरती की उपज कहकर आप आज भी उस पर गर्व करने में नहीं चूकते। पर किया क्या आपने उसका? उसके दर्शन, उसके सिद्धांत का? कर दिया कि नहीं अपनी सीमाओं से बाहर इन सबको? अन्य कई देशों में उसका धर्म आज भी फल-फूल रहा है, पर यहां? यहां तो वह बस उपेक्षितों, तथाकथित अछूतों की शरण-स्थली-मात्र होकर रह गया है। 'बुद्धं शरणं गच्छामि' यहां अब कोई अर्थ नहीं रखता। सभी असत्य, हिंसा और परिग्रह की शरण जा रहे हैं। बुद्ध और महावीर का कोई अर्थ नहीं रहा तो कबीर का क्या खाक रहेगा?

इतनी बात तो तय रही कि मैं एक विधवा का पुत्र था। उस खुदाई करामात की बात छोड़ दें तो मैं आपकी भाषा में स्पष्टतः अवैध संतान था। और यह ब्राह्मणी की कोख से उत्पन्न होने की बात भी गढ़ी हुई हो सकती है। मात्र, मुझे महिमा-मंडित करने के लिए। वह विधवा किसी भी जाति की हो सकती है। अछूत रही हो तो और अच्छा। कबीर को क्या लेना जाति-पांति से? मैं तो इस प्रथा का खुला विरोधी रहा। आपने तो पढ़ा ही है मेरा यह उद्घोष—

जात न पूछो साधु की, पूछ लीजियो ज्ञान।
मोल करौ तलवार का, पड़ा रहन दो म्यान॥

खैर, पैदा चाहे जिस-किसी से, जिस रूप में हुआ होऊं, आ तो गया ही मैं इस धरती पर। अपनी मर्जी की बात होती तो नहीं भी आता पर जैसा पहले कहा पैदा करने और मारने में खुदा किसकी सहमति लेता है? खुदा के नाम पर बहुत नाक-भौं नहीं सिकोड़ें तो अच्छा। आपके लिए वह नहीं हो पर बहुतों के लिए तो है ही। किसी के लिए राम बनकर, किसी के लिए रहीम बनकर, किसी के लिए करीम बनकर तो किसी के लिए कृष्ण बनकर। वह किसी का ईसा है तो किसी का वाहे गुरु! किसी की गीता में वास करता है तो किसी के गुरु-ग्रंथ साहिब में। अनेक के मन में वह अनेक रूप से है। आपके अंदर नहीं हो तो यह आपका दुर्भाग्य!

4

खुदा देता है तो छप्पर फाड़कर। अब यह उसकी मर्जी कि कब छप्पर फाड़ता है। किसी के लिए जल्दी ही फाड़ देता है तो किसी को तड़पा-तड़पाकर छोड़ता है। यह

सब कर्मों का फल है। इस जन्म के या उस जन्म के। अच्छे कर्म हों तो खुदा की रहमत जल्दी बरसती है, बुरे हों तो वह बरसने से रही। उल्टे बुराई किसी-न-किसी दिन गाज बनकर ही गिरती है आप पर। अच्छे कर्म आज नहीं तो कल अच्छे फल देकर ही रहते हैं। उसी तरह बुरे कर्म भी।

यहां तो भई मैं अनुभूत बातें बोल रहा हूं—आंखों देखी। बाहरी नहीं तो भीतरी आंखों से देखीं-परखीं। आपको कर्म-फल में विश्वास करना हो करें, न करना हो न करें पर मैंने तो अपने इल्माई अनुभव पर स्पष्ट ही कह दिया है—

पूरब जनम हम ब्राह्मण होते, ओछे करम तब होना।
रामदेव की सेवा चूका, पकरि जुलाहा कोना॥

—पहले जन्म में मैं ब्राह्मण था। तब कुछ ओछे करम हो गए। भगवान राम की सेवा में कुछ चूक हुई और इस जन्म में मुझे जुलाहा बनना पड़ा।

आप कहिएगा विचित्र है यह कबीर भी। यों तो जाति-पांति को नकारने में अपना सानी नहीं रखता और जहां अपनी बात आई तो अपने को पूर्वजन्म का ब्राह्मण बता इस जन्म के जुलाहेपन को ढंकना चाहता है।

नहीं, बात ऐसी नहीं है। आप मुझे गलत समझ गए। बात कर्म की चल रही थी। अच्छे कर्म के अच्छे फल की और बुरे कर्म के बुरे फल की। तो यह बात तो माननी ही पड़ेगी कि मैं जाति-पांति मानूं या नहीं, पर मेरे समय में, बहुत हद तक आपके समय में भी, ऊंची जाति वालों पर मान-सम्मान की वर्षा होती रही और नीची जाति वालों की छाया का स्पर्श भी पाप माना जाता रहा। तो यह भोग तो कर्मों का ही फल हो सकता है? किसी विशेष जाति में पैदा होना कर्म-फलों को भोगने का एक बहाना तो हो ही सकता है, भले ही यह जाति-प्रथा बेमानी हो।

बात खुदा द्वारा देने-लेने की हो रही थी, कर्म के आधार पर। बात उसकी रहमत की हो रही थी, उसके करम की। कृपा-अनुकंपा की तो नीरू और नीमा के पूर्वजन्म के कर्म अब परिपक्व हो फल देने को प्रस्तुत बैठे थे।

आप फिर कहेंगे कबीर अपनी आदत से बाज नहीं आता। अपनी रहस्यवादिता को हर जगह चस्पां करने से। कर्म की बात करते-करते अकस्मात् नीरू, नीमा की बात ले बैठा, वह भी बिना किसी भूमिका—पूर्वपीठिका के—अरे भई, यह नीरू, नीमा कौन थे? याद कर लो तुम्हारे आत्मकथात्मक आख्यान में नीरू का नाम जो एक बार आया हो नीमा का नाम तो अभी तक आया नहीं, तुमने झट से टपका दिया इन्हें जैसे अपनी साखियों, वाणियों में जाने-अनजाने शब्दों को टपका देते हो। अब कोई चाहे उनके अर्थ को लेकर अपना सिर पीटे या फोड़े, तुम्हारी बला से।

तो भई नीरू और नीमा तो मात्र नाम हैं और नामों को लेकर क्या झगड़ना? नाम तो किसी का कुछ भी हो सकता है, महत्त्व उसके अंदर निहित गुणों का है। मैं तो ठहरा अक्षर-ज्ञान से भी रहित। पर आप ही के किसी आंग्ल कवि ने कहा है न कि नाम में क्या रखा है? गुलाब को कोई भी नाम दे दो उसकी गंध पर क्या प्रभाव पड़ता है? उसकी खुशबू तो उड़ती रहेगी। आसपास के वातावरण को सुवासित करती रहेगी,

छूनेवाली उंगलियों को वह गंध-दान देती रहेगी।

मैं खुदा द्वारा छप्पर फाड़कर देने की बात कर रहा था—जी भर देने की। नीरू और नीमा के साथ वही घटा। आप उनके बारे में जानने के बहुत उत्सुक हैं तो बताता हूं कि वे जुलाहे थे। मुसलमानों में जुलाहे एक तरह से हिन्दुओं के शूद्रों की कोटि के होते हैं, यह आपको पहले ही बता दिया है यद्यपि वे हमारे तन को ढंकने के लिए रात-दिन श्रम कर कपड़े बुनते हैं, हमारे कुरूप शरीर को रूप देते हैं; पर हैं, वे समाज के एक उपेक्षित-तिरस्कृत अंग ही। मेरे बाद आए तुलसी की बात लूं तो उन्हें समाज में सर्वश्रेष्ठ स्थान मिलना चाहिए। तुलसी के अनुसार सज्जनों का चरित्र कपास के सदृश होता है। कपास धुन-धुनकर रुई बनता है, रुई से धागे बनते हैं फिर वे धागे करघे पर चढ़, चोट पर चोट खा, वस्त्र का रूप लेते हैं और इस तरह लोगों का अंग-छिद्र ढंकने के काम आते हैं—

साधु चरित सुभ चरित कपासू, नीरस विशद गुण-मय फल जासू।
जे सहि दुःख पर छिद्र दुरावा, बंदनीय जेहि जग जस पावा॥

अब जो जुलाहा इस वस्त्र को बुनता है उसकी गणना संतों-सज्जनों, संभ्रांत लोगों में होनी चाहिए थी? न कि उसे समाज की हीन-दृष्टि का शिकार होना चाहिए था?

जो हो जुलाहे उस समय भी निकृष्ट माने जाते थे, आज भी उनकी वही गति है। अब तो वे अधिक ही दीन-हीन हो गए। आपके वस्त्र-मिलों ने उनके करघे को अर्थहीन कर दिया। और इस तरह उनकी रोजी-रोटी का सहारा भी जाता रहा। पहले तो मान-सम्मान से ही वंचित थे। अब पेट पर लात पड़ी तो दानों के भी लाले पड़ गए। अब आप चाहें लाख उनके पुनर्वास का प्रबंध करो, दान दो, अनुदान दो पर उनकी पूर्व स्थिति तो वापस आने से रही।

यही होता है इस संसार में। जो सबकी सेवा करता है, उनकी सुख-सुविधा, आराम-विश्राम का प्रबंध करता है वह उपेक्षित हो जाता है, अछूत और शूद्र कहलाता है और जो बैठे-बैठे रोटियां तोड़ते हैं, दूसरों के शोषण पर चलते हैं वे पूज्य बन जाते हैं। वे महान् बनकर अहंकार में फूल उठते हैं और दूसरा निरीह बनकर कुंठा और हीन-भावना से ग्रस्त हो आता है। पर मैंने कभी इस कुंठा को अपने अंदर पनपने नहीं दिया।

मैं तो ठहरा सदा का अक्खड़। तन को महत्व कब दिया मैंने? आत्मा सब कुछ है, वह सबमें एक होती है। उसकी कौन जाति है? वह तो ईश्वरीय अंश है, खुदा का ही एक हिस्सा। वही सबमें रमता है तो फिर कौन बड़ा कौन छोटा है? कौन ऊंच और कौन नीच? कहां की जाति, कहां का वर्ण?

हां, तो मैंने कहा मैंने कभी कुंठा नहीं पाली। काशी में दशाश्वमेघ घाट पर स्नान कर एक पंडित बाहर निकल रहे थे। मैं किनारे ही खड़ा था। लगा उनको मेरी छाया से भी छूत लग गई। सारा स्नान-मज्जन व्यर्थ गया। फिर गंगा में डुबकी लगानी पड़ेगी। मेरे वेश-भूषा से ही उन्हें लग गया था कि मैं किसी पतित वर्ग से आता था। मेरे ललाट

पर त्रिपुंड और तन पर गेरुआ जो नहीं थे। तुनककर बोले—

"कौन हो तुम?"

मैं खरा-खोटा सुनाने का आदी, कब चूकने वाला था? छूटते ही जवाब दिया—

जाति जुलाहा मति को धीर, हरषि-हरषि गुण रमै कबीर।
मेरे राम की अभै पद नगरी, कहे कबीर जुलाहा॥
तू ब्राह्मण मैं कासी का जुलाहा॥

मैं क्या, मेरे राम में विश्वास करनेवाले सब ऐसे ही अक्खड़ होते हैं। उनको हीन-भावनाएं और कुंठाएं किधर से घेरने लगीं? जो राम का हो गया उसे किसका डर?

मैं तो खैर जुलाहा था ही। ब्राह्मणी के पेट से ब्राह्मण द्वारा उत्पन्न तुलसी को कम जलील होना पड़ा? उसके जाति-वर्ण के संबंध का तो सब किसी को पता था। पर उस बेचारे को भी कम परेशान करने का प्रयास किया आपकी काशी के पंडितों ने? सच पूछिए तो सदा से अहंकारग्रस्त रही है यह नगरी, विद्वेष-भरी। तुलसी जब बहुत चर्चित हुआ। दिशाओं में हवाओं पर चढ़कर किसी फूल की गंध की तरह ही उसकी सुगंध फैली तो और कुछ नहीं मिला तो उसकी जाति पर ही प्रश्नचिह्न लगा दिया पंडितों ने।

मैंने कहा न, राम का भक्त तो अक्खड़ होता ही है। निर्भय और लोक-लज्जा से ऊपर। वह मुझसे भी कटु भाषा में दो टूक बोल गया—

धूत कहै, अवधूत कहै, रजपूत कहै, जुलहा कहै कोई।
काहू की बेटी से बेटा न ब्याहौं, काहू की जात बिगार न सोई॥

—कोई मुझे धूत कहता है, कोई अवधूत कहता है, कोई धोबी (रजपूत) कहता है, कोई जुलाहा कहता है। कोई बात नहीं। मैं किसी की बेटी से अपना बेटा ब्याहने नहीं जा रहा। किसी की जाति बिगाड़ने का मेरा इरादा नहीं।

हां, तुलसी का नाम मैं बार-बार लेता हूं। इसे आपको खटकना नहीं चाहिए। वह मुझसे बाद में आया तो क्या हुआ? उसमें-मुझमें कई बातों में साम्य है। वह भी मेरी तरह टुअर-टापर (मेरी पूरबिया समझे आप?) माता-पिता विहीन। अभुक्त मूल नक्षत्र में पैदा होकर जनमते ही अपने मां-बाप को खा गया।

उसने भी मेरी तरह काशी को ही अपनी वास-स्थली बनाया। वह भी राम का होकर रहा, मैं भी। पर सबसे बड़ी बात यह कि जितना मैंने राम के नाम को लेकर कहा, उससे कम उसने राम के गुणगान में नहीं लिखा, कहा। कुछ उदाहरण मैं आपको दूंगा। मैंने तो पहले ही 'राम' को लेकर बहुत कुछ कह दिया है, यों कहा तो और भी बहुत कुछ है पर सबको गिनाऊं तो यह काव्य-पुस्तक नहीं बन जाए? उपन्यास किधर से रहे?

एक बात तुलसी ने बड़ी चौंकानेवाली कही। कहा राम का नाम चाहे जैसे लो—प्रेम से, घृणा से, शत्रुता से, आलस्य से, पर वह तुम्हारा दसों दिशाओं से मंगल ही करेगा—

भाव, कुभाव अनख आलस हूं।
राम जपत मंगल दिशि दसहूं॥

•

संसार की सर्वाधिक महत्वपूर्ण संचालक शक्तियां क्या हैं? एक तरह से देखिए तो अग्नि, सूर्य और चांद। पवन और जल की बात भी आती है पर सूर्य तो सृष्टि का सर्वेसर्वा है, सूर्य नहीं हो तो यह अंधकारग्रस्त धरती हिम बनकर जम जाए कि नहीं? पेड़-पौधे, जीव-जंतु उसकी उष्मा के बिना निःशेष होने से रहेंगे? अन्न पकेंगे? फल लगेंगे? सूरज जीवनदाता है, मानना पड़ेगा—आपका ही नहीं, इस धरित्रि का भी जिस पर आप जनमते, पलते और बढ़ते हैं। और चांद? शीतलता और सौंदर्य का वह अप्रतिम प्रतीक? अमृतवर्षिणी उसकी रश्मियां वनस्पतियों और फूलों-फलों की प्राण हैं कि नहीं? अनेक आधि-व्याधियों के शामक उस चांद के बिना धरती शोभाहीन हो आएगी कि नहीं? निरंतर ताप-संताप और अशांतिग्रस्त इस पृथ्वी और उसके प्राणियों को चांद ही से तो शीतलता और शांति मिल पाती है! यह चांद का अद्‍भुत आकर्षण और उसकी असामान्य विशेषताएं ही हैं कि इस्लाम ने उसे एक तरह से अपना ही बना लिया। हिन्दुओं ने भी उसे कहां छोड़ा? उनकी ज्योतिष-गणना के केंद्र में तो वह है ही। पूर्णमासी को सर्वाधिक महत्त्व रात के भरे-पूरे चांद के कारण ही मिला।

और अग्नि? आदि मानव के सर्वाधिक महत्त्वपूर्ण अन्वेषणों में अग्नि है कि नहीं? चाहे पत्थर के टुकड़ों को रगड़कर उसने उसे प्राप्त किया हो अथवा काष्ठ-खंडों के घर्षण से, पर आग नहीं मिली रहती तो आज यह पृथ्वी मनुष्य से पटी रहती कि नहीं कहना कठिन है। अग्नि ने उसकी शीत से रक्षा की, उसके अंधकार को हरा और सबसे ऊपर उसने उसके भोजन को पकाया। कच्चे मांस और कंद-मूल पर पलनेवाला आदि आखेटक आग पर पके भोजन को पाकर जीने की एक नई राह पा गया।

तुलसी ने 'राम' को इन तीनों का स्रोत ही बता दिया—

बन्दउ राम नाम रघुवर के।
हेतु कृशानु भानु हिमकर के॥

राम 'बीज' मंत्र ही है तुलसी के लिए। इस नाम को लिया नहीं कि सूर्य, चांद और अग्नि की सारी शक्तियां आपके अंदर केंद्रित हुईं।

तुलसी की बात मुझे बड़ी अच्छी लगती है। वह स्पष्ट कह देता है कि राम परमेश्वर अथवा परब्रह्म से उसका यह नाम 'राम' अधिक शक्तिशाली है—

ब्रह्म राम ते नाम बड़ु, वर-दायक वर दानि।
राम चरित सत कोटि महं, लिय महेस जिय जानि॥

—ब्रह्म राम से उनका नाम बड़ा है। असल वर-प्रदायक और वरदान वही है, अतः शिव ने सात करोड़ राम चरित्रों में से इस एक नाम को ही अपनाकर अपने को धन्य कर लिया।

तुलसी की पैनी बुद्धि का तो लोहा मानना ही पड़ेगा। ऐसी-ऐसी बातें वह 'मेरे'

राम के नाम को लेकर कह गया कि वे मेरी उलटी खोपड़ी में कभी आईं ही नहीं।

लोहा मानना पड़ेगा उसका जब वह कहता है कि राम को तो भक्तों और साधु-संतों की भलाई के लिए मनुष्य का रूप धर धरती पर उतरना पड़ा पर प्रेमपूर्वक राम नाम का जाप कर भक्त अनायास ही आनंद और मंगल प्राप्त कर लेते हैं—

राम भगत हित नर तनु धारी।
सहि संकट किए साधु सुखारी॥
नाम सप्रेम जपत अनयासा।
भगत होहिं मुद मंगल वासा॥

नर-तन-धारी राम के द्वारा पाषाण बनी अहल्या के तारने की बात सर्वविदित है। तुलसी यहां भी चुटकी लेने से बाज नहीं आता।

उसके अनुसार राम ने तो मात्र एक तपस्वी की पत्नी को तार दिया, नाम ने तो करोड़ों दुष्टों और कुमतियों को राह पर ला दिया—

राम एक तापस तिय तारी।
नाम कोटि खल कुमति सुधारी॥

अब इस बात को कहां तक खींचें? 'राम' नाम जितना तुलसी के लिए प्रिय उतना ही मेरे लिए भी। अब उसी के स्वर में स्वर मिलाकर मैं भी कहना चाहूंगा कि स्वयं राम भी नाम के गुणों का बखान करने में असमर्थ हैं—

कहौ कहां लगि नाम बड़ाई।
राम न सकहिं नाम गुन गाई॥

●

हां, तो बात चल रही थी नीरू, नीमा की। आप कहिएगा शाखा-मृग (वानर) की तरह इस शाखा से उछलकर उस शाखा पर कूदने का आदी मैं मूल बात को ही भूल जाता हूं और कहां-कहां की बातें ले उठता हूं। नहीं, मैं मूल बात को नहीं भूलता। अब बात से बात निकल पड़ती है तो मैं क्या करूं? भूला तो मैं धनिया की कहानी को भी नहीं हूं। उस पर भी लौटूंगा ही। खरा-खोटा बोलने का चाहे जो आदी होऊं, किसी को निराश करना मैंने नहीं सीखा।

हां, ये पति-पत्नी थे। जुलाहे। संभ्रांत समाज में प्रताड़ित तो थे ही, अपनी जाति-बिरादरी में भी अपमानित और उपेक्षित रहना इनकी नियति थी।

कारण स्पष्ट था। शादी के कई वर्षों बाद भी नीमा की कोख बांझ की बांझ रही थी। लोगों के शब्दों में एक चुहिया भी नहीं जनी थी उसने। नीरू तो खैर बिरादरी के अपमान का उतना लक्ष्य नहीं बना था पर नीमा का जीना दूभर हो आया था। औरतें उसकी शक्ल देखकर ही 'हाय अल्लाह!' कह उस मनहूस साक्षात्कार के कुप्रभाव से बचने का रास्ता निकालती थीं। कहीं सुबह-सुबह किसी की दृष्टि उस पर पड़ गई तो सारा दिन ही नष्ट हो गया। भला बांझ का चेहरा अहले-सुबह दिखाई पड़े तो और क्या होना है? बात नीमा के माध्यम से नीरू तक भी पहुंचती थी। दोनों दुःखी थे। हर

नमाज के बाद हाथ उठा दुआ मांगते थे—"या अल्लाह, अपनी रहमत से कब तक महरूम रखोगे हमें। कुछ तो दिखाओ अपने अहले-करम का कमाल।"

और अल्लाह ने ठीक ही दिखाया उस दिन अपना कमाल। नीरू नीमा को लेकर उसके मायके पहुंचाने चला था। दोनों के सिर पर छोटी-छोटी पोटलियां। एक में कुछ कपड़े और एक में कुछ चना-चबेना। रास्ते का कलेवा। पंडितों की भाषा में पाथेय।

लहर-तालाब तक आए तो घाट के पास हाथ-मुंह धोना चाहा। अंधकार पूरी तरह छंटा नहीं था। सुबह का धुंधलका घाट के किनारों पर अब भी पसरा पड़ा था। सीढ़ियों की ओर बढ़ती हुई नीमा के पैर एक चिथड़े-लिपटी पोटली पर पड़ते-पड़ते रहे। वह किनारा काट आगे बढ़ जाती कि पोटली में कुछ हरकत-सी मालूम पड़ी। उसकी उत्सुकता जगी और उसने पोटली को हाथ लगाया तो खुशी से चीख उठी। उसमें तो एक जीता-जागता नवजात शिशु लिपटा था। रंग ऐसा कि लहर-तालाब में खिले कमल-पुष्पों की लालिमा को भी मुंह चिढ़ाए। चेहरे से जैसे नूर टपक रहा था। होऊंगा भी मैं वैसा ही। उस समय के अपने रूप का तो खैर क्या ख्याल रहता पर जब से होश हुआ, पाया मेरे जिस्म को कुछ अधिक ही आकर्षण से भरा था अल्लाह-ताला ने। ढलती उम्र तक शरीर से सचमुच एक तेज-सा फूटता रहता था। लोग-बाग उसे देखकर मुझे कोई अवतारी पुरुष, कोई खुदाई मसीहा-पैगम्बर ही समझते। पर मैं उनको झिड़क देता। कहता अंदर का तेज जगाओ। बाहर के इस रूप में क्या रखा है? अंदर में रूहानी रोशनी फूटेगी तो उसकी चमक बाहर आने से रहेगी क्या?

खैर, उस समय तो किसी रूहानी नूर से नहीं भरा था मेरा चेहरा। पर लोग कहते हैं—था ही मैं देखने में ऐसा कि नीमा ने आव देखा न ताव, झट से मुझे अपनी गोद में उठा लिया और मेरे मुंह को चूमकर मुझे अपनी छातियों से लगा लिया। छातियों से लगाते ही उसके अंदर का वात्सल्य ऐसा पिघला कि उसके पयोधरों से सहसा दूध की धार फूट पड़ी। उसने सूखे पड़े मेरे होंठों को, दूध की धार का सहारा दे, अपनी पतली उंगलियों से मुश्किल से खोला और अपने उफनते स्तनों को उनसे बारी-बारी से लगा दिया। मेरे प्राण इस पीयूष (अमृत) सिंचन से जाते-जाते रह गए। नीमा प्यास से भरकर कभी मेरे ललाट को चूमती, कभी मेरे कपोलों को तो कभी मेरी आंखों को।

इसे उसके असीम प्यार-वात्सल्य का प्रभाव कहें या मेरे कंठ के माध्यम से मेरे अंदर उतरे पय का प्रभाव, मैं जो अब तक प्रायः मरणासन्न-सा चुपचाप पड़ा था, सहसा 'केहां-केहां' कर चिल्ला उठा। मां (अब तो नीमा को मां ही कहना होगा) का दाहिना पयोधर मुख से छूट गया और मेरी आवाज जा पहुंची तालाब की सीढ़ियों के पास जहां नीरू हाथ-मुंह प्रक्षालन में व्यस्त था। वह दौड़ा-दौड़ा पहुंचा अपनी पत्नी तक और कभी मेरे चेहरे तो कभी मेरी मां के उत्फुल्ल कमल की तरह खिल आए मुखड़े को निहारने लगा। कुछ देर तक तो प्रसन्नता से भरा वह अवाक् ही खड़ा रहा फिर किसी तरह जब अपने खोए स्वर को पा सका तो बोला—"कहां पाया इस गुदड़ी के लाल को?" (लाल तो मैं क्या था पर गुदड़ी में लिपटा अवश्य था।)

"यहीं तो, यहीं तो।" मां के मुंह से प्रसन्नतापूरित बोल निकले।

"जरा देना तो मुझे भी।" उसने झट से मां की गोद से मुझे छीन लिया और अपने कलेजे से लगाकर मुझ पर चुंबनों की बौछार कर दी।

अब वह मेरा बाप था। पिता।

भगवान को उन्होंने लाख-लाख दुआएं दीं। उसने सचमुच उन्हें छप्पर फाड़कर जो दिया था।

मेरे माता-पिता ने अपनी आगे की यात्रा स्थगित कर दी। वे घर की ओर वापस लौट चले। उन पर नया दायित्व जो आ गया था!

5

मुझे अपने बचपन के चार वर्षों तक की बात याद नहीं। मैं कैसे पला, कैसे बढ़ा यह सब मैं क्या जानूं, ऐसे यह मेरा दायित्व भी नहीं था। जिस मां-बाप ने मुझे बड़े प्यारपूर्वक तालाब-किनारे अपने अंक में सहेज लिया था उन्होंने मुझ पर कम प्यार लड़ाया होगा?

हां, बाद में सुना कि जुलाहों की बस्ती में इस घटना को लेकर कुछ दिनों तक अच्छा हंगामा बरपा रहा। लोग मेरे पिता-माता को कोसते—"पता नहीं कहां से किसको उठा लाए हैं? अगर गोद ही लेने का शौक चर्राया था तो बिरादरी में ही बच्चों की क्या कमी थी? रोज ही तो एक-दो पैदा होते हैं।"

"मुझे किसी का एहसान नहीं चाहिए था।" पिता ने छुटते ही कहा था और मां ने आगे जोड़ा था—"कहां से किसका बच्चा उठा लाया है, यह क्या? किसी का बच्चा हो, जुलाहे से भी नीच जाति का नहीं होगा न? है हमसे कोई अधिक उपेक्षित और शोषित? और यह उठाने की बात क्यों करते हो? अल्लाह-ताला ने स्वयं इससे मेरी गोद भरी है। मिलना था तो यह किसी और को भी मिल सकता था, मुझे ही क्यों खुदा ने चुना इसके लालन-पालन के लिए?"

"जो हो, होगी तो पाप की ही सन्तान। पालते रहो।" लोग बोले थे और पिता ने क्रोध में आकर जोड़ा था—"कैसा पाप और कैसा 'पुन्न' जी? सभी एक ही तरह से पैदा होते हैं, हिन्दुओं के ब्राह्मण अथवा क्षत्री हों अथवा मुसलमानों के शेख-फकीर। और सुनना ही चाहते हो तो सुनो। कोई है ऐसा तुम में जो जानता हो कि वह अपने तथाकथित बाप की ही औलाद है या किसी और के द्वारा धरती पर लाया गया है वह? है तो बोलो।"

भीड़ सकते में आ गई थी, कोई कुछ नहीं बोला था और सभी उलटे पांव वापस चले गए थे।

आज मैं सोचता हूं मेरा वह धर्म-पिता कितना निर्भीक था। शायद उसी के साहस ने मुझे आगे प्रेरित किया था बड़ी जातियों के जातीय अहंकार को अपने नंगे पैरों तले मसलने के लिए और मैंने गाया था—

जो ब्रह्म ब्राम्हनी जाए, और राह तुम काहं न आए।
जो तु तूरक तूरकी जी जाया, पेटै काहे न सुनति कराया॥

—अगर ब्राह्मण तुम कहते हो कि मैं ब्राह्मणी के गर्भ से पैदा हुआ तो तुम्हें किसी दूसरी राह से गर्भ के बाहर आना था। जिससे सब आते हैं उससे तुम क्यों आए? (तब तुम्हारी पवित्रता-श्रेष्ठता कहां रही?)

मुसलमान, अगर तुम कहते हो कि मुसलमानी ने तुम्हें जना है तो तुम्हारी 'सुनति' (एक प्रकार का मुसलमानी कर्मकांड जिसमें बच्चा पैदा होते ही उसके मूत्र-इंद्रिय के आगे का चमड़ा काट दिया जाता है। इसके पश्चात् मुसलमान की यही पहचान बन जाती है—जिसकी 'सुनति' हुई हो वह मुसलमान, जिसकी नहीं हुई हो वह हिन्दू) पेट में ही क्यों नहीं कर दी गई (अल्लाह ताला द्वारा)?

यह बात बहुत लगनेवाली थी ब्राह्मणों के लिए और मौलवी-मौलाओं के लिए। सभी मेरे जानी दुश्मन बन गए थे। पर मैं तो अक्खड़, अभय। मुझे किसका भय? जो राम का हो गया उसके पास भय किधर से फटकेगा? माता-पिता मुझे घर से बाहर जाने से रोकते—"कबीर अकेले काशी की सड़कों पर नहीं घूमा करो। तुमने हिन्दू-मुसलमान दोनों को दुश्मन बना लिया है। पता नहीं कौन कभी कुछ कर बैठे?"

"मेरा कोई क्या कर लेगा, मैं तो राम का हूं" और मैं गा उठता—

जाखै राखो साइंया, मार न सकिहैं कोय।
बाल न बांका करि सकै, जो जग बैरी होय॥

खैर, ये तो बाद की बातें हैं, जब मैं बनाने लगा था तब की। अभी तो मैं अपने बचपन की बात कर रहा था।

चार वर्ष की उम्र के बाद जब मैंने अच्छी तरह होश संभाला तो पाया कि अपने परिवार में तो मैं पिता-माता की नाक का बाल था। वे मुझ पर सदा अपना प्रेम उड़ेलते रहते पर जब मैं घर के बाहर चला जाता—विशेषकर जुलाहों की बस्ती के उस पार तो मेरी शामत ठीक उसी तरह आ जाती जिस तरह शृगाल की शहर में जाने से हो जाती है।

अच्छे-खासे, खाते-पीते मुस्तंड बच्चे मुझे देखते ही 'जुलाहा-जुलाहा' चिढ़ा बैठते और कभी-कभी तो उनमें से कुछ मेरे नंग-धड़ंग, धूल-धूसरित शरीर पर रोड़े-पत्थर भी फेंकने लगते। मैं हड़बड़ाकर भागता तो किसी शिखा-तिलकधारी पंडित से टकरा जाता और वह चिल्ला उठता—"हाय! हाय! यह अछूत किधर से आ लगा? अब मुझे दुबारा गंगा-स्नान को जाना पड़ेगा।"

कोई मौलवी-मुल्ला टकराता तो अपनी सफेद दाढ़ी में उंगलियां फेरते हुए कहता—"या खुदा आज सुबह-सुबह यही होना था? क्यों रे जुलाहे के बच्चे तुम्हारे मुहल्ले की गलियों में तुम्हारे हमजोली नहीं जिनके साथ खेलते-कूदते कि चले आते हो सड़कों पर मुंह मारने?"

मैं सकपकाकर घर भाग जाता। मैं माता-पिता से कुछ नहीं कहता। क्यों उनको व्यर्थ में दुःख दूं? पर यह सारा दुःख, सारा उत्पीड़न, संपूर्ण अवहेलना और घोर अपमान मेरे अंदर पर्त पर पर्त बैठते गए और मैं जब पद बनाने लगा तो मेरे अंदर की ज्वाला अपनी लपलपाती जीभ लपकाती और उसकी लौ एक साथ दोनों को झुलसा देती।

हिन्दुओं को भी, मुसलमानों को भी—

एकै हाड़ त्वचा मल मुत्ता, रुधि गुदा एक मुद्रा।
एक बिंदु से सृष्टि रच्यौ है, को ब्राह्मण को शूद्रा॥
रजगुण ब्रह्म तमोगुण शंकर, सतो गुणी हरि सोई।
कहै कबीर राम रहीम रहिया, हिन्दू तुरक न कोई॥

क्षमा कीजिएगा इनमें कुछ शब्द आपकी दृष्टि में अश्लील हैं, आप एक सभ्य, सुसंस्कृत पाठक हैं, बीसवीं सदी को पार कर इक्कीसवीं सदी में जा रहे हैं। आपके घरों में जमा टी. वी. सेट इससे भी अश्लील शब्द और चित्र उगलता हो तो कोई बात नहीं, पर मेरे 'नंगापन' को आप नहीं सह सकते न ये लेखक महोदय ही अपनी तथाकथित संस्कारी लेखनी से उन शब्दों का अर्थ देकर उसे अपवित्र करना चाहेंगे, अतः मैं इन शब्दों का अर्थ नहीं बता रहा, यों सबका अर्थ बहुत सीधा है, आपको इन्हें समझने में बहुत अधिक अतिरिक्त प्रयास नहीं करना पड़ेगा।

नहीं, यह बात नहीं कि हिन्दुओं और मुसलमानों से निरंतर मिलती प्रतारणा और उपेक्षा-अपमान के फलस्वरूप ही मैं उनके विरुद्ध आग उगलने लगा। नहीं, मैं प्रतिक्रियावादी नहीं। बात यह हुई कि जैसे-जैसे मैं अपने साधना-पथ पर अग्रसर होता गया वैसे-वैसे मेरे समक्ष मनुष्य-मनुष्य के मध्य अंतर (ये सब लेखकीय शब्द हैं, मुझे दोष नहीं देंगे, मैंने पहले ही कह रखा है कि यह लेखक मनमानी करेगा, शब्दों को अपने रूप में ही मेरी आत्म-कथा की माला में पिरोएगा) निःशेष होने लगा। जाति-प्रथा, वर्ण-व्यवस्था, सांप्रदायिकता और ऊंच-नीच के भाव मुझे स्वार्थी और अर्थ-पद-लोलुप मनुष्यों के करतूत लगे और मैंने इन संकीर्णताओं को समाप्त कर एक उदार-उन्मुक्त मानव के अस्तित्व की कल्पना की जो सारी वर्जनाओं, सारे विधि-निषेधों से परे मात्र एक मनुष्य हो, अखंडित और संपूर्ण—मनुष्य। आज की तरह मेरे समय में सारा विश्व एक 'ग्लोबल-विलेज' नहीं बन गया था वर्ना मेरी यह कल्पना एक विश्व-मानव की ही थी। वैश्व मनुज की। ऐसे भी 'वसुधैव कुटुम्बकम्' की अवधारणा इसी धरती की देन है। यह किसी घोर आश्चर्य से कम नहीं कि जो राष्ट्र कभी संपूर्ण वसुधा (पृथ्वी) को ही अपना कुटुंब-परिवार मानता था, वही अपने ही वासियों को जाति, धर्म और संप्रदाय के आधार पर विभक्त कर उन्हें संकीर्णता की अंधी गलियों में झोंक रहा है।

मैंने बार-बार हिन्दू-मुसलमानों के मध्य धधकती अग्नि पर अपने पदों-उपदेशों की जल-धार उड़ेली और जब जैसा सूझा निर्भीक उगलता गया—

वही महादेव, वही मुहम्मद, ब्रह्मा, आदम कहिए।
कोई हिन्दू कोई तुरक कहावै, एक जमीं पर रहिए॥
बेद-किताब पढ़ै ते कुतवा, वे मौला वे पांडे।
विगत-विगत के नाम करायौ, एक माटी के भांडे॥
कह कबीर ते दोनों भूले, रामहुं किन्हुं न पाया।
वे खसिया वे गाव कटावैं, वादै जनम गंवाया॥

लीजिए, आपने 'गो-वध' आंदोलन पर इधर जोर दिया है; मैंने आज से पांच सौ वर्ष पूर्व ही इसका शंखनाद कर दिया था। खैर, गाय काटनेवाले मुसलमानों को मैंने नहीं बख्शा तो खसी (बकरा) काटनेवाले, मंदिरों में बलि चढ़ाने के बहाने उनका मांस-भक्षण करनेवाले हिन्दुओं को भी मैंने कहां छोड़ा? 'अहिंसा परमो धर्मः' की कायल यह भारत की धरती इस उक्ति को भूलती जा रही थी।

महावीर और बुद्ध ने आकर इस ज्योति को पुनः जाग्रत करना चाहा था पर महावीर के कुछ अनुयायी तो यहां टिक भी सके, बौद्धों को तो आपने समुद्र पार ही उठा फेंका। इसे आत्मश्लाघा नहीं कहिए तो अहिंसा, सहिष्णुता और अपरिग्रह की जो मिसाल उन महान् आत्माओं ने जगाई थी, उसी के आधार पर मैं अपना अलख जगा रहा था।

हिंसा से तो मैं भड़कता ही था क्योंकि पशुओं की हिंसा करनेवाले अब मनुष्यों की हिंसा पर भी अमानुषिक रूप में उतर आए थे। मुसलमानों का सूर्य इस समय हिन्दुओं के सितारों को बुझाकर अपनी बुलंदी पर था और तलवार के बल पर इस्लाम फैल रहा था। हिन्दुओं के मंदिर लगातार ढहाए जा रहे थे, नहीं भी ढहाए गए तो उनकी स्वर्ण-रजत की मूर्तियां लूट ली जाती थीं और रिक्त गर्भ-गृह भांय-भांय करते थे। नहीं, मैं मूर्ति-पूजा का हिमायती नहीं, आप जानते हैं कभी रहा भी नहीं, पर इन सब उत्पातों से जो हिंसा भड़कती थी उसमें हिन्दू और मुसलमान दोनों मारे जाते थे, यह बात अलग है कि दुर्बल और अस्त्र-शस्त्रहीन शासित जनता अधिक मारी जाती थी और भाले-तलवार लटकाते इस्लामी ध्वज को आसमान की बुलंदियों में लहराने का प्रयास करते शासक-वर्ग के सदस्यों को कम संख्या में ही प्राणों से हाथ धोना पड़ता था।

फिर खून तो खून होता है जान तो जान। मुझे हिन्दुओं और मुसलमानों दोनों की प्राणघाती प्रतिद्वंद्विता से कष्ट हो रहा था। मैं उन दोनों को एक कर देने के स्वप्न अपने अंदर पाले जा रहा था। पराक्रमी कभी दुर्बल के पास संधि का हाथ बढ़ाता है? सत्ता का संरक्षण जिसे प्राप्त हो वह मनमानी और अमानुषिक अत्याचारों पर नहीं उतरे यह हो ही नहीं सकता।

इस्लाम का ध्वज विजय-रक्त की ऊर्जा से ऊर्ज्वसित हो दक्षिण, पूरब, पश्चिम सभी दिशाओं में निरंतर फहराता जा रहा था।

ऐसे में मेरी भूमिका अत्यंत निरीह थी। मैं हिन्दुओं को मुसलमानों के अत्याचारों से मुक्त अवश्य कराना चाहता था। पर हिन्दुओं के पंडित-पुजारी मुझे कुछ करने दें तब तो? वे तो अपने इस शुभ-चिंतक को भी शक की दृष्टि से देखने को अभिशप्त थे। उन्हें अपनी 'यजमानी' की आय की चिंता थी; यहां उनका संपूर्ण अस्तित्व खतरे में था, इसके लिए उन्हें कोई चिंता नहीं थी।

मैं तुर्कों के साथ इन पोंगापंथियों को भी समानता के सूत्र में निबद्ध कराना चाहता था। पर इन्हें तो मुझसे भी मुसलमानी गंध आती थी। जुलाहा जो था मैं?

फिर भी मैंने हिन्दुओं को इस आसन्न संकट से बचाने का कम प्रयास नहीं

किया। मैंने प्रतीकों का सहारा लेकर उन्हें जगाना चाहा उस निद्रा से, जिसके वरण से उन्हें सीधे काल के गाल में प्रवेश करने की पूरी संभावना थी। मैंने उनकी बंद आंखों को खोलना चाहा—

पंडित और मसालची, दोनों सूझे नाहिं।
औरन को घर चांदना, आप अंधेरे मांहिं॥

—पंडित और मसालची दोनों को दिखाई ही नहीं पड़ता है। दूसरों के घर में तो चांदनी की तरह का प्रकाश भरते रहते हैं पर स्वयं अंधकार से ग्रस्त रहने को विवश हैं। दीपक तले अंधेरा तो होना ही है।

पंडितों के रूढ़ बन आए आचार-विचार को मैंने चुनौती दी। कुछ तो गर्दन में रुद्राक्ष की माला डाले डोलते चलते थे। और कुछ दिखाने के लिए हाथ में सुमिरनी लेकर नाम जपने का स्वांग करते थे। अंगुलियां तो यों ही माला के मनकों पर चलती थीं पर मन था कि एक पल में दिशाओं का चक्कर काट आता था। इस समय आवश्यकता थी कि मन को स्थिर कर शत्रुओं से लोहा लिया जाए। मन स्थिर नहीं रहा तो यह सब असंभव था। इसीलिए मैंने हिन्दुओं के नेता ब्राह्मणों को ललकारा—

माला फेरत जुग मुआ, मिटा न मन का फेर।
कर का मनका डारि दे, मन का मनका फेर॥
कबिरा माला मनहिं की, और संसारी भेख।
माला फेरै हरि मिले, गल रहंट के देख॥
माला तो कर में फिरै, जीभ फिरै मुख माहिं।
मनवां तो चहुं दिसि फिरै, यह तो सुमिरन नाहिं॥

पर कोई मुझे सुनने को तैयार था—हिन्दू हो अथवा मुसलमान? मेरा यह दुर्भाग्य था कि मैं सबका होकर भी किसी का नहीं था। हिन्दू मुझे मुसलमान समझते और मुसलमान मुझे हिन्दुओं का पक्षधर।

मैं तो दो पाटों के बीच पिस रहा था। जो उक्ति मैंने दूसरों के लिए कही थी, वह मेरे ही साथ सटीक बैठती थी—

चलती चक्की देखकर दिया कबीरा रोय।
दो पाटन के बीच में साबुत बचा न कोय॥

मैं लाख सफाई देता—पर मेरी कोई सुनता ही नहीं।

जुलाहों के इस मुहल्ले के पास ही कुछ संभ्रांत मुसलमान रहते थे, कुछ मौला और मौलवी भी रहते थे। एक दिन उन्होंने मुझे पकड़ा—

"कबीर! कहां जा रहे हो?"

मैं क्या जवाब दूं? मैं मस्तमौला क्या जवाब देता? ऐसे भी वह जाना कोई जाना था? असल जाना-आना तो जीवन में एक बार होता है। ऐसे, इस धरती पर इधर-उधर भटकते रहो पर जा पाओगे कहां? रह जाओगे अंततः यहीं के यहीं न, जब तक असली जाने का परवाना नहीं आ जाए? और वह कब आ जाए क्या ठिकाना?

"मैं जा कहीं नहीं रहा, जाने की तैयारी कर रहा हूं। आपको भी करनी हो तो

कर लीजिए।" मैंने रुककर सफेद दाढ़ीवाले मौलाना को जवाब दिया। वह हक्का-बक्का मुंह बाए खड़ा, वह क्या जवाब दे मेरी बात का? कुछ पल्ले पड़े तब तो? आखिर पूछ बैठा—

"साफ जा रहे हो और बोलते हो जाने की तैयारी कर रहे हो। अपनी उलटवांसियों से बाज नहीं आओगे?"

"नहीं, उन्हें तो मैंने बहुत पहले छोड़ दिया। उन्हें तो मैं सिद्धों की प्रतीकात्मक उक्तियों के जवाब में गढ़ता था।"

एक क्षण रुकिए। उसके पहले कि मैं मौलाना प्रसंग को आगे बढ़ाऊं, आपको यह बता देना जरूरी समझता हूं कि यह उलटवांसियां क्या थीं और क्यों थीं। एकाध उलटवांसियां तो लोगों के बीच अब भी चाव से कही जाती हैं। उदाहरण के लिए आपने इसे तो अवश्य सुना होगा—

कबीर दास के उलटा बानी।
बरसे कंबल भींगे पानी॥

हुई न यह उलटी बात? बरसता है पानी कि कंबल? और भींगता है कंबल कि पानी? तो इसी तरह की उलटी बातें बोलने का मैं आदी था उन दिनों। बड़ी विचित्र थीं मेरी उलटवांसियां। बिरला ही कोई उनका अर्थ समझे। और समझे तो जीवन ही बदल जाए उसका। ऐसे भी ज्ञान की निगूढ़ बात सीधे थोड़ी कही जाती है? एक साधारण यात्री भी अपनी कीमती वस्तुओं को पोटलियों के कई तहों के नीचे छिपाकर चलता है। तो जीवन-यात्रा के राहियों के लिए मैं इस ज्ञान को सीधे कैसे परोस देता? समझना हो तो बूड़कर समझो, नहीं समझना है तो जल-किनारे से अलग ही रहो। खैर, लीजिए एक उलटवांसी प्रस्तुत है। चौंकिएगा नहीं—

बैल बियाई गइ भई बांझ।
बछरा दुहै तीन्यूं सांझ॥
मक़ड़ी धरी भाषी छीछ हारी।
मास पसारी चाल्ह रखवारी॥
मूसा खेवट नाव बिलइया।
मींडक सोवै साप पहरइया॥
नित उठि स्याल स्वंग सूं जूझै।
कहै कबीर कोई बिरला बूझै॥

पढ़ा आपने? मिला भी कुछ? कुछ पल्ले पड़ा, कुछ नहीं यही न? बैल के बयाने, गाय के बांझ होने की बात तो समझ ही गए होंगे। बछड़े के दूध देने की बात भी। कैसा लगता है? सिरफिरा ही तो कह रहे होंगे आप मुझे? खैर, इसमें नई बात क्या है? लोग पहले भी तो यही कहते थे। सभी नहीं पर कुछ लोग जो स्वयं सिरफिरे थे। जो बात को सिरे से समझ ही नहीं सकते थे। छोड़िए इस बात को। आइए, इस उलटवांसी का खुलासा करें। सीधा अर्थ करें तो यह होगा—

"यहां बैल बछड़े जनता है और गाय बांझ होती है। बछड़े को तीनों सांझ (सुबह,

दोपहर और शाम) दूध के लिए दूहा जाता है। मकड़ी के घर में मक्खी छाछ की रखवाली करती है। मांस को पसारकर इसे चील की रखवाली के लिए छोड़ा जाता है। बिल्ली नाव है और चूहा उसे खे रहा है। मेंढ़क (आराम से) सोया पड़ा है और सांप उसकी रखवाली कर रहा है। नित्य उठकर गीदड़ शेर के साथ लड़ता है। कबीर का कहना है कि इस (रहस्य) को कोई बिरला ही समझता है।"

सही अर्थ जानना है तो ऐसे जानिए—

बैल हमारे शरीर का प्रतीक है। इसका ब्याना, बच्चे देना, नाना योनियों में जन्म धारण करना है। गाय आत्मा का प्रतीक है। उसका बंध्या होना, जन्म-मरण के बंधनों से मुक्त होना है। बछड़ा, नाना विषयों—इंद्रिय भोगों—का प्रतीक है। तीनों शाम उसका दूध देना निरंतर विषय-रस प्रदान करना है। वस्तुतः हम में से अधिकांश तो सदा विषय-रस का ही पान करते रहते हैं।

अच्छा मृत्यु (काल) तो चौबीसों घंटे हमारे सिर के ऊपर मंडरा रही है? कब हमें काल-कवलित होना पड़े, कौन जानता है? यही बात मकड़ी के जाले में मक्खी के बने रहने, चील की सुरक्षा में मांस के रहने, बिल्ली को चूहे द्वारा नाव चलाने, सर्प की सुरक्षा में मेंढ़क (मेंढ़क सांप का प्रिय भोजन है) के बने रहने और शृगाल द्वारा सिंह के साथ जूझने के माध्यम से कही गई है। कब मकड़ी मक्खी को निगल जाए, कब चील मांस को ले उड़े, कब बिल्ली चूहे को उदरस्थ कर ले, कब सर्प मेंढ़क को भोजन बना ले, कब शृगाल सिंह द्वारा दबोच लिया जाए कौन कह सकता है?

ऐसी ही रही मेरी उलटवांसियां। वस्तुतः यों ही नहीं लिया मैंने उलटवांसियों का सहारा। ठीक से देखें-समझें तो यहां जो कुछ सही है वह वस्तुतः उलटा है और जो सीधा है वह शायद ही सही है।

मछलियों को पानी में तैरते देखा है? वे धारा के उलटे चलती हैं। सही चलना, सही तैरना तो यही है। जो धारा के साथ सरका वह क्या खाक चला? जरा उलटा चलकर तो दिखाए! कठिन कार्य है यह और योगी, सत्यान्वेषक यही करता है। आप कहोगे ज्ञान चाहिए तो वेद पढ़ो, मैं कहूंगा वेदों में ज्ञान है ही नहीं। ज्ञान चाहिए तो वेदों को भूलो। ज्ञान अंदर से बाहर आता है बाहर से अंदर नहीं जाता। मैं क्या, हिन्दूओं की गीता भी कह गई कि जैसे चारों ओर जल के भर जाने से कुएं का महत्त्व नहीं रहता, उसी तरह ज्ञान से संपन्न ब्रह्मज्ञानी के लिए वेदों का कोई महत्त्व नहीं होता। गीता तो साफ कहती है वेद तो तीनों गुणों—सत्व, रज, तम—से त्राण नहीं पा सके। ये तीनों ही इसके विषय हैं, प्रतिपाद्य हैं, तुम इन तीनों गुणों से परे हो जाओ अर्थात् नैस्त्रैगुण्य बन जाओ। मतलब वेद-ज्ञान को मारो गोली, आत्म-ज्ञान को जागृत करो, वही सब कुछ है।

सच कहो तो तुम्हारे कृष्ण ने ही मुझे उलटवांसियों की ओर मोड़ा। यों तो मैं राम का भक्त रहा, वह भी निर्गुण राम का, निर्गुण और सगुण भी क्या, जो निर्गुण और सगुण दोनों से परे है उसका। यह बात भी कुछ उलटी है। नहीं? कोई निर्गुण हो सकता है अथवा सगुण। दोनों से परे क्या हो सकता है? होता

है। वह है शून्य। अर्थात् कुछ नहीं। न सगुण की उपस्थिति न निर्गुण की अनुभूति। एक बड़ा शून्य। उदाहरण चाहोगे। यह जो आकाश है न? जिसमें सूर्य, चांद और असंख्य नक्षत्र और तारे जड़े दीखते हैं? है यह भी कुछ एक शून्य के सिवा? एक विराट् शून्य? है आदि और अंत इस शून्य का? कोटि-कोटि सूर्य-तारे और ब्रह्मांड इसमें बसे हुए हैं, बसते जा रहे हैं। शून्य निरंतर विस्तृत होता जा रहा है। यह शून्य ही वस्तुतः विराट् है। तो विराट् को छोड़कर निर्गुण और संकीर्ण की उपासना में कौन पड़े? इसीलिए यह कबीर यही करता रहा। निर्गुण और सगुण से परे जो है उसी की उपासना अपितु ध्यान, सुरति। कबीर ने उपासना कब और किसकी की? उसके लिए शून्य में ध्यान लगाना ही सब कुछ। पड़े रहो तुम सगुण और निर्गुण के चपड़े में, कबीरा चला इन दोनों के पार। वह उलटा ही चलेगा। अपनी राह बनाएगा। वह 'कपूत' नहीं 'सपूत' है। घिसी-पिटी राह को छोड़कर चलेगा—

लीके लीके गाड़ी चलै, लीके चलै कपूत।
लीक छोड़ तीनों चले, शायर, सिंह, सपूत॥

विराट् शून्य के हो जाने की बात कोई मेरी ही नहीं है। नहीं, मैं पढ़ा-लिखा नहीं, मानता हूं इसे पर इतनों के साथ उठा-बैठा, सत्संग किया कि बहुपठित तो होना नहीं था, बहु-श्रुत अवश्य हो गया। सुना बहुत कुछ, समझने का भी प्रयास किया। जो मेरे काम का रहा, उसे ग्रहण कर लिया, शेष को निस्सार मान एक किनारे कर दिया। गेहूं के दाने ले लिए उसके छिलके कहीं उड़ जाएं, इसमें मेरा क्या?

हां, तो कह रहा था अपने बहु-श्रुत होने की बात। जो कुछ मैंने गीता के संबंध में ऊपर कहा वह सब तो सुना ही हुआ था। संस्कृत मेरे पल्ले नहीं पड़ती थी तो उसके 'सार तत्व' अर्थ को ही ग्रहण कर लिया, पड़ी रही संस्कृत भूसी की तरह, दाने तो मैंने पा लिए?

प्रसंग इस विराट्शून्य और उसमें मेरी सुरति लगाने का चल रहा था। कहा न यह नितांत मेरी अवधारणा नहीं थी, कहिए तो मेरा अन्वेषण नहीं था। आपके एक उपनिषद् ने कितना स्पष्ट कहा—'अनंत में ही सुख है, सीमित में नहीं।'[1] ध्यान दीजिएगा, मैं वेदों के विरुद्ध ही बोला, उपनिषदों और गीता के विरुद्ध नहीं। उपनिषदों और गीता तक पहुंचते-पहुंचते अनावश्यक प्राकृतिक देव—इंद्र, पवन, अग्नि आदि— समाप्त हो गए थे। उपनिषदों और गीता ने ब्रह्म और उसके अंग—आत्मा की ही चर्चा की। मैं भी तो उस ब्रह्म का ही दीवाना था—निराकार और साकार के परे की इस शक्ति का? उसको ठीक से कहां पाऊं, संभव नहीं था। आपके समय के एक विद्वान् ने फरमाया—भाषा कबीर की चेरी थी, जो चाहा जब चाहा उससे उगलवा लिया। पर बात ऐसी है नहीं। भाषा की व्यर्थता की बात तो उस समय मेरी समझ में आई जब मैंने इस निराकार-साकार से ऊपर उस ब्रह्म के चित्रण का प्रयास किया। सारी भाषाएं लंगड़ी हैं, व्यर्थ। उसके वर्णन में उनको लगाओ तो सबकी सब लड़खड़ा जाती हैं, औंधे मुंह गिरती हैं। किस

1. भूमायां सुखम् नाल्पे सुखम्।

भाषा में अपनी उस अनुभूति को अभिव्यक्ति दूं ?

गूंगे का गुड़ ही मान लो उसे। गूंगा क्या कहे, कैसे कहे गुड़ का स्वाद ? अपने अंदर-ही-अंदर अनुभव कर बलि जाता रहा है उस पर।

मैंने तो निर्गुण-सगुण की दीवार समाप्त करने के लिए ही कहा—

निर्गुण की सेवा करौं, निर्गुण का करूं ज्ञान।
निर्गुण सगुण के परे, तहैं हमारा ध्यान॥

खैर, बात किधर से किधर चली जाती है। यह तो मेरा स्वभाव ही है। कितना बुरा मानेंगे उसका ? तो ऊपर कहा था इन उलटवांसियों में रुचि दिला दी, आपके कृष्ण ने ही। उसकी गीता की कई बातें कर चुका हूं। लेकिन उसकी असली उलटवांसी तो रह ही गई। क्या बात कही उसने—यह संपूर्ण विश्व उलटा लटका हुआ है। यह उस पेड़ के समान है जिसकी जड़ें तो ऊपर हैं और पत्ते और शाखा नीचे।[1] अर्थात् मूल तो ऊपर आकाश में और सृष्टि के रूप में उसका विस्तार नीचे धरती पर। नहीं है, यह उलटी बात। बिल्कुल अटपटी। अब तक तो हम यही जानते थे कि किसी भी पेड़ की जड़ जमीन में होती है, वही नीचे और नीचे जाकर अपनी स्थिति सुदृढ़ करती है और उसकी लाखों डालियों, पत्तों, फूल-फलों का विकास होता है, ऊर्ध्व में। पर गीता ने स्पष्ट कर दी। जो कुछ देखते हो वह उल्टी बात है, सही तो यही है कि सब कुछ ऊपर से नीचे की ओर आता है। मूल को, जड़ को; निराकार-साकार से भी परे उस ब्रह्म ने पकड़ रखा है। पत्र-पुष्पों का, फलों का उपयोग करो। व्यर्थ में मूल ढूंढ़ने का प्रयास नहीं करो। असली जड़ कहीं और है, नकली को जमीन से खोदने का प्रयास करोगे तो पेड़ लड़खड़ा जाएगा। फूल-पत्ते बात की बात में पीले हो जाएंगे। निर्जीव ! क्या करोगे उनका ?

हां, तो पृथ्वी गोल है—मान लो गेंद की तरह। तो हम सभी इस विराट् पृथ्वी पर उलटा ही लटके हैं कि नहीं ? पैर ऊपर और सिर नीचे ? यह तो पृथ्वी की गुरुत्वाकर्षण की शक्ति है जो हमें गिरने नहीं देती वर्ना हम कभी के सब एक साथ लड़खड़ाकर सिर के बल गिर गए होते। नहीं समझ पाए तो अपने युग के आविष्कार उस 'ग्लोब' को देखो। पृथ्वी के इस कृत्रिम प्रतीक को। इस पर खड़ा होने की कल्पना करो। इस गोलाई पर कहीं खड़े होगे तो कैसी स्थिति होगी तुम्हारी ? सिर नीचे और पैर ऊपर होंगे न ? नहीं गिरते हों तो कह दिया पृथ्वी के गुरुत्वाकर्षण के कारण।

तो उलटवांसियों के लिए मुझे अब अधिक कोसने की आवश्यकता नहीं। उल्टा ही यहां सीधा है तो सीधा कहना मूर्खता के सिवा और क्या हो सकता है ?

अब आपको एक भेद की बात बताऊं ? जब अपने संबंध में सब कुछ कहने ही चला हूं तो कुछ छिपा लूं, यह कहां की ईमानदारी होगी ? तो कहना यह है कि योग और ध्यान की कुछ पद्धतियां ऐसी भी हैं जिन्हें सामान्य व्यक्तियों को नहीं बतलाया जा सकता। कुपात्रों नहीं सुपात्रों के लिए हैं वे। ऐसी स्थिति में आवश्यकता इस बात की थी कि बात को इस तरह उलटकर कहो कि वह पल्ले पड़े केवल उनके जिनके समक्ष मैं

---

1. ऊर्ध्व मूलमधः शाखमश्वत्थं प्राहुरव्ययम्।
छन्दांसि यस्य पर्णानि यस्तं वेद स वेदवित्॥ **—गीता 15/1**

उसके अर्थ को स्पष्ट करूं। ऐसा किया था मैंने। योग और ध्यान के कुछ निगूढ़ तत्त्वों को उलटवांसियों रूपी मंजूषा में भर दिया और उसकी कुंजी थमा दी किसी अपने पटु शिष्य अथवा शिष्यों को। आज की भाषा में 'कोड' शब्द थे वे, अर्थ उनको ही पता लगता जिन्हें 'कोडों' का ज्ञान होता।

लेकिन कहीं कुछ गड़बड़ हो गया। जिन शिष्यों-अनुयायियों के हाथ में कुंजी थमाई, उनमें से कुछ कुंजी के साथ ही इस धरती से उठ गए। कुछ ने उदारता दिखाई तो अपने कुछेक शिष्यों पर इनका भेद खोला पर जिनको बताया उनमें से भी कुछ संकीर्ण निकले और मंजूषा की कुंजी साथ लेते गए। आप तक पहुंचते-पहुंचते हालत यह है कि रह गई मात्र मंजूषा; कुंजी, चाबी कहीं ढूंढ़े भी नहीं मिलती। अब शायद ही कोई मेरी उलटवांसियों को सीधी कर उनका अर्थ स्पष्ट करने में सक्षम हो। अब नीचे की उलटवांसी को लीजिए। यह योग की ही विभिन्न परिस्थितियों की द्योतक है पर उन्हें साफ-साफ समझानेवाला अब कोई नहीं रहा—

अवधू वो तत्तु रावल राता, नीचे बाजत बाजु बराता ॥
मौर के मांथे दुलहा दीन्हा, अकथ जोरि कहाता ॥
मंडये के चारन समधी दीन्हा, पुत्र ब्याहिल माता ॥
दुलहिन लीप चौक बैठारी, निर्भय पद परकासा ॥
भाते उलटि बरातहिं खायो, भली बनी कुसलाता ॥
पाणग्रहण भयो भौ मंडन, सुषमीन सुरति समानी ॥
कहहिं कबीर सुनो हे संतो, बूझो पंडित ज्ञानी ॥

—यौगिक प्रतीक आपके पल्ले क्या पड़ेंगे, मेरे कुछ उलट प्रयोगों को इसमें देखिए।

एक बारात का वर्णन है यह। यहां दूल्हे के माथे पर 'मौर' नहीं है बल्कि 'मौर' के माथे पर दुल्हा विराजमान है। यहां पुत्र के साथ माता का ही विवाह हो रहा है। साधारण विवाहों में बाराती भात खाते हैं, यहां भात ही बारातियों को खा रहा है।

कुछ अधिक सिर खपाएं तो आपके पल्ले भी कुछ पड़ सकता है। पर यह आशा मुझसे नहीं कीजिए कि मैं उसकी कुंजी आपके हाथों में देने जा रहा। कितने पात्र हैं इसके, पर यह मेरी आत्मकथा तो सबके हाथों में जाएगी? तब अधिकांश कुपात्रों के पल्ले ही न पड़ जाएगी यह? हां, सुपात्र चाहें तो इस आत्मकथा के लेखक महोदय को ही इसका भेद खोलने को बाध्य कर सकते हैं। आप सुपात्र हुए तो यह भेद आप पर अवश्य खोला जाएगा। यह कबीर का आदेश है उसके जीवनी-लेखक को।

खैर, बात ने कहां से कौन मोड़ लिया और कहां तक पहुंची, कुछ याद है आपको? शायद नहीं। पर मुझे याद है। बात चली थी उस मौला-मौलवी को लेकर जिसने मुझसे पूछा था कि मैं कहां जा रहा हूं। मेरे इस कहने पर कि, 'मैं कहीं नहीं जा रहा हूं जाने की तैयारी कर रहा हूं। आपको भी करनी हो तो कर लीजिए।', जवाब दिया था कि साफ जा रहे हो और बोलते हो जाने की तैयारी कर रहा हूं। अपनी उलटवांसियों

से बाज नहीं आओगे? इसी पर उलटवांसियों की बात चली थी जो यहां तक पहुंची।

मैंने दरअसल जब मौला से कहा था कि मैं जा कहीं नहीं रहा, जाने की तैयारी कर रहा हूं तो ठीक ही कहा था। मैं तो जा रहा था मात्र गंगा-किनारे की अपनी टूटी-फूटी झोपड़ी में बैठ कुछ ध्यान आदि करने या अगर इधर कुछ अपने सत्संगी भाई मिल गए तो कुछ सत्संग करने। यही तो असल यात्रा की पूर्व तैयारी थी। अनंत पथ की यात्रा की? अब यह बात उस मौला की समझ में नहीं आई तो मैं क्या करता?

मैं वहां से फिर आगे बढ़ा तो मौला ने रोक लिया—"तुम हो तो मुसलमान ही न?"

मैं निर्वाक्। मैं इस मूर्खतापूर्ण प्रश्न का क्या जवाब देता?

"तुम बोलते क्यों नहीं?" उसने आगे पूछा।

अब तो बोलना ही था। मैंने स्पष्ट शब्दों में कहा—"नहीं, मैं मुसलमान नहीं हूं।"

"क्या कहा, मुसलमान नहीं हो?" मौलाना का पारा चढ़ा।

"कहा तो यही है।" मैंने भी छूटते ही जवाब दिया।

"तुम जुलाहों की बस्ती में नहीं रहते?"

"रहता हूं।"

"तो फिर कैसे कहता है कि मुसलमान नहीं है?"

"जुलाहों की बस्ती में रहनेवाले और लोग मुसलमान हो सकते हैं पर मैं नहीं हूं।"

"तुम ठीक कहते हो," मौलाना ने पैंतरा बदला, "मेरी समझ ठीक थी। तुम मुसलमान होकर भी मुसलमान नहीं हो तभी तो तुम मुसलमानों के विरुद्ध आग उगलते हो। मुल्लाओं को मुर्गा बताते हो, उनके अजान को मुर्गे की बांग कहते हो! मुसलमानों की 'गाय काटनेवाले' कहकर खुलेआम तौहीन करते हो। ठीक है मुसलमान नहीं, हिन्दू हो।" उसका मुंह क्रोध से तमतमा आया था।

"तुम गलतफहमी में हो मौला!" मैंने शांतिपूर्वक जवाब दिया, "मैं हिन्दू भी नहीं हूं।"

"क्या कहा तुम न मुसलमान हो न हिन्दू हो तो क्या तुम खुदा हो?"

"जंबान पर लगाम दो मौलाना!" मैं उखड़ा। उस समय मेरी रगों में जवानी का लहू बह रहा था, "इंसान की तुलना खुदा से कर खुदा की तौहीन पर नहीं उतरो। खुदा, खुदा है इंसान, इंसान। इंसान लाख चाहकर भी खुदा नहीं बन सकता।"

"तो तुम इंसान हो?" मौलाना का पारा कुछ नीचे उतरा।

"नहीं।" मेरे मुख से निकला, "इंसान होना भी आसान नहीं है। वह न मैं हूं न तुम। जहां तक मेरा सवाल है मैं न हिन्दू हूं न मुसलमान। मैं आदमजात हूं। मात्र आदमी हूं। और मुझसे सुनना ही चाहते हो तो सुन लो, यहां न कोई मुसलमान, न हिन्दू, न जुलाहा, न चमार; न कोई बड़ा न कोई छोटा। खुदा ने इस रूप में सोचकर इस लोक को गढ़ा ही नहीं। यहां सभी समान हैं। सभी मात्र

आदमी और औरत हैं।"

"हूं। देख लूंगा तुम्हें," मौलाना गुर्राया, "हां, अपना भला चाहो तो इस रास्ते से फिर कभी नहीं गुजरना।"

"डराते किसे हो मौलाना?" मैंने जवाब दिया, "मुझ पर जुर्म करोगे यही न? पर इस 'मुझ' को तुम समझते भी हो? इस शरीर को ही तुम 'मुझे' समझ गए? अरे, तुम और हम सभी तो इस शरीर से परे कुछ और होते हैं। हम रूह हैं, आत्मा। और इस रूह का तुम कुछ नहीं बिगाड़ सकते।"

"हूं।" उसने एक हुंकार भरी, "बड़ा ज्ञानी-ध्यानी बनता है। देख लूंगा एक दिन।"

"ठीक है!" मैंने उसको अधिक मुंह लगाना उचित नहीं समझा और अपनी राह चला गया।

6

उस मौला ने जो कुछ कहा उसे कर देने का पूरा प्रबंध कर दिया। मैं घूमकर लौटा तो उसके कई गुंडे लाठी-डंडे से लैश मेरी प्रतीक्षा कर रहे थे। मौलाना का कहीं पता नहीं था।

स्थिति की गंभीरता को भांपते मुझे देर नहीं लगी। पर मैंने चुपचाप वहां से खिसक जाना ही उचित समझा। लठधरों ने रास्ता रोक लिया—"ऐ कहां जा रहे हो?"

"अजीब बात है," मैं मुसकराया। उत्तेजित भीड़ कुछ शांत हुई। शायद मेरी मुसकान में ही कुछ ऐसा था जिसने उन्हें बांध लिया।

"क्या अजीब है?" मुस्टंडों के नेता ने पूछा।

"अजीब यह है कि जब मैं घर से बाहर जा रहा था तो तुम्हारे मालिक ने पूछा—कहां जा रहे हो? अब जब मैं घर आ रहा हूं तब भी तुम जाने की ही पूछते हो। अरे यह आना हुआ कि जाना? मैं जा नहीं, आ रहा हूं।" मेरी बात को सभी शांत होकर सुन रहे थे। उसी समय मैं मस्त होकर गा उठा—

ना घर तेरा ना घर मेरा।
चिड़िया रैन बसेरा॥

"क्या बकते हो?" उन्हीं में से किसी ने पूछा, "तुम आ रहे हो या जा रहे हो इससे हमारा कोई संबंध नहीं। हम पहेली बुझाने के आदी नहीं। हमें तो वही करना है जो हमारे मालिक ने कहा है और तुम्हारी यह जर-जर झोपड़ी तुम्हारा घर हो सकती है। हमारा क्यों होगी? हम तो महलों में रहते हैं और यह चिड़िया रैन-बसेरा क्या कह रहे हो? तुमने अपनी झोपड़ी में पक्षी पाल रखे हैं क्या?"

"हा! हा! हा!" इस बार मैं खुलकर हंस पड़ा।

"क्यों हंसते हो?" मुस्टंडों का सरदार ही बोला, "सिर पर मौत मंडरा रही है और तुम्हारे अंदर से हंसी फूट रही है?"

"तुम्हारी बात पर हंसता हूं।"

"क्यों?"

"मेरी झोपड़ी में चिड़िया पालने की बात कर रहे हो, उस पर। अरे वह चिड़िया तो सबके अंदर बस रही है। मेरे भीतर भी, तुम्हारे अंदर भी।"

"अब झोपड़ी से शरीर पर आ गए? इसके अंदर चिड़िया बसती है? कैसा रंग है उसका?" गुंडों के नेता की उत्सुकता बढ़ रही थी।

"रंग को लेकर क्या करोगे? सारे रंग उसके गढ़े हैं पर उसका कोई रंग नहीं। उसका आकार हो तब तो उसका रंग भी हो? निराकार का कैसा रंग? और हां, तुम्हारे अंदर भी वही पंछी बसता है जो मेरे अंदर बसता है। तुम मुझे मारने चले हो? अपनी चिंता करो। तुम्हारा पंछी कब उड़ जाएगा, उसका भी क्या तुम्हें पता है—

दस दवारे का पिंजड़ा, तामे पंछी पैठ।
रहिवे को आश्चर्य है, गयो आचरज कौन?

"अरे यह तो बड़ी मर्म भरी बातें कर रहा है। अपनी लाठियों को नीचे कर लो। इसको मारने से तो अनर्थ हो जाएगा। इसे क्या मारा, हम शब्द को ही मार देंगे। रहेगा तो बोलेगा, बोल भी काम की बातें रहा है। इसने तो हमारी आंखें ही खोल दीं। दस इन्द्रिय रूपी दस द्वारों के घर में मस्त से बैठे हम सब किस द्वार से बाहर चले जाएंगे क्या पता? तब रह क्या जाएगा? रह जाएगी यह मिट्टी। और मिट्टी का क्या बनना? उसे तो मिट्टी ही निगल जाएगी। हिन्दुओं के शरीर तो फिर भी जलकर पंचभूतों में मिल जाते हैं—मिट्टी, जल, अग्नि, आकाश और हवा में। हम तो दफनाए जाते हैं, हमारी मिट्टी को तो केवल मिट्टी में मिलना है।"

यह मुस्टंडों का नेता अच्छा-खासा समझदार और अनुभवी लगता था। मुझे भी उसकी बातों में आनंद आ रहा था। मैं तो मृत्यु-भय से कभी का रहित हो गया था पर इनके डंडों से मिलनेवाली चोट का भी अब कोई भय नहीं था। ये सब अब मेरे मुरीद हो गए थे। मैंने भी झूमकर गाया—

"जिस दिन मन पंछी उड़ जैहें
....।"

"ठीक कहते हो तुम।" सरदार बोला, "मन का पखेरू कब उड़ जाए, कौन जानता है? बेकार हम भाड़े के टट्टू, उस मौलाना के कहने पर इसके प्राण लेने पर उतारू थे। यह काम का आदमी है। जब तक चाहे जी ले। खुदा उसे हमारी उम्र भी बख्स दे। गा भाई तू गा। कुछ और गा सके तो गा। हमारी तो आंखें खुल गईं। जब अपना ही ठिकाना नहीं तो दूसरे की जान लेनेवाले हम कौन हैं?"

"माली आवत देखकर,
कलिया करीं पुकार।
फूलन-फूलन चुन लिए,
काल्ह हमारी बार॥"

मैंने गाकर सुनाया। हमारे शत्रु लोट-पोट हो गए।

"क्या बात कही है ?" सरदार ने ही कहा, "खूब है यह उपमा। आज कली गई, कल फूल को जाना है। कौन यहां हमेशा बने रहने को आया है ? तब यह छल-प्रपंच और मार-पीट काहे को ? भाग जाओ, भाई भाग जाओ। हम नहीं बिगाड़ेंगे कुछ तेरा। कहीं से वह मुल्ला टपक पड़े इसके पहले भाग जाओ।"

"मैंने भागना सीखा ही नहीं, भागूंगा कैसे और किससे ? तुम्हारे मुल्ला से ? वह तो खुद मुझसे भागा हुआ है। तुम बोलो भी तो अपनी ही चाल जाऊंगा। मैं चौबीसों घंटे सुरति में रहता हूं, ध्यान में। ऐसे में भागना होता नहीं। और सुन लो, तुम्हें भी कहता हूं, भागना हो तो काम, क्रोध, मद, लोभ से भागो। मनुष्यों के भय से भागते नहीं चलो।"

"वाह ! वाह ! क्या बात कही तुमने ?" सरदार बड़बड़ाया, "तुम पहुंचे हुए औलिया हो, पीर हो, हम बेकार ही इस ढोंगी के चक्कर में आ तुम्हें मारने आ पहुंचे थे। तुम्हें जैसे जाना हो जाओ, भागकर, रेंगकर, रुककर। हम तुम्हारी हर तरह से रक्षा करेंगे। अगर यह मौलाना आया तो उसका ही सर काट लेंगे। मरना हो तो वही मरे, तुम क्यों मरोगे पर एक विनती है। जाने के पहले एक और पद सुना दो, बड़ा अच्छा गाते हो तुम।"

"तो सुन ही लो।" मैंने कहा और शुरू हो गया—

तोरी गठरी में लागा चोर,
बटोहिया का सोबै।
पांच पचीस तीन है चोरा,
यह सब कीन्हा ठौर।
बटोहिया का सोबै।
जागु सबेरा, बार अवेरा
फिर नहीं लागै जोर,
बटोहिया का सोबै।
भवसागर एक नदी बहत है,
बिन उतरे जाव बोर
बटोहिया का सौबै।
कहत कबीर सुनो भई साधो
जागत कीजे भोर,
बटोहिया का सोबै।

"वाह ! वाह ! क्या बात है ?" सभी ने एक साथ तालियां बजाकर कहा, "ठीक कहते हो हम तो बटोही हैं। थोड़े दिनों के लिए इस सराय में रुके हैं। काल का चोर तो हमारी गठरी में लग ही गया है। जागते रहने और बंदा-परबर का नाम रटने में ही भला है। क्यों कबीर साहब ?"

"तुम्हारा तो ज्ञान-चक्षु ही खुल गया भाई," मैंने उस सरदार को संबोधित किया, "पूर्व जन्म के संस्कार लगते हैं वर्ना ऐसी गूढ़ बात किसी की समझ में इतनी जल्दी कैसे आती ?"

"नहीं भाइयो! यह पूर्व जनम का संस्कार नहीं, ये ही जनम का खेल है। न हम तुम्हें मारने चलते, न तुमसे बात होती, न सत्संग की यह धारा फूटती। क्यों भइया, इसी को कहते हैं तुम्हारा रहस्यवाद? कितनी रहस्यपूर्ण बातें भरी हैं तुम्हारे पद में।"

"हां, रहस्यवाद तो लोग कहते ही हैं यहां। पर मेरी समझ में नहीं आता कि रहस्य क्या है? बहुत हद तक तो सीधे-सरल शब्दों में कह दिया है। कुछ तो परदे में रहने दो। सारी ज्ञान-गंगा प्रवाहित कर दोगे तो वह शिव की जटा में उलझकर रह जाएगी कि नहीं?"

"वह तो ठीक पर कुछ बातें बताओ तो रहस्य की।" सरदार बोला, "इधर काशी में तुम्हारे इस रहस्यवाद की बहुत चर्चा है। हमारी कुंद खोपड़ी में तो कुछ आता नहीं, तुम्हीं हमारे चर्म-चक्षुओं को खोलो।"

"ऐसे नहीं।" मैंने कहा।

"तब कैसे?" सरदार ने पूछा।

"हर चीज के लिए कुछ कीमत देनी पड़ती है कि नहीं?" मैंने कहा।

"यह क्या कह रहे हो?" लठैतों का सरदार चकराया, "तुम संत-फक्कड़-फकीर अपने इस 'गेयान' के लिए हमसे कीमत लोगे?"

"जरूर लूंगा? बिना कीमत की चीज का कोई महत्त्व होता है? लोग समझते हैं मुफ्त में मिला है, बेकार का ही होगा। कूड़ा-करकट। उसे घूरे पर डाल आते हैं।"

"अरे तुम तो सचमुच रहस्यवाद बोल रहे हो।" सरदार प्रसन्न होकर बोला, "तुम क्या लोगे इस 'गेयान' के लिए? कितने सिक्के चांदी के या अशर्फियां सोने की?"

मैं उन्मुक्त हंसा। झरने की तरह खिलखिला पड़ा।

सरदार और उसके लठैत साथियों के चेहरों पर एक आश्चर्य चस्पां पड़ा था।

"तुम हंसते क्यों हो?" गुंडों का सरदार बोला।

"हंसा मैं तुम्हारी नादानी पर।" मैं हंसते-हंसते ही बोला।

"नादानी, नादानी कैसे? हमने तो कोई नादानी की बात नहीं की। तुम रहस्यवाद पर क्या 'परकाश' डालोगे, खुद रहस्य बनते जा रहे हो।"

"रहस्यवादी तो तुम मुझे बोलते ही हो। अगर मैं खुद रहस्य नहीं रहा तो तुम्हें रहस्यवाद तक कैसे पहुंचाऊंगा? यही तो रोना है। लोग मेरी सीधी बात को भी उल्टी बनाकर सोचते हैं और खुद भी रहस्य के फंदों में उलझते जाते हैं। अब मैं तुम्हारी नादानी पर हंसा तो यह भी तुम्हें रहस्य ही लग रहा है।"

"कैसी नादानी? वही तो हम जानना चाहते हैं?' सरदार बोला।

"नादानी? तुम्हारी नादानी तो बहुत साफ है। तुम ग्यान को, प्रभु-प्रेम के रहस्य को चांदी और सोने से खरीदना चाहते हो? कैसी घोर नादानी है। अरे उसकी कोई कीमत होती है? ठीक ही कहा था मैंने एक बार—

प्रेम न बाड़ी उपजै
प्रेम न हाट बिकाय।
राजा परजा जेही रूचै
शीश देई लेई जाय॥

"क्या समझा तुम लोगों ने?" मैंने आगे पूछा।

"समझ गया। तुम्हारे 'गेयान' को खरीदा नहीं जा सकता पर कीमत तो तुम्हीं ने मांगी थी।"

"तो क्या कीमत हमेशा अशर्फियों से ही चुकाई जाती है?"

"तो और कैसे?" सरदार के चेहरे का आश्चर्य कुछ और बढ़ा।

"मेरे द्वारा मांगी गई कीमत यह है कि तुम सब अपने हथियार फेंक दो और फिर कभी भी उन्हें नहीं उठाने की कसम खाओ।"

"यह कैसे होगा?" सरदार हकलाया, "हथियार ही फेंक दिया तो काफिरों से निपटेंगे कैसे?"

"क्यों उनसे निपटना आवश्यक है?" मैं गंभीर होकर बोला।

"और लो," सरदार आश्चर्यचकित होकर बोला, "काफिर तो तलवार के घाट उतारने के लिए ही होते हैं। इस्लाम मानो अथवा सिर दो। यही तो हमारा उसूल है।"

"तो काफिरों का कत्ल ही तुम्हारा धर्म है?"

"हां।"

"कहां लिखा है यह?"

"लिखने-पढ़ने की बात क्या जानें? कोई पढ़े-लिखे हैं क्या? और पढ़ने के नाम पर तो तुम भी पूरी तरह फिसड्डी हो। हमने नहीं सुनी है क्या तुम्हारी बानी।"

"कौन सी?" मेरी उत्सुकता जगी, " पोथी पढ़-पढ़ जग मुआ··· अथवा मसि कागद छुओ नहीं··· ।"

"नहीं, ये सब तो पुरानी बातें हुईं। बहुत सुन चुके हैं उनको। मैं तो इस संबंध में तुम्हारी गढ़ी नई साखी की बात कर रहा था।" सरदार कुछ जानकार लगा। व्यर्थ ही वह मुल्ले की इस हत्यारी फौज में दाखिल हो गया, मैंने सोचा।

"तो बोल दो उसी साखी को।" मैंने हथियार डाला।

"तुम्हें याद नहीं? तुम्हारी ही तो बनाई है। तुम्हारे मुख से सुनने का आनंद ही कुछ और है।" सरदार का स्वर आर्द्र था।

"अब मैं रहस्यवाद क्या बताऊंगा, तुम्हीं रहस्य बनते जा रहे हो। अरे मैंने कोई एक-दो साखियां लिखी हैं, पद गढ़े हैं कि समझ जाऊं तुम किसकी बात कर रहे हो? पढ़ने-पढ़ाने की व्यर्थता की बात मैंने ऊपर की पंक्तियों में ही कर दी। अब कहीं और उनके विरुद्ध लिखा हो तो मुझे स्मरण नहीं है।"

"मुझे है।" सरदार ने विश्वास के साथ कहा।

"तो बोल ही दो।" मैंने कहा और मन-ही-मन प्रसन्न हुआ कि चलो मुझे नहीं याद तो मेरी कृतियां औरों की जबान पर तो आने लगी हैं, "बोलो भई, बोल ही दो।"

"सुन लो," सरदार ने कहा और सचमुच वह एक मेरे इधर के कहे पद को ही धाराप्रवाह बोल गया—

मसि कागद छुओ नहीं
कलम गहीं नहिं हाथ।
चारों जुग को महातमा
कबीर मुखहिं जनाई बात।

"ठीक ही कह रहे हो, यह मेरा ही कहा हुआ है।" मैंने स्वीकारा।

"तो न तुम पढ़े न हम तो तुम किधर से आशा करते हो कि हम बताएं कि काफिरों की गर्दन उतारने की बात कहां लिखी हुई है। हम तो उतारते जाते हैं उनकी गर्दन, यह जानकर कि यही बात अल्लाह-ताला को पसंद आती है और वह हमें मरने के पश्चात् 'जन्नत' प्रदान करेगा।"

"जन्नत नहीं, जहन्नुम।" मैंने कहा, "हिंसा को किसी धर्म की मान्यता नहीं मिली। ठीक है, मैंने भी नहीं पढ़ा, यह जग-जाहिर है पर मैंने सत्संग में सुना-जाना बहुत है। तुम्हारे धर्म-ग्रंथ कुराने शरीफ में तो यह कहीं नहीं लिखा कि तुम मनुष्य होकर भी मनुष्य के लहू के प्यासे बने चलो। तुम्हारे मुहम्मद साहब ने तो अन्य जीवों के भी अनावश्यक वध की निंदा की है। अपने उदर को निरीह जानवरों के मांस-मज्जा से भरते जानेवालों को उन्होंने धिक्कारा—'अपने पेट को जानवरों का कब्रगाह नहीं बनाओ।'

"तो हिंसा 'निंदनीय' है?" सरदार ने पूछा।

"ज़रूर। सबसे बड़ा पाप। जिसे गढ़ नहीं सकते उसे मिटाने का अधिकार तुम्हें किधर से मिला? एक चींटी तो पैदा कर, गढ़कर मुझे दिखाओ तब तुम गाय काटने को दौड़ो। अपने ही भाई-बन्धुओं को जो रंग-रूप में तुम्हारी ही तरह हैं, जिनकी रगों में पानी नहीं, तुम्हारी ही तरह गर्म लहू बहता है उन्हें काफिर करार कर उनकी गर्दनें मापते हो। कुछ कर नहीं सकते, असंख्य जीवों में एक जीव को भी बना नहीं सकते तो किसी का जीवन लेने का अधिकार तुम्हें किधर से मिलता है?"

सरदार और उसके साथी एक क्षण को चुप कर गए। उनके चेहरों पर एक अद्‌भुत नूर आया और दूसरे ही क्षण सभी ने अपने-अपने हथियार फेंक दिए।

"लीजिए कबीर साहब, हम सभी ने हथियारों और मारने-काटने से किया तोबा। आपकी बात हम समझ गए कि जिसे बना नहीं सकते उसे मिटाने का हमें अधिकार कहां है? अब वह मौला अपना सिर पीटे। अभी आ गया तो हम उसी की खबर लेंगे। ये सभी मौलवी-मुल्ला अपना-अपना उल्लू सीधा करने के लिए जनता की आंखों में तो धूल झोंकते ही हैं, आपके समान संत-औलिया को भी रास्ते का कांटा समझ दूर फेंक देना चाहते हैं। शुक्र है खुदा का, हमसे एक भारी पाप होते-होते रह गया वर्ना हमें दोजख में भी जगह नहीं मिलती। आप जाइए अपनी राह। आगे भी इधर से आते-जाते रहिए। कोई आपकी ओर आंख उठाने की हिम्मत नहीं करेगा, हम आज ही सभी मुसलमानों के बीच एलान करा देते हैं। आप जाइए अपने घर, बहुत देर हो गई।" सबकी ओर से मुस्टंडों का सरदार ही बोला।

"और रहस्यवाद। वह तो रह ही गया।" मैंने याद दिलाई।

"उसे और कभी समझ लेंगे। इस पापी के दरवाजे, आप समझाइएगा भी तो हमारी समझ में कुछ आने से रहा। यहां का 'संसकार' ऐसी नेक बात की 'बेयाख्या' के लिए नहीं है। आप उचित समझिए तो हमारे लिए कुछ छोटा-मोटा 'उपदेस' ही दे दीजिए। उसी के सहारे हम अपना जीवन काट लेंगे। आप तो नीरू-चबूतरे पर हर 'शुकरबार' को उपदेस देते ही हैं, हम अब हमेशा वहां आया करेंगे। किसी दिन आपके रहस्यवाद की बात भी समझ लेंगे। अब तो हम आपके मुरीद हो गए, अभी के लिए कोई मंतर, कोई 'उपदेस' ही हमें दे दें। आपका हम बहुत 'शुकर गुजार' होंगे।

"मंत्र चाहते हो तो राम से बड़ा कोई मंत्र नहीं है। जाओ इसी नाम को भजो। इसी से तुम्हरीर कल्याण होगा।"

"पर हम तो मुसलमान हैं।" सरदार सहसा अचकचाकर बोला।

"मतलब ?"

"यह 'मंतर' तो हिन्दुओं को चल सकता है। राम तो हिन्दुओं के भगवान थे। उनके अवतार।"

"तुम्हारी बुद्धि अभी सुधरी नहीं। यहां कोई हिन्दू-मुसलमान नहीं है। किसी की जाति बड़ी नहीं, किसी की जाति छोटी नहीं। ऐसी हालत में भगवान किधर से हिन्दू या मुसलमान हो गया, पंडित अथवा शेख बन गया? ये सारे भेद हमारे बनाए हुए हैं। खुदा अथवा राम का इससे कुछ लेना-देना नहीं। तुम हमसे कोई उपदेश ही लेना चाहते हो तो मैं जो कह रहा हूं उसे गांठ बांधकर जाओ—

मेरा मुझमें कुछ नहीं
जो कुछ है सो तेरा।
तेरा तुझको अर्पण
क्या लागे है मेरा॥

—राम, रहीम, कृष्ण, करीम जो भी कहना चाहो कहो पर पूरी तरह से उसकी शरण में चले जाओ। सब कुछ उसी का है। उसी ने तुझे भी बनाया है। मुझे भी बनाया है। उसके नाम पर अपना सब कुछ न्योछावर कर दो। वह तुम्हें पाल लेगा। तुम उसके हुए नहीं कि वह तुम्हारा हुआ।"

"धन्य, धन्य हैं कबीर साहब।" सरदार ही बोला, "आपने हमारी आंखें पूरी तरह खोल दीं। आज से हम उसी के होकर रहेंगे, वह चाहे राम हो अथवा रहीम, हमारे लिए वह सब कुछ है। आपने 'राम' भजने को कहा, ठीक है हम वह करेंगे। 'राम' को भजो तो रहीम भी मिल ही जाएगा और अब हमें किसी और से क्या लेना-देना, आपने जो कहा वही सत (सत्य)। बोलो सत् गुरु कबीर की जय!"

7

जुलाह-टोले में लौटा तो वहां का अजीब हाल। कड़ाह में खौलते तेल की तरह पूरा

मुहल्ला खौल रहा था। बच्चे-बूढ़े, जवान सभी के हाथों में कोई-न-कोई अस्त्र-शस्त्र, लाठी, भाले, बर्छे, तलवार। सब कहीं जाने को आतुर-व्याकुल। सभी की भृकुटियां तनीं, सभी के चेहरे क्रोध से खिंचे—तमतमाए।

मुझे देखते ही वे एक क्षण को सकते में आ गए। अब तक हो रहा कोलाहल पूर्णतया शांत। जैसे किसी ने खौलते तेल पर पानी का एक भरपूर छींटा ही दे मारा हो। क्षण भर को ऐसी शांति छा गई वहां कि मेरे करघे से एक सूत भी टूटकर गिरे तो उसकी आवाज अनसुनी न रहे। सबकी जीभें जैसे जादू के जोर से उनके तालुओं से चिपट गई हों। सभी के चेहरे पर एक आश्चर्य-मिश्रित सन्नाटा खिंचा।

विचित्र स्थिति थी यह। कोई किसी से बोल नहीं रहा था। पर सबके चेहरे जैसे बोलते नजर आ रहे थे। एक जिज्ञासा, प्रसन्नता-भरी जिज्ञासा जैसे सबके मुख पर चस्पां पड़ी थी। हाथों में पड़े अस्त्र-शस्त्रों पर सबके हाथ ढीले पड़ गए थे। बहुतों के हाथ के भाले-तलवार भी अब तक जमीन पर गिर गए थे।

"तुम आ गए कबीर?" अंततः एक बुजुर्ग-से व्यक्ति ने मुंह खोला।

मैं आश्चर्यचकित। आज लोगों को हो क्या गया है? सभी केवल आने-जाने की बात कर रहे हैं। मैं तो अभी-अभी उस मौलाना के दरवाजे पर घटी घटनाओं को भी भूल गया था। मैं सदा शून्य में ध्यान लगानेवाला, सुरति में रहनेवाला कब बीती हुई बातों को याद रखता था? अतः मैंने इस बुजुर्गवार की बात का कुछ अर्थ नहीं समझा और अपने अंदाज में बोल गया—

"आया क्या मैं यहां पर आज? अभी? आज से पूरे पच्चीस वर्ष पहले ही आ गया।"

बूढ़ा अवाक्। सभी उपस्थित लोग मेरी तरफ अद्‌भुत दृष्टि से देख रहे थे। यह क्या अजूबा घट रहा था? इतनी भीड़-भाड़, कभी इतने खिंचे चेहरे और अब आश्चर्य से शांत पड़ी ये मुख-मुद्राएं। मेरी समझ में तो कुछ नहीं आ रहा था।

जब बूढ़ा भी मेरी बात पर अजीब तरह की मुद्रा बना मेरी तरफ टुकुर-टुकुर देखता ही रहा तो मैंने भीड़ को ही संबोधित कर कहा—"यह सब कैसा हुजूम है। कहीं कुछ दंगा-फसाद हो गया है क्या? किसी हिन्दू-बस्ती की होली जलानी है? किसलिए यह सारा उपक्रम है? तैयारी?"

कोई और क्या बोलता? सभी जानते थे इस फक्कड़ को मुंह लगाना बेकार था। कोई न इसे ठीक से समझ सकता था, न इसकी बात को। अंततः उस बुजुर्ग ने ही पुनः कहा, "तुम्हें क्या पता, हम तुमको लेकर कितने चिंतित थे। अभी क्या से क्या कर बैठते? गनीमत है कि तुम ऐन मौके पर आ गए।"

मैं मन-ही-मन झल्लाया और बिना कुछ अधिक सोचे-समझे बोल गया—"ठीक फरमाया आपने। मुझे भी लगता है कि मैं ठीक ही समय पर इस धरती पर आ पहुंचा आज से पच्चीस साल पूर्व। पता नहीं तब भी नहीं आता तो खून के कितने परनाले अब तक बह गए होते यहां।"

"तुम क्या बक रहे हो?" बुजुर्ग अंततः अपना आपा खो बैठे—"तुम किस आने

की बात कर रहे हो?"

"मैं तो बस एक ही आना और एक ही जाना जानता हूं। इस धरती पर आया, वही वास्तविक आना है। इस धरती से अंतिम रूप में जाने को ही जाना कहता हूं। बाकी आना-जाना क्या हुआ? यह तो मैं कई बार कई जगहों पर कह चुका हूं। आप फिर भी मुझसे पूछते हैं—तू आ गया कबीर? जैसे कबीर इस धरती पर बीते पच्चीस वर्षों से नहीं घूम रहा है, आज ही और अभी आ रहा है।"

"हां, मैं अभी आने की ही बात कर रहा हूं। पता है अगर तुम यहां पहुंचने में थोड़ी भी देर करते तो हम लोग उस मौलाना की बोटी-बोटी काट देते। उसकी हवेली को आग की लपटों के हवाले कर देते और उसके उन मुस्टंडों-गुंडों का ऐसा भुर्ता बनाते कि वैसा बैंगन का भी क्या बनता?"

"तो यह बात है?" मैं मन-ही-मन मुसकराते हुए बोला, "अब तक तो मुसलमान हिन्दुओं की ही बोटियां काटते थे अब अपनी बिरादरीवालों को भी नहीं बख्शेंगे यही न?"

"कैसी बात करते हो तुम?" बूढ़ा उबला, "हम जुलाहे हैं, हम उन मुल्ला-मौलवियों की बिरादरी के कब हुए? और मुसलमान मानकर बख्शने की ही बात है तो उस मुल्ला ने तुम्हारा काम-तमाम करने के लिए अपने गुंडे क्यों भिड़ा रखे थे?"

"तो इसी खबर पर तुम मरने-मारने पर उतारू हो गए थे। उसकी कोठी को खाक में मिलाने पर तुले थे?"

"और क्या?" बुजुर्गवार ने कहा, "तुम जुलाहे हो तो क्या, हम जुलाहों के सिरताज हो। कोई मुसलमान हो या हिन्दू; हमारे इस कबीर के जोड़े का एक भी हीरा प्रकट कर तो दिखाए। हमें अपने जुलाहे होने पर नाज है। मुल्ला-मौलवी और शेख हमारे इस हीरे पर हाथ मारेंगे तो हम उन्हें तलवार के घाट उतारकर रख देंगे।"

"तुम तो यही कर सकते हो और क्या?" मैं बोला, "तुम्हारा खून तो खून है और दूसरों का पानी। खूब बहाओ, उसे पूरी बेदर्दी से।"

"क्या बक रहे हो कबीर?" बूढ़ा फिर अपना आपा खो बैठा, "अभी-अभी वे तुम्हारी बोटी-बोटी उड़ा बैठते और तुम उन्हीं की तरफदारी कर रहे हो?"

"वे तो एक आदमी को मारते और तुम एक के बदले अनेक की गर्दन उतार लेते। है न? अच्छा सोच है तुम्हारा?" मैं झल्लाया।

"एक?" बूढ़ा बोला, "तुम एक किधर से हुए?"

"तो क्या मैं तुम्हें दो दीखता हूं?" मैं इस पहेली को नहीं समझकर बोला।

"नहीं, तुम एक या दो नहीं सैकड़ों हो। लाखों-करोड़ों। करोड़ों में भी शायद कभी कोई कबीर पैदा होता होगा।"

"बड़े समझदार लगते हो तुम।" मैं मुसकराया, "अपने कबीर पर इतना ही नाज और भरोसा है तो उसकी बात क्यों नहीं मानते? तुमसे अब तक का मेरा सब कहा-सुना बेकार गया—

"पत्थर पर का मारना
चोखो तीर नशाय।"

"कहना क्या चाहते हो तुम ? हमने तुम्हारी कौन-सी बात नहीं मानी है ?"

"सारी बातें मानीं और एक असली बात ही नहीं मानो तो सबका मानना नहीं मानना बेकार।"

"कौन-सी बात है वह ?" इस बार सबने प्रायः एक साथ पूछा।

"मैंने खून-खराबे को मना किया है कि नहीं।"

"किया है," वह बूढ़ा ही बोला, "पर हमने इधर कहां खून-खराबा किया ? जब से तुम्हारी बात हमारे दिल में बैठ गई, हम हिन्दुओं को भाई के समान समझने लगे।"

"यहां हिन्दुओं की बात कौन कर रहा है !" क्रोध से मेरा चेहरा तमतमा गया।

"तब ?"

"मैं हिन्दू-मुसलमान दोनों की बात कर रहा हूं।"

"तब यह कि मुसलमान ही सही अगर वे हमारे कबीरा की जान के पीछे पड़ें तो क्या उन्हें हम इसीलिए बख्श दें कि वे कुरान पढ़ते और नमाज अदा करते हैं ? कि वे हमारे ही मजहब के हैं ?"

"हां।"

"क्यों यह कैसे होगा ? हमारा कबीरा हमसे छिन जाएगा तो हम उसे कहां पायेंगे ? हिन्दू हो या मुसलमान जो भी कोई तुम्हारी तरफ आंखें उठाएगा, उसकी आंखें हम फोड़ कर रहेंगे।" भीड़ से किसी युवक ने अपनी अभी-अभी निकलती मूंछों पर ताव देते हुए कहा।

मैं मुसकराया, "बड़ी अच्छी बात है, पर तुमने इस कबीर के कुछ संदेशों को सुना भी है ? हर शुक्रवार को नीरू चौरे पर ध्यान से मेरी बातें सुनते हो।"

"कभी-कभार जाता हूं। हमारी उम्र अभी संदेश-उपदेश सुनने की है क्या ?" वह युवक अड़ा।

"तो लड़ाई करने की है, झगड़े-फसाद खड़ा करने की ?" मैं साधारणतः क्रोध नहीं करता पर इस छोकरे की बात मुझे काट रही थी। यह फिर से भीड़ को भड़का देता और मेरे सारे किए-कराए पर पानी फेर देता।

"जरूर।"

"तो हमारी एक जान के लिए तुम कइयों के सिर गाजर-मूली की तरह काटने जा रहे थे ?"

"अवश्य।"

"क्यों ? एक जान के बदले कई जानें क्यों ली जाएं ?" मैं अपने क्रोध पर काबू पा चुका था और सहज होकर बोला।

"क्योंकि कबीर को महज एक जान समझना नादानी के अलावा और कुछ नहीं। वह लाखों-करोड़ों जानों के बराबर है। हम उसकी रक्षा हर प्रकार से करेंगे।"

"अपने भाई-बंधुओं को तलवार के घाट उतारकर भी ?"

"जरूर। हमारे कबीर से बदनीयती रखनेवाला हमारा भाई-बंधु किधर से हो गया?" युवक के तरकश में तीरों की कमी नहीं थी।

"अब तक तो हमने समझा था कि हिन्दुओं, काफिरों के प्रति हमारी दुश्मनी को ही आप तोबा करने को बोल रहे थे। जरूरत पड़ने पर हम मुसलमानों के खिलाफ भी तलवार नहीं उठाएं यह बात तो हमारी समझ में नहीं आ रही।" बुजुर्ग व्यक्ति ने बात थाम ली।

"आपकी समझ में अब तक भी मेरी बात नहीं आई तो मैं क्या करूं? पर मेरे देखे तो हिन्दू-मुसलमान दोनों बराबर। हिन्दुओं पर हाथ नहीं उठाकर भी मुसलमानों की जान के पीछे पड़ने से क्या खुदा खुश हो जाएगा? बोलो, वह एक है कि नहीं?"

"कौन?" कइयों ने साथ-साथ पूछा। सभी हमारी बातों को ध्यान से सुन रहे थे।

"वही खुदा।" मैं बोला।

"है।"

"तब तो वही हिन्दुओं के अंदर भी बसता है और तुम्हारे अंदर भी?"

भीड़ कुछ क्षण को सकपकाई। फिर एक अधेड़-से व्यक्ति ने भीड़ के आगे आकर पूछा—"हमारे अंदर खुदा बसता भी है कि नहीं, हम उसे कैसे जानें? हम तो मिट्टी के बने मिट्टी में मिल जाते हैं। हमारे अंदर खुदा ही रहता तो हम मिटते ही क्यों?"

"क्योंकि खुदा को यही मंजूर है। वह पुराने खिलौनों को तोड़कर नए गढ़ता रहता है।"

"तुम फिर अपनी अबूझ भाषा पर आ गए।" बहुत देर से चुप, इस बार उस बुजुर्ग ने कहा।

"यह भाषा कहीं से भी गलत नहीं है," मैं बोला, "यह उलटवांसी नहीं सीधी-सादी बात है।

तेरा साईं तुझ में ज्यों पुहुपन में बास।
कस्तूरी का मिरग ज्यों ढूंढ़े फिरै सुवास॥

"सबके अंदर वही बसता है। हिन्दुओं के अंदर भी मुसलमानों के भीतर भी। कस्तूरी का सुवास है वह, हिन्दू-मुसलमान का भेद वह क्या जाने? सब उसके अपने हैं। सभी को बिना भेद-भाव के वह सुवासित करता है। सभी उसके बंदे हैं। यह बात मैं कितनी बार कहूं? अब तक का मेरा सब कुछ कहा-सुना बेकार ही गया न?" मैं उलाहने के स्वर में बोला।

"नहीं," बुजुर्ग ने कहा, "तुम्हारी सभी बातें हमने गांठ बांध रखी हैं। हिन्दुओं पर तो हम हाथ भी नहीं उठाने जा रहे, चाहे वे जो कर दें। पर कोई मुसलमान होकर भी तुम्हें हमसे छीनना चाहे और हम उसके हाथ नहीं काट दें, यह बात तो मेरी समझ में नहीं आई।"

"अब तो आ गई?"

"आई पर पूरी नहीं," वृद्ध ने स्वीकारा, "तुम्हारी यह बात मान लेते हैं कि हिन्दुओं-मुसलमानों में वही एक बसता है पर यह बात समझ में नहीं आ रही कि कोई

तुम्हें अपनी हविश का शिकार बनाने की कोशिश करे और हम हाथ पर हाथ धर बैठे रहें, भले ही वह मुसलमान ही क्यों न हो ?"

"तो उसका एक ही उपाय है।" मैं गंभीर होकर बोला।

"क्या ?"

"तुम, मेरी जान की चिंता छोड़ दो।"

"यह कैसे होगा ?" सभी साथ चिल्लाए, "हम अपनी जान की चिंता करें या नहीं, तुम्हारी चिंता कैसे न करें ? तुम तो हमारे लिए खुदा की नियामत हो। तुम्हें कैसे छोड़ सकते हैं हम ?"

"वह ऐसे कि तुम्हारे हाथ में न तुम्हारे प्राण हैं न मेरे। तुम किसी की क्या रक्षा करोगे ? रक्षा करनेवाला तो साईं है। वह जब तक चाहता है हमारी सांसें चलती हैं, जब नहीं चाहता वे बंद हो जाती हैं। ऐसी हालत में एक छोटी जान के लिए खून-खराबा क्यों ?"

"तुम्हारी जान छोटी है ? तुम हम सबों की जान की जान हो।" कई साथ ही बोले।

"पर सभी जानों का हश्र एक ही होनेवाला है," मैंने कहा, "तब जान को लेकर यह बखेड़ा क्यों ?"

"कौन-सा हश्र ?" बूढ़े ने उत्सकुता से पूछा।

मैंने अपने रूप में गाया—

पानी केरा बुलबुला, अस मानुस की जात।
देखत ही छिप जाएगा, ज्यों तारा परभात॥
जल में कुंभ, कुंभ में जल है, बाहर भीतर पानी।
फूटा कुंभ जल जलहिं समाना, यह तत सुनो गियानी॥

8

उस भीड़ में मेरे माता-पिता नीमा और नीरू भी थे। मैंने देखा वे कुछ बोल नहीं रहे थे। केवल उनकी आंखें बोल रही थीं। बोल क्या रही थीं उनसे लगातार पानी निकलता जा रहा था जिसे माता अपने आंचल के छोर से और पिता अपने फटे गमछे से पोंछे जा रहे थे। यह दृश्य हृदय विदारक था। वात्सल्य का हिमखंड जल बनकर निर्बाध बहा जा रहा था।

सब माया का खेल है। मैंने मन में सोचा यद्यपि माता-पिता के इस करुण स्वरूप ने मुझे कम नहीं बांधा और मैं बात की बात में भीड़ से छिटककर उनके साथ हो गया। बीच में मैं, और दोनों ओर उन्हें कर मैं अपनी झोपड़ी की ओर बढ़ चला। कुछ लोग मेरे पीछे लगना चाहते थे तो मैंने उन्हें मना कर दिया—"जो कह दिया है, वही करो। सभी को भाई-भाई मानो, मुसलमान हो या हिन्दू। तभी तुम अपने कबीर को जिंदा देख पाओगे वर्ना ये मौलवी और मुल्ला तथा पंडित और पुजारी मेरा क्या बिगाड़ेंगे, मैं स्वयं

गंगा के जल में अपने को जीवित प्रवाहित कर सब बखेड़ा समाप्त कर दूंगा। बांस ही नहीं रहेगा, तुम बांसुरी का राग ढूंढ़ते रहना।"

इतना सुनकर भीड़ जहां की तहां थम गई। वहीं से जब तक हम दिखाई पड़ते रहे हमारा जय-जयकार करती रही—"सद्‌गुरु कबीर की जय, नीरू और नीमा की जय। जुलाहा जाति की जय।"

मैंने सिर पीटा। अब तक का मेरा सारा भाषण बेकार गया। पानी को अंजुली में बांधने का प्रयास किया था मैंने; पर सारा जल अंगुलियों के फांकों के रास्ते बह गया। हमारे भाई-बंधुओं को जुलाहा कहलाने में बड़ा आनंद आ रहा था। हो न क्यों, उन्होंने कबीर को जो पैदा किया था। वे हिन्दुओं से तो भारी थे ही मुसलमानों—शेखों, मुल्लाओं से भी दो गज ऊपर थे।

झोपड़ी का दरवाजा मैंने ही खोला। माता-पिता तो निढाल मेरे कंधों पर पड़े थे। घर की सतह सील भरी थी। ले-देकर तीन छोटे कोठरे। एक कोठरे में तो करघा ही जमा हुआ था।बिना उसके घर कैसे चलता—रूखा-सूखा? उस स्थिति में भी मुझे याद आया अपना पद—

रूखा-सूखा खाय कै, ठंडा पानी पीव।
देख पराई चूपड़ी, मत ललचावै जीव॥

करघे पर इधर कई दिनों से काम नहीं किया था। पिता-माता ही फुर्सत की घड़ियों में इस पर बैठते थे। इन बूढ़े-बूढ़ियों से कितना कुछ हो पाता? इधर बाजार में कोई गया ही नहीं कपड़े का थान बेचने। बाजार जाने लायक कुछ था ही कहां? दो दिनों से प्रायः तीनों प्राणियों की फांका-कसी चलती थी। दूसरे कोठरे में एक घड़े में कुछ चने पड़े थे। इन्हीं को थोड़ा-थोड़ा चबाकर पेट के बाकी बचे भाग को हम पानी से भर देते थे और अपनी टूटी खाट पर पड़ जाते थे—ठंडा पानी पीव।

तीसरा छोटा घर सम्मिलित शयनागार था। इसी में हम तीनों तीन चौकियों पर पड़े करवटें बदलते रहते थे। किसी को नींद नहीं आ रही थी। यह सबको पता था पर सभी सोने का बहाना करते थे। मुझे यह सब पसंद नहीं था। नींद नहीं आए तो नहीं, यह सब स्वांग क्यों? यह असत्य ही था कि नहीं और असत्य के बिच्छू के डंक को तो मैं नहीं सह सकता था।

माता-पिता की नींद को ध्यान में रख, मैं धीरे-धीरे पद रच लेता था—

कबीरा सूता क्या करै, जागिन जपौ मुरारि।
एक दिनां तो सोवणों, लंबे पांव पसारि॥

—कबीर, सोकर क्या करना है, जगकर मुरारि का जाप करो। एक दिन तो सदा के लिए लंबे पांव पसारकर सो ही जाना है।

कबीरा सूता क्या करै,
कहै देखै जागि।
जाका संग तै बिछुड़िया
ताहि के संग लागि॥

—कबीर सोकर क्या कर रहे हो, जागकर क्यों नहीं देखते? जिससे (ईश्वर से) तुम बिछुड़ गए हो, उसी का साथ फिर क्यों नहीं पकड़ते?

मौज में आ मैं सोने के ऊपर ही पद पर पद रचता जाता—

कबीरा सूता क्या करै
सूतौ होई अकाज।
ब्रह्म का आसण खिस्या
सुनत काल की गाज॥

—कबीर सोकर क्या करना है? सोये पड़े रहने से तो 'अकाज' (नुकसान) होता है। काल का गर्जन सुनकर तो ब्रह्मा का आसन भी डोलने लगता है। तात्पर्य यह कि मृत्यु तो अवश्यंभावी है जब तक सांसों में गति है नाम का जप कर लो।

मैं माता-पिता की नींद में खलल नहीं पड़े इसलिए धीरे-धीरे इन पदों को गुनगुनाता था। पर वे सोये नहीं थे, इसका भी मुझे पता था। पेट में अन्न नहीं तो आंखों में नींद कहां से? मैं मन-ही-मन प्रतिज्ञा करता कि कल से करघे पर जुटूंगा और कुछ-न-कुछ बुनकर बाजार ले जाऊंगा जिससे कम-से-कम घरवालों को दोनों शाम अन्न के दो दाने तो नसीब हों।

मैं माता-पिता के उठने के पहले ही उठ जाता। हाथ-मुंह धो करघे पर बैठ जाता। ताखे के दिए को जला देता। घर में पीला-पीला मरा-घुटा प्रकाश फैल जाता। मैं राम-भजन करता जाता और करघे पर हाथ-पैर भी चलाता जाता। थोड़ी देर बाद सुबह होती तो माता-पिता उठते और मुझे करघे पर बैठा देख प्रसन्न होते। पिता के मुख से सहसा निकल पड़ता—कौन कहता है कि कबीर निठल्लू है। कितना तो कपड़ा बिन गया आज! मां कुछ नहीं बोलती। उसकी आंखों के किनारे भींग जाते जिन्हें वह चुपके से पोंछ लेती।

मैं उस दिन दोपहर के बाद तक प्रायः कपड़ा बुनता रहता। दिन ढलता तो मां से कुछ चना-चबेना ले हाट की ओर चला जाता। कंधे पर कपड़े का थान और होंठों पर हरि-भजन—

कबीरा राम ध्याई लै
जिभ्या सौ करि मंत।
हरि सागर जिनि बीसरै,
छीलर देखि अनंत॥

—कबीर राम का ध्यान करो और जीभ से राम का जप, राम तो समुद्र है; छीलरों (छोटे-मोटे गड्ढे) को देखकर समुद्र को नहीं छोड़ बैठो अर्थात् राम ही एकमात्र परमेश्वर है, उसी के ध्यान में रहो।

हाट तो मैं चला जाता पर मेरा थान नहीं बिकता। चारों ओर मैं घूम जाता पर मेरे माल को कोई हाथ नहीं लगाता—"अरे, इतना कम दाम? इसमें जरूर कोई खोट होगी।"

अब मैं क्या करता? कीमत तो वही रखता जो जायज थी। तागे का दाम, करघे की थोड़ी घिस-फिस, कुछ अपना श्रम। उन्हीं की तो कीमत लेनी थी तो मैं दस टके की

थान को बीस टके का कैसे बनाता?

संध्या में घर लौटता तो माता-पिता दरवाजे पर आशा लगाए बैठे रहते। मुझे देखते ही हर्ष से उनके चेहरे खिल आते। पर दूसरे ही क्षण जो चेहरे आग की तरह चमक रहे थे, राख की तरह बुझ जाते। पिता धीरे-से पूछते—

"क्या हुआ बेटा? कोई गाहक नहीं मिला?"

"मिला क्यों नहीं, बहुत गाहक मिले पर किसी ने मेरे थान को हाथ ही नहीं लगाया।"

"क्यों?"

"मेरी कीमत जो सबसे कम थी।"

"तो बाजार कीमत पर बेचता। जो सब ले रहे थे वही लेता।" पिता कुछ झल्लाकर बोलते।

"यह कैसे होता? मैं असत्य आचरण कैसे करता।" और गुनगुना पड़ता—

सांच बराबर तप नहीं, झूठ बराबर पाप।
जाके हिरदय सांच है, ताके हिरदय आप॥

पिता मुंह लटकाकर चौखट के अंदर चले जाते। माता मेरे कंधे पर हाथ रख मुझे 'सांत्वना' देने का प्रयास करती—"मन छोटा नहीं करते बेटा, आज नहीं तो कल बिक जाएगा। घड़े में अभी कुछ चने हैं, आज भी चबा लेंगे।"

मेरा मन ग्लानि से भर आता। मैं कैसा बेटा था कि मां-बाप का पेट भी नहीं भर पाता? मैं मां से कहता—"कल पिताजी को ही हाट भेज देना। मेरे बिके यह थान नहीं बिकने को। अब मैं बुनने का ही काम करूंगा और पिता बेचने का। घर की गाड़ी चल निकलेगी। वर्ना हम यों ही भूखों मर जाएंगे।"

"ठीक कहते हो बेटा! ऐसे भी तुम्हारा मन बुनने में अधिक लगता है, बेचने में कम। बुनने के समय भजन जो निर्बाध गति से होता रहता है। नहीं?"

"हां मां।" मैं कहता और गुनगुना पड़ता—

भीनी भीनी बीनी चदरिया
काहे कै ताना, कहे कै भरनी।
कौन तार से बीनी चदरिया
इंगला-पिंगला तानी झरनी।
आठ कंवर दल चरखा डोले
सुषमन तार से बीनी चदरिया।
पांच तत्त गुन बीनी चदरिया
भीनी भीनी बीनी चदरिया।
सांई का सीबत दस मास लागे
ठोक-ठोक के बीनी चदरिया।
दास कबीर जतन से ओढ़ी
ज्यों की त्यों धर दीनी चदरिया॥

—बड़ा अच्छा गा लेते हो बेटा। जैसा पद वैसा ही कंठ। मेरे पूरब 'जनम' के कुछ परताप से ही मुझे प्राप्त हुए हो।"

"तुम खुश हो मां मेरे गाने से?" मैं मौके का लाभ उठाकर पूछता।

"और क्या? ऐसे लाल पर मैं सौ-सौ बली जाऊं।"

"तो मेरा केवल एक काम करो मां।" मैं पच्चीस-छब्बीस का कबीर इठलाकर बोलता। मां तो फिर मां ही होती है। बच्चा किशोर हो अथवा जवान।

"बोलो, क्या करना है?" वह लाड़ लड़ाती बोली।

"मुझे अब कभी भी हाट नहीं भेजो।"

"क्यों?" वह पूछती।

"मैं अभी तक एक थान भी नहीं बेच सका न? इतने दिनों में? ठीक है न यह?"

"यह तो ठीक ही है बेटा।"

"तो फिर मेरे कभी हाट जाने से लाभ?"

"सो तो नहीं है।" मां मासूम-सी बोलती।

"तब तो हाट से मेरी जान पूरी तरह छुड़ा ही दो मां!"

"क्यों बेटा?" वह कुछ सोचती हुई बोलती।

"मैं अपनी चादर को साफ ही रख देना चाहता हूं। हाट-बाट में उस पर लालच-लाभ की गर्द के पड़ने का डर है। मैं सभी ओर से अपनी चादर को स्वच्छ रखना चाहता हूं, अब तक है भी पर हाट भेजा तो गई मेरी चादर। मां, मेरी इतनी बिनती तो मानो। पिता तो समझते हैं कि साधु-संगत में बेकार हो गया—निरर्थक। पर मैं ऐसा नहीं हूं मां! मैं हाथ पर हाथ रख हराम की नहीं खाना चाहता। खुदा ने दो हाथ बख्शे हैं, वह निश्चय ही इनसे कुछ काम लेना चाहता है। मैं काम करूंगा मां! मैं आज से रोज करघे पर कपड़ा बिनूंगा। वह हाट का काम मुझ पर से हटा लो।"

माता ने उस दिन अपना फैसला पिताजी को सुना दिया था। हम दोनों में श्रम-विभाजन हो गया था। मैं कातता-बुनता, वे बेचते। मेरी चादर गंदी होती-होती बच रही।

लीजिए बात किधर से किधर आ गई? क्या कह रहा था मैं? हां, उस दिन जुलाहे-टोले के झगड़े-झंझट से माता-पिता को घर लाने की बात चल रही थी।

मां तो आते ही अपनी टूटी खाट पर जड़ कटे पेड़ की तरह गिर गई। पिता की आंखों में आंसू तो थे पर उन्होंने अपने पर नियंत्रण रखा और खाट के पास ही कच्ची जमीन पर मेरे ही साथ नीचे बैठ गए।

"मां को होश में लाओ कबीर! पानी के छींटे उसके मुंह पर दो। पंखा झलो।" पिता ने आज्ञा दी और आगे जोड़ा—"तुम्हारी हरकतों से खुदा न करे तुम्हारी तो जान जाएगी ही अपने माता-पिता को भी तुम्हारे गम में यह दुनिया छोड़नी पड़ेगी।"

"ऐसा क्यों कहते हैं बाबा?" मैं मां के मुंह पर पानी के कई छींटे देकर घर के

एकमात्र जर्जर ताड़-पंखे से उसके मुंह पर हवा करने लगा था। उसकी चेतना प्रायः लौट चुकी थी। आंखें खुल गई थीं।

"ठीक ही कहता हूं। तुमने अपनी बेजा हरकतों से हिन्दू-मुसलमान दोनों को अपना दुश्मन बना लिया है। कहां खैर तुम्हारी?" बाप की आंखों के आंसू सहसा सूख गए थे और वह प्रायः खीझकर ही बोले थे।

"खैर?" मैं धीरे-से बोला, "खैर यहां किसकी है अब्बाजान? सबको तो एक दिन जाना ही है। तब सच्चाई का सामना करते ही क्यों नहीं जाया जाए? कायर बनकर रहे यहां? जो डरता है वही मरता है। क्या बिगाड़ लिया, मौलवी-मुल्लाओं ने मेरा? उलटे उन्हीं के आदमी मेरे मुरीद हो गए। सिर हथेली पर रखकर ही चलते हैं दोनों—साधु और सूरमा बाबा। बुरा नहीं मानना मेरी बात का। देखो, अभी-अभी एक पद बन रहा मेरे अंदर। ध्यान देना इस पर—

सिर राखे सिर जात है, सिर काटे सिर होय।
जैसे बाती दीप की, कटि उजियारा होय॥

"तुम मुझको ही पद पढ़ाने लगे कबीरा?" पिता स्पष्टतः झल्लाए थे। मां की आंखें अब पूरी तरह खुल गई थीं और उसके होंठ कांप रहे थे। वह कुछ बोलना चाह रही थी। मैंने पिताजी की बात की ओर ध्यान नहीं दिया और उसके होंठों से कान लगा दिया।

"कबीरा बहुत बुरा कर रहे हो," वह धीरे-धीरे आरंभ हुई, "लोगों की ओर दोस्ती का हाथ बढ़ाओ। दुश्मनी का नहीं।"

"मैं तो सबका दोस्त बनना चाहता हूं मां, पर सभी मुझे दुश्मन समझ लेते हैं। अब इसमें मेरा क्या कसूर है? तुम्हीं बोलो न?"

"यह जीभ ही सब कुछ कराती है बेटा?" मां बुदबुदाई। मैं कुछ नहीं समझकर उसकी आंखों में देखता रहा। वह मेरी विवशता समझ गई और बोली—"हां, यह जीभ ही सब कुछ कराती है। इससे मधुर बात बोलो तो लोग शक्कर पर भागती चींटी की तरह तुम्हारी तरफ खिंचे आएं। इसी से करेला की तरह कटु आवाज निकालो तो लोग तुम्हारे पास फटकने से भी डरेंगे।"

"तो दुश्मनों को भी माफ करूं मां?"

"और क्या?" मां ने जवाब दिया, "तुम्हीं तो कहा करते हो कि शत्रु मित्र यहां कोई नहीं, सभी समान हैं। बंधु। भाई-भाई। किसने कहा था यह पद—

"ऐसी बानी बोलिए, मन का आपा खोय।
औरन को शीतल करै, आप हूं शीतल होय॥"

"मैंने ही कहा था मां।" मैंने स्वीकारा।

"फिर तुम खरी-खोटी क्यों सुनाते रहते हो कभी मुसलमान को तो कभी हिन्दू को? कभी दोनों को समान रूप से। अकेले सबसे जूझ लोगे?"

"माना नहीं जूझ पाऊंगा," मैं आरंभ हुआ, "पर मैं असत्य, अत्याचार, उत्पीड़न और शोषण को भी बर्दाश्त नहीं कर सकता। अज्ञान के अंधकार को मुझे ज्ञान के प्रकाश

से काटना ही है। उसका नतीजा चाहे जो हो। मैं सत्य बोलूंगा मां, और सत्य कड़वा होता ही है। लोग असत्य को पकड़े बैठे हैं। मुझे उन्हें सत्य से साक्षात्कार कराना है चाहे वह जितना कटु हो।"

"कबीर!" मां ने धीरे-से मुझे संबोधित किया। पिता चुप बैठे सब कुछ सुन रहे थे।

"मां!" मैं धीरे-से बोला।

"तुमने सारे संसार के सुधार का जिम्मा लिया है?"

मैं थोड़ी देर चुप। प्रश्न सारगर्भित था। सत्य मुझे भी बोलना था। असत्य का सहारा लेने की कल्पना भी नहीं की जा सकती थी।

"बोलते क्यों नहीं?" मां धीरे-धीरे आरंभ हुई, "यहां तो हजारों-लाखों मिथ्यावादी और अत्याचारी हैं। सबको रास्ते पर ला दोगे?"

"नहीं मां।" मैं अब संशयरहित बोला, "यह कार्य तो असंभव है।"

"फिर?" मां ने पूछा, "फिर क्यों इतने बखेड़े उठाते हो? स्वयं दुःख सहते हो। सबको दुःख देते हो?"

"मां एक बात पूछूं?" मैंने जवाब सोच लिया था।

"पूछो।" वह धीरे-से बोली।

"दीपक क्या पूरे घर के अंधकार को पी पाता है? कर सकता है सारे घर को रोशन—प्रकाशित?"

"नहीं, वह तो अपने इर्द-गिर्द का ही अंधकार काटता है।" मां मेरे प्रश्न के महत्त्व पर नहीं विचार कर सकी और सत्य बोल गई।

"तब वह जलता क्यों है मां—तिल-तिल क्यों जलती जाती है उसकी बाती, सूखता जाता है उसका तेल?"

"क्योंकि वह जितनी दूर का अंधकार काटता है, उतनी दूर तक तो प्रकाश फैला सकता है?"

"उजाला बिखेर सकता है यही न?" मैंने मां के स्वर में स्वर मिलाकर पूछा।

"हां।"

"फिर मुझे क्यों रोकती हो मां? सत्य का एक टुकड़ा ही सही बिखरने से? अज्ञान का एक अंश ही काटने से? जो सूरज नहीं बन सकता उसे तारा भी नहीं बनने का अधिकार है मां? जो चांद बनकर रात्रि का सारा अंधकार नहीं पी सके, उसे जुगनू बनकर चमकने का भी हक नहीं? मैं नहीं कर सकता, संपूर्ण संसार के असत्य-अविश्वास के अंधकार का नाश; पर मैं एक दीप बनकर अपने चारों तरफ, थोड़ा ही सही प्रकाश तो फैला सकता हूं और कौन जाने इस दीप से कई और दीप जल जाएं और धीरे-धीरे महीनों नहीं, वर्षों, शताब्दियों में ही सही, असत्य और अविश्वास के बहुलांश को वे समाप्त कर दें।"

मैंने मां से जिस समय यह बात कही उस समय मुझे भी कहां पता था कि भविष्य ही मेरे स्वर पर चढ़कर बोल रहा है। आज अपने प्रस्थान के प्रायः साढ़े

पांच सौ वर्षों पश्चात् भी अपनी बहुत-सी वाणियों को लोगों द्वारा गुनगुनाते सुनता हूं और आप ऐसे सुधी पाठक को अपनी आत्म-कथा इतने मुग्ध भाव से पढ़ते देखता हूं तो लगता है सत्य कितना शाश्वत है। वह उस दिन मेरी मां के बिस्तर की बगल में भी था और आज भी मेरे असंख्य अनुयायियों और प्रशंसकों के बीच है। सत्य मारने से कब मरा है? प्रासंगिक सदा प्रासंगिक ही रहेगा कि नहीं। देख लो साढ़े पांच सौ वर्ष पुराना कबीर का यह प्रेम आज भी किस तरह आप पर हावी है, प्रासंगिक है आज भी। जहां कहीं असत्य का, सांप्रदायिकता का, संकीर्णता का, जातिवाद और ऊंच-नीच का प्रश्न और प्रबल होगा कबीर वहां सत्य का, बंधुत्व का, उदारता का, समानता का पक्षधर बन आपको खड़ा मिलेगा। जहां कहीं अंधविश्वास घिरेगा कबीर वहीं एक दीप बनकर बल उठेगा। तुम नहीं नकार सकते मुझे। विगत साढ़े पांच सौ वर्षों में तुम मुझे नहीं नकार सके तो अब क्या नकारोगे? बड़ी ताकत है तुम्हारी परंपराओं में, तुम्हारी संस्कृति में। नहीं? तुमने महावीर से लेकर बुद्ध और अपने गांधी तक को भी बात की बात में उखाड़ फेंका अपनी धरती से; पर यह कबीर तो आज भी अड़ा है। क्यों? इसकी ताकत का तुम्हें पता है। यह साधारण है। अभिजात्य नहीं। सीधे, मिट्टी से निकला है। प्रत्यारोपित नहीं है यह। इसकी जड़ें जमीन में गहरे पैठ चुकी हैं। यह तुम्हारी भाषा बोलता है। वेदों-उपनिषदों की रचनाएं और मंत्रों की भाषा नहीं इसकी, गीता का भी इसे बहुत पता नहीं, संस्कृत यह क्या जानेगा, वह तो कूप जल है, कुएं के कुछ मंडूक उसमें टरटरा सकते हैं, उनकी आवाज बाहर नहीं आएगी, मेरी भाषा प्रवाहमान जल है, सर्वत्र फैलता गया है, फैलता जाएगा—'संसकिरत कूप जल भाखा बहता नीर।'

खैर, फिर मैं बहक गया न? अपने मन का बोलता हूं तो बोलता ही जाता हूं। यों ही थोड़े रच गए मेरे नाम पर इतने पद, साखी, रमैनी और दोहे तथा बीजक?

आइए चलें पुनः अपनी झोपड़ी में। मां कहती है, "मुझे वचन दो।" पिता टुकुर-टुकुर मेरा मुंह ताकते हैं।

"कैसा वचन मां?" मैं जानते हुए भी अनजान बनकर पूछता हूं।

"यही कि अब तुम नहीं उलझोगे, मौला-मौलवियों से, पंडित-पुजारियों से। आज अगर तुम्हें कुछ हो गया रहता तो हम इस दुनिया में होते क्या? तड़प-तड़पकर प्राण दे देते।"

"यह वचन मैं नहीं दे सकता मां।" मैं दृढ़ शब्दों में बोला।

"क्यों?" मां ने पूछा। पिता की आंखों में भी यही प्रश्न चमका।

"क्योंकि मैं एक वचन पहले ही दे चुका हूं।"

"किसको।"

"वही जो मेरे अंदर है, तुम्हारे भी—

उसको कहां ढूंढ़े बंदे, वह तो तेरे पास रे।"

"क्या वचन दिया है?"

"यही कि अंधविश्वास, सांप्रदायिकता, असत्य, संकीर्णता और असमानता के विरुद्ध मैं तब तक जेहाद बोलता रहूंगा जब तक मेरे शरीर में प्राण हैं।"

मां चुप। क्या बोले? पिता मौन। जब मां ही अपने पुत्र का मन नहीं मोड़ पा रही तो वह क्या करेंगे?

सहसा मां को एक बात सूझी और वह पूछ बैठी, "तुम अपने पहले वचन को किसी हालत में नहीं तोड़ सकते?"

"वचन तोड़ने के लिए नहीं होता।"

"अपने माता-पिता की मृत्यु की संभावना पर भी नहीं?" मां ने ब्रह्मास्त्र छोड़ा था। मेरे पास भी जवाब हाजिर था।

"मेरे माता-पिता मेरे कारण नहीं मरेंगे।"

"क्यों?"

"क्योंकि मैं उनके सामने नहीं मरने जा रहा।"

"तुम यह कैसे कह सकते हो?" मां कुछ आश्चर्य से बोली।

"क्योंकि मेरे अंदर जो बैठा है वह यही बोल रहा है।"

"क्या बोल रहा है?"

"बताऊं?"

"बताओ।"

"विश्वास कर लोगी ना?"

"हां।"

"फिर मुझे मुंह बंद कर चलने को नहीं कहना।"

"नहीं कहूंगी।"

"ठीक है तो सुनो।" मैं आरंभ हुआ—

"वैद मुआ, रोगी मुआ, मुआ सकल संसार।
एक कबीरा ना मुआ, जिसके राम अधार॥"

"राम पर तुम्हें इतना भरोसा है?" मां की आंखें चमकीं। पिता ने मेरे चेहरे पर आंखें गड़ा दीं।

"हां।" मैंने कहा और फिर जोड़ा—

"खरी कसौटी राम की, खोटा टिके न कोय।
राम कसौटी सोटिके, जो जीवन मृतक होय॥

मैं नहीं मरो मरि हैं संसारा।
मुझको मिला जिवावनहारा॥"

9

धनिया को आप भूल गए पर मैं नहीं भूला। सच कहिए तो आज तक नहीं भूला हूं।

ऐसी अक्खड़ थी ही वह। ठीक कहूं तो धनिया के आरंभिक व्यवहार-चरित्र ने मुझे नारी के विरुद्ध इतना कुछ लिखने को बाध्य किया। ऐसे सच पूछें तो नारी को कलंकित मानना, उसके साथ अन्याय करना और अपना विवेक खोना ही है। नारी तो सृष्टि के मूल में है। वह नहीं होती तो आप और मैं कहां से होते? नारी को अपावन कहनेवाले अपने को संत और विचारक किधर से कहते हैं? नारी विष कैसे हुई? मुझे आज भी धनिया का सत्य कथन—नारी विष हुई और पुरुष अमृत तो विष ने अमृत कैसे पैदा कर दिया?—अच्छी तरह स्मरण है।

मैं बाद में संभला था और संपूर्ण नारी को एक श्रेणी में नहीं रखकर मैंने पतिव्रता नारियों को पृथक् किया और उन्हें पूरी तरह पूज्या माना। अब सोचता हूं कि एक मछली किस तरह सारे तालाब को गंदा करती है। कोई एक कटु-तीखा अनुभव किसी पूरे वर्ग-विशेष के प्रति विरक्ति पैदा कर देता है कि नहीं? यही हुआ मेरे साथ; यही होगा मेरे बाद आनेवाले तुलसी के साथ; वर्ना तुलसी की तरह का संत व्यक्ति, नारी के विरुद्ध इतना विष-वमन नहीं करता। सीता को माता और पार्वती को परम पूज्या माननेवाले गोस्वामी के अंदर नारी के लिए इतना जहर भरा हो, यह बात आश्चर्य में डालनेवाली है। है कि नहीं?

नहीं, मात्र रत्ना के विरक्ति-भाव और उसकी अवमानना ने तुलसी को नारी-विरुद्ध नहीं किया होगा। पत्नी रत्ना ने तो उन्हें परमार्थ के पद पर लाकर उनके जीवन को सफल कर दिया। राम से तुलसी का नेह लगाया तो रत्ना ने ही—

हाड़ मांस की देह मम, ता में ऐसी प्रीति।
ऐसी जो श्री राम मह, होती नहीं भव भीति॥

जरूर धनिया की तरह किसी नारी ने तुलसी के जीवन में प्रवेश करने का प्रयास किया होगा। क्या पता उन्हें पथ-भ्रष्ट करने का भी प्रयत्न किया हो? कलि के एक उपन्यासकार ने तो तुलसी को वेश्या के कोठे पर ही भेज दिया। यह तो घोर अन्याय है। इस लेखक को अपनी लेखनी पर नियंत्रण रखना था। तुलसी स्वयं पथ-भ्रष्ट होने नहीं जाता। किसी और ने ही उसकी साधना में विघ्न बनने की धृष्टता की होगी।

खैर, मैं कह रहा था कि पतिव्रता-पतिपरायणा नारियों के लिए मेरे मन में श्रद्धा ही श्रद्धा थी। मैंने यों ही नहीं लिखा—

पतिवरता मैली भली, काली कुचित कुरूप।
पतिवरता के रूप पर, वारें कोटि सरूप॥

—पतिव्रता अगर मैली-कुचैली और कुरूप है तब भी वह अन्य औरतों से भली है। पतिव्रता भले ही रूपवती नहीं हो फिर भी उसके रूप पर करोड़ों नारियों के रूप को न्योछावर किया जा सकता है।

दूसरा उदाहरण लीजिए—

सूरा के तो सिर नहीं, दाता के धन नाहिं।
पतिवरता के तन नहीं, सुरति बसे पिउ माहिं॥

—शूर-वीर को अपने सिर की चिंता नहीं रहती। वह मानकर चलता है कि सिर

आज है, कल तलवार के घाट भी उतर सकता है। दाता—दानवीर—को धन नहीं होता वह तो अपनी संपत्ति को औरों में वितरित करता रहता है। इसी प्रकार पतिव्रता का शरीर अपना नहीं होता, वह तो दिन-रात पति के ही ध्यान में रहती है। उसका सबकुछ पति का ही होता है।

पतिव्रता नारी की तरह मैंने सती अर्थात् सत् (सत्य) पर रहनेवाली की भी प्रशंसा की है। यों सती आपके लिए नया शब्द नहीं है। सती साध्वी के प्रति श्रद्धानत तो आप भी होते रहे। कहने की आवश्यकता नहीं कि जो सती होगी वह एक पतिव्रता तो होगी ही। इसी कारण मैंने ऐसी सती नारी के लिए बड़े आदरपूर्वक लिखा है—

सती न पीसै पीसना, जो पीसै सो रांड।
साधु भीख न मांगहि, जो मांगै सो भांड़॥

—सती घर-घर 'पीसावन' (आटा आदि पीसना) करती नहीं चलती है जो करती है उसे रांड ही समझो। ठीक उसी तरह साधु भीख नहीं मांगता, जो भिखमंगा है वह साधु नहीं भांड़ है।

पतिव्रता और सती को लेकर मेरी कुछ और उक्तियां जानने योग्य हैं—

पतिवरता पति को भजै, और न आन सुहाय।
सिंह बचा जो लंघना, तो भी घास न खाय॥
सती बिचारी सत किया, कांटों सेज बिछाय।
ले सूती पिय आपना, चहूं दिसि अगिनि लगाय॥
चढ़ी अखाड़े सुंदरी, भांड़ा पिउ सों खेल।
दीपक जोया ज्ञान का, काम करै ज्यों तेल॥

—पतिव्रता केवल अपने पति को समर्पित रहती है। उसे कोई और अच्छा लगता ही नहीं। ठीक उसी तरह जैसे सिंह का बच्चा भूखा भी हो तो वह घास नहीं खा सकता। सती अपने सत् (सत्य) पर रहती है। कांटों की शय्या बना उस पर अपने पति के साथ सोती है और इस शय्या के चारों ओर अग्नि सुलगती रहती है। इस अखाड़े पर चढ़कर अपने प्रिय से वह क्रीड़ा करती है। ज्ञान का दीपक जलाकर स्वयं उसके तेल का काम करती है (साधना की अग्नि में जलती)।

पतिवरता को सुख घना, जाके पति है एक।
मन मैली व्यभिचारिणी, जाके खसम अनेक॥

—पतिव्रता को प्रचुर सुख मिलता है क्योंकि उसका एक ही पति होता है। अनेक पुरुषों के संग रहनेवाली व्यभिचारिणी का मन मैल रहता है।

पतिवरता मैली भली, भले कांच की पोत।
सब सखियन में यों दिखे, ज्यों सूरज की जोत॥

—मैली-कुचैली पतिव्रता जिसके गले में कांच की माला पड़ी रहती है (सोने की नहीं) वह सभी सखियों के बीच सूरज की ज्योति के समान चमकती है। ऐसी पतिव्रता ही सब नारियों में श्रेष्ठ है।

नारी के प्रति मेरा विचार तो आपके समक्ष स्पष्ट हो गया होगा। मुझे अब तो

आप नारी-निंदक नहीं कहिएगा? वस्तुतः नारी के माया-स्वरूप की ही मैंने निंदा की है, उसके मातृ-स्वरूप की नहीं। संत-काल अथवा कह लीजिए भक्ति-काल में नारी को साधना-पथ का बाधक माना गया था। जो लोग घर-बार छोड़कर जंगलों में जा बसे थे, ध्यानावस्थित होने, उनके लिए नारी भले ही साधना-पथ की बाधा हो पर क्या गृहस्थ साधु नहीं हो सकते? फिर नारी को लेकर इतना तूल देना न मेरे लिए अच्छा रहा न मेरे अनुज तुलसी के लिए। अब तुलसी को अनुज कहने को भी तूल नहीं दे बैठिएगा। अनुज का अर्थ मात्र छोटा भाई होता है क्या? नहीं तो इस लेखक महोदय से ही समझ लीजिए। (पंडित जो ठहरे) जो पीछे जनमे वह अनुज। नहीं? ऐसे भी अगर तुलसी से इस संबंध में पूछा जाता तो वह अपने को मेरा अनुज ही बताता। बड़ा भाई, अग्रज ही मानता मुझे। उसके पहले ही जो मैंने राम-रट लगा रखा था। रह गई 'जाति-पांति' की बात तो हम साधुओं की तो एक ही जाति है। आपको पता ही है न मैंने इसे तूल दिया न तुलसी ने। मैंने तो स्पष्ट ही कर दिया—'ना मैं हिन्दू ना मुसलमान।' तुलसी ने भी कहा ही—'लोगों ने मुझे जुलाहा तक कह दिया। (धूत कहै···जुलहा कहै कोई)।' तो न तो वह ब्राह्मण न मैं जुलाहा। दोनों भाई-भाई। अग्रज-अनुज।

हां, बात धनिया से आरंभ हुई थी और नारी तक पहुंची थी। नारी को लेकर मेरे संबंध में जो धारणाएं बनाई गई हैं, उनका मैंने यथा-साध्य (खंडन कर दिया) वैसे भी आपका युग नर-नारी-समानता का युग है। नारी नर से किसी क्षेत्र में पीछे नहीं। बहुत क्षेत्रों में वह उससे आगे भी निकल गई है। ऐसी स्थिति में मुझे इस क्षेत्र में दकियानूसी बनने का कोई शौक नहीं। जो लोग मुझ पर नारियों के प्रति द्वेष-भाव का आरोप लगाते हैं, उनकी आंखें खोलने का मैंने भरपूर प्रयास किया। अगर इस पर भी उनकी आंखें नहीं खुलें तो दोष किसे देंगे?

मैं भी गृहस्थ रहा। नारी के प्रति दुराग्रह का शिकार होता तो मैं गार्हस्थ्य में प्रवेश करने ही क्यों जाता? और यह प्रवेश कोई बलात् कराया गया हो ऐसी बात भी नहीं।

एक दिन मेरी अनुपस्थिति में मेरे माता-पिता ने सोचा, इस शोख बालक के पैर में बेड़ियां डालनी चाहिए। तब वह शायद घर का होकर रह जाएगा और काशी की सड़कों पर हिन्दुओं-मुसलमानों से विवाद करता नहीं डोलेगा।

"हम तुम्हारी शादी कर देना चाहते हैं।" जुलाहा टोले में घटी उस घटना के पश्चात् ही पिता नीरू ने कहा था।

मैं चुप। क्या बोलता? आपका युग तो था नहीं कि पचास नखरे करता— अभी क्या जल्दी है? लड़की कैसी है? उसका फोटो दिखाओ। न हो तो लड़की के हाथ से चाय ही पिलवा दो कि नख-सिख निहार लूं उसे!

खैर उस समय तो फोटो आदि का जमाना नहीं। यों भी हम जुलाहों में शादी कोई दूर-दराज तो होती नहीं थी। अपने ही टोले-मुहल्ले में किसी-न-किसी से जुड़ना होता था।

पिता के प्रस्ताव पर मेरे मन में कुछ उथल-पुथल मचना स्वाभाविक था। शादी कहीं मेरी साधना में व्यवधान तो नहीं बनेगी? जीवन-संगिनी कैसी होगी?

'भगवतीभक्तिन' अथवा नास्तिक। कर्कशा होगी या सुशीला। कैसे घर से आएगी, उस पर तो कुछ सोचा नहीं था। सभी की आर्थिक स्थिति तो समान ही थी। सभी घरों में करघे चलते थे। उन पर अच्छे-बुरे कपड़े बुनते थे। और इन कपड़ों की आय से ही सबके घर का खर्च निकलता था। ले-देकर दोनों शाम चूल्हा जल जाता था, यही बड़ी बात थी। पर मेरे मन में विचार-मंथन जारी थी। पिता-माता की बात काटूं इसकी कल्पना भी उन दिनों नहीं की जा सकती थी। मैं तो और नहीं कर सकता था, उनका इतना आभार जो मुझ पर था। एक तिरस्कृत, परित्यक्त को उन्होंने अपनाया था। मां ने उसे अपने आंचल का साया दिया था, पिता ने उस पर अपना पूरा प्रेम लुटाया था। एक अनाम को नाम मिला था। एक अनिकेतन को निकेत। ऐसी स्थिति में उनके मन तोड़ने की बात सोची भी नहीं जा सकती थी।

"तुम्हें भी कुछ कहना है?" पिता की आवाज ने मेरी चिंतनधारा को छेड़ा था।

मैं? मैं क्या कहता? कहने को तो पिता ने कह ही दिया था। वह मेरे भले के लिए हो या बुरे के लिए। उस ब्रह्म-रेखा के सामने अब कौन-सी रेखा खींची जा सकती थी?

"उससे क्या पूछ रहे हो? वह क्या मुंह खोलेगा भला? उसके मौन को ही उसकी रजामंदी समझ लो। लड़कीवाले के यहां जाकर बात पक्की कर लो।" मां नीमा बोली थी। सच उसे मेरी मातृ-पितृ-भक्ति पर अडिग विश्वास था।

"ठीक तो आज ही बात करूंगा।" पिता ने कहा था और उठकर बाहर चले गए थे। मेरा मन एक विचित्र ऊहापोह से भर गया था। गार्हस्थ्य मेरी साधना का साधक होगा या बाधक? अपने पूर्व के कई भक्तों को याद किया। समकालीनों को भी। उनमें कई गृहस्थ जीवन में रहकर भी साधना की प्रशंसनीय ऊंचाई पर पहुंचे हुए थे।

पर बात घूम-फिरकर मेरी होनेवाली पत्नी पर आती थी। जैसा पहले कह चुका हूं, यह जानना आवश्यक था कि कौन मेरी होनेवाली है। जुलाहा टोले की प्रायः सभी शादी-योग्य लड़कियों को मैं जानता था। उनके आचार-व्यवहार से भी परिचित था। अगर थोड़ा इंगित भी कहीं से मिल जाता तो मुझे उसे खोज निकालने में विलंब नहीं होता।

मां तो अभी वहीं बैठी थी। उससे पूछूं? न। क्या सोचेगी वह भी। राम-नाम जपता है, संत बना डोलता है फिर भी शादी के नाम पर सारी 'संतई' धरी रह गई। विवाह के पूर्व ही बहुरिया का मुंह देखना चाहता है।

मैंने मां से बात नहीं चलाई। इस गुत्थी को मैं स्वयं सुलझा लेने में समर्थ था। युक्ति मुझे सूझ गई थी।

दोपहर बाद मैं जुलाहा मुहल्ले का एक चक्कर देने निकला था। मुहल्ले के बड़े-बूढ़े तक मुझे आदर देते थे। लड़के-लड़कियों की बात ही क्या? जिसने मुझे देखा माथे से अपने दाहिने हाथ को लगा लिया। कई लड़कियां तो इतनी शोख निकलीं कि पूछ बैठी, "अब नीरू टीले पर तुम्हारा कब प्रवचन होगा कबीर भैया?"

हां, इधर के कारनामों से हर शुक्रवार को संपन्न होनेवाले मेरे प्रवचन के क्रम में बाधा उपस्थित हो गई थी।

"इसी शुक्रवार को।" मैं जवाब देता।

"सच?" वे प्रसन्नतापूरित हो पूछ बैठतीं।

"सच नहीं तो झूठ?" मैं उनको टोकता। "इतनी बार मेरे प्रवचन में गई, तुम्हें मेरी वह उक्ति याद नहीं रहती?"

"कौन-सी?" कई एक साथ पूछ बैठतीं। सबों के सजल-नयनों में उत्सुकता तैरती होती।

"वही" मैं बोलता—

सांच बराबर तप नहीं, झूठ बराबर पाप।
जाकै हिरदय सांच है, ताकै हिरदय आप॥

"याद है। याद है।" सब एक साथ बोलीं।

"ठीक है तो अगले शुक्रवार को नहीं भूलना।" मैंने कहा और आगे बढ़ा। इनमें सबकी आंखों में झांककर मैं देख चुका था। इनमें कोई मेरी होने वाली नहीं थी। किसी की आंखों में ऐसा कुछ नहीं था।

मैं गलियों के चक्कर काटता गया। लड़के-लड़कियों, बूढ़े-बूढ़ियों और हम-उम्रों से मिलता गया। उनका दुआ-सलाम लेता गया। हाथ लगा कुछ नहीं।

मैं निराश लौटने ही वाला था कि एक दरवाजे पर खड़ी लड़की मुझे देखते ही अंदर भाग गई। मुझे अनुमान लग गया। मैं तो इलाके में 'संत कबीरा' के नाम से प्रसिद्ध था। मुझे देखकर किसी लड़की के भागने का प्रश्न कहां उठता था? उलटे मुझसे दुआ-सलाम ले उसे अपने को एक तरह से कृतार्थ करना था।

इस घर के अंदर भाग पड़नेवाली लड़की ही मेरी पत्नी होनेवाली थी। मैंने मन में निश्चय कर लिया। पर यह थी कौन? जानना आसान नहीं था। यों तो सभी मेरे प्रवचनों में भाग लेती थीं और प्रायः सबका नाम मुझे पता था पर चेहरा बिना देखे, पहचानने का प्रश्न कहां उठता था?

मैं क्या करूं? इस दरवाजे से थोड़ी दूर पर ही मैं निस्पंद खड़ा हो गया। किंकर्त्तव्यविमूढ। मेरी समझ में कुछ नहीं आ रहा था।

इधर हृदय में भावनाओं की लहरें हिलोरें ले रही थीं। राम तो कुछ काल के लिए अंतर से गायब ही हो गए थे और वहां 'काम' आ बैठा था।

युवावस्था का तकादा ही कहेंगे इसे, अथवा होनेवाली पत्नी के एक दीदार के लिए तड़प, जिसने अन्य सारी भावनाओं को मेरे अंदर से निकाल फेंका था।

"यह तो ठीक नहीं।" मैंने मन-ही-मन सोचा, शादी मेरी साधना का बाधक ही बनेगी और मैंने तत्काल एक पद गढ़ दिया—

कामी नर को तो सदा छव ऋतु बारह मास।
जहां काम तहां राम नहिं जहां राम तहां नहिं काम॥

—कामी व्यक्ति के लिए तो सदा छहों ऋतुओं और बारहों महीनों में 'काम' ही 'काम' घेरे रहता है। जहां 'काम' है वहां राम कहां से रह सकते हैं और जहां राम का वास है, वहां 'काम' किधर से फटकेगा?"

तो क्या 'काम' के एक ही प्रयास ने राम को मेरे अंदर से निकाल फेंका, मैंने सोचा। शायद शादी के लिए इनकार नहीं कर मैंने अच्छा नहीं किया पर इनकार का भी प्रश्न कहां था? माता-पिता के निर्णय पर प्रश्नचिह्न लगाना मेरे लिए संभव था क्या?

'मैं अच्छा फंसा,' मेरा सोच जारी था, 'होनेवाली अर्द्धांगिनी की एक झलक भी जब मुझे अंदर से हिला गई तो मेरा निर्गुण ध्यान किधर से सधेगा? शून्य में समाधि क्या लगाऊंगा मैं? निर्गुण के स्थान पर सगुण नारी खड़ी हो जाएगी और शून्य को भी भर देगी वही, मन में अपनी बार-बार की उपस्थिति से।

हे राम! तुम्हीं उबारो। अब क्या बनेगा कबीर का। उसे क्या पता था कि मन के राम-मय होते हुए भी काम वहां कहीं छुपकर बैठा था? आग की आंच पर ही तो घी पिघलता है! काम की आंच लगी तो भक्ति-भावरूपी घृत बहकर हृदय से बाहर हो गया। रिक्त स्थान को भर दिया माया ने। होनेवाली पत्नी ने। यह माया सचमुच विचित्र है। जैसे सर्वथा प्रकाशित घर के किसी कोने में अंधकार छिपकर बैठा रहता है, वैसे ही राम-मय हृदय के किसी कोने में भी काम कुंडली मारकर जमा होता है। काल-सर्पिणी ही है यह माया। मौका मिलते ही अपना फन दे मारती है साधना रूपी साध्वी पर, मैंने सोचा और अपना एक पुराना पद गुनगुना गया—

माया महाठगिनि हम जानी।
तिरगुन फांस लिए कर डोले बोले मधुरी बानी॥
केसो के कमला होय बैठी, सिव के भवन भवानी।
पंडा के मूरति होय बैठी, तीरथ मै हवै पानी॥
जोगी के जोगिनि होय बैठी, राजा के घर रानी।
काहूं के हीरा होय बैठी, काहू के कौड़ी कानी॥
भगता के भगतिनि होय बैठी, ब्रह्मा के ब्रह्मानी।
कहंहि कबीर सुनहु हे संतो ई सब अकथ कहानी॥

—माया महाठगिनी है, यह बात मैं समझ गया। त्रिगुणों (सत्, रज, तम) की फांस लिए यह घूमती रहती है। मीठी बोली बोलती है यह (ऊपर से मधुर होती है)। किसी को छोड़ा नहीं इसने। न विष्णु को न शिव को न ब्रह्मा को ही? विष्णु के घर कमला (लक्ष्मी) के रूप में यह बैठी है। शिव के यहां भवानी (पार्वती) बनी बैठी है। पंडा-पुजारी के लिए यह मूर्ति बनी बैठी है। अर्थात् बेचारे पंडा-पुजारी का ध्यान मूर्ति के चढ़ावे पर ही रहता है, मूर्ति में बसे देवी-देवता की ओर उसका ध्यान कदाचित् ही कहीं जा पाता है। तीर्थों में यह पानी बनी बैठी है—इसी पानी में स्नान संपन्न कर लोग समझते हैं कि हमारा सारा पाप-ताप विनष्ट हो गया। जो योगी हैं उनके यहां यह योगिनी बनी बैठी है। राजा को रानी बन लुभाती है किसी के यहां (धनी-मानी के यहां) यह हीरा के रूप में बैठी है तो किसी को (गरीब को) कानी कौड़ी बनकर ही रिझाती है। भक्त के यहां यह भक्तिन बनी बैठी है और ब्रह्मा के यहां ब्राह्मणी बन बैठी है। कबीर कहते हैं—संतो यह कहानी (माया की कहानी) अकथ है। कितना भी कहो, यह कथा समाप्त नहीं होनेवाली है अर्थात् माया की लीला अनंत है।

नहीं, मैं इस लुभावनी माया के फांस में नहीं बंधूंगा, मैंने सहसा तय किया, मैं निर्गुणियां, तीनों गुणों से परे रहनेवाला, इस तीनों गुणों से युक्त माया की छाया भी अपने पर नहीं लगने दूंगा।

यह सोचकर मैं उलटे पांव लौटने ही वाला था कि वह लड़की दरवाजे से बाहर निकली शायद यह देखने के लिए कि मैं गया अथवा नहीं। अकस्मात् हम दोनों की आंखें चार हुईं और उसने लाज से भरकर अपनी आंखें तत्काल नीची कर लीं।

'तो यह लोई है' मैंने मन-ही-मन सोचा और मेरे मन के सारे विकार समाप्त हो गए। काम तो पता नहीं किधर कूच कर गया और राम फिर मेरे मन में आ विराजे।

यह लोई तो पूर्ण 'भक्तिन' है। प्रवचनों में सबसे आगे बैठती है। मेरे एक-एक शब्द को वह कैसे अमृत की तरह पीती जाती है। कभी इसको आंखें उठाते नहीं देखा गया। जबकि बहुत-सी औरतें-लड़कियां अक्सर इधर-उधर तांक-झांक कर लेती थीं। कुछ भी कहा जाए काम पर विजय बहुत आसान नहीं है। राम की कथा होती रहे तभी भी काम लोगों को भटकाकर इधर-उधर देखने, रूप-पान करने को बाध्य करता है। किंतु इस लोई ने निश्चय ही काम की ओर से आंखें मूंद राम में हृदय लगाया था। 'नहीं, नहीं यह मेरी साधना में विघ्न नहीं बन सकती। मेरे लक्ष्य की साधिका ही होगी यह, बाधिका नहीं। एक से दो भले। पति-पत्नी दो शरीर पर एक प्राण हो जाएं तो कोई भी साधना शीघ्र फलवती होती है।' मेरा मन सोचता गया, 'नहीं पत्नी अनावश्यक नहीं अपितु एक सुशील पतिव्रता नारी अनिवार्यता है सभी के लिए। कितनी बातें तो मैं पतिव्रता पत्नी के लिए कह गया हूं। 'लोई' निश्चित ही एक पतिव्रता नारी सिद्ध होगी। विवाह-पूर्व जिसकी आंखें तक नहीं भटकीं, विवाहोपरांत क्या इसके पैर भटकेंगे? नहीं, नहीं कभी नहीं। अभी-अभी कितना बड़ा अनर्थ हो जाता! घर लौटकर खाना-पीना छोड़ विवाह के प्रति अपनी विरक्ति को अप्रत्यक्ष किंतु प्रभावी रूप में मैं माता-पिता पर प्रकट कर देता। मुंह से आमने-सामने जवाब नहीं दिया जा सकता था तो आत्मपीड़न का यह तरीका तो अवश्य ही कारगर होता। दो-तीन दिनों के मेरे अनशन से ही मेरे माता-पिता का मेरे प्रति उनका प्रेम उन्हें पिघलाकर रख देता और वे बोलते—ठीक है, नहीं करनी है शादी तो नहीं करो। हमारा क्या आज या कल दम तोड़ देंगे तो तुम्हें दो रोटियां भी कोई देनेवाला नहीं रहेगा। भूखे पेट तुम इस काशी की सड़कों पर अपने भाषण देते भटकते रहना। यही न कि हमारा कुल-खानदान नहीं चलेगा। हमारे-तुम्हारे बाद चिराग जलानेवाला भी इस घर में कोई नहीं रहेगा। तो ऐसे भी कौन हम 'वंश-वरखा' की उम्मीद लगाए बैठे थे? यह तो तुम अचानक आ टपके अपनी मां के आंचल में, खुदाई नियामत की तरह वर्ना इस खानदान को तो खत्म होना ही था?

'पर नहीं, अब यह नहीं होगा। माता-पिता की भावनाओं को अनावश्यक ठेस नहीं लगेगी। कुछ नहीं बोलूंगा अब मैं। लोई मेरी साधना-पथ की सहचरी होगी, सह-गामिनी। ऐसे भी जीवन का मार्ग, कितना दुरूह है और कितना लंबा, कौन जानता है। एकाकी चलना पड़े, अकेले, तो यह मार्ग कटने से रहा। कब रास्ते में ही

थककर कोई दम तोड़ दे, कौन जानता है। फिर शरीर ही नहीं तो साधना कैसी, किससे? दो हुए तो एक-दूसरे के दुःख-सुख के सहभागी बनेंगे। बाहर का कौन किसको देखता है? शिष्य और अनुयायी तो बहुत होते हैं पर सभी अच्छे दिनों के साथी। शरीर पड़ जाए, राम नहीं करें, आधिव्याधियुक्त हो जाए तो साया भी साथ नहीं देता है। शिष्यों-साथियों की बात कौन करे?

'नहीं, नहीं, सच्ची और विश्वास की पुख्ता नींव पर निर्मित गार्हस्थ्य की अट्टालिका, साधना-घर, उपासना-गृह की तरह ही काम करती है। एक-दूसरे को प्राण-पण से समर्पित पति-पत्नी का 'काम' भी राम को समर्पित हो जाता है। वह राम की प्राप्ति में बाधक नहीं साधक ही होता है। जीवन में अर्द्धांगिनी आवश्यक है। आखिर होगी कोई बात तभी तो हमारे उपास्य राम भी सीता के साथ रहे, केशव ने कमला को अपनाया, इस्लाम की नींव डालनेवाले मुहम्मद साहब भी तो पूरे गृहस्थ थे।

'नहीं लोई नहीं बनेगी मेरे पथ की बाधा, बाधाएं दूर भगाने में सहायक ही होगी वह। माता-पिता का चुनाव सर्वथा प्रशंसनीय है। व्यर्थ ही मैं इन पर भीतर-भीतर खफा हो रहा था। मुझे शुक्रगुजार होना चाहिए इनका।'

इतना सब सोचते-सोचते मैं कब लोई के दरवाजे से मुड़ा और कब अपने दरवाजे पर पहुंच गया इसका पता ही नहीं चला मुझे।

पिता बाहर ही बैठे तागों के एक गुच्छे को सुलझाने में लगे थे। देखते ही पूछ बैठे—"कहां गए थे?"

यह तो अनर्थ हो गया। आज तक तो उन्होंने कभी टोका नहीं था। समझ लेते थे काशी की सड़कों पर डोल रहा होगा, अनावश्यक लोगों से उलझता रहा होगा। ऐसे मनमौजी से क्या पूछना? पर आज क्या आया इनके मन में कि पूछ बैठे, "कहां गया था?"

अब इस प्रश्न का जवाब क्या दे, कबीर? कुछ झूठा बहाना बना दे? नहीं, यह तो सोचने की भी बात नहीं थी। मैं सदा सत्य को समर्पित, इस घड़ी झूठ कैसे बोलता? मैंने ही तो गाया था कई बार, कई लोगों के समक्ष, "सांच बराबर तप नहीं.....।" अब मैं मिथ्या का सहारा कैसे लूं? अपनी सफेद चादर पर यह पहला दाग कैसे लगने दूं? मुझे तो अपनी चादर को ज्यों-की-त्यों रखकर जाना है। मैं झूठ की गंदगी उस पर क्यों और कैसे चढ़ाऊं?

तब? तब क्या हो सकता है? नहीं बोलूं? तब न मिथ्या का सहारा लेना पड़े न सत्य का। चादर साफ बच जाय।

मैंने इसी उपाय का सहारा लेना चाहा। पिता की ओर हाथ बढ़ाते बोला, "लाइए इस धागे के गुच्छे को खुद सुलझा देता हूं। आपके कमजोर हाथ थक गए होंगे।"

"नहीं, नहीं मैं कर लूंगा। तुम्हें चिंता करने की आवश्यकता नहीं।" पिता मेरे चेहरे पर अपनी आंखें गड़ाते हुए बोले। तो क्या वह मेरे बिना कहे ही मेरे चेहरे से वह सब पढ़ लेंगे जिसे मैं जीभ पर नहीं ला पा रहा? नहीं, नहीं ऐसा नहीं होगा। पिता का यह समझना कि मैं उनसे कुछ छुपा रहा हूं, इनके कलेजे पर एक भारी

चट्टान की तरह ही गिरेगा। मैंने झट से अपना मुंह दूसरी ओर फेर लिया और दरवाजे के अंदर घुसने का प्रयास करते हुए मैं बोला, "तब मैं करघे पर कुछ वस्त्र ही उतार लेता हूं। कल बाजार का भी दिन है।"

"कबीरा!" इसके पहले कि मैं चौखट के अंदर पैर रखता बाप की कड़कड़ाती आवाज कानों में पड़ी।

आज पिता को हो क्या गया है? मुझे आश्चर्य हुआ। ऊंची आवाज में तो कभी वह बोलते ही नहीं थे। क्रोध तो उनमें देखा ही नहीं गया। इन्हीं से मैंने, कम-से-कम अक्रोध और अपरिग्रह की शिक्षा ली थी। कल की चिंता नहीं करना, नहीं बचाकर रखना कुछ भी। कल अपनी चिंता स्वयं दूर कर लेगा, अतः परिग्रह क्यों? यह शिक्षा तो मैंने अपने इसी अपरिग्रही बाप से ही ली थी। लड़कपन से ही माता-पिता के मुख-मंडल को सदा सौम्य और शांत ही देखा। क्रोध की रेखा उनके चेहरों पर कभी भूल से भी नहीं खिंची। फिर आज क्या हो गया पिता को?

"जी।" मैं उनकी पुकार के उत्तर में बोला था। मेरे पैर जैसे धरती में जड़ गए थे। आगे बढ़ने का अब सवाल ही नहीं था।

"मैंने तुमसे कुछ पूछा था न?" पिता की क्रोधाग्नि अभी यथावत् थी।

"जी।"

"तुमने जी! जी! क्या मचा रखा है? अरे मेरे सवाल का जवाब दो।"

"....।" मेरे मुख से शब्द नहीं कढ़े।

"सवाल का जवाब दो कबीरा।" पिता अटल थे। वे अंतर्यामी थे क्या? ऐसा तो नहीं हो सकता। तो क्या उन्होंने मेरे चेहरे पर ही सचमुच कुछ पढ़ लिया था। संभव था सदा शांत रहनेवाली मेरी मुख-मुद्रा आज निश्चित ही अंदर की कशमकश को प्रकट कर रही होगी। लोई के दरवाजे के पास राम और काम के मध्य मेरे अंदर जो संघर्ष छिड़ा था उसकी प्रतिक्रिया चेहरे पर अवश्य शेष रह गई होगी। अब अंदर में पूरी तरह राम आ गए थे तो क्या, मार (कामदेव) के उस आक्रमण का अवशेष चेहरे पर यत्र-तत्र चिपका रह गया हो तो इसमें क्या आश्चर्य? अवश्य ही काशी की गलियों से हिन्दू-मुसलमानों, मौलवियों-पंडितों से भिड़कर आनेवाले इस कबीर की मुख-मुद्रा और रहती होगी और अपनी भावी पत्नी के दरवाजे से, कुछ क्षणों के आंतरिक संघर्ष को झेलकर आनेवाला यह चेहरा कुछ और कह रहा होगा।

"तुम बोलते नहीं कबीरा।" पिता की आवाज मेरे कानों में पुनः गूंजी थी।

"जी! जी! मैं...झूठ नहीं बोल सकता।" मैंने हकलाते हुए कहा था।

"झूठ बोलने को तुमसे कौन कह रहा है कबीरा?" पिता का क्रोध सहसा आश्चर्य में बदला, "तुम सतवादी (सत्यवादी) और न जाने किस-किस रूप में 'विख्यात' हो, तुम झूठ भी बोलोगे यह बात तो मैं सोच भी नहीं सकता।"

"सत्य बोलने का साहस मुझमें नहीं है।" मैं स्पष्ट बोला।

"और साहस के बिना सत्य बोला नहीं जा सकता। जिसके अंदर साहस नहीं वह सत्य किधर से बोलेगा कबीरा? तुम कैसे 'सतवादी' हो?"

"मैं हमेशा की बांत नहीं कर रहा," मैंने कहा, "मैं केवल अभी, इसी क्षण की बात कर रहा हूं।"

"मतलब ?" पिता कुछ नहीं समझते हुए बोले।

"मतलब सत्य-कथन के लिए साहस का अभाव मैंने अपने अंदर कभी नहीं पाया लेकिन अभी वही पा रहा हूं।"

"इस 'अभी' की कोई खास विशेषता ही होगी।" पिता बोले।

"..... ....।" मैं चुप।

"मैं तुम्हारे कार्य को कुछ हल्का कर दूं कबीरा ?" पिता की इस बात ने मुझे चौंकाया।

".... ...." मैं क्या बोलता ?

"तुम लोई के यहां गए थे ?" पिता सहसा बोल गए।

"पर मैं उससे मिला नहीं हूं।" मैंने सफाई दी।

"इससे कोई फर्क नहीं पड़ता।" पिता गंभीर थे।

मैं एक अपराध-भाव से ग्रस्त खड़ा रहा। पिता सचमुच मेरे चेहरे को पढ़ गए थे और वे जो कुछ कह रहे थे वह भी सत्य के समीप था। ठीक था कि मैं लोई से मिला नहीं, शायद मिल भी नहीं सकता था पर ऐसा क्यों हुआ कि मुझे लोई के द्वार तक पहुंचना पड़ा ? मैं निकला ही क्यों अपनी भावी पत्नी की खोज में ? पिता का यह वाक्य—"उससे कोई फर्क नहीं पड़ता।" मेरे लिए बहुत भारी पड़ रहा था। सच मेरा अपराध बड़ा था—अक्षम्य। मैं निर्गुणियां एक सामान्य सगुण, साकार के चक्कर में क्यों पड़ा ? नहीं, यह रूप का खिंचाव नहीं था, मैंने मान लिया पर ऐसी जिज्ञासा भी क्या थी अपनी होनेवाली अर्द्धांगिनी के संबंध में जिसने मुझे जुलाहा-टोली की गलियों का चक्कर लगवाया ? बात अब समझ में आ गई थी, जो कुछ लोग मुझसे मिले थे और दुआ-सलाम किया था, उन्हीं में से कोई उधर आते हुए बोल गया होगा—"क्या बात है नीरू, कबीरा तो अब तक पंडे-पंडितों और मौलवियों-मुल्लाओं के क्षेत्र में ही चक्कर काटता था, आज वह जुलाहा-टोले की गलियों में क्या कर रहा है।" पिता सहसा आश्चर्यचकित हुए होंगे। एक क्षण के लिए मूक ही और वह आदमी बिना उत्तर के चला गया होगा। पिता को उत्तर का पता तो तत्काल लग गया होगा पर वह भी शायद मेरी ही तरह सत्य बोलने का साहस नहीं बटोर पाए होंगे।

उनमें मुझमें फिर भी अंतर था। वे एक घोषित गृहस्थ थे। एक सामान्य जुलाहा जो अपने अन्य भाई-बंधुओं की तरह करघे के सहारे अपने परिवार का भरण-पोषण कर रहे थे। करघा-घर से बाजार और बाजार से करघा-घर तक ही उनका जीवन सीमित था। उसके ठीक विपरीत मैं एक स्थापित साधक था। संतजी कहकर लोग मुझे पुकारने लगे थे, ऐसी स्थिति में मेरे लिए यह व्यवहार मेरी दृष्टि में चाहे जैसा हो, पिता और समाज की दृष्टि में अवश्य ही निंदनीय था। राम-राम भजनेवाले को काम कैसे अपनी अंधी गलियों में घसीट ले गया था ? पिता के द्वारा दिए गए शादी के प्रस्ताव को जब वह आंख मूंदकर स्वीकार कर गया था तो उनके चुनाव पर भी उसे संदेह नहीं करना था। और

ठीक ही अब तो यह सिद्ध ही हो गया था कि पिता अपने चुनाव में चूके नहीं थे।

पिता को मेरा, लोई की तरफ जाना जितना नहीं खला था उतना निश्चय ही अपने ऊपर मेरे अविश्वास की बात ने उन्हें उत्तेजित किया था।

"क्यों पसंद आई लोई?" उन्होंने व्यंग्यात्मक स्वर में पूछा था। स्त्री, पुरुष को नाना नाच नचाती है यह तुम मुझसे ज्यादा अच्छी तरह जानते हो पर मुझे आश्चर्य हो रहा है कि जिसे विवाह के लिए तैयार होने में ही सौ बार सोचना था वह विवाह-पूर्व ही इतना आतुर कैसे हो आया अपनी कल की पत्नी के मुख-दर्शन के लिए? तुमने अपनी नाक तो कटवाई ही कबीरा, मेरा भी सिर झुका दिया, इस मुहल्ले का चक्कर काटकर। ऐसी भी क्या जल्दी थी?"

"जल्दी नहीं थी।" अब मैंने स्पष्ट कहा। पिता को सब बात का पता था तो अब छिपाने को भी क्या रखा था?

"जल्दी नहीं तो क्या थी?" पिता अब भी पूर्णतया व्यवस्थित नहीं थे—शांत। उनके अंदर-अंदर एक घोर आलोड़न चल रहा था। यह बात मेरी समझ में नहीं आए, ऐसी बात नहीं थी। उनका दुःख स्वाभाविक था। दुहरी मार थी यह, एक तो अपने ऊपर अपने पुत्र द्वारा ही अविश्वास। दूसरे संत-पुत्र का काम-सूत्र में बंधकर गलियों का चक्कर काटना।

"मात्र जिज्ञासा थी यह।" पिता के प्रश्न का जवाब तो देना ही था।

"जिज्ञासा, जिज्ञासा किस बात की?" पिता ने पूछा था, "क्या मेरे निर्णय पर संदेह था, अविश्वास, कि यह जिज्ञासा जन्मी तुम्हारे अंदर?" पिता अशांत ही थे।

"बात वह नहीं जो आप समझ रहे हैं।" मैंने स्पष्ट कहा था, "जिज्ञासा का जनक अविश्वास तो होता नहीं न ही संदेह। जिज्ञासा तो मनुष्य की सामान्य प्रवृत्ति है और आप भी समझते हैं कि इस जिज्ञासा ने मानव-जाति का अब तक भला ही किया है।"

"तुम अपने बाप को ही अपना अटपटा प्रवचन सुनाने पर आमादा हो आए हो? जिज्ञासा तुम्हारी जैसी हो वह शांत तो हो गई, बोलो।"

"क्या इस छोटे-से लड़के को तंग किए जा रहे हैं?" सहसा मां अंदर से आकर बोल पड़ी, "अपना तो याद कीजिए किस तरह निकाह के पहले ही मेरे घर के—।"

मैं आगे कुछ नहीं सुन सका। मुझे वहां से खिसक जाने का बहाना मिल गया था। मैंने वही किया और जाकर करघे पर बैठ गया और करघे की खटखट की बेसुरी आवाज के साथ अपने लय को मिलाने का प्रयास करते हुए गुनगुनाने लगा—भीनी भीनी बीनी चदरिया, भीनी भीनी...।

10

बात धनिया से चली थी न और अब तक उस तक नहीं पहुंची? अभी पूरी तरह वहां तक पहुंचेंगे भी नहीं। धनिया मेरे जीवन में आकर भी नहीं आई थी। फिर वह लोई

तो लोई मेरे पुत्र और पुत्री कमाल-कमाली के आने के बाद ही आई थी। इस मेरे आत्म-कथन में आरंभ में उसकी झलक आ गई तो मैं क्या करूं? इसे लेखक की सूझ कहूं या अपनी भूल, यह समझ नहीं आता। भूल शायद किसी की नहीं है। मैं समझ रहा हूं, यह लेखक की ही खुराफात है। धनिया को चारे की तरह पाठकों के समक्ष परोसकर वह अपनी कहानी आगे बढ़ाने की योजना पर सफल हो रहा है। ऐसे भी मेरा जीवन इतना नीरस और अटपटा है जितनी मेरी बहुत सारी रमैनियां और साखियां। ऐसी हालत में इसे सरस बनाने के लेखकीय प्रयास की मैं सराहना करता हूं और आपसे भी प्रार्थना करता हूं कि अभी लोई प्रसंग में धनिया प्रसंग को नहीं जोड़ें। ऐसे भी उस विचित्र प्रसंग को पर्याप्त विस्तार पूर्वक मैं पहले भी कह गया हूं। पर उस घटना को अपनी चरम परिणति तक तो पहुंचाना ही है। तो प्रतीक्षा कीजिए।

लोई से मेरा विवाह हो गया। गरीब जुलाहों की बारात में धूम-धाम तो खैर क्या होती पर साधारण रूप में ही सही, विवाह संपन्न हो गया। मैं पहले-पहल ही घोड़े पर चढ़ा और किसी तरह अपने संतुलन को बनाए रखकर गाजे-बाजे और एक छोटी बारात के साथ लोई के दरवाजे पर पहुंचा।

मेरा मन आज कुछ ज्यादा ही प्रफुल्लित था। उसके पूर्व मुझे कहां पता था कि शादी इतनी गुदगुदी पैदा करनेवाली चीज है और मैं अपना एक पद यों ही गुनगुनाने लगा। यद्यपि उसकी बहुत सार्थकता इस संदर्भ में नहीं जमती थी फिर भी मन प्रसन्न हो तो वह गाएगा ही। उस समय शब्दों और इनके अर्थों पर मन कहां टिकता है? वह तो शब्द और अर्थ दोनों के परे जाकर, मन को आनंद की अद्‌भुत समाधि में प्रतिष्ठित कर देता है—

दुलहिन गावहुं मंगल चार
हम घरि आए हो राजा राम भरतार।
तन रत करि मैं मन रति करिहूं, पंचतत्त बाराती।
रामदेव मोरे पाहुनै, आपे मैं यौवन में माती॥
सरीर सरोवर बेदी करिहु, ब्रह्म वेद उचार।
रामदेव संग भांवरि लेहूं, धनि-धनि भाग हमार॥
सुर तैतीसूं कौटिक आए, मुनिवर सहस उनचासी।
कहै कबीर हम ब्याहि चले हैं, पुरुष एक अविनासी॥

लोई से मुलाकात की प्रथम रात को मैं आज भी नहीं भूल सका हूं। वह सजी-सजाई कमरे में बैठी थी। मुंह को उसने चादर से ढंक रखा था। मुझे मन-ही-मन हंसी आई। जिस मुख को मैं प्रवचन के समय कई बार देख चुका था, उसे छिपाने का क्या प्रयोजन था?

मैं बिछावन पर एक किनारे बैठ गया। उसे मेरे आने और बैठने का एहसास न हो, ऐसी बात नहीं पर वह छुई-मुई ही बनी रही। पूरी तरह निःस्पंद जैसे काठ की मूरत। मैं उससे इस अवसर पर कुछ बोलने के लिए बेचैन था। नहीं, वह बोलना कुछ ऐसा नहीं

था जैसा 'सोहाग-रात' को बोला जाता था। मैं तो मन-ही-मन कुछ तय कर आया था। आज की ही रात उस सब कुछ को स्पष्ट कर देना था जो मेरे मन में था। नहीं, लोई को मैं एक कामिनी अथवा महज भोग्या के रूप में नहीं देख रहा था। वह मेरी जीवन-संगिनी थी, आनेवाले दिनों के सुख-दुःख की सहभागिनी। मेरे साधना-पथ की प्रेरणा। मैं बहुत कुछ खुलासा करने को आतुर था पर विचित्र बात थी कि मैं जो सदा बोलने के लिए ही ख्यात-कुख्यात था, आज अपनी नवोढ़ा पत्नी के समक्ष ही मुख नहीं खोल पा रहा था। जिह्वा जैसे पक्षाघात-ग्रसित हो गई थी। होंठ कांपकर रह जाएं पर आवाज बाहर नहीं निकले।

सच, मैं आश्चर्यचकित था कि मुझे हो क्या गया है। मैंने कई बार उसके चेहरे के अवगुंठन को भी हटाना चाहा ताकि दोनों एक-दूसरे को एक नए रूप में देख सकें और फिर शायद बातों का सिलसिला चल पड़े और इसी मध्य मैं अपने मन में उमड़ते-घुमड़ते विचारों को उसके समक्ष सावधानी से रख सकूं पर जब भी मैंने अपने हाथ को उसके घूंघट तक ले जाना चाहा, वह मात्र कांपकर रह गया। मैंने अपने पैरों को हिला-डुलाकर देखा। एक पैर में जोर की चिकोटी काटी और दर्द से चिल्ला पड़ा। इससे दो बातें सध गईं। मैं आश्वस्त हो गया कि मेरे हाथ-पैर, अंग-प्रत्यंग दुरुस्त हैं और पक्षाघात या ऐसी किसी बीमारी का शिकार नहीं हुआ हूं। दूसरी यह कि मेरी चिल्लाहट सुनते ही लोई ने अपने मुख से चादर को खींच फेंका और वह भी जैसे चिल्ला पड़ी—"हाय राम क्या हुआ?"

उसकी विस्फारित आंखें मेरे चेहरे पर गड़ीं जिनमें भय और जिज्ञासा दोनों के भाव भरे थे।

मैं तो एक और बात को लेकर प्रसन्न था और मेरे आनंद का ओर-छोर नहीं था। वह सागर की तरह असीम हो आया था। इस आनंद के मूल कारण को ढूंढ़ने में शायद आप भी सफल हो गए होंगे। लोई के मुंह से मेरे आराध्य का नाम निकला था राम का—उसके प्रथम कथन में ही। यह निश्चित ही उसके द्वारा सुने गए मेरे प्रवचनों का प्रभाव था। वह या 'खुदा' या 'अल्लाह' भी बोल सकती थी पर एक मुसलमान होते हुए भी उसने राम पुकारा यह बड़ी बात थी। यों मुझे परवरदिगार के सभी नामों से प्रेम था और यह विख्यात था; पर विख्यात यह भी था कि मैं 'राम' नाम का खास दीवाना था। मेरे कीर्तन में भी 'राम' नाम की प्रधानता थी, प्रवचन में भी।

जो कुछ मैं लोई से प्रथम-मिलन की उस रात में कहना चाहता था उसकी भूमिका स्वयं लोई ने ही गढ़ दी थी।

"लोई!" मैंने पुकारा।

"क्या हुआ साईं? आप इतने जोर से चिल्लाए, कहीं कुछ चोट-ओट लगी क्या?" लोई ने अब लाज के अवगुंठन को भी उतार फेंका था। मेरे प्रति उसके अगाध प्रेम और श्रद्धा का ही यह द्योतक था वर्ना प्रथम रात में वह इतना कब बोलनेवाली थी? मुझे उसका 'साईं' संबोधन भी अच्छा लगा। पता नहीं कैसे मेरे लिए उसने इसी संबोधन

को चुना था। 'साईं' मेरा अत्यंत प्रिय शब्द था जिसका प्रयोग मैं परमेश्वर के लिए करता था। आपको मेरे ऐसे कुछ पद अवश्य याद होंगे—

साईं इतना दीजिए जामे कुटुम समाय।
मैं भी भूखा ना रहूं साधु न भूखा जाय॥

तेरा साईं तुझ में ज्यों पुहपन में वास।
कस्तूरी का मिरग ज्यों ढूंढ़ै फिरै सुवास॥

साईं सो सब होत है बंदे से कछु नाहिं।
राई तै परवत करै परवत राई मांहि॥

साईं मेरा वांणियां, सहजि करै व्यापार।
बिन डांडी बिन पालड़े, तौले सब संसार॥

—मेरा साईं एक बड़ा अच्छा बनिया है। बिना डांडी और पालड़ा के सभी संसार को तौल देता है, सांसारिक लोगों के कर्मों को तौल देता है।

"लोई!"

"हां साईं।" लोई ने कहा, "मैंने जानना चाहा था कहीं आपको चोट-ओट तो नहीं लगी। आप बता नहीं रहे।"

"लोई चोट तो एक ही बार लग चुकी है, उसी के दर्द को झेले जा रहा हूं। अब किसी और चोट में क्या दम है कि मुझे चिल्लाने पर मजबूर करे, वह तो मैंने तुम्हारे मुंह का ताला खोलवाने का नाटक मात्र किया था।"

"साईं!"

"लोई!"

"आप मिथ्या-कथन तो कभी नहीं करते न! फिर आज क्यों कर रहे हैं?"

मैं गलत जगह पकड़ा गया था। ऐसे उसमें झूठ की कोई बात भी नहीं थी। ठीक है कि मैंने अपने शरीर की अवस्था का पता लगाने के लिए चिकोटी काटी थी जिसके कारण चिल्लाया था पर यह चिकोटी काटना भी तो लोई के मौन को लेकर ही था। मैंने अपने अंदर साहस भरा और मैं बोल पड़ा—

"यह क्या कह रही हो लोई! मेरे कथन में तुझे मिथ्या का भान किधर से हुआ?"

"होना स्वाभाविक है। मेरे मौन को ही तोड़ना था तो इसका कोई और उपाय था। मेरे चेहरे के अवगुंठन को ही हटा देते। इस तरह चिल्लाने की कहां जरूरत थी? और फिर आपकी चिल्लाहट कृत्रिम नहीं थी। उसमें दर्द का पुट था। बताइए कहां दर्द है, मैं अभी उसके उपचार का प्रबंध करूं। और हां, वह प्रथम दर्द की क्या बात कर रहे थे जिसके सामने अब किसी दर्द को टिकना नहीं?"

मैं अब तक यह नहीं जानता था कि लोई इतनी कुशल और व्यावहारिक थी।

उसकी इस वाचालता का भी ज्ञान मुझे नहीं था। होता भी कैसे? प्रवचन में कभी किसी से बोलते, किसी ओर देखते भी तो मैंने उसे देखा नहीं। सिर झुकाकर जो प्रवचन सुनने बैठती तो सिर झुकाए ही उठती और अपनी अम्मां के साथ लग चली जाती। एक-दो बार मेरे प्रवचन के समय कुछ जिज्ञासावश उसने मेरी तरफ देखा होगा, उसी से मैं पहचानता था वर्ना उस दिन उसकी गली में भी उसको कहां पहचानता?

"आप बोले नहीं साईं।" मेरी विचार-शृंखला लोई के शब्दों से टूटी और मैं अपने में वापस आया।

"अब सही बात भी सुन लो लोई," मैंने आरंभ किया, "ठीक है कि तुम्हें झकझोरने के लिए मैं नहीं चिल्लाया था। पर तब भी यह बात सत्य है कि तुम्हारे मुख-मंडल को अनावृत्त देखने की अभिलाषा से ही यह सब घटा था, अतः मैं मिथ्या-कथन कदापि नहीं कर रहा।" यह कह मैंने सारी घटना आदि से अंत तक बता दी और पूछा—"अब बोलो लोई, अब भी मैं मिथ्या-कथन का दोषी हूं?"

"नहीं," लोई ने स्पष्ट कहा, "मैं भी तो वही सोच रही थी कि आप और मिथ्य-कथन? प्रकाश और अंधकार कहीं साथ रहे हैं? ज्ञान और अज्ञान? खुदा और शैतान?"

"लोई!"

"साईं!"

"तुम इतनी बुद्धिमती हो यह कैसे? ऐसी बातें तो मैं भी नहीं कर सकता।"

"कर सकते हैं।"

"नहीं।" मैंने दृढ़तापूर्वक कहा।

"कर सकते हैं तभी यह सुना-जाना है। आपके प्रवचनों के सिवा मैं इन्हें और कहां सीखती। यह पृथक् बात है कि आपने इसे और रूप में रखा तो मैं और रूप में रख रही हूं। शब्दों का हेर-फेर है केवल। सार वही है। तत्त्व।"

"शायद तुम ठीक कहती हो।" मैं उसके वाक्-चातुर्य और शब्द-संयोजन की कला पर अभिभूत और आश्चर्यचकित होते हुए बोला।

"पर आपने एक बात तो बताई नहीं।" वह अब मंद-मंद मुसकरा रही थी।

"क्या?"

"भूल गए वह प्रथम चोट, दर्दवाली बात?"

"नहीं लोई, ऐसी बात नहीं। मेरे कहने का तात्पर्य यह था कि राम नाम की जो चोट एक बार लगी है उसी के दर्द को आजीवन भोगना है। इस दर्द के समक्ष और किसी दर्द को क्या टिकना?"

"यह क्या बोल रहे हैं साईं?" लोई की आंखों में आश्चर्य था।

"क्या?"

"राम नाम की आपको चोट है कि राम से आपको अभिन्न प्रेम?" लोई बोली।

"हा! हा! हा!" मैं बहुत दिनों के बाद पहले-पहल हंसा। यों मैं हंसने का आदी

कभी नहीं रहा। शायद ही मेरे काल में मुझे किसी ने हंसते सुना हो। दुनिया में इतना दुःख-दर्द है, इतना उत्पीड़न, शोषण और अभाव कि यहां कोई क्या हंसेगा? चारों तरफ तो रोने के सबब बिछे पड़े हैं। इसमें कोई रोए कि हंसे?

"साईं।"

"हां लोई।"

"यह तो विचित्र है।"

"क्या?"

"आपका हंसना। यह शायद आपके जीवन की पहली हंसी है।"

"और शायद अंतिम भी।" मैंने कहा।

"ऐसा क्यों?" लोई उत्सुक हुई।

"यह इसलिए कि तुम जानती हो कि मैं कभी हंसता ही नहीं, हंसी मुझे आज के पहले आई भी बहुत कम। आगे कभी आएगी ऐसा मैं समझता भी नहीं।"

"तब तो हमारी सुहाग-रात सार्थक हो गई?" लोई प्रसन्नता से खिलकर बोलीं।

"कैसे?"

"इस रात आपको प्रायः पहले-पहल खुलकर हंसी आई तो मैं धन्य हुई। यह रात धन्य हो गई। बड़ा सौभाग्यशाली है यह क्षण। काश मैं इस हंसी, इस क्षण को अपने अकिंचन आंचल में सहेज सकती!" लोई की प्रसन्नता का कोई पारावार नहीं था।

"ऐसा होता नहीं लोई।" मैं दार्शनिक मुद्रा में आ गया था।

"क्या?"

"यही जो बीत गया उसे सहेजना। नदी के प्रवाह में जैसे एक जलधार बह जाती है और नदी वही नहीं रहती, उस विशेष जलधार को पकड़ना संभव नहीं होता उसी तरह समय के अनंत प्रवाह में जो क्षण प्रवाहित हो जाता है उसे फिर से पकड़ना संभव नहीं। जो भूत हो गया, गुजर गया उसे कैसे और किधर से पकड़ोगी? यहां क्षण-क्षण सब कुछ भूत होता जा रहा है। सब कुछ व्यतीत हो रहा है, कोई द्रुत गति से तो कोई मंथर गति से। कोई व्यक्ति या वस्तु जो एक क्षण पहले थी वह अब इस क्षण नहीं है। उसका बहुत कुछ कट गया, परिवर्तित हो गया। तुम नहीं पहचानतीं, क्योंकि यह परिवर्तन धीमा है, यह विनष्ट होना अत्यधिक अल्प गति-युक्ति है। पर है वह अवश्य। विश्व की हर वस्तु विनष्ट हो रही है व्यक्ति, पेड़-पौधे, पहाड़, चट्टान, सूरज-चांद। यहां तक कि यह धरती भी। सभी कुछ एक क्षण के बाद ही वैसा नहीं रहता जैसा वह पूर्व में था। वैसे ही हर घटना अपने पूर्व रूप में नहीं घटती। मैं एक बार जिस रूप में रोया अथवा हंसा, दूसरी बार फिर उसी तरह हंसूं या रो सकूं, यह हो नहीं सकता। ऐसी हालत में तुम चाहो तो मुझे पुनः हंसा सकती हो पर जो हंसी व्यतीत हो गई उसे तुम नहीं सहेज सकतीं। वैसी ही हंसी, फिर नहीं आ सकती। तुम समेटोगी किसे? चाहे मुझे हजार बार हंसा लो

पर उस हंसी को किधर से पाओगी?

"यहां कुछ सहेजा नहीं जा सकता लोई! आदमी अपने जीवन को तो सहेज ही नहीं सकता, उसी के सामने वह तिल-तिल कर समाप्त होता है वह और क्या कुछ सहेजेगा?"

"तुम ठीक कह रहे हो।" लोई ने कहा। उसकी मुखमुद्रा प्रसन्नता मिश्रित गर्व से खिल आई थी।

"क्यों?" मैंने पूछा।

"क्यों क्या?"

"तुम मेरे इस कथन पर बहुत प्रसन्न हो आई हो?" मैंने उसके चेहरे पर दृष्टि गड़ाते हुए कहा।

"प्रसन्न मैं अपने सौभाग्य पर हूं।"

मुझे आश्चर्य हुआ और मैंने पूछा—"सौभाग्य? सौभाग्य कैसा?"

"तुम्हारे साथ बंधने का सौभाग्य। तुम उतने महान् ज्ञानी, ध्यानी, कवि और क्या-क्या, औरों के रहते केवल मुझे मिल गए, इसे अपना सौभाग्य नहीं समझूं तो और क्या समझूं?"

"मैं तो समझता हूं, यह तुम्हारा सौभाग्य नहीं दुर्भाग्य है लोई!" मेरे मुंह से निकला।

लोई ने झट से अपने दाहिने हाथ की उंगलियों से मेरा मुख बंद कर दिया और कहा, "आगे से ऐसा नहीं कहना।"

मैंने धीरे-से उसकी अंगुलियों को अपने मुख से हटाया और उन्हें अपनी हथेली में सहेजते हुए बोला—"मुझे कहने दो लोई! मैं जब तक तुम पर सब कुछ स्पष्ट नहीं कर दूं मुझे चैन नहीं आने को।"

"..... ....।" लोई चुप रही।

"देखो, तुमने एक कंगाल का वरण किया है। मुझे पता है कि मेरे पिता तुम्हारे रूप-गुण से प्रभावित हो स्वयं ही तुम्हारे यहां प्रस्ताव ले गए थे फिर भी तुम्हें कुछ सोचना था। मेरी आर्थिक स्थिति के साथ मेरी मनोवृत्ति का भी तुम्हें पता था। न तो मेरे घर में कुछ रहता है न मैं कुछ विशेष लाने का ही कोई प्रयास करता हूं। रोज कुआं खोदना और पानी पीना यही मेरी नियति है जिसे भजन और ध्यान-प्रवचन से ही फुरसत न हो वह परिवार का ख्याल क्या रखेगा?"

"तो तुम सोचते हो, मैं तुम्हारे प्रस्ताव को ठुकरा देने के लिए अपने माता-पिता को बाध्य करती?"

"और क्या?"

"कैसे भोले हो तुम?" लोई ने पूछा, "अपने दरवाजे पर आए, सौभाग्य-देवता को भी कोई ठुकराता है? तुम कहते हो यह मेरा सौभाग्य नहीं दुर्भाग्य था। तुम निर्गुणिया, निस्संग, सांसारिक व्यक्तियों की तरह कैसे सोचने लगे? मुझे धन-दौलत से क्या मतलब? तुम सामान्य संपत्ति की बात करते हो, मैंने तो हीरा पाया है, हीरा। इस हीरे की

चमक के समक्ष सभी प्रकार की संपत्ति की चकाचौंध बेकार है। आगे से ऐसी बात नहीं करना। जो कुछ रूखा-सूखा इस घर में मिलेगा, उसी से मैं पूरे परिवार का पेट भरने का प्रयास करूंगी।"

"पर यह रूखा-सूखा आएगा किधर से ?" मैं मंद-मंद मुसकराया।

"इससे।"

"किससे ?" मैं कुछ नहीं समझकर पूछ बैठा।

"कहा न इससे।" और अब तक जिस तरफ उसने अपनी आंखें उठा रखी थीं उधर अपनी उंगली उठी दी। वह घर का इकलौता करघा था।

मैं फिर मुसकराया और बोला, "यह दम तोड़ता करघा? अब तक तो तीन आदमियों का बोझा उठाने में अक्षम था, यह चार आदमियों का बोझ किधर से उठाएगा।"

"उठाएगा।" लोई ने धीरे-से कहा। "यह दम नहीं तोड़ रहा। यह तुम्हारी उपेक्षा के कारण ऐसा दीख रहा है। माता-पिता तो बूढ़े हुए, उनके किए कुछ होता नहीं। मैं इस करघे को ठीक करूंगी और फिर इससे उतना वस्त्र उगलवाऊंगी कि तुम बेचते-बेचते थक जाओगे।" वह गर्व से फूलती हुई बोली।

"यही तो रोना है।" मैंने कहा।

"क्या ?"

"मैं कपड़ा बेचने में एकदम फिसड्डी हूं। मैं कपड़े का थान लेकर बाजार जरूर जाऊंगा पर लौटने पर हाथ में कुछ होगा नहीं। या तो मैं वस्त्र को सड़क किनारे के दीन-दुखियों के मध्य वितरित कर देता हूं या फिर एकदम लागत पर ही बेचने के कारण मेरे वस्त्रों की कीमत कम होती है और लोग समझते हैं कि मेरा माल घटिया है और वे उसे हाथ भी नहीं लगाते।"

"तुम्हें ईश्वर में तो विश्वास है, अल्लाहताला में ?" लोई ने सहसा बात बदली और इसका कारण मेरी समझ में नहीं आया।

"लोई !"

"बोलो।"

"तुम प्रवचनों में तो जाती रही हो।"

"तुमसे अच्छा इसे कौन जानता है ?" लोई कुछ मुसकराती हुई बोली, "मैं तो प्रवचनों में सबसे आगे बैठती थी और मन-ही-मन मनाती थी कि एक दिन तुमसे ही मेरा विवाह हो जाए यद्यपि मैं जानती थी कि तुम मस्तमौला का क्या ठिकाना ? कहीं विवाह ही न करते तब।"

"अगर मैं विवाह नहीं करता, जीवन-भर कुंवारा ही बैठा रहता तो तुम किससे विवाह करतीं ?" मैं मुसकराता हुआ बोला।

"किसी से भी नहीं।" लोई दृढ़तापूर्वक बोली।

"अर्थात् तुम भी आजीवन कुंवारी रहतीं ?" मैंने साश्चर्य पूछा।

"और क्या ? तुम्हारे नाम पर। जब एक बार मन-ही-मन तुमको वर लिया तो फिर

और किसी से विवाह करने का प्रश्न ही कहां उठता है ?"

"यह क्या उचित होता ?"

"क्या ?"

"एक औरत का आजीवन अविवाहित रहना ? तुम्हें समाज से डर नहीं लगता ?"

"डर ? क्या कह रहे हो ?" लोई फिर आश्चर्यचकित-सी बोली, "तुम जब सारे संसार से नहीं डरते, हिन्दू-मुसलमान सबको दुश्मन बनाते चलते हो तो मेरे मात्र एक समाज से डरने का क्या प्रश्न ?"

"मैं धन्य हुआ लोई !" मेरा स्वर पहले-पहल गीला हो आया था।

"क्यों ?" लोई ने मेरी आंखों से निकलते आंसुओं को स्वयं ही अपनी चादर से पोंछते हुए कहा। उसकी अपनी आंखें भी अश्रु-पूरित हो आई थीं।

"तुम्हारे समान जीवन-संगिनी को पाकर। मैं गार्हस्थ्य में प्रवेश करने से डरता था कि कहीं मेरे भजन-भाव, ध्यान-कीर्तन में बाधा नहीं हो। पिता-माता का आदेश नहीं ठुकरा सकता था, इसलिए इस बंधन को अपनाने पर बाध्य हुआ। पर अब लग रहा है यह बंधन किधर से भी मेरी साधना में व्यवधान नहीं बनेगा।"

"पत्नी का कर्त्तव्य पति के कार्य में बाधिका नहीं बल्कि साधिका बनने का है।" लोई किसी बुद्धिमती की तरह बोली, "यकीन मानो मैं तुमसे कभी कोई अपेक्षा नहीं रखूंगी और न तुम्हें कुछ करने, नहीं करने के लिए बाध्य ही करूंगी। खैर, मैंने तुमसे एक प्रश्न पूछा था वह यह कि तुम्हें परमेश्वर में विश्वास तो है ?"

"उसी पर तो मैंने कहा था कि तुम प्रवचनों में आती तो थीं, जब आती थीं तो तुम्हें इस सवाल को पूछना ही क्यों था ? तुम्हें तो पता ही है मैंने परमेश्वर को ही सर्वोपरि माना। वही एक सत्य है बाकी सब असत्य। वह सभी में बसता है, सब उसी में।"

"बहुत अच्छा।" लोई सहसा प्रसन्न होकर बोली, "तब तो वह इस करघे में भी होगा।"

"हां, उससे रहित कोई नहीं, जड़ अथवा चेतन। मैंने हिन्दू-पंडितों से एक कहानी सुनी थी कि किसी बाल-भक्त प्रह्लाद ने पत्थर के खंभे से ही उसको प्रकट कर दिखाया था। नृसिंह अवतार हुआ था उस जड़ खंभे से।"

"ठीक है जब इस करघे में भी भगवान है तो आज से यह करघा ही मेरा भगवान है।"

"मैं नहीं समझा। वह तो मुझमें, तुममें, सबमें है तो इस करघे को ही भगवान मानने का क्या मतलब ?"

"मतलब है।" लोई विश्वास के साथ बोली, "यह करघा कर्म का प्रतीक है। कर्म ही हमारे खाने-पीने का प्रबंध कर सकता है। तुम कह रहे थे बाजार में तुमसे कपड़ों का व्यापार नहीं होता तो आगे से मैं यह कार्य करूंगी।"

"तो फिर मैं क्या करूंगा ?" मैं सहसा घबराकर बोला, "कर्म में तो मैं भी विश्वास करता हूं। अपना हाथ जगन्नाथ। अपने हाथ से कमाकर खाना ही ईमानदारी

का खाना है। मैं नाथपंथियों और योगियों की तरह भिक्षाटन से पेट भरने में विश्वास नहीं करता। तुमने यह पद सुना नहीं—

चाह गई चिंता गई मनुआ बेपरवाह।
जिनको कछू न चाहिए सोई साहंसाह॥
मरि जाऊं मांगू नहीं, अपने तन के काज।
परमारथ के कारने, मोहि न आवै लाज॥

—मैं मर जाऊंगा पर अपने शरीर के भरण-पोषण के लिए कभी कुछ नहीं मांगूंगा। दूसरों के (दीन-दुखियों) लिए मांगने की बात हो तो बात और है।"

"मैं जानती हूं कि तुम कर्म में विश्वास करते हो।" लोई आरंभ हुई, "कर्म करते हुए ही भजन-कीर्तन करने में भी। मानो या ना मानो कर्म का यह महत्त्व तुमने गीता से ही पाया है। तुम निरक्षर हो तो क्या हुआ? बहुपठित नहीं हो लेकिन बहुश्रुत तो हो। हिन्दुओं-मुसलमानों, मौलों-मौलवियों, कनफटे नाथपंथियों और योगियों सभी की बात सुनते हो। उनमें जो अच्छा लगता है उसे अपना लेते हो जो अच्छा नहीं लगता उसके विरुद्ध जेहाद बोल देते हो, बगावत का बिगुल फूंक देते हो। कहो कि मैं गलत कह रही हूं?"

".... ....।" मैं चुप। लोई सत्य-कथन कर रही थी। इसका विरोध मैं किस तर्क-कुतर्क से करता।

"बोलते क्यों नहीं? मेरी बात ठीक नहीं है क्या?" लोई ने मेरे मौन को तोड़ना चाहा।

"तुम सब कुछ ठीक कह गईं लोई," मैं बोला, "मैं कर्म को महत्त्व देता हूं। यह सही है कि मैं राम का भक्त हूं पर कृष्ण की बातें मैंने नहीं सुनी हों यह बात नहीं। मैं कृष्ण के कर्म-सिद्धांत का कायल हूं।"

"अर्थात् तुम कर्मयोगी हो।" लोई ने अपने गहरे ज्ञान का परिचय दिया।

"कह भी सकती हो नहीं भी क्योंकि मैं मूलतः एक भक्त हूं। कर्म इसलिए कर लेता हूं कि पराश्रित नहीं होना पड़े और शरीर की रक्षा भी होती चले, इसी शरीर से तो भजन-भाव सबको साधना है?" मैं अपने दर्शन का मूल मंत्र बोल गया।

"ठीक," लोई चहककर बोली, "तो तुम्हारा कर्म कल से इस करघे पर वस्त्र बुनना होगा। बेचने का काम मेरा।"

"..........." मैं अवाक् था।

"बोलो मंजूर है?"

"मंजूर है, यह मेरे लिए सुविधाजनक भी है। हाट-हाट घूमने में तो राम न जाने किस घाट निकल जाते हैं। करघे पर बैठूंगा तो राम-नाम का धुन भी चलता रहेगा और कपड़ा भी बुनता जाएगा। सच तुम मेरे लिए कितनी बड़ी सहायिका सिद्ध हुईं! कहां मैं सोच रहा था कि विवाह मेरी साधना में भारी बाधक बनेगा, कहां वह इतना बड़ा सहायक सिद्ध हो रहा है।"

"ठीक है," लोई निश्चिंत होती हुई बोली, "कल से हमारा कर्म इसी रूप में

चलेगा। तुम करघे पर मैं हाट में। पर यह रात आधी से भी अधिक बीत गई साईं।"

"तो?" मैं कुछ नहीं समझकर बोला।

"यह हमारी सोहाग-रात है।" लोई बोली और छुई-मुई हो आई।

11

उस दिन काशी के पंडितों से ठन गई। बात ज्ञान की चल रही थी। उनका कहना था कि आत्मा और परमात्मा अलग-अलग हैं। माना परमात्मा का अंश ही आत्मा है फिर भी दोनों दो हैं। अर्थात् पंडित द्वैतवाद की सराहना किए जा रहे थे। उसी के पक्षधर थे। मैं अक्खड़ अद्वैतवादी इसमें कहां विश्वास करनेवाला था। मैं अपने तर्क पर अडिग था, आत्मा-परमात्मा में कोई भेद नहीं। जो अंदर वही बाहर। दोनों एक ही हैं। भेद है तो संसार को लेकर, शरीर को लेकर। यह सब माया है। माया के अलावा इस विश्व का दृश्य जगत् और कुछ है ही नहीं। माया को लेकर मैंने अपनी इस आत्मकथा में पहले भी कई बार कहा है। काशी के उन पंडितों को मेरी बात कहां सुननी थी? फिर भी मैंने स्पष्ट किया—"तुम इस संसार को मिथ्या मानो या नहीं पर हमारे अद्वैतवाद को तुम काट नहीं सकते। तुम्हारी ही गीता में लिखा है, तुम पढ़ लो, मुझे तो न पढ़ना आता है न संस्कृत ही मेरी जीभ पर चढ़ती है पर तुम्हीं में से किसी ने कभी कहा था कि श्रीकृष्ण ने गीता में कहा है कि उसी का एक भाग सबमें वर्तमान है।[1] जब वही सबमें है तो द्वैत किधर से आया? आत्मा और परमात्मा दो कैसे हुए? लहर समुद्र से पैदा होती है, उसी से उठती है, उसी में गिरती है तो उसमें समुद्र है कि नहीं तो लहर और समुद्र अलग-अलग हैं क्या? लहर की बात छोड़ो एक छोटी-सी बूंद की ही बात करो। उसमें भी समुद्र नहीं है, यह कहोगे क्या? दोनों अभिन्न नहीं हैं क्या?

हेरत हेरत हे सखी हेरत गया हेराय।
बूंद समानी समुद में सो कत हेरी जाय॥

"और मैंने तुम्हारी गीता की जो बात पहले की है उसका भी सारांश मुझसे समझ लो—

ब्रह्मादि ते जग उपजा कहत सयाने लोग।
ताहि ब्रह्म कै त्याग बिनु जगत् न त्यागन जोग॥
ब्रह्म जगत् का बीज है जो नहीं ताको त्याग।
जगत ब्रह्म में लीन है कहऊ कौन बैराग॥
नेत नेत जेहि बेद कहि जहां न मन ठहराय।
मनवानी की गम नहीं ब्रह्म कहा किन पाय॥

—ब्रह्म से ही जग पैदा हुआ है, ऐसा ज्ञानी लोग कहते हैं। और जो संसार त्यागकर संन्यास ग्रहण कर उसकी उपासना कर उसे पाना चाहते हैं तो संसार का त्यागना

1. ममैवांशो जीवलोके जीवभूतः सनातनः। —गीता

उसी ब्रह्म को त्यागना हुआ कि नहीं? (यह कैसी बेतुकी बात है?) ब्रह्म ही तो इस जगत्, इस संसार का बीज है। उसको कैसे त्यागोगे? संपूर्ण जगत् ही जब ब्रह्ममय है तो वैराग साधकर भी जगत् को छोड़ पाओगे क्या? ब्रह्म को पहचान लेना सबके बस की बात नहीं है। तुम्हारे वेद उसे नेति नेति (यह भी नहीं, यह भी नहीं) करते रहे। मुझसे सुनो तो मन भी जहां नहीं ठहर सके, जो मन और वाणी से परे है, वही ब्रह्म है। वह तुम्हीं में रमा है तो उसे अलग कर मन वाणी से कैसे पाओगे—

तेरा साईं तुझ में ज्यों पुहपन में वास।
कस्तरूी का मिरग ज्यों ढूंढ़ै फिरै सुवास॥

कितनी बार कहूं इस बात को? तुम्हारे लोगों ने 'अहम् ब्रह्मास्मि' (मैं ही ब्रह्म हूं) कहा तो क्या समझा तुमने? तुम्हारा यह शरीर ही ब्रह्म है यह बात नहीं, बात इतनी ही है कि इसी शरीर के अंदर ही ब्रह्म बसा है। सुनना है तो सुनो, बड़े साफ शब्दों में मैं कहता हूं—

मोकौ कहां ढूंढ़त बंदे मैं तो तेरे पास में
ना मैं बकरी, ना मैं भेड़ी ना मैं छुरी गंडास में
नहीं खाल में नहीं पोंछ में ना हड्डी ना मांस में
ना मैं देवल ना मैं मसजिद ना काबां कैलास में
ना तो कौनो किरिया करम में नाहि जोग वैराग में
खोजी हों तो तुरतै मिलिहौं पल भर की तालास में।
...., ...
कहै कबीर सुनो भाई साधो सब सांसों की सांस में॥

—अब अलग करो उसे अपने से। किधर गया तुम्हारा द्वैत? वह ब्रह्म तो तुम्हारी सांस-सांस में बसा है। सांस को अलग कर लो तब तो उसे अलग कर पाओगे? अरे मुझसे सुनो—

पीतम को पतियां लिखूं जो कहीं होय विदेस।
तन में, मन में, नैन में, ताको कहां संदेस॥

"ऐ कबीर!" एक पंडित से आखिर नहीं रहा गया, वह उबल पड़ा, "तुम बड़बोला बनते हो। आत्मा-परमात्मा और जीव-ब्रह्म की विवेचना करते हो। पढ़े-लिखे तो कुछ नहीं, ऊपर से पता नहीं क्या-क्या बक-बक किए जाते हो? हमीं लोगों का सुनकर, उसे उलटा-सीधा कर हमीं लोगों को सुनाते हो। बड़े चालाक हो तुम—मियां की जूती मियां के सिर। नहीं?

"यह अब तक चला, अब नहीं चलेगा। हम में कोई तुम्हें मुंह नहीं लगाएगा। तुम जुलाहा होकर भी जीव और ब्रह्म का भेद करने चले हो। मूर्ति-पूजा और सभी कर्म-कांड को पाखंड बोलते हो। हम इसका भी एतराज नहीं करते, तुमसे शास्त्रार्थ कर तुम्हें अपनी बात कहने का अवसर देते पर मुसीबत यह है कि तुम्हारा तो कोई गुरु भी नहीं। तुम शिष्य किसके हो? जो एक गुरु भी नहीं बना सका, जो 'गुरु-मुख' नहीं है, उसे हम मुंह नहीं लगाते। हमसे बहस ही करनी हो तो जाओ पहले किसी को गुरु बना आओ।

किसी का शिष्यत्व ग्रहण करो अन्यथा आगे से हमसे उलझने का प्रयास नहीं करना। हम तुम्हारे समान ऐसे-वैसे को बहुत मुंह लगाते रहे। अब आगे से यह सब नहीं चलेगा। गुरु के बिना ज्ञान नहीं होता, इतनी बात भी तुम्हें मालूम है अन्यथा नहीं? गुरु के बिना कोई सुपात्र होता ही नहीं और हम काशी के पंडित कुपात्र को सिर चढ़ाने से रहे। टरको यहां से, तो अपने घर की राह। जब किसी सच्चे ज्ञानी-ध्यानी को गुरु बना सको तो पंडित-मंडली की ओर मुख करना। और हम यह भी जानते हैं कि तुम जुलाहे को कोई संस्कारी गुरु मिलेगा भी नहीं। संस्कारी और ज्ञानवान। किसी ऐरे-गैरे नत्थू खैरे को गुरु बनाकर चले आओ—यह भी नहीं चलेगा। कोई सच्चा गुरु तुम्हें अपना सका लो हम तुम्हें बर्दाश्त भी कर लेंगे वर्ना भोलेनाथ, बाबा विश्वनाथ की इस नगरी से तुम्हें निष्कासित करने में हम जरा भी नहीं हिचकेंगे। बहुत दिनों तक तुम हमारी छाती पर मूंग दलते रहे। अब नहीं चलने की। मैंने तो समझा था, इतना कुछ बोलते-उगलते हो तो कोई गुरु आदि भी बनाया होगा। पर हमें पता लग गया है कि तुम अपने ज्ञान की गठरी यों ही ढोए चलते हो। भला इसी में है कि इस गठरी को उतार फेंको अथवा इसमें किसी गुरु का ज्ञान डालो वर्ना जैसा कहा इधर मुंह करने की हिम्मत नहीं करना।"

धीरे-धीरे पंडितों और तमाशबीनों की अच्छी भीड़ लग गई। इस ओर न तो जुलाहों की कोई बस्ती थी न छोटे दलित लोग ही थे जो हमारे पक्ष में आवाज उठाते। यहां से चुपचाप खिसकने में ही मैंने खैरियत समझी।

"ठीक है अब गुरु बनाकर ही आप लोगों की तरफ...।"

"ठीक है, ठीक है शीघ्र खिसको यहां से।" सभी एक साथ चिल्लाए जिसमें मेरा आगे का स्वर डूब गया।

"अब यह इधर कभी नहीं आएगा," मेरी पीठ पर कुछ लोग बोले, "कौन जाता है इस गंदे जुलाहे का गुरु बनने?"

यह बात मुझे अंदर तक छेद गई और मैंने मन-ही-मन प्रतिज्ञा की कि गुरु कोई ऐसा-वैसा नहीं बनाऊंगा, ऐसे व्यक्ति का शिष्यत्व ग्रहण करूंगा कि इनकी बोलती ही बंद हो जाएगी।

मैं सीधे घर पहुंचा। मेरे चेहरे को पढ़कर लोई बहुत कुछ समझ गई। उसकी तीक्ष्ण बुद्धि की दाद देनी पड़ेगी। मुझे देखते ही वह बोल पड़ी—"साईं! आज कुछ खास बात है क्या? हमेशा चांद की तरह नूर बरसाता तुम्हारा चेहरा आज शाम के सूरज की तरह कुम्हलाया क्यों है?"

"बात है लोई, बहुत बड़ी बात है। अंदर चलो बैठकर बातें करते हैं।" मेरे लाख चाहने पर भी मेरा स्वर कुछ गीला हो आया। यह कबीर के योग्य नहीं था, मैं मानता हूं पर घटना ही ऐसी घटी थी जो मुझे अन्दर तक मथ गई थी। किसी से हार नहीं माननेवाला मैं अक्खड़ कबीर काशी के इन पंडितों के अकाट्य तर्क को नहीं काट सका था। यों मैं मानता था कि सबसे बड़ा गुरु अपना अंतर्मन ही

है। जब ईश्वर स्वयं वहां विराजता था तो किसी मानवीय गुरु की आवश्यकता किधर से थी? अब तक तो मैं उसी के चलाए चल रहा था। लेकिन यह भी मानना पड़ेगा कि मानवीय गुरु का महत्त्व भी उस काल में कम नहीं था। जैसे बिना बाप का बेटा, वैसे बिना गुरु का साधु। पहले के लिए तो मैं ख्यात-कुख्यात था ही, दूसरे के लिए मैं भी अपने को, अपने लाख 'मुंहफटपन' और निडरता के बावजूद तैयार नहीं कर पा रहा था।

अंदर जाकर लोई से मैंने सारा वृत्तांत सुना दिया। मेरे अपमान पर लोई की आंखें भी भर आईं। वह बोली, "यह सब तो ठीक पर तुम कभी किसी से भय नहीं खानेवाले, काशी के इन पंडितों से डरकर भाग क्यों आए? तुम तो अब तक कभी किसी से भागे नहीं।"

"यह ठीक है कि मेरा यह पलायन प्रथम है। इसके पूर्व मैं किसी के भय से कहीं नहीं भागा।"

"तो आज ही ऐसा क्यों हुआ?" लोई ने साश्चर्य पूछा।

"यह तुम्हारे कारण था।"

"मेरे कारण, क्या कहते हो?"

""हां, यह तुम्हारे कारण ही था।" मैं अपनी बात पर अडिग था।

"भला बताओ तो यह मेरे कारण कैसे था?" लोई को कुछ समझ में नहीं आ रहा था।

"वह इस तरह तुम्हारे कारण था कि पहले तो मैं अकेला था। लोगों से भिड़ने में कहीं कोई भय नहीं था। कोई मेरा सिर भी कुचल दे तो कुछ बनता-बिगड़ता नहीं था। पर अब मैं अकेला नहीं रहा। अगर झगड़े-दंगे में फंसता रहा और मुझे कुछ हो गया तो मैं तो गया काम से। अब समझी?" मैं विस्तार से बोल गया।

"समझी तो," लोई बोली, "पर एक बात और समझ गई।"

"क्या?"

"मैं जो तुम्हारी साधिका बनने चली था, अब बाधिका ही बन रही हूं।" लोई रुंआंसे स्वर में बोली।

"यह बात नहीं," मैंने प्रतिवाद किया, "तुम तो मेरी सहचारिणी हो, सहायिका। इस बात को मैं सुहाग-रात को ही स्पष्ट कर चुका हूं। तब से लेकर अब तक तुम कभी भी मेरे भजन-भाव और नाम-सुमिरन में बाधा नहीं बनीं। बल्कि मेरी गृहस्थी की गाड़ी भी अब ठीक से खींच निकाली। पहले तो मेरे खाने-पीने का भी ठिकाना नहीं रहता था। जी में आया तो करघे पर बैठा, कुछ काता-बुना, बाजार में बेच पाया तो पेट में अन्न के दो दाने गए वर्ना पानी पीकर ही सो पड़ता था। अब जब से तुम आई हो, यह नौबत तो नहीं आती? मैंने करघा चलाने का जिम्मा लिया था और तुमने वस्त्र को बाजार में बेचने का। मैं करघा पर भी कहां कुछ कर पाता हूं? नाम जपते-जपते वहां की सुरति लग गई, समाधिस्थ हो गया तो कुछ बुना, कुछ अधबुना रह गया, तब करघा भी तो तुम्हीं संभालती हो। बुने कपड़े को बेच-बाचकर दोनों शाम चूल्हे जलाने का प्रबंध भी तुम्हीं

करती हो। मैं तो पूरी तरह निश्चिंत होकर राम-भजन करता हूं। और हमारी आवश्यकताएं भी थोड़ी कहां हैं? बूढ़े मां-बाप तो हैं ही, ऊपर से दो लड़के-लड़कियां —कमाल-कमाली—भी आ गए। खानेवाले छह मुख हो गए कि नहीं? फिर बच्चों की खुराक तो रोज-रोज बढ़ती ही जाती है। मेरा ख्याल है अभी हम अपनी भोजन संबंधी आवश्यकता को इस रूप में व्यक्त कर सकते हैं—

दुई सेर मांगउ पूना।
पाउ घीउ संगि लूना।
अध सेर मांगउ दाले।
मोकउ दोनउ बख्त जिवाले॥

—दो सेर आटा, पाव भर घी, थोड़ा नमक और आधा सेर दाल से हमारे दोनों वक्त का काम चल सकता है।

"पर इतना थोड़ा भी मेरे किए होता? मैं तो माता-पिता का भी पालन ठीक से नहीं कर पाता था, ऐसा अभागा हूं मैं। बाप तो कभी कुछ खास नहीं बोलते थे पर मां अपने भाग्य को कोसे बिना नहीं रह सकती थी। मैंने यों ही थोड़े कहा था—

मुसि-मुसि रोव कबीर की माई।
ए बालिक कैसे जीवहिं रघुराई॥
तनना-बुनना सब तज्या है कबीर।
हरि का नाम लिख लियौ सरीर॥

—कबीर की मां सिसक-सिसककर रोती है। हे भगवान यह लड़का कैसे जिंदा रहेगा? तनना-बुनना सब छोड़ दिया है। अपने शरीर को जैसे हरि के नाम ही लिख छोड़ा है।

"अब तो मां को भी कोई शिकायत नहीं है। रही बात पंडितों के पास से भाग आने की तो यह अच्छा ही किया। सबसे हमेशा लड़ते-झगड़ते रहना ठीक है क्या? नहीं, लोई उसके लिए तुम अपने को दोष नहीं दो। तुम्हारे कारण तो मेरी उच्छृंखलता कम हो रही है और पंडितों ने भी तो ठीक कहा। बिना सतगुरु के ज्ञान भी कहां होता है? साधु बनने से क्या हो गया, गुरु तो खोजना ही पड़ेगा।"

लोई मेरे लंबे भाषण से संतुष्ट हुई। वह मुझसे सहमत होती हुई बोली, "ठीक है तुम सतगुरु कर लो। गुरु के संबंध में तो तुम्हीं ने कई अच्छी-अच्छी बातें कही हैं—

माया दीपक नर पतंग भूमि भूमि हवै उड़ंत।
कहै कबीर गुरु ज्ञान पै एक आध उबरंत॥

—माया रूपी दीपक पर मनुष्य भ्रमवश (पंतिगे की तरह) पड़ता रहता है। कोई एकाध ही गुरु कृपा से उबर पाता है।

कबीर सतगुर ना मिल्या रही अधूरी सीख।
स्वांग जती का पहरि करि घरि घरि मांगै भीख॥

—कबीर कहते हैं सतगुरु के नहीं मिलने से सीख अधूरी रह जाती है। संन्यासी का वेष बनाकर ऐसा आदमी घर-घर भीख मांगता घूमता चलता है।"

"तुमने सतगुरु की प्रशंसा में तो और बहुत-सी बातें कही हैं....।"

"सतगुरु मिल गया तो और भी अच्छी-अच्छी बातें कहूंगा।" मैंने लोई को बीच में ही रोककर कहा।

"यह तो ठीक है," लोई आरंभ हुई, "पर सतगुरु का मिलना आज के युग में आसान है क्या? कहने को तो सभी ज्ञानी-ध्यानी, पंडित-विद्वान् इस काशी में ही बसते हैं पर खोजो तो एक भी खरा न मिले। सब लोगों को धोखा दे अपना पेट पालने में लगे हैं।"

उसी समय लोई की हंसी फूट पड़ी। मैं आश्चर्यचकित। यह हंसने का क्या अवसर है? गुरु संबंधी गंभीर बातें हो रही हैं, यह हंसे जा रही है। लोई को हो क्या गया है? यह तो सतियों जैसा व्यवहार नहीं है—साध्वियों जैसा।

मैंने गंभीर होते हुए कहा, "इसमें हंसने की क्या बात है लोई? हंसकर तुम इतनी गंभीर बात को हल्की कर रही हो।"

"नहीं, नहीं, ऐसी बात नहीं," लोई अपनी हंसी पर कुछ नियंत्रण करते हुए बोली, "मैं गुरु की महत्ता से कब इंकार कर सकती हूं। मुझे तो एक तुम्हारा पद याद आ गया जिसमें तुमने ऐसे गुरु और चेला का वर्णन किया है जो अपात्र होने के कारण एक-दूसरे को ले बैठते हैं।"

मुझे तसल्ली हुई और मैं पूछ बैठा, "ऐसा कौन-सा पद है लोई।"

"अब तुम खुद ही याद कर लो।" लोई इठलाती हुई बोली।

मैंने अपने मस्तिष्क पर जोर दिया और मैं बोला, "मुझे तो याद नहीं तुम्हीं बता दो।"

"याद कैसे रहेगा? यहां तो उठते-बैठते, खाते-पीते बस कोई-न-कोई पद उगलते रहते हो। अब तक न जाने कितनी साखियां, रमैनियां गढ़ गए। जैसे प्रपात से जलधार फूटती है उसी तरह तुम्हारे अंदर से कविता फूटती रहती है। खैर, मैं वह साखी सुना देती हूं जिसको लेकर मेरी हंसी छूटी थी—

जाका गुरु भी अंधला, चोला खरा निरंध।
अंधे अंधा ठेलिया, दून्यूं कूप पड़ंत॥

—जिसका गुरु भी अंधा हो और चेला भी पूरी तरह अंधा हो तब क्या कहना? एक-दूसरे को ठेलते हुए दोनों कुंए में जा पड़ते हैं।

"लोग कहते हैं तुम आशु-कवि हो। सरस्वती तुम्हारी जिह्वा पर विराजमान रहती है। तुमने इच्छा की नहीं कि कोई-न-कोई कविता बाहर आई। तुम क्या जानो; लेकिन मुझे पता है कि काशी के पंडित तुमसे जो खार खाए बैठे हैं लेकिन आपस में वे भी कहते हैं कबीर संत बड़ा है कि कवि यह कहना कठिन है। अपनी कविता में बातों को वह ऐसे सटीक ढंग से रखता है कि दांतों तले उंगली दबानी पड़ती है। उपमा, उपमेय, अलंकार और कल्पना तथा शब्द-योजना तो जैसे उसकी चेरी हैं। बिना प्रयत्न

किए ही ये सब उसकी कविता में दौड़े चले आते हैं। मैंने अपने कानों सुना है, उनका कहना है कि विगत कई सौ वर्षों में ऐसा कवि न हुआ, न आगे कई शताब्दियों तक होगा। वे सर्वाधिक चमत्कृत तो इस बात से हैं कि संस्कृत में नहीं लिखकर लोकभाषा में लिखने के बावजूद वह कवित्व की ऐसी ऊंचाई पर जा चढ़ा है कि उसे छूना किसी के वश की बात नहीं।"

"संस्कृत में क्या लिखना?" मैंने लोई की बात को आगे बढ़ाया। मुझे संस्कृत नहीं आती यह भी ठीक है पर आती भी तो मैं लोकभाषा में ही लिखता। मुझे आम आदमी को संबोधित करना है, उसी के लिए लिखना है तो मैं आम आदमी की भाषा, लोकभाषा में लिखता कि संस्कृत के श्लोक गढ़ने बैठता? तुमने सुना ही होगा मैंने साफ-साफ कह दिया—

संसकिरत कूप जल, भाखा बहता नीर।

—संस्कृत तो कुंए का जल है—एक जगह संकुचित रस्सी-बालटी लाओ तो चंद लोगों की प्यास बुझे। भाखा तो प्रवाहमय जल है—छल-छल करता बहता जाता है, जिसके जी में आये इसके किनारे बैठकर अपनी प्यास बुझा ले। अंजुलि-अंजुलि जल भर-भर अपनी तृष्णा शांत कर ले।

"मुझे भी लगता है साईं," लोई ने कहा, "कि मैंने एक महान् संत-सिद्ध से शादी की है अथवा एक युग-कवि से? समय-द्रष्टा-चिंतक से अथवा सर्वथा भय-मुक्त एवं मानवता को सर्वतोभावेन समर्पित एक महान् त्यागी पुरुष से?"

"भाषा पर तो तुम्हारा बड़ा अच्छा अधिकार है लोई! ब्राह्मणों-पंडितों की यह भाषा तुम किधर से बोल लेती हो?" मैंने आश्चर्य से भरकर पूछा।

"उन्हीं से सुनकर। उनकी बातें मैं इसलिए सुनती रही कि वे आखिर तुम्हारे बारे में क्या बोलते हैं।"

और उनके वार्तालाप सुनते-सुनते उनकी भाषा, उनके शब्द भी तुम्हें कंठस्थ हो गए? मुझे नहीं पता था कि ऐसी अद्‌भुत स्मरण शक्ति है तुम्हारी?"

"और तुम्हारी स्मरण-शक्ति मुझसे कम है या अधिक? तुम्हें तो हजारों साखियां, रमैनियां और शब्द ऐसे स्मरण हैं कि मुझे क्या; जो तुम्हें जानते हैं, उन सभी को आश्चर्य होता है। सुना था हाथियों की स्मरण-शक्ति बहुत तेज होती है। तुम्हारे शरीर में एक बैल का भी बल हो या नहीं दिमाग में सौ हाथियों की स्मरण-शक्ति अवश्य है।"

"हा! हा! हा!" मैं उन्मुक्त हंसा।

"क्यों अब बहुत हंसी छूटती है। पहले तो सुना कभी हंसते ही नहीं थे।"

"यह तुम्हारी देन है लोई।" मैंने कृतज्ञ भाव से कहा।

"क्या?"

"यही हमारी खोई हुई हंसी।"

"तो क्या तुम पहले हंसते थे और बीच में वह हंसी खो गई थी?"

"यह भी नहीं कह सकता। उस दिन सोहागरात को जो हंसा उसके पूर्व कभी

वैसा हंसा हो यह याद नहीं। होश संभालते ही राम रट लगी सो अलग ऐसा अभाव, तिरस्कार और अपमान का जीवन जीना पड़ा कि हंसी को मेरे पास फटकने का अवसर ही नहीं मिला।"

"खैर, अभी क्यों हंसे यह बताओ। मैंने तो हंसने लायक कोई बात कही नहीं।"

"कही कैसे नहीं। तुमने मुझे एक ही साथ बैल और हाथी दोनों बना दिया। मुझे पशु श्रेणी में डाल दिया। मैं किधर से भी तुम्हें आदमी नजर नहीं आता क्या?" मैं अब भी अपनी हंसी पर नियंत्रण नहीं प्राप्त कर सका था।

"आदमी?" लोई ने उत्साहित होकर कहा, "आदमी अगर इस धरती पर कभी पैदा हुआ है तो वह कबीर ही है। आदमी, कभी इतिहास ढूंढ़ेगा तो पहली उंगली तुम्हीं पर पड़ेगी। जो आदमी के दुःख-दर्द के लिए जिए, उसके शोषण और अपमान को निःशेष करने के लिए जिए, जो आदमी को घोर अंधविश्वास और अनावश्यक रूढ़ियों से मुक्ति दिलाने के लिए जिए, जो सभी आदमियों को एक दृष्टि से देखे, जिसके लिए न कोई आदमी छोटा हो न बड़ा, न छूत न अछूत, न धनी, न दरिद्र, न विद्वान्, न मूर्ख, जो आदमी को केवल आदमी के रूप में ले, उससे बड़ा आदमी कौन हो सकता है? जो सर्वथा निर्भीक, निर्विकार और सर्वस्व त्यागी अपरिग्रही हो वैसा आदमी क्या अक्सर पवित्र करता है अपनी पग-धूलि से इस धरती को? कौन है जो इस रूप में उद्घोषणा करे, छाती ठोंककर—

कबिरा खड़ा बजार में लिए लुकाठी हाथ।
जो घर जारै आपना चले हमारे साथ॥"

"बस-बस बहुत तारीफ हो चुकी हमारी," मैंने लोई को रोका, "'प्रतिष्ठा सूकरी विष्टा' यह कहते हुए मैंने सुना है संतों को—प्रतिष्ठा-प्रशंसा सूअर की विष्टा की तरह त्याज्य है। इससे अहंकार उत्पन्न होता है और अहंकार सर्वनाश का कारण है। मूल बात पर लौटो।"

"तुम्हारे गुरु बनाने की बात पर। यही न?"

"और क्या?"

"तो तुम सुझा दो किसी का नाम जिसे मैं गुरु के रूप में वर सकूं।"

"मैं?" वह आश्चर्यचकित बोली।

"क्यों नहीं? आखिर तुम मेरी अर्द्धांगिनी किस बात की हो? मेरा कार्य हल्का करना क्या तुम्हारा कर्त्तव्य नहीं?"

"है, अवश्य है," लोई बोली, "पर इस विषय में तुम्हारी पहुंच अधिक है। तुम अनेक साधु-संतों, पीर-फकीरों, योगियो-यतियों को जानते हो। उन्हीं में से किसी को चुनो।"

"हो गई न तुमसे चूक।" मैं मुसकराकर बोला।

"कैसे?" वह आश्चर्यचकित हुई।

"अरे भई मुझे साधु-संतों और पीर-फकीरों से क्या लेना और यह तो तुम जानती

ही हो कि इन कनफटे योगियों, नाथपंथियों को मैं फूटी आंखों से भी नहीं देखता। मेरी बात भूल गईं—

मन ना रंगाए, रंगाए जोगी कपरा
आसन मार मंदिर में बैठे
नाम छांड़ि पूजन लगे पथरा।
कनवा फड़ाय जोगी जटवा बढ़ौले
दाढ़ी बढ़ाय जोगी है गैले बकरा॥
जंगल जाय जोगी धुनिया रमौले
काम जराय जोगी हो गैले हिजरा।
मथवा मुड़ाय जोगी कपड़ा रंगीले
गीता बांच के हौ गैले लबरा॥
कहत कबीर सुनो भई साधो
जम दरवजवा बांधीर चल पकरा॥"

—"तुमने कितनी चुभती बात कह दी साईं!" लोई के मुख पर सम्मानभाव था। "ठीक ही न कहा मैंने ऐसी निर्भीकता कहां मिलेगी? जो हो अपने गुरु की खोज तुम्हीं करो, मेरी पसंद की तो तुमने खिल्ली उड़ा ही दी।" लोई मुस्कराई।

"गुरु तो खोजा हुआ है लोई।" मैंने गंभीरता से कहा।

"कहां?"

"इसी काशी में।"

"कौन?"

"सतगुरु रामानंद।"

"रामानंद।" लोई आश्चर्य से भरकर बोली।

"क्यों, तुम्हें स्वामी रामानंद गुरु के रूप में पसंद नहीं। उनसे बड़ा वैष्णव अभी कौन है, राम-भक्त?"

"नहीं, नहीं," लोई शीघ्रता से बोली, "मुझे गुरु रामानंद की पवित्रता को लेकर कुछ नहीं कहना। मैं इस योग्य भी नहीं। मुझे तो दूसरी बात को लेकर चिंता है।"

"किस बात की?"

"इस बात की कि वह घनघोर वैष्णव ब्राह्मण तुम जुलाहे की छाया से भी भागेगा। वह तुम्हारा गुरु किधर से बनेगा?" लोई का मुंह चिंता से विवर्ण हो आया था।

"चिंता नहीं करो लोई, मैं स्वामी रामानंद को ही गुरु बनाकर रहूंगा। मेरे लिए जो कुछ असंभव हो, राम-भक्त के लिए कुछ भी असंभव नहीं। यों ही नहीं मैं राम-नाम की माला जपते रहता हूं। मैं काशी के ब्राह्मणों के अहंकार को तोड़कर रहूंगा। मैं सर्वश्रेष्ठ ब्राह्मण रामानंद को ही गुरु बनाऊंगा।"

"ऐसा कर सकोगे?" लोई के चेहरे पर आश्चर्य अभी भी विद्यमान था।

"मैं नहीं करूंगा।"

"तब ?"

"मेरा राम करेगा।"

12

पूरब के आकाश में अभी लाली छिटकी नहीं थी पर प्रभात समीप था। चिड़ियों ने चहचहाना शुरू कर दिया था। मंदिरों के घड़ियाल बजने लगे थे। मस्जिदों से अज़ान की आवाज आ रही थी। मुर्गों ने बांग देना शुरू कर दिया था।

एक नए दिन का आरंभ हो गया था। इस नए दिन का मेरे लिए बहुत महत्त्व था। यह नया दिन मेरे जीवन-क्षितिज पर एक नया सूरज उगानेवाला था।

मैं तड़के तैयार हुआ। नित्य-कर्म से निवृत्त हो मैंने स्नान आदि भी संपन्न कर लिया। इस बीच लोई भी जग चुकी थी। मैं जग जाऊं और वह सोई रहे ऐसा हो नहीं सकता था। वह भी नित्य-कर्म से निवृत्त होकर स्नान कर चुकी थी।

मैं एक धोई हुई धोती और स्वच्छ बगलबंदी कुर्ता पहन चुका था। सिर पर मेरी प्रिय पगड़ी वर्तमान थी। मैंने दाढ़ी के छोटे-छोटे गंगा-जमुनी केशों पर हाथ फेरा। वे ठीक रूप से व्यवस्थित थे। उन्हें मैं पूरी तरह कभी मुड़वाता नहीं था। वे बस कटे गेहूं की ठूंठ की तरह अपनी जगह जमे रहते थे। यह मेरा अपना चुना हुआ रूप था। 'ना मैं हिन्दू, ना मैं मुसलमान' की अपनी उक्ति सार्थक करने के लिए मैं इस रूप में एक तरह से दाढ़ी रखता भी था, नहीं भी रखता था।

"तैयार हो गए साईं ?" लोई सामने आकर खड़ी हो गई थी। स्वच्छ धवल वस्त्रों में वह चांदनी-स्नात-सी लग रही थी। सच लोई कितनी सुंदर थी ! इसके गेहूं के समान गोरे शरीर पर सदा सजी सफेद साड़ी उसके रूप को चमकाने में जरा भी चूक नहीं करती थी। हिन्दुओं से उपमा लें तो वह शुभ्र-वसना-सरस्वती थी। मुसलमानों की बात करें तो वह खुदाई नूर की ही प्रतीक थी।

मैं उसके प्रश्न का उत्तर देने के बदले उसकी मुख-छटा की तरफ एकटक देखता रहा।

"साईं ! मैंने तुमसे कुछ पूछा था।" वह मुझे अपनी ओर अपलक देखते संकुचित हो गई थी।

"हां," मैं जैसे कहीं दूर से बोला और नहीं चाहते हुए भी जोड़ा, "तुम बहुत सुंदर हो लोई !"

लोई ने सिर नीचा किया और कहा, "इस शुभ घड़ी में तुम कैसी बात कर रहे हो साईं !"

"क्या यह कोई अशुभ बात है लोई ? अपनी पत्नी के रूप-गुण की प्रशंसा करना पाप किधर से हो गया ?"

"यह बात नहीं साईं !" लोई ने कहा, "बात मैं कुछ और सोच रही हूं।"

"क्या ?"

"तुम जब गुरु-मंत्र लेने जा रहे हो तब यह माया तुम्हें कैसे बांध रही है ? यह तो बड़ी विस्मयकारी बात है। तुम आजीवन माया को कोसते रहे और आज जब अपने जीवन के एक महान् अभियान पर जा रहे हो, यह 'माया ठगिनी' किधर से आकर तुम्हें छूने का प्रयास कर रही है ?"

"माया ?" मैं सहसा चौंका, "अपनी पत्नी भी माया हो सकती है ?"

"वह नारी नहीं है क्या ? उसके प्रति तुम्हारी प्रगाढ़ ममता तो उसे और भी तुम्हारे पैर की बेड़ी बना देती है। चलो साईं, इस घर से बाहर जाओ। विलंब नहीं करो।"

"मैं और कुछ सोच रहा था लोई !" मैं भरे गले से बोला।

'क्या ?" उसने सहज पूछा। वह कहीं से भी अव्यवस्थित नहीं थी, असंतुलित।

"मैं सोच रहा अगर आज बात बन गई तो मैं पूरी तरह से राम का होकर रह जाऊंगा।"

"यह तो बड़ी अच्छी बात है। इससे अच्छा और क्या कुछ हो सकता है ?" लोई आश्चर्यचकित-सी बोली।

"कैसे ?" मैं कुछ समझ नहीं पा रहा था।

"यही तो तुम्हारे जीवन का लक्ष्य है। अपने को राम-मय कर लेना। अंदर राम, बाहर राम, रोम-रोम में, सांस-सांस में राम। क्या मैं गलत कह रही हूं ?"

"नहीं, तुम गलत नहीं कह रही। मैं कुछ और सोच रहा था।"

"क्या ?"

"हम पति-पत्नी हैं न ?"

"हैं।"

"तो मैं सोचता हूं, हमारे गार्हस्थ्य धर्म का क्या होगा ? जब मैं गुरु-मंत्र लेने के पश्चात् पूरी तरह राम-मय हो गया तो तुम्हारे और मेरे संबंध का क्या होगा ? राम के रोम-रोम में बसते ही 'काम' तो सदा-सदा के लिए कूच कर जाएगा मेरे अंदर से। तुम जानती हो मेरी उक्ति 'जहां राम तहां काम नहिं'।"

"साईं !" लोई ने आश्चर्य किया।

"बोलो !"

"तुम्हें किससे भय है ? अपने से या मुझसे ?"

यह तो एक विकट प्रश्न था। एक पहेली। इस प्रश्न के उत्तर के लिए तो पहले मुझे अपने अंदर टटोलना था। निश्चित ही इतने दिनों के वैवाहिक संबंध के पश्चात् लोई के प्रति मेरी ममता प्रगाढ़ हो गई थी। राम को तो खैर कहां छूटना था, पर काम भी तो नहीं छूटा था। अब राम को पूरी तरह पाने के पश्चात् भी 'काम' को पूरी तरह झटकना आसान था क्या ?"

"क्या सोचने लगे साईं ?" लोई मेरे मन के द्वंद्व को आसानी से पकड़ सकी थी।

"कुछ नहीं।"

"यह तो मिथ्या है।"

"कैसे?" मैं आश्चर्यचकित था।

"तुम अवश्य ही अंदर-अंदर कुछ सोच रहे हो, यह तुम्हारे चेहरे से ही स्पष्ट है और तुम कह रहे हो, मैं कुछ सोच नहीं रहा। बोलो, क्या यह मिथ्या-भाषण नहीं हुआ?" लोई ने अंतिम वाक्य पर जोर दिया।

मैं भौचक। क्या अपने मन में चल रहे सोच के बवंडर को अपने ही अंदर सीमित कर लेना, भीतर के तूफान को बाहर नहीं आने देना भी मिथ्या है? है, मैंने तय किया। लोई मेरी पत्नी थी, धर्म-पत्नी, उससे अपने अंदर की उथल-पुथल को छिपा ले जाने का प्रयास मिथ्या नहीं तो और क्या था? उस पर यह कह देना कि मैं 'कुछ नहीं सोच रहा' इस मिथ्या की संपुष्टि थी।

"तुम्हारा कथन उचित है।"

"कौन-सा?"

"यही कि मैं अंदर-अंदर कुछ सोच रहा था पर तुम पर मैंने उसे प्रकट नहीं किया। उस मिथ्या-भाषण के आरोप से भी मैं मुक्त नहीं हो सकता विशेषकर अपनी जीवन-सहचरी से तो मुझे कुछ नहीं ही छिपाना था।"

"तो बोलो क्या सोच रहे हो?"

"यही कि कमजोरी शायद मेरे ही अंदर है। डर मैं अपने से ही रहा हूं। तुम्हारी बात मैं नहीं जानता पर अपने अंदर टटोलता हूं तो पाता हूं कि तुम्हारे प्रति मेरी आसक्ति में निरंतर वृद्धि ही हुई है। अब तक तो राम और 'काम' दोनों सधते रहे पर जब गुरु-मंत्र के पश्चात् मैं 'काम' का सर्वथा त्याग करने को प्रस्तुत होऊं तो तुम्हारे प्रति मेरा आकर्षण शायद मेरे निर्णय के सामने आए, उसमें बाधक बने।" मैं स्पष्ट बोल गया।

"मेरे अंदर की भी बात जानना चाहोगे?" लोई ने निस्संकोच पूछा था।

"बोल दो।"

"मुझे अपने से कोई भय नहीं। कमाल और कमाली के जन्म-ग्रहण के पश्चात् 'काम' तो मेरे अंदर से कभी का कूच कर गया। तुम्हारा राम, अब तुमसे अधिक मेरा राम बन गया है। मेरी ओर से तुम्हें कोई भय नहीं।"

"पर मैं अपने भय का क्या करूं?" मैं विवश बोला।

"उसका भी उपाय हो जाएगा।"

"कैसे?"

"इसे अभी बताने की आवश्यकता नहीं। समय आने पर तुम स्वयं सब कुछ देख-समझ लोगे। अभी तुम अपने अभीष्ट को साधो। गुरु-मंत्र ग्रहण करो।"

मैं पूर्णतया आश्वस्त हुआ और बोला, "तुम धन्य हो लोई! पिताजी ने तुममें कुछ पाकर ही मेरे लिए चुना होगा। अब तक तुम मेरी गृहस्थी को प्रायः अकेले ही चलाती रहीं। मैं तो नाम के लिए करघे पर बैठता था। वस्त्र बुनने और बेचने तक का काम तुम्हारा रहा। साथ-ही-साथ मेरे माता-पिता और मेरी सेवा में भी तुमने कभी कुछ कमी नहीं आने दी। अब जब मैं गार्हस्थ्य को त्यागने को प्रस्तुत हूं तब मुझे इस परीक्षा में भी

सफल कराने को प्रस्तुत हो।"

"मैं कोई विशेष कार्य नहीं कर रही साईं!" लोई विनम्रतापूर्वक बोली। "मैं केवल एक पत्नी के दायित्व का निर्वाह-मात्र कर रही हूं। पति-पत्नी दो शरीर एक प्राण होते हैं। पत्नी का दायित्व ही बनता है पति की अनुगामिनी बनना, हर क्षेत्र में। आवश्यकता पड़े तो उसके लड़खड़ाते कदमों को संभालना भी। उसे विपथ, पथ-भ्रष्ट नहीं होने देना। तुमने अपना पथ चुन लिया है। राम-नाम के राम-मार्ग पर बढ़ने को तुम प्रस्तुत हो। मेरा कार्य है तुम्हारी इस यात्रा को आसान कर देना। निश्चिंत रहो दुर्बलता मुझमें नहीं है तो वह तुममें भी नहीं रहेगी। आखिर राम किसलिए हैं, सब कुछ मैं उनके माध्यम से ही सहज कर दूंगी। अब बहुत देर हो रही है साईं! पूरबी क्षितिज पर लाली भी छिटक आई। तुम तेजी से अपने गंतव्य की ओर बढ़ जाओ वर्ना विलंब हो सकता है।"

लोई का कहना ठीक था। अगर मैं थोड़ी देर के बाद आता तो यहां की मजलिस उठ गई रहती।

गंगा-तट से थोड़ी दूर हटकर ही स्वामी रामानंद का विस्तृत आश्रम था। काशी उस समय आज की तरह घनी नहीं थी जहां पैर रोपने को भी जगह आपको मुश्किल से मिलती है। स्वामीजी के शिष्यों ने उनके आश्रम के लिए पर्याप्त स्थान घेर रखा था। सामने के एक विस्तृत मैदान में दर्शनार्थियों की भीड़ लगी थी। पुरुष-औरत-युवा-वृद्ध सभी मधुमक्खियों की तरह भिनभिनाते एक-दूसरे पर गिरते-पड़ते आगे बढ़ने के प्रयास में थे। आगे, सामने की एक पर्ण-कुटी में ही काष्ठासन पर गुरु रामानंद विराजमान थे। उनके गौरांग पर काषाय वस्त्र अत्यंत ही मोहक लग रहा था। तपस्या का तेज सिर के चारों ओर एक वलय बनकर फूट रहा था। ललाट पर सफेद चंदन का लेप सुशोभित था। पद्मासन में बैठे मेरे भावी गुरु ने मुझे पूरी तरह अभिभूत कर दिया। एक क्षण को मैंने सोचा, यह है राम-नाम का चमत्कार! मैं तो केवल राम-नाम रटता रहा—तोते की तरह। इस महान् गुरु ने राम-नाम के रसायन को ही पचाकर अपने को अंदर-बाहर से दिव्य कर लिया है। इसकी जिह्वा पर चढ़ एक बार निकला 'राम' अवश्य सहस्त्र नामों के समान होकर दिग्दिगत को ही पूरित कर देता होगा। मैं किसी तरह भीड़ के अंदर प्रवेश पा गया था। सबसे पीछे खड़ा मैं ऐसा अनुभव कर रहा था जैसे चारों ओर फैली कोई आध्यात्मिक विद्युत-धारा ही वहां प्रवाहित थी जिसका स्पर्श पा मैं पुलकित होता जा रहा था। अब उसे भी आप मेरी अथवा लेखक की कपोल कल्पना नहीं समझ लीजिएगा। निश्चय ही जहां का वातावरण पुनीत, पवित्र रहता है, जहां मंत्रोच्चार की विशुद्ध ध्वनि पूरे परिवेश को परिव्याप्त किए रहती है, वहां विद्युत तरंगों का निर्माण होता ही है—आध्यात्मिक विद्युत तरंगों का। आपको नहीं पता हो तो मैं क्या करूं, लेकिन आज तो यंत्रों से मापकर भी देख लिया गया है कि ऐसे स्थानों में अन्य की अपेक्षा बहुत भिन्नता होती है। मुझे जो अनुभव हो रहा था, जिस तरह आध्यात्मिक, नैसर्गिक तरंगें मेरे तन-मन को आव्यापित किए जा रही थीं, उससे लगा था कि मैं एकदम ठीक स्थान पर पहुंचा हूं।

मैंने वहीं भूमि का स्पर्श कर स्वामी को नमस्कार निवेदित किया था और जैसे ही मैं खड़ा हुआ था—कबीर, कबीर का स्वर चारों ओर गूंजने लगा था। काशी के अधिकांश लोग मुझे जानते थे, अतः ऐसा होना कुछ विस्मयकारी नहीं था। विस्मयजनक यह भी नहीं था कि कबीर-कबीर का स्वर उठते ही मेरे चारों तरफ की भीड़ छंटकर तत्काल इधर-उधर बिखर गई थी। मैं समझ गया स्वामीजी के दर्शन को आए, उनके चरण-स्पर्श कर अपने को धन्य करनेवाले सभी लोग संभ्रांत और कुलीन वर्ग के थे—जाति-वर्ण, गोत्र-वंश सभी में श्रेष्ठ। मैं ही एक निम्न जाति का अस्पृश्य व्यक्ति वहां पहुंच गया था। सभी इस भय से भीत थे कि कहीं मेरा स्पर्श उन्हें मिल गया अथवा छाया भी उन्हें छू गई तो स्वामीजी का स्पर्श मिलना-न-मिलना बराबर हो जाएगा।

मैंने देखा स्वामी रामानंद का आसन भी अव्यवस्थित हुआ। उनका पद्मासन भंग हुआ और उनके सदृश धीर-गंभीर व्यक्ति भी आवेश में उठ खड़ा हुआ। 'कबीर' की ध्वनि तो उन्होंने सुनी थी पर स्थिति का सही अनुमान उन्हें नहीं हुआ था। वे मेरे नाम से अपरिचित हों यह बात नहीं पर वे यह स्वप्न में भी नहीं सोच सकते कि मैं 'कबीर' वहां उस प्रातः जब गुरु के दर्शन और आशीर्वचन का समय था, किसी प्रेत-छाया की तरह ही उपस्थित हो जाऊंगा—पुनीत को अपुनीत और पवित्र को अपवित्र करने।

"शांत!" उन्होंने भीड़ की ओर अपनी दाहिनी हथेली उठाई और बजबजाती भीड़ क्षणार्द्ध में ऐसी शांत हुई कि आश्रम के किसी पेड़ का एक पत्ता भी बिना आवाज किए धरती पर नहीं गिर सकता था।

"किमिदम्?" उन्होंने अपने दोनों तरफ खड़े दो-दो शिष्यों में से एक से संस्कृत में पूछा—यह सब क्या है?

"आगतो कबीर नाम एकः नरः इति प्रतीयते"—कबीर नाम का एक व्यक्ति आया है ऐसा प्रतीत होता है।

"कोऽयम् कबीरः? अपि स कबीर नामधेयः एकः स्वप्रचारितः संतः?"—कौन है यह कबीर? क्या स्वयं ही अपने को संत प्रचारित करनेवाला कबीर तो नहीं है?

"प्रतीयते। अनेकशः नराः तद्दर्शनमात्रेण यत्र-तत्र पलायिताः।"—ऐसा ही लगता है। उसके दर्शनमात्र से ही अनेक व्यक्ति इधर-उधर भाग गए हैं।

"तर्हि गम्यताम् तत्समीपे। पृच्छ तस्यागामनं प्रयोजने।"—तब उसके समीप जाओ और उसके आने का कारण पूछो। स्वामी रामानंद ने अपने उसी शिष्य को आज्ञा दी। वे अक्सर अपने समीपी शिष्यों और ब्राह्मणों-अनुयायियों से देवभाषा में ही वार्तालाप करते थे। संस्कृत के उनके वार्तालाप को मैं इसी प्रकार लिपिबद्ध नहीं करा सकता था। यह तो इस लेखक महोदय को धन्यवाद दीजिए जिसके सिर मैं चढ़ बैठा हूं कि मेरे थोड़े से इंगित पर ही उन्होंने गुरु-शिष्य के संस्कृत संभाषण को प्रायः यथावत् आपके समक्ष प्रस्तुत कर दिया।

"कस्त्वम्?"—तुम कौन हो? उनका शिष्य आते ही अपनी आदत के अनुसार ही बोल गया।

"..... ....।" मैं चुप। कुछ समझ में आया हो तब तो बोलूं।

"अरे यह कबीर है कबीर। इस म्लेच्छ से आप देवभाषा में बोल रहे हैं? राम, राम देवभाषा भी अपवित्र हो गई।" मुझसे थोड़ी ही दूर पर खड़े एक त्रिपुंडधारी पंडित ने कहा। उसके मुख पर एक मंद मुसकान खेल रही थी। मुझे लगा मैंने इसे कहीं देखा है। तभी याद आया उस दिन दशाश्वमेध के पास जिन पंडितों ने मुझे गुरु बनाने के लिए ललकारा था उनमें यह भी था।

"कबीर! तुम्हारे यहां आने का प्रयोजन?" वह शिष्य मुझसे थोड़ी दूरी बनाकर खड़ा हो गया।

"मैं गुरुदेव के दर्शन करना चाहता हूं। दूर जुलाहा-टोली से पैदल ही चला आ रहा हूं।" मैंने आर्त्त स्वर में कहा।

"जुलाहा-टोली? मतलब तुम जुलाहे हो?"

"जी, हां।"

"जुलाहे तो मुसलमानों के लिए भी अछूत होते हैं।" वह शिष्य बोल गया। लगा उसके मुंह का स्वाद बिगड़ गया है।

"........।" मैं फिर चुप। मुसलमानों में छूत-अछूत की तो बात नहीं चलती पर यह तो सत्य था कि संभ्रांत मुसलमान हम जुलाहों की छाया से भी अलग रहते थे।

"बोलते क्यों नहीं?" यह शिष्य कड़का। लगा गुरु का संग भी उसे क्रोध पर विजय नहीं दिला सका था।

"आपका कहना उचित है।" मैं कह गया।

"तो तुम म्लेच्छ (मुसलमान) और अछूत दोनों हो?"

"ऐसा ही समझें। हतभाग्य हूं मैं।" मैंने हाथ जोड़कर कहा।

"और तुम स्वामीजी का समीप से दर्शन चाहते हो?" वह शिष्य उसी ऊंचे स्वर में बोला।

"मेरा तो यही निवेदन है।"

"दर्शन तो यहां से भगवान रामानंद के हो ही गए। तुम समीप जाकर क्या करोगे?"

"एक छोटा-सा निवेदन।" मैंने कहा। मुझे आज भी याद है यह कहते हुए उस दिन मेरी आवाज थरथरा गई थी। मैं निर्भीक, अक्खड़ कबीर पता नहीं क्यों उस दिन इतना आर्त्त हो आया था। शायद वहां के परिवेश का ही यह प्रभाव था। जिसको देखो वही धवल अथवा काषाय-वस्त्रधारी। जिसको देखो उसी का मस्तक त्रिपुंड सुशोभित। जिसको देखो वही मुझसे अधिक-अधिक पृथक् रहने के प्रयास में लीन। कोई समीप रहे तो मैं उससे इस महान् आश्रम में इस जातिगत-संप्रदायगत भेदभाव पर तर्क कर उसका मुंह बंद करूं। ले-देकर वही शिष्य मुझसे वार्तालाप में लीन था।

"कैसा निवेदन? बोलो, मैं स्वामीजी के पास उसे पहुंचा दूंगा।" शिष्य ने आदेश के स्वर में कहा।

"नहीं। मैं स्वयं उनके समीप जाकर अपना निवेदन रखना चाहता हूं।" मैंने इस

बार साहस बटोरा।

"यह असंभव है! गुरुदेव आपको समीप से दर्शन नहीं दे सकते।" वह जैसे निश्चयात्मक स्वर में बोला।

"क्यों?" मेरा आत्मविश्वास वापस आ रहा था।

"हर प्रश्न का उत्तर देने को हम बाध्य नहीं हैं।" उसकी कठिन भाषा का जो कुछ मेरे पल्ले पड़ा उससे यही लगा कि वह मुझे मुंह नहीं लगाना चाहता और थोड़ी ही देर में वह मुझे वहां से चलता भी कर देगा।

"मैं तो बिना स्वामी के पास अपना निवेदन रखे यहां से जा नहीं सकता। आप यों तो मुझे यहां से उठवाकर आश्रम से बाहर फेंकवा सकते हैं।" मेरे इस कथन पर उसके चेहरे का रंग उड़ा। उसका आत्मविश्वास हिलता लगा। उसने भी कबीर के अक्खड़पन की बात सुनी होगी। आज उससे उसका पाला ही पड़ गया था।

"बिना आपके निवेदन का आशय जाने गुरुदेव आपको मेरी प्रार्थना के पश्चात् भी समीप नहीं आने देंगे। आप अपना निवेदन बताएं। मैं उसे उनके समीप रखता हूं। अगर महाराज-श्री को आपका निवेदन अनुकूल लगा तो वे अवश्य आपको अपने समीप आने की अनुमति दे देंगे।"

यह हुई न कोई बात? आया न ऊंट पहाड़ के नीचे, मैंने सोचा और फिर उसकी आंखों में सीधे देखता हुआ बोला, "मैं महाराज रामानंद को अपना गुरु बनाना चाहता हूं। उनसे दीक्षित होकर उनका शिष्य बनना चाहता हूं।"

"क्या??????" ऐसा लगा जैसे उस ब्रह्मचारी को सौ बिच्छुओं ने एक साथ काटा हो। अगल-बगल के लोग भी जो मेरी बात को सुन चुके थे; एक-दूसरे से जोर-जोर से मेरी धृष्टता का उल्लेख करने लगे थे। मेरे चारों ओर खासा कोलाहल मच गया।

बरामदे पर खड़े स्वामी रामानंद को यह सब विचित्र लगा। वह वहीं से जोर से चिल्लाए। उनके शेर के सदृश विशाल वक्ष से फूटी और उनके पुष्ट कंठ से निस्सृत वह ध्वनि चारों ओर बिखर गई। आपके आज के ध्वनि-विस्तारक यंत्र भी क्या इतनी ऊंची आवाज निकाल पाएंगे!

"किं भवाति तत्र? किं प्रयोजनं तस्य म्लेच्छस्य कबीरस्य आगमनस्य ममाश्रमे? आगाम्यताम् क्षिप्रमत्र। श्रुतमिच्छामि सर्वस्वम् स्वयमेव।"—वहां क्या हो रहा है? मेरे आश्रम में उस म्लेच्छ कबीर के आने का क्या प्रयोजन है? शीघ्र यहां आइए। मैं सब कुछ स्वयं सुनना चाहता हूं।

शिष्य शीघ्र ही भीड़ को चीरता हुआ महात्मा रामानंद के पास पहुंचा।

"कथ्यताम्।"—बोलिए, स्वामी ने उससे वहां पहुंचते ही पूछा।

"सः कबीरः भवतां दर्शनमिच्छति।"—वह कबीर आपके दर्शन करना चाहता है।

"किमर्थम्?"—किस कार्य के लिए?

"वक्तुमसमर्थोऽहम्।"—बताने में मैं असमर्थ हूं।

"कथम्?"—कैसे?

"भयातुरोऽहम्। सत्य निवेदन मपीयम्।"—मैं आपसे भय खा रहा हूं। उसका निवेदन ही इस प्रकार का है।

"कथ्यताम्। नात्रभयस्य कारणम्। क्षमादानं कृतं मया।"—कहिए भय का कारण नहीं है। मैंने आपको क्षमादान दिया।

"सः म्लेच्छः कबीरः भवताम् शिष्यः भवतुमिच्छति। रामनामेति महामंत्रस्य दीक्षां ग्रहितुमिच्छति भवद्भिः।"—वह म्लेच्छ कबीर आपका शिष्य बनना चाहता है। राम-नाम के महामंत्र की दीक्षा का अभिलाषी है आपसे। शिष्य का स्वर कांप रहा था।

"किं कथितं भवता? सः म्लेच्छः रामनामेति मंत्रस्य अधिकार्यस्ति? कथं तेनेदम् धृष्टताम् कृतं? गच्छतु, गच्छतु सः कुपात्रः अस्मात् स्थानात् शीघ्रमेव। नाहम् तिष्ठाम्यत्र क्षणार्धमेव। गच्छाम्यहम् उपासनागृहे।" जैसे कोई वनराज क्रुद्ध होकर गर्जन करता है वैसे ही सिंहनाद किया स्वामी रामानंद ने—क्या कहा आपने? वह म्लेच्छ राम-नाम के सदृश मंत्र का अधिकारी है? ऐसी धृष्टता उसने की कैसे? इस स्थान से वह कुपात्र शीघ्र ही भागे, भागे। मैं यहां अब क्षणार्ध भी नहीं रुक सकता। मैं उपासना-गृह में जा रहा हूं।

इतना कहकर व्याघ्र-गति से ही स्वामी अंदर चले गए। वहां मेरा रुकना अब व्यर्थ था। मैं तेज कदमों से बाहर आकर अपनी रहा चल पड़ा। मेरे पीछे ठहाकों की गूंज उठ रही थी।

13

कैसा लगता है? कैसा लगता है जब सपने शीशे की नाईं चूर-चूर हो जाते हैं? कैसा लगता है जब अरमानों के धज्जे पुराने कपड़ों के चिथड़ों की तरह बिखर-बिखर जाते हैं? कैसा लगता है जब अभिलाषाओं-आशाओं के शीशमहल बात की बात में धराशायी हो जाते हैं? कैसा लगता है जब कोई पर्वत के शिखर पर पहुंचते-पहुंचते लुढ़क पड़ता है किसी चट्टान की तरह और त्राण पाता है किसी पेड़-पादप का सहारा पाकर। कैसा लगता है जब सौभाग्य का चकमक करता बुलंद सितारा अकस्मात् कैद हो जाता है बादलों की बेमुरौवत गिरफ्त में?

कैसा लगा आपको ऊपर का वर्णन? नहीं, यह कबीर की शैली नहीं है। नहीं है न? यह मेरे लेखक महोदय की चिरपरिचित शैली है। कबीर के बोलते-बोलते कई बार वे स्वयं बोलने लगते हैं, कबीर के स्वर को दबाकर। अब कबीर को ठेस लगे, उसके अरमानों के धज्जे उड़ें तो उड़ें, यह उतर आए अपनी चिर-परिचित प्रश्नवाचक शैली में।

खैर, बात भी ठीक ही है। मेरी आशाओं पर तो पानी फिर ही गया था। पानी, वह भी गंगा का नहीं, नहर-तालाब का भी नहीं, किसी गंदे नाले-नाली का। मैं पूरी तरह बेइज्जत हो गया था—अपमानित।

स्वामी रामानंद मुझे देखते ही लाल कपड़ा देखनेवाले सांड की तरह ही बिदककर

अंदर भाग गए थे। उनके उस शिष्य ने मुझे उठाकर आश्रम से बाहर नहीं फेंका यही बड़ी बात थी। लौटते समय लोगों के अट्टहास मेरी पीठ में बर्छियों की तरह चुभते रहे। लोगों ने मेरी पीठ पर ईंट-पत्थर नहीं बरसाए यह भी बड़ी बात थी। फिर भी मैं मुंह लटकाए तेजी से जुलाह-टोली की ओर भाग रहा था। ठीक वैसे ही जैसे गलती से शहर में घुस आया गीदड़, कुत्तों के भों-भों पर ही यह लो, वह लो भाग खड़ा होता है। नहीं, मैं भयभीत नहीं था। कोई मेरे पीछे नहीं लगा था। आश्रम काफी दूर छूट चुका था। मैं भाग रहा था अपनी ही शर्म के पंखों पर सवार होकर। चुल्लू भर पानी में डूब मरने की कहावत मैंने पहले से ही सुन रखी थी। अगर उतने पानी में डूबना संभव होता तो कोई भी डूब मरता। मेरे दाहिने तो पूरी गंगा लहरा रही थी तो मैं क्यों नहीं उसमें कूद मरा? नहीं कबीर और कुछ हो, कायर नहीं है, यह पता आपको भी है। केवल अपनी जान की बात होती तो बात और थी। यहां तो पांच-पांच और प्राणों के धागे इस प्राण से जुड़े थे। पिता नीरू के, मां नीमा के, पत्नी लोई के, पुत्र कमाल के और पुत्री कमाली के।

नहीं, मैं मरना नहीं चाहता था। प्रश्न ही नहीं था उसका। सही है मेरा अपमान हुआ था और ऐसा घोर अपमान जीवन में पहले-पहल हुआ था। पर मान-अपमान से परे तो मैं कभी का हो चुका था। द्वंद्व नहीं थे मेरे साथ। द्वंद्व अर्थात् दो के जोड़े। सुख-दुःख, जीवन-मरण, संयोग-वियोग, दिवा-रात्रि, संध्या-प्रातः, गति-अगति, विष-अमृत, प्रकाश-अंधकार, जय-पराजय, यश-अपयश, शांति-अशांति, इन सबों से मैं बहुत पहले बहुत ऊपर उठ चुका था। राम-मंत्र मुझे स्वामी रामानंद ने नहीं दिया तो क्या हुआ, राम के भरोसे ही मैं जीवन-संग्राम में सफलता का भेद पा चुका था—

कबीर सब सुख राम है, और दुःखों की रासि।
सुन नर मुनिवर सुर सब, पड़े काल की पासि॥

—कबीर का कहना है कि सभी सुखों का मूल राम है, शेष सब कुछ दुःख के भंडार के अलावा कुछ नहीं। देवता-मनुज, मुनिवर, राक्षस सभी (राम की महिमा नहीं समझकर) काल के पाश में जकड़े पकड़े हैं।

तो इस राम के रहते मुझे किसका भय था? द्वंद्वों से, सुख-दुःख, मान-अपमान से तो मुझे ऊपर उठना ही था। यह बात पृथक् थी कि यदि स्वामी रामानंद द्वारा शोधित राम-रसायन का एक कण भी मेरे कानों में पड़ जाता, पूरा का पूरा राम नहीं, 'म' भी नहीं, 'आ' भी नहीं अगर केवल 'र' ही रामानंद की जिह्वा पर चढ़कर मेरे कान में उतर जाता तो चमत्कार घट जाता। मैं जो अब तक पत्थर से अधिक कुछ नहीं था पारस बन आता। फिर मैं राम का गुलाम कि राम मेरे गुलाम यह कहना कठिन हो जाता। अब तक भक्त भगवान के पीछे भाग रहा था, अब भगवान भक्त के पीछे भागता। एक-न-एक दिन वह भक्त को अपने दर्शन से कृतार्थ करता ही। तब कबीर को यह कहने की आवश्यकता नहीं रहती—

कब देखूं मेरे राम सनेही,
जिन बिन दुःख पावे मेरी देही।
हूं तेरा पंथ निहारूं स्वामी,

कब रै मिलहुगे अतरजामी।

जैसे जल बिन मीन तड़पै,

ऐसे हरि बिन मेरा जियरा कलपै।

निस दिन हरि बिन नींद न आवै,

दरस पियासी राम क्यूं सुख पावै।

कहै कबीर अब विलंब न कीजै,

अपनौ जानि मोहि दर्शन दीजै॥

अब इस हलके पद का अर्थ नहीं पूछिए वही अच्छा। अभी इस जीवन-यात्रा में बहुत चलना शेष है। थोड़ा तेजी से कदम बढ़ाएं।

उस दिन भी, जैसा मैंने कहा, मैं तेजी से ही कदम बढ़ा रहा था। इस शीघ्रता का कारण मैं आपको नहीं बता सका। दो कारण थे। एक तो मैं शीघ्र पहुंचकर लोई को अपनी असफल यात्रा, अपनी वेदना और अपमान की कहानी सुनाना चाहता था। मुझे भले मान-अपमान की चिंता नहीं हो पर लोई को तो यह सब बताना ही था। बड़े शौक, बड़े मान से उसने मेरी इस योजना की स्वीकृति दी थी। खुशी-खुशी विदा दी थी। ऐसी हालत में इस अभियान का परिणाम तो उसे जानना ही था।

दूसरा कारण यह था कि मैं थोड़ा एकांत चाहता था। अपने राम, रामानंद के राम के नहीं, के समक्ष मैं जी भरकर रोना चाहता था। कहा न, दुःख मुझे अपमान का नहीं था। मैं तो अपने राम को कोसना चाहता था। अब तक उसने मुझे कभी धोखा नहीं दिया था, कभी मेरा साथ नहीं छोड़ा था। पर आज के उसके विश्वासघात को मैं बर्दाश्त नहीं कर पा रहा था। आज तो उसके समक्ष रो-रो उसकी दायित्वहीनता और लापरवाही की कहानी उसे सुनानी ही थी। उस पर भरोसा कैसे किया जा सकता था? मेरा राम मुझे अपने ही दरबार में अनाथ छोड़ गया था, उसका गम मुझे कुछ थोड़ा नहीं था। क्या वह भी अब ऊंच-नीच और बड़े-छोटे में भेद करने लगा था? नहीं तो उसने अब तक अपने महान् शिष्य रामानंद की आंखें क्यों नहीं खोली थीं? क्या स्वामी रामानंद को एक साधारण सत्य कि सबके अंदर उनका राम ही बसता था, से भी अब तक परिचय नहीं हुआ था? यह सब मुझे अपने राम से पूछना था, कबीर जुलाहे के राम से, महर्षि रामानंद के राम से नहीं। वह राम तो आभिजात्य था। दीन-हीनों, अछूतों का राम वह नहीं हो सकता था। पर कबीर का राम, रामानंद के राम से हारकर भाग कैसे उठा? यह प्रश्न मुझे मथे जा रहा था। मेरे पैरों में पंख बनकर उन्हें उड़ाए ले जा रहा था।

मैं अपने राम से एकांत में पूछना चाहता था कि क्या सदा रामानंदों के राम की ही विजय होती रहेगी और कबीरों, दरिद्रों, उपेक्षितों के राम पराजित होने को ही अभिशप्त रहेंगे? इस प्रश्न का उत्तर मेरे राम को देना था और मुझे यह उत्तर लेकर रहना था।

मैं जब घर पहुंचा तो थका-मांदा था। जुलाहा-टोली से लेकर स्वामी रामानंद

के आश्रम और फिर वहां से घर तक का यात्रा मैंने 'भागमभाग' में ही की थी। जाते समय तो आश्रम में शीघ्र पहुंचने की जल्दी थी, आते समय की बात तो आपको ज्ञात ही है।

मैं आते ही आते घर के बाहर पड़ी अपनी टूटी-सी चारपाई पर निढाल-सा पड़ गया। झोपड़ी के भीतर से कोई आवाज नहीं आ रही थी। पिता-माता तो अपनी कुठरिया में पड़े होंगे। दोनों का स्वास्थ्य ठीक नहीं चल रहा था। पर सामने आंगन से तो लोई की आवाज आनी चाहिए थी। झोपड़ी के अंदर तो कुछ था नहीं, अतः सामने दरवाजा आदि का प्रश्न ही नहीं उठता था। लोई अंदर रहती तो अब तक उसकी एक झलक तो दिखाई पड़ती ही अथवा कुछ खटर-पटर को तो सुनाई पड़ना ही था। पर ऐसा कुछ हो नहीं रहा था। लोई को स्थिति से अवगत कराने के पश्चात् ही अपने छोटे से पूजा-घर में जा मैं अपने 'राम' तक अपनी फरियाद पहुंचाना चाहता था। पर लोई थी कि उसका कहीं पता ही नहीं था। लाचार मैं चारपाई से उठा। घर के आंगन से लगी दोनों झोपड़ियों को भी देख गया पर लोई को नहीं मिलना था तो वह नहीं ही मिली।

मैं निराश, आंगन के बाहर पहुंचा तो दरवाजे पर एक औरत से टक्कर होते-होते रह गई। मैं हड़बड़ाकर किनारे होनेवाला था कि उस औरत ने मेरे पैर पकड़ लिए। मैं उसके हाथों को मरे सांप-सा झटकने ही वाला था कि वह बोल पड़ी, "साईं।"

मैं चौंका। यह तो लोई की आवाज थी पर यह लोई नहीं हो सकती थी।

"कौन हो तुम ?" मैं बोल पड़ा।

"साईं ! तुम मुझे भी नहीं पहचान रहे।" कहकर उसने सिर उठाया।

मैं आश्चर्यचक्रित। यह लोई थी या लोई का प्रेत ? सिर के केश भेड़ के बालों की तरह कतर दिए गए थे। उन लंबी-लंबी लटों का कोई पता नहीं था जो कभी नागिन की तरह उसके सिर से लहराती रहती थीं। शरीर पर पहलेवाली धपधप सफेद साड़ी के स्थान पर खुरदरे मटमैले रंग का बिना कोर-किनारे का एक कपड़ा लिपटा था।

"लोई !" मेरी आवाज गीली हो गई।

"साईं !" वह उठकर खड़ी होती हुई बोली। आश्चर्य, उसका स्वर एकदम दृढ़ था। न वह मेरी तरह गीला था न उसमें कोई कंपन ही लक्षित था।

"तुमने यह क्या किया लोई ? अपने रूप को इस तरह विद्रूप क्यों कर बैठीं ? ऐसी कौन-सी बात हो आई लोई ? सुबह मेरे जाते समय तक तो तुम एकदम ठीक-ठाक थीं। इस बीच क्या कुछ घट गया ?"

"घटा कुछ नहीं साईं ? मैंने वही किया, जो कहा था।"

"क्या ?" मैं आश्चर्य से भरकर बोला।

"भूल गए साईं ? राम और 'काम' की बात। तुम्हीं ने तो कहा था तुम्हें अपने पर विश्वास नहीं है। गुरु के द्वारा राम-मंत्र ग्रहण कर तुम पूरी तरह राम के होना चाहते थे। काम के बाधक बनने की संभावना थी तो मैंने उस संभावना को ही जड़-मूल से समाप्त कर दिया। देखो, गले में पड़ी तुलसी की इस माला को भी। यही अब हम दोनों के मध्य दीवार का कार्य करेगी। मैं पूरी तरह राम-भक्त

भी हो आई। इस माला पर मैं अब सुबह-शाम, राम-नाम का जप करूंगी। गुरु रामानंद ने तुम्हें जो मंत्र दिया वही तुम मेरे कानों में दे देना। आज से हम पति-पत्नी नहीं, गुरु-शिष्या होंगे।"

"लोई!" इस बार मेरा दृढ़ मन भी रोने-रोने को हो आया। मेरे नहीं चाहने पर भी मेरी आंखों में आंसू की दो बूंदें लुढ़क आईं। लोई ने उन अश्रु-कणों को अपने मटमैले आंचल में समेट लिया और बोल पड़ी, "क्यों साईं प्रसन्नता के अवसर पर यह रुदन क्यों? मेरी हालत पर? मैंने तो वह किया जो एक संत-पत्नी को करना था। पूर्णतया राम को समर्पित महान् गुरु रामानंद के शिष्य की पत्नी के अनुरूप ही तो मैंने अपने-आपको ढाला है। यह हंसने का अवसर है साईं या रोने का?"

"लोई! तुमने ठीक नहीं किया। ऐसी जल्दबाजी में इस तरह का कदम नहीं उठाना था। यह तो यही न हुआ—'माया मिली न राम'।" मैं किसी तरह यह सब कह सका।

"क्या कहते हो साईं? कुछ अघटनीय घट गया क्या?" लोई सहसा बात की गंभीरता को समझते हुई बोली।

"नहीं लोई, घटा तो घटनीय ही है। एक जुलाहे को स्वामी रामानंद का शिष्य बनने का स्वप्न नहीं पालना था। मुझे उनका शिष्य बनने का कोई अधिकार नहीं था। मैं नहीं बन सका।" इतना कहकर मैंने लोई को सारी बातें समझा दीं।

लोई की आंखें भी भर आई। वह बोल पड़ी, "तब तो मेरा यह त्याग व्यर्थ गया साईं! मैं गुरु रामानंद के शिष्य की शिष्या बनकर अपना शेष जीवन बिताना चाहती थी। आपकी अंकशायिनी नहीं, सही अर्थों में आपकी अर्द्धांगिनी बनकर रहना चाहती थी। मेरा यह स्वप्न अधूरा ही रही गया साईं!"

"..... ....।" मैं चुप, क्या उत्तर देता। मैं तो अपने राम के पास बैठ उसे आश्रम में हुई अपनी दुर्गति के लिए उलाहना देनेवाला था। अब वह भी व्यर्थ था। मैं अब किस बात के लिए उपालंभ देता? अपनी दुर्गति के लिए या लोई की दुर्गति के लिए? उसकी दुर्गति तो मुझसे कहीं अधिक हुई थी। मेरा तो सपनों का शीशमहल ही टूटा था। उसकी तो पूरी दुनिया ही उजड़ गई थी।

"साईं!" उसने भरे गले से पुकारा।

"लोई!" मैं डूबे स्वर में बोला।

"साईं! तुम बहुत निराश हो न?"

"स्वाभाविक है लोई।"

"यह निराशा किसको लेकर है? मुझको लेकर या अपने को लेकर?"

"तुमको लेकर अधिक, अपने को लेकर कम।"

"नहीं साईं, यह गलत है। मुझको लेकर निराश होने की आवश्यकता नहीं। मुझे तो यह वेष धारण करना ही था। संत की पत्नी को भी संत की ही वेष-भूषा में रहना था। राम चाहे जिस रूप में और जितना तुम्हारे और मेरे जीवन में आ गए थे, उसे देखकर काम को बहुत पहले ही तिलांजलि देनी थी। एक कमाल का आ जाना काफी

था। वंश तो चल ही गया था।"

"तो तुम्हें कमाली को लेकर आपत्ति है?" मैंने आश्चर्य किया।

"नहीं, नहीं कमाली जब आ ही गई तो उसको लेकर आपत्ति और अफसोस क्या? मेरा मतलब है कमाल के बाद ही हमें संयम बरतना था। खैर, देर आए दुरुस्त आए। अब मुझे लेकर तुम अफसोस तो करो ही नहीं। जो मैंने किया, वह हम दोनों के हित में है। तुम इस घटना के बाद अब पूरी तरह राम के हो जाओ।"

"पर मेरी दुर्गति का क्या होगा?" मैंने पूछा।

"तुम अपनी दुर्गति का कब से सोचने लगे? तुम तो बहुत पूर्व ही द्वंद्वातीत हो गए हो।"

"बात यह नहीं लोई!" मैंने आरंभ किया, "मैं शायद ठीक से अपनी बात रख ही नहीं सका। मेरी दुर्गति से तात्पर्य अपमान से नहीं। वह तो मुझे पग-पग पर मिलता ही रहता है। जुलाहा जो ठहरा, नीच जाति। दुर्गति से मेरा तात्पर्य अपनी असफलता से है। मैं स्वामी रामानंद को गुरु नहीं ही बना सका। 'गुरुमुख' नहीं हो सका मैं। अब मैं काशी के पंडितों को क्या मुंह दिखाऊंगा? मैं तो उनके सामने दंभ कर चुका हूं कि मैं श्रेष्ठ से श्रेष्ठ ब्राह्मण को गुरु बनाकर उन्हें दिखा दूंगा। अक्खड़, कबीर के आन पर आ पड़ी है। या तो उसके आन की रक्षा होगी अथवा वह रहेगा ही नहीं।"

"कहां नहीं रहोगे? क्या इस अपनी जन्मभूमि काशी को छोड़ दोगे?" लोई ने आश्चर्य किया।

"काशी की बात नहीं लोई। ऐसे तुम भी जानती हो कि काशी ही मेरी जन्मभूमि हो इसका कोई प्रमाण नहीं। हां, काशी तुम्हारी जन्मभूमि अवश्य है। इससे तुम्हारा मोह स्वाभाविक है। पर मैं काशी छोड़ने की बात नहीं कर रहा।"

"तो?" लोई के स्वर में घबराहट अवश्य थी।

"मैं इस संसार को ही छोड़ने की बात सोच रहा था।"

"साईं!" लोई के आश्चर्य की सीमा नहीं थी।

"लोई!" मैं डूबे स्वर में बोला।

"तुम उतने कायर कब से हो गए साईं? पलायनवादी?"

"लेकिन मेरे जीवन का एक अहम् मकसद पूरा होने से रह गया लोई! मैं स्वामी रामानंद को गुरु नहीं बना सका। मेरे राम ने भी मेरा साथ नहीं दिया। मैं इतने बड़े सदमे को नहीं झेल सकता।"

"साईं! अभी तो तुम अपने को अक्खड़ बोल रहे थे। बोल रहे थे न?"

""हां, लोई अक्खड़ तो मैं पहले से ही हूं।"

"तो अक्खड़ अपनी जान कब से देने लगे? अक्खड़ तो येन-केन-प्रकारेण अपने आन की रक्षा कर लेते हैं। अपने मन का कर लेते हैं। वे आत्महत्या के हद तक निराशावादी कब से होने लगे?" लोई गंभीरतापूर्वक बोली।

"तो क्या तुम समझती हो कि मेरे किए अब भी कुछ हो सकता है?"

"अवश्य।"

"मुझे तो विश्वास नहीं होता।"

"मुझे पूरा विश्वास है पर मैं एक बात पूछना चाहूंगी।"

"पूछो।"

"क्या यह आवश्यक है कि तुम स्वामी रामानंद को ही गुरु के रूप में वरो? किसी और को गुरु बनाने से कार्य नहीं चल सकता?"

"नहीं चल सकता।" मैंने दृढ़ता से कहा।

"क्यों?"

"इस क्यों का उत्तर चाहती हो? तो सुनो पर इसे मेरा अहंकार नहीं समझना। इस काशी के पोंगा पंडितों की तो बात ही क्या, इस पूरे आर्यावर्त में जिसे मुसलमान हिन्दुस्तान कहने लगे हैं, स्वामी रामानंद के अतिरिक्त कोई व्यक्ति नहीं जो कबीर का गुरु बन सके। जिसका शिष्यत्व स्वीकार कर सके कबीर। न तो दक्षिण में न उत्तर में। कबीर का गुरु कहीं नहीं है। है तो वह स्वामी रामानंद के रूप में ही। अब तुम इसे मेरा अक्खड़पन समझो या स्वाभिमान अथवा अभिमान ही पर सत्य यही है।"

"तुम प्राण त्यागने की बात से बाज आओ तो एक बात कह सकती हूं। ऐसे यह भी जान लो कि तुम नहीं रहे तो मैं भी नहीं रहूंगी।" लोई का स्वर दृढ़ था

"ऐसी बात है तो मैं प्राण देने की अपना बात से बाज आया। एक बार कुछ पहले भी इस विचार को झटक चुका हूं। मेरे कारण तुम भी अपने प्राण दो, यह मैं नहीं बर्दाश्त कर सकता। ऐसे भी यह बात बेकार है। पति नहीं रहे तो पत्नी भी नहीं रहे, यह कौन बात हुई?"

"तो क्या तुम मुझे सती नहीं मानते?" लोई ने छूटते ही पूछा।

"यह कौन कहता है? तुमसे बड़ी सती कौन हो सकती है?"

"तब सती के संबंध में कही अपनी ही बात को याद करो।" लोई विजय-मुद्रा में बोली।

"कौन-सी बात? सती के संबंध में तो मैंने कई बातें कही हैं।"

"हां, कही हैं कई बातें और सभी सही हैं, सटीक। पर मेरा तात्पर्य मात्र तुम्हारी इस उक्ति में था—

सती विचारी सत किया, कांटों सेज बिछाय।
ले सूती पिव आपना चहुं दिसि अगिनि लगाय॥

—कांटों की शय्या बिछाकर बेचारी सती ने सत् व्रत का निर्वाह किया। उस पर अपने प्रिय के साथ सो गई और चारों ओर से आग लगा ली।

"यह भी—

सती जलन कूं निकली, चित धारि एकमेख।
तन-मन सौंप्या पीव कूं, तब अंतर रही न रेख॥

—सती अपने चित्त को विकारों से रहित कर केवल प्रिय का ध्यान कर जलने को निकली। अपने तन-मन को प्रिय को सौंप दिया तब कोई अंतर ही न रहा (प्रिय और उसमें)।

हे पाठको, लोई की सती-संबंधी उन बातों पर नहीं जाना। सही है मेरे काल में सती-प्रथा अपने चरम पर थी। अंधविश्वासों का परम शत्रु कबीर इस अमानुषिक प्रथा के पक्ष में बोलता, यह हो ही नहीं सकता। आप कृपया ध्यान से देखें तो मेरे लिए सती का अर्थ अपने विषय-विकारों को जलाकर उस परमपति (परमात्मा) से मिलना था।

यह नहीं होता तो मैं सती-प्रथा पर इतना कटु व्यंग्य करता—

हों तोहि पूछों हे सखी, जीवन क्यूं न मराइ।
मूंवा पीछे सत् करै, जीवन क्यों न कटाइ॥

—हे सखी मैं कहता हूं जीवित अवस्था (पति के) में ही सत् क्यों नहीं करती हो—अपने मन के पापों को जलाकर (पति के) मरने के पीछे क्यों सती होती हो, जीवन में ही हो लेती?

यह भी कैसे लिखता—

सति नाम सतगुरु की सेवा
पूजहूं राम निरंजन देवा।

—सती का अर्थ सतगुरु (ईश्वर) की सेवा है। सदा निरंजन राम देव की सेवा करो।

प्रिय पाठको! मुझे पूरी तरह पता है। रूह में हूं न, कि आज भी राजस्थान आदि राज्यों में कहीं-न-कहीं पत्नियां मृत पतियों के साथ जलती रहती हैं। कहीं यह प्रथा छुप-छिपाकर जारी है तो कहीं धड़ल्ले से सबके सामने बेचारी विधवा को भांग-धतूरा खिलाकर मृत पति की चिता पर चढ़ा दिया जाता है। तुम्हारी पुलिस तो सदा घटना घटने के पश्चात् पहुंचने के लिए ख्यात है। जब तक आती है तब तक सब कुछ जलकर खाक। कानून सोता रहा और रातों-रात चिता पर सती-मंदिर खड़ा कर पूजा-उपासना आरंभ। अब ताकत हो तुम्हारे कानून में तो उखाड़ डालो मंदिर को। खैर, अब मूल कथा पर लौटते हैं।

"तो मेरे इन पदों के आधार पर मेरे साथ मर बैठने को तैयार थी?" मैंने लोई से पूछा।

"और क्या? तुमने कहीं कोई गलत कहा?"

"मैंने तो कहा सही ही पर तुमने समझा गलत। खैर मेरी आंखें भी अब तुम्हीं ने खोल दीं। अब मैं मरूंगा नहीं, संघर्ष करूंगा। मैं गुरु बनाकर ही रहूंगा। और स्वामी रामानंद को ही।"

"कर सकोगे ऐसा?" लोई प्रसन्न होने का प्रयास करती हुई बोली।

"उस बार तो कहा था मैं नहीं राम करेगा। इस बार कहता हूं जो राम नहीं कर सका, उसे मैं करके रहूंगा। राम मेरे कर्म-योग की परीक्षा ले रहा है तो ले। राम हमारे करघा पर तो बैठने नहीं आता है। वस्त्र तो हम ही मिलकर बुनते हैं। यहां भी राम को मैं कष्ट नहीं दूंगा। मैं वह करके दिखा दूंगा जिसे करने में राम भी असफल रहा।"

"सच साईं?" लोई चहकी।

"सच लोई ! मैंने रास्ता चुन लिया है।"

"कब तक कर पाओगे ऐसा ?"

"कल सुबह ही।"

"साईं !" लोई की आंखें फिर भर आई थीं।

"सच लोई !" मैंने उसके केश-विहीन सिर पर हाथ फेरते हुए कहा।

"तब तो मेरा त्याग सार्थक हो गया साईं !" उसने आंखों के कोरों को पोंछते हुए कहा।

"वह पहले भी सार्थक था लोई। अब मैं उसे उसका सही अर्थ देकर रहूंगा।"

14

जाह्नवी-तीर मैं पर्याप्त रात रहते ही पहुंच गया था। आसमान में असंख्य तारे अभी पूरी तरह दिप-दिप कर रहे थे। शुक्ल-पक्ष का यह आरंभ ही था, अतः आकाश में चांद का कहीं अता-पता नहीं था। तारों का प्रकाश धरती के अंधकार को पूरी तरह काटने में असमर्थ था। तीर की सीढ़ियों पर अंधकार ऊपर से लेकर नीचे तक पूरी तरह पसरा पड़ा था। बहुत तड़के आनेवाले श्रद्धालु स्नानार्थियों में अभी किसी का पता नहीं था। गंगा की सतह पर, हलके पवन का स्पर्श पा छोटी-छोटी लहरें उठ-गिर रही थीं। घाट से कुछ दूर पर बंधी पड़ी नौकाओं से क्षीण प्रकाश फूट रहा था। कुछ नाविक जग गए थे और अपने जालों को ठीक-ठाक कर रहे थे।

सहसा पूरब के क्षितिज पर एक रक्तवर्णी नन्हा तारा प्रकट हुआ। इसके प्रकाश के समक्ष अन्य तारों का प्रकाश वैसे ही फीका पड़ गया जैसे स्वामी रामानंद के अपने आसन पर बैठते ही उनके इर्द-गिर्द बैठे लोगों के चेहरे निस्तेज हो जाते हैं। मैंने इस तारे को पहचान लिया। यह शुक्र था। स्पष्ट था, अब रात थोड़ी ही शेष रह गई थी। इसी समय बाबा विश्वनाथ-मंदिर के घंटे बज उठे। यह जागरण-स्वर था। पुजारियों ने भोले-भंडारी औघड़ दानी पशुपति को रात्रि-अवसान की सूचना दे दी थी।

मैं सतर्क हुआ। यही वह समय था जिसकी प्रतीक्षा मैं देर से कर रहा था। स्वामी रामानंद के आने का समय हो गया था—गंगा स्नान का। शिवलिंग पर प्रथम जल-धार इन्हीं के कमंडलु से पड़ती थी।

मैंने घाट की सीढ़ियों की ओर देखा। बीच की एक सीढ़ी पर मैंने दृष्टि गड़ाई। ऊपर-नीचे की सीढ़ियों की अपेक्षा यहां अंधकार कुछ अधिक ही गहरा था। मेरे शरीर पर पड़ी चादर पानी-धुली थी। कल ही इस विशेष रूप से मटमैली चादर को मैंने पानी में डुबोकर सुखा लिया था। इसका रंग मेरे अनुकूल था। अंधकार में इसके चमकने का प्रश्न ही नहीं था।

सहसा दूर से कई खड़ाउओं के खटकने का स्वर उठा। स्वामी रामानंद अपने चुनिंदा शिष्यों के साथ गंगा-स्नान हेतु आ पहुंचे थे। अब जरा भी विलंब करना अपने सपनों को एक, और शायद अंतिम, बार चूर-चूर करना था। मैं घाट की सीढ़ियों के पास

ही खड़ा था। यह सतर्कता मेरे काम की सिद्ध हुई। इतनी देर तक अंधकार को पी रही मेरी आंखें इस हलके अंधकार में देखने की आदी हो गई थीं। मैं तेजी से धड़ाधड़ कई सीढ़ियां उतर गया। बीच की सीढ़ी पर मैं अपनी चादर-ढंके शरीर को समेटकर पड़ गया। पूरी तरह लेटने का प्रश्न था ही नहीं क्योंकि सीढ़ी पर्याप्त लंबी नहीं थी।

मैं सांसें रोके पड़ा रहा। मेरे कान पूरी तरह खड़ाउओं के स्वर पर लगे थे। वे अब प्रायः सीढ़ियों के पास पहुंच गए थे। थोड़ी ही देर में अब सीढ़ियों पर खड़ाउओं की खट-खट होगी। मैंने कानों को और सतर्क किया। यह लो पहली सीढ़ी पर खट-खट हुई। मेरा कलेजा धौंकनी की तरह धड़कने लगा। उसकी आवाज मैं अपने कानों से साफ-साफ सुन रहा था। सांसें मैंने अवश्य बलपूर्वक रोक रखी थीं। अगर इनकी आवाज उठती तो स्वामी के अतिरिक्त संवेदनशील कान इसे अवश्य सुन लेते और मेरे सारे प्रयास पर पानी पड़ जाता। खट, खट, खट···। स्वामी कई सीढ़ियां उतर चुके थे। मैं जानता था उस समय उनका सारा ध्यान गंगा के जल पर रहता था। वे शीघ्र-से-शीघ्र अंतिम सीढ़ी पर पहुंच पुनीत जाह्नवी-जल को अपने सिर से लगाने के व्यग्र रहते थे। सीढ़ियां तो अपने वर्षों के अनुमान और अंदाज से वे यों ही खट्-खट् उतरे चले जाते थे। खट्, मेरी सीढ़ी के ठीक ऊपर की सीढ़ी पर आवाज हुई। मेरे प्राण मुख में आने को हुए। कलेजे की धड़कन नियंत्रण के बाहर हो गयी थी। मेरी सारी इंद्रियां, संपूर्ण प्राण, प्रतीक्षारत थे। अब क्या होगा? खड़ाऊं की यह खट् ऊपर की सीढ़ी पर ही तो नहीं रुक जाएगी? गंगा-जल पर टिकी गुरु की आंखें कहीं नीचे झुककर तो नहीं देख लेंगी तब लाख मटमैली चादर में लिपटा मैं क्या अदृश्य रह जाऊंगा? मुझे कोई प्राणहीन, लाश समझकर वे उसी सीढ़ी पर रुक तो नहीं जाएंगे?

"राम! राम! यह क्या···?" मेरा कार्य सध गया। आप्त-काम हो गया मैं। साकार हो आए मेरे सपने। गुरु के दाहिने पैर का खड़ाऊं ठीक मेरे धड़कते कलेजे पर पड़ा था और वे घबराकर 'राम-राम' कहते ऊपर की सीढ़ी पर सरक गए थे। उनके शिष्य भी जहां के तहां रुक गए थे। सभी सन्नाटे में। गुरु ने क्या स्पर्श किया कि उनकी गति रुक गई? ऐसा तो कभी होता नहीं था।

मैं एक क्षण भी व्यर्थ किए बिना सहसा हाथ जोड़कर खड़ा हो गया। मेरा सिर नमन की मुद्रा में झुका था। गुरु तत्काल व्यवस्थित हो गए और उनके मुंह से निकला—"जीवितोऽसि? कस्त्वम्?"—तो जीवित हो? कौन हो तुम?

मैं उन शब्दों का अर्थ क्या खाक समझता पर उसी समय उनके शिष्यों में से किसी ने पहचान लिया और बोला, "कबीरोऽयम्। म्लेच्छः।"

—कबीर है यह। म्लेच्छ।

"ना म्लेच्छः अतः परं। मम पदाघातेन अस्य म्लेच्छता गता सर्वदैव।"

—इसके बाद अब यह म्लेच्छ नहीं रहा। मेरे पदाघात से इसकी म्लेच्छता सदा के लिए चली गई।

गुरु अब मेरी तरफ मुखातिब हुए, "प्रसन्नोऽहम् तव श्रद्धया। ब्रूहि किं इच्छसि त्वम्?"

—प्रसन्न हुआ मैं तुम्हारी श्रद्धा से। बोलो, क्या इच्छा है तुम्हारी? एक शिष्य ने ही गुरु की उक्ति का मेरे लिए अनुवाद कर दिया।

"कुछ नहीं, कुछ नहीं," मैं प्रसन्नता से भरा बोल गया, "मेरी इच्छा पूर्ण हो गई। गुरु-मुख से निकला 'राम' शब्द मेरे लिए ही था। मेरे कर्ण धन्य हो गए। मैं स्वामी का शिष्य हो गया। वे मेरे गुरु बन आए। अब कुछ भी इच्छा शेष नहीं रही मेरी।"

"सत्यमिदम्। त्वम् शिष्यो मम अयम् क्षणोपरांतं। राम मन्त्रं दत्तं मया तवार्थं।"

मैं क्या खाक समझता गुरु की इस वाणी को? उनके उसी शिष्य ने मेरी ओर मुखातिब होकर कहा, "महाराजश्री ने तुम्हें शिष्य के रूप में स्वीकार कर लिया। तुम्हें राम-मंत्र मिल गया।"

"धन्य हुआ मैं।" मैंने कहा और स्वामी रामानंद के दोनों चरणों को पकड़कर वहीं सीढ़ियों पर लेट गया।

"अलम् अलमिदस्! यशस्वी भव। उत्तिष्ठ, उत्तिष्ठ!"

—पर्याप्त है, पर्याप्त है यह। यशस्वी बनो। उठो, उठो, अब उठो। शिष्य ने अनुवाद किया।

मैंने गुरु के चरणों को तत्काल छोड़ दिया। मुझे पता था उनके स्नान की घड़ी निकलती जा रही थी। मैं एक किनारे हो गया। गुरु, अपने कोई एक दर्जन शिष्यों के साथ शेष सीढ़ियां खट्-खट् उतर गए। अब किसी को मेरे स्पर्श का भय नहीं था। गुरु ने अब स्वयं मुझे मलेच्छ मानने से इनकार कर दिया था।

आप्त-काम मैं शीघ्रता से जुलाहा-टोली की ओर भागा। अपनी कार्य-सिद्धि का यह महत्त्वपूर्ण संवाद मुझे सर्वप्रथम लोई को देना था। उसका त्याग अब सचमुच सार्थक हो आया था।

15

काश, मनुष्यों को भी पर मिले होते जैसे पक्षियों को मिले हैं। पर नहीं तो उसे गति की वह त्वरा ही मिली होती जो वन्य जीवों में होती है—मृग से लेकर मृगेन्द्र (सिंह) तक। यह सब भी नहीं तो उसे मन की गति ही मिली होती कि जब चाहे जहां उपस्थित हो जाए—अभी यहां तो अभी वहां।

ये सब बातें मेरे मन में आ रही थीं जब मैं जाह्नवी-तीर से जुलाहे-टोले की ओर भागा जा रहा था, वाण से छूटे तीर की तरह और जुलाहा-टोला जैसे दूर-दूर और दूर होता जा रहा था। ऐसा ही होता है। कहीं शीघ्र पहुंचना चाहो तो लगता है पथ अनंत हो गया। कहीं नहीं जाना चाहो और कितनी भी मंथर गति से चलो तो उस स्थान तक पहुंचने में जैसे क्षण भी नहीं लगता। वस्तुतः समय, गति सब कुछ सापेक्ष है। किसी के लिए एक युग भी एक क्षण की तरह व्यतीत हो जाता है और किसी के लिए एक क्षण भी युग बन जाता है।

अब दिखाई पड़ा था जुलाहा-टोला। देखते ही मन बांसों उछलने लगा। अगर

एक छलांग में वहां पहुंच पाता! यह संभव नहीं था, पता था मुझे। पर मन तो यही चाहता था। किंतु दौड़ते-दौड़ते मैं पस्त हो गया था, पैरों में जैसे मन-मन भर के पत्थर बंध गए थे, वे अब उठाए भी नहीं उठते थे। दौड़ते-दौड़ते कलेजा एक बार पुनः धौंकनी बन आया था। सांसें इस तरह उठ-गिर रही थीं जैसे समुद्र की सतह पर लहरें अकल्पनीय क्षिप्रता से उठती-गिरती हैं।

जुलाहा-टोला पास आते-आते दूर जाता प्रतीत हो रहा था। पैर अब उठाए भी नहीं उठते थे। अब मैं प्रायः खिसक रहा था, चलना-दौड़ना तो दूर की बात थी।

मैं थककर थोड़ी देर के लिए बैठने ही वाला था कि कोई मानव-मूर्ति मेरी ही तरफ दौड़ती आती प्रतीत हुई, मैं वहीं रुक गया। जैसे-जैसे वह आकृति पास आती गई, वैसे-ही-वैसे मेरी कल्पना यथार्थ में परिवर्तित होती गई। हां, वह लोई ही थी। वही मुंडित मस्तक, वही मटमैली बदरंग साड़ी। मेरे पास पहुंचते ही उसने मुझे अंक में समेट लिया। मेरे कलेजे की अप्रत्याशित धड़कन और सांसों की तीव्रता से वह अपरिचित नहीं रही। उसे सब कुछ अनुमान लगाने में विशेष कठिनाई नहीं हुई।

"गंगा-तीर से दौड़ते ही आ रहे हो साईं?" उसने मेरे धड़कते कलेजे पर अपनी कोमल हथेली को फेरते हुए कहा।

"···· ····।" बोलने का प्रयास करने के बावजूद मेरे मुंह से शब्द नहीं कढ़ सके। मैंने सिर हिलाकर उसकी जिज्ञासा शांत की।

"कार्य तो सध गया साईं?" उसकी उत्सुकता मेरी सांसों के थमने की प्रतीक्षा नहीं कर पा रही थी।

मैंने पुनः स्वीकृति में सिर हिलाया।

"साईं!!!" बात समझते ही वह प्रसन्नता से उछल पड़ी मानो लहर तालाब की कोई तरंग उछल रही हो। वह मुझे अंक में भरे हुए ही वहीं जमीन पर बैठ गई। मुझे अपनी गोद में पूरी तरह लिटा लिया और मेरी सांसों के व्यवस्थित होने की प्रतीक्षा करने लगी।

"साईं!" लोई ने थोड़ी देर के बाद मेरे कलेजे और सिर पर हाथ फेरते हुए पुकारा।

"लो···ई!" मेरी सांसें बहुत हद तक नियंत्रित हो गई थीं।

"क्या हुआ साईं···? कैसे हुआ साईं सब कुछ?"

"सब हो गया लोई, मेरे राम की कृपा से, तुम्हारी इच्छा अल्लाह ने पूरी की। तुम्हारी और मेरी भी।" मैं लोई से अलग होकर बैठते हुए बोला। मैं अब पूरी तरह प्रकृतिस्थ था।

"स्वामी रामानंद ने तुम्हें राम-मंत्र दे दिया साईं?" लोई की उत्सुकता अभी समाप्त नहीं हो रही थी।

"मैंने ले लिया लोई! ले लिया स्वयं, राम-मंत्र गुरु से।" मेरे मुख पर अब एक मुस्कराहट खेली थी।

"तुम तो पहेली बुझा रहे हो साईं!" लोई को तसल्ली नहीं हुई।

"पहेली नहीं लोई! यह सत्य कथन है। मैंने ले लिया राम-नाम का महामंत्र गुरु से। उन्हें विवश होकर देना पड़ा।" मैंने स्पष्ट करना चाहा।

"मुझे विस्तार से बताओ साईं। तुम्हारी विजय पर मैं खुशी से दुगुनी होती जा रही हूं।"

"मेरी ही नहीं, तुम्हारी विजय भी लोई। हम दोनों अलग-अलग किधर से हैं? दो शरीर पर एक प्राण हैं कि नहीं?"

"हैं साईं?"

"तुम्हारा इतना बड़ा त्याग अब सचमुच सार्थक हो गया लोई! राम पूरी तरह हमारे बीच आ गया गुरु रामानंद की जिह्वा पर सवार होकर। तुम्हारा 'काम'-त्याग अर्थपूर्ण हो गया अब, पूरी तरह सार्थक।" मैं बोल गया।

"चलो साईं, सारी बातें अब घर पर बैठकर करेंगे। मुझे सब कुछ विस्तार से बताओ।"

घर पहुंचकर मैं आंगन में पड़ी उसी तीन टांगों की चारपाई पर बैठ गया। एक टांग की जगह लोई ने ईंट-पत्थर के टुकड़े रख खाट को बैठने लायक बना दिया था। लोई वहीं नीचे बैठ गई। मैंने उसे संपूर्ण घटना आदि से अंत तक बता दी। किस तरह दूर ही से गुरु के खड़ाऊं की आवाज सुनकर मैं झट सीढ़ियों पर जा पड़ा था, किस तरह धड़कते दिल से उनके नीचे उतरने की प्रतीक्षा करता रहा और किस तरह अंततः उनके दाहिने पैर का खड़ाऊं मेरे कलेजे पर आ पड़ा और उनके मुंह से अकस्मात् 'राम-राम' निकल गया।

"सद्‌गुरु ने और कुछ कहा साईं?"

"हां लोई, एक बड़ी बात कही उन्होंने। मैं धन्य हो गया।" मैं प्रफुल्ल चित्त बोला।

"क्या कहा? कौन-सी बात थी वह साईं?" लोई किसी नन्हीं बालिका-सी उत्सुकतापूर्ण हो आई थी।

"लोई, गुरु ने कहा उनके पाद-स्पर्श के बाद अब मैं म्लेच्छ नहीं रहा, नीच और अस्पृश्य। उन्होंने स्वीकारा कि उनके मुख से निस्सृत 'राम' शब्द सुनने के फलस्वरूप मैं सचमुच उनका शिष्य बन गया और वे मेरे गुरु। उन्होंने मुझे यशस्वी बनने का आशीर्वाद भी दिया।"

"साईं!" लोई मेरे पैरों पर बिछ गई। मेरे दोनों पैरों को उसने अपने आंसुओं से धो-सा दिया और वह वैसे ही लेटे-लेटे विगलित स्वर में बोली, "साईं, आज हम सचमुच धन्य हो गए। हिन्दू तो हिन्दू, ये मुसलमान भी किस तरह हमें हेय दृष्टि से देखते थे। हमारी छाया से छूत लगती थी दोनों को। अब हम सिर उठाकर चल सकते हैं दोनों के बीच। नहीं साईं... ?"

"हां लोई, यह सद्‌गुरु की विशेष कृपा ही थी कि उन्होंने अपने शिष्यों से स्पष्ट कहा, "आज से यह अस्पृश्य नहीं रहा। उनके दर्जन-भर शिष्यों ने तत्काल इस आदेश को चरितार्थ भी किया। मैं सीढ़ी पर एक तरफ खड़ा रहा और वे सभी यहां तक कि गुरु

भी मुझे स्पर्श-सा करते सीढ़ियां उतरते गए।"

"साईं! यह बड़ी बात हुई साईं! नहीं? स्वामी रामानंद ने अपने स्पर्श से हमें दूसरा ही जन्म दे दिया। नहीं साईं?" लोई मेरे पैरों पर से उठती हुई विगलित स्वर में बोली।

"ठीक ही कहा लोई तुमने। सद्‌गुरु ने हमें शिष्यत्व प्रदान कर हमें पुनर्जन्म ही प्रदान कर दिया। अभी थोड़ी देर में ही बात जंगल की आग की तरह पूरी काशी में फैल जाएगी। आखिर सद्‌गुरु के साथ उनके बारह शिष्य भी जो थे।

"पर लोई!" मैंने बात आगे बढ़ाई।

"बोलो साईं!" लोई मेरी ओर उत्सुकता से देखती हुई बोली।

"मैं कह रहा था लोई कि सद्‌गुरु द्वारा अस्पृश्यता से मुक्त करने से हमें जितनी प्रसन्नता नहीं होनी चाहिए उससे हजार गुना इस बात से होनी चाहिए कि उन्होंने अपने द्वारा सिद्ध राम-नाम के रसायन को मुझे प्रदान कर दिया। अब तक हमारा राम-नाम एक घड़ा कच्चा था, अब वह सद्‌गुरु के शब्दों की आंच में पूरी तरह पककर पक्का हो गया। राम-नाम की मेरी साधना आज सफलता पा गई लोई! कहनेवाले हमें अब भी जुलाहा अथवा नीच कहते रहें, इसका मुझे गम नहीं। मुझे प्रसन्नता इस बात की है कि राम-नाम जपने का अब मैं पूर्ण अधिकारी हो गया। मुझे सद्‌गुरु मिल गया।" मैंने कहा और प्रसन्नता से भरकर गा उठा—

कबीर रामानंद को सतगुरु भये सहाय।
जग में जुगुति अनूप है सो सब दई बताय॥
सतगुरु के परताप से मिटि गयो सब दुःख द्वंद्व।
कहै कबीर दुबिधा मिटी गुरु मिलिया रामानंद॥"

"लोई!" मैंने दत्त-चित्त मेरी बातों को सुन रही लोई को फिर टोका।

"साईं!" अब वह पूरी तरह सीधी बैठ गई थी। उसकी आंखें मेरे चेहरे पर टिकी थीं और वे अब भी गीली थीं।

"कुछ और सुनोगी।" मैंने पूछा।

"सुनाओ साईं! आज बहुत कुछ सुनने का मन करता है। आज हमारे भाग्य जग आए हैं। धन्य हुआ हमारा जन्म ग्रहण करना। स्वामी रामानंद ने हमें अस्पृश्य से स्पृश्य, अछूत से छूत बना दिया। हमें जिंदगी के 'नरक' से उबार दिया। अब हम हिन्दू-मुसलमान दोनों के बीच सिर उठाकर चल सकेंगे। स्वामी का प्रताप जितना हिन्दुओं में है, उससे कम मुसलमानों में नहीं। हिन्दू उन्हें श्रद्धा से सिर झुकाते हैं तो मुसलमान उनके तेज के सामने पूर्णतया निस्तेज हो जाते हैं। नहीं साईं?"

"हां लोई!" मैंने कहा और उसी क्षण ये पद गढ़े—

सतगुरु के उपदेश का, सुनिए एक विचार।
जो सतगुरु मिलता नहीं, जाता जम के द्वार॥
जम द्वारे में दूत सब करते ऐंचा तानि।
उन ते क्यूं न छूटता फिरता चारों खानि॥

"साईं !—" लोई ने पद समाप्ति पर पुकारा।

"बोलो लोई !"

"हमें इस संवाद को माता-पिता के पास तक पहुंचाना चाहिए। वे आजीवन हमसे अधिक त्रस्त रहे विशेषकर तुम्हारे कारण। तुम्हारा लालन-पालन किसी को फूटी आंखों भी नहीं सुहाया—न हिन्दुओं को न मुसलमानों को। हिन्दू कहते रहे नीरू-नीमा किसी ब्राह्मण बालक को मुसलमान की तरह पाल रहे हैं और मुसलमान कहते, देखो उनको ये काफिर की औलाद को अपनी मानकर पाले जा रहे हैं। आज वे धन्य हो जाएंगे साईं !"

"ठीक कहती हो लोई, पर मुझे एक बात का संदेह है।" मैं कुछ सोचते हुए बोला।

"किस बात का साईं ?" लोई मेरी दाढ़ी के खुरदरे केशों पर अपनी हथेली घुमाती हुई बोली।

"लोई, मां तो ठीक, पर तुम्हें यह पता है पिता को मेरा भक्ति-भाव फूटी आंखों भी नहीं सुहाता है। वे मेरे जन्म को व्यर्थ मानते हैं। उनके अनुसार जो करघे पर बैठे-बैठे अधबुने वस्त्र को पूरा किए बिना, समाधिस्थ हो जाता है, जो बाजार में वस्त्र के एक थान के आधे की भी बिक्री नहीं कर पाता और प्रायः पूरा थान लिए वापस हो जाता है, वह निकम्मा के सिवा कुछ नहीं है। उन्हें शायद इस बात का अफसोस आजीवन बना रहेगा कि वे क्यों मुझ लावारिस को लहर-तालाब से उठाकर लाए। मां ने तो खैर मुझे पय-पान कराया है, पोसा-पाला है, उसे तो मेरे लिए दर्द है ही, वह मेरे ऊपर अपने प्राण लुटाती है पर पिता को लेकर मैं कभी आश्वस्त नहीं हुआ।"

"नहीं साईं !" लोई ने मेरी बात काटी, "तुम्हें पिता के मन का ठीक पता नहीं। वे जी-जान से तुम्हें चाहते हैं। कोई पिता स्पष्टतः अपने पुत्र के प्रति प्रेम नहीं प्रकट किया करता। इससे पुत्र के अंदर अनावश्यक अहंकार का जन्म होता है जो पुत्र के प्रगति-पंथ का अवरोधक बनता है। तुम्हारे प्रति पिता के प्यार की मैं साक्षी हूं। तुम्हारी अनुपस्थिति में वे तुम्हारी निर्भीकता और साहस की अक्सर सराहना करते हैं। उनकी यह आंतरिक अभिलाषा अवश्य थी कि तुम भी दूसरों के पुत्रों की तरह घर में कुछ 'कमा-धमा' कर लाया करो जिससे कम-से-कम घर का चूल्हा दोनों वक्त जल सके। इस ओर से निराश होकर वह तुम्हारे प्रति पहले विरक्त अवश्य हुए थे पर जब देखा कि तुम्हारा मार्ग भिन्न है और तुम समाज में व्याप्त विविध बुराइयों के विरुद्ध संघर्ष-रत हो तो उन्होंने अपना विचार बदल दिया और वे तुम्हारे प्रशंसक हो आए। अतः, चलो हम उन दोनों को यह खुशखबरी सुनाएं।"

"तुम्हारी इच्छा है तो अवश्य चलो।" मैं अनमने भाव से उठ खड़ा हुआ। सच तो यह था कि मैं हमेशा पिता से आंखें चार करने में कतराता रहता था। मुझे अपनी अकर्मण्यता का पूरा बोध था। राम-भक्ति की मेरी प्रबल भावना मेरे भौतिक कार्यों में अवश्य बाधा देती थी। यही अपराध-भावना मुझे अक्सर पिता से दूर ही रखती थी।

पिता इन दिनों कुछ अस्वस्थ चल रहे थे। उम्र भी हो गई थी। उम्र तो

माता की भी पर्याप्त हो गई थी किंतु वह पिता की अपेक्षा अधिक स्वस्थ थी। इसका कारण शायद उसके मन का अत्यंत स्वच्छ और वात्सल्य-प्रेम-भरे रहना था। प्रेम भगवान है, खुदा। वह मनुष्य को सदा प्रफुल्लित और आनंदित रखता है। प्रफुल्लित मन, तन को शक्ति प्रदान करता है। इस तथ्य को इस देश ने मुझसे भी कोई साढ़े चार हजार वर्ष पहले जाना था। केशव (कृष्ण) ने अपनी गीता में स्पष्ट कहा था कि प्रसन्नता की अवस्था में मनुष्य के सारे दुःख निःशेष हो जाते हैं (प्रसादे सर्वदुःखानां हानिरस्योपजायते)। तो मेरी माता के अपेक्षाकृत अच्छे स्वास्थ्य का राज उसकी मानवीयता ही थी। सबके प्रति उसका सौहार्द-भाव विशेषकर शायद मेरे प्रति। प्यार तो प्यार है सुत के प्रति हो या पूरे संसार के प्रति। वह तो प्रसन्नतापूरित करेगा ही आपके अंतर को और सुप्रसन्न अंतर्मन शरीर को शीघ्र कहां छुटने देगा?

हम जब उनके कमरे में पहुंचे तो पिता एक तख्त पर लेटे हुए थे। मां उनके चरण दबा रही थी—धीरे-धीरे। मां का पुत्र-प्रेम और उनका पातिव्रत्य दोनों सराहनीय थे। पतिव्रता संबंधी अपने बहुत से पद मैंने पिता के प्रति मां के एकांत प्रेम और श्रद्धा को ही देखकर लिखे थे। इस समय भी पति के प्रति उनके सेवा-भाव को देखकर मेरे मुंह से एक साखी स्वतः निकल पड़ी—

हरि न रटा तो क्या हुआ, जो अंदर है हेत।
पतिवरता पति को भजै मुखहिं नाम नहिं लेत॥

—हरि का नाम नहीं लिया तो क्या हुआ? पतिव्रता तो अपने पति को ही भजती है भले ही मुख से उसका नाम नहीं लेती है।

हमने पहले बारी-बारी से माता के चरण छुए। उसने 'हमेशा खुश रहो' कहते हुए हम दोनों के सिर को सूंघा।

इसके पश्चात् हम लोगों ने पिता के चरण छुए। उन्होंने भी दुर्बल स्वर में सदा प्रसन्न रहने का आशीर्वाद दिया।

"तुम दोनों आज कुछ अधिक ही प्रसन्न दिखते हो।" मां ने ही हमारे चेहरों से फूटती खुशी को लक्षित किया।

"हां, कुछ बात ही ऐसी है अम्मीजान!" लोई ने कहा।

"क्या बात है कबीर! आज फिर किसी शासतारथ (शास्त्रार्थ) आदि में विजयी होकर लौटा है? इस बार किससे ठनी—हिन्दुओं से कि मुसलमानों से?"

"इस बार किसी से ठनी नहीं अम्मीजान लेकिन आपके बेटे ने आज कुछ ऐसा अवश्य किया है कि अब न हिन्दू ही उनसे लोहा लेने को तैयार होंगे न मुसलमान ही।" लोई ही बोल गई। मैं अपनी प्रसन्नता को बलात् मन-ही-मन दबाते हुए खड़ा रहा।

लोई ने स्वामी रामानंद को गुरु बनाने की मेरी सारी प्रक्रिया को कह सुनाया। बीमार पिता भी बड़े ध्यान से लोई की बात को सुनते रहे।

मां, लोई की बात सुनकर सचमुच प्रसन्न हुई। उसने बड़े उत्साह से कहा, "कितना

बड़ा काम किया हमारे लाड़ले ने। हमें म्लेच्छ-अछूत की श्रेणी से बाहर निकाल दिया। इसके धैर्य और स्वामी रामानंद की उदार-हृदयता को जितना ही सराहा जाए, उतना ही कम होगा।"

"क्या बकती हो?" पिता ने धीमी आवाज में अम्मीजान को टोका।

"क्यों?" मां ने पिता के पैर पर चलते हुए अपने हाथों को रोककर कहा, "तुम्हें अपने बेटे की विजय से खुशी नहीं हुई।"

"विजय?" पिता ने धीरे ही किंतु इस शब्द पर जोर देते हुए कहा।

"और क्या?" मां ने फिर कहा, "कितनी कठिनाई से उसने स्वामी रामानंद को गुरु बनाया और···।"

"तो कौन-सा तीर मार लिया?" पिता ने माता की आवाज को बीच में ही काटते हुए कहा।

उनकी इस बात पर सभी सन्न रह गए। मां के प्रसन्नतापूरित मुख पर शाम की गहराती स्याही पुत गई। वह जैसे रक्तहीन हो आया। हम चारों के मुख भी म्लान हो आए।

"इसे तुम···कोई तीर मारना नहीं कहते? म्लेच्छों-अछूतों की छाया से भी भागनेवाले हिन्दुओं के विश्वगुरु रामानंद ने इसे शिष्यत्व प्रदान कर दिया और इसे तुम कोई घटना ही नहीं मानते हो? यह बड़े आश्चर्य की बात है। दरअसल तुम्हें अपने बेटे का कोई कार्य ही पसंद नहीं है। करघे पर बुना उसका कपड़ा तुम्हें दो कौड़ी का लगता है और बाजार से खाली हाथ लौट आना भी तुम्हें उसकी नादानी ही लगती है। यह सब तो ठीक पर जब कितने उपाय कर वह स्वामी रामानंद को गुरु बना पाया, अपने अछूतपन को धो पाने में सफल हो गया तब भी तुम्हारी नजर में उसने कुछ किया ही नहीं।" मां एक सांस में बोल गई।

"जिस तरह उसने अपने को गुरु का शिष्य घोषित करवाया वैसा तो कोई मदारी ही कर सकता है। पर मुझे कबीर से दो-चार बातें करने दो।

"कबीर!" यह कहकर उन्होंने मेरी ओर नजर फेरी।

"अब्बाजान!" मैंने कहा।

"तुम तो जाति-पांति में विश्वास नहीं करते थे?"

"नहीं, अब्बाजान!"

"तुम तो ऊंच-नीच सबको समान समझते थे?"

"सही है अब्बाजान!"

"अमीर-गरीब तुम्हारी नजर में एक ही थे?"

"यह भी सही है अब्बाजान!"

"हिन्दू-मुसलमान सभी तुम्हारी नजर में एक ही थे?"

"अब्बाजान!"

"राम-रहीम और कृष्ण-करीम तुम्हारे लिए एक ही थे? ये साखियां भी शायद तुम्हारी ही हैं—

कृष्ण करीमा एक है, नाम धराया दोय।
कहै कबीर दो नाम सुनि, भर्मि परो मति कोय॥
काशी काबा एक है, एक राम रहीम।
मैदा इक पकवान बहु, बैठि कबीरा जीभ॥

"..... ....।" मैं चुप। तो पिताजी को मेरी साखियां भी याद हैं! मैं तो समझ रहा था वे मेरे इस भक्ति-भाव, ज्ञान-ध्यान, कीर्तन-भजन सबके साथ ही मुझसे भी नफरत करते थे।

"कबीर!" पिता की दुर्बल काया से कर्कश आवाज निकली, "मेरे प्रश्न का जवाब दो। क्या ये साखियां तुम्हारी ही हैं?"

"हैं अब्बाजान!"

"तब मैं तुमसे पूछता हूं कि हिन्दू-मुसलमान, राम-रहीम और कृष्ण-करीम में भेद न करनेवाले एक ज्ञानी-ध्यानी को मात्र एक गुरु के लिए किसी हिन्दू संन्यासी की शरण में क्यों जाना पड़ा? उसे शिष्यत्व प्राप्त करने के लिए इतना नाटक क्यों करना पड़ा? इतनी फजीहत क्यों मोल लेनी पड़ी? क्या वह एक गुरु के बिना सचमुच अधूरा था? तो फिर वह उस राम-नाम की महिमा का बखान करते हुए क्यों नहीं थकता था, जब बिना गुरु-मुख से सुने वह उसके किसी काम का नहीं था? जब उसके लिए हिन्दू-मुसलमान समान थे तो वह एक हिन्दू ब्राह्मण के दरवाजे पर ही नाक रगड़ने क्यों गया, किसी मुसलमान पीर-फकीर को भी उसने क्यों नहीं बरा उसकी रहमो-करम के लिए?

"कबीर!" पिताजी बोलते गए, "तुमने अपनी इस ओछी हरकत के द्वारा अपने ही किए पर पानी फेर दिया है। तुमको अपने राम से अधिक रामानंद में विश्वास है। छिः जिस राम का नाम लेकर तुम लाखों को भव-सागर पार कराने का दंभ भर रहे थे, उसी राम-नाम पर तुम्हारा स्वयं का भरोसा डोल गया और खुदा की दुआ के लिए तुम्हें सहायता लेनी पड़ी उन लोगों के गुरु की जिन्हें तुम 'पाहन-पाथर' पूजनेवाले कहते नहीं थकते थे। तोबा है तुम्हारी उस अकल पर जिसने परवरदिगार में तुम्हारे भरोसे को हिलाकर उसके एक बंदे के पांव की जूती अपने कलेजे पर झेलने के लिए लाचार किया। अब तुम मुसलमानों को अपना कौन-सा मुंह दिखाओगे जिनके सामने तुम अकड़कर कहते थे कि ये मुल्ला राम-रहीम को खोजने दूर क्यों जाते हैं, वे तो उनके अंदर ही हैं—

मुल्ला कहां पुकारै दूरि
राम रहिम रह्या भर पूरि।

—जब वह राम तुम्हारे अंदर ही बसता था तब उसे तुम रामानंद के आश्रम की धूल और उनके पैरों के नीचे क्यों ढूंढ़ने गए? तुम हिन्दुओं को क्या जवाब दोगे जो तुम्हें कल यह कहकर चिढ़ाएंगे कि आखिर हमारे गुरु के चरणों के नीचे ही तुम्हारा उद्धार हुआ। कहां गया तुम्हारा अक्खड़पन जिसके भरोसे तुम हिन्दुओं और मुसलमानों को समान रूप से धिक्कारते थे, उनकी रूढ़ियों के लिए, उनके अंधविश्वास के लिए, उनकी संकीर्णता और निजी स्वार्थ के लिए? अरे कबीर! तुम

तो सबके अघोषित गुरु थे, हिन्दुओं और मुसलमानों के भी, छूतों और अछूतों के भी। तुम क्यों एक इंसान में भगवान को ढूंढ़ने जाकर अपनी मिट्टी पलीद करा बैठे? अरे कबीर, तुमने किस मुंह से कहा था—

मौ को कहां ढूंढ़त बंदे
मैं तो तेरे पास में।

....

कहै कबीर सुनो भई साधो
सब सांसों की सांस में।

"जब वह राम, वह अल्लाह, वह परवरदिगार, वह किशन-करीम तुम्हारे पास में ही हैं, तुम्हारी सांस-सांस में बसा हुआ है तो तुम उसे रामानंद के संसकिरत सलोकों (संस्कृत श्लोकों) मंतरों (मंत्रों) में ढूंढ़ने क्यों गए थे?

"अरे कबीर! तुम्हारा गुरु तो तुम्हारे अंदर है, इतनी छोटी बात तो मैं भी जानता हूं। तुम जो अपने को साधकों के साधक, योगियों के योगी, भक्तों के भक्त, मानते रहे अपनी राह भूलकर किस कीचड़ में फंसने चले गए?

"ठीक है मैं कहूं या न कहूं, तुम पर मुझे नाज था। हिन्दुओं और मुसलमानों को एक साथ ललकारनेवाले पुत्र को पाकर मेरी छाती फूली नहीं समाती थी। पर अब? अब नहीं? तुमने अपने 'आत्मविश्वास' को खो दिया। कोई जमीर नहीं रही तुम्हारी कबीर! तुमने मुझे और अपने को भी आसमान की बुलंदियों से धरती की मिट्टी में गिरा दिया। मैंने आज से मान लिया कबीर मेरा कोई नहीं। मैं निपूता ही आया, निपूता ही मरूंगा। तुम अब अपनी मनहूस सूरत यहां से ले जा सकते हो।"

इतना कहकर पिता ने चादर से अपना मुंह ढंक लिया। मां बुत-सी बैठी मेरी ओर टुकर-टुकर ताक रही थी। लोई ने मुंह में 'लुगा' लगाकर अपनी रुलाई रोक रखी थी।

मैं सिर नीचा किए उस कमरे से बाहर आ गया।

सच आज तक मैंने कभी अपने को इतना ओछा नहीं महसूस किया था।

16

सचमुच यह कुकृत्य था क्या? अकरणीय? अपने ही विश्वासों की बलि चढ़ाने के उपक्रम के सिवा यह कुछ और नहीं न था? कथनी और करनी में अंतर का इससे अच्छा उदाहरण क्या हो सकता था? पिता गलत किधर से थे? एक मानव-गुरु की तलाश के लिए विक्षिप्तता की सीमा का भी उल्लंघन कर जाना शोभनीय था, किसी के लिए? विशेषकर जो स्वयं विश्व-गुरु के सिंहासन पर विराजमान होकर सभी के लिए फतवा जारी कर रहा हो—हिन्दुओं के लिए भी, मुसलमानों के लिए भी? जो बार-बार गला फाड़कर कहता रहा हो कि भक्ति ही बड़ी चीज है, संसार से उद्धार की एकमात्र युक्ति, वह अपने ही सहारे के लिए किसी मनुष्य की शरण में जाने के लिए क्यों विवश हुआ, वह भी अकल्पनीय, अचिंत्य रूप में? रामानंद को पाने के लिए मैंने जितना कुछ किया

उतने पर स्वयं राम ही नहीं मिल जाते क्या?

रात गहराती जा रही थी लेकिन मेरी चिंता का अंत नहीं था। मैं अपनी टूटी चारपाई पर लेटा पश्चाताप की भीषण-ज्वाला में जल रहा था। बगल के बिस्तर पर सोई लोई को मेरे अंतर में चल रहे तूफान की खबर नहीं हो यह हो नहीं सकता था। पर वह मुंह फेरे चुप लेटी थी, शायद इस प्रतीक्षा में कि मुझे नींद शायद अब आ ही जाए। मेरी आंखों में नींद आने का प्रश्न ही कहां था? लोई को छेड़कर शायद अपनी चिंता का समाधान ढूंढ़ा जा सकता था! वह प्रतिभाशालिनी थी, इसमें कोई संदेह नहीं। अगर मुझसे कोई गलती हो रही थी तो वह उसकी सहभागिनी क्यों बनी? रामानंद के आश्रम में जाने के लिए तैयार होने में उसने इतने उत्साह से मेरी सहायता क्यों की? फिर गुरु-मंत्र प्राप्ति के बाद वह प्रसन्नता से आकुल-व्याकुल क्यों हो आई? अगर मैं गलत था तो लोई को इसका भान होना ही चाहिए था। फिर उसने क्यों भटकने दिया अपने कदमों को? क्यों इतना बड़ा त्याग कर बैठी वह मेरी राम-साधना को सफल करने के लिए? मुंडित सिर और मलीन वस्त्र में क्यों कुरूपा बन आई यह सती सुंदरी?

पर पिता के हर तर्क में दम था। था कि नहीं? वर्ना मैं अक्खड़ उनसे भी सींग भिड़ाने में कब बाज आने को था? जवाब नहीं था मेरे पास पिता के किसी कथन का? अनुभवी थे वे, भले ही मात्र करघे पर कपड़ा बुननेवाले जुलाहा रहे हों? वे मेरी तरह उपदेश देते चलनेवाले नहीं थे वर्ना कर्मयोग, क्रियाशीलता के साक्षात् उदाहरण थे वे। नहीं, जैसा मैं समझता था, उस तरह वे मेरी गतिविधियों को उपेक्षा की दृष्टि से नहीं देखते थे। आज पता लगा था कितनी रुचि से वह सब कुछ देख-सुन रहे थे; जो मैं कर रहा था। देख और मन-ही-मन शायद पुलकित थे। गर्व था उन्हें मेरे कृत्यों पर। पर आज? आज उनके सब सोचे-समझे पर पानी फेर दिया न मैंने? पुत्र के सुखद भविष्य, नहीं, सुखद शब्द शायद यहां उपयुक्त नहीं था, सुख किसे मिलता है यहां, सुखद के बदले उज्ज्वल कह लें, तो मेरे उज्ज्वल भविष्य की उनकी सारी कल्पनाएं, सारा विश्वास, संपूर्ण आशा-आस्था, आज ध्वस्त हो गए न? नहीं, बीमार पिता इस सदमे को नहीं झेल पाएंगे। अब उन्हें बिस्तर नहीं छोड़ना था। उनकी लाश ही उठेगी वहां से। सच अत्यधिक उत्साह में यही कुछ होता है। काशी के इन धूर्त-पंडितों ने ही मुझे मूर्ख बनाया और मैं इतनी सहजता से बन भी गया। क्या बना-बिगड़ा जा रहा था अगर मेरा कोई गुरु नहीं था? और अंदर में बैठा राम क्या था? वह क्या मंदिरों की पाषाण-मूर्ति था जिसमें स्वामी रामानंद के हाथों मुझे प्राण-प्रतिष्ठा करानी थी? वह, वह मेरा अंतर्वासी राम तो सदा सचेष्ट था, सदा स्पंदित, उसे और किसी के स्पंदन की क्या आवश्यकता थी? अगर अब तक नहीं पड़ी तो अब क्यों पड़नी थी? भूल हो गई न मुझसे? फंस गया न मैं पंडितों द्वारा सुनियोजित रूप से बिछाए गए जाल में? वे बना ले गए न अपना काम? कल से उन्हें मुंह लगाना नहीं होगा। वे स्पष्ट कहेंगे, चलो-चलो देख ली तुम्हारी राम-भक्ति, बिना हमारे रामानंद के सहारे उसे कहीं पहुंचना ही नहीं था। और जब गुरु ही उपलब्ध हों तो उनका ही हम क्यों नहीं कुछ सुनें-समझें कि तुम्हारे अनर्गल प्रलापों

पर ध्यान दें? जाओ, आगे से प्रवचन करने का ढोंग नहीं करना और न ही अपने मनमाने फतवा जारी करने का।

मुसलमान कहेंगे 'अब तेरा हमसे क्या काम?' 'ना मैं हिन्दू, ना मैं मुसलमान' कहनेवाला तो मात्र हिन्दू होकर रह गया। एक हिन्दू धर्म-गुरु के पीछे तुम पागल ही हो गए। रखो, अपने कीमती मसौदे अपने ही पास। हिन्दू काफिर हैं, उन काफिरों के सरदार से कान में 'मंतर' लेकर तुम भी काफिर बन गए। अब तुम भी जाकर चट्टान, पत्थर की पूजा करो—बुतपरस्ती। हां, काशी विश्वनाथ के मंदिर में तुम्हारे हिन्दू हम दलितों को घुसने दें, तब जानें? जरा कर लो तुम भी तो शिवाभिषेक, दूध की धार तुम भी गिराओ तो उनके ज्योतिर्लिंग पर? करने देंगे तुम्हें वे वैसा? गुरु रामानंद के कहने पर भी? पूरी काशी में दंगा हो जाएगा कि नहीं, एक म्लेच्छ के मंदिर-प्रवेश मात्र से?

तो तुमने क्या पाया इस अद्वैतवादी गुरु से? राम-मंत्र? हा! हा! हा! राम तो सदा तुम्हारे अंदर विराजमान रहा। शक्ति-संपन्न नहीं था वह, तुम्हारे गुरु के रसायन के पान बिना? कैसी मूर्खता थी यह, हद दर्जे की विक्षिप्तता? राम-नाम तो स्वयं रसायनों का रसायन है। उसे किस रसायन की किधर से आवश्यकता थी? स्वयं सिद्ध है वह, उसे किस सिद्ध-साधक की आवश्यकता थी?

ये और ऐसे बहुत सारे प्रश्न मेरे मस्तिष्क को मथते जा रहे थे। मैं विक्षिप्त पहले होऊं, न होऊं अब पूरी तरह हो जाऊंगा; इसमें कोई संदेह नहीं।

नहीं, विचारों की इस अनियंत्रित उड़ान को रोकना था। पश्चाताप की अग्नि को और हवा देने की आवश्यकता नहीं थी वर्ना मेरा संपूर्ण अस्तित्व ही जलकर भस्म होनेवाला था। लोई, हां, एकमात्र लोई ही इस समय मेरी सहायिका बन सकती थी। उसी को सुनना आवश्यक है। वह अनर्गल नहीं बोलती। अगर राम को मैंने साधा है तो वह स्वयं-सिद्ध है राम-मंत्र में। अफसोस, मेरे ही 'संगत' से वह इतना आगे बढ़ गई और मैं उसके संग का लाभ नहीं उठा, कीचड़ में खिले किसी कमल को तोड़ने के चक्कर में स्वयं दलदल में फंस गया जिसमें न पूरी तरह डूबते बनता है न उससे निकलने की कोई युक्ति ही सूझ रही है। लोई को ही कुछ करना होगा; विचारों के इस भीषण संघर्ष से मुझे मुक्त करने के लिए; वर्ना मैं जो अब तक स्वयं प्रज्ज्वलित एक प्रकाश-पुंज के रूप में विख्यात था कल से कहीं अन्यत्र प्रकाश ढूंढ़ने के दंड में राख बनकर रह जाऊंगा। कोई नहीं पूछेगा इस ठंडी राख को जिसमें एक चिनगारी भी नहीं उठनी थी चाहे उसमें जितनी हवा दो, फूंकें मारो, वह खाक बनकर उड़ जाएगी पर सच एक स्फुलिंग, एक अग्नि कण भी वह नहीं उगल पाएगी तुम्हारे लिए। अब कोई और यत्न दिखाई नहीं पड़ता था। लोई को ही मेरा गुरु बनना पड़ेगा इस वक्त। रामानंद को तो गुरु बनाया था मैंने मूर्खों की चाल में आकर। अब इस लोई को ही गुरु बनाऊंगा, मैं अपनी विवशता के कारण। नहीं, इसके सिवा अब कोई चारा भी नहीं था।

"लोई!" मैंने धीरे-से आवाज दी।

"सोए नहीं साईं।" वह मेरी तरफ मुंह मोड़कर बोली। उसके मुख के पीतवर्ण और अनवलोकनीय विवर्णता को देखकर मेरा हृदय भी द्रवित हो गया। बहुत पीड़ा सह रही थी, वह भी। पति की पीड़ा पत्नी की ही होती है कि नहीं? विशेषकर तब जब वह अपने पति के किसी कृत्य-कुकृत्य की सहभागिनी रहो हो?

"नींद आने का प्रश्न ही कहां उठता है लोई! पिता द्वारा खोली गई आंखें अब आसानी से बंद होनेवाली हैं क्या?"

"साईं!"

"लोई!"

"पिता क्या सचमुच सब कुछ सही कह रहे थे? अकाट्य?"

"मैं नहीं सोच पाता लोई! इसी विचार ने तो मुझे बेचैन कर रखा है उस घड़ी से जब मैं पिता के कक्ष से सिर झुकाए निकला।"

"अगर यह सचमुच गलती थी तो वह हो गई। उस पर अब पश्चाताप करने से क्या लाभ? बुद्धिमान बीत गई बात और बह गए पानी के पीछे नहीं दौड़ते।"

"तब कैसे त्राण मिले इस सोच से लोई? चिंता तो तुमको भी है, तभी तो तुम इतनी देर तक स्वयं भी नहीं सो पाईं।"

"नहीं, मुझे कोई चिंता नहीं। मैं तो आपकी विह्वलता पर बिलखती रही। मुझे तो अभी हमारे कार्य की करणीयता, अकरणीयता पर ध्यान देने का अवसर ही नहीं मिला। फिर भी मैं सोचती हूं कि तर्क चाहे जितने सटीक हों पिताजी के, पर हमारे कृत्यों में भी कोई खोट हो, ऐसा मैं नहीं मानती। मैं तुम्हारे सभी विचारों से सहमत हूं साईं!" लोई बोली तो जैसे मेरे प्राण वापस आ गए।

"तो हमने जो कुछ किया वह सही था? पिता के शब्दों में मैंने किसी नट अथवा जादूगर की तरह व्यवहार कर अपनी और उनकी नाक नहीं कटवाई?"

"मुझे ऐसा नहीं लगता साईं! पिता भी अपनी जगह पर ठीक हैं। तुमने भी जो कुछ किया सोच-समझकर। सोच-सोच में फर्क हो सकता है पर सोचकर किया कार्य कभी गलत नहीं होता। मेरे विचार से तुमने एक सार्थक कार्य किया है साईं जिसके लिए किसी पश्चाताप की आवश्यकता नहीं।"

"और पिताजी," मैंने पूछा, "उन्होंने जो इतने अकाट्य तर्क दिए वे भी क्या बकवास हैं? एक वृद्ध-विक्षिप्त मस्तिष्क की अनर्गल बातें?"

"नहीं साईं! मैं पिताजी की हर बात को महत्त्व देती हूं। उन्होंने कुछ भी अन्यथा नहीं कहा। उन्होंने तुम्हारे प्रति प्रेम नहीं श्रद्धा पाल रखी थी और उस श्रद्धा को ठेस पहुंचने से उन्हें कष्ट होना ही था।"

"पर दोनों बातें कैसे सही हो सकती हैं लोई?"

"नहीं समझी।"

"मेरी और पिताजी की भी? एक के गलत होने पर ही दूसरी सही हो सकती है न?"

"मैं इसे नहीं मानती साईं। क्रिया से अधिक विचार का महत्त्व है। विचार ही तो

क्रिया से रूपांतरित होता है और दो तर्क बिल्कुल सही हो सकते हैं क्योंकि वे दो क्रियाओं को जन्म देंगे और ये दो क्रियाएं प्रत्यक्षतः विरोधी प्रतीत होते हुए भी अपने-अपने स्थान पर सही होंगी।"

"लोई!"

"साईं!"

"तुम्हारी बातों से मुझे बहुत तसल्ली मिलती है। रेत पर पड़ी मछली की तरह तड़पते मेरे मन पर तुम्हारे शब्द ठंडे जल के छींटों का काम करते हैं। कुछ और कहो लोई, और कहो, मेरे दिल को बहुत तसल्ली मिलती है लोई! लोई!" मैं तड़प उठा।

"साईं! इतना व्यग्र नहीं होते। मैंने जो कुछ कहा ठीक कहा। तुम अपने स्थान पर पूरी तरह ठीक हो साईं! पिता भी ठीक हैं पर उनके ठीक होने से तुम गलत नहीं होते साईं।"

"लोई! तुम अपनी बात स्पष्ट करो लोई! पिता ने मुझे कुपुत्र करार दिया है। उनके तर्क मुझे अब भी अकाट्य लगते हैं। मेरे जीवन-भर का किया-कराया व्यर्थ होता प्रतीत होता है लोई! मुझे राह दिखाओ लोई, लोई मेरा मार्ग-दर्शन…।" मैं विह्वल हो बोल पड़ा।

"साईं! इतने उतावले नहीं होते, तुम्हारा मार्ग, तुम्हारे अंदर स्थित तुम्हारे राम ही दिखाएंगे।" लोई गंभीर मुद्रा में बोल गई।

"लोई!" मैं व्यग्र होकर अपनी चारपाई पर उठ बैठा। रात कितनी बीती कितनी बाकी है, यह सोचने-समझने की मुझे फुर्सत नहीं थी, "लोई, तुम तो पिताजी की भाषा में ही बात कर रही हो। किधर से मिल रही है, मुझे सांत्वना? अगर मार्गदर्शक मेरा राम मेरे ही अंदर बैठा है तो उसे पाने के लिए मुझे इतना कुछ क्यों सहना पड़ा, इतना कुछ करना…? क्या राम भी अलग-अलग होते हैं लोई! कबीर के राम अलग और रामानंद के राम अलग। अगर ऐसा नहीं है तो कबीर अपने राम की चिंता नहीं कर रामानंद के राम के लिए क्यों दौड़ा?"

"ऐसा ही है साईं," लोई ने कहा, "राम, राम में अंतर अवश्य है जैसे दो घड़ों में होता है, एक कच्चा और एक पक्का। दोनों घड़े हैं पर एक को पकाने की आवश्यकता है, दूसरा पका हुआ है। कबीर का राम अभी पका नहीं है, उसके गुरु रामानंद का राम उनकी साधना-उपासना की अग्नि में पूरी तरह पक आया है। तुम उसी राम के लिए गए थे। तरबूजा देखकर तरबूज रंग लाता है। गुरु के पके राम को देखते ही तुम्हारे अंदर का राम भी प्रेरित हो पक आया। दीप से दीप जलता है साईं! स्वामी के रामरूपी प्रदीप्त दीप ने तुम्हारे राम की कमजोर वर्त्तिका (वाती) को और दीप्त कर दिया है। तुमने जो कुछ किया ठीक किया साईं! तुमने जो कुछ किया जन-मंगल के लिए किया। तुम्हें पता था तुम्हारा राम अभी दुर्बल है उसे सबल बनाना आवश्यक था। बिना गुरु के यह संभव नहीं था। दुर्बल राम से तुम समाज को शक्ति नहीं दे सकते थे, अतः गुरु के माध्यम से अपने राम को सबल करना तुम्हारा कर्त्तव्य बनता था साईं, तुमने कुछ भी गलत नहीं किया। तुमने कुछ भी छिपाकर नहीं किया। तुम सबके सामने गुरु के आश्रम गए। वहां

अपमानित भी हुए, फिर उनके दर्जन-भर शिष्यों के सामने तुमने गंगा की सीढ़ी पर लेटकर, गुरु-मंत्र लेने की धृष्टता की। गलत काम छिपकर किया जाता है साईं! तुमने जो कुछ किया उसे गोपन नहीं रखा है, उसको सबके समक्ष किया, यहां तक कि अपने जन्म-स्थान और पिता-माता के संबंध में भी तुमने सब कुछ प्रकट कर दिया। तुम तो खुली किताब हो साईं। अपने जीवन-पृष्ठों को सबके सामने खोलकर रख देते हो।

"नहीं, तुमने कुछ भी गलत नहीं किया साईं। राम परम ब्रह्म हैं, वही सब कुछ हैं। शेष, उनके सामने कुछ न ही। नहीं, वह कौशल्या-सुत राम नहीं है, वह कभी अवतरित नहीं होता, नहीं होगा। तुम अपने उसी राम के भक्त हो जो गुणातीत और निर्मल है। इस समर्थ रूप को जितना ही और अधिक सामर्थ्यमान बनाओ उतना ही अधिक इससे लोक-मंगल सध सकता है।"

"लोई!" मैं प्रायः प्रसन्न होते हुए बोला, "तुम ठीक कह रही हो। मैं शायद व्यर्थ ही पश्चाताप की अग्नि में जल रहा था पर पिता की वह बात? मैं कैसे हिन्दुओं और मुसलमानों दोनों का सामना कर पाऊंगा? हिन्दू कहेंगे कि मैं अब तक व्यर्थ ही में पूजा-पाठ और कर्मकांड का विरोध कर रहा था। मुसलमान तो अब मुझे फूटी आंखों भी नहीं देखना चाहेंगे। उनके लिए तो हिन्दू-गुरु से दीक्षित हो मैं अब मुसलमान रहा ही नहीं। उनके लिए तो मैं काफिर हो आऊंगा। और लोई! दोनों यही न कहेंगे कि मैं जो छूत-अछूत, ऊंच-नीच में कोई भेद नहीं मानता था, केवल अपने को स्पृश्य बनाने, अपनी हीनता की भावना की समाधि के लिए स्वामी रामानंद की शरण में गया।"

"साईं!" लोई ने कहा, "यहीं पर तुम्हारे पिता का कथन सच्चाई के समीप है। उनकी व्यथा जायज है कि अपने अक्खड़पन के बावजूद तुम शायद कहीं-न-कहीं हीनभावना से ग्रसित रहे और स्वामी रामानंद के शिष्यत्व के बहाने तुमने अपने को शुद्ध, स्पृश्य और श्रेष्ठ बनाना चाहा। तुमने इस लक्ष्य की प्राप्ति की हड़बड़ी में न तो हिन्दुओं की विरोध-भावना का ध्यान रखा न मुसलमानों के अपने प्रति स्वाभाविक सांप्रदायिक स्नेह का ही। हिन्दू तो तुम्हें अपना मानने से रहे, मुसलमानों के लिए तुम अपने ही इस व्यवहार से अछूत, अस्पृश्य बन आए। सबसे बड़ी बात यह कि राम-मंत्र लेने की जिद में तुम अपने ही इस कथन को ठोकर मारने से न हिचके कि राम-रहीम और कृष्ण-करीम में कोई भेद नहीं है। पूछनेवाले यह भी पूछ सकते हैं कि अगर हिन्दू-मुसलमान दोनों को तुम समान दृष्टि से देखते हो तो जिस तरह तुम एक हिन्दू गुरु के पीछे दौड़े, उसी तरह किसी पीर, औलिया के पीछे भी क्यों नहीं पड़े? गुरु बनाना आवश्यक ही था तो तुम दोनों संप्रदायों के गुरुओं को समान सम्मान देते। यहीं पर हां, यहीं पर सांईं, तुम्हारे पिता का पक्ष मजबूत बनता है और यहीं पर हम अपनी दुर्बलता अथवा अपनी हीनभावना से ग्रस्त रहने की बात का जवाब नहीं ढूंढ़ पाते।"

"तब लोई!" मैं असहाय-सा बोला, "इन बातों का उत्तर हम कहां ढूंढ़ेंगे?"

"कहीं नहीं साईं, अपने ही अंदर। इस सबका जवाब हमारे अंदर ही मिलेगा। हमारे अंदर बैठा वह राम ही इस सबका उत्तर देगा। आखिर तुमने जो कुछ किया है, अपने उसी राम के लिए ही, उत्तर भी वही देगा।"

"लोई, मैं राम को नहीं छोड़ सकता। किसी कीमत पर नहीं।" मेरे मुख से अनायास निकला।

"राम को छोड़ने को कौन कहता है साईं? मैं तो राम से ही तुम्हारी इस कठिन समस्या का समाधान चाहती हूं। और साईं जब तुम राम को नहीं छोड़ोगे तो राम तुम्हें कैसे छोड़ेगा? राम के प्रति तुम्हारी यही अपार श्रद्धा, असामान्य प्रेम तो तुम्हारे सहायक बनेंगे।"

"सच लोई, मैं इस संकट से उबर पाऊंगा? मैं हिन्दू-मुसलमान दोनों में अपनी खोई प्रतिष्ठा को फिर से प्राप्त कर पाऊंगा?" मैं अधीर होकर बोला।

"साईं!"

"लोई!"

"तुम राम के प्रति इतना विश्वास रखते हो, तब भी तुम आशंकाग्रस्त हो रहे हो? विश्वास सबसे बड़ी चीज है। अपने राम पर विश्वास रखो साईं, वह सब ठीक कर देगा।"

"लोई!"

"हां साईं!"

"पर मेरे अब्बाजान को संतोष कैसे होगा? उनका मेरे प्रति विश्वास कैसे वापस होगा?"

"सब हो जाएगा साईं! राम सब ठीक कर देगा।"

"सब कुछ लोई?"

"हां साईं!"

"तब हमारा कर्त्तव्य?"

"प्रतीक्षा, मात्र प्रतीक्षा। यही हमारे लिए उचित है साईं। सब कुछ अपने राम पर छोड़ दो। अब सो जाओ साईं!"

"अच्छा लोई!" मैंने कहा और राम का ध्यान कर सोने का उपक्रम करने लगा।

17

लोई कितना ठीक थी! हमारे राम ने सब कुछ ठीक कर दिया। असाध्य को साध्य कर दिया। लोई ने ठीक ही कहा था हमारे अंतर्मन में बसे राम ही हमारे सब प्रश्नों का जवाब देंगे। हमारी सभी समस्याओं का समाधान करेंगे। वही किया राम ने। पर प्रत्यक्ष नहीं अप्रत्यक्ष रूप में।

मैंने सोचा था न कि मेरे शिष्य बनने की सूचना जंगल की आग की तरह चारों तरफ बात की बात में फैल जाएगी? हुआ यही। जिस दिन मैंने गुरु बनाया उस शाम तक काशी के प्रायः सभी पंडित स्वामी रामानंद के आश्रम में कभी समूह में, कभी अकेले पहुंचकर उनको इस बात के लिए कोस चुके थे कि उन्होंने एक म्लेच्छ और अछूत को शिष्य बनाकर सर्वथा अकरणीय किया है। उनके इस कृत्य से सभी वर्ग के हिन्दुओं में

बहुत रोष है। इतने महान् विद्वान् के योग्य यह कार्य कदापि नहीं था। कइयों का तो विचार था कि अपने इस दुष्कर्म के लिए उन्हें सार्वजनिक रूप से प्रायश्चित करना चाहिए।

मुसलमानों में से तो कोई उनके आश्रम तक जाने का साहस नहीं जुटा सका पर मुसलमानों के हर मुहल्ले में केवल जुलाहा-टोली को छोड़कर यह घटना चर्चा का विषय बनी रही। मौलवियों-मुल्लाओं का कथन था कि एक जुलाहे को शिष्य बनाकर स्वामीजी ने न केवल उसे अनावश्यक महत्त्व दिया है बल्कि उन्होंने हिन्दू धर्म को इस्लाम के ऊपर थोपने का भी प्रयास किया है। आज उन्होंने एक मुसलमान को शिष्य बनाया कल दस को बना सकते हैं। इस घटना के विरुद्ध वे दूसरे दिन एक बहुत बड़ा प्रदर्शन करना चाहते थे। ये सब बातें स्वामीजी के आश्रम तक पहुंच चुकी थीं।

स्वामी निर्भीक थे। उन्हें इन सब बातों की कोई चिंता नहीं थी। उनका राम यह सब संभाल लेगा। यह उसी का काम है, उनका नहीं। उन्हें अपनी पूजा-उपासना और नाम-स्मरण से कहां फुर्सत थी कि वे इन छोटी बातों को लेकर माथा-पच्ची करने जाते? हां, उनके लिए यह एक छोटी बात ही थी पर उनके शिष्यों के लिए नहीं। वे स्थिति की गंभीरता को समझ रहे थे। उनमें से कइयों ने मिलकर स्वामीजी को इस विस्फोटक स्थिति से परिचित कराया।

"तत् किं करणीयम्?" तब क्या करना है? अंततः स्वामीजी ने इस घटना के महत्त्व को समझा।

शिष्यों ने उन्हें समझाया कि हिन्दुओं और मुसलमानों की भावनाओं को देखते हुए उन्हें दोनों की एक सम्मिलित सभा को संबोधित करना चाहिए जिसमें उन्हें अपने कृत्य के औचित्य को सिद्ध करना चाहिए।

"किं अकरणीयं कृतं मया ययत् उद्‌दृशं सम्मेलनमावश्यकम् राममंत्रंदत्तं केवलं तत्कबीर नाम श्रेष्ठ रामभक्तं भक्तिमंत्र च।" श्री रामानंद स्वामी को इस बात के लिए तैयार करना कठिन था। उन्होंने अपने शिष्यों को स्पष्ट पूछा, "ऐसा मेरे द्वारा क्या कर दिया गया कि ऐसे सम्मेलन की आवश्यकता पड़ी? मेरे द्वारा उस कबीर को मात्र राम-मंत्र दिया गया जो स्वयं ही भक्ति-भाव से भरा एक राम-भक्त है?"

शिष्यों ने गुरु को पुनः स्थिति की गंभीरता से परिचित कराना चाहा और बताया कि मुसलमानों और हिन्दुओं में कभी भी इस बात को लेकर ठन सकती है तब जान-माल की बर्बादी का सारा दायित्व आश्रम को ही जाएगा। यह भी संभव है कि कोई मुसलमान अथवा कोई हिन्दू ही कबीर की हत्या तक कर दे।

बात की गंभीरता को गुरु रामानंद समझने में समर्थ हुए और दूसरे दिन अपराह्न में दशाश्वमेध पर एक सम्मेलन को संबोधित करने को प्रस्तुत हुए। इस सभा में सभी को आने की छूट दी गई—हिन्दुओं और मुसलमानों—दोनों को। दोनों ओर के विशिष्ट व्यक्तियों—हिन्दुओं के आचार्यों, श्रेष्ठियों और मुसलमानों के धर्म-गुरुओं और मान्य लोगों के लिए उचित व्यवस्था की गई। सामान्य लोगों के बैठने के लिए भी मंच के सामने पर्याप्त जगह छोड़ी गई।

गुरु समय से अपनी मंडली के साथ सभा-स्थल पर पहुंचे तो सभी लोगों ने एक साथ उठकर उनका स्वागत किया। उन्हें उच्च आसन पर प्रतिष्ठित किया गया और उनके चुनिंदा शिष्य उनके चारों ओर विराजमान हो गए। गुरु ने संस्कृत में सभी को संबोधित किया और उनका एक पटु शिष्य उनके भाषण को हिन्दी में रूपांतरित करता गया—

काशीनगरी के श्रेष्ठ जनो,

यह मेरा सौभाग्य है कि मैं इतने लोगों से एक साथ मिल रहा हूं। मुझे इस बात की प्रसन्नता है कि मेरे समक्ष हिन्दू और मुसलमान दोनों संप्रदायों के लोग एक साथ उपस्थित हैं। यहां न कोई हिन्दू प्रतीत हो रहा न मुसलमान। सभी मनुष्य हैं। ईश्वर ने सभी को मनुष्य—इंसान—बनाकर इस धरती पर भेजा पर हम हैं कि संप्रदाय और धर्म तथा जाति के नाम पर अलग-अलग खेमों में बंट जाते हैं। इससे मानवता नहीं बंटती। वह तो समग्र है। सभी मनुष्यों के अंदर बसनेवाली आत्मा एक ही है। उसकी न कोई जाति है न कोई धर्म है, न कोई रंग-रूप। वह परमात्मा-खुदा का ही एक अंश है। और परमात्मा न तो हिन्दू है न मुसलमान। वह बस एक सर्वोपरि शक्ति है जिसके द्वारा यह विश्व संचालित है। इसी प्रकार हमारे अंदर आत्मा के रूप में बैठा वह स्वयं न हमें हिन्दू रहने देना चाहता है न मुसलमान, न ऊंच, न नीच, न छूत, न अछूत। आश्चर्य है कि जब आत्मा को कोई छूत नहीं लगती तो शरीर किधर से अछूत हो जाता है?"

"किंतु आप ही ने पहले-पहल कबीर को अछूत समझकर उसे अपने पास आने और शिष्य बनाने से इंकार कर दिया था।" भीड़ में से कोई आवाज आई। स्वामी रामानंद विचलित नहीं हुए और उन्होंने धैर्यपूर्वक कहा—

"बात ऐसी नहीं थी कि मैंने कबीर को अस्पृश्य मानकर पास नहीं आने दिया था अथवा शिष्य बनाने से इंकार किया था। वस्तुतः बात यह थी कि मैं उसकी पात्रता की परीक्षा लेना चाहता था। सभी को शिष्य बनाया जा सकता है क्या? जब तक किसी में गुरु के प्रति पर्याप्त श्रद्धा-भावना नहीं हो वह शिष्यत्व ग्रहण करने योग्य ही नहीं होता। मैंने कबीर की परीक्षा ली थी और मुझे प्रसन्नता है कि इस परीक्षा में वह सफल हो गया। मेरे पदाघात को झेलने के लिए जब वह गंगा की सीढ़ियों पर पड़ गया तो उसकी मेरे प्रति और राम के प्रति भी अपार श्रद्धा स्वयं सिद्ध हो आई। अब आप ही बताइए ऐसे समर्पित व्यक्ति को मैं शिष्य नहीं बनाता तो ईश्वर के दरबार में कौन-सा मुंह दिखाता?"

"पर आपने उसे राम-मंत्र क्यों दिया? उसे किसी मुसलमान पीर-फकीर के पास जाने को भी कह सकते थे?" भीड़ में बैठे किसी इस्लाम धर्मावलंबी ने ही पूछा।

"श्रद्धा, वही श्रद्धा," गुरु ने आरंभ किया, "जिसकी जैसी श्रद्धा हो वह वैसा ही पाता है। कबीर, किसी कारण उस परमेश्वर, परवरदिगार के 'राम' नाम से ही प्रभावित थे, अतः उन्हें वही मंत्र देना था। वस्तुतः नाम से अंतर ही क्या पड़ता है? मैंने पहले ही कहा वह महाशक्ति तो एक ही है, उसे चाहे जिस नाम से पुकारो। अगर कबीर को राम के बदले रहीम नाम ही प्रिय होता तो मैं अवश्य उन्हें किसी मुसलमान धर्म-गुरु के पास

भेज देता। पर कबीर कभी नाम और वेष के चक्कर में नहीं पड़े और यही उनकी विशेषता है, यही बात उन्हें कबीर बनाती है। अरे, उनका आराध्य तो निर्गुण-निराकार है, उसे कौन-सा नाम और रूप आप दे पाएंगे? उस अरूप निराकार को तो कबीर किसी भी नाम से पुकार सकते हैं। उसे वह रहीम या करीम नहीं कहते क्या? उनके राम दशरथ-सुत धनुर्धारी राम हैं, इस बात को आप भूल जाइए। उनके राम का न कोई नाम है न कोई स्वरूप। वह घट-घटवासी निर्गुण, निराकार है। जो दृश्य ही नहीं है, उसके नाम को लेकर क्या विवाद? उसे आप शौक से कोई नाम दे दीजिए। राम कहिए, रहीम कहिए, कृष्ण कहिए, करीम कहिए, उससे कोई अंतर नहीं पड़ता। जो नाम जिसके लिए सहज हो, जो जिसे भा जाए, वही नाम वह ले। अंततः उसकी पुकार तो परमेश्वर-परवरदिगार के पास ही पहुंचेगी? कबीर को 'राम' नाम पसंद आया, सहज पड़ा, शायद सबसे छोटा है इसीलिए, और उन्होंने राम के नाम से उसे पुकारना आरंभ किया। आपको जो नाम पसंद हो आप वही ले सकते हैं।"

"कबीर जुलाहा है। मुसलमान। उसे किसी इस्लाम धर्मावलंबी के पास ही जाना चाहिए था। आपसे मंत्र ग्रहण कर उसने आपको भी अपवित्र कर दिया। राम-नाम को भी आपने उसे मंत्र के रूप में देकर पवित्र नहीं रहने दिया। आपको इसके लिए प्रायश्चित करना चाहिए।" उन पंडितों में से ही एक ने कहा जिन्होंने कबीर को कोई गुरु बनाने के लिए प्रेरित किया था।

"कैसा प्रायश्चित और क्यों?" सदा संयमी और अक्रोधी गुरु सहसा उखड़े। उनका स्वर्णपीत, गौरवर्णी चेहरा सहसा तप्त अंगारे की तरह लाल हो आया; वे आगे बोले, "प्रायश्चित आप लोग करें जो एक राम-भक्त को अछूत, अस्पृश्य और नीच तथा जाने क्या-क्या कहकर पुकारते हैं। कैसा हिन्दू और कैसा मुसलमान? जो परमेश्वर के किसी नाम को भी लेगा वह न मुसलमान रह पाएगा न हिन्दू। उसकी जाति एक ही है और वह जाति, संत है, साधु है, फकीर है, भक्त है। आप पंडितों की दोरंगी चाल को मैं खूब पहचानता हूं। आपको तो मेरे अद्वैत सिद्धांत से भी विरोध है। आपके लिए आत्मा-परमात्मा भिन्न-भिन्न हैं। जो अंदर वही बाहर, 'यथा पिंडे तथा ब्रह्मांडे' इस सिद्धांत में तो आपको आस्था ही नहीं। आप पृथक्-पृथक् देखने के आदी हैं तो आपको हिन्दू अलग और मुसलमान अलग दिखेंगे ही। आपको मेरे द्वारा किसी मुसलमान को दीक्षित करने पर एतराज है तो जाइए आप भी किसी मुसलमान गुरु को अपना लीजिए, मुझे कोई आपत्ति नहीं होगी, कम-से-कम मैं आपको कोई प्रायश्चित करने को नहीं कहूंगा। और एक मुसलमान के कान में राम-नाम के जाने से आप इस नाम को भी अपवित्र कहने चले हैं? क्या हो गया आपकी बुद्धि को? अग्नि भी कभी अपवित्र होती है, चाहे वह श्मशान की ही क्यों न हो? सूर्य भी कभी अपवित्र होता है जबकि उसकी किरणें गंदी-से-गंदी चीजों को भी स्पर्श करती चलती हैं। किस प्रकार अपवित्र बताएंगे उस चांदनी को ही जो श्मशान में ही बिछी हुई है? अरे सबको पवित्र करनेवाला राम-नाम किधर से और कैसे अपवित्र होने लगा?

"क्या हिन्दुओं के द्वारा रहीम नाम लेने से और मुसलमानों के द्वारा राम-नाम लेने

से ये दोनों अपवित्र हो गए? तो कैसे हैं परवरदिगार, परमेश्वर के ये नाम जिन्हें मनुष्यों से छूत लगती है, उन्हीं मनुष्यों से जिसे अल्लाह ताला, परमात्मा ने स्वयं गढ़ा है। बोलिए है कोई जवाब आपके पास?" ऐसा कहकर स्वामी रामानंद ने पंडितों की मंडली की ओर दृष्टि फेरी, सबकी दृष्टि नीची थी। सभी पराजित थे, परास्त।

"किंतु कबीर जुलाहा है, एक नीच। उसने अपने को ऊंचा उठाने के लिए, लोगों की सलाम-बंदगी के लिए ही यह सब नाटक किया है।" यह किसी मुसलमान की आवाज थी।

"नहीं जानते हो तो मौन रहना ही श्रेयस्कर है। यह नीच-ऊंच और जाति-वंश की बात इस्लाम में कब से आने लगी? है आपके कुराने-शरीफ में ऐसी व्यवस्था? आपके मुहम्मद साहब ने कभी किसी को ऊंच और किसी को नीच बताया? छुआछूत की बात कभी की उन्होंने? अरे आप पथ-भ्रष्ट हो गए हैं। अपने धर्म को कभी जानने-समझने का प्रयास किया होता आपने तो आप इस्लामी होने के नाते सबसे पहले जो काम करते वह होता संसार-भर के अछूतों, अस्पृश्यों को गले लगाने का। कबीर ने जिस दिन से राम के पवित्र नाम को अपनाया, उसी दिन से वह आप सबों से भी ऊंचा हो गया, पवित्र। जिस तत्परता, एकाग्रता और श्रद्धा-आदर से वह राम का नाम लेता है उसी तरह अगर कोई हिन्दू रहीम का भी नाम ले तो वह भी उसी की तरह पवित्र हो आएगा। कबीर को मैं पवित्र और स्पृश्य क्या बनाऊंगा वह तो राम-नाम में अपनी 'सुरति' के कारण पहले ही से हम में से सभी से पवित्र था।"

"अगर यह बात थी : कबीर पहले से ही पवित्र था तो उसे आपसे मंत्र लेने और आपको उसे मंत्र देने की आवश्यकता क्यों पड़ी?" उसी मुसलमान सज्जन ने यह पूछा था।

"यह आपकी समझ में आने की बात है ही नहीं," आचार्य पुनः तमतमाए, "अगर आपने जो सफेद वस्त्र धारण किया है उसे किसी प्रकार और अधिक स्वच्छ सफेद बनाने की संभावना है तो क्या आप इस संभावना का लाभ नहीं उठाएंगे? राम-नाम के बल पर कबीर अवश्य पवित्र और सर्वथा स्पृश्य ही नहीं पूज्य भी था पर गुरु के द्वारा सिद्ध किया गया मंत्र ऐसा शक्ति-संपन्न होता है कि वह भक्त की रही-सही अस्वच्छता को भी पूरी तरह स्वच्छ कर देता है। भक्त स्वर्ण होता है गुरु उसे निखारकर उसमें और चमक भर देता है और तेज। समझे? यही है गुरु का महत्त्व।"

गुरु ने इस बार मुसलमानों की पंक्ति की ओर दृष्टि डाली। सब मौन थे।

गुरु ने अपने एक शिष्य की ओर इंगित किया। उसने कहा, "बोलिए भक्तराज कबीर की?"

"जय।" प्रायः सभी के कंठ से यह आवाज एक साथ निस्सृत हुई।

18

कभी-कभी अभिशाप भी वरदान बनकर आता है कि नहीं? कहां है हमको दूरगामी दृष्टि

जो भविष्य में एक क्षण बाद घटित होनेवाली घटना का भी वह हमें आभास दे दे। हम वर्तमान को लेकर बिलखते रहते हैं जबकि सफलता-सौभाग्य का सूरज हमारे जीवन-क्षितिज पर उतरने ही वाला होता है। सीमित दृष्टि-संपन्न हम नियति-नियंता को कोसते रहते हैं जब वह नियति हमें दुर्भाग्य के दलदल से मुक्त कर सौभाग्य कें शिखर पर प्रतिष्ठित करने के उपक्रम में लगी रहती है। हाय रे! मनुष्य की विवशता, काश वह क्षणार्द्ध पश्चात् घटनेवाली घटना का भी कुछ अनुमान कर पाता तो कितने दुःख-दर्द, कितनी अनिश्चितता और कितनी आशंकाजनित पीड़ा से वह सहज ही मुक्त हो जाता।

उस रात मेरी और लोई की आंखों में लाख प्रयास के पश्चात् भी नींद को नहीं आना था वह नहीं आई। दूसरे दिन की आशंका गहराती रात की कालिमा को और भयावह बना रही थी और हम चाहते थे नया सूरज उगे ही नहीं। प्रभात की किरणें नहीं बिखरें आज पूरबी क्षितिज पर। उषा अपने स्वर्णिम आंचल में सूरज के चमकते थाल को अधिक-से-अधिक देर तक छिपाए रहे। किसे पता था यह सूरज एक नई आशा और एक नये विश्वास का संचार करने जा रहा था?

पर सूरज को उगना था वह उगा। प्रकृति का कोई विधान हमारे चाहने नहीं चाहने से कभी बदला है क्या? उषा ने प्रतिदिन की तरह पूरबी क्षितिज पर अपनी तूलिका से रंग बिखेरा और वह गुलाबी हो आया।

हम दोनों विवश बिछावन से उठे। अनमने से नित्यकर्मों से निवृत्त हुए और पूजा-घर में जा बैठे। मैंने अपने राम को स्मरण किया। उस अवस्था में भी मैंने साखियां रच दीं—

राम कबीरा एक है कहन सुनन को दोय।
दो करि सोई जानई सतगुरु मिला न होय॥

मोमें तोमें सरब में, जहँ देखूं तहं राम।
राम बिना क्षण एक ही सरे न एको काम॥

राम भजि मन बसि करो, ये ही बड़ा अरंथ।
काहे को पढ़ि-पढ़ि मरो कोटिक ज्ञान ही गिरंथ॥

"साईं!" लोई का स्वर था। मैं कोई दो घंटे से ध्यान-मग्न था। ध्यानावस्था में ही कही राम संबंधी मेरी साखियों को भी उसी ने स्मरण कर लिया था।

"क्या?" ध्यान से निवृत्त होते हुए मैं बोला।

"धूप काफी चढ़ आई है।"

"तो?" मैं कुछ नहीं समझकर बोला।

"उत्पाती आते ही होंगे। उनमें मुसलमान भी होंगे, हिन्दू भी।" उसने कुछ चिंतित होकर कहा।

"तब?" मैंने पूछा।

"हमें कहीं चले जाना चाहिए। कम-से-कम तुम्हें।"

"क्यों?" मैंने आश्चर्य से पूछा।

"उनका कोई ठिकाना नहीं। क्या कर बैठें?"

"इससे क्या होता है?" मैं निर्भीक बोला। यह मेरे ध्यान का प्रभाव था अथवा राम-संबंधी पदों का चमत्कार पर मैं अब तक प्रकृतिस्थ हो गया था। निर्भीक और अटल।

"तुम्हें कुछ होता हो या नहीं," लोई बोली, "पर हमें तो होता है। हिन्दू-मुसलमान दोनों पागल हैं पता नहीं क्या कर बैठें? तब हमारा क्या होगा—तुम्हारे बूढ़े माता-पिता का?"

"लोई!" मैंने कहा।

"साईं!"

"राम-नाम में तुम्हारा विश्वास नहीं रहा न?" मैं गंभीर मुद्रा में बोला।

"यह क्यों कह रहे साईं? राम के लिए तो मैं सर्वस्व का त्याग करने को तैयार हूं।" लोई घबराकर बोली।

"फिर भय क्यों?" मैंने निश्चिंतता से कहा, "राम हमारे साथ हैं तो हमारा कौन क्या बिगाड़ लेगा?"

"राम-भक्ति का अर्थ अकर्मण्यता तो नहीं साईं," लोई बोली, "हम जान-बूझकर दुश्मनों की दया पर अपने को छोड़ दें, यहां से भागने का भी प्रयास न करें यह क्या उचित है?"

"भागना? किससे भागोगी और कहां? दुश्मन चाहें तो हमें काशी में कहीं से ढूंढ़ निकाल सकते हैं। फिर भागने का प्रयोजन? और यहां से भागना तो राम से भागना हुआ। राम से भागकर कहां जाओगी?"

"क्या राम मात्र यहीं हैं, वह सर्वत्र नहीं है?" लोई ने तर्क दिया।

"हैं।" मैंने कहा, "जहां जाओगी, वहीं राम। पर मैंने कहा यहां भी राम हैं? यहां से भागना क्या कायरता नहीं होगी, पलायनवादिता? और लोई तुम्हें ज्ञात है कबीर ने कभी पलायन में विश्वास नहीं किया। वह भागता नहीं। परिस्थितियां कैसी भी हों, वह उनका सामना करने में विश्वास करता है। लोई, यह जान लो कबीर कभी अकेला नहीं होता, राम उसके साथ होता है। वह अपने को भगा सकता है पर तब राम को भी उसके साथ भागना होगा। यह तो अन्याय ही होगा न, अनर्थ? राम को भी पलायनवादी बना देना कैसी बुद्धिमत्ता होगी? नहीं, हम कहीं भागेंगे नहीं। राम की जो इच्छा होगी, वही होगा। और लोई तुम इस नश्वर शरीर से कब से मोह करने लगीं? यह रहे, नहीं रहे, इससे क्या फर्क पड़ता है? माटी को तो माटी में मिलना है। भूल गई—

माटी कहे कुम्हार से, तौ का रौंदैं मोहि।
एक दिन ऐसा आएगा, मैं रौंदूंगी तोहि॥

ठीक़ उसी समय बाहर से शोरगुल हुआ। कई कंठों से एक साथ आवाज आ रही थी। लोई भयभीत हो गई, बोली—"वे आ गए साईं।"

"तो बाहर जाकर उनका स्वागत करो। कहो कबीर अंदर ही हैं, उनकी खोज है तो उनसे आकर मिल लें।"

"यह क्या कह रहे हो साईं?" लोई घबराई, "दुश्मनों का कहीं स्वागत किया जाता है?"

"लोई," मैंने कहा, "मित्रों का स्वागत तो सभी करते हैं शत्रुओं का स्वागत करनेवाला कोई कबीर ही होता है, अगर तुमने बाहर जाकर उनका स्वागत नहीं किया तो मैं स्वयं यही करूंगा। द्वार पर आया हर व्यक्ति मेहमान होता है। हम मेहमाननबाजी करने में समर्थ नहीं हों पर उनसे दो मीठी बातें तो कर ही सकते हैं।"

"मीठी।" लोई बोली, "वे तुमसे मीठी बातें करने आए हैं?"

"वे नहीं करें। कड़वी ही करें। पर मैं तो मीठा बोल सकता हूं।"

"अगर वे तुम्हें बोलने का अवसर न दें।"

"तो ठीक है वे मुझे राम-राम करने से तो नहीं रोकेंगे?"

"और तुम राम-राम करते शहीद हो जाओगे। यही न! पहले ही कहा तब हमारा क्या होगा? तुम्हारे माता-पिता का?"

"राम देखेंगे।" मैंने निश्चिंतता से कहा।

"जो राम अपने भक्त कबीर की रक्षा नहीं कर पाएंगे वह कबीर के परिवार की सुरक्षा किधर से करेंगे?"

"तुमने पहले ही अनुमान कैसे कर लिया?" एक मुसकराहट मेरे होंठों पर खेली, "राम मेरी रक्षा नहीं करेंगे, यह तुमने मान कैसे लिया? राम में विश्वास ही सबसे बड़ी शक्ति है। जहां विश्वास नहीं वहां राम किधर से रह पाएंगे?"

"तो मैं जाती हूं उनके स्वागत में।" लोई उठ खड़ी हुई। वह जाने लगी। मैं उसकी पीठ को देखता रहा। मुझे ऐसा लगा सीता अकेले वनवास को जा रही है—राक्षसों से भरे जंगल में। वह दरवाजे से बाहर निकल गई तो मैं गुनगुनाया—

राम नाम छाडूं नहीं, सतगुरु सीख दई।
अबिनासी सों परसि के आत्मा अमर भई॥

—सतगुरु से राम-नाम की शिक्षा ली है। उस नाम को अब छोड़ नहीं सकता। अविनाशी का स्पर्श पा आत्मा कुछ और ही हो गई है।

मैंने मन-ही-मन सोचा, अब तो राम-नाम की दीक्षा ले ही ली, अब जिसको जो करना है करे, जो सोचता है सोचे।

लोई शीघ्र ही लौटी। उसके मुख पर एक अनाम प्रसन्नता पसरी पड़ी थी। आते ही वह लगभग चिल्ला पड़ी, "साईं! चमत्कार हो गया।"

मुझे कोई आश्चर्य नहीं हुआ। मैं निश्चिंतता से बोला, "क्या हुआ लोई, बोलो तो! चमत्कार आदि यहां कुछ नहीं होता। इस संसार का इस रूप में होना ही क्या चमत्कार नहीं है? चांद-सूरज क्या चमत्कार नहीं हैं?"

"पहले सुनो तो साईं! तुम तो सदा अपना दर्शन ही बघारते रहते हो। अभी हम कितना भयभीत थे··· ।"

"भयभीत ?" मैंने कहा, "भयभीत तुम होगी लोई। मुझे क्यों भय के जंगल में घसीटती हो ?"

लोई कुछ सकपकाई फिर बोली, "हां, भयभीत तुम नहीं थे। मैं ही आशंकाग्रस्त थी। पर अब सब आशंकाएं समाप्त हो गईं।"

'उन्हें तो होना ही था', मैंने मन-ही-मन कहा, फिर प्रत्यक्ष बोला, "बोलो, क्या हुआ ? कौन लोग थे वे ?"

"वे और कोई नहीं, अपने जुलाहा-टोले के लोग थे।" लोई की प्रसन्नता अब भी चेहरे पर खेल रही थी।

"क्यों आए थे ? क्या कह रहे थे ?"

"बड़े प्रसन्न थे वे।"

"वह तो तुम्हारे चेहरे से ही साफ है। बोलो, क्या कह रहे थे ?" मैं मुसकराने का प्रयास करते बोला।

"आज तुम्हारे सतगुरु, स्वामी रामानंदजी दशाश्वमेध के पास हिन्दुओं और मुसलमानों की महती सभा को संबोधित करनेवाले हैं।" लोई के चेहरे की चमक और बढ़ आई थी।

"मेरे सतगुरु किसी सभा को संबोधित कर रहे हैं !" मेरे आश्चर्य की सीमा नहीं थी, "पर क्यों ?"

"तुम्हारे लिए ही।" लोई मुंसकराई।

"मेरे लिए ? मेरे लिए क्यों ?" मैं इस बार सचमुच आश्चर्यचकित हुआ।

"वह इसलिए कि काशी के पंडितों की कई शिष्ट मंडलियां स्वामी से मिलने उनके आश्रम को गई थीं। वे उन्हें एक म्लेच्छ को मंत्र देने के कारण उनसे प्रायश्चित करने को कह रहे थे। साथ ही मुसलमानों में खलबली मची थी कि उनके एक इस्लामी भाई को स्वामी ने हिन्दू बना लिया। कुछ लोग तुम्हें भी कोस रहे थे और जो तुम्हारे पिता कह रहे थे, वे ही बातें वे भी कर रहे थे।"

"मैं कब का मुसलमान और कब का हिन्दू होने लगा ? फिर भी बोलो क्या हुआ ?"

"हुआ यह कि नगर में दंगे-फसाद की संभावना को देखते हुए सतगुरु के शिष्यों ने उन्हें हिन्दुओं और मुसलमानों के धर्म-गुरुओं की एक सभा को संबोधित करने के लिए किसी प्रकार राजी किया। इसमें श्रोता के रूप में सामान्य जन भी भाग ले सकते हैं।"

"तब तो मैं भी उसमें भाग लूंगा," इस बार प्रसन्न होने की बारी मेरी थी और मैंने खुशी से भरकर कहा, "बोलो, सभा किस समय होगी ?"

"सभा तो दोपहर ढलने के पश्चात् ही होगी पर उसमें तुम्हारे जाने की आवश्यकता नहीं।"

"क्यों ?"

"तुम जाने की आवश्यकता ही क्यों समझते हो ?"

"क्यों तुम्हीं ने तो कहा कि वह सभा मेरे लिए ही हो रही है ?"

"वह तो हो रही है पर इसी कारण से तुम्हें वहां नहीं जाना चाहिए।"

"क्यों, भला ?"

"वह इसलिए कि तुम्हारे जाने पर स्वामीजी के सभा संबोधित करने का लक्ष्य ही समाप्त हो जाएगा।"

"मेरे जाने से ? अब तो मैं म्लेच्छ नहीं रहा।"

"म्लेच्छ नहीं तो बालक तो शायद तुम आजीवन ही बने रहोगे," लोई लगभग खीजती हुई बोली, "तुम्हें इतनी-सी बात समझ में क्यों नहीं आ रही कि सभा तुम्हीं को लेकर हो रही है। हिन्दुओं, मुसलमानों को शांत करने के लिए और जब तुम वहां पहुंच जाओगे तो लोग तुम्हें देखते ही बौखला जाएंगे और अनहोनी होकर रहेगी।"

"ऐसी बात है ?" मैं बात की गंभीरता को समझते हुए बोला, "तब ऐसा करो, तुम्हीं उस सभा में चली जाओ।"

"मैं ? मैं वहां जाकर क्या करूंगी ?"

"हमारे सतगुरु सभा करें, वह भी हमारे लिए और हमीं उसमें नहीं जाएं यह कहां की बात है, फिर तुम वहां जाओगी तो अपने कानों से सुनोगी कि स्वामी रामानंद ने अपने संबोधन में क्या कहा। साथ ही लोगों की मेरे प्रति प्रतिक्रिया को भी जान पाओगी। किसने क्या कहा ? मुसलमानों ने मेरा पक्ष लिया या हिन्दुओं ने अथवा दोनों में से किसी ने नहीं।"

"ठीक है, मैं जाऊंगी। तुमने सतगुरु से राम-मंत्र लिया तो मैं तो कम-से-कम उनकी वाणी से ही अपने कानों को पवित्र करूं !"

"इसीलिए तुम मेरे जाने का विरोध कर रही हो ?" मैं मुसकराते हुए बोला पर मन में सोचा, काश ! मैं भी सतगुरु का प्रवचन सुन पाता। मुझे दीक्षित करने के पश्चात् यह उनका प्रथम ही सार्वजनिक प्रवचन होगा। मैं इससे वंचित रह जाऊं, यह क्या उचित होगा ?

"तुम्हारे जाने के विरोध करने का कारण तो मैंने बता दिया, इसके बावजूद जाने का इरादा हो तो तुम्हें कौन रोकेगा ? जिद्दी तो पहले ही के ठहरे। अपने साथ अपने सतगुरु की भी मिट्टी पलीद करानी हो तो अवश्य जाओ।" लोई खीझ उठी थी।

"ऐसा करते हैं, दोनों चलते हैं।" मैं कुछ सोचते हुए बोला।

"जब तुम जाने को तैयार हो ही तो मेरे जाने की जरूरत ही क्या है ?"

"तुम्हें भी तो सतगुरु की वाणी सुननी है।" मैंने गंभीरता से कहा।

"मैं तुम्हारे मुख से ही सुन लूंगी।"

"मतलब मेरा किसी तरह वहां जाना तुम्हें पसंद नहीं है ?" मैं उसे चिढ़ाता-सा बोला।

"अब कितनी बार कहूं ?" लोई खीझी।

"लोई, एक बात बोलूं ?" मैं गंभीर हो आया था।

"क्या ?" लोई ने आश्चर्य से मेरी ओर देखा।

"वह यह कि राम-भक्त की कोई भी इच्छा अपूर्ण नहीं रहती। यह तुम तब

समझोगी जब तुम भी राम-नाम के पीछे पागल हो जाओगी।"

"अर्थात् तुम वहां जाओगे ही और गुरु के आयोजन पर पानी फेर दोगे?" लोई फिर खीझी।

"जाऊंगा। अवश्य जाऊंगा पर मैं किसी तरह भी सतगुरुं के प्रयासों को विफल नहीं करूंगा।"

"यह कैसे होगा? तुम जाओ और वहां उपद्रव नहीं खड़ा हो जाए, यह हो ही नहीं सकता। फिर आज की तो बात ही और है। आज तो हिन्दू और मुसलमान दोनों तुमसे पूरी तरह खार खाए बैठे हैं। सभा आदि तो होने से रही। तुम सुरक्षित घर लौट आओ तो बड़ी बात होगी।"

"मैं सुरक्षित ही लौटूंगा लोई! अभी तक तो मात्र राम-नाम का भरोसा था अब तो सतगुरु का भी संबल साथ है। सुनो," मैंने एक पद बनाकर तत्काल उसे सुनाया—

सतगुरु मिलि निर्भय भया, रही न दूजी आस।
जाय समाना सबद में, राम नाम विश्वास॥

—सतगुरु के मिलने से मैं निर्भय हो गया। अब कोई दूसरी आशा रही ही नहीं। राम-नाम के आधार पर तो अब मैं ब्रह्म (शब्द) से एकाकार हो जाऊंगा।

"चलो, तुम्हें तो राम-नाम और ब्रह्म दोनों का सहारा मिल गया है। अब तुम्हें किस बात का भय है?"

"भय?"

"हां!"

"मैं पहले से ही कहता रहा हूं कि भय से मेरा दूर का भी संबंध नहीं। हां, यह ठीक है कि वहां सतगुरु रहेंगे तो सारे संकटों को हम स्वतः पार कर जाएंगे।"

सतगुरु बड़े जहाज हैं, जो कोई बैठे जाय।
पार उतारे और को, अपनौ पारस लाय॥

"लेकिन जरा मैं भी तो जानूं तुम्हारे वहां पहुंचने के पश्चात् भी तुम्हारे शत्रु शांत कैसे रहेंगे?"

"क्योंकि मेरी उपस्थिति का उन्हें भान ही नहीं होगा।"

"कैसे?"

"ऐसे।" मैंने लोई को समीप बुलाकर उसके कान में अपनी योजना बता दी।

लोई प्रसन्न हुई और बोली, "तुम्हारी बुद्धि की प्रखरता का लोहा मानना पड़ेगा। यह योजना तो मेरी बुद्धि में आ ही नहीं सकती थी।"

"कहा न राम-भक्त की सारी इच्छाएं पूर्ण होती हैं।"

इसके पश्चात् मैं लोई के साथ स्वामीजी द्वारा संबोधित होनेवाली सभा में जाकर एक किनारे बैठा था। गुरु के भाषण को मैंने गौर से सुना था। हिन्दुओं और मुसलमानों के तर्कों को भी सुना था और स्वामी रामानंद द्वारा उनको निरुत्तर होते भी देखा था। गुरु से मेरे राम-मंत्र लेने के प्रश्न का भी सटीक उत्तर मैंने सद्गुरु के मुख से सुना था।

लौटते समय रास्ते-भर हम कुछ नहीं बोले थे। अपने कमरे में प्रवेश करते ही मैंने अपना काला बुर्का उतार फेंका था।

लोई ने पाया मेरी दोनों आंखों से अनवरत अश्रु-प्रवाह हो रहा था।

"ऐसा क्यों साईं?" लोई ने पूछा था।

"ये खुशी के आंसू हैं लोई! गुरु ने हमारी आशंकाओं को निर्मूल कर दिया, सारी समस्याओं का समाधान। हिन्दू और मुसलमान—दोनों ने मेरी जय-जयकार की।

"सुना साईं!" लोई की आंखें भी भर आई थीं।

"पिताजी ने किस तरह मुझे गलत समझा था? राम-मय होते हुए भी राम-मंत्र लेने का विरोध किया था। इसका भी अकाट्य उत्तर मिल गया कि नहीं सद्गुरु के भाषण से?" मैंने भाव विह्वल होकर पूछा।

"मिल गया साईं।"

"तो चलो, पिता-माता के चरणों का स्पर्श करें। सारी बातें बताएं। उन्हें शांति मिलेगी।"

"चलो!"

हम दोनों उनके पास पहुंचे तो वहां जुलाहा-टोले के कई युवक पहले से ही पहुंचे हुए थे। उन्होंने सारी बातें बता दी थीं।

तख्त पर लेटे पिता ने मुझे देखकर धीमी आवाज में पुकारा—

"कबीर!"

"अब्बाजान!" मैंने भरे गले से कहा। मुझे लग रहा था पिता अब बहुत दिनों के मेहमान नहीं थे।

"कबीर, मैंने सब कुछ सुन लिया। स्वामी रामानंद ने और लोगों के साथ मेरी आंखें भी खोल दीं.... तुम महान् हो बेटा। मैं तुम्हें व्यर्थ ही 'कपूत' कह रहा था। तुम्हारी तरह के 'सपूत' तो युगों में कभी पैदा होते हैं। क्यों नीमा?" उन्होंने माता की ओर मुंह कर कहा।

माता के मुख से आवाज नहीं निकली। उनका गला भर आया था। उन्होंने सिर हिलाकर अपनी स्वीकृति दी।

हम दोनों के पैर छूकर बाहर आए। सतगुरु की प्रशंसा में अनायास मेरे मुख से ये पंक्तियां निकलीं—

सतगुरु सांचा सुरिवां, सबद जु वाह्या एक।
लागत ही में मिल गया, पढ़या कलेजे छेक॥

—सद्गुरु सच्चा वीर है जिसने राम-नाम शब्द का वाण मारकर कलेजे को छेद दिया, जिससे मेरे अंदर का सारा अज्ञान नष्ट हो गया।

19

मनुष्य की भी क्या प्रकृति है? सफल व्यक्तियों के वह चरण चूमता है। असफलों की

तरफ आंखें उठाकर भी नहीं देखता। विकास के शिखर पर आसीन के समक्ष नत-मस्तक होने का वह आदी है, लक्ष्य की ओर अग्रसर होनेवाले के पैर खींचने में ही उसे प्रसन्नता का लाभ होता है। जय के साथी सभी हैं, पराजय के क्षण प्रोत्साहन के दो शब्द कहनेवाले भी नहीं मिलते। जो चलते रहते हैं, निरंतर गतिशील हैं, उनके साथ पग में पग मिलानेवाले अनेक मिल जाएंगे। जो मध्य-पथ में विवश हो बैठ जाता है उसे साथ देनेवाला कोई नहीं मिलता। उसके सहगामी उस पर अपेक्षा की दृष्टि डाल आगे बढ़ जाते हैं।

उगते सूरज को अर्घ्य देता है मनुष्य, डूबते सूरज का तमाशा देखने में वह आनंदित होता है।

मुझे कबीर को इस मानवीय प्रकृति का पूर्ण ज्ञान है। पूरे एक सौ बीस वर्ष की जिंदगी बख्शी थी परवर-दिगार ने मुझे। एक सौ वर्षों का विस्तार कुछ कम नहीं होता। बहुत कुछ पाने-खोने के अतिरिक्त बहुत कुछ देखने-सुनने का भी अवसर मिलता है इस दीर्घ जीवन-विस्तार में।

उत्कर्ष के क्षण आनंददायी तो होते ही हैं उसे एक उत्सव-महोत्सव के रूप में मनानेवाले भी घेर बैठते हैं आपको।

यही हुआ मेरा साथ। होना ही था ऐसा।

स्वामी रामानंद के इस अभिभाषण के पश्चात् मेरे वहां चरण-चुंबन करनेवालों का तांता लग गया। दोनों थे उनमें—हिन्दू भी, मुसलमान भी। मेरी टूटी झोपड़ी के समक्ष 'संत कबीर की जय' के नारे लगातार चार-पांच दिनों तक गूंजते रहे। दर्शनार्थी मुझे खाने-पीने और सोने का भी समय नहीं देते। देर रात तक आगंतुकों का तांता लगा ही रहता। खाली हाथ शायद ही कोई आता था। फल-मेवे और भिन्न-भिन्न प्रकार की खाद्य सामग्री का तो मेरे आंगन में अंबार ही लग जाता अगर मैं वह सब-कुछ ग्रहण करने से इनकार नहीं करता। ठीक है कि इन दिनों घर में चूल्हा जलाने का भी कोई प्रबंध नहीं था। नित्य कातने-बुनने और नित्य इस सबको ही बेचकर खानेवाले अपरिग्रही के घर दूसरे दिन के लिए बचना ही क्या था? अतः परिवार के पेट की अग्नि शांत करने के लिए कुछ ग्रहण कर शेष सब मैं निष्ठुरता से लौटा देता था। अगर किसी ने बहुत जिद की और अपना उपहार वापस लेने के लिए प्रस्तुत नहीं हुआ तो उसे प्रसाद के रूप में वहां उपस्थित लोगों के मध्य ही बंटवा देता था।

इस समय संपूर्ण काशी के कोने-कोने में मेरा ही नाम गूंज रहा था। हिन्दू और मुसलमानों के मध्य एक होड़ अवश्य लग गई थी। दोनों मुझ पर एकाधिकार जताने की प्रतियोगिता में लगे थे। स्वामी रामानंद के भाषण के पश्चात् हिन्दू कहते 'कबीर हमारे हैं क्योंकि उन्होंने हिन्दू-गुरु से दीक्षा ली है', मुसलमान कहते 'वह हमारे हैं क्योंकि उन्होंने हमारी जाति में जन्म लिया है'।

मैं यह सब सुनता और सिर पीटता रहता। मुझे अब तक ठीक से नहीं जाननेवाले मुझे अपनाने, अपना कहने की होड़ में लगे थे। स्वामी रामानंद को भी ठीक से कहां समझ पाए थे ये? सद्गुरु ने तो जाति-पांति और संप्रदायगत विभिन्नताओं को पूरी तरह

ध्वस्त ही कर दिया था अपने उस संबोधन में। पर ये लोग थे कि अभी भी उसी प्राचीन संकीर्णता के बंधन में बंधे हुए थे।

मुझे हंसी आ रही थी। मेरी आदत ही है ऐसे अवसरों पर हंसने-व्यंग्य करने की। ये लोग कबीर को अपनाने को तो आतुर थे पर कबीर के सिद्धांत को पैरों तले रौंद रहे थे। मैं कैसे समझाता कि कबीर बस कबीर है। हिन्दू-मुसलमान, इन दोनों नामों से उसे कोई लेना-देना ही नहीं था। न हिन्दू, न मुसलमान, बल्कि मात्र इंसान बनकर आओ तो कबीर का हृदय-कपाट सदा तुम्हारे स्वागत में खुला है। खेमों में, जातियों, संप्रदायों में तुम बंटो, कबीर तो पूरा का पूरा है, अविभक्त। उसे पाना है तो पूरा ही पाओगे। वह बंटकर, विभक्त होकर, कटकर, तुम्हें नहीं मिल सकता।

किंतु कौन समझा पाता इन्हें? स्वामी रामानंद के भाषण ने मुझे महान् बना दिया तो सभी मुझे अपनाने के लिए लपके पर सभी ने सतह की बात ही समझी। तत्त्व किसी की पकड़ में नहीं आ सका। उस अद्वैतवादी को तो हर जगह अद्वैत ही देखना था। मात्र आत्मा-परमात्मा में ही अभेद नहीं था। मनुष्य-मनुष्य में भी वह अभेद ही देखता था—अद्वैत। कहीं द्वैत था ही नहीं। एक ही 'राम' एक ही 'रहीम' के रचे सभी मानव-पुतले भिन्न-भिन्न किधर से थे अलग-अलग? सभी की रगों में लाल रक्त ही प्रवाहित था या नहीं? या कि मुसलमानों का खून हरे रंग का था और हिन्दुओं का पीले रंग का क्योंकि उनके 'केसव' (कृष्ण) पीतांबरधारी थे?

स्वामी रामानंद ने मुझे तो प्रतिष्ठित कर दिया। हिन्दू-मुसलमान दोनों के मध्य मुझे पूज्य बना दिया पर अपने मूल संदेश को हिन्दुओं और मुसलमानों तक पहुंचाने में वह भी असफल रहे। गुरु द्वारा छोड़े गए कार्य को शिष्य को ही पूर्ण करना था। यह मैं समझ गया। गुरु बनाने के साथ ही एक गुरुतर भार मेरे कंधों पर आ पड़ा था। इसे समझने, महसूस करने में मुझे बहुत समय नहीं लगना था।

मैं समझ गया मेरे ऊपर एक भारी दायित्व आ पड़ा था। इसे मुझे हर हालत में निभाना ही था। मैं नहीं समझता था, यह समझने की भूल भी नहीं कर सकता था कि मेरे किए ही सब कुछ हो जाएगा। कि मेरा प्रयास सदा-सदा के लिए मानवता को एक सूत्र में आबद्ध कर जाएगा। इस कार्य के लिए शायद मुझे कई जन्म लेने पड़ते। लेकिन अपने इस जीवन में ही जो कुछ कर सकता था इतना ही कर पाता तो बहुत था। जो कुछ हो एक दीप ही तो था मैं, आफताब (सूरज) तो नहीं था जो समग्र संसार के अंधकार को एक साथ काट देता। लेकिन दीप अपने आस-पास के अंधकार को तो समाप्त कर ही देता है और उतना ही कम नहीं था। वह यह तो सिद्ध कर ही देता है कि कितना भी गहरा अंधकार हो वह अभेद्य तो नहीं ही है। यह विश्वास ही पर्याप्त था।

निष्कर्ष यही रहा कि आजीवन दीप बनकर ही मुझे जलना था। कभी यहां तो कभी वहां के अंधकार को पीना था—विभिन्नताओं और विद्वेषों के गरल का पान ही मेरी नियति थी। इस नियति को मैंने सहर्ष अपनाया। आजीवन मैं जलता रहा, गरल-पान करता रहा पर मेरे अंदर का दीप किसी भी तूफान-झंझावत में बुझा नहीं। आश्चर्य की बात तो यह कि मेरे द्वारा इस धरा-धाम को छोड़ने के पश्चात् भी वह

जलता ही जा रहा है। आज भी मेरे विचार उतने ही प्रासंगिक हैं जितने आज से पांच सौ वर्ष पूर्व थे। अगर वे प्रासंगिक नहीं होते तो मेरे लाख प्रयासों के पश्चात् भी बीसवीं सदी के अंतिम चरण का यह लेखक मुझ पर लेखनी उठाने का साहस बटोर पाता?

लीजिए, बात फिर किधर से किधर आ गई। कुछ कहते-कहते कुछ और कह जाना तो मेरी आदत रही अपने जीवन काल में ही। मरणोपरांत, रूह के रूप में आ जाने के पश्चात् भी वह आदत ज्यों की त्यों है। मानकर चलिए आदतें, स्वभाव अथवा प्रकृति शायद ही बदलते हैं। जैसी प्रकृति किशोरावस्था में रही, वही युवावस्था में भी वर्तमान रहती है, वृद्धावस्था में भी और देख ही रहे हैं मरणोपरांत भी।

हां, तो मूल बात पर लौटें तो जब जय-जयकार का सिलसिला समाप्त हुआ तो एक दिन काशी के गिने-चुने मुसलमानों, मौलवियों-मुल्लाओं का एक दल, आपके शब्दों में उनका शिष्टमंडल मेरे समक्ष पहुंचा। अब मुझ अकिंचन के आंगन में इतना स्थान कहां कि इतने सारे लोगों को अंटा सके, अतः अपनी झोपड़ी के सामने की गली में ही हम जम गए। आश्चर्य, इस समय किसी को अपनी संभ्रांतता अथवा कुछ कठिन शब्द में कहें तो आभिजात्य की चिंता नहीं रही। सभी गली की धूल में ही आसन जमा बैठे। लोगों के कपड़े गंदे, धूल-धूसरित हो रहे हैं तो उन्हें इसकी चिंता नहीं। मैं उनकी हालत पर अपनी आदत के अनुसार अंदर-ही-अंदर मुसकराया और सोचा, इसी धूल से तो निकले हो और अंततः इसी धूल में मिलोगे भी, अतः इस धूल से तुम्हें आज वितृष्णा नहीं हो रही तो यह तुम्हारा सौभाग्य ही है।

भीड़ के एक छोर पर मैं खड़ा था। बैठता तो इतने लोगों के चेहरे देख भी कहां पाता?

"बैठ जाइए न संतजी!" भीड़ में से कुछ संभ्रांत लोग चिल्लाए।

"मैं खड़ा ही भला आप बैठे रहिए। खड़ा होना बैठे रहने से कहीं अधिक अच्छा है और चल पड़ना तो सबसे अच्छा।" मैं एक गूढ़ रहस्य की बात तो बोल गया पर यह बात कितनों के पल्ले पड़ी कह नहीं सकता। कई लोगों ने इस अटपटी बात पर ध्यान नहीं देना ही उचित समझा और कुछ लोग खड़े होकर बोल पड़े, "हम आपके पास एक अर्ज लेकर आए हैं।"

"यह तो मैं भी समझ रहा हूं। कोई कहीं यों ही नहीं जाता। जाता भी तो धूल-गंदगी में बैठने को लाचार नहीं होता।"

जमाने से 'नीच' और 'जुलाहा' के रूप में पुकारे जानेवाले मुझ कबीर के स्वर पर व्यंग्य पर चढ़ना स्वाभाविक था। ऐसे, आपको भी पता है कि जीभ पर लगाम देने की बात मैंने कभी सीखी ही नहीं। जो जी में आया, उगल गया, सामनेवाले को अच्छा लगे तब भी अच्छा, नहीं लगे तब वाह! वाह!

"आप हमारी अर्जी को मंजूर करेंगे?" खड़े लोगों ने ही पूछा। अन्य लोगों की आंखें मेरे चेहरे पर गड़ी थीं—प्रतिक्रिया की प्रतीक्षा में।

"नहीं।" मैंने स्पष्ट कहा।

"क्यों?" कई कंठों से एक साथ निकला।

"कारण स्पष्ट है। मैंने अभी आपकी अर्जी सुनी नहीं, आपके इस कृपापूर्ण आगमन का कारण जाना नहीं तो मैं पहले ही स्वीकृति कैसे दे दूं? ऐसा कभी होता है? अगर आपकी विनती सुनने के पश्चात् मुझे उसे अस्वीकार करना पड़ा तो मेरे वचन का क्या होगा? असत्यवादी ही तो सिद्ध होऊंगा मैं और असत्य से मुझे सख्त नफरत है। आज तक नहीं बोला तो आगे भी नहीं बोलना पड़े इसका प्रयास ही नहीं करूंगा, इसे सुनिश्चित करने को भी कटिबद्ध रहूंगा।"

"हमें अफसोस है।" किसी ने कहा।

"ऐसा कुछ कीजिए ही नहीं जिसके लिए बाद में अफसोस अथवा पश्चाताप करना पड़े।"

लोग एक क्षण को चुप। मैं समझ रहा था अधिकांश मन-ही-मन यही सोच रहे हैं कि यह कबीर उपदेश देने का कोई अवसर चूकना ही नहीं चाहता।

"तो हम अपनी अर्जी दाखिल करें?" खड़ों में से एक ने कहा।

"जरूर," मैंने कहा, "पहला काम पहले। आप अर्जी क्या अपना हुक्म फरमाएं। मैं देखता हूं कि मैं कहां तक उसे अंजाम दे पाता हूं।"

"हमारी इच्छा है कि आप हमारी एक मजलिस में अपने अमूल्य उपदेश दें।"

"हमारी से मतलब?" मैं बात की तह तक पहुंच गया था।

"हमारी से मतलब हम मुसलमानों से है। आप जहां कहें, हम सब इकट्ठा हों और आपके उपदेशों से लाभ उठाएं।" भीड़ के मुखिया का स्वर था।

"यह अर्जी मैं खारिज करता हूं।" मैं बिना एक क्षण सोचे ही बोल गया।

"क्यों?"

"इसलिए कि मैं हमारी-तुम्हारी में विश्वास ही नहीं करता, मेरी, तेरी में।"

लोग चुप। क्या बोलें उनकी समझ में नहीं आ रहा था।

"हम लोग कुछ समझे नहीं।" कुछ लोगों ने एक साथ कहा।

"समझिएगा भी नहीं," मैंने मुसकराते हुए कहा, "जब स्वामी रामानंद आपको नहीं समझा सके तो मैं कैसे आपको समझा पाऊंगा? जो सद्गुरु नहीं कर सके, उसे शिष्य कैसे अंजाम दे सकता है?"

"ऐसा नहीं कहिए," एक मुल्ला बोले, "कभी-कभी गुरु गुड़ ही रह जाता है और चेला चीनी बन जाता है। जो रामानंद नहीं कर सके उसे आप अवश्य···।"

"चुप करिए," मेरा क्रोध प्रकट हो आया, "गुरु से शिष्य की तुलना करने का दुस्साहस नहीं कीजिए और शिष्य चीनी बनता होगा आपके मुहावरों और कुछ लोगों की अज्ञान अभिव्यक्तियों-अनुभूतियों में। गुरु तो सदा ऊपर रहेगा ही संसार से, शिष्य से। हम क्या खाकर गुरु की छाया के स्पर्श के भी काबिल बन सकते हैं? सद्गुरु, परमेश्वर, परवरदिगार का दीदार करता रहता है, शिष्य गुरु के दीदार से ही संतुष्ट रहता है। गुरु से ऊपर शिष्य को बैठाकर आप किसे धोखा देना चाहते हैं अपने को या शिष्य को? इस तरह की झांसा-पट्टी में आनेवाले कोई और शिष्य होते होंगे, कबीर से ऐसी उम्मीद नहीं कीजिए, वह चतुराई और चालाकी की भाषा अच्छी तरह समझता है। औरों को चढ़ाइए,

कबीर को चढ़ाकर आप कुछ पाने से रहे। शिष्य सद्गुरु से अलग नहीं जाता। मुझसे सुनिए—

सतगुरु सबद उलंधि कर, जो काई शिष्स जाय।
जहां जाय तहां काल है, कहै कबीर समुझाय॥

—बात समझ गए? सतगुरु की शिक्षा का उल्लंघन कर जो कोई शिष्य अपनी राह चलता है वह काल के मुख में ही प्रवेश करता है।

"सभी कार्यों की सिद्धि-सफलता का एक ही राज है—

सतगुरु कहै सो शिष्स कर, सब सिद्ध कारज होय।
अमर अभय पद पाइए, काल न झांके कोय॥

—सतगुरु जो कहता है शिष्य वही करता है। इससे सभी कार्य सिद्ध होते हैं। इससे अमर-अभय पद प्राप्त होता है, मृत्यु इसके पास फटकती नहीं।

"आगे से सद्गुरु के विरुद्ध बोलकर कबीर को रिझाने का प्रयास नहीं कीजिएगा।"

"मेरा मतलब यह नहीं था।" वही व्यक्ति बोला जो गुरु को गुड़ और चेला को चीनी बता रहा था।

"तो क्या मतलब था आपका?" मेरा क्रोध अभी शांत नहीं हुआ था, "शिष्य के सामने गुरु की तौहीन करने की गुस्ताखी करते हैं और कहते हैं आपका मतलब यह नहीं था। क्या मतलब है आपका? जरा मैं भी तो सुनूं।"

"मैं तो केवल यह कहना चाहता था कि जैसे पिता के अधूरे कार्य को पुत्र पूरा करता है उसी तरह गुरु के अधूरे कार्य को शिष्य···।"

"बहलाने की कोशिश बेकार है", मैं बोल पड़ा, "गुरु से शिष्य को श्रेष्ठ बताकर आप क्या पाना चाहते हैं? शिष्य भुलावे में नहीं आ सकता। खासकर कबीर। बहुत परिश्रम से उसने गुरु को प्राप्त किया है। यह सतगुरु साधारण नहीं है—

सतगुरु की महिमा अनंत, अनंत किया उपकार।
लोचन अनंत उघाड़िया, अनंत दिखावणहार॥

—सतगुरु की महिमा अनंत है। गुरु ने शिष्य पर अनंत उपकार किए हैं। वह शिष्य को एक नहीं अनंत आंखें प्रदान कर अनंत शक्ति के दर्शन कर देता है।

"इस गुरु के विरुद्ध बोलना ही हो तो कहीं और बोल लीजिएगा, कबीर के सामने नहीं।"

"मुझसे खता हो गई।" कहकर वह व्यक्ति बैठ गया। आसपास के सभी लोग उसे कोसने लगे, "तुम काम बनाने आए हो या बिगाड़ने? तुम्हें इतनी समझ नहीं कि जो आदमी गुरु को प्राप्त करने के लिए गंगा की सीढ़ियों पर बिछ गया और जिसने अपनी खुली छाती पर गुरु की पादुकाओं का प्रहार झेला वह गुरु के विरुद्ध एक शब्द भी सह सकता है?"

वह व्यक्ति सिर झुकाकर बैठा तो वैसे ही बैठा रहा।

"आप इसकी खता मुआफ करें और हमने जो अर्ज किया है उस पर ध्यान देने

की मेहरबानी करें।" एक बुजुर्ग-से मुल्ला ने खड़ा होकर कहा।

"मैंने पहले ही कहा इस हमारी-तुम्हारी का चक्कर छोड़िए, तभी कबीर को कुछ करने को बाध्य कर सकते हैं। आप पुराने आदमी हैं, आप ही बताइए, एकदम सच—स्पष्ट। जिस तरह हिन्दू-मुसलमान आज एक-दूसरे के खून के प्यासे हो रहे हैं, वैसे वे पहले भी थे क्या?"

"नहीं।" मुल्ला ने कहा।

"और इन उपद्रवों में झगड़े-झंझट की शुरूआत कौन करता है? मुसलमान या हिन्दू?"

"जाहिर है मुसलमान क्योंकि वह शासक कौम है। हिन्दू शासित और शोषित हैं। बेबसी में ही वे हथियार उठाते हैं। सच पूछिए तो उनके घरों में हथियार भी क्या होते हैं। बहुत ढूंढ़िए तो एकाध लाठी-भाले। मुसलमान तो बाहर से आकर हिन्दुओं के घर में घुस बैठे हैं। वे सदा सतर्क रहते हैं। कौन हथियार किसी गरीब-से-गरीब मुसलमान के यहां भी नहीं मिलेगा? तलवार से लेकर तीर और भुजाली से लेकर गंडासे तक।"

"आपकी साफगोई का मैं कायल हूं।" मैंने उस भले मुल्ले को संबोधित किया, "सच यह भी है कि इन झगड़े-फसादों में हिन्दुओं का रक्त ही ज्यादा बहता है। उन्हीं की जानें अधिक जाती हैं अर्थात् गाजर और मूली की तरह वे ही कटते हैं। धन-संपत्ति भी उन्हीं की अधिक छिनती है, आग की लपटों के हवाले घर उन्हीं के होते हैं।"

"हुजूर ने ठीक फरमाया।" मुल्ला के मुख से उसका श्रद्धा-भाव व्यक्त हुआ पर मान-अपमान दोनों से परे रहनेवाले कबीर को इन सांसारिक शब्दों से क्या लेना-देना? वह तो एक ही 'सबद' (शब्द) का कायल था। मैं कह ही बैठा—

"यह 'हुजूर' शब्द का दुरुपयोग है। 'हुजूर' तो बस एक ही है और वह है 'राम'। दरअसल वास्तविक शब्द भी राम ही है। राम शब्द के अलावा सारे शब्द बेकार हैं। जो इस शब्द को पहचान गया, उसे अपना सका, वही धन्य है। शब्द ही ब्रह्म है। मैं कहूंगा आप इस राम को रहीम भी कह लें कोई फर्क नहीं पड़ता। पर शब्द की मर्यादा की रक्षा करें। शब्द के दुरुपयोग से बड़ा कोई अपराध नहीं है। आप मुझे 'राम' नहीं कह सकते 'केसव' और 'करीम' भी नहीं कह सकते, इसीलिए 'हुजूर' शब्द का उपयोग भी आप उसी परवरदिगार के लिए कीजिए, अधिक-से-अधिक सतगुरु के लिए। दूसरों के लिए उसके शब्दों का प्रयोग करना कोरी नादानी है। यह शब्द, वह राम हो या रहीम, किरसन (कृष्ण) अथवा करीम निस्सार नहीं है और नहीं है वही हमारे परमेश्वर, परवरदिगार की तरह निराकार। वह तो है जो पूरी तरह साकार है, उसी की सहायता से निराकार को साधना है तो साधिए। हां, उस निराकार और निर्विकार ईश्वर की कोई साकार अभिव्यक्ति है तो वह मात्र शब्द है—'राम' है वह, साक्षात् 'रहीम' है वही—

रैन समाना भानु मैं, भानु आकाशे माहिं।
आकाश समाना सबद मैं, सबद परे कछु नाहिं॥

—रात तो सूरज में समा जाती है (दिन में बदल जाती है) सूरज आकाश में समा

जाता है (सूर्यास्त के काल)। शब्द इसी (अनंत) आकाश में समा जाता है, शब्द से बड़ा कुछ नहीं है।

"समझे आप सबद की महिमा?" मैंने आगे कहा, "आप जानते हैं, मैं साकार और निराकार दोनों से परे जो शून्य है, उसी का ध्यान करता हूं, यह बात मैंने पहले ही बताई है विस्तार में। किसी ने कहा इस शब्द को तो हाथ-पांव नहीं, वह निराकार, निर्विकार, निर्भीक ब्रह्म का पर्याय कैसे हो सकता है—

सबद कहां ते आइया, कहां सबद का भाव।
कहां सबद का शीश है, कहां सबद का पांव॥

मैंने बताया—

सबद ब्रह्मांडते आइया, मध्य सबद का भाव।
ज्ञान सबद का शीश है, अज्ञान सबद का पांव॥

—शब्द सीधे ब्रह्म से निकला है। शब्द का भाव (अर्थ) ही उसका मध्य भाग है। शब्द का सिर ज्ञान है। अज्ञान ही शब्द का पांव है। अर्थात् पांव की प्रतिष्ठा नहीं है, वह निकृष्ट होता है, इसीलिए वह अज्ञान का द्योतक है।

"मेरी शून्यवाली बात भी समझ लीजिए। कुछ थोड़ा महत्त्व नहीं है इस शून्य का। किसी ने कभी पूछा—

नाद नहीं था बिन्दू नहीं था, कर्म नहीं था काम।
अलख पुरुष के जीभ नहीं थी, सबद कहां से आय॥

—आवाज नहीं थी, बिन्दु मात्र भी कुछ नहीं था। शरीर तो उस निराकार का नहीं ही था अतः कर्म का होना भी संभव नहीं था। निराकार होने के कारण ही अलख पुरुष को जीभ नहीं थी। ऐसी स्थिति में यह शब्द कहां से आया?"

मैंने कहा, "मूर्खों! आखिर यह विराट् शून्य किसलिए है? सब कुछ उसी से निकला है। सब उसी महाशून्य के अंदर हैं—

नाद नहीं था, बिन्दू नहीं था, कर्म नहीं था काम।
अलख पुरुष के जीभ नहीं थी, सबद शून्य ते आय॥"

"कबीर साहब!" इस बार एक मौलवी खड़े थे।

मैंने कहा, "बोलिए।"

"आप शून्यवाद पर इतना जोर क्यों देते हैं? मुझे तो लगता है शून्य, शून्य ही है उससे कुछ निकले, वह कुछ दे सके ऐसा हो ही नहीं सकता। शून्य से कुछ मिला भी तो वह शून्य के अतिरिक्त कुछ और नहीं होगा।"

"मैं अज्ञानियों से बहस में नहीं पड़ना चाहता विशेषकर उनसे जो जान-बूझकर अज्ञानी बनते हैं।" मैं बोला।

"आप कैसे कह सकते हैं कि मैं जान-बूझकर अज्ञानी बनता हूं।" मौलवी साहब ने पूछा। कई लोगों ने इन्हें चुप कराना चाहा पर मैंने कहा, "इन्हें कहने दीजिए। किसी की जिज्ञासा की हिंसा नहीं करनी चाहिए। जिज्ञासा की हिंसा ज्ञान की हिंसा है और ज्ञान प्राप्त करने का अधिकार सभी को है।" इसके बाद मैं मौलवी साहब की ओर मुखातिब

हुआ और कहा, "आपके प्रश्न का जवाब मैं देता हूं। आप जान-बूझकर अज्ञानी इसलिए बन रहे हैं कि आपको इतना तो पता होगा ही कि यह आकाश एक महान् शून्य के अतिरिक्त कुछ नहीं है। जो कुछ दिखाई पड़ता है आसामान के रूप में वह महज आंखों का भ्रम है। है कि नहीं?"

"है।" मौलवी साहब ने स्वीकार किया।

"तो क्या इस शून्य से कुछ नहीं निकलता? हम जो कुछ बोल रहे हैं जो कुछ सुन रहे हैं वह क्या इस शून्य के बिना संभव होता? बोलिए जहां शून्य नहीं है वहां कोई आवाज हो सकती है? बांसुरी खोखली है तो उससे आप स्वर निकाल सकते हैं। लकड़ी के किसी ठोस टुकड़े में फूंक मारते रहिए उससे कोई आवाज प्रकट होगी?"

"नहीं?" मौलवी साहब ने कुछ सोचते हुए कहा।

"आपके कान में शून्य है, इसीलिए आप सुन पाते हैं। इस शून्य को भर दिया जाए तो आप सुन पाइएगा?"

"शायद नहीं।"

"शायद नहीं।" मैंने कहा, "यह निश्चित है कि आपके शरीर में भी कई स्थानों पर शून्य है, आकाश है। यह नहीं हो तो न आपके कान कार्य करेंगे न नाक, न मुख। आपका पेट तो आसमान से भरा है, वहां शून्य नहीं हो, वायु का संचार नहीं हो तो आप जो कुछ खा पाइएगा उसे पचा भी पाइएगा क्या?"

"........।" मौलवी चुप। इतनी साधारण बात शायद वह निश्चय ही नहीं जानते थे।

"इस प्रकार यह सिद्ध हुआ कि शून्य व्यर्थ अनुपयोगी नहीं है। यह एक आवश्यक तत्त्व है। इसलिए अगर मैं कहता हूं कि इसी शून्य से 'शब्द' निकला है तो क्या गलत है? यों सारे शब्द, सारी आवाज तो इस शून्य की ही देन हैं किंतु हमें इसने एक विशेष शब्द दिया है जिसके लिए हमें इसका ऋणी होना चाहिए।"

"राम। यही न?" एक दूसरे मौलवी ने खड़े होकर कहा।

"अवश्य 'राम' से बड़ा कोई शब्द नहीं है। पर मैंने कहा इसी राम को आप रहीम भी कहें तो मुझे कोई एतराज नहीं क्योंकि ये सभी शून्य की ही उपज हैं।"

"राम-नाम से आपको अधिक प्रेम है क्योंकि आपने राम-मंत्र की ही दीक्षा ली है।" उसी व्यक्ति की आवाज थी।

"आप मुझसे सुनिएगा," मेरा क्रोध भड़का, " 'राम' शब्द का मंत्र मैंने इसलिए लिया कि 'रहीम' का मंत्र देनेवाला कोई मुझे मिला ही नहीं। आप सभी जो इस्लाम का नारा देते हैं वे मार-काट और खून-खराबे में ही विश्वास करते रहे। तलवार के बल पर धर्म फैलाने में। शमशीर के कायल आप 'रहीम' से अलग हो गए। अभी आपके यहां, कोई सिद्ध-साधक है ही नहीं, नहीं तो मैं 'राम' के साथ-साथ रहीम का भी मंत्र ले लेता। बोलिए है कोई जवाब इसका आपके पास?"

सभी चुप रहे, किसी के पास कोई जवाब नहीं था। मैंने अपनी बात का अंत करते हुए कहा, "मैंने आरंभ में ही कहा, मैं हमारा-तुम्हारा में विश्वास नहीं करता।

आप केवल मुसलमान भाई ही यहां आए हैं। हिन्दुओं को साथ क्यों नहीं लाए? इसीलिए न कि आप समझते हैं 'कबीर' हमारा है? 'कबीर' न 'हमारा' है न 'तुम्हारा', न 'उसका' न 'इसका', न 'मेरा' न 'तेरा'। जिस दिन इस बात को समझ लीजिएगा उसी दिन 'कबीर' को भी ठीक से समझ पाइएगा और तभी आइएगा उससे कुछ पूछने। जाइए, मुझे अपने शून्य में सुरति लगानी है। नहीं चाहते हुए भी मैं आपसे बहुत कुछ कह गया। आपका आना बेकार नहीं गया। पर आगे से मेरी बात का ख्याल रखिएगा, केवल मुसलमान अथवा केवल हिन्दू बनकर आइएगा तो आप कबीर को नहीं पाइएगा, पा भी गए तो उसे नहीं समझिएगा।"

20

कमाल को कोई काम नहीं था, यों कह लें कि वह कुछ करना ही नहीं चाहता था। मैं ठहरा कर्म का पुजारी। निर्गुणिया होकर भी अपने करघे को भगवान माननेवाला। परमेश्वर के अनेक नाम आए हैं मेरे पदों, मेरी साखियों और रमैनियों में, राम से लेकर किसन, केशव, गोविंद, दामोदर, सारंगपाणि और रहीम, करीम और अल्लाह तक का मैंने उल्लेख किया है। मुझे आश्चर्य है मैंने अपने करघे को भी भगवान क्यों नहीं कह डाला। कारण स्पष्ट है। राम, रहीम, केशव, करीम आदि तो बस नाम हैं—रूप-रंगहीन निराकार। नाम होने से ही किसी का आकार नहीं होता। हवा का नाम है, कई नाम हैं उसके, पर उसका रूप? उसका अनुभव तो हो सकता है पर इस आकाररहित को आकार किधर से दिया जाए? नाम के बावजूद वह निराकार, रूप-विहीन है। यही हालत है परमेश्वर को दिए मेरे अनेक नामों की। सभी बस नाम हैं। कोई किसी भी रूप का निरूपण नहीं कर सकता। मैंने कहीं नहीं कहा कि राम धुनर्धारी थे अथवा किसन मुरली वादक, गोपाल तथा गोवर्द्धनधारी। यह नहीं समझें कि मैं भक्ति के एकमात्र महत्त्वपूर्ण ग्रंथ भागवत से अनभिज्ञ था। भागवत, भक्ति का प्रतीक थी और काशी में इन दिनों भागवत की कथा कहीं-न-कहीं आयोजित होती ही रहती थी। मैंने ऐसे असंख्य आयोजनों में भाग लेकर भक्ति की महिमा सुनी-समझी थी। विश्वास नहीं हो रहा न? आपको लगता है कि कहां निरक्षर भट्टाचार्य कबीर और कहां भागवत की कथा? अपने लेखक महोदय को यह बात लिखने को प्रेरित करूं तो वे लिखेंगे वही प्रसिद्ध उक्ति 'विद्यावतां भागवते परीक्षा' विद्वानों की परीक्षा भागवत में ही होती है। खैर, भागवत चाहे जितना कठिन ग्रंथ हो मैं उसका रस लेने से वंचित होनेवाला नहीं था। आप कहें कि कहां निर्गुणियां मैं और कहां साकार से संबंधित सर्वाधिक सरस ग्रंथ भागवत? मुझे भागवत की शरण में जाने की आवश्यकता क्यों पड़ी? आपका तर्क अपनी जगह पूरी तरह सही पर मेरा तो मानना यह है कि कोई अंततः निर्गुण-निराकार का पक्षधर जो बन जाए पर यह सब साकार को पूरी तरह जाने बिना हो नहीं सकता। सच्चाई तो यह है कि मैं जो कुछ जिस रूप में बोलता रहा होऊं, था मैं वस्तुतः एक वैष्णव भक्त ही। राम मेरे

सर्वश्रेष्ठ उपास्य रहे और उस राम-भक्ति को परवान चढ़ाने के लिए मैंने भक्ति-रससागर श्रीमदभागवत को भिन्न-भिन्न विद्वानों की कथा-आयोजनों में बैठकर बड़े मनोयोग से सुना। विश्वास नहीं हो रहा तो मेरी उस साखी को देखिए—

भक्ति द्रविड़ ऊपजी, लाए रामानंद।
परगट करी कबीर ने, सप्त द्वीप नव खंड॥

अब भागवत माहात्म्य की इन पंक्तियों पर ध्यान दीजिए—

उत्पन्ने द्रविड़े साऽहम्, कर्नाटके बृद्धिगता।
कवचित् कवचित् महाराष्ट्रे, गुर्जरे जीर्णतांगता॥

भागवत की इन पंक्तियों में भक्ति का कहना है कि वह द्रविण में उत्पन्न हुई, कर्नाटक में पली-बढ़ी, महाराष्ट्र में भी कहीं-कहीं उसे अपनाया गया किंतु गुजरात में तो वह जर्जर हो गई।

अब लग गया न कि श्रीमद्‌भागवत की उन पंक्तियों से मैं अनभिज्ञ रहता तो स्वयं कैसे लिखता—'भक्ति द्रविड़ अपजी'। इतना ही नहीं बहुत सारे प्रभाव मिल जाएंगे हमारी उक्तियों में भागवत के। उनको गिनाकर आपका समय नष्ट करूं यह अच्छा नहीं लगता।

खैर बात भागवत पर इसलिए आ गई कि बात करघे से चली थी। मैं जब भगवान के अनेक नामों को भागवत के आधार पर ले गया तो मेरे पूरे परिवार को भोजन-पानी देनेवाले करघे को कैसे छोड़ गया? मेरे कर्म-योग का असल भगवान तो वह था और बहुत सारे साकार नाम लेने के बावजूद जब मैं निराकार और निर्गुण का ही उपासक बना रहा तो एक करघे की भी गिनती इन नामों में कर लेना उचित ही होता। मेरे इन सारे सार्थक-निरर्थक तर्कों का लक्ष्य तो आप समझ ही गए होंगे। मेरा कहना मात्र इतना है कि हमारा करघा भी हमारे लिए पूज्य था। भगवान ही था मेरे परिवार का वह।

रोना था कमाल—अपने सुपुत्र—को लेकर। उसे इस करघे से कोई लेना-देना नहीं था। कभी उस पर बैठे यह हो नहीं सकता था। इस उम्र में कबीर और लोई ही उदर-पोषण का दायित्व लिए हुए थे। मैं भी कितना कुछ कर पाता था करघे पर यह तो आपको पता ही है। पर मैं करघे पर बैठने से बाज तो नहीं आता था। भले ही सुरति में चला गया तो जितना वस्त्र बुनना था उतना नहीं बुन सका पर कुछ योगदान तो करता ही था मैं लोई का, इस भरे-पूरे घर को रोटी उपलब्ध कराने में।

पर कमाल को करघे से वितृष्णा थी। काहिल था वह, ठेठ शब्दों में कहें तो। भगवान ने इंसान को दो हाथ बख्शे हैं कुछ करने के लिए। और जानवरों को क्यों नहीं दिए? तो मनुष्य को हाथ मिले हैं, उनके माध्यम से कुछ करके अपना पेट भरने के लिए। पेट भरने के प्रयासों से समय बचा तो इन्हीं हाथों में सुमिरनी लेकर उसके नामों को याद करने के लिए। इस लोक और परलोक दोनों के उद्धारक हैं ये हाथ।

किंतु कमाल कुछ नहीं करता था। उसे न इस लोक की चिंता थी न उस लोक की। मैंने आपको पहले ही बता दिया है—

डूबा वंश कबीर का, उपजा पूत कमाल।

पता नहीं यह कमाल नाम मैंने क्या सोचकर दिया था। उस समय शायद मेरे मन में यही होगा कि यह कुछ कमाल कर दिखाएगा। बाप जो कुछ नहीं कर सकता उसे बेटा पूरा कर देगा। पर मेरा सोचना उलटा ही फल ला बैठा। बेटा तो सचमुच कमाल का निकला। दिन-भर काशी की गलियों और गंगा-तट पर घूमता रहता। मुसलमान-बहुल इलाकों में जाता और हिन्दुओं के घरों का भी चक्कर काट आता, अनावश्यक, बेकार।

लोग पूछते, "बूढ़ा-बूढ़ी के काम में हाथ नहीं बंटाते।" तो बोलता—"जरूरत ही नहीं। उनके भगवान के हाथ बहुत लंबे हैं, उनके द्वारा कुछ करने से बचे तब तो करूं?"

"फिर तुम भी कबीर साहब की तरह उसका नाम ही क्यों नहीं लेते?"

"अर्थात् हरिभजन करता, राम-नाम की रट लगाता यही न?" वह पूछता।

"हां, बैठे-से बेगार भली।"

"इसका अभी समय नहीं आया," वह बोलता, "राम-भजन का। इस सबके लिए एक उम्र होती है।"

"पर तुम्हारा बाप तो कहता है कि भजन-भाव के लिए समय की प्रतीक्षा नहीं करनी होती। काल सदा तुम्हारे पीछे पड़ा है, कब तुम्हारा काम-तमाम हो जाएगा, यह कोई नहीं जानता अतः जो काम करना है, उसे आज ही कर लो। सुनी नहीं उसकी साखी—

काल जीव को ग्रासई, बहुत कह्यो समुझाय।
कहे कबीर मैं क्या करूं, देखत नहीं पतियाय॥

काल हमारे संग रहे, कस जीवन की आस।
दिन दस राम संभारि लै, जब लगि पिंजरा स्वांस॥

इन पंक्तियों का अर्थ तो स्पष्ट ही है तो आगे बढ़ूं।

कमाल ने किसी दिन कोई कमाल किया हो या नहीं, उस दिन अवश्य उसने कोई काम की बात की।

बोला, "बाबा मैं गंगा-तीर से आ रहा हूं।"

"तो यह कौन बड़ी बात है? रोज तो वहां डोलते ही रहते हो।" मैंने खीझकर कहा। निकम्मा पूत और बिना दूध की गाय के लिए किसी को बहुत मोह नहीं होता। मैं इस मामले में औरों से भिन्न होऊं यह बात नहीं थी।

"आज विशेष बात है।" कमाल आंगन में मेरे पास ही रुक गया था।

"..........।" मैं चुप। जानता था भेड़ दूध भी देगी तो कितना।

"क्यों बात तुम नहीं सुनना चाहते?" कमाल अड़ गया जैसे आज कुछ सुनाकर ही जाएगा।

"सुनाना हो तो राम-नाम ही सुना दे। और कुछ सुनाने से तो तू रहा।"

"यह नाम मेरी जीभ पर नहीं चढ़ता।" वह बोला।

"कौन राम?"

"वही जो आप ले रहे हैं।" अर्थात् कमाल की जिह्वा पर 'राम' नाम चढ़ ही नहीं सकता था। लाचार था बेचारा। क्या करता?

मैंने कहा, "ठीक है वही सुनाओ जो तुम सुनाना चाहते हो।"

"मैंने गंगा-तीर पर देखा कि अस्सी घाट पर अच्छी-खासी भीड़ लगी है।"

"क्यों भला?" मेरी उत्सुकता जगी।

"वहां सारे पंडित आपकी ही चर्चा कर रहे थे।"

"क्या कह रहे थे?"

"सब आपकी प्रशंसा कर रहे थे कि मुसलमान होकर भी तुमने एक हिन्दू को गुरु बनाया। इतना ही नहीं बल्कि गुरु बनाने की अपनी प्रतिज्ञा भी तुमने पूरी कर दी। स्वामीजी द्वारा आपकी प्रशंसा को भी लोग उचित मान रहे थे।"

"और क्या कह रहे थे?" मेरा ध्यान इसमें छिपी आशंका की ओर गया।

"वे सभी आपके पास आकर आपको बधाई देने और क्षमा-याचना की बात भी कर रहे थे।"

मेरी आशंका सही निकली।

"क्यों बाबा तुम्हें यह पसंद नहीं?" मेरे एक-ब-एक मौन लगा जाने पर कमाल ने पूछा।

"तुम्हें मेरी पसंद, नापसंद से क्या मतलब?" मैं झल्लाकर बोला। कमाल अपने काहिलपने को इन चंद मीठी बातों से सेंकने का प्रयास कर रहा था। इधर ये बातें मेरे लिए मीठी भी नहीं थीं। इतना कुछ होते हुए भी काशी के लोग हिन्दू-मुसलमान के रूप में ही बंटे पड़े थे। मुसलमानों को जो फटकार मैंने दो दिन पूर्व लगाई उसका पता हिन्दुओं—पंडितों को नहीं लगा हो, यह मुमकिन नहीं था। इसके पश्चात् भी हिन्दू अलग से मुझे बधाई देने की योजना बना रहे थे। यह दुनिया कितनी स्वार्थी है? हर अच्छी चीज को केवल अपनी बनाकर रखना चाहती है। किसी और का भी उस पर अधिकार हो सकता है, वह यह सोच भी नहीं सकती। इस 'हमारा', 'तुम्हारा' का भेद समाप्त करने के लिए कटिबद्ध मुझ कबीर को यह सब कब अच्छा लग सकता था?

"तुम एक काम कर सकते हो?" मैंने कमाल को संबोधित किया यद्यपि मैं जानता था कि उससे किसी काम की आशा करना रेत से तेल निकालने से कम कठिन बल्कि असंभव नहीं था।

"बाबा!"

"बोलो।"

"क्या मैं तुम्हें बुरा लगता हूं!"

"तुम कुछ हाथ-पैर हिलाया-डुलाया करो।" मैंने उसे टहोका-सा लगाया।

"तुम्हें तो मालूम है कि काम-धाम से मेरा दूर का भी रिश्ता नहीं। तुम रोटी के दो

टुकड़े देते हो न, उसे बंद कर दो। मैं उनका भी प्रबंध कर लूंगा।"

"कैसे?"

"जैसे बहुत सारे लोग कर लेते हैं।" कमाल निश्चिंततापूर्वक बोला।

"मैं समझ गया," बोला, "कनफटा योगी बनकर भीख मांगोगे यही न?"

"और क्या?" कमाल बोला।

"जिन योगियों और नाथपंथियों को मैं ठुकरा चुका हूं, उन्हीं के संग लगोगे?" मैं खिन्न होकर बोला।

"हर्ज ही क्या है? बैठे-बिठाए जीवन-यापन का रास्ता मिल जाए तो इसमें क्या हर्ज है?" वह निर्लज्ज-सा बोला।

"अर्थात् अपने बाप के विचार के विरुद्ध भी जाओगे? तुम जानते हो कि गोरखनाथ के सिद्धांत को इन नाथपंथियों ने किस तरह तोड़-मरोड़कर केवल सस्ते चमत्कार का विषय बना दिया है और ये कनफटे योगी रास्ता-भटके लोग हैं। कान फाड़कर लोहे के कुंडल लटकाए ये सिवा पेट की भूख मिटाने के और कुछ नहीं करते। परमात्मा को पाने का उनका यह मार्ग पेट भरने के उद्देश्य तक ही सीमित रह गया है।"

"मेरा लक्ष्य भी तो यही है बाबा?"

"क्या?"

"यही पेट भरना।"

"यह तो पाप है," मैंने कहा, "पर क्या भजन को एकदम छोड़ बैठना उचित है? राम ही तो सब देता है, उससे अपने को काटकर क्या पाओगे?"

"भजन-भाव के लिए परिवार का एक आदमी काफी नहीं क्या?" कमाल ने जैसे मुझ पर ही व्यंग्य किया।

"और तुम्हारा कोई कर्त्तव्य नहीं बनता? न कार्य से मतलब न राम से?"

"यह तो तुम्हें पता ही है बाबा। कब तक यही पूछते रहोगे?"

"सोचता हूं शायद तुममें कोई परिवर्तन हो ही जाए।" मैं बोला।

"यह आशा छोड़ दो बाबा!"

"वह तो छोड़ ही चुका हूं। पर सोचता हूं राम शायद तुम्हारी बुद्धि को रास्ते पर ला ही दे।"

"जब मैं उसे मानता ही नहीं तो वह मेरी बुद्धि को क्या रास्ते पर लाएगा?"

"तुम राम को नहीं मानते?" मैं कुछ क्रोध से भरकर बोला।

"मैं वह सब कुछ नहीं मानता जिसे मैं नहीं देखता।"

"अपने बाप को तो देखते हो?"

"देखता हूं।"

"पर उसे क्यों नहीं मानते?"

"कैसे कहोगे कि नहीं मानता पर बाप के रास्ते पर ही चला तो वह सपूत है कि कपूत?" वह मेरे ही तर्क को मुझ पर थोपना चाहता था।

"खैर, अभी तो मेरा एक कार्य कर दो।"

"बोलो भी। इतनी जिद करते हो तो शायद कर ही दूं।"

"यह तुम्हारे मन लायक ही है।" मैंने उसे आश्वस्त किया।

"बोल भी दो तब।"

"तुम अस्सी घाट लौट जाओ।"

"फिर?"

"वहां उपस्थित पंडितों से कह दो कि वे मेरे यहां आने की योजना नहीं बनाएं।" मैंने कहा।

"क्यों भला? घर आनेवाले अतिथियों को तो कोई मना नहीं करता। यह तुम्हारे विचार के प्रतिकूल नहीं है क्या? तुम्हीं ने तो कहा है—

साईं इतना दीजिए, जामे कुटुंब समाय।
मैं भी भूखा ना रहूं, साधु ना भूखा जाय॥

"वे साधु नहीं हैं।" मैंने प्रतिवाद किया।

"तो वे क्या हैं? इतने पढ़े-लिखे पंडित लोग साधु नहीं हैं तो क्या मैं हूं?"

"तुम तो खैर इस जन्म में साधु होने से रहे। वे भी साधु नहीं हैं। पढ़-लिख जाने से, तर्क-कुतर्क करने से ही कोई साधु नहीं बन जाता। साधु दिमाग के परिष्कार से कोई नहीं बनता, इसके लिए मन का प्रक्षालन आवश्यक होता है और मन का प्रक्षालन प्रेम से होता है।"

"वाह! वाह!" वह ताली बजाकर उछला, "तब तो मैं पूरी तरह साधु हूं।"

"कैसे?"

"मैं भी जो प्रेम करता हूं।"

"किससे?" मैंने स्तब्ध होकर पूछा।

"किससे क्या? किसी एक से करता हूं तो बताऊं? यहां तो सारी जुलाहा-टोले की युवतियां कमाल पर न्योछावर हैं। दो-तीन से करता हूं।"

"कमाल!" मैं कड़का।

"बोलो बाबा!" वह निर्लज्ज-सा बोला।

"प्रेम एक से करने की चीज है। बहुतों से जो होता होगा वह प्रेम नहीं है। फिर मैं जिस प्रेम की बात करता⋯।"

"चुप करो बाबा!" कमाल ने मुझे मेरी बात पूरी नहीं करने दी, "यह तर्क तुम्हीं को बाढ़े। तुम कर लो केवल उस धनिया से प्रेम। एक से प्रेम। जिस दिन वह तुम्हें धत्ता बता देगी, उस दिन किसका सहारा ढूंढ़ोगे? मेरे लिए तो रजिया गई तो रहमनियां मिलेगी, वह भी गई तो⋯।"

"कमाल!!" मैं इस बात को बहुत बर्दाश्त नहीं कर सका और क्रोध से मेरा चेहरा तमतमा आया।

"क्या?" वह अपनी रौ में ही बोला।

"तुम्हें जो करना हो करो। अपने बाप की साफ चादर पर कीचड़ उछालने की कोशिश क्यों करते हो?"

"यह क्या, मैं कहता हूं ?" वह निर्भीकतापूर्वक बोला।

"तब ?"

"खुद धनिया कहती है।"

"किससे ?" मैं आश्चर्यचकित हुआ।

"गनीमत समझो उसने अभी केवल मुझसे कहा है। मां से बोली होती तो जानते हो तुम्हारा क्या हाल होता।"

"क्या कहा है ?" मैं बिना विचलित हुए बोला।

"कहा, वह तुमसे प्रेम करती है और शीघ्र ही वह मेरी दूसरी अम्मां बननेवाली है।"

"मान भी लिया कि उसने ऐसा कहा हो," मैं संयत रूप में ही बोला, "पर इससे यह कहां सिद्ध होता है कि मैं धनिया से प्रेम करता हूं और उसे तुम्हारी अम्मां बनाकर घर में लानेवाला हूं ? तुम्हें अपने बाप के संबंध में ऐसी बात सुनते क्रोध नहीं आया और क्रोध नहीं आया तो नहीं आया, अब वही बात अपने बाप से करते तुम्हें लाज भी नहीं आती ?" मेरा क्रोध फिर मुझ पर हावी होने लगा था।

"शर्म कैसी ?" वह दृढ़ता से बोला, "और तुम्हें भी इसमें अपना मान-अपमान जाने कैसे दिखाई पड़ता है ? तुम्हीं ने जो कहा है—

चाखा चाहे प्रेम रस, राखा चाहे मान।
एक म्यान में दो खड़ग, देखा सुना न कान॥"

"कमाल !" मैं लगभग चीखा।

"अभी और सुन लो बाबा," वह निर्लज्जता की सीमा लांघते हुए बोला, "तुम्हीं ने तो प्रेम की प्रशंसा में न जाने कितनी साखियां गढ़ी हैं। मुझे तो एकाध काम वाली याद हैं। बाकी से क्या लेना-देना ? तुम्हीं ने तो कहा है—

प्रेम प्रेम सब कोई कहै, प्रेम न चीन्हे कोय।
आठ पहर भीना रहे, प्रेम कहावे सोय॥

"तो मैं आठों पहर प्रेम में भींगा रहता हूं। रजिया की याद मेरे मन में बराबर बनी रहती है। तुम भी तो धनिया के प्रेम में आठों पहर भींगते होगे, तभी तो ऐसा लिखा ?"

"कमाल, तुम्हारी जीभ नहीं गल जाती, ऐसी बातें करते हुए, अपने बाप के संबंध में ही क्या-क्या बोले जाते हो, कुछ खबर है इसकी ?" क्रोध से मेरी आंखें लाल हो आई थीं।

"जीभ क्यों गले बाबा ? तुमने कहा कि धनिया मेरी अम्मां बनकर आना चाहती होगी पर उससे यह कहां सिद्ध होता है कि तुम भी उससे प्रेम नहीं करते हो। तो मैं कहता हूं कि ताली कभी एक हाथ से बजती है ? बिना तुम्हारे प्रेम का सहारा पाए वह इस हद तक बढ़ सकती है कि मेरी दूसरी अम्मां बनने का ख्वाब देखने लगे ? और कान खोलकर सुन लो बाबा अम्मां के रहते मैं धनिया को कभी भी अपने घर में आने नहीं दे सकता। माना प्रेम के लिए कोई 'उमर' नहीं होती पर आस-पड़ोस, साज-समाज की भी

तो चिंता करते। क्या रखा है उस धनिया में? काली-कलूटी, दुबली-पतली तो है वह। मैं तो उसकी ओर आंख उठाकर भी नहीं देखता। खैर, तुम्हारी बात अलग है तुम बूढ़े जो ठहरे, तुम्हारे लिए तो··· ।"

"कमाल!!" मैं आपे से बाहर होता हुआ बोला, "धनिया की तो मैं खैर बाद में खबर लूंगा पर तुम कैसे मूर्ख हो कि जो कुछ मैंने नैसर्गिक, खुदाई, प्रेम के लिए कहा उसे तुम क्षुद्र मानवीय प्रेम की बात समझ बैठे? अरे, मूर्ख, आज तक किस आदमी-औरत ने प्रेम का सही प्रतिपादन दिया है? तुम एक के प्रेम में मरते रहो, वह दूसरे के प्रेम में मरती है। तुम्हें मीठी बातों में फंसा तुम्हें खासा उल्लू बनाती है। एक खुदा ही तो है, मेरा राम, जो प्रेम, का प्रतिदान जानता है। उसकी ओर एक कदम आगे बढ़ो तो वह दस कदम तुम्हारी तरफ बढ़ता है। वह आदमी या औरत नहीं कि तुम्हारे बढ़ते कदमों से इतराकर अपने कदम पीछे करने लगता है जिससे उसके प्रेम में विह्वल हो तुम आगे बढ़ते जाओ और जब सच्चाई का पता लगे तो औंधे मुंह गिरो। अरे तुम सच कैसे कपूत निकले कि पिता ने जिस इल्हामी प्रेम को इतना महत्त्व दिया उसे तुमने 'मानुषी' प्रेम समझ लिया और इस दुनियावी, स्वार्थी और छलपूर्ण प्रेम के दलदल को नहीं पहचान उसी में धंसते गए? चाहे वह तुम्हारी रजिया हो या रमजनियां उनके गिराबे में झांककर देको, वे क्या केवल तुमसे ही इस प्रेम का नाटक करती हैं? तुम्हारे ऐसे अनेक को नचाती हैं वे अपनी कजरारी आंखों के एक इशारे पर। नहीं सुख-संतोष है, न है निश्छलता और एकात्मक समर्पण इस दुनियावी प्यार में, कमाल तभी तो मैंने बार-बार खुदाई प्रेम की दुहाई दी है। उस प्रेम-रस को एक बार चख लो तो अपनी रजिया और रमजनियां के प्रेम को उसके पांसग में भी नहीं पाओगे। तुम तो अपने मन की साखियां चुनकर बोल गए। कभी मेरी उन अनेक साखियों पर भी ध्यान दिया है जो मैंने परमेश्वर के प्रेम के लिए लिखा है। ध्यान दो इन पंक्तियों पर—

प्रेम भक्ति को है घर, ऊंचा बहुत इकंत।
शीश काटि पगतर धरे, तब जाय पहुंचे संत॥

प्रेम प्रेम सब कोई कहै, प्रेम न चीन्हे कोय।
जौन प्रेम साहिब मिलै, प्रेम कहावै सोय॥

प्रेमी ढूंढ़त मैं फिरा, प्रेमी मिला न कोय।
प्रेमी से प्रेमी मिलै, राम भक्ति दृढ़ होय॥

योगी जंगम से बरा, संन्यासी दरवेस।
बिना प्रेम पहुंचे नहीं, दुर्लभ हरि का देस॥

"कुछ समझ में आया कमाल?" मैंने पूछा।

"…. …."

"बोलो कमाल !"

"आप आव्यावहारिक आदमी हैं। आपने अपने 'राम' अपने केसव, अल्लाह को कभी देखा है?" ठीक बोलिएगा।

"…. …. ।" मैं चुप।

कमाल समझ गया, बोला, "देखिएगा कैसे? आपका परमेश्वर तो निराकार है। निर्गुणिया है आप। जो है ही नहीं उसे देख कैसे पाइएगा?"

"…. …. ।"

"बोलिए। आप बोलते क्यों नहीं?"

"माना मैंने नहीं देखा पर इससे क्या अंतर पड़ता है?" मैं कुछ सोचते हुए बोला।

"अंतर पड़ता है, पड़ता है फर्क।" कमाल बोला।

"कैसा अंतर बोलो तो?" मेरी विवशता थी कि मैं आज कमाल को भी मुंह लगाए जा रहा था।

"अंतर यह पड़ता है कि आपका प्रेम का सारा आधार ही ढहता जाता है। माना आप मानुषी-प्रेम नहीं खुदाई-प्रेम की बात करते हैं पर जरा यह बताइएगा जिसे देखा ही नहीं, जिसके रूप-रंग से ही परिचय नहीं उससे प्रेम कैसे हो सकता है?" वह एक विजेता की मुद्रा में बोल गया।

"यह बात तुम्हारी समझ में नहीं आने की कमाल।" मैं मुसकराते हुए बोला, "तुम केवल रूप-रंग के लोभी, सच्चा प्रेम क्या जानोगे? तुम यह क्यों भूल जाते हो कि रूप-रंग चंद दिनों का है। उसे उतरते समय नहीं लगता। उसके उतरने के साथ ही यह मायावी सांसारिक प्रेम भी समाप्त हो जाता है। राम या अल्लाह नहीं दिखाई पड़ता, अतः हम उसके रूप-रंग नहीं, गुण पर जाते हैं। वह इस संसार का नियंता है, अपार शक्ति है उसकी। निर्गुण होते हुए भी असंख्य गुणों का स्रोत है वह। निराकार होते हुए एक-से-एक आकार गढ़ता रहता है। वह दयालु है, कृपालु है, भक्त-वत्सल है। सहज पसीजता है। सच्चे प्रेम की एक हलकी आंच पर पिघल जाता है। वह नहीं दिखाई पड़े पर इससे क्या? हम उसके प्रेम का अनुभव करते हैं, वह हमारे प्रेम का अनुभव करता है। यही काफी है। हमें आकार और रूप-रंग से क्या लेना-देना? गुणों के उपासक हैं हम। रूप-रंग पर आधारित तुम्हारा प्रेम क्षणस्थायी है, गुणों पर आधारित हमारा प्रेम शाश्वत।"

"बाबा!"

"……." मैं चुप ही रहा।

"मेरी मानो तो अब भी कुछ नहीं बिगड़ा है। निराकार के चक्कर में कहीं के नहीं रहोगे। अभी तुम्हारी उम्र कोई खास नहीं। स्वास्थ्य ऐसा कि सौ वर्ष तो जी ही लोगे। अम्मां तब तक नहीं साथ दे पाएगी। संयोग अच्छा है। माना धनिया को तुम नहीं चाहते, वह तो तुम्हें चाहती है? इससे अच्छी बात क्या हो सकती है? तुम उसे अपना लो। मैं

कोई बाधा नहीं बनूंगा। अब तक निराकार के रंग में रंग कर क्या पाए क्या नहीं, मुझे पता नहीं.। साकार प्रेम-रस को भी आजमा कर देखो। मैं धनिया से...।"

"कमाल दफा हो जा यहां से," मैंने उसे आगे नहीं बोलने दिया, "अपना काला मुंह फिर नहीं दिखाना मुझे।"

21

मनुष्य की विवशता का क्या कहना? सब कुछ उसके मन के अनुसार कहां घटता है? वह चाहता कुछ है, करना कुछ और पड़ता है। कौन ध्वस्त कर देता है उसकी सारी योजनाओं को? किसकी कुदृष्टि पड़ती है उन पर? या कि उसकी अपनी योजनाओं का कोई अर्थ ही नहीं होता, महत्त्व? वे शायद व्यर्थ होती हैं, अनावश्यक। जिन योजनाओं को बनना-बिगड़ना होता है वे कहीं और बनती हैं—हमारी जानकारी और पहुंच से दूर! सारी सृष्टि और सृष्टि के व्यक्ति की जन्म-कुंडली कहीं और लिखी जाती हैं और हम सोचते हैं कि जो चाहेंगे वही कर लेंगे। मनुष्य अपने मस्तिष्क और अपनी कर्म-शक्ति को व्यर्थ ही अनावश्यक महत्त्व प्रदान करता है। कहीं है कोई मस्तिष्क इन मानवीय मस्तिष्क से भी बहुत सशक्त, कल्पनाशील और कुशल। क्या कहेंगे उसे? कौन संज्ञा देंगे उसे? कुछ लोगों ने उसे विश्व-मस्तिष्क (यूनिवर्सल माइंड) कहा है। सब कुछ यही सार्वभौम मस्तिष्क संचालित करता है। वही कुछ शक्ति प्रदान करता है मानवीय मस्तिष्क को, कुछ सोचने-समझने और भी विषय की योजनाएं बनाने को। पर काश! वह विश्व-मस्तिष्क हमारे नन्हें मस्तिष्कों को थोड़ा भी छूट दिए रहता और इसकी योजनाओं को भी अर्थ ग्रहण करने देता? पर नहीं होता ऐसा। बड़ा मनमौजी है वह सार्वभौम मस्तिष्क। उसी का चलता है, हमारा सोचा-समझा धरा का धरा रह जाता है। अगर कोई भाग्यवादी बनता है तो यों ही नहीं। जीवन के अनुभव, अनुभूतियां, अपने किए-अनकिए का लेखा-जोखा, अंततः उसे भाग्यवादी ही होने को बाध्य करते हैं। वह आज नहीं तो कल मान ही लेता है कि व्यर्थ हैं उसके प्रयास, जो होना होता है, वही होता है। मानव, व्यर्थ हाथ-पांव मारता है। साकार को सशक्त होकर भी एक निराकार की गतिविधियों, उसके सूत्र-संचालन के समक्ष नत-मस्तक होना पड़ता है।

नहीं, नहीं है यह अनर्गल प्रलाप। मेरी भाषा में नहीं लिखा गया तो क्या हुआ, है यह जीवन-जगत् का कठोर सत्य। कुछ भाग्यशाली होते होंगे जिन्हें वही मिलता होगा जिसकी उन्हें अभिलाषा है। शेष? शेष के आंचल, जब फूल मांगो तो कांटों से क्षत-विक्षत हो जाते हैं। उनके पैर किसी राज-मार्ग पर प्रस्थित होना चाहें तो भटक जाते हैं कंटकाकीर्ण मार्गों पर और लहू-लुहान कर बैठते हैं अपने को।

मत समझिएगा कि सृष्टि के इस क्रूर मजाक का कोई अपवाद भी होता है। साधु-संत और सिद्ध-साधक भी विधि के इस विधान में बाधा नहीं बन सकते, न अपने हित में न आपके। सूत्र-संचालक वही है निर्गुण निराकार, आप कह लें साकार भी—कबीर आपके विश्वास में बाधा नहीं बनने जा रहा बशर्ते आप उसके, किसी

सर्वोपरि शक्ति के मस्तिष्क को स्वीकारें और उसे महत्त्व दें, उसकी सार्वभौम इच्छा के समक्ष अपनी व्यक्तिगत इच्छाओं-अभिलाषाओं को निरीह और विवश मानें।

मैं इतना कुछ यों ही नहीं लिखे जा रहा। बड़े कटु अनुभव हैं मेरे। मैं अपने राम का दीवाना कभी अपने राम से वह कुछ नहीं करा सकता जो मुझे अच्छा लगे। यों मैंने अपने जीवन का संचालन-परिचालन पूरी तरह उसके हाथों में छोड़ दिया था पर उसका भी तो कर्त्तव्य बनाता था कि वह कुछ मेरे सोचे हुए को भी होने दे! मेरी योजनाओं पर यों ही पानी नहीं फेरता रहे। पर नहीं, निष्ठुर है वह। करेगा अपने ही मन का। शायद यह सोचता है कि जो कुछ वह हमारे संबंध में सोचता-करता है वही हमारे लिए उचित और मंगलकारी है। हमारा सोचा, किया, हमें वहां पहुंचा सकता है, जहां हमें नहीं पहुंचना चाहिए।

तो वही हुआ मेरे साथ। मैंने पूरी तरह योजना बना ली थी काशी के जुलाहा-टोले को ही नहीं, काशी को ही छोड़कर मगहर (वर्तमान गोरखपुर के पास) जा बसने की। यह सब धनिया के कारण था। मैं आपको बताने से रह गया, इस बीच कुछ दुःखद और त्रासद घटनाएं भी घटी थीं। पिता तो अपनी बीमारी और वृद्धावस्था के कारण स्वामी रामानंद के प्रवचनवाले दिन के कुछ दिनों बाद ही प्राण-त्याग चुके थे। उनके जाने के एक सप्ताह बाद मां नीमा भी धरती छोड़ गई थी। मैं समझता हूं पूर्ण संतुष्ट ही प्रस्थान किया था दोनों ने इस लोक से। मेरी ओर से जो कुछ असंतुष्टि अथवा असंतोष पिता ने भोगे थे वे तो समाप्त ही हो गए थे, बाकी कोई गांठ उनके मन में कभी रही हो ऐसा मुझे लगता नहीं। आजीवन 'कुंआ खोदो और पानी पीओ' के सिद्धांत में विश्वास करनेवाले उन निस्संग कर्मयोगी को कभी किसी से क्या शिकायत हो सकती थी, चाहे वह निराकार ईश्वर हो अथवा साकार मनुष्य-पुत्र। कुपुत्र। आप मेरे बार-बार, अपने ईश्वर के लिए निराकार शब्द के प्रयोग पर खिन्न तो नहीं हो रहे? मैं तो उपासक ठहरा ही निराकार का, अद्वैत का प्रतिपादक-पोषक। मैं तो बार-बार उसके निराकार स्वरूप का ही उल्लेख करूंगा। लीजिए जब आकार ही नहीं रहा तो स्वरूप किधर से आ गया? पूछिए अपने लेखक महोदय से, शायद शब्दों के लाले पड़ गए हों उन्हें। ऐसे भी उनको क्या दोष दीजिएगा, वह निराकार हो अथवा साकार, शब्दों की सीमा में तो बंधने से रहा, वह निस्सीम। सारे शब्द मनुष्यों के गढ़े हुए हैं। वे कब पर्याप्त हो सकते हैं उसी के नियंता-निर्माता को सीमित-परिसीमित करने में, उसे उसके सारे आयामों में आपके समक्ष प्रकट कर देने में? मैंने यों ही नहीं कहा—

सबका साखी मेरा साईं।
ब्रह्मा विष्णु रुद्र ईश्वर लौ
औ अव्याकृत नाहीं
सुमुति पचीस पांच से कर ले
यह सब जग भरमाया।
अकार, उकार मात्रा
इसके परे बताया॥

—मेरा साईं (परमात्मा) सबका साक्षी है अर्थात् सबको जाननेवाला, उनका द्रष्टा है। ब्रह्मा, विष्णु, रुद्र चाहे जिसको तुम ईश्वर कह लो, वह सब माया-प्रसूत ही हैं। हे शुद्ध बुद्धिवाले (सुमति) पांच तत्त्व और पच्चीस प्रकृति के कारण सब संसार भ्रम में पड़ता है। आकार, उकार आदि मात्राओं से भी इसको परे बताया गया है।

तो नहीं है वह अक्षरों और शब्दों की सीमित शक्ति में अपनी निस्सीमता को बांधनेवाला। हां, तो मैं उसके निराकार रूप का ही आग्रही रहा हूं, अतः मैं तो बार-बार उसके इसी रूप को आपके मस्तिष्क में बैठाना चाहूंगा। पर जैसा पहले कहा राम, 'केसव' अथवा करीम, अल्लाह के रूप में अगर उसे आप साकार रूप में ही ग्रहण करना चाहते हों तो इसकी छूट है आपको। पर अगर पत्थरों की मूर्तियां और मस्जिदों के ईंट-चूने में आप उसे ढूंढ़ने की मूर्खता कीजिएगा तो मैं वर्जना (एतराज) की उंगली अवश्य उठाऊंगा।

आई न बात फिर कहां से कहां? बात से बात निकालने की कला में तो काबिल है ही यह कबीर। नहीं तो इतने ग्रंथ, इतनी साखियां, इतनी रमैनियां, इतने पद, पूरा-का-पूरा बीजक उसके खाते में क्यों डाल दिया जाता? माना, जैसा मैंने आरंभ में कहा उनमें कुछ नहीं भी हैं मेरे—प्रक्षिप्त हैं वे। पर कितने होंगे वैसे? दूध में पानी भी कोई डाले जो कितना डालेगा? मुझसे सुनिए, एक सौ बीस की अपनी पूरी जिंदगी में मैं लगातार बोलता ही गया। लिखनेवाले शिष्य-अनुयायी लिखते गए, कुछ प्रखर मस्तिष्कवाले स्मरण भी करते गए मेरी उक्तियों को। जब आजीवन बोलता ही रहा तो इस रूहानी अवस्था में कुछ कम बोलूंगा, ऐसी अपेक्षा आप मुझसे करें तो वह व्यर्थ ही होगी न?

खैर, मुझे याद है मैं क्या कह रह था। मैं धनिया के कारण काशी छोड़कर मगहर जा बसना चाहता था। मगहर मुझे प्रिय था। एक-दो बार मैं वहां हो भी आया था। इस कारण तो कुछ लोगों ने भ्रमवश मगहर को ही मेरा जन्म-स्थान बता दिया है, काशी को किनारे कर कुछ प्रतिभावान लोगों ने अपनी मान्यता को पुष्ट करने के लिए यह पद भी रच दिया और मेरे नाम के साथ चस्पां कर दिया—

तोरे भरोसे मगहर बसिओ, मेरे तन की तपन बुझाई।
पहले दरसन मगहर पायो, पुनि कासी बसे आई॥

—तुम्हारे (प्रभु के) भरोसे ही मगहर में रहकर अपने शरीर का ताप बुझाता था। पहले मैंने मगहर के दर्शन किए (पैदा हुआ) फिर काशी में जा बसा।

किसी मगहर प्रेमी ने ही यह दोहा गढ़ा होगा। नहीं? कबीर के अपने यहां जन्म ग्रहण करने की बात प्रचारित कर मगहर को कर दो अमर। ऐसे स्वार्थी तत्त्वों की कभी भी कमी नहीं रही। न मेरे युग में, न आपके काल में।

तो लौटूं अपनी बात पर?

धनिया की बात मैं बहुत आरंभ में ही कर चुका हूं। बताया है कि किस तरह मेरी बढ़ती सोहरत, मान-मर्यादा को देखते हुए वह मेरी दीवानी हो गई थी। और मनचलों की तरह (और तो और मेरे बेटे कमाल की तरह) ही, वह खुदाई-प्रेम संबंधी

और पदों को सांसारिक प्रेम का प्रतीक मानकर मुझसे तर्क-वितर्क पर उतर आई थी। बोली थी—तुम्हीं ने प्रेम का इतना यशोगान किया है, उसे प्रचारित किया है तो मैं जब तुमसे प्रेम करने लगी तो इसमें मेरा क्या दोष? मैं कहूं उसने मेरी और अपनी उम्र के अंतर को भी धत्ता बता दिया था। मैं तब तक अपने दो बच्चों कमाल और कमाली का पिता भी बन चुका था। मैंने इस तथ्य की ओर उसका ध्यान भी आकृष्ट किया था पर वह तो बावली थी। उसका उत्तर सुनिएगा—उम्र शरीर की होती है। प्रेम की उम्र कब से होने लगी? वह तो किसी उम्र में किसी उम्रवाले से हो सकता है। दो ही क्षण के लिए सही कोई कल्पतरु की छाया की ही आकांक्षा करेगा अथवा किसी ठूंठे बरगद-वृक्ष की? तो मैं कल्पतरु था उसके लिए और वह मेरी छाया को नहीं छोड़ना चाहती थी जबकि मैं उसकी छाया से भी भागता था।

उस पहली मुलाकात के बाद भी एक-दो बार वह पुनः अपने प्रेम का इजहार करने पहुंची थी, पर मैंने अपनी व्यस्तता का बहाना बनाकर उससे अपना पिंड छुड़ा लिया था।

कमाल आकर उस दिन उसे और मुझे लेकर इतना कुछ बोल गया तो वह यों ही नहीं था। उसके सदृश दुश्चरित्र को तो सभी जगह गंदगी दिखाई ही पड़नी थी। अंत में भले उसने स्वीकारा हो कि प्रेम मैं धनिया से नहीं बल्कि धनिया मुझसे करती थी पर आपको बताऊं जब से मैंने उसे भला-बुरा कहा था तब से उसने धनिया का पक्ष लेकर मेरे विरुद्ध जेहाद ही बोल दिया था। अंधा (या अंधी) क्या चाहे, दो आंखें। मेरे प्रेम में अंधी वह कमाल के इस बहकावे में आ गई कि वह उसकी शादी मुझसे करा देगा।

अपने इस लक्ष्य की पूर्ति के लिए वह अनेक हथकंडे अपनाने लगा। अक्सर वह उसे लेकर मेरे आंगन में पहुंच जाता और लोई के सामने ही मेरी छीछालेदर करने लगता।

लोई बेचारी सीधी। वह कुछ समझ नहीं पाती और कमाल की वकालत और धनिया के रोने-धोने से पिघलकर कहती—

"तो कर ही क्यों नहीं लेते धनिया से शादी? मुसलमानों में तो चार-चार शादियां कुरान-सम्मत हैं!"

"तुम पागल हो गई हो लोई, मेरी उम्र अब क्या शादी करने की रही? और मुसलमानों में चार-चार निकाहें होती होंगी पर मैं मुसलमान कहां हूं?"

"तब क्या हो? बरहमन?" धनिया बीच में पटक पड़ती, "तो जाओ जनेऊ पहनकर दशश्वमेध पर ध्यान करो। समाज में रहकर मुझ जैसी को मारते क्यों हो?"

मैं सिर पीट लेता। मैंने कहा था इसे मुझ पर मरने के लिए? जब संसार छोड़ राम से जुड़कर माया से मुंह मोड़ो तब भी माया छाया बनकर तुम्हारा पीछा करने से बाज नहीं आती। मुझे कुछ उत्तर नहीं सूझता और कमाल धनिया का पक्ष लेकर लोई से बोल पड़ता, "इन्हें बताओ मां, जब तुम्हें कोई एतराज नहीं तो ये क्यों नहीं धनिया का हाथ थाम लेते? ठीक ही कह रही है न यह कि संसार से अलग ही रहना है तो गंगा किनारे

जाकर धूनि रमाएं। समाज में रहकर लोगों को ललचाना क्या अच्छा है? गृहस्थ भी रहेंगे और साधु भी बनेंगे। अपने ही कहते हैं। एक म्यान में दो खड्ग नहीं रह सकते हैं और स्वयं चले हैं गृहस्थी और संन्यास दोनों को साथ-साथ साधने।"

इसके पहले कि लोई अपना मुख खोले मैं अपना संतुलन खो बैठता और बोलता, "मूर्ख, किसने तुमसे कहा कि मैं संन्यासी हूं? संन्यास का अर्थ भी जानते हो? मूंड़-मुंड़ाकर लोग संन्यासी बनते हैं दूसरों के अन्न पर आश्रित होकर। इन काहिलों की तो मैंने अनेक बार भर्त्सना की है। मेरे उन पदों-साखियों को तो भूल गए और केवल अपने मन की याद रखे रहे। क्यों भूल गए कि यह मैंने ही कहा था कि बाल मुंड़ जाने से ही कोई संन्यासी बन जाता तो भेड़ सबसे पहले बनती?

"और तुझ निकम्मे से तो पहले ही मैंने अपने को काट लिया है। अब तुम क्यों मेरे पीछे पड़े हो?"

"जब धनिया आपके पीछे पड़ी है तो मैं मूक दर्शक नहीं बन सकता। आप न समझो सांसारिक प्रेम की पीड़ा; करते रहो अपने निराकार-निर्गुण से प्रेम। पर मैं तो जानता हूं, उस भौतिक प्रेम की पीड़ा। प्रेम में आदमी पागल ही नहीं हो जाता, जान भी दे देता है। है आपको इसका पता? और आप तो बड़े अहिंसा के पुजारी बनते हो भले ही आपने बौद्धों और जैनियों से इस अहिंसावादी दर्शन को उठाया हो····।"

"कमाल!" मैं अपने को संयमित नहीं रख सका, "तुम मुझे चोर भी बनाते हो?"

"नहीं बनाता आपको चोर लीज़िए, यह अहिंसा का दर्शन आपका ही है, आपकी ही सूझ, तो इससे भी बात आपके पक्ष में कहां जाती है? हिंसा के भिन्न-भिन्न रूपों को तो आप जानते ही होंगे। क्या किसी को शमशीर (तलवार) के धार उतारना ही हिंसा है? शरीर को मारने को ही हिंसा कहते हैं क्या? किसी के मन को मारने को हिंसा नहीं कहते? अगर यह हिंसा है तो आप न राम-भक्त हैं न निराकार—निर्विकार के उपासक। आप महज एक हिंसक हैं और हिंसा से बड़ा कोई पाप नहीं और न अहिंसा से बढ़कर कोई पुण्य। मुझे 'संसकिरत' नहीं आती पर आज जो बौद्ध, जैन और आप अहिंसा को अपना बैठे हैं पंडितों-हिन्दुओं ने तो बहुत पहले कह दिया था कि अहिंसा ही सबसे बड़ा धर्म है। (अहिंसा परमो धर्मः) तो आप दीजिए जवाब मेरे प्रश्न का। आप हिंसक हैं कि अहिंसक? है न किसी के मन की हत्या भी हिंसा? तो आप साफ कहिए कि आप हिंसक हैं। पूरी तरह पाखंडी। आपकी कथनी और करनी में कोई मेल नहीं। आप आज ही से संत कबीर बने चलने के ढोंग को छोड़िए और बन आइए पूरी तरह सांसारिक।"

मैं अवाक्। इतना कुछ सुन गया उसी कमाल से जिसे मैं अपने जीवन से कभी का निष्कासित कर चुका था। मैं मूक था क्योंकि कमाल के तर्कों में दम था। सत्य था उसका कथन और सत्य, सच्चाई को काटे ऐसा कोई अस्त्र-शस्त्र अब तक नहीं बन सका। यह एक ठोस तर्क था और किसी भी कुतर्क से इसे काटा नहीं जा सकता था। ऐसे भी मैं कबीर, कुतर्कों का हिमायती नहीं था।

"कमाल, तुम इतनी बातें कहां सीख गए?" अंततः मैंने मुख खोला तो ये ही शब्द निकले मेरे मुख से।

"आप क्या समझते हो कि तुमने मुझे घर से निकाल दिया तो मैं काशी से भी निकल गया। (ठीक इसी समय, इस झंझट से पिंड छुड़ाने के लिए मैंने काशी से निकल मगहर जा बसने की बात तय की थी। और 'परवचन' क्या तुम्हीं करते हो? इस काशी में तो जगह-जगह यह होता रहता है। मैंने औरों से ही यह बातें सीखी हैं।"

"तब तो बड़ी अच्छी बात है। तुम तो अब वाकई मेरा बेटा कहलाने योग्य बन गए। मैं तुम्हें पुनः अपनाने को तैयार हूं। इस धनिया को अपनाने के लिए तुम मुझे विवश नहीं करो।"

"आप मुझे इतना बेशर्म नहीं समझें कि एक बार आपके पैरों की ठोकर खाकर मैं उनमें पड़ने जा रहा। और यह सब तो मैंने सुनी-समझी हैं केवल आपसे भिड़ने के लिए। लोहा ही लोहे को काटता है। मुझे तो कुछ जानना-समझना था ही वर्ना आपके मुंह को बंद कैसे कर पाता? कमाल वही है जो पहले था। पूरी तरह व्यावहारिक और सांसारिक। वह अपनी रजिया, रमजनियां और दो-चार और के प्रति पहले की तरह ही वफादार है।"

"चुप करो," मैं उखड़ा, "वफादार और तुम? एक ही साथ चार-चार को अपने बनावटी प्रेम में फांसनेवाले तुम मुझे हिंसा और अहिंसा का उपदेश देने चले हो? तुम तो अपनी धोखाधड़ी के इस व्यापार से कितने मनों की हिंसा कर रहे, मैं तो खैर एक ही के मन का हिंसक सिद्ध किया जा सकता हूं।"

"हा! हा! हा!" कमाल एक विकृत हंसी हंसा।

"क्यों?" मैंने आश्चर्यचकित होकर पूछा।

"आ गए, न कबीर, कमाल के ही धरातल पर? अरे, यह नालायक कमाल एक नहीं सौ हिंसा करे उससे क्या होता है? संत कबीर के द्वारा की गई एक हिंसा ही उनकी तप-तपस्या को समाप्त करने के लिए काफी है।"

मैं पुनः चुप।

"अरे अब भी मान जाओ।" लोई थी यह, "कमाल लाख कपूत हो पर बात तो पते ही की कर रहा है। धनिया का मन तुम पर आ ही गया है तो बेचारी को अपना ही लो। उसके मन को तोड़ने से क्या लाभ?"

"लोई तुम ऐसा कह रही हो? इतने दिनों तक मेरे साथ रहकर तुमने यही सीखा है?"

"और क्या सीखती," धनिया बीच ही में बोल पड़ी, "वही सीखती? औरतों के लिए जगह-जगह तुम्हारे द्वारा किए गए कटाक्ष को? सीधे शब्दों में कहूं तो तुम्हारे द्वारा दी गई गालियों को? बुरा लगता है न? पर पहली ही मुलाकात में मेरे द्वारा पूछा गया, मेरा प्रश्न अभी तक अपना उत्तर नहीं पा सका है। याद है वह प्रश्न? नहीं याद हो तो याद करा देती हूं—नारी यदि विष है तो उसी से उत्पन्न पुरुष अमृत कैसे हो गया?"

"मैं तुमसे नहीं बोलता।" मैंने धनिया को टोका।

"तुम्हारे बोलने या नहीं बोलने से क्या होता है?" धनिया बोली, "आज तुम्हारी पत्नी, तुम्हारी बेटा मेरे पक्ष में बोल रहे हैं; कल सारी दुनिया मेरे साथ होगी।"

"क्यों? क्यों होगी? क्या किया है मैंने जो सारा संसार मेरे विरोध में बोलेगा? तुम पागल तो हो ही गई हो जितना चाहे प्रलाप कर लो।" मैं गुस्से से बोला।

"और मुझे पागल किसने बनाया?" धनिया ने पलटकर पूछा।

"मैं क्या जानूं?"

"मैं क्या जानूं, वाह! बड़े सत्यवादी बनते हो न? कहां गया तुम्हारा सत्य? तुमने नहीं तो किसने पागल बनाया है? पहली मुलाकात में ही क्यों नहीं ठुकरा दिया मुझे? फिर मैं क्यों फटकती तुम्हारे पास?"

"बाबा! यह क्या बात है?" कमाल टपक पड़ा बीच में, "पहले तो आपकी अहिंसा दाव पर चढ़ी अब सत्य चढ़ रहा है। ऐसा होता रहा तो आप संत किधर से रहेंगे?"

"कमाल! मैं तुझे मुंह नहीं लगाता। मैंने पहले ही तुम्हें अपने से अलग कर दिया है। अब किस आधार पर मेरे घर आए?"

"यह घर केवल तुम्हारा नहीं है।" वह निर्लज्ज की तरह बोला।

"तो किसका है?"

"मेरी अम्मीजान का भी है और वह जब तक नहीं, नहीं कहेंगी मैं यहां आता रहूंगा।"

अब इस तर्क का मेरे पास क्या उत्तर था? मैं चारों तरफ से घिर रहा था। मैंने लोई से ही स्पष्ट कराना चाहा।

"लोई, तुम तो एक पतिव्रता औरत हो, पतिपरायणा?"

"इसमें तुम्हें संदेह कैसे हो गया?"

"अगर ऐसी बात है तो मेरे नहीं चाहते हुए भी यह औरत हमारे घर में क्यों आई?"

"मैं 'यह औरत' नहीं हूं, जरा होश में बोलिए।" लोई बोले इसके पहले धनिया बोल पड़ी।

"लोई मैं तुमसे पूछ रहा था।" मैंने लोई की ओर मुखातिब होते हुए कहा।

"पूछ तो मुझसे ठीक रहे हो किंतु बात यह भी ठीक कह रही है। यह ऐसी-वैसी औरत कैसे हुई? उसकी गलती इतनी ही है न कि उसने मन से तुम्हें पति के रूप में बरा? औरों के पास तो नहीं दौड़ती? अगर मैं पतिव्रता हूं तो यह कैसे 'सती' नहीं हुई? ठीक ही तो कह रहा है कमाल, एक बार तुम्हारी अहिंसा दांव पर चढ़ी, अब सत्य चढ़ रहा है। मैं भी पूछती हूं कि तुम्हें इससे इतनी ही नफरत थी तो पहली मुलाकात में ही इसे क्यों नहीं ठुकरा दिया? उस समय तो इससे हंस-हंसकर बातें करते रहे, नारी के विरुद्ध भी बोलते रहे और इसके रूप का जादू भी तुम पर चलता रहा। कभी इसके लाल कपोलों पर आसक्त होते रहे तो कभी इसकी मछली

की आंखों-सी सुंदर आंखों पर। अब तुम चाहे जो कह लो पर इसका मन भरमाया है तुम्हीं ने। पहली ही भेंट में इसे धत्ता बता देते तो तुम्हारी तरफ फिर यह मुड़कर भी देखती? अब तो यह तुम्हें पति-रूप में मान चुकी, इसे नहीं अपनाओगे तो यह आजन्म अब्याही रह जाएगी। इसका दोष किस पर जाएगा?"

"किसने कहा तुमसे कि मैं पहली मुलाकात में इस पर लट्टू हो आया था?" मुझे इस चक्रव्यूह से निकलने का रास्ता ही नहीं मिल रहा था।

"यही कह रही थी और कौन कहेगा?" लोई बोली, "पूछो इससे?"

मैं चुप। सत्य ही मैं उस घड़ी इसके रूप-रंग पर रीझा था। यह आपको भी बता चुका हूं। मैं मन-ही-मन इससे विवाह का मन बना चुका था पर तब से अब में बहुत अंतर आ गया था। मुझे इतने सारे लोग जानने लगे थे। मैं स्वामी रामानंद का शिष्य बन चुका था। अब मैं··· ।

"पूछो। पूछो, पूछते क्यों नहीं मुझसे?" धनिया का मन बढ़ा, "क्या उस मुलाकात में नारी के विरोध में कही गई तुम्हारी सारी बातों का मैंने खंडन नहीं किया था? और तुम मूक नहीं हो गए थे? नहीं कभी-कभार खिल आया था तुम्हारा मुख, सुबह के सूरजमुखी फूल की तरह? नहीं तेज हुई थीं तुम्हारी सांसें, ठीक से बोलना।"

मैं अब भी चुप।

"क्यों नहीं बोलते साईं," लोई पूछ बैठी, "सत्य है यह सब?"

मेरे मौन का लाभ उठाकर कमाल बोल पड़ा, "ये क्या बोलेंगे, अम्मी! धनिया जो कुछ कह रही है, सत्य कह रही है। यों ही नहीं लाया मैं इसे यहां। अब संत कबीर क्या बोलें? एक बार तो हिंसा का आरोप लग ही चुका इन पर, अब असत्यवादी बनें यह कैसे हो सकता है? मौन ही स्वीकार का लक्षण मानते हुए, धनिया का हाथ पकड़ने की इन्हें सलाह दो। वर्ना मैं धनिया को लेकर, ये जहां जाएंगे, वहीं पहुंच जाऊंगा। संत-मंडली में मैं करा दूंगा इनकी ऐसी की तैसी। ये जानते होंगे खुदाई-प्रेम की बातें, मैं सांसारिक प्रेम की बात को अच्छी तरह जानता हूं। उसके दर्द से परिचित हूं। इन अदवैतों (अद्वैतों) के लिए संसार माया हो सकता है पर इससे काम नहीं चलेगा। संसार सत्य है और पूरी तरह सत्य है। इनकी खुदाई मुहब्बत में तो केवल आंसू बहाए जाते हैं, इस सांसारिक प्रेम के पागल अपना सब कुछ लुटा देते हैं, कहा न जान तक? कौन बड़ा प्रेमी हुआ? ये जो एक अनदेखे को चाहने का ढोंग करते हैं अथवा वे जो देखे के लिए अपना सब कुछ न्योछावर कर बैठते हैं? संसार मिथ्या है, सांसारिक व्यवहार मिथ्या हैं बड़ी अच्छी बात है। पर यह जो इसी संसार में पैदा हुए, कमाल-कमाली को पैदा किए, क्या यह सब भी मिथ्या है, माया है? पूछो इनसे। कमाल कपूत है क्योंकि वह इस परत्यक्ष (प्रत्यक्ष) संसार की बातें करता है जो आंखों के सामने है। ये संत हैं क्योंकि ये एक अनदेखे, निराकार पर जान छिड़कते हैं।"

"कमाल!" मेरे मुंह से इतना ही निकला। बातें जो वह काटनेवाली कहे पर मैं उन्हें किधर से काट सकता था? सत्य अगर वह है जिसे मैं सोचता हूं तो सत्य तो यह

भी है जो कमाल कह रहा है। यह संसार मिथ्या है तो मेरा होना किधर से सत्य है? और अगर यह सत्य नहीं है तो मेरी भक्ति, मेरा भजन-कीर्तन किधर से सत्य है? असत्य से तो असत्य ही प्रकट होगा, वह सत्य किधर से प्रसूत करने लगा?

मेरी बुद्धि अब सचमुच काम नहीं कर रही थी। जैसे किसी अकेले आदमी को जंगल के शृगाल चारों ओर से घेर लेते हैं और उसकी बोटी-बोटी खा जाते हैं, वैसे ही मुझ अकेले को इन तीनों ने घेर रखा था और मेरे अब तक के सारे विश्वासों की बोटी-बोटी नुच रही थी।

पर यह तर्क का समय नहीं था। ऐसे भी मैं जानता था कि भक्ति, तर्क से परे की चीज है और तर्क से परे है मेरा परमेश्वर, परवरदिगार भी, यह निराकार-निर्विकार, अतः मैंने स्पष्ट घोषित किया, "तुम लोग जितने तर्क दो, मैं अपना निश्चय सुना रहा हूं कि मैं धनिया को अपनाने से रहा।"

सभी एक क्षण को सन्न रह गए। धनिया का मुंह लटक आया। लोई जमीन की ओर देखने लगी। पर कमाल तो खैर कमाल ही था बोला, "तो मेरा भी निश्चय सुन लीजिए, मैं भी अपनी बात पर अटल हूं। मैं आपको साधु-समाज में मुंह दिखाने लायक नहीं छोड़ूंगा। आप जहां भी जाएंगे, धनिया और मैं आपके साथ छाया की तरह लगे रहेंगे।"

मैं समझ गया कमाल वही करेगा जो कह रहा है। मेरे पास एक ही उपाय था। मुझे अब काशी छोड़ ही देनी थी। ठीक है यह पलायन था और मैं कबीर पलायन में विश्वास नहीं करता। पर यहां रहकर भी मैं पलायन नहीं कर रहा था क्या? सत्य से पलायन? क्या धनिया जो कुछ कह रही थी वह अब असत्य था? आप भी जानते हैं वह नहीं था पूरी तरह असत्य। तो दोनों ही स्थितियां पलायन की थीं। मैं अपने में हिम्मत नहीं पा रहा था कि इस उम्र में मैं धनिया को अपना लूं। नहीं अपनाने का परिणाम समक्ष था। कमाल मुझे कहीं का नहीं छोड़ेगा। पता नहीं किस योग में इसका जन्म हुआ कि बाप का भी बैरी निकला यह?

"तुम जरा मुझसे अकेले में बातें करोगी?" मैंने लोई से कहा और अपने शयन-कक्ष से पूजा-घर की ओर बढ़ा।

लोई पीछे-पीछे आई।

"क्या तुम्हें यह सब अच्छा लग रहा है?" मैंने पूछा।

"अच्छा तो नहीं लग रहा पर 'करनी' तुम्हारी है 'भरनी' भी तुम्हें पड़ेगी।"

"किस रूप में?"

"धनिया को अपनाकर।"

"तुम पागल हुई हो क्या? सारा जग जिसे संत कहता है वह कबीर अब दूसरी शादी करे। लोग यही न कहेंगे कि 'राम' के दीवाने संतजी अब 'काम' के पीछे भागने लगे हैं?" मैं विवश-सा बोला।

"इसे तो धनिया के साथ की पहली मुलाकात में ही सोचना था।"

"पहली मुलाकात? पहली मुलाकात?" मैं झल्लाया, "जैसे वह पहली मुलाकात

नहीं होकर, अभिसार की पहली रात हो गई ! क्या किया मैंने पहली मुलाकात में ?"

"करते क्या ? कहे थे।" लोई दृढ़तापूर्वक बोली।

"क्या कहा था ? खोला था स्वीकृति में मैंने अपना मुख ?" मेरी विवशता मेरे चेहरे पर साफ उतर आई थी।

"मुख नहीं खोला था। पर आंखें खुली थीं न ?"

"थीं।"

"इतने ही बड़े संत और पीर महात्मा थे तो क्यों नहीं बंद कर लिया अपनी आंखों को। अब आंखें तो बोली ही होंगी। धनिया को चाहे कोई जैसा कह ले पर आज भी उसमें वह सब कुछ है जो एक पुरुष को नारी-सौंदर्य रूपी फूल का भौंरा बना देता है। उस समय तो तुम 'बौरा' गए थे उसके रूप-रंग पर आज उससे कन्नी काट रहे हो। उसे तुम्हारा मूक आश्वासन नहीं मिला होता तो अब तक वह पड़ी रहती तुम्हारे पीछे ? उधर कमाल भी बागी बन गया है। जो भी मान-मर्यादा तुम्हें हिन्दू-मुसलमान दोनों में मिले हैं वे धूल-धूसरित होकर रहेंगे।"

"तभी तो मैं एक बात कहना चाहता हूं तुमसे।" मैंने बात धीरे-धीरे तौलकर कही।

"कौन-सी बात ?"

"पहले तुम यह कहो कि तुम ना नहीं करोगी।"

"यह कैसे कहूं ?" उसका कथन मुझे आश्चर्यचकित कर गया।

"क्यों ?" मैं बोला, "क्या तुम सती नहीं, एक पतिव्रता ?"

"हूं, पर नारियों के विरुद्ध तुमने कितना विष उगला है पता है न ? उसे तुमने विष-फल भी कहा है। ठीक ही तो कह रही है धनिया, नारी अगर विष है तो वह तुम्हारे समान अमृत-संत को कैसे जन गई ? क्यों नहीं अभी भी जवाब देते उसके प्रश्न का ?"

"मेरे पास इसका जवाब नहीं है।" मैं विवश-सा बोला।

"ठीक है पर मेरे पास है। नारी को पैदा करने में क्या नर का हाथ नहीं है ?"

"है।"

"तो विष को जन्म देनेवाला विष ही तो होगा ? बोलो, कौन बड़ा विष है, नर अथवा नारी ?"

"मैं अपनी भूल के लिए क्षमा चाहता हूं। मैं वस्तुतः वैष्णवों के चक्कर में आ गया था। उन्हीं की भाषा में बोल गया। सच तो यह है कि नारी जननी है, मातृ-शक्ति। वह इस धरती की पावन सुगंध है। वह नहीं होती तो यह पृथ्वी रहने लायक नहीं रहती।"

"अब आए न रास्ते पर। इसी बात को अपनी साखियों में डाल दो। प्रायश्चित कर लो।"

"अब यह करने को नहीं कहो। मेरी मिट्टी पलीद नहीं कराओ। मेरी बात तो सुनो।"

"सुना डालो।"

"हम यहां से भाग चलें।"

"क्यों और कहां?" वह आश्चर्यचकित हो आई।

"क्यों का जवाब है धनिया और कहां का मगहर। हम मगहर चले चलते हैं। वहां तो धनिया पहुंचने से रही। पहुंचेगी भी तो वहां क्या बिगाड़ लेगी मेरा? वहां कौन-सी संत मंडली बैठी है?"

मैंने अपनी सुनिश्चित योजना पत्नी को सुना दी। इसी में मुझे अपनी खैरियत दिख रही थी और मैं जानता था लोई मेरी किसी बात को टाल नहीं सकती। पहले भले वह कुछ नाज-नखरा दिखाए पर अंततः वह मेरा साथ देगी ही। 'सती' पतिव्रता जो है वह।

पर मैंने आरंभ में ही आपसे निवेदन किया न कि यहां अपना सोचा कुछ नहीं होता? कि हमारी सारी योजनाओं पर पानी फेरनेवाला कहीं और बैठा है? कि उसकी इच्छा सर्वोपरि है, हमारी इच्छा-अभिलाषा का कोई महत्त्व नहीं? कि हम सोचते कुछ हैं और होता कुछ और है।

लोई ने भी मेरी योजना पर पानी फेर दिया। बोली—

"मगहर जाने का तो कोई सवाल ही नहीं उठता।"

"क्यों?"

"इस क्यों का कोई जवाब नहीं। मानसरोवर में रहनेवाले राजहंस गंदे गड्ढों में नहीं जाते। काशी छोड़कर कोई मगहर बास करे, यह सोचनेवाली बात भी नहीं है।"

"यह तुम बोल रही हो? मेरी पत्नी जिसे मेरे साथ छाया की तरह रहना चाहिए?" मैं आसमान से गिरा।

"नहीं, यह मात्र लोई नहीं बोल रही। एक मां भी बोल रही है। कमाल को कपूत कहकर छोड़ भी दो तो कमाली को क्यों भूल रहे हो? वह सयानी हुई। शादी करने काबिल। उसको लेकर कहां-कहां मारे फिरोगे? मगहर में उसके लायक कोई दूल्हा भी मिलेगा?"

मैं चुप। बात ही निरुत्तर करनेवाली थी।

"तो धनिया का क्या होगा?"

"वह यहीं रहेगी।"

"यहां इस घर में?" मैंने अचकचाकर पूछा।

"हां, पर वह तुम्हारी पत्नी नहीं प्रशंसिका बनकर रहेगी। उससे तुम्हारा निकाह नहीं होगा। नहीं बनेगी वह तुम्हारे बच्चों की मां। तुम्हें देख-देखकर ही वह संतोष कर लेगी।"

"यह तुम्हारा अंतिम निर्णय है?" मैं परास्त होता हुआ बोला।

"हां।" उसने कहा।

"दुनिया क्या कहेगी?"

"दुनिया मुझसे समझेगी। तुमसे नहीं। उसकी चिंता तुम छोड़ो।"

मैंने अवश्यंभावी के समक्ष सिर झुका लिया और कहा—

"ठीक है, वही हो जो तुम सब चाहते हो। कबीर अपने जीवन में पहले-पहल पराजित हो रहा है।"

और धनिया बस गई मेरे घर में, दूसरी पत्नी के रूप में भी, नहीं भी।

22

आप सोचते होंगे अच्छा फंसा कबीर। नहीं? आपका सोचना भी उचित ही है। चिंता की बात तो यह थी ही। घर में किसी को अनब्याहे बैठा लेना वह भी अपने को राम-भक्त और संत आदि न जाने क्या-क्या कहनेवाले द्वारा? राम-भक्त को तो फूंक-फूंककर चलना ही पड़ता है। वह जो कुछ करेगा लोग वही करने की ओर प्रवृत्त होने लगेंगे। कि नहीं? मैंने गीता की कई बातें सुनी थीं उनमें एक बात यह भी है कि जिस रास्ते बड़े लोग जाते हैं उसी राह दूसरे भी जाने लगते हैं।

पर मेरी मानिएगा? चिंता तभी तक आपको सताती है जब तक आप अपने सब कुछ किए-कराए को अपना ही क्या-कराया मानते हैं। इस सबकी जिम्मेवारी उसी को दे दीजिए जो आपके और सबके ऊपर है। जो सबका नियंता-निर्माता है। आपके सभी कार्यों का दायित्व भी उसी का है। आप तो उसके हाथ की कठपुतली हैं। जैसे वह कराता है, आप करते हैं। तो उसके किए को लेकर आप क्यों झंखें? झंखना है तो वही झंखे। गीता की ही बात याद आती है। वह कितनी अच्छी बात कहती है, "जो कुछ करते हो, जो कुछ खाते हो, जो कुछ जप-तप करते हो, जो कुछ दान-दक्षिणा करते हो उसे मुझे अर्पित कर दो।"[1] केसव, किसन (कृष्ण) का कथन है व्यर्थ की चिंता करने से क्या लाभ? जब सब उसी को दे दिया तो तुम्हारे पास रोने-कलपने के लिए बचता ही क्या है? मेरी मानो तो सारी चिंताएं भी उसी को दे दो और निश्चिंत हो जाओ। जिस कार्य-अकार्य के लिए तुम जिम्मेवार ही नहीं उससे संबंधित चिंता भी तुम्हारी नहीं है। वह भी उसी की है। वह मेरा बहुत बार का आजमाया मंत्र है। एक दिन के लिए तो मैं अपनी स्थिति पर चिंतित अवश्य रहा पर शाम की अपनी प्रार्थना के समय मैंने अपनी सारी चिंता उसी को समर्पित कर दी—तुम्हारी ही वस्तु है गोबिंद, तुम्हीं को समर्पित करता हूं। इसकी संस्कृत[2] आप खोजते रहो, मैं तो सारा काम अपनी ही भाषा में सधा लेता हूं।

हां, तो मैं उसी क्षण से धनिया तो धनिया कमाल की चिंता से भी मुक्त हो गया। धनिया घर में आकर बसी तो बसी। यह घर भी मेरा कहां है, राम का है चिंता करनी हो तो वही करे। कमाल कपूत है तो है। वह भी मेरा कहां है, राम का है। चिंतित होना हो तो राम हो। आप तो जानते ही हैं मैं रूहानी रूप से बोल रहा हूं, आगे-पीछे सब जानता हूं। अपने बाद आए तुलसी की बात मैंने पहले की है। वह चिंता से मुक्त होने का

---

1. यत्करोषि यदश्नासि जज्जुहोषि ददासि यत्।
   यत् तपस्यासि कौन्तेय तदकुरूमदर्पणम्॥
2. त्वदीयं वस्तु गोबिन्द तुभ्यमेव समर्पये।

महामंत्र अपने रामचरितमानस में दे गया है। मैं जानता हूं आपका युग चिंताओं का ही युग है। आप इस मंत्र को अपनाएं तो व्यर्थ की चिंताओं से सहज ही मुक्त हो जाएंगे।

किंतु मुसीबत तो यह है कि इतनी सारी चिंताओं और दुश्चिंताओं से घिरे रहने के बावजूद आप में से कुछ लोग नास्तिक भी हैं। वे किसी खुदाई ताकत के कायल ही नहीं। उनके लिए जो कुछ दीखता है, वह सब कुछ है। परमेश्वर नहीं दीखता अतः, वह है ही नहीं। आपके आज के तथाकथित वैज्ञानिक तो और बढ़े-चढ़े हैं। जिस चीज की, वे अपने प्रयोगशाला में ले जाकर जांच-परख नहीं कर सकें उसे वे मानने से रहे। अब ईश्वर तो उनकी प्रयोगशाला में जाने से रहा। अरे वह तो आकार ही नहीं रखता, बिना आकार, बिना हाथ-पांव, बिना नाक-नक्शे का है। वह कैसे जाएगा आपकी प्रयोगशाला में? तो वैज्ञानिक अथवा आप उसे मानें या नहीं, उसकी बला से।

एक बना था न बहुत बड़ा साम्राज्य आपके लोक में? जिसने ईश्वर को पूर्णतया निष्कासित ही कर दिया था। मंदिरों-मस्जिदों-चर्चों में ताले पड़ गए थे! क्या बना उस साम्राज्य का? टुकड़े-टुकड़े होकर रह गया कि नहीं वह? सौ वर्ष भी यह नास्तिकतावादी संगठन रह सका? छिन्न-भिन्न हो गया न यह महाराज्य? खुल गए न मंदिरों-मस्जिदों के दरवाजे? होने लगी न उनमें पूजा-प्रार्थनाएं? निकला ईश्वर उनके निकालने से? नहीं, मैं मंदिर-मस्जिदों की वकालत नहीं कर रहा। मैं वकालत कर रहा हूं ईश्वर की, धर्म की। वही सबमें रचा-बसा है तो उसे नकारकर तुम कब तक चल सकते हो?

बात चल रही थी आस्तिकों की और राम-नाम में विश्वास करनेवालों की। तो मेरी मानो तो इस नास्तिकता से जितना शीघ्र संभव हो पिंड छुड़ा लो। कठिनतम घड़ियों में तो बड़ा-से-बड़ा नास्तिक भी आस्तिक बन आता है—राम! राम! खुदा! खुदा! चिल्ला पड़ता है। तो उस घड़ी की प्रतीक्षा ही क्यों करो? तुमने उसे मान लिया तो वैसी घड़ी वह आने ही नहीं देगा।

लो, अगर तुम आस्तिक बनने की सोच रहे तो तुलसी का वह महामंत्र तुम्हारे सामने है—

भाव कुभाव अनख आलस हूं।
राम जपत मंगल दिसि दसहूं॥

अर्थ बताऊं? इसका तो बता ही सकता हूं। यह संस्कृत नहीं है न?

तो तुलसी के इस कथन का मतलब यह है कि राम का नाम लेते ही चारों तरफ मंगल ही मंगल छा जाता है। सर्वत्र कुशल ही कुशल। सबसे बड़ी बात यह है कि कोई आवश्यक नहीं कि राम के इस नाम को श्रद्धा और भक्ति-भाव से ही लिया जाए। श्रद्धा-भक्ति से लो तो बहुत अच्छा वर्ना अश्रद्धा से लिया गया नाम वही फल लाएगा। दुश्मनी से भी ले लो, आलस से भरे हुए भी ले लो तो परिणाम वही होगा। तुम्हारी दुश्चिंताएं मिट जाएंगी। तुम्हारे बिगड़ते काम भी बन जाएंगे। आखिर, सर्वत्र मंगल बिखरने का मतलब क्या है?

अविश्वासी, तर्कवादी कह सकते हैं भला ऐसा भी कहीं हो सकता है ? अनमने-से राम का नाम लो और वह तुम्हारी सभी चिंताओं को दूर भगा दे, तुम्हारे बिगड़ते कार्यों को बना दे ?

उनके इस तर्क का मेरे पास जवाब है। जिसका जो कार्य है, धर्म है, वह तो वह निभाएगा ही,तुम चाहो अथवा नहीं चाहो। उदाहरण लो, अग्नि का कार्य जलाना है। अब तुम उसमें जान-बूझकर हाथ डालो या अनजाने, तुम जलने से बचोगे ?

उसी तरह है यह राम-नाम। कुकर्मों, दुश्चिंताओं, दुर्भाग्यों के लिए यह आग ही है, घोर प्रज्ज्वलित अग्नि। अब इस नाम को जाने लो या अनजाने, विश्वास से या अविश्वास से, परिणाम तो वही होगा जो तुलसी ने कहा है। हम साधु-संत ईर्ष्यालु तो होते नहीं पर यहां मुझे तुलसी से ईर्ष्या अवश्य हो रही है। कैसे मैं उस सत्य को नहीं पा सका जिसे तुलसी सहज ही पा गया? क्यों नहीं मैं वह कह गया जिसे कहना अत्यंत आवश्यक था ?

तो बात आ गई न समझ में ? राम के हो जाओ और वह सब तुम्हारे पास नहीं रहेगा जो अमंगलकारी है। कल्याणकारी नहीं है।

राम की ही बात चली तो उस बात पर आ ही जाऊं जो काशी के पंडितों को लेकर घटी। यहां तक तो आप जान ही चुके हैं कि स्वामी रामानंद द्वारा संबोधित करने पर मुसलमान मेरे दरवाजे की धूल पर आ बैठे थे और मुझे नहीं चाहने पर भी बहुत कुछ कहना पड़ा था, उनके लिए। यह भी आप कमाल के मुख से सुन चुके हैं कि मुसलमानों की देखा-देखी हिन्दू पंडों-पंडितों ने भी यह निश्चय किया था कि वे भी मेरी कुटिया पर पहुंचेंगे। मैंने कमाल को कहा था कि जाकर उनसे कह दे कि वे यह कष्ट नहीं उठाएं। अगर स्वामी रामानंद की बात पूरी तरह मुसलमानों के पल्ले नहीं पड़ी और वे मुसलमान के रूप मेरे यहां आए तो यही गलती हिन्दू नहीं करें। जब मैं हिन्दू-मुसलमान में भेद ही नहीं मानता तो मेरे पास केवल आदमी बनकर क्यों नहीं आते? मुसलमान कहते हुए मेरे पास नहीं दौड़ो कि मैं कबीर केवल तुम्हारा बनकर रह जाऊंगा, उसी तरह एक हिन्दू का शिष्य होने के कारण हिन्दू मुझ पर सर्वाधिकार जताने के लिए नहीं दौड़ें।

कमाल ने तो मेरी बात उन तक नहीं पहुंचाई, यह तो आपको पता ही है। पर हिन्दू भी उस शाम मेरे यहां नहीं आए। मैं जानता हूं इसमें उनका आभिजात्य आड़े आ रहा था। धवल वस्त्रधारी, त्रिपुंड टीका सजाए पंडे-पंडितों को लगा होगा कि मुसलमान भले ही कबीर की झोपड़ी के सामने की धूल में लोट आएं तो लोट आएं, हम क्यों धूल-धूसरित करने जाएं अपने को उस अपवित्र धूल में ? जो कुछ हो वह है तो जुलाहा ही ! स्वामी रामानंद ने उसको अप्रतिम राम-भक्त और साधु-संत बताया, इसे हम मान लेते हैं पर उसके पैरों की धूल को अपने सिर चढ़ाने को तो नहीं कहा ?

मुझे इस सबका अनुमान लग गया तो मैंने एक निश्चय किया। वे नहीं आए तो अच्छा हुआ। मैं स्वयं उनके पास जाऊंगा। मेरे गुरु ने हिन्दू-मुसलमान के मध्य की दीवार तोड़ने का प्रयास किया है तो मैं उनके इस प्रयास में योगदान ही करूंगा। हिन्दू

यह क्यों समझें कि कबीर केवल मुसलमानों का होकर रह गया?

मैं पहुंच गया दिन के पहले पहर ही गोदवाली चौक पर। अभी बहुत-से लोग काशी-विश्वनाथ के दर्शन को जा रहे थे, कई लोग पूजा-प्रार्थना के बाद लौट भी रहे थे। लोगों में उत्सुकता जगी। कई लोगों ने मुझसे पूछा भी, इस समय इस बाजार में क्यों खड़े हैं कबीर सा'ब? जब से स्वामी रामानंद ने उस सभा को संबोधित किया था तब से सामान्य हिन्दू पूरी तरह मेरे प्रति श्रद्धावनत हो गए थे। मैं बात की बात में कबीर अथवा कबीरवा से कबीर सा'ब बन गया था।

मैंने बीच बाजार में खड़ा होने का अपना कारण बताया—

कबिरा खड़ा बजार में, लिए लुकाठी हाथ।
जो घर जारै आपना, चलै हमारे साथ॥

मेरी यह बात, बात की बात में जंगल में आग की तरह चारों ओर फैल गई। पंडे-पंडितों और सामान्य हिन्दुओं का एक पूरा दल मेरे चारों तरफ जुट गया। मुसलमान भी कहां भागते जब मैं बीच बाजार ही खड़ा था? इस भीड़ में उनकी भी खासी संख्या थी। पंडितों ने एक ऊंची-सी चौकी कहीं से ला दी और मुझे उस पर पकड़कर खड़ा कर दिया। अब उन्हें मुझसे छूत नहीं लग रही थी, उनके धवल सूती तथा पीले रेशमी अंगरखे अब मेरे स्पर्श से गंदे नहीं हो रहे थे। उनके चमकते त्रिपुंड और तिलक के तेज मेरे संपर्क में आने से धूमिल नहीं हो रहे थे। उनके जगद्गुरु स्वामी रामानंदजी जब मुझे अपना चुके थे तब ये किस खेत की मूली थे? भेड़-चाल है दुनिया की। कि नहीं? मुख्य भेड़ जिस ओर गई, सब उसी दिशा में सिर झुकाकर, आंखें मूंदकर दौड़ेंगी। फिर चाहे किसी पहाड़ी की चोटी पर पहुंच जाएं अथवा किसी कुंए-खंदक में गिर पड़ें कोई परवाह नहीं।

मैं एक चौकी पर खड़ा कर दिया गया तो मकसद स्पष्ट था, मुझे कुछ बोलना था। स्वयं कुछ कहने के बदले उन्हीं लोगों से जान लेना था जो मुझे घेरकर खड़े थे कि मुझे क्या बोलना था। भीड़ लगातार बढ़ती जा रही थी। उस सम्प्य आजकल की तरह, क्या बोलते हैं, लाउडस्पीकर, अपने लेखक महोदय की विशुद्ध हिन्दी में कहें तो ध्वनि-विस्तारक यंत्र तो थे नहीं कि मैं उसके माध्यम से अपनी बात दूर-दूर तक फैला देता? मुझे तो अपने गले को ही फाड़ना था। पर परवरदिगार की कृपा से मेरे कंठ में भरपूर ताकत भरी थी। इतनी बड़ी भीड़ को तो मैं घंटों संबोधित कर सकता था। हां, यह बात अलग है कि आज का समय होता तो यह भीड़ उतनी बड़ी होती कि गले में अपनी सारी शक्ति को भरकर भी मैं सब तक अपनी बात नहीं पहुंचा सकता था। आज तो आपने अपनी आबादी इतनी बढ़ा ली है कि सड़कों पर चलते समय एक-दूसरे से टकराकर कंधे छिलते हैं। उस समय पूरे देश की तरह काशी में भी आबादी का वह आलम नहीं था जो आज है। कितनी भी भीड़ जुटती तो कितनी जुटती? मेरे गले की आवाज की परिधि से वह बाहर कहां जा सकती थी?

कभी इस बात पर भी सोचिए। यों कीड़ों-मकोड़ों की तरह बढ़ते जाने से क्या लाभ? कुछ दिनों में तो सभी मुंहों के लिए आप भोजन तक नहीं जुटा पाएंगे। कुछ

संयम-नियम से काम लीजिए। आत्म-नियंत्रण से। देखिए न आपने तो अब नारा गढ़ा है—'हम दो हमारे दो' का। मैंने तो उसी समय इस नारे का अनुसरण कर लिया था। अपनी ही भीड़ में दब-कुचलकर, घुटकर मर जाना उचित नहीं। नहीं, मैं अपने इस प्रिय देश की यह दुर्दशा नहीं देख सकता। आपकी भीड़ आज भी डरावनी लग रही है। कल जाकर क्या होगा, आप स्वयं सोच लें।

खैर, मैंने आपको आज की एक ज्वलंत समस्या से अवगत करा दिया। अब आप इससे कैसे निपटें, यह आप जानें। मैं तो पुनः इतना ही कहूंगा कि हमारे धर्मों में संयम-नियम और ब्रह्मचर्य की बात यों नहीं की गई। आप जन्म-नियंत्रण के अपने आधुनिक तरीकों के बारे में मुझसे नहीं ही पूछें तो अच्छा। मैं साधु-संत इनकी वकालत नहीं कर सकता। ये एक समस्या का निराकरण करते हैं तो कई नई समस्याएं खड़ी कर देते हैं। युवकों-युवतियों में फैली वासनाजनित उच्छृंखलता के मूल में भी तो आपके ये ही आधुनिक जन्म-नियंत्रण हैं? पूरी-की-पूरी पीढ़ी दिग्भ्रमित और भ्रष्ट हो रही है। आपके यहां तो गनीमत पर मैं तो हर जगह की हालत देख रहा हूं। कल जाकर आपका देश भी इंग्लैंड-अमरीका की तरह यौन के क्षेत्र में पूरी तरह स्वच्छंद नहीं हो जाएगा? पर यह आपका युग है, आपके तरीके ही प्रभावकारी हो सकते हैं।आप जो चाहें करें पर आदमियों की इस अनावश्यक भीड़ को और बढ़ने से रोकिए। मैंने इस बढ़ती भीड़ को देखकर अपने ही काल में कहा था—

कहा कियो इह आइ करि, कहां करेंगे जाई।
इत के भये न ऊत के, थाले मूल गंवाई॥

—यहां इस संसार में आया ही क्यों? आया भी तो कौन-सा तीर मार लिया, जाकर भी क्या करोगे? न यहां के हुए न वहां के उलटे अपना मूल (संचित पुण्य) गंवा दिया।

तो असंतों, अंधविश्वासियों, कामुकों को मैं सदा, यहां आने के विरोध का पक्षधर रहा। और आज अधिकांश ऐसे ही लोग आ रहे हैं कि नहीं? कितने यहां आकर मानवता का नाम उज्ज्वल करते हैं, अधिकांश इस पृथ्वी का भार ही बनते हैं न?

तो रोकिए अपनी अनियंत्रित वृद्धि को। अब कम-से-कम लोग ही, इस धरती को अपने जन्म से धन्य करें, वही अच्छा।

खैर, बात फिर बहक गई। पर काम की बात याद आ गई तो उसे कह ही देना था। आज बीसवीं सदी के अंतिम चरण में मैं पंद्रहवीं सदी का ही अपना खट्राग अलापता रहूंगा तो कैसा लगेगा आपको? तो लौटिए फिर काशी के गोदवाली चौक को।

मेरे चारों ओर आदमियों की भीड़ मधुमक्खियों की तरह भिनभिना रही थी। सभी मेरे कुछ बोलने की प्रतीक्षा में थे। मैं क्या बोलूं क्या नहीं, यह निश्चित नहीं कर पा रहा था।

इसी समय भीड़ में से कोई बोला, "संतजी! आपने स्वामी रामानंद से राम-मंत्र

की दीक्षा ली है। राम पर ही कुछ बोलिए न।"

विषय तो बड़ा अच्छा था। राम पर तो मैं लगातार कई दिनों तक बोल सकता था। पर भीड़ में मुसलमान भी थे। सब कुछ होने के बावजूद केवल राम-नाम का गुणगान इन्हें पसंद आएगा? मैंने जानबूझकर पूछा, "और रहीम पर क्यों नहीं?"

"राम-रहीम में फर्क ही कितना है?" किसी नुकीली दाढ़ीवाले मुसलमान ने पूछा। "स्वामीजी हमारी आंखें खोल गए हैं। आप कृपा कर राम पर ही बोलिए हम राम को ही रहीम समझ राम के यशोगान को रहीम की ही इबादत मान लेंगे।"

"अच्छी बात है तो कुछ देर के लिए शांत होकर बैठ जाइए। घबराइए नहीं, काशी की धूल बड़ी पवित्र है, आपके वस्त्रों को गंदा कर सकती है, पर आपकी आत्मा को शुद्ध कर देगी।"

सभी बैठ गए अपनी-अपनी जगह। रेशमी वस्त्रों तक की परवाह नहीं थी, सभी धूल-धूसरित हो रहे थे।

"मैं राम पर बोलूंगा अवश्य पर आप जानते हैं कि मैं पढ़ा-लिखा नहीं, अतः मेरे भाषण का कोई सिलसिला या करम (क्रम) ढूंढ़िएगा तो वह नहीं मिलेगा।" मैंने स्पष्ट कर देना ही उचित समझा।

"ठीक है, ठीक है घी का बना लड्डू टेढ़ा भी हो तो अच्छा।" किसी ने हामी भरी।

मेरा मनोबल बढ़ गया और मैं शुरू हुआ—

तो आइए पहले राम-नाम का गान करें। मुंह में ही राम को नहीं रखिए, जोर से बोलिए। शब्द का महत्त्व है। वह वातावरण के विनाशकारी तत्त्वों का नाश करता है। तो बोलिए मेरे साथ—

राम सिमरी राम सिमरी राम सिमरी भाई।
राम नाम सुमिरन बिनु बूड़ते अधइकाई॥
वनिता सुत दहे गेह संपति सुखदाई।
इनमें कुछ नाहिं तेरो काल अवधि आई॥
अजामल गज गनिका पतित कर्म कीने।
तेऊ उतरि पार चले राम नाम लीने॥
सूकर कूकर जोनि भ्रमतेऊ लाज न आई।
राम नाम छांड़ि अमृत काहे विष खाई॥
तजि धर्म-कर्म विधि निषेध राम नाम लेही।
गुरु-प्रसादि जन कवि राम करि सनेही॥

सब लोगों ने मेरे साथ उस पद का गायन किया। अब यह इतना सरल है कि इसका अर्थ आपको बिना बताए भी चलेगा।

इसके बाद मैंने राम के साथ अपने अटूट संबंध पर इस पद में प्रकाश डाला—

राजा राम तू ऐसा निर्भव, तरन तारन राम राया।
जब हम होते तब तुम नहीं, अब तुम इहु हम नाहीं।
अब हम तुम एक भये, इहि इकै देखंत मन पतियाही।

जब बुद्धि होती तो बल कैसा, अब बुद्धि बल न खटाई।
कही कबीर बुद्धि हरि लाई, मेरी बुद्धि बदली सिधि पाई॥

—राम राजा तू पूरी तरह निर्भय है। तुम सबको तारनेवाले हो। जब हम होते हैं (अपने अस्तित्व को महत्त्व देते हैं) तब तुम नहीं होते अर्थात् हमारे पास फटकते तक नहीं। अब तुम ही हो हम नहीं हैं (हमने अपने अस्तित्व को नकारा) अब हम तुम एक हो गए हैं। इस एकता को देखकर मन को संतोष होता है। जब तक बुद्धि हो तो बल कैसा? (अपनी ही बुद्धि पर विश्वास होने से राम का बल क्यों कर मिलेगा?) अब यह हाल है कि न अपनी बुद्धि है न अपना बल। कबीर का कहना है कि राम ने मेरी बुद्धि हर ली। इसके बदल मुझे सिद्धि मिल गई है।

लोग मुझ पर व्यर्थ ही आरोप लगाते हैं कि सदा मैं केवल निराकार राम का ही उपासक रहा और दशरथ-पुत्र राजा राम की मैंने कोई चिंता नहीं की। ठीक है, मैं निराकार का उपासक रहा पर पौराणिक राम को मैंने पूरी तरह नकारा नहीं। यह ऊपर के पद से तो स्पष्ट ही है। मैंने राम को 'राजा' और 'राय' दोनों कहा है।

अब राम-रावण के युद्ध के परिणाम को भी देखिए इस पद में जिसे मैंने उस सभा में सुनाया—

लंका सा कोट समुद्र सी खाई, तिह रावन घर खबिर न पाई।
क्या मांगै किछु थिरू न रहाई, देखत नयन चल्यो जग जाई॥
इक लख पूत सवा लख नाती, तिह रावन घर दिया न बाती।
चंद सूर जाके तपस रसोई, बैसंतर जाके कपरे धोई॥
गुरु मति रामै नाम बसाई, अस्थिर रहै न कतहू जाई।
कहत कबीर सुनो रे लोई!, राम नाम बिनु मुकुति न होई॥

—लंका के समान किले में और समुद्र की तरह की खाई के पार बसनेवाले रावण के घर की कोई खबर नहीं रही। (वह समाप्त हो गया) ईश्वर से, राम से मांगे भी तो क्या मांगे, कोई वस्तु तो यहां स्थिर नहीं रहती है। आंखों के देखते-देखते संसार चला जाता है।

जिस रावण को एक लाख पुत्र और सवा लाख नाती थे उसके घर दीया-बत्ती करनेवाला भी कोई नहीं रहा। चांद-सूरज जिसकी रसोई बनाते थे और स्वयं वरुण जिसके कपड़े धोते थे (उस रावण का प्रताप कहां गया?)।

गुरु ने मेरी बुद्धि में राम का नाम बसा दिया। अब मेरी बुद्धि दृढ़ हो गई है, वह कहीं नहीं भटकती है। कबीर कहते हैं सुनो रे लोई! बिना राम-नाम के मुक्ति नहीं है।

राम-संबंधी इन उक्तियों के बाद मैंने एक ऐसा पद रखा जो पंडे-पंडितों के सिर को भी चकरानेवाला था। वह सीधे आत्मदर्शन था, मेरी आत्मानुभूति थी यह—

कांसू कहिए सुनि रामा, तेरा मरम न जाने कोई जी।
दास बबेकी सब भले, परि भेद न छानां होई जी।
मैं सब घट अंतरि पेषिया, जब देख्या नैंनं समान जी।
राम रसाइन रसिक हैं, अद्‌भुत गति विस्तार जी।

भ्रम निसा जो गत करैं, तानि सूझै संसार जी।
सिव सनकादिक नारदा, ब्रह्म लिया निज बास जी।
कहै कबीर पद पंकयजा, अब नेड़ा चरण निवास जी॥

—हे राम आपके संबंध में किससे कहूं? आपके मर्म को तो कोई जानता ही नहीं। आपके सभी दास (भक्त) विवेकी हैं पर भेद तो आपका कोई पा नहीं सका। यह संपूर्ण ब्रह्मांड तुम्हारे ही द्वारा व्याप्त है फिर भी आपका स्थान तो कहीं और है। मैंने अंतर्मुखी होकर आपके दर्शन किए हैं पर आपको जब देखा नयनों की तरह देखा अर्थात् आंखें तो सबों को देखती हैं पर वे स्वयं को नहीं देख सकतीं। (अर्थात् आप संपूर्ण जगत् के प्रकाशक हैं परंतु आपका प्रकाश तो हमारे लिए अदृश्य ही रहता है)। हे राम आप रसासन और रसिक दोनों में हैं (अर्थात् अपनी विभूति के कारण भी हैं और उसे जो प्राप्त करता है वह रसिक भी आपकी ही तरह हो जाता है)।

आपकी गति (कार्य-प्रणाली) का विस्तार बहुत व्यापक है। जो व्यक्ति भ्रम रूपी रात्रि को समाप्त करने में सफल होता है वही इस संसार को ठीक से समझ सकता है।

शिव, सनकादि ऋषियों तथा नारद ने अपना स्थान ब्रह्म में ही बना लिया है। कबीर कहते हैं मैंने भी अपना स्थान राम के चरण-कमलों के पास ही बना लिया है।

पंडितों की इस मंडली में मैंने अद्वैत की भी बात कर ली और अगला पद रखा—

राम मोहि तारि कहां ले जैहो।
सो बैकुंठ कहौ धूं कैसा, करि पसाव मोहि दै हौ।
जो मेरे जीव दोई जानत हौं, मोहि मुकुटि बतावौ।
एकमेक रमि रह्या सबनि में, तो काहे भरमावौ।
तारण तिरण जबै लग कहिए, तब लग तत्त न जानां।
एक राम देख्या सबहिन में, कहै कबीर मन मानां॥

—राम! इस संसार से तारकर तुम मुझे कहां ले जाओगे? जो बैकुंठ आप कृपा कर मुझे देना चाहते हैं, वह कैसा है? जो मेरे जीव को (और अपने को) दो मानते हो तो मुक्ति मुझे कैसे दोगे यह बताओ। जब सभी में एक ही (परमात्म तत्त्व) रम रहा है तो क्यों भरमाते हो (बैकुंठ और मुक्ति आदि का नाम लेकर?) अर्थात् यह द्वैत भाव किधर से आया जब ब्रह्म और जीव में अद्वैत है? जब तक उद्धारक और उद्धार चाहनेवालों की बात कही जाएगी (जब तक दोनों को दो माना जाएगा) तब तक तत्त्व को नहीं जाना जा सकता है। कबीर का कहना है कि एक ही राम को मैंने सबमें देख लिया है, अतः मेरा मन मान गया है। (उसे अद्वैत का, तत्त्व का ज्ञान हो गया है)।

"संतजी!" अकस्मात् भीड़ के कोने से आवाज आई, "हल्का-फुल्का भी सुनाइए। यह द्वैत-अद्वैत का चक्कर तो हमारा समझ में आने से रहा। आपकी उलटवांसियां भी ऐसी हैं जिनका अर्थ या तो आप जानें या आपका भगवान। उन्हें भी छोड़िए। हमें तो अपनी कुछ साखियां ही सुनाइए जो राम से संबंधित हैं। सुना, राम से संबंधित आपने

इतनी साखियां कही हैं जितनी आज तक किसी ने नहीं कहीं और आगे भी न जाने कितने सौ वर्षों में भी कोई नहीं कह पाएगा।"

मैंने आवाज की ओर ध्यान दिया। यह कोई मौलवी थे। बात सही थी मेरे राम-संबंधी पद, रमैनियां, कभी-कभी मेरी उलटवांसियों की तरह ही कठिन हो जाती हैं। साखियां मैंने निश्चय ही आम-फाम लोगों को ध्यान में रखकर रची थीं। इनके द्वारा बात बहुत सीधे रूप में लोगों तक पहुंचाई गई थी।

मुझे खुशी थी कि पंडित-पंडे तो कुछ नहीं बोले पर एक मुसलमान ने राम-नाम में भी इतनी रुचि दर्शाई। सुन सभी सावधानीपूर्वक अवश्य रहे थे पर जब तक कोई शंका-समाधान नहीं रखे, वक्ता की बातों में मन लगाता नहीं देखे तब तक बोलनेवाले को विश्वास ही नहीं होता कि उसकी बातें मनोयोगपूर्वक सुनी जा रही हैं।

मौलवी की बात ने मुझे प्रभावित किया और मैंने एकत्रित भीड़ से पूछा, "क्या सभी साखियां ही सुनना चाहते हैं।"

"हां।" समवेत स्वर फूटा। इसमें हिन्दू भी थे और मुसलमान भी।

"ठीक है, जैसी आपकी इच्छा।" मैंने कहा और अपनी बात इस साखी से आरंभ की—

"लूटि सकै तो लूटियो, राम नाम की लूटि।
पाछे ही पछिताहुगे यहु तन, जै है छूटि॥

"वाह! वाह! क्या कहा कबीर सा'ब आपने।" भीड़ के एक कोने से आवाज आई।

"सारा राम-नाम तो आपने लूट लिए अब हमारे लिए क्या बचा?" एक हिन्दू सज्जन थे। इस पर सभी लोग खिलखिलाकर हंस पड़े और भीड़ से एक सम्मिलित आवाज उठी, 'बोलो भक्त वत्सल राम की!' 'जय।'

'सद्‌गुरु कबीर की!' 'जय'।

'भगवान रामानंद की!' 'जय'।

मैं प्रसन्नता से पुलकित हो आया। नहीं, अपनी जयकार की मुझे कोई प्रसन्नता नहीं थी। हमारे राम की और हमारे गुरु स्वामी रामानंद की जयकार मेरे मन-प्राणों को उल्लसित कर गई। मुझे प्रसन्नता इस बात की सर्वाधिक थी कि हिन्दुओं और मुसलमानों दोनों ने ही मेरे राम और गुरु दोनों को अपना लिया था। साथ ही मुझे भी। अब कहां हिन्दू और कहां के मुसलमान? मेरी बहुत दिनों की 'साध' पूरी हुई थी।

मैंने इसी से मिलती-जुलती दूसरी साखी रखी—

लूटि सकै तो लूटियो, राम नाम भंडार।
काल कंठ तैं गहेगा, रुंधैं दसूं दुवार॥

—राम नाम का भांडार भरा हुआ है। जितना जो लूट सके लूट ले। बाद में काल कंठ को पकड़ लेगा और तुम्हारे दसों दरवाजे (दस इंद्रियां) बन्द हो जाएंगे।"

वाह! वाह! की आवाज फिर उठी।

"ठीक कहा कबीर सा'ब आपने, जो समय रहते नहीं चेतता उसकी हालत वही

होती है जो आपने कही।" एक त्रिपुंडधारी पंडित ने हामी भरी।

मुझे आश्चर्य तो इस बात का हो रहा था कि बाबा विश्वनाथ की इस नगरी में जहां प्रायः सारे हिन्दू-पंडे और पुजारी शिव-भक्त (शैव) थे। वहां सभी राम नाम के महत्त्व में इतनी रुचि क्यों ले रहे थे। निश्चय ही कुछ वैष्णव भी थे काशी में और स्वामी रामानंद के यहां डेरा डालकर पड़े रहने से इन वैष्णवों की संख्या बढ़ी ही थी। अक्सर शैवों और वैष्णवों में ठनती रहती थी। मैंने राम-नाम के पुल द्वारा इन दोनों के मध्य की खाई को भी पाटने का प्रयास किया और बहुत हद तक सफल भी हुआ। पर मानना पड़ेगा कि इस विवाद के निराकरण का वास्तविक भार मेरे बाद आनेवाले तुलसी पर पड़ा। उसने स्पष्ट कहा कि शिव और राम दोनों एक-दूसरे को भजते रहते हैं। यदि कोई केवल शिव का होकर रहता है और राम का नाम नहीं लेता तो भोलेनाथ कभी उस पर प्रसन्न नहीं होते। उसी तरह जो केवल राम का नाम लेता है और शिव की उपेक्षा करता है राम उसकी ओर उलटकर भी नहीं देखते।

और तो और तुलसी ने अपने संपूर्ण रामचरितमानस को शिव-पार्वती संवाद के रूप में ही रखा। जब शिव ही राम का महात्म्य गाए जा रहे हैं तो कौन शैव और कौन वैष्णव?

इस साखी के पसंद किए जाने के पश्चात् मैंने अगली साखी रखी—

मेरा मन सुमरि राम कूं, मेरा मन राम है आहि।
अब मन रामहै हूं रह्या, सींस नवावौं काहि॥

—मेरा मन राम का स्मरण करता है। राम का स्मरण करता हुआ वह स्वयं राम हो गया। जब स्वयं मन ही राम हो गया तो वह अब किसके सामने सिर झुकाए?

तो समझा आपने अभी भी कुछ? मेरे अक्खड़पन के मूल में यही बात थी। ठीक ही मैं किसी के सामने सिर नहीं झुकाता था। हिन्दुओं के आचार्यों से लेकर मौला-मौलवी सामने से गुजर जाते थे पर कबीर का सिर नहीं झुकता था। कबीर राम था और राम कबीर तो यह राम किसका नमन करे, किसके सामने नतमस्तक हो?

धूप अब तक काफी तीखी हो गई थी। मेरी आंखों पर सीधी पड़कर चकाचौंध उत्पन्न कर रही थी।

"अब रहने दीजिए संतजी! हम राम-नाम के महत्त्व को पूरी तरह समझ गए। ऐसे तो आपका खजाना कभी खत्म नहीं होगा पर हम आपको अब अधिक कष्ट नहीं देना चाहते।"

पूरी भीड़ दूर तक मेरे पीछे-पीछे आई और कुछ लोग तो मुझे मेरे घर तक ही छोड़ने आए।

23

बात बनने की होती है तो स्वतः बन जाती है। उस समय शत्रु भी मित्र हो आते हैं। मित्र तो अपना धर्म निभाते ही हैं। सब कुछ होते हुए भी धनियावाली घटना से मैं काफी

आशंकित था, पता नहीं कब कौन कहां पूछ दे। वैसी हालत में मेरे जवाब का कोई मतलब होता? सब अपने ही मन की सोचते कि नहीं?

किंतु ऐसा होता है कि जिस बात को लेकर हम भयभीत रहते हैं वह घटती ही नहीं। मेरे लंबे जीवन का अनुभव तो यही बताता है, इसीलिए व्यर्थ में चिंता पाले रहना मनुष्य के लिए उचित नहीं है। भविष्य अंधकारग्रस्त है या इस अंधकार को चीरकर प्रकाश की कोई सुनहली किरण चमकनेवाली है, इस बात को सब जानते ही नहीं तो व्यर्थ का रोना लेकर बैठने से लाभ?

तो धनियावाली घटना जैसे घटी ही नहीं हो। ऐसा नहीं कि उस बात का किसी को पता ही नहीं था। उन दिनों मुझ कबीर की हालत यह थी कि वह छींकता भी तो इसकी खबर पूरे काशी को हो जाती। पर धनिया को लेकर मुझसे कभी किसी ने पूछा ही नहीं, यह बात आश्चर्य में डालनेवाली थी।

मुझे इस राज का पता थोड़े ही दिनों में लग गया। लोई और कमाल ने अपने द्वारा लगाई इस आग को बुझाने का, इस पर पानी डालने का काम पूरी तरह अपने हाथ में ले लिया था।

लोई ने तो जैसा उसने कहा था, पास-पड़ोसियों की औरतों की उत्सुकता को पूरी तरह शांत कर दिया। लोई की इज्जत औरतों के मध्य कुछ कम नहीं थी। बल्कि सभी औरतें तो मुझसे बोल भी नहीं सकती थीं, अतः उनके सभी मर्जों की दवा लोई के पास ही थी। लोई ने उसका भरपूर लाभ उठाया और मेरे और धनिया के पाक संबंध की चर्चा उनके मध्य पूरे मनोयोग से करती रही। अब जो कहिए औरतों की एक विशेषता को नकारा तो नहीं जा सकता—इनके पेट में कोई बात पचती ही नहीं। जब तक एक दूसरे से, दूसरी तीसरी से, तीसरी चौथी से नहीं कहेगी उनका पेट जैसे वायु (गैस) से फूलता रहेगा। तो किसी बात का प्रचार करना हो तो किसी औरत के कान में डाल दो और निश्चिंत हो जाओ। उसके माध्यम से बहुत सारी स्त्रियां और स्त्रियों के माध्यम से उनके बहुत सारे पति तक वह बात, बात की बात में पहुंच जाएगी। स्त्री होने के नाते लोई का औरतों के इस मनोविज्ञान से पूर्ण परिचय था। नहीं, यह बात स्त्रियों के विरुद्ध नहीं जाती। मैं तो मानव-प्रकृति के एक सत्य का उद्‌घाटन कर रहा था। आदमी औरत के सोच, स्वभाव और प्रकृति में कुछ अंतर तो है ही। अब पुरुष की बात लो तो उसकी सबसे बड़ी कमजोरी है उसकी प्रशंसा। उसकी कुछ सच्ची-झूठी प्रशंसा कर लो और उससे चाहे जो करा लो। इसी कारण मेरे काल में राज-सभाओं में चाटुकार होते थे। राजा की गलत-सही तारीफ कर उसकी वाह-वाही लूटते थे और इन्हीं चाटुकारों के माध्यम से बहुत सारे ऐसे लोग भी कार्य निकलवा लेते थे जो उनके किए होने को नहीं थे। आपके समय की भी बात जानता हूं। अब ये चाटुकार एक नया नाम ले चुके हैं—चमचे। इन चमचों ने नाक में दम कर रखी है। आज के मंत्रियों, मुख्यमंत्रियों से लेकर प्रधानमंत्रियों तक की। ये उनको बखूबी पहचानते भी हैं पर वे इन्हें अपने से पृथक् नहीं कर सकते। ये चमचे इनसे कुछ लेते हैं तो इन्हें दिलाते भी बहुत कुछ हैं। प्रजा और राजा के मध्य ये एक मजबूत सेतु का काम करते हैं। जो काम किसी से नहीं

बन रहा, उसकी जिम्मेवारी किसी चमचे को दे दो और उसका पारिश्रमिक भी। यह बात अलग है कि पारिश्रमिक के कितने चम्मच आज के राजा के मुंह में जाते हैं और कितने चम्मच चमचे के ही पास रह जाते हैं!

मैं अपनी कई पीड़ाओं का उल्लेख पहले ही कर चुका हूं। मेरी यह एक और पीड़ा सर्वाधिक त्रासद है। ये चमचे अब बहुरूपिया बन गए हैं। उनमें से अधिकांश साधु-संन्यासियों, तांत्रिकों का रूप ले चुके हैं। इन्हें कुछ आता-जाता नहीं। तंत्र-मंत्र, पूजा-पाठ से इनका दूर का भी संबंध नहीं। संबंध है तो मात्र गले में पड़ी रुद्राक्ष और मणि-माणिक्य की बहुमूल्य मालाओं से, ललाट पर शोभित लाल रक्तवर्णी तिलकों से और शरीर पर पड़े चिनांशुकों (रेशमी वस्त्रों) से। इन्हीं की चकाचौंध के द्वारा ये आज के राजा-प्रजा दोनों को बेवकूफ बनाकर अपना उल्लू सीधा करते हैं। यह स्वामियों, तांत्रिकों की फसल आपके देश में पूरी तरह पक रही है। स्वामियों की यह परंपरा यहां अब अच्छी तरह जड़ पकड़ चुकी है। आपके इस प्रजातंत्र के हर नेता को एक संन्यासी चाहिए, तांत्रिक, जो इनके द्वारा किए गए सारे कुकृत्यों और दुष्कर्मों को अपनी साधना की आग में जलाता रहे—स्वाहा। पर इनके पास तो कोई साधना आदि होती नहीं। जब पोल खुलता है तो एक नाव की सवारियों की तरह दोनों डूब जाते हैं। हमारे समय में संत कोई एक-दो होते थे। संतों की यह बाढ़ उस समय नहीं आई थी। इसलिए तो मैंने कहा था—

सिंहों के लेहड़े नहीं, हंसों की नहीं पांति।
हीरों की नहिं बोरियां, साधु न चले जमाति॥

पर आज तो वही होता है। मेरे समय के साधु-संत नंगे पैर धूल में चलते थे, इसलिए वे जिधर से जाते वहां की मिट्टी भी पवित्र हो जाती। आज के स्वामी 'कार-सेट' और 'जेट-सेट' हैं। जिधर जाते हैं प्रदूषण का धुंआ ही फैलाते हैं। उनका धंधा फूलता-फलता भी खूब है। नेता और चमचा दोनों माया के चक्कर में आ कभी-कभी अपनी नेतागिरी और चमचागिरी दोनों को डुबो बैठते हैं। पर इससे भी कोई सबक नहीं लेता और मरता क्या न करता की उक्ति को चरितार्थ करता हुआ, चुनाव का समय आते ही साधारण चमचे तो नेताओं के चरण पकड़ लेते हैं और नेता, विशिष्ट साधु-संन्यासी रूपी चमचों का चरण-चुंबन आरंभ कर देते हैं। अपनी तो कोई साधना-उपासना की शक्ति इनकी होती नहीं। सौ झूठ बोलते हैं पर एक सत्य का भी उच्चारण भूल से नहीं करते। अतः अपने पाप के प्रक्षालन का कार्य ये अपने इन नए सिरे के चमचों-स्वामियों, संन्यासियों के जिम्मे छोड़ देते हैं। इन संन्यासियों का तो भेद तब खुलता है जब वे अपने कुकर्मों लाखों-करोड़ों का बारा-न्यारा करनेवाली अपनी सूझ-बूझ—के फलस्वरूप जेलों के सेलों में बंद हो जाते हैं, वातानुकूलित घरों में रहनेवाले इन बाबाओं को जेल का यह नरक-तुल्य वातावरण रास नहीं आता और वे यहां छटपटाते इस बात की आशा करते हैं कि इनके नेता इन्हें उबार लेंगे पर जब दोनों की मिली-भगत के कारण सब कुछ घटित होता है तो नेता के पैर भी जेल के दरवाजे के अन्दर अब गए कि तब! बेचारा नेता, अपने घर में लगी आग को बुझाए

अथवा अपने गुरु-स्वामी की खबर ले! ऐसे गुरुओं के लिए ही तो मैं आज से पांच सौ वर्ष पहले ही कह चुका—

जानीता जब बूझा नहीं, बूझि न किया गौन।
अंधे को अंधा मिला, पंथ बतावे कौन॥

माई मूंडूं उस गुरु की, जाते भरम न जाय।
आपनु बूड़े धार में, चेला दिया बहाय॥

—गुरु भी झूठ, धोखाधड़ी और माया की जल-धार में डूब गए और शिष्य को भी उसी में बहा दिया। उसे तो आज आप प्रत्यक्ष देख ही रहे हैं। जब बात गुरु पर आ जाती है तो वह अपने शिष्य का भी भंडा फोड़ने को प्रस्तुत हो जाता है और शिष्य ऐसा व्यवहार करता है जैसे उस गुरु को वह जानता ही नहीं, कभी जिसके चरणों पर अपने सिर रगड़ता था।

मैंने लालची और अवसरवादी गुरु-शिष्यों के लिए ठीक ही कहा न—

पूरे सतगुरु के बिना, पूरा शिस्य न होय।
गुरु लोभी, शिस्य लालची, दूनी दाझन सोय॥

—पूर्ण सद्‌गुरु के बिना शिष्य भी पूर्ण नहीं हो सकता। गुरु लोभी हो गया, शिष्य लालची हो गया, दोनों जलाने योग्य हैं।

कनफूका गुरु हद्द का, बेहद का गुरु और।
बेहद का गुरु जब मिले, लहै ठिकाना ठौर॥

—'कनफुकवा' गुरु की एक सीमा होती है। जो सीमाओं में नहीं बंधा वह गुरु कोई और होता है। जब सीमा-रहित गुरु मिल जाता है तभी शिष्य को सही ठिकाना मिलता है।

क्या कभी कीचड़ को कीचड़ से धो सकते हैं कि कीचड़ धोने के लिए पानी की आवश्यकता होगी? गंदगी कहीं गंदगी को धोए? मैंने साफ कहा—

जाका गुरु है गिरही, गिरही चेला होय।
कीच कीच को धोवते, दाग न छूटे कोय॥

जरा यह भी देख लीजिए। आपके युग के साथ ही सटीक बैठता है—

गुरुआ तो सस्ता भया, पैसा केर पचास।
राम नाम धन बेचि कै करै शिस्य की आस॥

—गुरु तो सस्ता हो गया (कहा न आज हर नेता को एक गुरु चाहिए ही।) पैसे में पचास मिलता है। वह शिष्य को क्या देगा, वह शिष्य से ही कुछ पाने की इच्छा रखता है। राम-नाम रूपी दौलत को भी (पैसे पर) बेचता है।

तो यही स्थिति है आज की। स्वयं सहस्र क्षिद्रोंवाली नौका में बैठे अपने गुरु से आज के राजा—राजनेता—अपने भले-बुरे कर्मों से अपनी सुरक्षा चाहते हैं। डूबती नाव में जब दोनों ऊब-चूब करने लगते हैं तो शिष्य गुरु का असली भेद जान पाता है। आज का ढोंगी गुरु, भगवान गणेश की मूर्तियां जब किसी चमत्कार से पूरे देश में दूध पीने

लगती हैं तो उसका श्रेय अपने ऊपर ले लेता है। किंतु जब वह कारागार के सींखचों के अंदर बैठा होता है तो उसके भगवान उसे छुड़ाने क्या, उसके सूखते मुंह में एक चम्मच जल भी डालने नहीं आते हैं।

हां, तो मैं मानव-प्रकृति की बात कह रहा था। स्त्रियों के पेट में कोई बात नहीं पचने की और पुरुषों के प्रशंसा-प्रिय होने की। इसी क्रम में चमचों और आधुनिक गुरुओं की बात निकल आई। निकलनी ही थी। आज के युग धर्म को किनारे करते चलें तो मेरी यह आत्मकथा अधूरी ही रह जाएगी।

लोई की भूमिका को विस्तार से कहा मैंने ऊपर। और जैसा कहा स्त्रियों में कानों-कान बात फैलने में कोई समय नहीं लगता और उनके माध्यम से पुरुष भी बातों से परिचित हो जाते हैं। मेरे और धनिया के पाक संबंध के विषय में जब स्वयं मेरी पत्नी ने ही प्रचार करना आरंभ किया तो शक की गुंजाइश कहां रह गई?

बची-खुची कसर को कमाल ने पूरा कर दिया। उसका तो आना-जाना सभी प्रकार की लोगों में होता था, हिन्दुओं में भी और मुसलमानों में भी। सब जानते थे कि वह मेरा घोर विरोधी है। पर उसी ने जब मेरे और धनिया के पाक संबंध का ढिंढोरा पीटना शुरू किया तो किसी के पास कुछ कहने-सोचने को रह ही क्या गया?

कुछ लोगों ने उससे यह बात भी कही, "कबीर तो तुमको कपूत घोषित कर चुके हैं, तुम क्यों उनकी तरफदारी में पिल पड़े?"

"अब भाई सत्य पर तो पर्दा नहीं डाला जा सकता? जो बात है कहनी तो वही पड़ेगी भले ही उससे मेरे अब्बाजान की इज्जत में और इजाफा हो रहा हो। मुझे उनसे कोई जानी दुश्मनी तो नहीं? वे मुझे कपूत कह लें सौ बार पर जब तक वे कुछ ऐसा नहीं करते जिससे मेरे खानदान और परिवार की सोहरत को आंच आए मैं उन्हें कुपिता तो नहीं कह सकता?"

"यह बात तो सही है," एक सज्जन ने कहा था, "पर कबीर के मुंह से निकली वाणी चट्टान पर खिंची लकीर है। हमें पता है इसे शीघ्र नहीं मिटना है। युगों तक जीवित रहेंगे उनके वचन। रामानंद का आशीर्वाद मिल जाने से तो उनका व्यक्तित्व भी अमर हो गया और कृतित्व भी। अब वे तुम्हारे संबंध में जो कुछ कह गए उसे तो वे लौटाने नहीं जा रहे। अपने नाम से उनसे कोई दूसरी ही अच्छी साखी कहलवा लो।"

"यह नहीं हो सकता।"

"क्यों?"

"वे मेरे बाप हैं तो क्या कबीर भी हैं। अहिंसा, सत्य, समानता, विश्वबंधुत्व उनके लहू की हर बूंद में रचे-बसे हैं। वे अपने कहे को काटेंगे तो वह असत्य का सहारा लेना नहीं होगा? वे केवल मेरे बाप होते—अब्बाजान—तो मैं वह करा भी लेता जो आप कह रहे हैं, पर आपको नहीं पता कि अक्खड़ कबीर से उनकी अपनी ही बात को कटवाना आसमान में छिद्र करने का स्वप्न पालना है? कपूत के रूप में ही सही मुझे अपनी साखी में डालकर उन्होंने मुझे अमर कर दिया कि नहीं?"

"यह तो यही हुआ कि बदनाम हुए तो क्या हुआ नाम हुआ न ?"

"अब आप जो समझें," कमाल बोला, "पर मैं इतनी-सी बात के लिए उनकी चिरौरी नहीं करने जा रहा जबकि मैं जानता हूं कि मेरा यह 'परयास' (प्रयास) पानी पर लकीर खींचने के ही समान होगा।"

"उन्होंने तो तुम्हें त्याग भी दिया है न ?" उस हिन्दू-पुजारी ने पूछा।

"त्याग दिया तो मेरी 'करनी' से।"

"क्या मतलब ?"

"मतलब यह है कि मैं कुपुत्र तो हूं ही। करघे पर नहीं बैठता। बाजार में कपड़े की गांठ भी लेकर नहीं जाता। वे जितने बड़े आस्तिक हैं मैं उतना ही बड़ा नास्तिक हूं। वे जिस नाम को जपते हैं, मेरी जीभ पर वह नाम नहीं चढ़ता। इसलिए मैं उनकी तरह साधना-उपासना भी नहीं करता। मैं तो पूरी तरह उनके विपरीत स्वभाव का हूं। ऐसे में वे मुझे त्याग दें तो उसमें उनका क्या दोष है ? और एक बात यह भी है कि जब तक मैं उन्हें नहीं त्यागता उनके त्यागने से क्या होगा ? एक तरफ न प्रेम होता है न बैर? वे मेरे ऊपर चाहें तो दो-चार साखियां और गढ़ दें पर मैं तो उनके विरुद्ध अब कुछ नहीं बोलने जा रहा। पहले मैंने उनको ठीक से नहीं समझा था। सोचा जैसा हर बाप होता है वैसा ही ये भी हैं—पुत्र पर धौंस जमाओ। उसको बिना 'मोल' का गुलाम समझो और जिस काम में जोतना है उसमें किसी सीधे बैल की तरह जोत दो। अब मैं धीरे-धीरे उनके महत्त्व को समझ गया हूं। वे लाख चाहें, मुझसे अपने को काट कैसे सकते हैं ? लोग उन्हें कल्पतरु की छाया कहते हैं तो कल्पतरु अपनी छाया किसी के ऊपर से खींच लेता है? यह तो हमारे ऊपर है कि हम उस छाया में रहकर ताप-पाप से मुक्त हों अथवा स्वयं उस छाया की परिधि से बाहर आकर संताप झेलने लगें। मैं इस छाया को नहीं छोड़ने जा रहा।"

"मैंने तो सुना कि उन्होंने क्रोध में आकर तुमको घर के अंदर भी आने से मना कर दिया है।"

"उन्हें क्रोध नहीं आता।" कमाल के मुख से निकला।

"कमाल कर रहे हो यार," वह पंडित बोले, "क्रोध तो वे कई बार हम पंडितों और मुल्ला-मौलवियों के सामने भी कर चुके हैं।"

"इस क्रोध का कोई परिणाम भी हुआ है क्या ? और कितने क्षण रहा वह क्रोध ? उनका क्रोध सात्विक है। लोगों को सुधारने के लिए वह होता है। वह क्रोधित हो किसी का बुरा नहीं करते।"

"........" पंडित चुप। बात ही पते की थी। पर सहज मान जाए वह कबीर का बेटा कमाल कैसे ? उसने आगे कहा, "क्रोध के खिलाफ ही उन्होंने कई साखियां कही हैं। हैं आपको याद ?"

"नहीं।"

"तो मुझसे सुनिए। उन्होंने कहा है—

क्रोध अगिन घर घर बढ़ी, जरै सकल संसार।
दीन लीन जिन भक्त है, तिनके निकट उबार॥

—क्रोध की अग्नि घर-घर में बढ़ रही है। सारा संसार इसी क्रोधाग्नि में जल रहा है। भगवान का भक्त जो सीधा-सादा (दीन) है वह उनमें ही लीन रहता है और उसी के पास जाने से इस क्रोधाग्नि से उबरा जा सकता है।

और सुनिए कमाल आगे बढ़ा—

काम क्रोध सूतक सदा, सूतक लोभ समाय।
सील सरोवर न्हाइए, तब यह सूतक जाय॥

—काम और क्रोध हमेशा सूतक (मृत्यु के समय की छूत) हैं। लोभ में भी सूतक है। शील के तालाब में नहाइए तब यह सूतक समाप्त होता है।

कामी, क्रोधी, लालची, इनते भक्ति न होय।
भक्ति करै कोई सूरमा, जाति बरन कुल खोय॥

—कामी, क्रोधी और लालची से भगवदभक्ति नहीं होती। भक्ति कोई शूर ही कर सकता है जो न किसी जाति में विश्वास करता है, न वर्ण में, न कुल में।

काम, क्रोध, मद, लोभ की, जब लग घट में खानि।
कहा मूरख, कहा पंडिता, दोनों एक समानि॥

—जब तक मनुष्य के शरीर रूपी घट में काम, क्रोध और लोभ की खान है तब तक पंडित और मूर्ख में कोई अंतर नहीं है।

"पंडितजी!" कमाल ने कहा, "इतनी साखियां तो सुन लीं आपने। अब एक और सुन लीजिए मुझसे। इससे शायद आपका रहा-सहा भ्रम भी मिट जाएगा—

काम क्रोध तृष्णा के लीने, गति नहीं एकै जाना।
फूटी आंखों कछू न सूझै, बूड़ि मुए बिनु पाना॥

—काम, क्रोध और तृष्णा में जो लीन है उनकी और कोई गति नहीं, एक ही है : इनकी फूटी आंखों को कुछ सूझता नहीं और ये बिना पानी के डूब मरते हैं।

"वाह कमालजी!" इस पंडित ने कहा, "आप तो सचमुच कमाल के निकले? कबीर सा'ब की इतनी साखियां आपने क्रोध के विरुद्ध ही याद रखी हैं। यद्यपि आपको वे कपूत कह घर से निष्कासित भी कर चुके हैं।"

"आप इसकी चिंता नहीं कीजिए," कमाल बोला, "मैंने पहले ही कहा कि उनका क्रोध स्थायी नहीं होता। किसी सज्जन, संत का नहीं होता। बोलिए, आप इससे सहमत हैं कि नहीं?"

"हूं," पंडित ने कहा, "संत कबीर भक्त हैं वे अपने पुत्र का क्यों कुछ बिगाड़ने लगे? पर आप भी अपने में कुछ सुधार लाइए।"

"किस तरह?"

"यह तो अपने पिता की साखियों में ही खोजिए। कुसंग छोड़िए सत्संग अपनाइए—

संगम करियै साध की, अंति करै निबाहू।
साकत संगु न कीजिए, जाते होई बिनाहु॥

—सज्जन का साथ कीजिए जो अंत-अंत तक साथ देता है। शाक्तों (मांसभक्षी दुर्जनों) का साथ नहीं कीजिए क्योंकि इससे विनाश होता है।

24

कबीरा खड़ा बजार में, मांगे सबकी खैर।
ना काहि से दोस्ती, ना काहि से बैर॥

सच ही है न यह जो मैंने कहा? बाजार में खड़ा मैं सबकी खैरियत के लिए खुदा से दुआ करता हूं। मेरी न किसी से दोस्ती है न किसी से दुश्मनी। सरे बाजार मैं खड़ा हूं क्योंकि मैं घर के भीतर छिपकर नहीं रह सकता। मुझे घर से क्या और कितना लेना-देना? मुझे तो तमस को दूर करना है—अंधकार को, अज्ञान-अंधकार को। पिता-माता तो घर छोड़ गए। लोई इतने दिनों तक मेरे साथ रहकर अपने मन की मैल को धो चुकी है। धनिया मेरी पत्नी न सही पर मुझमें पूरी तरह अनुरक्त है। इसके अंदर जो भी अंधकार रहा हो इस अनुरक्ति के पश्चात् वह कहां रह सकता था? सच्चा प्रेम शुद्ध करता है। प्रेम खुदा है न? खुदा दिल में बसता है, प्रेम का भी डेरा वहीं है। खुदा को असत्य, ईर्ष्या, विद्वेष, घृणा आदि कुवृत्तियों से कुछ लेना-देना नहीं है। पास में बसता प्रेम भी स्वभावतः इन प्रवृत्तियों का विरोधी है। प्रेम ही क्या जो प्रेमिका अथवा प्रेमी के दुर्गुणों को निर्मूल नहीं कर दे? प्रेम स्वतः प्रेरणा देता है, पवित्र होने के लिए। प्रेम हृदय का अर्घ्य है, नैवेद्य, जो उस किसी को समर्पित किया जाता है जिससे हमें प्रेम होता है। अशुद्ध दोषपूर्ण अर्घ्य अपने प्रिय पात्र को नहीं दिया जा सकता, अतः प्रेम (अभी मैं मानवीय प्रेम की ही बात कर रहा हूं पर आज के सस्ते कृत्रिम प्रेम की नहीं जहां प्रेम केवल बहाना है और वासना उसका मूल उद्देश्य है) शुद्ध कर देता है उस स्थान को जहां वह बसता है, आपके मन-मंदिर को। आज के युग में यह बात बड़ी अटपटी लग सकती है क्योंकि आज सच्चा प्रेम काफूर हो गया है। उसका स्थान स्वार्थपूर्ण वासना मूलक संबंधों ने ले लिया है। पर आज भी कुछ ऐसे हैं जो सच्चे प्रेम से परिचित हैं—वे वासनारूपी विष के नहीं विशुद्ध प्रेम-पीयूष (अमृत) के पुजारी हैं।

बात धनिया की चल रही थी। उसके दिल में मेरे प्रति सच्चा प्यार था, केवल प्यार। प्रेमी के सभी गुणों से प्रेम नहीं हो तो वह प्रेम किधर से कहला सकता है? इस तरह मेरे सारे आचार-विचार को स्वीकार कर मेरे प्रति अपने अंतर् में प्रेम की ज्योति जलाए बैठी धनिया के अंदर भी अज्ञान-अंधविश्वास का अंधकार टिक ही नहीं सकता था। रह गए कमाल और कमाली। तो कमाली का हाथ थोड़े दिन पहले ही मैंने एक चरित्रवान युवक के हाथों में दे दिया था। वह जुलाहा था या नहीं, मुसलमान था अथवा हिन्दू, यह नहीं पूछिए क्योंकि जाति-धर्म और संप्रदाय को धत्ता बतानेवाले मुझ कबीर

को यह बुरा लग सकता है। वह युवक मुझे भा गया था। बड़ा कर्मठ लगा था वह मुझे। कपड़े के बाजार में ही कंधे पर बड़ा-सा गट्ठर लिए वह मेरे सामने पड़ गया तो 'राम-राम' कह उसने मेरी बंदगी की। बंदगी का यह ढंग उस समय अनोखा था। मैंने उसे रोका। अपने भारी गट्ठर को जमीन पर रख वह मेरे सामने नत-मस्तक बैठ गया।

"इतना बड़ा गट्ठर कहां से लाए? स्वयं का करघा है क्या?" मैंने उत्सुकतावश पूछा।

"नहीं, दूसरों के यहां से वस्त्र खरीदकर लाता हूं।"

"तो बहुत मुनाफा कमाते होगे?"

"नहीं, मुनाफा हराम है। मैं एकदम जायज कीमत पर ही बेचता हूं। अपना 'मिहनताना' भर लेता हूं।"

"बड़ी अच्छी बात है," मैंने कहा, "पर इसे सीखा कहां से?"

"आपके इसी दोहे से—'साईं इतना दीजिए...'।"

"तो तुम मुझे जानते हो?"

"आप यह क्या बोल रहे हैं? काशी और इसके आसपास का कौन आपको नहीं पहचानता?" उसने आश्चर्य से भरकर कहा।

"ठीक है, पर यह 'राम-राम' की बंदगी कहां से सीख ली? इधर तो ऐसा नहीं करते?"

"आप रामानंद के शिष्य हैं न?"

"यह तो जग-जाहिर है।"

"राम के दीवाने भी?"

"यह भी ठीक है।" मैंने आंखों के कोरों को पोंछते हुए कहा। राम और रामानंद के उल्लेख पर वहां अश्रु-कण एकत्रित हो गए थे।

मैं थोड़ी देर चुप रहा। मन-ही-मन लड़के को तौला। कर्मठ है। ऐसे ही कर्मयोगियों की आवश्यकता है इस संसार में। लोभी नहीं है—लालची। काम, क्रोध और लोभ के विरुद्ध मैं इतने दोहे बोल गया हूं जिनसे आप भी अपरिचित नहीं हैं और सबसे बड़ी बात है कि राम-भक्त है वह। इससे अधिक मेरी कमाली के दूल्हे में क्या चाहिए था? पर एक बात तो रह ही गई थी। मैं कबीर, ऐसा ही मस्तमौला रहा हूं। असल बात जानी नहीं और लगे मन के पुए पकाने।

"तुम्हारा निकाह हो चुका है?" मैंने धीरे से कहा। कलेजा इधर अनियंत्रित रूप में धड़क रहा था। कहीं वह हां नहीं कह दे। तब? तब तो हाथों के तोते उड़ जाएंगे कि नहीं?

"निकाह क्यों कह रहे हैं? शादी कहिए न? नहीं हुई है अभी।"

तो वह युवक मुसलमान नहीं था। हिन्दू होगा, यही न? हिन्दू में किस जाति का था? ऊंची या नीची का? पर मुझे इससे क्या लेना-देना था? उससे पूछकर या उसके गांववालों से पूछकर जानकारी प्राप्त की जा सकती थी। पर इसमें मेरा उसूल सामने आता था कि नहीं? वह चांडाल हो या ब्राह्मण। हर

हालत में वह मुझे ग्राह्य था।

अजीब बात थी। मन के पुए पकाने में मेरा भी कोई जवाब नहीं था। मुझे तो वह पसंद आ गया था पर उसे भी मेरे यहां संबंध करना पसंद हो इसका क्या सबूत था? सबसे बड़ी बात थी कि कमाली उसे जंच ही जाएगी, यह कहां सुनिश्चित था? अगर वह सचमुच किसी ऊंची जाति का हुआ, ब्राह्मण या क्षत्रिय तो वह एक जुलाहे की बेटी को अपनाएगा भी क्या?

मेरा मन उलझ गया जैसे कभी-कभी करघे पर धागे उलझ जाते हैं—गुत्थम-गुत्थ। उन धागों को तो मैं आसानी से अपने सिद्धहस्त हाथों से सुलझा लेता था पर इन धागों का क्या करूं? मैं राम-भक्त, निर्गुण-निराकार का उपासक इन दुनियावी झंझटों से दूर ही रहना चाहता था पर ये थे कि मेरा पिंड ही नहीं छोड़ना चाहते थे। धनिया कांड के पश्चात् अब यह पुत्री-विवाह! राम-भक्त को भी शांति नसीब नहीं है क्या? नहीं, ऐसा नहीं हो सकता। राम पर मुझे पूरा भरोसा था। आप आज के युग के हैं। चमत्कार आपको अंधविश्वास लगते हैं। पर आप भक्तों-साधकों की दुनिया को जानते तो लगता कि भगवान भक्तों के लिए चमत्कार करता ही रहता है। भक्तों को इसमें कोई आश्चर्य नहीं होता। अच्छा हो कि आप अपनी ही वैज्ञानिक-अवैज्ञानिक दुनिया तक सीमित रहें, भक्त-भगवान के संसार को नहीं जानते तो उसमें दखल-अंदाजी करने से बाज आएं।"

तो मैंने अपने राम को स्मरण किया और उस युवक के समक्ष प्रस्ताव रख दिया—

"तुम मेरे साथ मेरे घर चल सकते हो?"

"कब?" उसने पूछा।

"अभी, इसी समय और कब?" मुझ कबीर के पास तो समय-ही-समय था। घर-द्वार की चिंता का भार तो लोई उठा ही चुकी थी। धनिया भी पूरी तरह उसका हाथ बंटा रही थी। उस समय तो धनिया के नाम पर मैं नाक-भौं सिकोड़ता था पर अब लगता है वह राम की भेजी ही आई थी। वर्ना मैं निखट्टू एक अर्द्धवृद्धा पत्नी के बल पर क्या कुछ कर पाता? दाने के ही लाले पड़ जाते तो भजन-भाव क्या होता? यह यों ही नहीं था कि मैं जीवन के एक सौ बीस वसंत देख सका। धनिया मेरी पत्नी नहीं थी पर उसकी देखभाल के बिना मैं इतने वर्षों तक किधर से टिक पाता?

"अभी तो मुमकिन नहीं होगा।" युवक की आवाज पर मैं अपने में लौटा।

"क्यों?"

"अभी मेरे पास समय नहीं है। मुझे वस्त्र के इस थान को आज ही बेचना है। इसी की बिक्री से मेरा और मेरे माता-पिता का निर्वाह होता है।" वह स्पष्टतः बोला।

मुझे और प्रसन्नता हुई। लड़का पूरी तरह कर्मठ है। मातृ-पितृ भक्त भी। कमाली के सर्वथा योग्य। राम के प्रति इसकी श्रद्धा तो है पर कितनी, यह जानना भी आवश्यक था।

"ठीक है शाम को चले चलेंगे।" मैंने कहा। साथ में यह भी जोड़ा, "राम के भक्तों के ही परिचित हो कि राम में प्रीति भी है?"

"प्रीति तो है पर वह पर्याप्त है कि नहीं, कैसे कहूं?"

"राम-नाम की माला जपते हो?"

"नहीं।" उसने दृढ़तापूर्वक कहा। मैं आसमान से गिरा। यह राम-भक्त नहीं। कमाली इसके साथ कैसे बंधेगी?

"क्यों नहीं जपते माला?" मैंने पूछा।

"आपकी ही बात पर।" वह विश्वासपूर्वक बोला।

"मेरी बात? क्या मतलब?" मैं चकराया।

"कैसे भूल गए? आप ही ने तो कहा है—

माला फेरत जुग मुआ, मिटा न मन का फेर।
करका मनका छाड़ि के, मन का मनका फेर॥

और यह भी तो आप ही की उक्ति है—

माला तो कर में फिरै, जीभ फिरै मुख मांहि।
मनुवा तो चहुं दिसि फिरै, यह तो सुमिरन नांहि॥

"ठीक कहा तुमने।" मैं आश्चर्यचकित होते हुए बोला, "तो तुमको मेरी बहुत सारी साखियां कंठस्थ हैं?"

"काम भर तो अवश्य हैं।"

"जैसे? एक-दो और उदाहरण दो।"

"सुनिए सद्‌गुरुजी," वह शुरू हुआ, "आपने तो इतनी साखियां, रमैनी, पद आदि कहे हैं कि उनमें से कुछ को भी कोई याद रखे तो उसकी जिंदगी संवर जाए। पूरा जीवन-दर्शन है आपकी रचनाओं में। सबसे बड़ी बात तो यह है कि आपने ज्ञानियों-ध्यानियों के लिए कुछ कहा तो आम आदमी के जीवन के लिए भी कुछ कम नहीं कहा, वह भी अत्यंत सरल शब्दों में साधारण-जन उनको अपना लें तो जीवन-व्यवहार में उन्हें कभी कठिनाई नहीं हो।"

युवक की बातें सुनकर मैं स्वभावतः आश्चर्यचकित हुआ। मुझे लगा मैं जितनी अपनी बातों को नहीं समझ सका था, उससे अधिक कहीं इसने हमको समझा था। मैं तो मस्तमौला जब जो जी में आया बोल गया। उन बातों को कोई इस तरह लेगा, मैंने यह सोचा भी नहीं था। मैं तो एक निस्संग साधु। मैं जीवन-व्यवहार की बात कितनी जानता? पर जब यह कह रहा है कि मैं पूरा जीवन-दर्शन ही दे गया, विशेषकर आम, सामान्य आदमियों के लिए तो यह कुछ ठीक ही कह रहा होगा। इससे कुछ जान लेना ही उचित होगा।

"तो तुम मुझे कुछ वैसी ही रचनाएं सुना दो जो सामान्य-जन के हित में हों। मैं एक निपट मूर्ख-गंवार अगर अपने सदृश अज्ञानियों के लिए कुछ उपयोगी कह गया तो मेरा जीवन धन्य हो गया। सुनाओ, कुछ ऐसी ही साखियां, दोहे अथवा पद।"

"आप ही की बात आप ही को सुनाना कैसा तो लगता है। नहीं? पर आप कहते

हैं तो मैं ऐसी कुछ रचनाएं अवश्य सुनाऊंगा जिनके अनुकरण करने से मानव की बहुत सारी ग्रंथियां खुल जाएंगी, बहुत सारी समस्याओं का सहज निराकरण हो जाएगा। वह अनायास ही व्यर्थ की चिंताओं से मुक्त हो जाएगा।"

"ठीक है मैं अपनी ही रचनाओं को स्वयं सुनने को प्रस्तुत हूं। अगर मेरी कृतियों से जन-मंगल होता है तो मुझे प्रसन्नता ही होगी। तुम अवश्य याद कराओ उन रचनाओं को।" मैंने सहमति दी।

"कबीर सा'ब," वह बोला।

उसे क्या पता था कि मेरे राम ने चाहा तो कुछ ही दिनों के बाद मुझे कबीर सा'ब के बदले वह पिताजी कहकर संबोधित करेगा।

"मैं जीवन के भिन्न-भिन्न क्षेत्रों के लिए कही आपकी कुछ उक्तियों को बारी-बारी से लेता हूं। सबको कहने के लिए तो बहुत समय चाहिए।"

"वही सही।" मैंने उसका मन बढ़ाया।

"सबसे पहले मनुष्य की एक प्रकृति के संबंध में आपने जो कहा है जरा उसे देखें। मनुष्य की प्रकृति ही ऐसी होती है कि उसे अपने सिवा सभी में बुराइयां ही बुराइयां दिखाई पड़ती हैं। उस पर आपने कितनी सटीक बात कही है, वह देखिए—

बुरा जो देखन मैं चला, बुरा न मिलिया कोय।
जो दिल खोजा आपना, मुझसे बुरा न कोय॥

"है न यह सटीक बात?"

"एकदम," मैंने कहा, "आगे बढ़ो।"

"अब कुछ अहंकारी लोग विद्या-बुद्धि के बल पर, शारीरिक शक्ति के बल पर, सैन्य-शक्ति के बल पर, संपत्ति के बल पर अपने को बड़ा और महान् समझते हैं। उनकी महानता केवल उन्हीं के काम आती है। औरों को तो उनकी ऊंचाई से कुछ लाभ होने से रहा। आपने उनके लिए भी क्या चुभती हुई बात कही है—

बड़ा हुआ तो क्या हुआ, जैसे ताड़-खजूर।
पंछी को छाया नहीं, फल लागे अति-दूर॥

"वाह-वाह यह तो मैंने खूब कही।" मैं अपनी ही उक्ति पर झूमते हुए बोला।

"अब जो मनुष्य योनि की उपेक्षा करते हैं। जीवन को यों ही भोग-विलास की अग्नि में जलाते चले जाते हैं उनके लिए भी आपने क्या साफ कहा है—

मानुष जन्म दुर्लभ अहै, होय न बारंबार।
तरुवर से पता झरै, बहुरि न लागे डार॥

"ठीक ही कहा मैंने? नहीं? कितनी योनियों में भटकने के पश्चात् तो यह मानव योनि मिलती है। इसे तो कुछ खास करने में, ईश्वर के भजन-ध्यान में बिताना चाहिए।" मैंने हामी भरी।

"ठीक ही कहा आपने," वह बोला, "अब यह देखिए न लोग आलोचकों से, निंदकों से कितना डरते हैं। जिस प्रकार आलोचना रूपी आग उन्हें दग्ध किए जाती है। उनके लिए भी आपने कितनी अच्छी बात कह दी—

निंदक नियरै राखिए, आंगन कुटी छवाय।
बिन पानी साबुन दिए, निरमल करै सुभाय॥

"यह तो मैंने अपने ही निंदकों को लक्ष्य कर कहा था। कुछ कम आलोचना हुई मेरी और कम हो रही है?"

"हां, हां इसीलिए तो आप अपनी सारी चिंता ईश्वर पर डालकर स्वयं निश्चिंत हो गए और संसार को भी आपने यही शिक्षा दी—

साहिब तुमहि दयाल हो, तुम लगि मेरी दौर।
जैसे काक जहाज को, सूझे और न ठौर॥

—प्रभु तुम दयालु हो। तुम ही तक मेरी पहुंच है। (समुद्री) जहाज पर बैठे कौए को कहीं और कोई शरण-स्थली नहीं दिखाई देती। चारों ओर जल ही जल। वह उड़कर जाए भी तो कहां?

"क्यों कबीर साहिब, आपने मेरी यह बात नहीं सुनी?"

मैं 'साहिब' का जिक्र आते ही और उनकी दयालुता पर ध्यान जाते ही 'सुरति' में चला गया था और अपनी सुध-बुध खो बैठा था। युवक के टोकने पर मैं अपने में लौटा और बोला, "नहीं, नहीं मैंने खूब सुनी।" मैं आप बताऊं। मेरी यह उक्ति, कौए और जहाज की उपमा कई संतों को भी बहुत भाई और मेरे एक परवर्ती कवि ने मेरी उक्ति को ध्यान में रख निम्नलिखित उक्ति रख दी—

मेरौ मन अनत कहां सुख पावै।
जैसे उड़ि जहाज कौ पंछी पुनि जहाज पै आवै॥

"अब देखिए न सद्गुरु! मनुष्य का यह स्वभाव है कि वह दूसरों की उन्नति-प्रगति फूटी आंखों भी नहीं देख सकता। उसकी टांगें ही खींचता रहता है। उनकी राह में बाधाएं-ही-बाधाएं डालता जाता है। ऐसे लोगों के लिए आपने कैसी संतोष की बात कही है और क्या अच्छी सलाह दी है—

जो तोकौ कांटा बुवै, ताहि बोव तू फूल।
तोकों फूल के फूल हैं, वाको है तिरसूल॥

"ठीक ही है न?" मैंने पूछा। "कर्म का फल तो मिलकर रहता है। जो बोओगे, वही तो काटोगे?"

"एकदम ठीक कहा आपने तभी तो ये उक्तियां लोगों की जीभ-जीभ पर चढ़ी हैं।" इस युवक ने कहा।

मैंने आश्चर्य किया, "क्या सचमुच ये उक्तियां जिह्वा-जिह्वा पर हैं।"

"और क्या? केवल मैं ही उन्हें जानता हूं क्या?" युवक बोला, "नहीं विश्वास हो तो एक दिन वेष बदलकर स्वयं ही घूम जाइए किसी शाम काशी की गलियों में। कितने युवक और वृद्ध आपकी साखियों को दुहराते मिलेंगे।"

"मान लिया," मैंने कहा, "आगे बढ़ो।" मुझे सचमुच ही अपनी उक्तियों पर स्वयं आश्चर्य होता है। यह कोई विस्मयकारी बात नहीं है। मैं और लेखकों को तो नहीं, कम-से-कम अपने इस लेखक महोदय की बात जानता हूं। यों तो ये हजरत अपनी छपी

पुस्तकों को दुबारा पढ़ना गंवारा नहीं करते लेकिन कभी-कभी अपनी कोई पुस्तक उलटने लगते हैं तो अपनी कुछ अच्छी पंक्तियों को देखकर बुदबुदा उठते हैं—इन्हें मैंने लिखा है क्या?

"हां," वह युवक बोला, "ऐसा होता है। आप अपनी एक उक्ति को सुनिए। आप तो जानते ही हैं। हमारा युग एक घोर त्रासदी से गुजर रहा है। सबल लोगों की बन आई है और दुर्बल त्राहि-त्राहि कर रहे हैं। सर्वत्र अव्यवस्था है। जंगल-राज्य। आपने प्रताड़कों और अन्यायियों को कितनी अच्छी तरह सीख दी है, इन पंक्तियों में—

दुर्बल को न सताइए, जाकी मोटी हाय।
बिना जीव की स्वांस से, लौह भसम हो जाय॥

—कमजोरों को नहीं सताइए। उनकी हाय मोटी होती है। उनका घोर श्राप लगता है। बिना प्राण की सांस (लोहार की, चमड़े की धौकनी की, हवा) से लोहा तक भस्म हो जाता है।

"अब कबीर सा'ब सोचने की बात यह है कि आप यह भ्रम न पालें कि आप केवल संत, साधु अथवा साधक हैं। आप कवि भी बहुत बड़े हैं। सूक्ष्मदर्शिणी आपकी दृष्टि है। अब लौहकार के घर तो अनेक लोग अनेक बार आते हैं पर और किसी की बुद्धि में यह सटीक उपमा क्यों नहीं आई जिसे आपकी सूक्ष्मान्वेषिणी दृष्टि ने पकड़ लिया? यह आपकी कल्पना-शक्ति का ही कमाल है कि और क्या?"

"अच्छा-अच्छा आगे बढ़ो।" मैंने कहा, मुझे इस युवक की अनावश्यक प्रशंसा अच्छी नहीं लग रही थी।

"क्यों आप यह मानने से इंकार कर रहे हैं कि एक साधक के साथ-साथ आप एक महान् कवि भी हैं? मैंने थोड़ी संस्कृत भी पढ़ रखी है। संस्कृत के एक कवि भवभूति ने अपने बारे में लिख दिया कि वह इतना महान् है कि सरस्वती[1] उसके पीछे-पीछे दासी की तरह चलती है। कविता को लेकर आपके साथ भी यही बात कही जा सकती है। भाषा, कल्पना, उपमा सभी आपकी दासियों की तरह आपके पीछे भागी चलती हैं। जब तक भाषा जिंदा रहेगी आपकी कविता भी अमर रहेगी। आपके कहने का अनोखा ढंग भी किसी को नहीं मिला। गंभीर से गंभीर बात को दो पंक्तियों के दस-पंद्रह सरल शब्दों में बांधकर परोस देना आपके ही वश की बात है।"

"यही तो बात राम की देन है। उसी की कृपा है," मैंने कहा, "नहीं तो आपको ज्ञात ही है कि पढ़ाई-लिखाई से मेरा दूर का भी रिश्ता नहीं। राम जो बोलबाता है बोल देता हूं।"

"यही तो बात है," वह बोला, "सारा ज्ञान तो उस राम अथवा परमेश्वर के पास ही है, संपूर्ण अंतरिक्ष में सारा ज्ञान-विज्ञान भरा पड़ा है। उस ज्ञान-भंडार से जिसका संबंध हो गया उसे किताबी ज्ञान से क्या लेना-देना? मानना पड़ेगा कि राम की ही आप

1. यं ब्रह्माणमिदं देवी वागवश्येवानुवर्तते—उत्तर रामचरितम् —*भवभूति।*

पर विशेष कृपा है। उन्होंने आपको अमरत्व प्रदान कर दिया। भाषा को तो समाप्त होना नहीं, उसके रूप जो थोड़ा-बहुत परिवर्तित होते रहें, उसी तरह भक्ति भी इस धरती पर बनी रहेगी और बना रहेगा कबीर भी। मानिए या नहीं मानिए आपको पाकर यह धरती धन्य हो गई। भक्ति तो जो आपने लोगों को सिखाई सो सिखाई, राम के नाम को जो अद्‌भुत श्रद्धा-भक्ति बख़्शी वह तो बख़्शी ही, पर जीने को कला जो आपने इस विश्व को दी, छोटी-से-छोटी बातों को भी जो महत्त्व प्रदान किया वह अप्रतिम है।"

"हो गया बाबा," मैंने कहा, "मैंने वह सब मान लिया जो तुम कह रहे हो," मैंने खीझकर कहा, "पर जो तुम कर रहे थे वह रखो। जीवनोपयोगी जो मेरी वाणियां तुम रख रहे थे उन्हें ही रखो। मैं भी उनसे कुछ सीख रहा हूं।"

"अच्छा अपने ही कहे से आप सीख रहे हैं।" उसने आश्चर्य किया।

"यह कौन अद्‌भुत बात हैं," मैंने तो पहले ही कहा, "कभी-कभी अपने ही कहे-लिखे पर व्यक्ति को आश्चर्य होता है। तुम बढ़ो आगे।"

"आगे बढ़ता हूं तो आपकी वह वाणी याद आती है जिसमें आपने बैर-भाव अथवा जीवन-संघर्ष को लेकर एक अद्‌भुत सूत्र दिया है—

आवत गारी एक है, उलटत होत अनेक।
कहै कबीर नहीं उलटिए, वही एक की एक॥

—सही बात है हमको कभी कोई अपशब्द कहता है तो वह एक शब्द कहता है आप उलटकर जो उसे भी अपशब्द कह देते हैं तो फिर कई अपशब्द सुनने पड़ते हैं। इससे तो अच्छा है कि एक गाली ही सुनकर चुप हो जाएं, अनेक को निमंत्रित नहीं करें। कैसी सहिष्णुता का पाठ पढ़ाया है आपने इन पंक्तियों में।

"सहिष्णुता का यह पाठ तो मैंने अपने जीवन से ही सीखा। तुम जानते ही हो मेरे कितने आलोचक हैं। उस सबों की बातों पर मैं ध्यान देने लगूंगा तो मैं कविता के बदले गालियां ही उगलता रहूं।" मैंने स्वीकार किया।

"यही तो राज है आपकी सफलता का। आपने जो कुछ कहा वह अनुभूत सत्य है। प्रायः जो भोगा उसे ही कहा चाहे वह कटु हो अथवा मधुर। आपकी यह वाणी कितनी सार्थक है? है विश्व-साहित्य में इसका कोई जोड़—

लिखा लिखी की बात नहीं।
मैं कहता आंखन देखी॥"

"अच्छी बात है भाई पर मुझ कबीर को आत्म-प्रशंसा पसंद नहीं। कहना हो तो वैसी ही कोई वाणी कहो जैसी कहते आ रहे हो।" मैंने उसे रास्ते पर लाने का प्रयास किया।

"ठीक है वही करता हूं," वह बोला, "सुनिए इस वाणी को—

सबते लघुताई भली, लघुता ते सब होय।
जस दुतिया का चंद्रमा, सीस नवै सब कोय॥

—अपने को सरल बनाकर जीवन-यापन करना कितनी बड़ी बात है। उसके सामने तो सभी झुकते हैं। अकड़कर चलिए तो आपका अहंकार ही स्पष्ट होगा और

अहंकारी से सभी भागते हैं।"

"कबीर सा'ब।" उसने मुझे संबोधित किया।

"बोलो।"

"लोगों के जीभ पर अक्सर लगाम नहीं रहती। अपनी बातों से वे कितनों के दिल को छलनी कर देते हैं। इनकी इस प्रवृत्ति को रोकने के लिए आपने एक हल्के इशारे से ही बड़ा काम ले लिया है—

घट घट में यह साईं रमता, कटुक वचन मत बोल रे।

"यह तो सत्य है," मैंने कहा, "सभी के अंदर तो 'राम' ही बसता है। किसी को आप कड़वा शब्द बोलते हैं तो लगता तो वह 'राम' को ही है।"

"असत्य पर अंकुश लगाने का भी आपने प्रशंसनीय प्रयास किया है—

सांच बराबर तप नहीं, झूठ बराबर पाप।
जाके हिरदे सांच है, ताके हिरदे आप॥"

"यह तो सत्य ही है," मैंने हामी भरी, "सत्य तो ईश्वर का ही दूसरा नाम है। सबसे बड़ा पुण्य और झूठ से बड़ा पाप क्या हो सकता है?"

"यह तो ठीक," उसने कहा, "पर लोगों के अंदर से झूठ निकालने का जो अचूक उपाय आपने रखा, वह कोई और कहां रख सका? अब जो लोग मांस-भक्षी हैं उनको रास्ते पर लाने के लिए भी आपने कैसी दो साखियां कहीं—

मास मास सब एक है, मुरगी हिरनी गाय।
आंख देख जो खात है, ते नर नरकहिं जाय॥

बकरी पाती खात है, ताकी काढ़ी खाल।
जो नर बकरी खात हैं, तिनकौ कौन हवाल॥"

"ठीक ही कहा न मैंने? मांस चाहे बकरी का हो या गाय का, है तो मांस ही! मुसलमान गायों को काटने पर जितना जोर देते हैं, इतना ही कुछ हिन्दू बकरियों के काटने पर। अब धार्मिक अंधेपन में आप गाय काटते जाएं या बकरी, करते तो आप हिंसा ही हैं और हिंसक कहीं स्वर्ग जाता है? नरक के ही द्वार तो खुले हैं उसके लिए?"

"पर बकरी वाली उपमा आपकी बेमिसाल है," वह बोला, "यह भी आपकी कल्पना का ही तो कमाल है। बकरी घास-पत्ते खाती है और उसका चमड़ा उतार लिया जाता है, ऐसी हालत में जो बकरी खाता है, उसकी क्या गति होगी?"

"और जाति-जाति चिल्लानेवाले संकीर्ण दिलवालों के लिए ही आपने कैसी उक्ति कही है—

जाति न पूछौ साधु की, पूछ लीजिए ज्ञान।
मोल करौ तलवार का, पड़ी रहन दो म्यान॥"

"इसलिए तो मैंने तुम्हारी जाति नहीं पूछी।" मैंने अपने मन की बात कही।

"आप पूछते भी तो मैं क्यों बतानेवाला था," वह बोला, "मैंने तो आपकी वाणियों से ही प्रभावित होकर जाति-पांति की बात ही छोड़ दी। हिन्दू नहीं हूं,

मुसलमान नहीं हूं, इतनी ही बात नहीं है। मैंने तो हिन्दुओं में भी ब्राह्मणों, क्षत्रियों और शूद्रों को देखना ही छोड़ दिया। उसी तरह मुसलमानों में भी शेखों और अंसारियों में कोई भेद नहीं मानता।"

"बड़ी अच्छी बात है।" मैंने कहा, "तो मेरी शिक्षा का प्रभाव कुछ लोगों पर पड़ता है ?"

"बहुतों पर। विशेषकर युवक तो आपके दीवाने हैं।"

"क्यों ?"

"जाहिर है युवा दिमागों पर बातों का असर गहरा होता है। सयाने तो सठिया जाते हैं, दकियानूसी। वे आपके समक्ष आपकी तारीफ जितनी कर जाएं, अपने व्यवहार में परिवर्तन उनके लिए इतना आसान नहीं होता।"

"तुम ठीक कह रहे हो शायद।" मैंने हामी भरी।

"कबीर सा'ब !" वह उत्सुकता से बोला।

"बोलो !" मैंने उसका हौसला बुलंद किया।

"आपने लोगों के अंदर महत्वाकांक्षा भरने, प्रगति-पथ पर चलते रहने के लिए कैसी अच्छी बात कही है।"

"सुना दो उसे भी।"

"सुनिए कितनी चुटीली बात है—

मारग चलते जो गिरै, ताको नहीं दोस।
यह कबीर बैठा रहे, ता सिर करड़े कोस॥

"चलते रहने की बात बहुत जगह कही गई है। उपनिषद् चरैवेति-चरैवेति की बात करते हैं। संस्कृत का ही एक श्लोक है जिसका अर्थ है कि सोए रहना कलियुग है, बैठ जाना द्वापर, खड़े रहना त्रेता और चल देना सतयुग है।

"आपने ठीक ही कहा, न इस वाणी में कि चलो तो सही चलते-चलते गिर भी पड़ो तो कोई बात नहीं। जो बैठा ही रह जाता है उसके सर पर करोड़ों कोस चलने का भार पड़ा रहता है।"

"तुमने तो सतयुग, त्रेता, द्वापर और कलियुग की बातें तो बड़ी अच्छी कीं। मुझे मालूम रहता तो मैं इसे भी अपनी किसी वाणी में डाल देता।"

"आप क्यों उच्छृष्ट पर हाथ लगाएं ?" उसने टोका, "आप जो कुछ कहते हैं मौलिक कहते हैं।"

"मैं आंखों देखी जो कहता हूं।" मैंने चुटकी ली।

"वह तो मैं कबूल कर ही चुका हूं। अब आगे सुनिए—विश्व बंधुत्व का भाव किस रूप में इस वाणी में प्रस्तुत किया है—

जग में बैरी कोउ नहीं, जो मन सीतल होय।
यह आपा तू डारि दे, दया करै सब कोय॥

—संसार में तुम्हारा कोई दुश्मन नहीं, अगर तुम्हारा मन शांत है। तुम अपने अहंकार को छोड़ दो, तुम पर तब सभी दया करेंगे।

“सच हमारे अपने ही क्रोध और अहंकार के कारण हमारे अनेक दुश्मन बन जाते हैं। अगर संपूर्ण संसार के लोगों के प्रति हमारे मन में मैत्री का भाव हो और हम अहंकार-शून्य हो तो कोई किसी का शत्रु नहीं हो। राज्य जो आपस में कट मरते हैं, हमलावर जो अकारण लोगों पर कहर बरसाकर कत्लेआम पर उतर आते हैं, यह सब बंद हो जाए यदि आपकी वाणी के अनुसार सभी आचरण करें।

“और आपकी कुछ उक्तियां तो इतना तीखा व्यंग्य लिए हुई हैं कि उससे सीख तो मिलती ही है जो आपके व्यंग्य का पात्र होता है वह भी तिलमिलाकर रह जाता है। अब इस साखी को देखिए—

पंडित केरी पोथियां, ज्यों तीतर का ज्ञान।
औरन सगुन बतावहीं, आपन फंद न जान॥”

ठीक ही तो है पंडित अपनी पुस्तक के बल पर अपना उद्धार तो करते नहीं तीतर द्वारा दूसरों का सगुन बताते हैं। (तीतर या सुग्गे के द्वारा सड़क किनारे या हाट-बाजार में, कुछ लोगों द्वारा, सगुन बताने की बात आम है।)

“मैं पांखडियों से सख्त नफरत करता हूं। यह साखी मैंने इसीलिए रची।” मैंने स्वीकार किया।

“परमेश्वर के प्रति प्रेम का आपने जो रूपक गढ़ा है वह भी कितना असामान्य है। आपकी सूझ को दाद दिए बिना कोई रह नहीं सकता। फिर एक बार कहूंगा कि आप कल्पना के, बिना ताज के बादशाह हैं। सुनिए कैसी है यह वाणी—

लागी लगन छुटै नहीं, जीभ चोंच जरि जाय।
मीठा कहां अंगार में, जाहि चकोर चबाय॥

—परमेश्वर के प्रति तो ऐसी लगन (प्रेम) होनी चाहिए कि अपनी कोई हानि भी हो, तन-मन को कष्ट भी हो तब भी यह लगाव छूटे नहीं। चकोर अंगारे चबाता है उसमें कौन-सा मीठा स्वाद है लेकिन जीभ-चोंच जल जाते हैं तब भी वह अपने प्रिय अंगारे को खाता ही है।

“आपके कुछ कथन तो ऐसे हैं,” वह बोलता गया, “कि लोग युगों तक उन्हें कहावतों के रूप में प्रयोग करते रहेंगे भले ही उन्हें पता हो या नहीं कि यह कबीर का ही कथन है। जैसे इस वाणी को देखिए—

आछे दिन पाछे गए, गुरु से किया न हेत।
अब पछतायै होत का, जब चिड़िया चुग गईं खेत॥

—अच्छे दिन तो बीत गए, गुरु से प्रेम किया नहीं, अब पछताने से क्या होता है जब चिड़िया खेत चुग गईं। अब सच मानिए ये अंतिम दो पंक्तियां मुहावरा बनकर अनंतकाल तक लोक-जीवन में घुली रहेंगी।

“आपने शरीर की क्षणभंगुरता के संबंध में बहुत कुछ कहा है पर जो भाव इन पंक्तियों में प्रकट हुआ है, वह अन्यत्र दुर्लभ है—

जिहि देहिया पर नीर पखारे, चोवा चंदन लगाईं।
वहि देहिया पर काक उड़तु है, देखत लोग घिनाई॥

—जिस देह को हम नित्य जल से नहवाते-पखारते हैं जिस पर चौवा-चंदन लगाते हैं वही प्राण निकल जाने के पश्चात् जब शव बन जाता है तो उस पर कौए चोंच मारने लगते हैं और इसी शरीर को देखकर लोग घृणा करने लगते हैं।

"जो लोग कुछ समय के लिए भक्ति-भाव में लीन होते हैं और फिर संसार के माया-मोह के बंधन में फंस जाते हैं, उनके संबंध में भी आपने क्या अच्छा कहा है—

भक्ति-भाव भादौ नदी, सभी चली घहराय।
सरिता सोई सराहिए, जेठ मास ठहराय॥

—कितनों के भक्ति-भाव यादों की नदी की तरह उमड़ पड़ते हैं पर फिर शीघ्र ही समाप्त हो जाते हैं। नदी तो वही है जो ज्येष्ठ के महीने में भी नहीं सूखे।

"कहा न थोड़े शब्दों में बड़ी बात कह देना आपकी विशेषता है। कल्पना तो आपकी बिना मोल का गुलाम है, यह मैं पहले ही कह चुका हूं। अब भादों और ज्येष्ठ की नदियां तो सभी देखते हैं पर इस रूपक का प्रयोग अब तक किसी ने क्यों नहीं किया? यह आपकी असामान्य सूक्ष्मदर्शिता और अकल्पनीय कल्पना-शक्ति की ही देन है न?"

"तुमने मेरी काफी प्रशंसा की। नहीं?" मैंने उस युवक को अब रोका, "किसी के मुंह पर उसकी उतनी प्रशंसा नहीं करते। इसे क्या कहते हैं जानते हो, कांटों में घसीटना। अब मुझे अधिक इन कांटों की चुभन नहीं दो; यों ही इस कंटकाकीर्ण जग ने मुझे कम लोहू-लुहान नहीं किया है।"

"पर मैंने तो केवल सत्य कथन किया है और आपकी जीवनोपयोगी साखियों को तो मैंने आपके कहने पर ही कहा है।" उसने प्रतिवाद किया।

"साखियां तक तो ठीक," मैंने कहा, "मैंने भी उनमें अपनी सहमति जताई है पर मेरी प्रशंसा कर तुम मेरे आपे (अहंकार) को ही बढ़ाओगे। खैर छोड़ो, बहुत हुआ। बहुत सारी काम की वाणियां तुमने रख दीं, अब देखो सूरज आसमान में काफी नीचे ढल आया है। तुम्हें अपना वस्त्र भी बेचना है। जाओ, यथाशीघ्र इन्हें बेच डालो, मैं भी थोड़ा घूम-घामकर इसी जगह पर सूरज ढलने के समय आ जाऊंगा तब दोनों मिलकर घर चलेंगे।"

वह मेरे आदेश पर चला गया और मैं सोचने लगा कैसा संस्कारी युवक है। मेरे प्रति इतनी श्रद्धा है कि मेरी बहुत सारी साखियों को जानता ही नहीं उनके मर्म तक पहुंच गया है। काश, यह कमाली को अपनाने पर राजी हो जाता।

दिन ढलने तक मैं इधर-उधर का चक्कर काटकर उसी जगह आ गया। वह युवक भी लौट चुका था।

"सब कुछ इतना शीघ्र बिक गया?" मैंने आश्चर्य से पूछा।

"हां। शायद आपके सत्संग का ही फल है।"

"सब राम की कृपा है। वही राई को पहाड़ और पहाड़ को राई करता है। राम-रूपी रत्न जिसे मिल जाता है उसे उसको गांठ बांध लेना चाहिए। इससे संबंधित

मेरी साखी तुम्हें स्मरण है ?" मैंने उसकी अंतिम परीक्षा ली कि वह केवल व्यावहारिक ज्ञान का ही पक्षधर है अथवा राम-भक्ति भी उसमें पर्याप्त है।

"याद है सद्गुरु।"

"तो बोलो।"

राम रतन धन पाइ कै, गांठ बांधि ना खोल।
नहिं पटन नहिं पारखी, नहिं गाहक नहिं मोल॥

"बड़ी अच्छी बात है," मैं गद्गद होकर बोला, "अब तो घर चलें।"

"जैसी आपकी आज्ञा।" उसने कहा और हम घर की राह पर चल पड़े।

25

बहुत सारे कार्य दुष्कर होते हैं, कठिन एवं असंभव से प्रतीत होते हैं पर राम-कृपा हुई तो वे सहज और संभव हो जाते हैं।

अब मैं राम-भक्त कबीर तो इसी भाषा में बातें करूंगा। राम को ही श्रेय हर कार्य का दूंगा। यह आपको दकियानूसी लगे तो लगे, आप मुझे अंधविश्वासी कह लें तो कह लें पर मैं इसके लिए अपने विश्वास को दांव पर नहीं लगाऊंगा। मैं तो राम-कृपा की बात करूंगा ही। मैं तो ठहरा भक्तिवादी, कोई प्रगतिवादी, जनवादी या प्रतिक्रियावादी तो नहीं कि मैं सारी दैवी शक्तियों को नकारता चलूं, उन पर प्रश्नचिह्न लगाता चलूं। मैं नहीं कहता कि मैं पूर्णतया भाग्यवादी हूं अथवा आप भी केवल भाग्य के सहारे बैठे रहें। मैं तो केवल इतना कहना चाहूंगा जो आपकी गीता पांच हजार वर्ष से भी अधिक पहले कह गई। कृष्ण पुरजोर शब्दों में उद्घोषित कर गए। अर्थात् कर्म में आपका अधिकार है, फल में नहीं पर तुम कर्म अवश्य करो, अकर्मण्य नहीं बनो। कर्म करते रहोगे तो उसका फल भी मिलेगा पर मिलेगा वह ईश्वर की इच्छानुसार ही। तुम जो कुछ चाहते हो वही मिले यह संभव नहीं। आवश्यक नहीं। मिलेगा वह तुम्हारे धर्म और कर्म दोनों के अनुसार। केवल कर्म वांछित फल नहीं देता, ईश्वरीय अनुग्रह, धर्माचरण आवश्यक है। उसी तरह भाग्यवादी बनकर हाथ-पर-हाथ रखकर भी तुम कुछ नहीं पा सकते। तुम्हें कर्म में प्रवृत्त होना ही पड़ेगा।

कर्म और धर्म तुम्हारे जीवन-रथ के दो चक्र हैं। केवल एक चक्र के बल पर रथ कितना गतिशील हो सकता है, यह स्वयं सोच लो। अतः जीवन में सफल होना है तो कर्म और धर्म दोनों को साधना होगा। केवल अपने बाहु-बल पर विश्वास नहीं कर, ईश्वरीय अनुकंपा पर भी आश्रित होना पड़ेगा। राम के बिना त्राण नहीं। उसका अनुग्रह नहीं हो तो सब किया कराया धरा का धरा रह जाएगा। उसकी अनुकंपा नहीं तो डूबने में कुछ समय नहीं लगता। बात केवल राम की नहीं है। आप चाहे जिसे एक सर्वोपरि शक्ति मान लें। यह राम-रहीम, कृष्ण-करीम कोई हो सकता है पर बिना उसकी सहायता के केवल अपने बुद्धि-बल के भरोसे आप कुछ नहीं पा सकते। जो पाओगे वह भी

अधूरा रहेगा। पूर्णता तो पूर्ण-पुरुष में ही है—राम में।

हां तो, उस युवक से कमाली की शादी दुष्कर लग रही थी। वह मेरे साथ मेरे घर आया।

"मैं धन्य हो गया गुरु-घर आकर। न जाने किस जन्म का पुण्य-प्रताप था कि यह सौभाग्य प्राप्त हुआ।" वह मेरे आंगन में, मेरी तीन टांग की चारपाई पर बैठा बार-बार यही बात बोल रहा था। वह तो चारपाई पर भी बैठने को प्रस्तुत नहीं था। बीच आंगन में ही पालथी लगा गया था। बोला, "गुरु-घर की धूल तो सोने के कणों से भी उत्तम है। उसका स्पर्श पूरे तन-बदन को मिले इससे अधिक सौभाग्य क्या हो सकता है। आपने ही तो कहा है—

गुरु को मानुष जो गिनै, चरणामृत को पान।
ते नर नरके जाएंगे, जनम-जनम ह्वै स्वान॥

—गुरु को जो मनुष्य गिनता है और उसके चरणामृत का पान नहीं करता वह मनुष्य नरक तो जाएगा ही, जन्म-जन्म में कुत्ता होकर भी पैदा होगा।

"आपका चरणामृत मिले या न मिले, आपके आंगन की धूल से सर्वांग का स्पर्श हो रहा है, यह कम बड़ी बात है? मैं यहीं बैठा ठीक।"

वह आंगन से उठने को तैयार नहीं, बड़ी मुश्किल से चारपाई पर बैठा, वह भी मेरे उसके 'सिरहाने' बैठने को तैयार होने पर।

मैंने उसे गुड़-पानी दिलवाया कमाली के हाथ से। उसने मुश्किल से एक उड़ती-सी दृष्टि मेरी बेटी पर डाली और फिर आंखें नीची कर लीं। सदाचारी था वह। इसके इस व्यवहार ने भी मुझे मुग्ध कर दिया।

पानी आदि पी लेने के बाद वह स्थिर हुआ तो फिर वही रट ले बैठा, "मैं धन्य हो गया गुरु-घर आकर। न जाने किस जन्म का पुण्य-प्रताप....।"

"अब बस भी करो। बहुत हुआ।" मैंने कहा, "गुरु-भक्ति में पागल ही हो जाओगे क्या? वह भी मैं तुम्हारा गुरु कहां हूं? मैंने कब तुम्हें मंत्र दिया?" अंतिम बात मैंने जान-बूझकर कही। मुझे उसके अति श्रद्धापूर्ण व्यवहार से भय लगने लगा था। मैं आशंकाग्रस्त हो आया था कि मेरी सारी योजना पर पानी ही नहीं फिर जाए।

बहुत समझाने पर वह सामान्य हुआ। गुरु-गुरु बकना उसने बंद किया, आंगन के इर्द-गिर्द बने झोपड़ीनुमा कोठरों को बहुत श्रद्धा-भाव से देखने लगा, जैसे वे किसी गरीब की कुटी नहीं होकर स्वर्ग के स्वर्ण-महल हों।

"तुम बैठो मैं आया।" मैंने कहा और उस कोठरे में गया जिसमें लोई और कमाली जमीन पर ही बैठी थीं। बैठने-सोने दोनों का कार्य जमीन ही करती थी। अब इतने तख्त अथवा चारपाई किधर से आएं?

मैंने लोई को किनारे किया और धीरे से पूछा, "कमाली को यह पसंद है?"

"यह मैं कैसे बताऊं?" लोई ने कहा, "तुमने पहले तो कुछ बताया नहीं कि किस मकसद से तुम उसे यहां लाए हो, अब पूछ रहे हो कि वह कमाली को पसंद आया? तुम सदा अव्यावहारिक ही रह गए।"

"वह तो मैं हूं ही पर भाग्यवान, इस अवसर पर तो तुम अपनी नसीहत बंद करो। तुम औरतों को तो बोलते आने की आदत है। समय-असमय का कुछ ध्यान नहीं रखोगी। चालू हुई तो चालू हुई, पता नहीं तुम्हारी जीभ भी क्यों नहीं थकती? अब तो तुम समझ गई न, अब भी उससे पूछकर देखो।"

"खुदा के लिए तुम बाहर जाओ। तुम्हारे सामने तो यह बात नहीं हो सकती।"

"ठीक है मैं गया। थोड़ी ही देर में लौटता हूं।" कहकर मैं धनिया के कमरे में चला गया। वहां देखा कि वह भूमि पर पालथी लगाए, 'सुरति' (ध्यान) अवस्था में थी। ऐसी गहरी सुरति थी कि मेरे जाने का भी उसे भान नहीं हुआ। मैं असमंजस में खड़ा रहा। धनिया के कमरे में आने का यह मेरा पहला ही अवसर था। वह नित्य-सुबह अवश्य एक मिट्टी का जलपात्र लेकर आती थी और मेरे पैरों का चरणामृत लेती थी। वह सिर झुकाए ही आती थी और सिर झुकाए ही चली जाती थी। जब से लोई के कहने पर वह मेरे घर में बसी थी, कभी उससे आंखें चार नहीं हुई थीं। वह अलग-अलग से ही आंगन में मुझे आते-जाते देखकर आनंदित होती रही होगी।

मैं प्रायः आधा पल खड़ा रहा पर धनिया का ध्यान नहीं टूटा तो नहीं टूटा। मेरे असमंजस का आप अनुमान लगा सकते हैं। मैं उसे छूकर जगाऊं यह हो नहीं सकता था। मैंने आज तक कभी उसका स्पर्श नहीं किया तो आज करूं यह कैसे हो सकता था? मैं उसको, उसका नाम लेकर पुकार सकता था। पर मुझे यह भी कठिन लग रहा था। आप मेरी इस स्थिति को नहीं समझ सकते। चौबीसों घंटे जिस जीभ पर राम का नाम रहता था (भले ही वह बाहर कम आता हो) उसी जीभ पर मैं उसका नाम चढ़ाऊं जो कभी मुझसे प्रेम करने का भरपूर इजहार कर चुकी थी और आज भी वह निश्चय ही मेरे प्रति प्रेम-भाव लेकर ही इस घर में पड़ी थी? दूसरी बात कि ऐसी स्थिति में किसी का नाम लेकर पुकारो तो निश्चित ही उससे प्रेम-भाव झलकता है। मैंने कभी मानुषी-प्रेम तो किया नहीं, लोई से भी मात्र पति-पत्नी का औपचारिक संबंध रहा, वह भी कमाली के जन्म तक, उसके बाद वह पूर्णतया समाप्त हो गया, अब तक लोई और मैं मात्र गुरु-शिष्या की तरह ही रहते थे पर इतना तो मैं जानता ही था कि नाम का विचित्र प्रभाव होता है। ऐसे ही मैं राम-नाम की रट नहीं लगाता था। जिसका आपके प्रति प्रेम-भाव हो उसका नाम लेकर पुकारो तो वह गद्‌गद हो जाएगी और आपके इस व्यवहार को अपने प्रति आपका रागात्मक-रुझान, आपका प्रेम ही समझेगी। मैं धनिया को इस गलतफहमी का शिकार नहीं होने देना चाहता था।

धनिया के कमरे में मेरे अकस्मात् आने का कारण भी था। मैं जानता था कि लोई कमाली की स्वीकृति प्राप्त भी कर ले तो युवक को पटाना न मेरे वश की बात थी, न लोई के। मैं तो ठहरा पूरा असांसारिक-अव्यावहारिक। खुदाई-प्रेम में जितना पारंगत होऊं स्त्री-पुरुष के प्रेम की पेचीदगियों से मैं पूर्णतया अनभिज्ञ था, इस बात को मैं दूसरे प्रकार से अभी समझा चुका हूं। हां, मानव का मानव के प्रति प्रेम ही हिन्दू-मुसलमान के प्रति अंतर को, छोटे-बड़ों के बीच के भेद को, छूत-अछूत के मध्य की अभेद्य दीवार को ढहा सकता था। इस सार्वजनिक, सार्वभौम (यह मेरा शब्द नहीं

है) प्रेम के प्रचार-प्रसार में ही मैं अपने जीवन के पल-पल को लगा रहा था पर जैसा कहा स्त्री-पुरुष के जटिल आत्मीय संबंधों का मैं ककहरा भी नहीं जानता था। धनिया इसमें पारंगत थी। जब उसने मेरे समान पूर्णतया अरसिक और कुछ हद तक नारी-विरोधी को भी अपने जाल में फांस लिया था और मेरे नहीं चाहते भी मेरे घर को जन्नत समझ यहीं डेरा डाल दिया था तो उस अनाड़ी युवक को फांसने में इसे कितना समय लग सकता था?

"राम! राम! हे राम!!!" मैंने कोई और उपाय नहीं देख जोर से अपने आराध्य के नाम का उच्चारण किया। यह मार्ग मेरे अंतर् में विराजमान मेरे राम ने ही दिखलाया होगा, इसमें कोई संदेह नहीं। वर्ना मैं सांस-सांस के साथ ही नाम उच्चारण का कायल, इस नाम को अपनी जीभ पर नहीं ला सकता था। वह भी इतने उच्च स्वर में।

इस पर तो धनिया का ध्यान टूटना ही था और वह टूटा भी। मैं सब कुछ उत्सकुता से देख रहा था। उसने अपनी बड़ी-बड़ी आंखें धीरे-धीरे खोलीं, और जब सामने मुझको खड़ा पाया तो जैसे चित्र-खचित-सी स्थिर हो गई। जो कुछ वह देख रही थी उस पर उसे स्वभावतः विश्वास नहीं हो रहा था। उसने अपनी पलकों को दो-चार बार उठाया-गिराया और जब उसे पूर्णतः विश्वास हो गया कि जो सामने खड़ा था, वह वही व्यक्ति था जो उसकी छाया से भी दूर रहता था तो उसने आव देखा न ताव अकस्मात् मेरे दोनों चरणों को अपने दोनों हाथों से पकड़कर बोल पड़ी, "साईं! ओह खुदा कितना मेहरबान है मुझ पर।"

मेरे तो होश हवा हो गए। 'साईं' यह शब्द धनिया के प्रयोग के लिए नहीं था। इसकी अधिकारिणी तो एकमात्र लोई थी।

"आह! मेरे इतने दिनों की तपस्या आज पूरी हुई।" वह धीरे-धीरे बोली। मुझे लगा मेरे दोनों पैर गर्म पानी से भींग रहे थे। स्पष्टतः धनिया की आंखों से अनवरत अश्रु-प्रवाह जारी था। ये खुशी के आंसू थे, प्रसन्नता के या प्रेम के, मैं यह कैसे समझ सकता था? किंतु यह तय था कि धनिया ने मेरे अपने कमरे में प्रवेश का गलत अर्थ निकाला था। मुझे इस गलतफहमी को दूर करना ही था। पर कैसे? यह तो बड़ी समस्या थी।

मैं उसके मस्तक को छूकर उसे सांत्वना दूं, अपने पैरों से अलग करूं यह हो नहीं सकता था, उसके नाम को लेकर पुकारूं यह भी कहां संभव था? तब क्या करूं? मैं जानता कि मुझे इस धर्म-संकट में पड़ना पड़ेगा तो मैं भूलकर भी इधर पैर नहीं करता।

पर यह भी मैं कब तक चलने दे सकता था? धनिया सिसकते हुए 'साईं', 'साईं' पुकारे जा रही थी। उसकी गलतफहमी को यथाशीघ्र दूर करना आवश्यक था। पर मैं करूं क्या? मुझे इस असमंजस से उबरने का कोई उपाय नहीं दिख रहा था। इस धर्म-संकट के कारण मैं अशांत और अव्यवस्थित होने लगा था। मुझ कबीर के योग्य यह नहीं था। प्रायः सदा 'सुरति' में रहनेवाला मुझको असंतुलित नहीं होना था। किसी

भी स्थिति में 'स्व-भाव' में रहना ही साधु का लक्षण था। मैं तो लोगों द्वारा सद्गुरु कबीर घोषित हो चुका था।

मेरे पास समय नहीं था। कुछ करना था धनिया को अपने से पृथक् करने के लिए। नहीं उसके स्पर्श से मेरे अंदर कोई रागात्मकता जग रही हो, ऐसी बात नहीं थी। मैं तो ऐसे विकारों से अपने राम की कृपा के कारण कब का उबर चुका था पर धनिया की रागात्मकता, उसका मांसल प्रेम फिर जग पड़े यह मैं कभी नहीं होने दे सकता था।

"छोड़ो, मेरे पैर छोड़ो !" मैंने बिना किसी संबोधन के धनिया को आदेश दिया।

"साईं ! इतने दिनों के बाद इन चरणों के स्पर्श का मौका मिला है, मुझे इस आनंद से वंचित नहीं करो।" वह प्रायः सिसकती हुई धीरे-धीरे बोली। उसके नेत्रों का अश्रुप्रवाह और बढ़ गया था, इसका मुझे पैरों पर पड़ते गर्म जल से अनुभव हुआ।

मेरा दिल उसके प्रति द्रवित होते-होते रहा। मेरे जी में आया उसके सर पर हाथ फेरकर उसे आश्वस्त करूं। मैं अंदर से कमजोर हो रहा था। आखिर इस बेचारी ने अपने पूरे जीवन को नैवेद्य बनाकर मुझ अभागे को सौंप दिया था ! क्या वह मेरे थोड़े-से प्रेम, थोड़ी-सी आत्मीयता, थोड़ी-सी सहानुभूति की भी अधिकारिणी नहीं थी ?

नहीं, मेरे अंतर्मन ने मुझे स्पष्ट आदेश दिया। वह स्वयं पूजा का अर्घ्य बनकर, मेरे आंगन की तुलसी बन यहां पड़ी थी। उसकी पवित्रता को अपने स्पर्श से नष्ट करने का मुझे कोई अधिकार नहीं था। मैं जानता हूं काम सर्वोपरि है। भक्ति-भाव, पूजा-पाठ, अर्चना-उपासना इसके समक्ष कुछ नहीं। राम को प्राप्त करना आसान हो सकता है पर 'काम' को नियंत्रित करना मेरे सदृश तथाकथित राम-भक्त के लिए भी कभी-कभी असंभव हो सकता है। इसमें किसी का कोई दोष नहीं। प्रकृति ने अपनी निरंतरता बनाए रखने के लिए सृष्टि-क्रम को जारी रखने के लिए स्वयं ही काम को प्रमुखता दे रखी है—सभी मानवीय भावनाओं से ऊपर स्थान दे रखा है इसे। पर उसने एक उपकार अवश्य किया है मानव पर। प्रेम तत्त्व को सृजित कर उसने इस काम-भावना को मर्यादा दे रखी है। प्रेम में दो मनों के एक होने पर तन के स्तर पर उतरनेवाला काम अवश्य अवांछनीय नहीं है। पर प्रेमहीन काम सत्यानाश का मूल है, विनाश का स्रोत। जब-जब काम ने प्रेम को पैरोंतले कुचलकर अपनी विजय-फताका फहराई है तब-तब व्यक्ति विनाश के गर्त में पहुंचा है फिर वह चाहे विश्वामित्र के सदृश मुनि हो अथवा ब्रह्मा के सदृश देवाधिदेव।

पर धनिया की यह कामाभिव्यक्ति भी थी तो यह प्रेम-रहित है, मैं यह कैसे कह सकता था ? मैं तो अच्छी तरह जानता हूं कि मेरे प्रति प्रेम ने ही उसे सब कुछ त्यागकर मेरे आंगन में बसने को बाध्य किया था। सिवा प्रेम के दुनिया की कोई भी शक्ति इतना बड़ा त्याग नहीं करा सकती थी। मात्र वासना एक क्षणजीवी शक्ति है, प्रेम एक शाश्वत तथ्य है, उसमें वासना हो भी तब भी ठीक, नहीं हो तब भी। प्रेम-वासना का मुखापेक्षी नहीं, वह मात्र त्याग का मूर्तमान स्वरूप है। यह प्रेम ही तो है जो सर्वस्व का त्याग करा सकता है। यहां तक कि जीवन का भी। इसी प्रेम ने

साधकों-साधुओं से लेकर सामान्य मनुष्य को भी अपना जीवन उत्सर्ग करने के लिए बाध्य किया है। साधु-संतों में यह प्रेम-भक्ति का स्वरूप लेकर अपने, आराध्य के दर्शन से लगातार वंचित रहने पर भक्तों का प्राणोत्सर्ग कराया है तो सृष्टि के आरंभ से लेकर आज तक इसने न जाने कितने प्रेमी-युगलों को साथ-साथ अथवा एकाकी ही, अपनी जान की कुर्बानी के लिए बाध्य किया है।

मैं किधर चला गया? यही तो मेरी सबसे बड़ी दुर्बलता रही है। लोग दार्शनिक, चिंतक और कवि तथा न जाने क्या-क्या मुझे यों ही कह जाते हैं? शाखा-मृग (वानर) की तरह मेरा मन एक विचार, चिंतन की एक डाली से दूसरी पर उछलता रहता है। बात का कोई सूत्र हाथ में आ गया तो वह करघे पर चढ़े धागे की तरह कई सूत्रों को एक साथ कर एक पूरा वस्त्र-खंड ही बुनने लगता है। कहां तो आया था मैं धनिया को कोई दायित्व देने, कहां भक्ति, प्रेम और काम की विवेचना में लग गया।

अब बात अधिक सोचने की नहीं थी। धनिया मेरे प्रति प्रेमासक्त थी पर मैं उसके प्रति नहीं था। अतः मुझे निर्णय लेने में आसानी थी, इससे धनिया का दिल टूटे तो टूटे, मैं क्या कर सकता था? प्रेम-पथ पर पैर उसने ही रखा था, मैंने नहीं। यह प्रेम, पीड़ा तो देगा ही, जो सुख देता है दुःख भी वही देता है। जो सूरज दिन का दाता है, रात्रि भी तो वही लाता है अस्ताचल-गामी होकर। प्रेम को लेकर मैंने यों ही थोड़े कहा था—

प्रेम पियाला सो पिये, सीस दच्छिणा देय।
लोभी सीस न दे सकै, नाम प्रेम का लेय॥

—प्रेम का (अमृत) प्याला वही पी सकता है जो सिर देने को (प्राणोत्सर्ग करने को) तैयार है। लोभी (कामना के कीट) सिर कहां दे सकते हैं, फिर भी प्रेम का नाम लेते हैं।

तो भोगे धनिया अपने प्रेम करने का प्रतिफल। मैं तो परमेश्वर से प्रेम कर चुका था। कहा न पहले ही, जो एक से हो प्रेम तो वही है, अब मैं किसी और से प्रेम क्या कर सकता था? चाहे वह धनिया हो या लोई ही।

मैंने संकल्प किया और अपने पैरों के जोरदार झटके से धनिया के सिर को अपने से पृथक् कर दिया। धनिया इस अप्रत्याशित झटके को नहीं सह सकी और उसका सिर भूमि पर जोर से टकराया। उसे चोट भी आई होगी। शायद ललाट पर लोहू भी चुहचुहा आया हो। कमाल जानता तो इसे एक और हिंसा की संज्ञा दे देता और मुझे घोर हिंसक करार कर देता। जो हो, मेरी दृष्टि से उस समय जो उचित था, मैंने वही किया। अब कमाल या आप मुझे हिंसक कहें या अहिंसक मैं इसकी परवाह नहीं करता। प्रेम किया आपने तो उसकी कीमत भी तो आप ही दीजिएगा। शायद अपनी अपराध-भावना को पर्दा देने के लिए ही, उसी समय मुझे एक अद्‌भुत उपमा सूझी और मैं मन-ही-मन कह बैठा—

प्रेम तो ऐसा कीजिए, जैसे चांद चकोर।
घींच टूट भुंय में गिरै, चितवै वाही ओर॥

—प्रेम तो ऐसा कीजिए जैसे चांद से चकोर करता है। उसका सिर (चांद की ओर देखते-देखते) टूटकर भूमि में भी गिर जाए तभी भी उसकी आंखें चांद की ओर ही देखती रहती हैं।

अपनी हिंसा को ढांकने का अच्छा बहाना बनाकर मैं दरवाजे के पास जा खड़ा हुआ और वहीं से आदेश के स्वर में बोला—

"सुनो, मैं एक विशेष कार्य से तुम्हारे कमरे में आया था। मैं यहां अधिक टिक नहीं सकता। मेरी बात को ठीक से समझ लो। तुम्हें पता है कमाली विवाह-योग्य हो गई है। मैंने उसके लिए एक योग्य पात्र ढूंढ़ा है। मेरी तरह वह भी भक्ति में पागल है। शायद आसानी से वह विवाह के बंधन में बंधने को नहीं भी तैयार हो। पर गार्हस्थ्य में रहकर भी भक्ति-भाव हो सकता है। तुम उसे समझाओ। विवाह के लिए उसे तैयार करने की जिम्मेवारी तुम्हारी ही है। मुझे बस इतना ही कहना है। जो कुछ हुआ इसके लिए मैं दुःखी हूं।"

कहकर मैं बाहर आ गया। लोई आंगन में शायद मेरी ही प्रतीक्षा में खड़ी थी।

मैं उसकी तरफ लपका। शीघ्रता में मैं तत्काल पूछ बैठा, "क्या हुआ? हुई कमाली राजी?"

"वह तो यह घर छोड़कर जाना ही नहीं चाहती थी। तुम्हें और मुझे छोड़ना उसे गंवारा ही नहीं था। वह भी न जाने कब से भक्ति-भाव में रंग चुकी है?"

"तब?" मैंने विकलता से पूछा।

"तब क्या? मैंने किसी तरह उसे राजी किया। तुम्हारा उदाहरण देकर मैंने समझाया कि गार्हस्थ्य कभी भक्ति-भाव का बाधक नहीं बनता बल्कि गार्हस्थ्य धर्म निभाना तो सभी देहधारी का धर्म है वर्ना यह सृष्टि-चक्र चलेगा कैसे?"

"तब? तब?" मुझ राम-भक्त को इतना आकुल-व्याकुल नहीं होना था पर स्वार्थ की यही लीला है वह बड़ों-बड़ों को भी नचा सकता है। मुझे स्वार्थ था अपने एक दायित्व से मुक्ति का। बालिका का विवाह करा देने का। मैं स्वभाव में कहां था? अस्थिर था मैं।

"तब यह कि वह किसी तरह राजी हुई। बोली, 'किसी के साथ तुम लोगों का आंगन छोड़ना ही है तो यह युवक ही भला।'"

"तुमने इसके बारे में सब कुछ बताया तो?" मैंने प्रसन्नता से पूछा।

"बताती क्या? तुमने उसकी जाति-पांति, कुल-गोत्र के संबंध में कुछ कहा हो, तभी तो बताती। उसके जिन गुणों के संबंध में तुमने कहा था, उसके भक्ति-भाव, उसकी कर्मठता के बारे में वही कुछ बता दिया।" लोई झल्लाकर बोली। निश्चित ही उसका मन भी एक कुल-गोत्रहीन युवक को अपना जमाता बनाने का नहीं था। मुझे उसे समझाना ही था, "जाति और कुल-गोत्र को लेकर चला तो कबीर ही कहां। कबीर जो कहता है उसे कर्म के स्तर पर उतारकर दिखा देता है। कबीर गुण पर जाता है जाति-संप्रदाय पर नहीं। यह बात मैं तुझे कितनी बार बताऊं?" मैंने कहा और उसी समय दो साखियां गढ़ उसे सांत्वना दी—

कौन तुम्हारी जाति है, कौन तुम्हारा नांव?
कौन तुम्हारा इष्ट है, कौन तुम्हारा गांव?
जाति हमारी आत्मा, प्राण हमारा नाम।
अलख हमारा इष्ट है, गगन हमारा ग्राम॥

पंक्तियों का अर्थ पूरी तरह स्पष्ट था अतः उनका अर्थ बताना कोई आवश्यक नहीं था। मैंने इतना ही कहा जान गई न जाति, नाम और ग्राम के संबंध में मेरी अवधारणा?

"ठीक ही मैंने न उसकी जाति जानी है न नाम, ग्राम भी नहीं। उसने स्वयं ही यह सब बताने से इंकार कर दिया तो मैं क्या करता? उसने मेरा दर्शन ही मुझ पर थोप दिया—जाति-पांति के तो आप स्वयं कायल नहीं तो मुझसे यह सब क्यों पूछ रहे हैं?"

"ठीक है पर मैं लड़की की मां हूं और एक गृहिणी भी; तुम्हारी तरह 'गगन के ग्राम' में बैठकर अलख की ज्योति जगाना हमारा काम नहीं। और सब तो ठीक, जाति-संप्रदाय में, तुम्हारे साथ रहते-रहते मैंने भी विश्वास करना छोड़ दिया है पर जिसके सिर पर एक झोपड़ी भी नहीं हो उसके साथ तो मैं कमाली का ब्याह नहीं कर सकती। धरती को बिछौना और गगन को चादर बनाकर ओढ़ने-बिछाने मैं अपनी बेटी को नहीं भेज सकती।" लोई दृढ़ शब्दों में बोली।

मैं घबराया कि यह नई मुसीबत कैसे पैदा हो गई। अब मैं कमाली को समझाऊं, कि लोई को, कि इस युवक को। किस त्रिकोण के मध्य मेरे आराध्य ने मुझे फंसा दिया था? हर क्षण वह मेरी परीक्षा ही लेता रहता है। कैसा निष्ठुर परीक्षक है वह? अपनों को भी नहीं छोड़ता।

"कौन कहता है कि उसके सिर पर एक झोपड़ी भी नहीं?" मैंने लोई को आड़े हाथों लिया। "तुम्हें पता है कि उसके मां-बाप जिंदा हैं और वह पूरे मनोयोग से उनकी सेवा करता है। क्या वह इन्हें आकाश की छत के नीचे रखता होगा? एक झोपड़ी भी नहीं होगी, उसके पास, उसकी कल्पना तुमने किधर से कर ली?"

"तुम्हारी ही साखी से और क्या? तुम्हीं ने तो अभी कहा 'अलख हमारा इष्ट है गगन हमारा ग्राम?' अब तुम जो कहोगे, वही तो मैं सुनूंगी?"

लोई ने मेरी कमजोर नस को पकड़ा था। जवाब तो मुझे देना ही था। मैंने कहा, " 'गगन ग्राम' की यह बात क्या मैंने कमाली को लेकर कही है? अरे, यह तो हम साधकों-वैरागियों के लिए है। हम भी ऐसा कहां करते हैं कि खुले गगन के नीचे सो पड़ें? पर साधना के क्रम में ऐसी स्थिति आ भी जाए तो हमें इस स्थिति के लिए भी तैयार रहना चाहिए। युवक के सिर पर झोपड़ी है। चाहो तो तुम उससे पूछकर आश्वस्त हो लो।"

"अब क्या पूछना और नहीं पूछना। जब मैंने कमाली को इस संबंध के लिए राजी कर ही लिया तो यह वीतरागी हो या वैरागी, गृहस्थ अथवा भिक्षुक उससे क्या फर्क पड़ने जा रहा है? इच्छा तुम्हारी थी, हम मां-बेटी कब तुम्हारी इच्छा के विरुद्ध गई

हैं कि अब जाएंगे? अब जो कमाली के भाग्य में होगा उसे तो घटना ही है। पकड़ा दो तुम कमाली का हाथ इस युवक को; वह गाय बनकर उसके खूंटे पर चली जाएगी। नहीं करेगी वह अब कोई एतराज।"

लोई का यह भाषण मुझे अच्छा नहीं लगा जैसे मैं उसकी कमाली-रूपी गाय को किसी खूंटे से बंधने नहीं बल्कि किसी कसाई के घर भेज रहा होऊं। जी में आया कह दूं, मैं नहीं पड़ता इस पचड़े में, तुम जानो। जहां चाहो अपनी बेटी ब्याहो, जहां चाहो नहीं ब्याहो। पर यह संभव भी कहां था? लोई कितना कुछ कर पाती इसमें? अंततः कमाली का दायित्व तो बाप का ही बनता था। मैंने अपने को नियंत्रित किया। घर-गृहस्थी के मामले बड़ों-बड़ों को अव्यवस्थित-असंतुलित करते रहते हैं। कितनी भी सुरति साध लो ऐन अवसर पर गृहस्थी के चक्कर आपको डांवाडोल ही करके रहते हैं। इसीलिए बहुत से साधु-संत इसके चक्कर से दूर ही रहते हैं। मुझे भी यही करना चाहिए था। विवाह ही नहीं करना था फिर यह किचकिच रहती ही नहीं। पर ऐसा सोचने से भी कहां चलता है? सारे लोग घर-द्वार छोड़कर संन्यास ही ले लें तो इस सृष्टि-चक्र का क्या होगा? और फिर इतने वुभुक्षु भिक्षुओं-संन्यासियों को भोजनार्थ भिक्षा भी कहां मिलेगी जब कोई गृहस्थ रहेगा ही नहीं?

राम जो करता है, ठीक करता है, यही मानकर चलना होगा। उसने समस्याएं पैदा की हैं तो समाधान भी वही करेगा।

"तुम तो इस युवक के गुणों से अच्छी तरह परिचित हो? मैंने तुम्हें सब कुछ बता दिया है। तुम क्यों इस निकाह के नाम पर नाक-भौं सिकोड़ती हो?" मैंने लोई को संबोधित किया।

"मैं क्यों नाक-भौं सिकोड़ूं।" लोई जो सदा मेरे आदेश को खुदा का फरमान समझ पालती थी आज मुझसे भिड़ने की मुद्रा में थी। बात मेरी समझ में नहीं आ रही थी। अंततः उसी ने इसे स्पष्ट किया, "लेकिन तुममें मुझमें फर्क-इतना ही है कि तुम उसके बाप हो और मैं उसकी मां। मां तो लड़की को किसी पराए का हाथ पकड़ाने के पहले सौ बार सोचेगी ही। खैर, अब तो मैंने मां-बेटी की स्वीकृति तुम्हें दे ही दी। तुम अपना आगे का प्रबंध देखो।"

"आगे का प्रबंध भी कुछ कम कठिन नहीं है," मैंने कहा, "अभी तो इस युवक को इस संबंध के लिए राजी करना शेष ही है।"

"अच्छा तो मन के पुए पका रहे हो," लोई आश्चर्यचकित-सी बोली, "जिससे शादी रचाने चले अपनी लड़की की, उसकी धर्म-जाति का तो पता नहीं ही सही, उसकी राजमंदी की भी तुम्हें खबर नहीं। व्यर्थ ही तुमने कमाली का दिल दुःखाने का भार मुझे दिया।"

"वह हो गया तो यह भी हो जाएगा।" मैंने निश्चिंतता से कहा।

"मुझे तो नहीं लगता।" लोई अनुभवी की तरह बोली, "जो इसी उम्र में भक्ति-भाव और अलख तथा सुरति की बात करने लगा हो, उसे गृहस्थी में रुचि होगी,

यह तो मैं नहीं मानती।"

"राम असंभव को भी संभव करता है।" मैं इतना ही बोला और उसे अपने कमरे में जाने की आज्ञा दी।

युवक अपनी चारपाई पर बैठे लगभग ध्यानस्थ था। राम-नाम के अजपा जप में लगा होगा और क्या? अच्छा हुआ उसने लोई और मेरे वार्तालाप को नहीं सुना।

अब तक चारों तरफ रात उतर आई थी। मेरे घर में प्रकाश करने का कोई प्रबंध नहीं था। हम अंधेरा उतरने के पहले ही भोजन आदि करके निश्चिंत हो जाते थे। आज की बात दूसरी थी। पर गनीमत यह थी कि रात पूर्णिमा की थी। आकाश में चांद का चांदी-सा चमचमाता थाल निकल आया था। चांदनी मेरे छोटे-से आंगन में भी बिछ गई थी।

चांदनी के इस प्रकाश में हम एक-दूसरे को अच्छी तरह देख सकते थे। मैं चारपाई पर एक तरफ बैठ गया।

"मैं अब चलूंगा कबीर सा'ब! रात्रि उतर चुकी है और मेरा निवास भी यहां से कुछ कम दूर नहीं।" मेरी उपस्थिति से वह अपने में लौटा और बोल पड़ा।

"नहीं, नहीं, ऐसा कैसे हो सकता है।" मैं हड़बड़ाकर इतना ही बोल सका।

"हो क्यों नहीं सकता है?" वह बोला, "कोई एक घंटे में मैं घर पहुंच जाऊंगा। आप अब मुझे इजाजत दें।" इतना कहकर वह मेरे पैरों की ओर बढ़ा।

"यह क्या करते हो? अभी तो जिस बात के लिए हम यहां आए थे, वह हुई ही नहीं।" मैंने उसके हाथ को ऊपर उठाते हुए कहा।

"कौन-सी बात? ध्यान-धारणा की कोई बात है?"

मैं अचकचाया। लोई का कहना ही शायद ठीक था। यह तो राम और ध्यान के अतिरिक्त शायद जैसे और कुछ जानता ही नहीं। इसको कैसे राह पर लाऊं? फिर भी मुझसे जो कहते बना कहा—

"बात ध्यान और धारणा या धर्म की नहीं है, बात है सांसारिक। इस संसार को चलना है, यह मानते हो न?"

युवक कुछ नहीं समझकर बोला, "आपकी यह बात मेरे पल्ले नहीं पड़ रही। संसार तो चल ही रहा है और इसे चलानेवाला अपना काम बखूबी कर रहा है। हमें इसको लेकर क्या चिंता करनी है?"

"करनी है," मैंने बात को सही जगह से पकड़ा, "वह निर्विकार, निरंजन केवल अपने बलबूते यह सब कुछ नहीं चलाता। इस निराकार ने तो हम साकारों को इस संसार में इसीलिए भेजा है कि हम उसकी कुछ सहायता कर सकें। इस कठिन कार्य में उसका हाथ बंटा सकें।"

"भला हम उस परमशक्ति की क्या सहायता कर सकते हैं? वह जगन्नियंता हमारी सहायता का मुखापेक्षी होगा?" उसकी भाषा से लग रहा था कि वह अच्छे पढ़े-लिखे कुल का ब्राह्मण हो। पर मेरी बात का मर्म ही वह नहीं समझ पा रहा था, इसका क्या उपाय था?

"मैं और स्पष्ट करूं ?" मैंने लाचार-सा पूछा।

"आपकी कृपा होगी।"

"देखो, इस सृष्टि-चक्र को नियमित और संयमित रूप से चलाने के लिए ही मनुष्य ने विवाह की व्यवस्था की है। ईश्वर ने तो स्त्री-पुरुष की सृष्टि कर अपने दायित्व से मुक्ति पा ली। पर समाज में बढ़ती उच्छृंखलता को देखकर ही मनुष्य ने शादी की व्यवस्था कर दी जिसके अनुसार एक स्त्री को एक पुरुष से ही बंधकर रहना था। कुछ स्थितियों में अपवाद भी है। उदाहरण के लिए कुरान एक पुरुष को चार पत्नियां रखने की इजाजत देता है पर आदर्श व्यवस्था वही है जिसमें एक स्त्री और एक पुरुष ही वैवाहिक बंधन में बंधकर सृष्टि को व्यवस्थित रूप में चलाएं। अब समझे कुछ ?" मुझ साधु को इतनी सांसारिक बातें करने में ही काफी कठिनाई का अनुभव हो रहा था।

"समझ तो गया," उसने कहा, "पर मेरी समझ में यह नहीं आ रहा कि सद्गुरु को इस समय यह बात उठाने की आवश्यकता क्यों पड़ी ?"

मैं फिर असमंजस में पड़ा। इसका मैं कैसे और क्या जवाब दूं ? अच्छी तरह सोच-समझने के बाद मैं इतना ही कह सका, "वह लड़की जो तुम्हें गुड़-पानी दे गई थी वह मेरी बेटी है।"

"यह तो उसके आचार-व्यवहार से ही लगा। इतनी संकोची और सहज लड़की और किसकी हो सकती थी, इस आंगन में ?"

मैं उसकी बात से उत्साहित होकर बोला, "मैं उसी के विवाह की बात कर रहा था। मैं···।"

"शौक से करें।" वह बीच ही में मेरी बात को काटते हुए बोला, "कोई लड़का आपके ध्यान में है ? इस लड़की के लिए इसी तरह के किसी सुशील लड़के को ढूंढ़ने की आवश्यकता होगी। नहीं ?"

मैं मुश्किल में पड़ गया। यह व्यक्ति बात को सही परिप्रेक्ष्य में समझने को प्रस्तुत ही नहीं था। फिर बात को अधिक स्पष्ट करते हुए मैंने कहा, "लड़का तो मुझे मिल गया है। वह सुशील और भगवद्भक्त भी है। एकदम मेरी बेटी कमाली की तरह।"

"फिर झटपट इसकी शादी उससे कर दीजिए। ऐसे अच्छे लड़के हमेशा नहीं मिलते। इसके पहले कि कोई उसको फंसा ले आप अपनी बेटी का हाथ उसके हाथ में दे दें।"

क्या कह रहा है यह, मैं चकराया। कोई इशारा ही नहीं समझता। भक्ति-भाव के अतिरिक्त इसने और कुछ सीखा ही नहीं।

"मेरा मतलब जिस लड़के से है वह यहीं है।" मैंने बात को स्पष्ट किया।

"यहीं है ? इसी काशी में, अथवा इसी मुहल्ले में ? इसी जुलाहा-टोली में ?"

अब इस अनाड़ी को कोई क्या जवाब दे ? यह कार्य ही मेरे माथे क्यों आ पड़ा ? जो बात मेरे किए हो ही नहीं सकती, उसमें मुझे हाथ ही नहीं लगाना था। मैंने फिर साहस किया—

"मेरा मतलब वह इसी आंगन में है।"

"इसी आंगन में? आपके घर में? तब क्या दिक्कत है? इस संबंध को संपन्न ही कर दें।"

"यही तो मैं चाहता हूं।" मैं अब सीधे मूल बात पर आने का निश्चय कर चुका था।

"मैं भी उस लड़के को देख लेता। कोई हर्ज है?" वह उत्सुकतापूर्वक बोला।

"वह लड़का तुम्हीं हो।" मैंने अंततः सभी संकोच छोड़कर कह ही दिया।

"मैं???" वह जैसे आसमान से गिरा।

मैंने उसे संतुलित होने का थोड़ा समय दिया।

"बोलते क्यों नहीं सद्गुरु? आप क्या कह गए?" वह थोड़ी प्रतीक्षा के पश्चात् पुनः बोला।

"मैंने ठीक ही कहा," मैं आरंभ हुआ, "इसी विचार से मैं तुम्हें यहां लाया था, तुम कमाली के सर्वथा योग्य हो।"

"राम! राम! आप क्या कहे जा रहे हैं।" इतना कहकर उसने अपने दोनों क़ानों में उंगलियां डाल दीं।

मैं अवाक्! किस अहमक को पकड़ लाया इस घर में? अब वह कान खोले तो कुछ कहूं? मेरे राम ने मुझे अच्छा फंसाया है।

"सुनो भी तो सही।" मैं आवाज ऊंची कर बोला।

"बोलिए पर फिर वैसी बात नहीं बोलिएगा।" उसने कानों से उंगलियों को निकालकर कहा।

"क्यों ऐसी बात से तुम्हें क्यों एतराज है? अभी तो तुम विवाह की संस्था को इतना महत्त्व दे रहे थे?"

"मैं विवाह के महत्त्व को अब भी स्वीकारता हूं पर अपने विवाह की तो मैं सोच भी नहीं सकता।"

"क्यों?"

"मैंने आजीवन ब्रह्मचर्य का जो व्रत ले रखा है।" वह गंभीरता से बोला।

"क्यों, क्यों लिया यह व्रत?" मैंने उसी गंभीरता से पूछा।

"क्योंकि मैं पूरी तरह राम का होकर रहना चाहता हूं। विवाह इसमें बाधा बनेगा। अभी पत्नी होगी, फिर बच्चे पर बच्चे होंगे। मैं इनकी देख-रेख, इनके भोजन-पानी के प्रबंध में पिसता रहूंगा तो राम को कैसे और कब याद करूंगा?"

बात उसने पते की कही थी पर उसका पाला भी किसी और से नहीं कबीर से पड़ा था। मैंने तत्काल अपना अकाट्य तर्क दिया—

"तुम कैसे भक्त हो बर्खुरदार? राम-नाम को लेने के लिए क्या अलग से समय निकालना पड़ता है? हर सांस के साथ स्वतः राम-नाम नहीं निकले तो नाम की साधना ही क्या हुई?"

वह एक क्षण को चुप। बात मैं वजनदार कह गया था, इसका जवाब इतना

आसान नहीं था।

"बोलो, चुप क्यों कर गए?" मैंने उसे मुंह खोलने को बाध्य करने के विचार से कहा।

"आप ठीक कह रहे हैं। असल साधना तो वही है जिसमें सदा श्वांस के उठने-गिरने के साथ ही राम-नाम का जप चलता रहे।"

"ठीक कर्म और धर्म का संबंध ही सच्ची उपलब्धि है।" मैंने कहा। "अब तो तुम्हें विवाह से एतराज नहीं करना चाहिए।"

"विवाह का कर्म से क्या संबंध है?" वह कुछ सकुचाते हुए बोला।

"है। अभी तो तुमने कहा, विवाह का अर्थ पत्नी और बच्चों के पालन-पोषण का दायित्व लेना है।"

"कहा तो!"

"तो पालन-पोषण क्या कर्म के बिना संभव है?"

"नहीं।" वह सोचता हुआ बोला।

"फिर?"

"कर्म के लिए विवाह की ही क्या आवश्यकता है? बहुत से कर्म पड़े हैं। उनका ही निर्वाह क्यों न किया जाए?"

"जैसे?"

"जैसे रोगियों, अपंगों की सेवा। दुःखियों के दुःख-दर्द को बांटना। भूखों के लिए भोजन और निर्वस्त्रों के लिए वस्त्र का प्रबंध करना।"

यह तो अच्छा भाषण कर जाता है, मैंने सोचा। बहुत बोलनेवाले मुझे कभी पसंद नहीं रहे। काम की बात बोलो तो ठीक। बेकार की बातें व्यर्थ ही तुम्हारी वाचा-शक्ति को क्षीण करती हैं। पर यह तो तर्क-संगत ही बोल रहा था। जितने कर्म गिनाए थे वे महत्त्वहीन किधर से थे?

"ठीक। माना अनेक कर्म हैं जिन्हें धर्म के साथ ही साधा जा सकता है पर अभी तो बात विवाह की चल रही थी, सृष्टि चक्र को गतिमान रखने की। क्या तुम चाहोगे कि सृष्टि-चक्र रुक जाए? है ऐसी मर्जी परवरदिगार की? हमारे राम की?" मैंने हर शब्द पर जोर देकर कहा।

"माना सद्‌गुरु की बात सही है पर सृष्टि-चक्र को चलायमान रखने के लिए तो असंख्य लोग पड़े हैं। मेरे इसमें सहायक बनने-न-बनने से क्या फर्क पड़ता है?"

"पड़ता है," मैंने कहा, "यह तो तुम जानते हो कि जिस राह समाज के अग्रणी लोग जाते हैं उसी राह और लोग भी जाना चाहते हैं।"

"यह सही है।"

"तो सभी लोग तुम्हारी तरह ही आजीवन ब्रह्मचर्य का व्रत ले लें तो चली न यह सृष्टि?"

मेरा उत्तर लाजवाब करनेवाला था।

दो क्षणों तक वह कुछ नहीं बोल सका।

"बोलो। क्या उत्तर है इसका तुम्हारे पास?" मैं आत्मविश्वासपूर्वक बोला।

"नहीं है। नहीं है कोई उत्तर।" युवक ने स्वीकारा।

"तो?"

"अगर आपका तर्क मानूं तो मुझे विवाह कर लेना चाहिए।" वह कुछ सोचते हुए बोला।

"ठीक," मैंने कहा, "विवाह के बिना न धर्म को गति मिलती है न कर्म को। विवाह दोनों के लिए आवश्यक है, धर्म को जीवित रखने के लिए भी और सृष्टि की निरंतरता को बनाए रखने के लिए भी।" मैंने एक अकाट्य तर्क दिया।

"यह कैसे? विवाह नहीं करने में धर्म किधर से प्रभावित होता है?" वह पूछ बैठा।

"होता है। मैं पूछूं अगर तुम्हारे पिता ने विवाह नहीं किया होता तो तुम किधर से आते? और तुम नहीं आते तो अभी जो तुम धर्म और ध्यान-धारणा कर धर्म की रक्षा में योगदान दे रहे हो, उसे कौन देता? संसार के बड़े-बड़े संत-साधु जिनके चरण-चिह्नों पर चलकर हम अपने साधना-पथ पर चल रहे हैं, वे संसार में कैसे आते अगर सभी तुम्हारी तरह ब्रह्मचर्य की ही वकालत करते रहते, विवाह की व्यवस्था नहीं होती तो ये साधु-संत किधर से पैदा होते? बोलो है इसका उत्तर तुम्हारे पास?"

मेरा तर्क अकाट्य था, इसका उत्तर वह किधर से देता? वह चुप रहा।

"बोलो, अब भी तुमको विवाह से इनकार है?"

"सद्गुरु के तर्कों में दम है," उसने कहा, "मुझे विवाह कर धर्म और इस सृष्टि दोनों की रक्षा में सहायक होना चाहिए। शायद यही मानव-धर्म है। सृष्टिकर्ता के प्रति हमारी श्रद्धा है तो उसकी सृष्टि के प्रति भी हमारा कुछ कर्त्तव्य बनता है।"

अंततः मैं उसे रास्ते पर लाने में सफल हुआ। मेरी प्रसन्नता की सीमा नहीं रही। मन-ही-मन मैं अपने राम को धन्यवाद देने लगा।

"तो हम विवाह का समय तय कर लें," मैंने कहा, "तुम्हें यहां लाने का मेरा लक्ष्य पूरा हो गया।"

"विवाह का समय? यह कैसे?" वह अस्थिर हो बोला।

"क्यों? अब इसमें क्या बाधा है?"

"लड़की कहां है?"

मुझे इसकी बात पर घोर आश्चर्य हुआ। अब यह क्या बोले जा रहा है? कहीं ध्यान-धारणा और समाधि के चक्कर में इसका दिमाग सचमुच तो नहीं फिर गया है? कच्ची उम्र में यह सब साधने का प्रयास करो तो ऐसा कुछ होना कोई असंभव बात नहीं है।

"तुम क्या कह रहे हो मैं समझ नहीं पाता।" मैंने अपने को नियंत्रित रखते हुए पूछा।

"मैं कह रहा हूं सद्गुरु कि मैं आपके तर्कों से प्रभावित होकर आपके आदेश का अक्षरशः पालन करने को तैयार हूं पर विवाह-योग्य लड़की भी तो मिलनी चाहिए।

किसी भी ऐरी-गैरी के साथ मैं नहीं बंध सकता?"

मैं एक बार पुनः आसमान से गिरा। कैसा है यह युवक जो मेरे सामने ही मेरी बेटी को ऐरी-गैरी कह रहा है! मेरा मन एक क्षण को अप्रसन्नता के साथ ही क्रोध से भर आया। पर मैंने मन की इस स्थिति पर शीघ्र ही नियंत्रण पा लिया। क्रोध बुरा है, यह मैं पहले भी कई बार कह चुका हूं। ऐसी स्थिति में मेरे अंदर क्रोध जगे यह न उचित था न स्वाभाविक; भले ही कोई मेरी बेटी को लेकर ही ऐसी-वैसी बात कह दे। फिर भी युवक के भ्रम को तो दूर करना ही था। मैंने पूछा—

"तो कमाली तुम्हें ऐरी-गैरी लगती है?"

"आपकी लड़की?"

"हां।"

"राम, राम आप मुझे किस पाप के पंक में डालने जा रहे हैं? सद्गुरु की पुत्री के प्रति ऐसी बात किधर से संभव है?" वह घबराकर बोला।

"तो तुमने ऐसा कहा ही क्यों?"

"मैंने कमाली के लिए यह नहीं कहा।"

"मैं तो कमाली ही की बात कर रहा था।"

"क्या··· क्या··· ?" वह हक्का-बक्का रह गया, "क्या आप कमाली का विवाह··· मुझसे···करना चाहते हैं?"

"और क्या?" मैंने स्वाभाविक रूप में पूछा।

"हे राम, मैं···यह क्या···सुन रहा···हूं। आप मुझे किस नर्क में···डालना चाहते···हैं?"

मैं कुछ नहीं समझ सका और बोल पड़ा, "फिर तुम उसी तरह की बात करने लगे? कमाली तुम्हें नर्क लगती है?"

"नहीं, नहीं मेरा मतलब यह नहीं है। अगर आप मुझे गलत समझ गए तो इसमें मेरा ही दोष है। मैं भला सद्गुरु की पुत्री को नर्क कहूंगा? मेरा मतलब कुछ और था।"

"क्या?" मैं कुछ आश्वस्त होता हुआ बोला।

"मेरा मतलब था···मेरा मतलब था कि मैं सद्गुरु की सुपुत्री से विवाह की बात सोच भी कैसे सकता हूं? गुरु-पुत्री से विवाह का मतलब नर्क जाना ही तो होगा? वह भी पता नहीं किस घोर नर्क में?"

मुझे काटो तो खून नहीं। यह क्या बोल रहा है? अब तक का मेरा श्रम तो व्यर्थ ही गया न? अब मैं क्या करूं? इसने तो ऐसा प्रश्न रख दिया जिसका उत्तर ही मेरे पास नहीं था।

मैं देर तक चुप रहा। मेरी बुद्धि काम नहीं कर रही थी। मैं राम-भक्त, सचमुच ऐसे कार्यों के लिए अव्यावहारिक और असमर्थ था। अपने सारे तर्कों के बावजूद इस अल्प-वयस युवक के सामने पराजित हो रहा था। मेरा मुंह बंद कर दिया था इसने।

मैंने अपनी असफलता स्वीकार कर ली पर आशा की एक ज्योति अब भी शेष

थी, वह थी धनिया के रूप में। वह सर्वाधिक व्यावहारिक थी। मैंने उसे इस दायित्व के लिए पहले ही तैयार कर दिया था।

"मैं अब जाना चाहूंगा।" युवक अकस्मात् बोला।

"ठहरो।" मैंने कहा।

"क्या आज्ञा है सद्‌गुरु की?"

"जाने के पूर्व तुम एक धर्माचारिणी से मिल लो। धनिया नाम है उसका।"

"कहां है वह?"

"यहीं है। मैं तुम्हें उसके पास ले चलता हूं।"

यह कह, मैं युवक को लेकर धनिया के कमरे में पहुंचा और लौटने के पूर्व बोला—

"इस युवक को कुछ समझाना। यह भ्रमित है।"

युवक की ओर भी उन्मुख होकर कहा, "तुम्हें मैंने एक त्यागमूर्ति के सामने ला खड़ा किया है। इसकी बातों को ध्यान से सुनना, इससे तुम्हें लाभ ही होगा।"

धनिया मुझे देखते ही खड़ी हो गई थी। मैंने युवक को उसका चरण-स्पर्श करने को कहा। उसने अत्यंत श्रद्धापूर्वक धनिया के पैर छुए। मैं बाहर आ गया।

"बेटा क्या नाम है तुम्हारा?" धनिया ने उसे पास बैठाते हुए कहा। (धनिया से युवक के वार्तालाप की बातें मुझे बाद में धनिया से ही ज्ञात हुईं।)

"मैं अनाम हूं।"

"मतलब?" धनिया चकराई थी।

"मतलब मेरा कोई नाम ही नहीं है।"

"अच्छा, तो क्या तुम्हारे माता-पिता ने तुम्हें कोई नाम ही नहीं दिया?"

"दिया था पर मैं उसे भूल गया।"

"क्यों?"

"आप साध्वी हैं, साधिका, एक श्रेष्ठ धर्माचारिणी जैसा कि सद्‌गुरु ने मुझे बताया है, आपको यह बताने की आवश्यकता है कि नाम अहंकार का मूल है? कोई पूछता है तो नामधारी अकड़कर कहता है मैं अमुक हूं। मैंने नाम ही छोड़ दिया कि कोई अगर पूछे तो कहूं कि भाई, मेरा कोई नाम नहीं। ऐसे भी अल्लाह ताला ने, खुदा अथवा राम ने किसी को कोई नाम देकर तो यहां भेजा नहीं। सच पूछिए तो आप अपने को चाहे जिस नाम से पुकारें, आप तो वह होते नहीं जो कहते हैं। नाम तो शरीर का होता है न? तो हम शरीर तो हैं नहीं, आत्मा हैं। और सबके हृदय में तो एक ही परमात्मा का अंश आत्मा के रूप में बसता है तो भिन्न-भिन्न व्यक्तियों को भिन्न-भिन्न नाम देने का अर्थ? देना हो तो सबका एक ही नाम दे दो। एक के ही अनेक नाम कैसे हो सकते हैं?"

धनिया युवक के तर्क से स्पष्टतः बहुत प्रभावित हुई। भले ही वह अटपटी बात बोल रहा था, अव्यावहारिक, पर उसके तर्क को काटा किधर से जा सकता था?

"अच्छा, माना तुम्हारा कोई नाम नहीं और तुम्हारे तर्क में बल है पर अपनी जाति और धर्म आदि का तो तुम्हें पता होगा।"

"आप यह कहती हैं?" युवक आश्चर्य व्यक्त करते हुए बोला।

"क्यों?" धनिया जानती थी कि वह क्या कहना चाहता था, अतः वह बिना आश्चर्यचकित हुए बोली।

"आप सद्‌गुरु कबीर की शिष्या हैं जैसा कि मैं समझ सकता हूं फिर आप सद्‌गुरु के सिद्धांतों के विरुद्ध कैसे बोल रही हैं? आपको नहीं पता कि सद्‌गुरु न तो किसी जाति में विश्वास करते हैं न किसी धर्म-संप्रदाय में? न ऊंच में, न नीच में। मैंने कुछ संस्कृत पढ़ी है। गीता का जो कर्मयोग है सद्‌गुरु उसी को समर्पित हैं। समझनेवाले समझें या नहीं, मैं अच्छी तरह समझ गया हूं। गीता कहती है—समता, समदृष्टि अथवा समत्व ही योग है (समत्वं योग उच्यते—गीता) सभी मनुष्यों में अभेद का दर्शन ही गुरु के दर्शन का मूल स्वरूप है। वह सभी को समान मानते हैं। गीता में ही कहा गया कि ब्राह्मण और चांडाल तथा कुत्ते, हाथी और गौ में जो समदृष्टि रखता है वही वास्तविक ज्ञानी है।"[1]

"फिर भी…।" धनिया उसके तर्कों से असहमत थी।

"जाति की बात आप करती हैं? कबीर साहब ने साफ नहीं कहा जाति को लेकर?"

"क्या?" धनिया इस युवक की विद्वता और तर्क-शक्ति से अप्रभावित ही बोली।

"जाति बरन कुल खोय के, भक्ति करै चित लाय।
कहै कबीर सतगुरु मिलै, आवागमन नसाय॥

"यहां तो कबीर ने जाति तो जाति वर्ण और कुल सबको नकार दिया है। फिर आप जाति की बात कैसे करती हैं?

"और भी सुनिए—

जब लग नाता जाति का, तब लग भगति न होय।
नाता तोड़ै हरि भजै, भगत कहावै सोय॥"

"बस बस," धनिया ने आरंभ किया, "कबीर साहब की उक्तियों से मैं अच्छी तरह परिचित हूं। गीता से जो उदाहरण कबीर सा'ब के लिए तुमने दिया उनसे मैं सहमत नहीं हूं। ठीक है कि गीता की बात कबीर सा'ब की वाणियों से मिलती है पर इसका जवाब यही है कि हर बड़े समान रूप में सोचते हैं। कृष्ण ने जो सोचा वही कबीर ने सोचा। सद्‌गुरु को अवसर ही कितना मिला होगा गीता और भागवत सुनने का। पर यदि गीता या भागवत के शिक्षण भी सद्‌गुरु के कथन से मिलते हैं तो इसका जवाब वही है जो मैंने दिया, खैर मुझे खुशी है कि तुम सद्‌गुरु के उपदेशों के कायल हो और तुम जाति, वर्ण, संप्रदाय आदि में आस्था नहीं रखते। बड़ी अच्छी बात है। मैं प्रसन्न हुई। मैं तो मात्र तुम्हारी परीक्षा ले रही थी। किंतु जानते हो सद्‌गुरु के उपदेशों के साथ वही न्याय करता है जो उनके आचरण को अपनाता है।

1. विद्या विनय संपन्ने ब्राह्मणे रवि हस्तिनि।
शुनि चौव श्वपाक च पंडिता समदर्शनः॥

सद्‌गुरु केवल अपनी वाणियों द्वारा ही नहीं, अपने कर्म द्वारा भी लोगों का शिक्षण करते हैं। उनके जीवन को देखो और अपने को उसी रूप में ढालने का प्रयास करो, तभी मानो तुमने सद्‌गुरु से कुछ सीखा। रटने को तो तोता और मैना भी राम-राम रट लेते हैं पर क्या इससे उन्हें राम मिल जाते हैं? अतः वाणियों को स्मरण करना और उनका पाठ करना अलग बात है और संतों के आचरण को अपने जीवन में उतारना और। दूसरा पहले से अधिक महत्त्वपूर्ण है। समझे?" धनिया ने धीरे-धीरे युवक को अपनी राह पर लाने का प्रयास आरंभ किया।

"समझा तो, किंतु ठीक से नहीं समझ सका।" युवक सकपकाया। सदा सिद्धांत के धरातल पर रहनेवालों को व्यवहार का ज्ञान कम ही होता है।

"मैं समझाती हूं। सद्‌गुरु भक्ति-भाव के अतिरिक्त कर्म में भी विश्वास करते हैं? जहां तक संभव होता है, आज भी करघे पर बैठते हैं? अपने खाने-भर काम कर लेते हैं? इससे सहमत हो न?"

"अवश्य हूं," युवक ने कहा, "मैं भी तो करघा चलाता हूं। वस्त्र को बाजार में बेचता हूं और उसके आधार पर अपने और अपने माता-पिता के भी पेट का पालन करता हूं।"

"बहुत अच्छा, तुम भी कर्मयोगी हो, कबीर सा'ब के समान। यह अच्छी बात है। अब दूसरी बात सुनो।"

"जी।"

"कबीर राम के प्रति पूरी तरह समर्पित हैं। अन्य धर्मों को सम्मान देते हुए भी उनकी यह निर्भीकता और निजी विश्वास ही है जो उन्हें मात्र राम का बना रखा है। सद्‌गुरु कबीर ने राम को, अपने को पूरी तरह समर्पित कर दिया है। अपने संपूर्ण अहम् को गला दिया है, विगलित कर दिया है। अपने को नकार ही नहीं दिया है अपितु अपने को राम का कुत्ता तक कह दिया है। याद करो सद्‌गुरु की महत्त्वपूर्ण साखी—

कबिरा कूता राम का, मुतिया मेरा नाऊं।
गलै राम की जेबड़ी, जित खिंचे तित जाऊं॥

—मैं राम का कुत्ता हूं। मेरा नाम मुतिया (मुक्ति का इच्छुक) है। गले में राम की ही रस्सी पड़ी है जिधर से खींचा जाता हूं (राम के द्वारा) उधर ही जाता हूं।" धनिया यह साखी सुनाकर कुछ देर चुप रही और फिर बोली, "उतार सकते हो अपने में भक्ति और दास्य के इस भाव को? अपना सकते हो इस आचरण को?"

युवक थोड़ी देर चुप सोचता रहा और फिर बोला, "नहीं, मैं सद्‌गुरु के चरित्र की इस ऊंचाई तक नहीं पहुंच सका हूं। राम का क्या मैं तो सद्‌गुरु कबीर का कुत्ता बनने योग्य भी नहीं हूं। मैं आपका बहुत उपकार मानता हूं कि आपने मेरे अहंकार पर करारी चोट कर मेरी आंखें खोल दीं। आप सचमुच एक सच्ची साधिका हैं। सद्‌गुरु कबीर को आपने मुझसे बहुत अधिक जाना है।"

धनिया मन-ही-मन मुसकराई। युवक अब उसकी कद्र को समझने लगा था।

"ठीक है," धनिया ने आरंभ किया, "सद्‌गुरु के कुछ और आचरण हैं जिन्हें

अपनाना बहुत कठिन नहीं है।"

"जैसे?"

"जैसे सद्‌गुरु सद्‌गृहस्थ होकर भी साधना के पथ पर इतना आगे बढ़ गए हैं। बहुतों का दावा होता है कि गार्हस्थ्य और वैराग्य साथ-साथ नहीं सध सकते पर गुरु ने दोनों को साथ-साथ साधकर दिखा दिया कि नहीं? बोलो।"

"आप ठीक कहती हैं," युवक ने कहा, "मैंने इस विषय पर गुरु से बातें की थीं। मैंने तो आजीवन ब्रह्मचर्य का व्रत ले रखा था पर गुरु ने मुझे गार्हस्थ्य के महत्त्व को बताया। विवाह की आवश्यकता सिद्ध की।"

"अच्छा!" धनिया को आश्चर्य हुआ।

"और क्या? मैं तो आजीवन कुंआरा ही रह जाता पर गुरु ने ऐसे-ऐसे तर्क दिए कि मुझे विवाह के लिए राजी होना पड़ा।"

"तो तुम विवाह करने जा रहे हो?"

"अवश्य, सद्‌गुरु के आदेश का उल्लंघन कैसे कर सकता हूं?"

"तो तुम सद्‌गुरु की आज्ञा का अवहेलना नहीं कर सकते? यही न?"

"और क्या? ऐसा सोचना भी पाप होगा।"

"बहुत अच्छा। तब कब शादी कर रहे हो?"

"जब कोई ठीक-ठाक लड़की मिल जाए।" वह सिर नीचा कर सोचते हुए बोला।

"सद्‌गुरु की दृष्टि में कोई लड़की नहीं है?"

युवक चुप।

"क्यों?" मैंने पूछा, "सद्‌गुरु ने जब तुम्हें विवाह के लिए राजी कर लिया तो तुम्हारे लायक कोई लड़की नहीं बताई।"

"बताई।" युवक ने स्वीकारा।

"तो फिर तुम क्यों लड़की ढूंढ़ने की बात करते हो?"

युवक पुनः चुप।

"क्यों? मौन क्यों हो गए?" धनिया ने पूछा।

"बात ही ऐसी है।"

"कैसी?"

"मैं कह नहीं सकता।"

"सद्‌गुरु ऐसी कोई बात कह ही नहीं सकते जो करने लायक नहीं हो। सद्‌गुरु करणीय की ही शिक्षा देते हैं, अकरणीय की वह बात ही नहीं कर सकते।" धनिया ने गंभीरतापूर्वक कहा।

"पर मुझसे तो की।" युवक धनिया की ओर देखते हुए बोला।

"क्या?"

"कह ही दूं?"

"अवश्य, जैसा कहा सद्‌गुरु कभी कुछ गलत नहीं कह सकते।" धनिया ने शब्द-शब्द पर जोर देते हुए कहा।

"उन्होंने अपनी लड़की से शादी की बात की।"

"कमाली से?"

"हां।"

"तुमने अपनी स्वीकृति नहीं दी क्या? वर्ना तुम लड़की ढूंढ़ने की बात कैसे करते?" धनिया की आंखों में एक स्पष्ट आश्चर्य और उलाहना-अवहेलना का मिश्रित भाव उतरा जो युवक की आंखों से छिपा नहीं रहा।

वह देर तक चुप।

"क्यों? बोलते क्यों नहीं? मौन क्यों हो गए?"

"मैंने अस्वीकार कर दिया।" वह अंततः बोला।

"क्या???" धनिया के आश्चर्य का ठिकाना न रहा।

"हां, ठीक कहता हूं।" युवक धीरे-धीरे बोला।

"तो तुमने अनर्थ किया न?" धनिया के मुख पर जैसे भय की छाया उतर आई थी।

"कैसे?" युवक जैसे कुछ नहीं समझते हुए बोला।

"अभी तो तुमने कहा था न कि सद्‌गुरु के आदेश के उल्लंघन की बात सोची भी नहीं जा सकती। यह पाप होगा?"

"कहा तो था। अब भी पूछिएगा तो यही कहूंगा।"

"पर अब पूछने का प्रश्न कहां है? तुम तो सद्‌गुरु के आदेश-उल्लंघन का पाप कर चुके।"

"सच?" युवक का मुंह लटक आया।

"खुद ही सोच लो।"

"पर मैं इस आशा का पालन भी कैसे कर सकता था? मैं अपने ही सद्‌गुरु की लड़की से शादी···नहीं, नहीं···ऐसा तो मैं सोच भी नहीं सकता।"

"हा! हा! हा! हा!···हा।" धनिया उन्मुक्त हंसी हंसी।

युवक अवाक्। वह देर तक धनिया के मुख की ओर देखता रहा।

"क्यों? आप इस तरह हंसी क्यों?" जब धनिया की हंसी थमी तो युवक ने पूछा।

"तुम्हारी नादानी पर।" धनिया अब भी हंसती हुई बोली।

"नादानी? कैसी नादानी?" युवक को आश्चर्य हुआ।

"सद्‌गुरु तुम्हारे गुरु कैसे हुए?" धनिया ने एक महत्त्वपूर्ण प्रश्न रख दिया।

युवक कुछ सोचने लगा कि धनिया ने अपने तरकश से दूसरा तीर छोड़ा—

"बोलो, बोलो न सद्‌गुरु कब तुम्हारे गुरु बने? कब उन्होंने तुम्हें मंत्र दिया? राम-मंत्र दिया?"

"नहीं, ऐसा तो कभी कुछ नहीं हुआ।" युवक कुछ सोचते हुए बोला।

"तब तुम सद्‌गुरु के शिष्य कैसे हुए? वे तुम्हारे गुरु क्यों कर बन गए?"

"नहीं बने?" उसने आश्चर्यपूरित आंखों से पूछा।

“तुम्हीं बताओ न कैसे बने ?” धनिया निश्चिंतता के साथ बोली।

“क्यों सद्‌गुरु सबके गुरु नहीं ?”

“अर्थात् ?”

“वह विश्व-गुरु नहीं हैं ?” युवक ने तर्क दिया।

“हैं पर संपूर्ण विश्व उनका शिष्य नहीं है ! ऐसी हालत में तो कमाली अनब्याही ही रह जाएगी। बोलो, ठीक कह रही हूं कि नहीं ?”

युवक फिर चुप।

“क्यों अब क्या सोच रहे हो ?”

“यही कि क्या मैंने सचमुच गुरु-आज्ञा के उल्लंघन का अपराध किया ?” युवक मायूस होकर बोला।

“किया ! इसमें कहां संदेह है ?” धनिया आरंभ हुई, “सद्‌गुरु ने तुम्हें कभी शिष्य नहीं बनाया। तुमने उनसे मंत्र दीक्षा नहीं ली। तब भी तुम गुरु की आज्ञा का उल्लंघन का पाप एक अच्छे-खासे बहाने के आधार पर कर गए ? कैसे नहीं किया तुमने अपराध ?”

“मैं एक बात पूछूं ?” युवक की आंखें सहसा चमकीं।

“पूछो।”

“आप अनब्याही हैं न ? आपके लक्षण तो यही कहते हैं।”

“हूं।”

“तब मुझे आप विवाह करने को विवश क्यों कर रही हूं ?”

“नहीं, मैं ऐसा कुछ नहीं कर रही। मैं तो मात्र गुरु की आज्ञा के पालन की बात कर रही हूं।”

“आपको गुरु ने विवाह की आज्ञा नहीं दी ?”

“दी, पर जिससे चाहती थी, नहीं दी।”

“अर्थात् ?”

“अर्थात् यह कि मैं सद्‌गुरु से ही शादी करना चाहती थी।”

“सद्‌गुरु से ?” वह आश्चर्य से आंखें फाड़ते हुआ बोला।

“हां।”

“क्यों ?”

“क्यों क्या ? मैं तो पहले ही समझा चुकी हूं। सद्‌गुरु विश्व-गुरु हो सकते हैं पर हरेक उनका शिष्य अथवा शिष्या तो नहीं हो सकते। मैं तो अब भी उनसे शादी करने को तैयार हूं पर वे मना करते हैं।”

“क्यों ?”

“उनकी मर्जी।”

“गुरु वाला तर्क वह नहीं देते ?”

“क्यों देंगे ? न वे मेरे गुरु न मैं उनकी शिष्या।”

“फिर भी आप यहां ?” वह आश्चर्यचकित होते हुए बोला।

"केवल उनके नित्य दर्शन के लिए। उनकी छाया-मात्र को भी छूने के लिए, उनके सान्निध्य का अनुभव करने के लिए।"

"आप उन्हें पति-भाव से देखती हैं ?"

"अवश्य। इसमें कोई हर्ज है क्या ?" धनिया उसकी ओर गहरी दृष्टि से देखती हुई बोली।

"नहीं, इसमें कोई दोष नहीं। मैं ही गलती पर था। आप महान् हैं कि मात्र गुरु-सान्निध्य के लिए आपने अपने संपूर्ण जीवन को प्रेम-अर्घ्य बना उन पर उंड़ेल दिया और एक मैं हूं कि भ्रम में पड़कर गुरु-आज्ञा के उल्लंघन का पाप कर बैठा।" युवक ने उदास होकर सिर झुका लिया।

"मायूस होने की आवश्यकता नहीं। अब भी समय है।" धनिया बोली।

"है ? मैं इस पाप से मुक्त हो सकता हूं ?" युवक के चेहरे की लालिमा वापस आई।

"अवश्य।"

"कैसे ?"

"स्पष्ट है कमाली से शादी कर।"

"सद्‌गुरु अब उसके लिए तैयार होंगे ? एक बार जो मैं 'ना' कह चुका हूं।" युवक के चेहरे पर फिर मायूसी उभरी।

"सद्‌गुरु तो सचमुच पुनः तुम्हारे पास यह प्रस्ताव लाने से रहे।"

"तब ?"

"तुम्हें ही इस पाप का प्रायश्चित करना होगा क्योंकि तुम्हीं ने पाप किया है।"

"ठीक है कैसे होगा यह प्रायश्चित ? मैं कोई भी प्रायश्चित करने को तैयार हूं।" युवक व्याकुल हो आया था।

"गुरु से स्वयं कमाली का हाथ मांगकर।"

"सच, गुरु अब भी अपनी पुत्री का हाथ मुझे दे सकते हैं ?" युवक को आश्चर्य हुआ।

"क्यों नहीं ? गुरु दरिया-दिल हैं। वे तुम्हें सहर्ष अपनी पुत्री का पति बनाने को राजी हो जाएंगे। होंगे क्या पहले ही हो चुके हैं। और तुम क्या समझते हो कि कमाली जो एक बार तुम्हें पति मान चुकी, अब किसी और की बनने जा रही है ? तुम्हारे ना का परिणाम होगा, एक और अनब्याही औरत इस आंगन में। एक और धनिया।"

"नहीं, नहीं मैं यह नहीं होने दे सकता।" युवक उठते हुए बोला, "मैं अभी गुरु के पास जाकर अपने पाप का प्रायश्चित करता हूं।" और यह कहते हुए वह तीर की तरह धनिया के कमरे से मेरे कमरे की ओर बढ़ा।

उसकी बातें सुन मैंने अपने राम को लाख-लाख धन्यवाद दिया। शुरू में ही मैंने कहा था न बहुत से कार्य दुष्कर होते हैं पर राम-कृपा हुई तो वह सहज और संभव हो जाते हैं।

इस प्रकार कमाली की ओर से मैं भी निश्‍चिंत हो गया। रह गया कमाल तो

भगवत्कृपा होने पर वह भी राह पर आ ही लगेगा। अब एक को लेकर घर की चिंता क्यों ?

26

निश्चिंतता भी कोई चीज है। है कि नहीं ? दुनिया के दायित्वों, जंजालों से मुक्त हो जाओ तो मन फूल की तरह हल्का हो जाता है। तब इस मन से चाहे जो करो। विशेषकर भजन-भाव चिंतन-मनन। राम का स्मरण। शून्य में ध्यान। यों, मन को साधना इतना आसान भी नहीं है। मन को दायित्वों से मुक्त भी कर लो तो समुद्र की लहरों से भी चंचल इस मन को एकाग्र करना सभी के वश की बात भी नहीं है। मन को लेकर महाभारत-युद्ध के समय श्रीकृष्ण एवं अर्जुन के संवाद का मुझे पता है। सब सत्संग का प्रभाव है। सद्‌गुरु रामानंद के शिष्यत्व की प्राप्ति के पश्चात् यदा-कदा उनका सत्संग तो मिलता ही था, उनके विद्वान् शिष्यों से अक्सर वार्ता भी होती रहती थी।

यों सद्‌गुरु से मिलने की कोई 'मनाही' नहीं थी मेरे लिए। मैं जब भी उनके आश्रम में जाता वे बड़े प्रेम से पुकारते, "आओ शिष्य कबीर!" फिर वह अपने आसन के समीप ही मुझे बैठा लेते। मैं उनके उपदेशों का लाभ लेता रहता। वे उपस्थित जनों को संबोधित करते, राम-भक्ति पर, अद्वैत के महत्त्व पर प्रकाश डालते। पर सच पूछिए तो मेरे पल्ले बहुत कुछ पड़ता नहीं था। वे बहुधा संस्कृत में ही अभिभाषण करते अथवा हमारी भाषा, लोकभाषा में भी बोलते तो उनके प्रवचन बहुत हद तक संस्कृत के शब्दों से ही भरे रहते। सद्‌गुरु की भी कठिनाई थी। संस्कृत के पारंगत विद्वान् के लिए भाषा में अपने विचारों को प्रकट करना सचमुच एक दुष्कर कार्य था। भाषा में इतने शब्द भी तो नहीं थे कि सद्‌गुरु के विचारों को वे अभिव्यक्ति दे पाते! भाषा की कूबत ही कितनी थी कि वह सद्‌गुरु के विचारों का बोझ वहन कर सके! भाषा तो वस्तुतः सामान्य लोगों के विचारों के आदान-प्रदान के माध्यम के रूप में विकसित हुई थी। वह अध्यात्म के सदृश कठिन विषय को व्यक्त करने में किधर से सफल होती? सद्‌गुरु के विचारों का अधिकांश मेरे पल्ले नहीं पड़ता तो मैं उनके शिष्यों से घुल-मिल बैठा। मानव की दुर्बलता को तो स्वीकार करना ही पड़ेगा। इन शिष्यों में कुछ तो मुझे गुरु-भाई का स्नेह देने लगे थे पर अधिकांश ऐसे थे कि मेरे दीक्षित होने के पश्चात् भी मुझसे दूरी ही बनाए रहते। उनके अहंकार और आभिजात्य मुझको उनके द्वारा अपनाने में बाधा बनते। वे मुझे भी एक अछूत ही मानते थे और अक्सर आपस में बातें करते कि गुरु के पैरों से ठोकर खाकर राम-नाम का मंत्र लेना भी कोई दीक्षा-विधि है! जब तक देवताओं को साक्षी रख गुरु से विधिवत् कान में मंत्र नहीं ग्रहण करो तो अंतर किधर से आलोकित होगा!

उनका कहना-सुनना अपनी जगह और मेरा मानना अपनी जगह। मैं तो एक परब्रह्म के अलावा किसी और देवी-देवता को मानता ही नहीं तो मेरे लिए तथाकथित

देवताओं की उपस्थिति में मंत्र ग्रहण करने का क्या महत्त्व था? मेरा विश्वास था कि मैं दीक्षित हो चुका था। गुरु-मुख से राम-मंत्र तो पाया था, उसे पाने की विधि कैसी थी, इससे मुझे कुछ लेना-देना नहीं था।

खैर, गुरु के अधिकांश शिष्य अब भी मेरी छाया से भागते थे तो उनके कई ऐसे भी शिष्य थे जिनका ज्ञान पक चुका था। वे मुझे बड़े प्रेम से अपनाते और मेरी जिज्ञासाओं को शांत करते। वे मुझे सांत्वना भी देते, "कबीर सा'ब, उन अहंकारियों का बुरा नहीं मानिए। उनके विचार अभी परिपक्व नहीं हुए हैं। गीता कंठस्थ भी कर गए तो उसके संदेश को नहीं ग्रहण कर सके। भेद-भाव का भूत अभी तक उनके सिर पर सवार है। गीता ने साफ कहा न कि समता, समदृष्टि सभी में समभाव ही योग है (समत्वं योग उच्यते)? तो ये इस उक्ति का पालन क्यों नहीं करते, सिद्धांत को विचार के स्तर पर उतारने का प्रयास क्यों नहीं करते? अरे कबीर सा'ब आपके ऐसे ज्ञानियों के लिए संस्कृत में ठीक ही कहा गया है कि शास्त्रों के पढ़ने के पश्चात् भी लोग मूर्ख होते हैं जो क्रियावान पुरुष है वस्तुतः वही विद्वान् हैं—

शास्त्रानधित्यापि भवन्ति मूर्खाः।
यस्तुक्रियावान् पुरुषः स विद्वान्॥

"तो आप छोड़िए इन अज्ञानियों की चिंता। हम सभी में अपने राम को ही देखते हैं, अतः हमारे लिए मनुष्य-मनुष्य में कोई विभेद नहीं है। जो पूछना हो हमसे पूछिए। हम आपकी शंकाओं का समाधान करेंगे और आपके सदृश पहुंचे हुए संत के लिए क्या शंका और कैसा समाधान? आपके अंदर ज्ञान का प्रकाश तो स्वयं उदित है। अंतरात्मा के इस प्रकाश में आपके लिए सब कुछ दृश्य है, सब कुछ प्रकट, कुछ भी गुप्त नहीं है आपके लिए फिर भी हमारा संग आपको सदा सुलभ है।"

उन्हीं शिष्यों के मैं पीछे पड़ा रहता।

सद्गुरु के पास उसी समय जाता जब वे पूजा और अल्पाहार आदि से निवृत्त हो कुछ देर के लिए विश्राम करते होते। मेरे लिए कहीं कोई रोक-टोक नहीं थी। मैं सद्गुरु के पास कहीं भी, कभी भी पहुंच सकता था। मैं इसी समय उनके चरणों में नमन निवेदित करने हेतु जाता और उन्हें प्रणाम कर वापस आ जाता।

"क्यों भक्त कबीर? प्रवचन में उपस्थित नहीं रहोगे?"

"क्षमा कीजिए महाराज, मैं आपके शिष्यों के माध्यम से ही आपके अमूल्य उपदेशों का सार-तत्त्व ग्रहण कर लेता हूं। आपके प्रवचन को अपने अंदर उतार पाने की शक्ति मुझमें नहीं है।"

सद्गुरु मुसकराते। बात को समझ जाते और बोलते, "ठीक है भक्त कबीर! उन्हीं से कुछ सुनो-समझो। ऐसे तुम्हें जानने-सुनने को अब रह ही क्या गया है? प्रवचन की तर्कपूर्ण और दृष्टांताधारित भाषा तो सामान्य जनों, अज्ञानियों के अंतर् में से अज्ञान-तम को निःशेष करने के लिए होती है, (नहीं समझिए कि यह मेरी भाषा है, मैंने पहले ही स्पष्ट कर दिया है कि मैंने अपने इस लेखक को भाषा-प्रयोग की पूरी स्वतंत्रता दे रखी है, सद्गुरु की भाषा मेरी जिह्वा पर किधर से चढ़ती, अतः यहां लेखक को खुल

खेलने की अच्छी आजादी मिल गई है)। वह तो अविश्वासियों, अहंकारियों के अहंकार को विगलित करने के लिए होती है। अभिभाषणों में कुछ पांडित्य-दर्शन की आवश्यकता होती है, विशेषकर ऐसे श्रोताओं के लिए जो पूर्वाग्रह से ग्रसित हो मेरे प्रवचनों को सुनने, मात्र उनके छिद्रान्वेषण के लिए आते हैं। आपको तो ज्ञात ही है कि इस काशी में ऐसे पाखंडियों, अल्पज्ञानियों की कमी नहीं है। यही कारण है कि मेरी प्रवचन-भाषा विविध-रंगी और कभी-कभी सामान्य श्रोताओं की विवेचना-शक्ति से परे होती है।

"ठीक है तुम मेरे पटु शिष्यों के सत्संग से ज्ञान का कुछ आदान-प्रदान करो। जितना तुम उनसे प्राप्त करोगे उससे अधिक ही तुम उन्हें प्रदान करोगे, इसका पता मुझसे अधिक किसको है?"

सद्‌गुरु के कथनानुसार ही मैं उनके सदशिष्यों से ही यदा-कदा सत्संग करता और उसी का परिणाम था कि मैं गीता, रामायण, भागवत आदि की कुछ बातों को जान सका था।

हां, तो मैं गीता में मन के संबंध में कही गई उक्ति की चर्चा कर रहा था। मन चंचल है यह सिद्ध करने के प्रयास में गीता की यह उक्ति, केशव की वाणी स्मरण हो गई थी। योग के संबंध, विशेषकर बुद्धियोग के संबंध में बहुत कुछ सुनने के पश्चात् अर्जुन ने कहा था, "श्रीकृष्ण, मन तो बहुत चंचल है, अपनी तरह ही चलनेवाला है, बलवान और दृढ़ है। उस पर नियंत्रण तो वायु पर नियंत्रण के सदृश ही दुष्कर है।"[1]

श्रीकृष्ण ने इसका उत्तर भी ठीक ही दिया था, "ठीक ही कहते हो अर्जुन, मन बहुत चंचल और अधिकार में आने योग्य नहीं है। फिर भी अभ्यास और वैराग्य द्वारा उसे नियंत्रित किया जा सकता है।"

तो मैं कह रहा था कि कमाली के विवाह के पश्चात् मैं अपने मन को, प्रायः सभी दायित्वों से मुक्त हो, भजन-भाव और ध्यान-धारणा में लगाने को पूरी तरह स्वतंत्र हो गया था किंतु मन को सदा नियंत्रित रखना बहुत आसान नहीं था। इसीलिए मैं कह रहा था कि समुद्र की चंचल लहरों की तरह मन को वशीभूत करना बहुत आसान नहीं था। इसी क्रम में मैंने केशव और अर्जुन-संवाद का उल्लेख किया था।

फिर भी मन पर नियंत्रण प्राप्त करना अब पूर्व की अपेक्षा अधिक सहज हो गया था। सयानी लड़की का बोझ जो सिर से उतर गया था। इस बोझ के संबंध में तो उन्हीं से पूछो जिनके सिर पर यह है। पराए धन को पराए हाथों में सौंपने के पश्चात् ही मन को शांति प्राप्त होती है। मुझे धनिया का इस हेतु कृतज्ञ होना चाहिए कि उसने मुझे इस भार से मुक्ति प्रदान करने में कैसा कमाल दिखाया था। ठीक कहूं तो उसी समय से धनिया के प्रति मेरे मन में एक श्रद्धा-भाव उत्पन्न हो गया था। पहले जो उसके प्रति एक वितृष्णा थी उसी के कारण मैं नारी-जाति के प्रति अकथ्य कह गया था। पहले भी कहा, अब भी कह रहा हूं, नारी-जाति के प्रति मेरे मुख से जो

---

1. चंचलं हि मनो कृष्णः प्रमाथि बलवद्दृढम्।
   तस्य निग्रहमहमन्ये वायुरिव सुदुष्करम्॥

कुछ गलत निकल गया, उसके लिए मुझे खेद है।

रही धनिया, तो उसे निश्चय ही वह मिल गया था जिसकी उसे तलाश थी—मेरे अंदर उसके प्रति अथाह प्रेम। यह इसलिए कि धनिया के लिए मेरे मन में जो श्रद्धा उत्पन्न हो गई थी वह प्रेम का ही तो रूपांतरण था। श्रद्धा-भक्ति और प्रेम एक ही तत्त्व के विभिन्न नाम हैं कि नहीं? ऐसे भी जिसके प्रति श्रद्धा नहीं हो यह भी असंभव है। यही बात भक्ति को लेकर है। भक्ति भी प्रेम का ही रूपांतरण है। ईश्वर-प्रेम ही भक्ति बन बैठता है कि नहीं? जी, मैं विशुद्ध रागात्मक संबंध, सात्विक प्रेम की बात कर रहा हूं, आपके युग में इस प्रेम का स्वरूप परिवर्तित हो गया है। अधिकांश के लिए यह मांसल और वासना का प्रतिरूप ही बन बैठा है। कबीर की चिंतनधारा में ऐसा स्वार्थपूर्ण प्रेम तिनके की तरह ही बह जाता है।

तो धनिया को भी उसका प्राप्य मिल गया, उसका भान उसे हो या नहीं। कबीर इस महान् और त्याग-मूर्ति देवी के प्रति श्रद्धा से भर आया था। दूसरे अर्थ में वह उससे सर्वथा विशुद्ध और सात्विक प्रेम करने लगा था।

इस स्त्री से मैंने बहुत कुछ सीखा था—त्याग का असली स्वरूप और प्रेम का यथार्थ रूप। सब कुछ छोड़, वह मेरे आंगन में आ पड़ी थी मेरे प्रेमवश। यही करना था मुझे भी, सब कुछ भूलकर राम के मन-प्रांगण में बस जाना था अथवा राम को ही अपने मन के आंगन में बैठा लेना था। दोनों एक ही बात थी। मैं राम के अंदर बसूं या राम मेरे अंदर, इससे अंतर ही कितना पड़ता था?

अब मैं उस स्थान पर ध्यान लगाने लगा था जिसे आज आप नीरू के टीले के नाम से जानते हैं। हां, मेरे निष्कलुष और सरल बाप के नाम पर ही इस टीले का नामकरण कर दिया था लोगों ने।

मैं दिन में यहां ध्यान पर बैठूं यह संभव नहीं था। तब तो मधुमक्खियों की तरह भिनभिनाते लोग मुझे घेर बैठते। तब? तब उन्हें तो मधु मिलने से रहा, मेरे मधु-संचय में भी वे बाधा बनते। संध्या के झुटपुटे के पश्चात् मैं यहां बैठता—सहज आसन में। इस आसन में बैठ संपूर्ण साकार सृष्टि के रूप-स्वरूप से सर्वथा निरपेक्ष मैं अपने निराकार के ध्यान में मग्न होता। शून्य में खो जाता। इस पर मैं पहले भी कह चुका हूं पर अभी मैं इस पर विशेष प्रकाश डालना चाहता हूं।

आपकी आशंका है जो निराकार है, जिसका कोई स्वरूप अथवा आकार ही नहीं उसको ध्यान गम्य कैसे बनाया जा सकता है, उसको आधार मानकर ध्यान कैसे किया जा सकता है? चंचल मन को इस निराकार, इस विशाल शून्य में आधार कहां मिल सकता है अपनी एकाग्रता के लिए?

मैं बताऊं उस निराकार में, कहिए इस विराट् शून्य में और कुछ हो या नहीं एक अद्‌भुत अवर्णीय आलोक, प्रकाश तो होता ही है। उस प्रकाश से, ध्यान के माध्यम से साक्षात्कार होते ही आप भी जैसे प्रकाशमय हो जाते हैं—अंदर, बाहर मात्र प्रकाश-किरणों की अठखेलियां चलती हैं। प्रकाश के इस ध्यान में, उसके इस अद्‌भुत सामीप्य में आप प्रकाश के सिवा कुछ रहते ही नहीं। एक बार भी इस प्रकाश-पुंज से

थोड़ी देर के लिए भी जुट गए कि आपका सारा पाप-ताप विनष्ट हो गया। आप उस क्षण में वही होते हैं जो वह होता है, विशुद्ध प्रकाश के विस्तार का एक अभिन्न अंग। मत भूलिए कि मैंने यों ही नहीं लिखा—

लाली मेरे लाल की, जित देखो तित लाल।
लाली देखन मैं गई, मैं भी हो गई लाल॥

मेरे लिए अपने द्वारा इस स्त्रीलिंग स्वरूप का प्रयोग आपको अजीब लग सकता है। नहीं? तो इसे भी मैं स्पष्ट कर दूंगा। राज की बात है यह। अत्यंत गोपनीय। एकांतिक साधना का एक विशेष स्वरूप। इस पर फिर कभी लौटेंगे।

अभी नीरू के टीले की ही बात चलने दें।

कुछ दिनों तक तो नीरू के टीले पर मेरा ध्यान अबाध चलता रहा पर यह बहुत दिनों तक नहीं चल सका। लोग-बाग जैसी कि आशंका थी टीले पर जुटने लगे। वे मुझे घेरकर बैठ जाते—शांत, निर्वाक। उनमें बहुतों का कहना था कि ध्यान के समय मेरे शरीर के चारों तरफ एक प्रकाश-वलय का निर्माण हो जाता था। गुलाबी रंग का यह प्रकाश-वलय उन्हें आंतरिक शांति प्रदान करता था।

यह होता है। हर शरीर से कोई-न-कोई प्रकाश-वलय फूटता ही रहता है। अब यह उस व्यक्ति के मनोभावों और आंतरिक संरचना पर आश्रित है कि किस प्रकार की प्रकाश किरणें उसके शरीर से फूटती हैं। अधर्मी और बुरे मनोभावों के शरीर के गिर्द बनता वलय अनाकर्षक और जुगुप्सा को जन्म देनेवाला होता है। देखनेवाली आंखें किसी व्यक्ति के इस वलय को देखकर ही उसकी प्रकृति, उसके बनते-मिटते मनोभावों और उसकी मौलिक संरचना के संबंध में बता सकती हैं।

यह सत्य है कि जब व्यक्ति इस निराकार से संयुक्त हो ध्यान-मग्न होता है तो उससे अद्‌भुत शांतिदायक और आकर्षक किरणें निस्सृत हो उसके चारों ओर एक विशेष गुलाबी आभायुक्त वलय की सृष्टि करती हैं। पहुंचे हुए संत-साधकों के गिर्द बननेवाला यह वलय बहुतों के लिए दर्शनीय और विस्मयकारी होता है। वे उसे देखते ही रहने और एक अलौकिक आनंद में निमग्न होने को विवश हो जाते हैं। अब मैं तो ठहरा अपने राम का एक सामान्य भक्त पर मेरा ध्यान टूटता तो लोगों की भीड़ मुझे आश्चर्यचकित कर देती।

"इस अंधकार में भी आप यहां बैठते हैं, क्या लाभ?" मैं पूछता।

"अंधकार कहां? आपके शरीर से छिटकती प्रकाश-किरणें तो इस स्थान को सदा ज्योतित करती रहती हैं। हमें एक स्वर्गिक आह्लाद का अनुभव होता रहता है।"

मुझे इस पर आश्चर्य नहीं होता। पर यहां ध्यान लगाना अब कठिन था। साधना, भीड़ में संभव नहीं। साधक भीड़ से भिन्न होता है और उसे आवश्यकता होती है अपनी साधना हेतु एकांतिक स्थल की। भीड़ कुछ करे या नहीं, शांत ही बैठे रहे पर उसमें सम्मिलित लोगों के तनों से निस्सृत तरह-तरह की किरणें तो साधक को उद्वेलित कर ही देती हैं। भीड़ तो भीड़ है, उसमें तरह-तरह के लोग होते हैं। सदाचारी भी कदाचारी भी। सभी आध्यात्मिक भावों से पूर्ण ही आते हैं क्या? बहुत उनमें तमाशबीन भी होते हैं कि नहीं? मनोभाव चाहे जैसा हो मलिन अथवा ईर्ष्या, द्वेष, क्रोध और काम से युक्त पर वे

मात्र उत्सुकतावश भीड़ का अंग बने चलें आते हैं। इनके शरीर की विकिरण-शक्तियों से तो साधक की ध्यान-धारणा में बाधा आएगी ही।

मैं भी इस बाधा का अनुभव करने लगा। दीर्घ काल तक लगे रहनेवाला ध्यान अब अनायास बीच-बीच में टूटने लगा। मुझे इसका कारण जानने में बहुत समय नहीं लगने को था। बहुत से असाधु एवं अश्रद्धालु भीड़ में सम्मिलित हो मेरी ध्यान-धारणा के बाधक बनने लगे थे।

मैंने तय कर लिया ध्यान अब इस टीले पर नहीं लगाना था। इसके लिए अपने झोपड़े में ही कोई एकांत स्थान ढूंढ़ना पड़ेगा। बहुत बाधा नहीं होगी वहां। लोई बुद्धिमती है, ऐसे समय वह मुझसे अलग-अलग ही रहेगी। धनिया को अपने छोटे कोठरे से निकलकर इधर-उधर ताक-झांक करनी ही नहीं थी। कमाली जा ही चुकी थी। रह गया कमाल तो वह रात्रि में देर तक लौटता था। कहां-कहां डोलता रहता था, इसका मुझे क्या पता? कभी मेरे प्रशंसकों के साथ होता तो कभी मेरे निंदकों के साथ भी उपस्थित हो उनकी हां में हां मिलाया करता। यह मुझे औरों से सुनने को मिलता। नहीं, मुझे कुछ भी उद्वेलित नहीं करता था। स्वामी रामानंद के शिष्यत्व ग्रहण करने के पश्चात् हिन्दुओं में मेरे प्रशंसक बढ़ गए थे तो स्वामीजी के उस दिन के संबोधन के बावजूद अधिकांश मुसलमान मेरे प्रति दुराग्रहग्रस्त ही थे। वे मुझे हिन्दू अधिक और मुसलमान कम मानते थे। राम-नाम के प्रति मेरा आकर्षण उन्हें सह्य नहीं था। मेरे लाख समझाने पर भी कि राम और अल्लाह में कोई अंतर नहीं, दोनों एक ही आध्यात्मिक शक्ति के प्रतीक थे, वे माननेवाले कहां थे? उनका तर्क अद्‌भुत था, "अगर राम और अल्लाह एक ही है तो आप राम को छोड़कर अल्लाह का ही नाम क्यों नहीं लेते? मुसलमान होकर भी इस राम-नाम का निरंतर जप का अर्थ?"

अब मैं उन्हें कैसे समझाता कि दीक्षा तो मैंने राम-मंत्र की ही ली थी ऐसी हालत में जपना तो मुझे उसी नाम को था। दीक्षित नाम एक अलौकिक शक्ति से पूर्ण होता है। गुरु की साधना का एक अंश भी उसमें सम्मिलित होता है। जाग्रत होता है यह मंत्र। गुरु इसीलिए बताते हैं। सद्‌गुरु का महत्त्व वर्णनातीत है।

मुसलमान भाइयों के इस भ्रम को दूर करने के लिए ही एक दिन अपने चारों ओर एकत्रित भीड़ के मध्य मैंने घोषित कर दिया कि कल मैं दोपहर के बाद सद्‌गुरु के महत्त्व पर ही प्रकाश डालूंगा। भीड़ में मुसलमान और हिन्दू दोनों थे। यह बात पृथक् थी कि उसमें हिन्दू अधिक थे और मुसलमान कम। फिर भी मुसलमानों की संख्या बहुत कम नहीं थी। और अवसरों पर भले ही वे मेरे विरोध में बोलते रहे हों, निंदक हों, पर नीरू के टीले पर मेरी ध्यानावस्था में निस्सृत प्रकाश-किरणें उन्हें भी पतंगों की तरह आकृष्ट करती थीं।

दूसरे दिन जब सूरज की किरणें पश्चिम की क्षितिज को छूने को व्यग्र थीं, नीरू के टीले पर भारी भीड़ जुट गई थी। सूरज की स्वर्णवर्णी, पीत किरणें इस भीड़ को स्पर्श कर इसे भी स्वर्णिम आभा प्रदान कर रही थीं। बहुत-से पंडित-पुजारियों की पगड़ियां

इस प्रकाश में चमचम कर रही थीं तो बहुत से मुल्ला-मौलवियों की सफेद दाढ़ियां भी पीले रंग में रंग रही थीं। मैंने कुछ दूर से ही आदमियों के इस सैलाब को देखा और मन-ही-मन प्रसन्न हुआ। नहीं, प्रसन्नता इस बात की नहीं थी कि मुझे सुनने के लिए इतनी भीड़ उमड़ पड़ी थी बल्कि खुशी इस बात की थी कि इतने लोगों को मैं सद्गुरु की महिमा से परिचित करा पाऊंगा।

मैं टीले पर पहुंचा और उसकी चोटी पर ही खड़ा हो गया। भीड़ मेरे नीचे खड़ी थी। मेरे पहुंचने के पहले भीड़ जो तरह-तरह की आवाजों से भरी थी—लोग आपस में बातचीत में मशगूल हो रहे थे—वह पूरी तरह शांत हो गई।

मैंने लोगों को संबोधित करना आरंभ किया—

मेरे अजीज दोस्तो, मैंने यह पाया है कि आप में बहुत-से लोग मुझसे इसलिए खफा हैं कि मैं राम-नाम का दीवाना हूं। बंदापरवर की यह ख्वाहिश कतई नहीं कि उसके नामों में भेद किया जाए। राम, रहीम, किशन, केशव, अल्लाह, परवरदिगार सब उसी के नाम हैं पर राम-नाम ही लेना मेरी मजबूरी है क्योंकि सद्गुरु की महिमा अनंत है और सद्गुरु से मैंने राम-नाम की ही दीक्षा ली है। मैं गुरु और गोविंद दोनों में गुरु को श्रेष्ठ मानता हूं। मैंने साफ-साफ कहा—

गुरु गोविंद दोनों खड़े, काके लागूं पांय।
बलिहारी गुरु आपकी, गोविंद दियो बताय॥

सद्गुरु की महिमा अनंत है। उसका वर्णन कठिन है। मैं साखी में उसे कहता हूं जरा ध्यान दीजिए—

सतगुरु की महिमा अनंत, अनंत किया उपकार।
लोचन अनंत उघाड़िया, अनंत दिखावनहार॥

—सद्गुरु की महिमा का क्या कहना? उसका कोई अंत नहीं है। अनंत है उसकी महिमा। उसने अपने शिष्य कबीर पर अनंत उपकार किया है। कबीर ही क्या उसने अनंत बंद आंखों को खोलकर लोगों के मन के अंधकार को दूर कर उन्हें अनंत के दर्शन करा दिए हैं।

अनंत का यह दर्शन आसान नहीं है मेरे दोस्तो! विषय-वासना के कारण बंद पड़ी आंखों को सद्गुरु की कृपा-किरण ही खोल सकती है।

मेरा तो विचार है कि संसार के ये सारे बंधन, माया-मोह के बंधन हैं। व्यर्थ हैं ये। स्वार्थ के कारण हम इस बंधन को अपनाते हैं, स्वतः। ये ही बंधन जो पहले ढीले होते हैं, बाद में दृढ़ हो जाते हैं। सच पूछिए तो इस संसार में परवरदिगार, कहिए, राम के अलावा कोई अपना नहीं है। सभी स्वार्थ के लिए जुटते हैं, आपके इर्द-गिर्द। स्वार्थपूर्ति के साथ ही वे आपसे छिटक जाते हैं जैसे फूल का सारा रस चूसकर भौंरे रफूचक्कर हो जाते हैं। नहीं हैं यहां कोई अपना—पति, पत्नी, पुत्र, पुत्री कोई भी? सभी माया का खेल है।

अगर कोई अपना है तो वह है सद्गुरु। एक बड़ी अच्छी साखी मेरे मन में आ रही है। मैं उसे सुना ही देता हूं—

सतगुरु सवां न कोई सगा, सोधी सई न दाति।
हरि जी सवां न कोई हितू, हरिजन सई न जाति॥

—मैं इस साखी पर जरा अधिक ही प्रकाश डालना चाहूंगा। पहली पंक्ति तो स्पष्ट है, इसके संबंध में मैं पहले ही कह चुका हूं कि अगर इस संसार में कोई अपना है, सगा है तो वह सद्गुरु ही है। दूसरे पर आइए, सोधी हुई न दाति। सोधी है सुधी, विद्वान्, गुण-संपन्न। दाति है दाता—देनेवाला। तो कोई क्या देगा जो विद्वान् देता है—गुरु। और भेंट तो मात्र सांसारिक है। क्षणिक उसे समाप्त हो जाना है। कीमती से कीमती चीज की भी कोई उम्र है। उसे एक-न-एक दिन निःशेष होना ही है। व्यर्थ है यह भेंट। हीरे-जवाहरात तक। गुरु इन्हें देखकर हंसता है। इसके लिए ये कंकड़-पत्थर से कुछ अधिक नहीं हैं। ये हीरे-जवाहरात, ये स्वर्ण-रजत-आभूषण सभी तो सांसारिक हैं। इनकी अपनी कोई कीमत है? हम इन्हें स्वयं ही महत्त्व प्रदान करते हैं। ये हम संसारी जीवों की आंखों में व्यर्थ ही चकाचौंध उत्पन्न करते हैं। इनके दाता वस्तुतः कुछ नहीं देते।

अगर कोई कुछ देता है तो वह है सद्गुरु के सदृश विद्वान्—सुधी। उसके सदृश कोई दाता नहीं है। वह ज्ञान दान देता है। वह विद्या-संपन्न है—ज्ञान पूरित। अतः वह जो कुछ प्रदान करता है वह ज्ञान है और ज्ञान सांसारिक नहीं है, भौतिक। नहीं है यह संसार की और चीजों के सदृश नाशवान। ज्ञान का कभी विनाश संभव है! यह तो एक अमर तत्त्व है। इसे नहीं विनष्ट होना, क्षरित होना। यह ज्ञान संसार की वास्तविकता से हमें परिचित कराता है। इसकी क्षणभंगुरता से। इसके मायावी संबंधों की निरर्थकता से। इसकी नश्वरता से, अपितु संसार के हर जीवन, हर चीज की मरणधर्मिता से। यही ज्ञान हमें उस अनादि-अनंत, निराकार, निर्गुण के समीप लाता है। इस ज्ञान से बढ़कर देनेवाली वस्तु क्या हो सकती है? सुधी विद्वान् गुरु हमें इसी अमूल्य शाश्वत ज्ञान से परिचित कराता है। इसी अमूल्य निधि को हमें प्रदान करता है इसीलिए उससे बड़ा दाता कौन हो सकता है? दाता वही जो सर्वश्रेष्ठ का दान करे।

गुरु सांसारिक वस्तुओं से, मायावी दान-उपकारों से हमें सजग करता है। उनकी ओर उदासीन। ज्ञान के प्रकाश में हमारे अंदर का अंधकार समाप्त हो जाता है। अंधविश्वास, मिथ्या आडंबर स्वतः समाप्त हो जाते हैं। गुरु-ज्ञान को ग्रहण करो। जिसे भाई-बहन, बंधु-बांधव नहीं दे पाते हैं गुरु उसे ही हमें देता है। गुरु का ज्ञान-संपन्न होना आवश्यक है, अतः गुरु के चयन के समय इस बात पर ध्यान देना आवश्यक है। तो बात सत्य ठहरी कि गुरु से, विद्वान् से बड़ा कोई दाता नहीं।

अब आइए साखी के तीसरे भाग पर—हरि जी सवां न कोई हितू। यहां कोई आपका वास्तविक हित-चिंतक है या हितू? कोई आपका हित नहीं चाहता, सभी अपने-अपने हित के साधक हैं। आपकी कीमत पर भी वे अपना हित साध लेंगे भले ही आप उनके कितने भी अजीज हों, समीप।

हरि, भगवान, परमेश्वर, परवरदिगार, अल्लाह ही आपका एकमात्र हित-साधक है। हरिजी आपका अहित तो कभी सोच ही नहीं सकते हैं। वे अकारण आपका हित साधते

हैं। हितकार तो वही जो बिना प्रतिदान की अपेक्षा किए आपके हित को साधे। राम ऐसे ही हैं, अकारण उपकारी। संसार, सृष्टि का सर्वाधिक बलशाली, ऐश्वर्यशाली, वैभवशाली है वह हरि, राम, अल्लाह जो समर्थ है वही आपका वास्तविक हित कर सकता है। जो स्वयं शक्तिहीन है वह अपना हित तो साध ही नहीं सकता, आपका किधर से साधेगा? हरि के लिए कुछ भी असंभव नहीं है। सब कुछ उसी का है। वह चाहे जिस पर जितना द्रवित हो जाए, उसका जितना हित कर दे।

ध्यान देने की बात है हमारे इस समर्थ हित-चिंतक, हित-साधक के समीप हमें कौन लाता है। सभी के बूते की बात तो नहीं कि वह इस हरि, इस परमेश्वर के पास हमें पहुंचा दे। जो स्वयं उस तक नहीं पहुंचे हैं, वे आपको उसके पास किस बूते पर पहुंचाएंगे? सद्‌गुरु का महत्त्व यहां भी सर्वाधिक हो आता है। हरि से हमारा संबंध वही पक्का कर सकता है। संयुक्त। योग-युक्त। यही वास्तविक योग है। आत्मा का परमात्मा से साक्षात्कार। संयोग। गुरु का सर्वप्रथम दायित्व ही होता है शिष्य को, हरि के पास, सर्वाधिक शक्तिशाली के पास पहुंचाना। हरि कुछ लेता नहीं, वह मात्र दाता है। याचक वह नहीं, याचना उसका लक्ष्य नहीं। उसकी प्रकृति ही नहीं। वह केवल देना जानता है। उसे कोई क्या देगा? पर सभी का दाता तो वही है। संपूर्ण सृष्टि उसकी ऋणी है अपने निर्माण के लिए भी, अपने संरक्षण-पोषण के लिए भी। ऐसे हितकारी हरि से सद्‌गुरु ही जोड़ सकता है। इसलिए भी सद्‌गुरु के महत्त्व को पूर्ण रूप से रेखांकित करना बहुत आसान नहीं है।

अब आइए, चौथे चरण पर—हरिजन सई न जाति। हरिजनों के एक ही जाति होती है। हम व्यर्थ में जाति-पांति का बखेड़ा लिए रहते हैं। छोटों-बड़ों में विभक्त होते हैं। ऊंच-नीच में। छूत-अछूत में। इन सबों में कोई मेल नहीं। सभी ईर्ष्यालु हैं। एक-दूसरे के प्रति विद्वेष की अग्नि में जलनेवाले। समाज में विभेद-विभाजन की दीवार खड़ी करने के अलावा ये और क्या करते हैं?

जब तक हरि से, राम से, रहीम-करीम से ये नहीं जुटते तभी तक उनकी जातियां पृथक्-पृथक् होती हैं। हरि से जो जुट गए उन सबों की एक जाति हो गई। वे हरि-जन हैं हरि को समर्पित। उसके कृपा-पात्र। उसके सर्वाधिक प्रिय। यह हरि जाति-पांति की बात जानता ही नहीं। उसने, अगर मैं पुनः उसकी गीता का सहारा लूं, सभी को समान बनाया है। उसके शब्दों में सभी जीवों में उसी का अंश बसता है। (मयैवांशो जीव लोके, जीव भूतो सनातनः)। वह हरि, वही किशन स्पष्ट कहता है कि ईश्वर सभी जीवों के हृदय में बसता है। (ईश्वरः सर्व भूतानां हृद्देशे अर्जुन तिष्ठति।) सद्‌गुरु के संसर्ग में, उनके शिष्यों ने, हरि के वास्तविक जनों ने मुझे जीवन के परम सत्य से साक्षात्कार कराया है। उन लोगों ने गीता तो गीता उपनिषद् और वेदों की बातों से भी मेरा परिचय कराया है।

उन्होंने बताया कि गीता और वेद दोनों में यह महान् सत्य उल्लिखित है कि इस संसार में जो कुछ है—चर-अचर, जड़-जंगम, सबमें एकमात्र वह ईश्वर ही बसता है। (ईशावास्यमिदं सर्वं, यत्किंचित् जगत्यां जगत्…) ऐसी हालत में यह जाति-पांति का

विभेद कैसा? ईश्वर भी अलग-अलग, विभिन्न जातियों में विभक्त हो सकता है, क्या, वह अविभाज्य? ऐसी हालत में अगर जाति की ही बात करनी है तो एक ही जाति की बात करो, हरि-जन की। जो-जो हरि के हैं वे हरिजन हैं। यही एक जाति वास्तविक जाति है। अन्य जातियों का कोई अस्तित्व नहीं। आपको तो पता ही होगा मेरी इस उक्ति का—

जाति पांति पूछै ना कोई
हरि को भजै सो हरि कौ होई॥

तो इस हरि तक कौन ले जाता है? कौन उसके प्रति हमारे हृदय में श्रद्धा जाग्रत करता है? कौन इस तरह सारे जाति-विभेदों को समाप्त कर मात्र एक अर्थपूर्ण जाति की ओर हमें इंगित करता है? हरिजन जाति की ओर? आप तो समझ ही गए होंगे। सद्‌गुरु के सिवा ऐसा कौन कर सकता है? अंधे की आंखें हैं सद्‌गुरु। उसकी लकड़ी। वह उसे नास्तिकता और अज्ञान के घोर तम से मुक्त कर हरि के पास पहुंचा देता है, उसे हरिजन बना देता है। जाति-पांति के इन व्यर्थ के बंधनों का विच्छेद करता है। केवल एक जाति बचती है—हरिजनों की। सभी हरिजन एक हैं, उनकी एक ही जाति है। इस विश्व में कोई जाति माननी है तो हरिजन जाति ही मानो। सर्वश्रेष्ठ जाति है यह। ब्राह्मण और शेख तुम्हारी दृष्टि में श्रेष्ठ हो सकते हैं। चंडाल और जुलाहा तुम्हारी दृष्टि में नीच हो सकते हैं—अस्पृश्य। उसके, हरि के होते ही सब एक ही जाति के बन आते हैं—हरिजन, हरि-जाति। चूंकि, केवल सद्‌गुरु ही यह चमत्कार करने में समर्थ हैं, हरि के पास हरि-जनों को पहुंचा सकते हैं अतः सद्‌गुरु हमारे लिए सर्वाधिक महत्वपूर्ण हैं। उनके उपदेश, संदेश ही हमारे लिए सर्वोपरि हैं, अतः सद्‌गुरु के महत्त्व को कभी न्यून नहीं समझो।

सद्‌गुरु को लेकर एक और साखी मेरे मन को आह्लादित करती है—

सतगुरु के सदके करूं, दिल अपनी का साख।
कलिजुग हम स्यूं लड़ि पड़या, मुहकम मेरा बाछ॥

—सद्‌गुरु को मैं अपना सब कुछ अर्पित करता हूं। मैं उनके प्रति 'सदका' करता हूं। उन्हें अपने को न्योछावर करता हूं पूर्णतया। यह 'न्योछावर' यह समर्पण साधारण नहीं है। असाधारण ही है यह क्योंकि इसका कोई साक्षी है—गवाह—तो वह मेरा दिल ही है। इससे बड़ा साक्ष्य क्या हो सकता है? दिल तो खुदा का घर है। मैं उसे मंदिर या मस्जिद भी कह सकता था पर आपको ज्ञात ही है मंदिरों-मस्जिदों को मैं अनावश्यक समझता हूं—अर्थहीन, व्यर्थ। हां, मन को ही मंदिर बना लो तो और बात है। जब मन-मंदिर में ही, दिले-मस्जिद में ही वह बसता है तो ईंट-गारे के किस मंदिर-मस्जिद में तुम उसे ढूंढ़ने चलते हो? तो मंदिर, दिल के मंदिर से बड़ा साक्ष्य क्या हो सकता है? दिल जहां स्वयं वह परवरदिगार, मेरा राम बसता है।

इसी मन-मंदिर को साक्षी बना मैंने सद्‌गुरु के प्रति अपने को समर्पित कर दिया।

"मैं आपको एक भेद की बात बताऊं, मैंने उपस्थित जनों को संबोधित किया,

सद्‌गुरु के प्रति इस सर्वतोभावेन समर्पण से कलियुग हमारे विरुद्ध हो गया। वह मुझसे लड़ पड़ा—'कलिजुग हम स्यूं लडि पड़या'।

कलियुग के लड़ने की बात यूं समझें कि वह अपने सारे दोष-पापों को मेरे अंदर विकसित करने का प्रयास करने लगा। मेरी सुषुप्त वासनाओं को जागृत करने लगा। मुझे मिथ्या-भाषण, अहंकार और ईर्ष्या-द्वेष तथा आत्म-प्रशंसा और पर-अपवाद के लिए प्रेरित करने लगा। मेरी सद्‌वृत्तियों को विनष्ट करने के प्रयास करने लगा और मेरी कुवृत्तियों की अग्नि को हवा देने लगा।

ऐसा मेरे साथ कुछ नया नहीं घट रहा था। आपको पता है जब भी कोई सत्पथ पर बढ़ना चाहता है, सिद्धि के लिए प्रयास करता है, बाधक शक्तियां उसके समक्ष नाना रूप में विघ्न पैदा करती हैं। मैं ऐतिहासिक बातों को ही ले रहा हूं। मिथकीय नहीं।

बुद्ध के साथ क्या हुआ था जब उन्होंने बोधि-वृक्ष के नीचे, ज्ञान प्राप्त करने हेतु समाधि लगाई थी? ('मार' शैतान) ने उनके समक्ष अनेक उपद्रव खड़े किए थे। वह उनकी सिद्धि के मार्ग को अवरुद्ध करने को प्रस्तुत था। अन्य कोई व्यक्ति इन उपद्रवों से तंग आकर भाग खड़ा होता। सिद्धि मिलते-मिलते रह जाती। मंजिल पास आते-आते दूर चली जाती। पर तथागत, वह गौतम, 'मार' के इन सभी प्रहारों को झेल गए। 'मार' ने उनके समक्ष मात खाई। गौतम, बुद्ध हो गए।

आप तो आज के जागरूक पाठक हैं। बीसवीं सदी के अंतिम चरण पर खड़े हैं। इस सदी का आरंभ किससे हुआ यह भी जानते हैं—क्राइस्ट से। क्राइस्ट के अनुयायी इस विश्व में कितनी बड़ी संख्या में हैं, इसका भी आपको पता है। बाइबिल तो आपने पढ़ी होगी—'न्यूटेस्टामेंट'। मैं तो रूहानी अवस्था में रहने के कारण सब कुछ जान ही गया हूं। तो पढ़ा होगा आपने, 'शैतान' ने इस क्राइस्ट ईसा को उनके साधना-पथ से विचलित करने के लिए क्या-क्या नहीं किया। संसार के संपूर्ण राज्य (किंगडम) तक देने का उसने लालच दिया पर क्राइस्ट ने सारे प्रलोभनों को ठुकरा दिया और ऐसे सिद्ध हुए कि ईश-पुत्र (सन ऑफ गॉड) ही बन गए। चमत्कारिक शक्तियों से भर आए। अंधों को आंखें और कोढ़ियों को काया देना आरंभ किया।

आप आज के युग के तार्किक व्यक्ति हैं। वैज्ञानिक हैं। सब कुछ को प्रयोगशालाओं की चाहरदीवारियों के अंदर जांचने-परखने के बाद ही अपनी स्वीकृति प्रदान करते हैं। पर विज्ञान ही सब कुछ है क्या? अध्यात्म कुछ नहीं? क्राइस्ट की इन शक्तियों पर आप अविश्वास कर सकते हैं, मैं नहीं। ऐसे भी यह तो बुद्ध के बाद की ऐतिहासिक घटना है। जांचने-परखने और अन्वेषण-अनुसंधान का सहारा लेकर ही क्राइस्ट से संबंधित इन तथ्यों की जांच कर लें।

खैर, मैं यह कह रहा था कि कलियुग ने भी मुझे सताना आरंभ किया। किस रूप में, यह बता चुका हूं पर मैं अपने पथ से विचलित नहीं हुआ। जैसा कहा सद्‌गुरु के प्रति मेरे समर्पण को लेकर ही कलि मुझसे क्रोधित था। पर मेरी दृढ़ आकांक्षा—इच्छा-शक्ति के कारण वह मेरा कुछ नहीं बिगाड़ सका—'मुहकम' (प्रबल) मेरा बाछ (आकांक्षा)।

सद्गुरु के प्रति मेरे समर्पण भाव का कलि ने जो बुरा माना, यही इस बात का सबूत है कि सद्गुरु का महत्त्व कितना अधिक है। हो भी क्यों नहीं? जैसा मैंने पहले ही कहा, सद्गुरु तो साधना पथ पर शिष्य को निरंतर गतिशील कर, परमेश्वर—निर्गुण, निराकार से उसका साक्षात्कार करा देते हैं। गुरु तो गोविंद से भी बड़े हैं। है कि नहीं? तो इस गुरु के प्रति अपने को अर्पित कर देनेवाले को कलि क्यों छोड़नेवाला है? पर अगर संकल्प प्रबल हो और इच्छा-शक्ति दृढ़ हो तो एक क्या सौ कलि साधक का बाल-बांका नहीं कर सकते। मैं कलि के उपद्रवों पर विजय पा गया। मेरी सद्वृत्तियां लुप्त नहीं हुईं। मेरी कुवृत्तियां कलि के लाख प्रयासों के बावजूद भी सिर उठाने में सफल नहीं हुईं।

"एक बात और भी आप मुझसे सुन लें, मैंने उपस्थित लोगों को पुनः संबोधित किया, "हर किसी को एक-न-एक गुरु बनाना ही चाहिए। लेकिन गुरु ऐसा-वैसा नहीं हो। इस संबंध में अपनी एक साखी सुना रहा हूं—

कबीर सतगुरु ना मिल्या, रही अधूरी सीख।
स्वांग जती का पहरि करि, घरि घरि मांगै भीख॥

—सद्गुरु के नहीं मिलने से आध्यात्मिक-आत्मिक शिक्षा अधूरी रह जाती है। योगी-संन्यासी का वेष-वस्त्र धारण कर ऐसे लोग घर-घर भिक्षाटन करते हैं।

आप लोगों ने भी बनावटी संन्यासियों को अवश्य देखा होगा। रंगीन 'चोला' धारण करनेवाले इन संन्यासियों का लक्ष्य मात्र पेट-पूजा होता है। जनता की आंखों में धूल झोंक उन्हें भ्रमित कर ये आलसी और कर्मविहीन लोग धरती के भार के अलावा कुछ नहीं हैं। आज के युग में तो ऐसे कृत्रिम वेष-धारकों की भीड़-सी लग गई है। इन्हें सद्गुरु मिला नहीं, अधकचरे, नीम-हकीमों से अधूरी और अर्थ-हीन शिक्षा ग्रहण कर ये परमेश्वर को प्राप्त करने और ध्यान-धारणा की बात तो भूल ही गए, पेट-पूजा ही एकमात्र उनका लक्ष्य रह गया। जीवन का लक्ष्य मात्र जीवन-धारण तो है नहीं। मात्र तन की सेवा और मन-मस्तिष्क तथा आत्मा की उपेक्षा, मनुष्य-जीवन का लक्ष्य नहीं है। वह बृहतर उपलब्धियों के लिए बना है, आध्यात्मिक उत्थान के लिए।

इसीलिए कहा सद्गुरु की उपलब्धि के बिना मनुष्य के भटक जाने, पथ-भ्रष्ट होने की पूरी संभावना है। सद्गुरु बुराइयों, सहज मानवीय दुर्बलताओं से शिष्य की रक्षा करता है।

नहीं, केवल संन्यासियों, योगी-यतियों के लिए ही एक अच्छे गुरु की आवश्यकता नहीं। बल्कि, गृहस्थों के लिए भी उसकी अनिवार्यता की उपेक्षा नहीं की जा सकती। निराकार, निर्विकार का स्मरण सबके लिए आवश्यक है। सद्गुरु की सच्ची शिक्षा मन को स्थिर करती है, अशांत आत्मा को शांति प्रदान करती है। सद्गुरु नहीं मिला तो जीवन-धारण व्यर्थ है। बिना गुरु के, सद्गुरु के, किसी को ज्ञान का लाभ नहीं मिलता। जीवन-चालन, जीवन-यापन की सही दिशा भी उसे नहीं मिल पाती। मैं तो बार-बार यही कहूंगा कि सभी को एक अच्छे विश्वसनीय गुरु की आवश्यकता है। मुझे अपनी एक साखी याद आ रही है। बड़ी दिलचस्प है यह—

पूरे सतगुरु के बिना, पूरा शिस्य न होय।
गुरु लोभी शिस्य लालची, दूनी राझन सोय॥

—पूर्ण सद्‌गुरु के बिना पूर्ण शिष्य की भी कल्पना नहीं की जा सकती। शिष्य को पूर्णता एक सद्‌गुरु ही प्रदान कर सकता है। गुरु लोभी हो, मात्र शिष्य से कुछ प्राप्त करने के लिए गुरु का स्वांग करता हो और शिष्य लालची हो, गुरु की शिक्षा के बल पर लोगों से कुछ प्राप्त करने की आकांक्षा रखता हो ऐसे गुरु और शिष्य दोनों जला देने योग्य हैं—'दूनी राझन सोय'।

मैं सद्‌गुरु पर अपने इस लंबे भाषण को यहीं विराम देना चाहूंगा। अंत में पुनः कहूंगा कि झूठे, वेषभूषा बनाकर घूमनेवाले बहुरूपियों, गुरुओं से सदा सावधान रहने की आवश्यकता है तथा सभी को एक सद्‌गुरु की आवश्यकता है। जैसा कहा गृहस्थ भी गुरु के बिना सत्पथ पर अग्रसर नहीं हो सकता। भूल जाइए कि मात्र मूड़-मूड़ाए संन्यासियों और कृत्रिम वेषधारियों, पेट-पूजकों के लिए ही गुरु की आवश्यकता है। इसीलिए सभी से कहूंगा कि सद्‌गुरु की शरण में जाएं। जीवन को धन्य करें। मानव-तन मुश्किल से मिलता है। इस शरीर का वास्तविक उपयोग स्वार्थ के साथ-साथ परमार्थ को साधने में ही है। अतः सद्‌गुरु ढूंढ़े और उसकी शरण में जाएं। मैंने तो स्वामी रामानंद को गुरु बना अपने जीवन को धन्य कर लिया, मेरा लक्ष्य प्राप्त हो गया, मेरा गंतव्य मिल गया। इस गुरु के आदेश के आलोक में मैं निर्भीक जीवन-पथ पर बढ़ता जाऊंगा। कहीं स्खलन, गलत कदम उठाने का प्रश्न ही नहीं उठता। इसलिए बार-बार कहूंगा गुरु की खोज कीजिए, सद्‌गुरु का अन्वेषण।

"एक बात बोलूं?" श्रोताओं में से उठकर एक व्यक्ति खड़ा हुआ। वेषभूषा से मुसलमान ही लग रहा था।

"बोलिए।" मैंने इसका हौसला बढ़ाया।

"हमारा तो कहना होगा कि हम सद्‌गुरु की खोज में कहां-कहां भटक सकते हैं? भटकें भी तो ऐसे सद्‌गुरु को कहां पाएंगे जो आपकी कसौटी पर खरा उतरे, इसलिए हम कहेंगे कि आप ही हम लोगों के गुरु बनें—सद्‌गुरु।"

"यह आप क्या कह रहे हैं," मैं मुश्किल में पड़ गया। यह तो यही न हुआ कि जो राह दिखाए वह आगे चले।

तभी एक अन्य बुजुर्ग खड़े हुए। यह निश्चित रूप से हिन्दू लग रहे थे। बोल पड़े—

"हमारे साथी ने ठीक ही कहा, आपके होते हुए हम सद्‌गुरु की खोज में कहां भटकेंगे। अब स्वामी रामानंद तो हमारे गुरु बनने से रहे। ऐसी हालत में आप ही हमारे लिए प्रकाश-पुंज हैं। अपने ज्ञान के प्रकाश से हमारे अंतर् के अंधकार को दूर कीजिए। हमें एक सद्‌गृहस्थ बनने का मार्ग दिखाएं।"

"यह आप लोग क्या कह रहे हैं?" मैं घबराकर बोला, "मुझमें इतनी योग्यता कहां? स्वामीजी से थोड़ी शिक्षा ग्रहण कर मैं स्वयं गुरु बनने की बात सोच भी नहीं सकता। नहीं, ऐसी हिमाकत मैं करने से रहा।"

"तो आप ही बता दीजिए किसी सद्गुरु का अता-पता। हम उसी के चरणों में जाकर शरण लेंगे।" एक युवा-सा व्यक्ति उठा। हिन्दू ही रहा होगा।

क्षण-भर के लिए मैं इस युवक के वाक्चातुर्य पर मुग्ध हुआ। उसने अच्छी तरह मुझे घेरा था। अब निकलने का कोई मार्ग ही नहीं दृष्टिगोचर हो रहा था।

"तुम्हारा कहना तो ठीक है," मैंने आरंभ किया, "पर मुझे इस झंझट में नहीं डालें, वही अच्छा। मुझे तो राम-भक्ति से फुर्सत नहीं, ध्यान-धारणा, सुरति में ही लगा रहता हूं, भला मैं कहां इतना समय पाऊंगा कि आपको शिष्यत्व प्रदान कर सकूं ?"

"भूलिए इस बात को," एक तीसरा व्यक्ति बोला, "आप तो अब पूरी तरह सिद्ध हो चुके हैं। रही-सही कसर स्वामी रामानंद ने पूर्ण कर दी। क्या अपना सारा जीवन अपने ही जप-तप में लगाएंगे ? समाज के प्रति भी आपका कोई दायित्व बनता है या नहीं ? अगर सभी सद्गुरु अपने में ही सिमटे रहें तो हो चुका इस धरती का कल्याण ! हम तो कहेंगे आप केवल हमें ही शिक्षण नहीं दें—शिष्यत्व। आप कृपया भ्रमण पर निकलें। जगह-जगह जाकर अधिक-से-अधिक लोगों का कल्याण करें। यही सबसे बड़ी साधना होगी, सच्ची सेवा परमेश्वर, परवरदिगार की। अब हम छोटा मुंह बड़ी बात कैसे करें पर हमें तो लगता है कि पूरे देश को आपके उपदेश की आवश्यकता है। चारों ओर संकीर्णता व संप्रदायवादिता का साम्राज्य किस रूप में व्याप्त है, यह आपको बताने की आवश्यकता नहीं। सांप्रदायिकता के दानव से, मनुष्य की संकीर्ण मनोवृत्तियों से आप ही इस देश की रक्षा कर सकते हैं। हमको दीक्षा देकर शिष्य तो बना ही लें, इसमें कितना समय लगने को है ? यों ही हम आपके भाषणों, प्रवचनों को सुनकर पर्याप्त शिक्षा ग्रहण कर चुके हैं। हमें तो आपको मात्र औपचारिक रूप से गुरु-दक्षिणा देनी है, पारस्परिक प्रेम कभी का समाप्त हो चुका है, मनुष्य एक-दूसरे के रक्त के पिपासु हो रहे हैं, इस बात से आप अपरिचित नहीं। अतः, देश भ्रमण का कार्यक्रम बनाएं; लोगों में भगवद् प्रेम के साथ, राम-प्रेम के साथ-ही-साथ लोक-प्रेम, राष्ट्र-प्रेम की भी प्रबल भावना को जागृत कीजिए।" कहकर वह व्यक्ति बैठ गया। किंतु मेरे मन में वह एक हलचल की सृष्टि कर गया।

शायद वह ठीक ही बोला था। मुझे अब देशाटन करना चाहिए। केवल काशी में केंद्रित होने से कार्य नहीं चल सकता। लोक-कल्याण, लोक-मंगल की भावना मुझे उत्प्रेरित करने लगी। मैंने मन-ही-मन कुछ निश्चय कर लिया।

उस समय आज की तरह यात्रा बहुत सुगम तो थी नहीं। आज तो पूरे राष्ट्र में रेल-लाइनों का जाल ही बिछा हुआ है। बसें और कारें हैं। हवाई-जहाज हैं—वायुयान। पर मेरे समय में उनका कहां पता था ? कुछ लोग तो हाथी, घोड़ों यहां तक कि खच्चरों पर भी सवारी कर लेते थे पर हम साधु-संत खुदा के बंदों को ये सवारियां भी कहां मिल सकती थीं ? हमें तो पांव-पैदल ही चलना था।

कंटकाकीर्ण थे पथ सभी। पूरे देश में जगह-जगह जंगल खड़े पड़े थे। नदी-नालों की भी कमी नहीं थी। इन पर पुल आदि होने की बात ही नहीं थी। ऐसी हालत में भी मैंने भ्रमण की ठान ली।

काशी में जितने लोगों को दीक्षित करना था उन्हें दीक्षित कर दिया। राम-नाम अंदर में रखकर उसका अजपा-जप करते हुए उन्हें अपने दायित्वों को भी संपन्न करना था।

अपने शिष्यों को अच्छी तरह समझा दिया कि मंदिरों-मस्जिदों में कुछ नहीं रखा है। न भगवान, न देवी-देवता, न खुदा-अल्लाह ही इनमें वास करते हैं। मन ही सच्चा मंदिर है और इसमें जो बसता है वही ध्यान-योग्य है। केवल उसका ध्यान, उसका स्मरण ही पर्याप्त है। हिन्दू जो नाना देवी-देवताओं की पूजा-आराधना करते हैं यह सब निरर्थक हैं। उस परमेश्वर-सत्ता, उस सर्वशक्तिमान के समक्ष ये देवी-देवता कुछ नहीं हैं। सब उसी शक्ति की उपज हैं। उसी का ध्यान और जग-जाप देवी-देवता भी करते हैं। अतः एक ही को साधना है—

एकै साधे सब सधे, सब साधे सब जाय।

27

परिस्थितियों पर किसका अधिकार चला है? मनुष्य निश्चय कुछ और करता और करना उसे कुछ और पड़ता है। व्यर्थ है यह मिथ्या भावना, गर्वोक्ति कि हम सब कुछ अपने बलबूते पर ही कर सकते हैं। हम निमित्त मात्र हो सकते हैं पर करने-करानेवाला कोई अन्य है।

इस सत्य को आपकी गीता ने बड़ी अच्छी तरह प्रतिपादित किया है। महाभारत की कहानी तो आपको ज्ञात ही है। पांडवों और कौरवों की सेनाएं आमने-सामने खड़ी हैं और अर्जुन जिसके ऊपर ही पांडवों की विजय निर्भर है, कायरताग्रस्त हो आता है। युद्ध का मैदान छोड़कर अपने दिव्य गांडीव धनुष को भी फेंकने को तैयार है। कृष्ण उसे नाना तरह से समझाते हैं। शरीर की अनिवार्य नश्वरता और आत्मा की अमरता की बातें करते हैं। अर्जुन फिर भी कायरता से मुक्त नहीं होता तो स्पष्ट कहते हैं कि सारी घटनाएं तो पहले से ही घटी हैं। कुछ नया कभी घटता नहीं। जो कुछ घटा है वह सामने आता है। हम तो महज कारण बनते हैं—निमित्त। तुम समझते हो कि तुम इन योद्धाओं को मारने जा रहे हो? अरे ये तो मेरे द्वारा पहले ही मारे जा चुके हैं। मुझ परमेश्वर द्वारा। तुम्हें तो मात्र निमित्त बनना है।[1]

मत समझिए कि मैं कृष्ण को, उस निराकार, निर्गुण का अवतार मानता हूं। अवतारवाद में मैंने कभी विश्वास नहीं किया, यह सबको पता है। यहां तक कि मैं अवतारी राम में भी विश्वास नहीं करता। मेरा राम तो परंब्रह्म है। स्वरूपहीन। आकाररहित, वह क्यों धरती पर अवतरित होने लगा?

तो मुझे कहना था कि कृष्ण भले ही परंब्रह्म के अवतार नहीं हों (मेरी दृष्टि में) लेकिन बातें वे अच्छी कर गए गीता में। उन्हीं अच्छी बातों में एक यह है जिसकी मैं बात कर रहा था अर्थात् निमित्त-मात्र बनने की। हम कुछ करते हैं, ऐसी बात नहीं।

1. मयैसता हता पूर्वमेव, निमित्त मात्रं भव सव्यसाचिन्। —**गीता**

किया-कराया तो सब पहले से है। ऐसी स्थिति में अगर हम जो सोचते हैं उसके विपरीत ही घटता है तो उसमें आश्चर्य क्या?

मैंने भ्रमण पर जाने की ठान ली थी। कुछ दिनों तक अपने कुछ शिष्यों के साथ। कुछ लोगों की आंखें बंद थीं तो उन्हें खोलना आवश्यक था। बहुत स्थानों में अब भी नाथपंथी—अपने चमत्कारों का आडंबर फैलाए बैठे थे। एक तरफ शक्ति की उपासना के नाम पर शाक्त, बकरों-बकरियों की बलि चढ़ा रहे थे। विशुद्ध वैष्णव धर्म-अहिंसा, अपरिग्रह, नामोपासना, ध्यान-धारणा बहुत स्थानों में ज्ञात ही नहीं था। राम, बहुतों के लिए ज्ञात होकर भी अज्ञात हो गए थे। रामोपासना को पुनर्जीवित करना आवश्यक था। मैं कटिबद्ध था एक लंबी यात्रा के लिए। किंतु इस यात्रा को अभी नहीं होना था तो नहीं हुई।

हुआ यह कि मैं यात्रा-पूर्व, पंचगंगा घाट-स्थित अपने गुरु स्वामी रामानंद से मिलने गया। इधर कई दिनों से उधर जाना नहीं हुआ था। गया तो सभी भक्ति विह्वल थे। इनमें जिन लोगों से मेरी घनिष्टता थी, वे मुझे देखते ही रो पड़े, उनकी आंखों से अश्रुधारा बहने लगी। मैंने कारण जानना चाहा तो एक शिष्य ने कहा, “कबीर सा'ब, सद्‌गुरु स्वामी रामानंदजी इस लोक को छोड़कर परलोक के लिए प्रस्थान करने को प्रस्तुत हैं।”

“कहां हैं वे?” मैंने भी विह्वल होकर पूछा। मेरी आंखें भी भर गईं। मेरा कंठ अवरुद्ध हो गया।

“वे अपनी ध्यान-गुफा में बैठे हैं। किसी को भी आने से मना कर दिया है। कहा है ‘अंतिम प्रयाण का समय आ गया है। किसी को अंदर आने की आवश्यकता नहीं है। मेरे प्राण जब अनंत-पथ के पथिक बन जाएंगे तो गुफा के ऊपर की धरती स्वयं फट जाएगी’।”

मैं और व्याकुल हो गया। इसी महान् व्यक्ति ने तो मुझे इतना मान दिया दिलवाया था। इसी ने मुझ नीच और अस्पृश्य जुलाहे को स्पृश्य ही नहीं पूज्य बना दिया था। आज जो भी मेरी ख्याति थी वह इसी महामानव के कारण थी जो नीच-ऊंच, स्पृश्य-अस्पृश्य की भावना से बहुत पहले ऊपर उठ गया था, वह भी मुझे शिष्य बनाने के बाद। इसने मेरे जीवन में महती भूमिका निभाई थी तो मैं भी इसके विचारों के परिवर्तन का प्रारंभिक कारण अवश्य बना था। पहले जहां यह पवित्र ब्राह्मण अछूतों की छाया से भी दूर भागता था वहां मेरे गुरु बनने के पश्चात् इसमें आमूल-चूल परिवर्तन आ गया था। अब इसके लिए न कोई ब्राह्मण था, न कोई जुलाहा या चमार। काशी के सभी वर्गों को उसने समान स्नेह दिया था। पहले जहां केवल यज्ञोपवीतधारी ब्राह्मण और कुछ आभिजात्य वर्ग के लोग ही वहां जाकर उनके प्रवचनों से और सान्निध्य से अपने को धन्य करते थे वहीं अब अच्छे कीमती वस्त्र धारण करनेवाले सेठ-साहूकारों के साथ सामान्य-जन भी, तथाकथित अछूत, अस्पृश्य और समाज के उपेक्षित वर्ग के लोग भी उनके दर्शन और आशीर्वाद प्राप्त कर अपने को धन्य करने लगे थे।

इस कारण स्वामीजी को काशी के पंडितों का कुछ कम कोप-भाजन नहीं बनना पड़ता था। लोग उन्हें घृणापूर्वक 'अछूतोद्धारक' आदि भिन्न-भिन्न संज्ञाओं से विभूषित करने लगे थे। स्वामीजी ने सब कुछ धैर्यपूर्वक सहा था और शास्त्रार्थ कर अंततः पंडितों के मुंह बंद कर दिए थे।

ठीक ही था। स्वामी रामानंद कोई सामान्य व्यक्ति थे क्या? वे आफताब थे। मध्याह्न के मार्तंड। विद्या और साधना के साक्षात् प्रतीक। तर्काचार्य। उनके समक्ष शास्त्रार्थ और तर्क में कौन ठहर सकता था? जब तक वे अछूतों से अलग रहे, रहे, पर जब उन्होंने उन्हें अपनाया तो पूरी तरह अपना ही बना लिया। पंडितों के पास उनके प्रश्नों का कोई जवाब नहीं था।

उन्होंने स्पष्ट पूछा, "आप बाल्मीकि को पूज्य मानते हैं न? प्रातः स्मरणीय?"

"हां।" पंडित बोले थे।

"क्यों?"

"क्योंकि उन्होंने संस्कृत का ही नहीं अपितु विश्व का आदि महाकाव्य लिखा—रामायण—जिसका काव्य-सौष्ठव, का कोई अन्य उदाहरण आज तक नहीं मिला। बाल्मीकि की शब्द-संपदा उनके प्राकृतिक चित्रण, उनके शब्द वैभव और सबसे ऊपर उनकी अद्‌भुत वर्णनात्मक क्षमता का कोई और दृष्टांत ढूंढ़े भी नहीं मिलता।"

"तो बाल्मीकि अपनी इन विशेषताओं के कारण आपके अनुकरणीय बने न, स्तुत्य?"

"अवश्य। यह तो हमने पहले ही स्वीकारा।" पंडित बोलते।

"ठीक। पर बाल्मीकि की जाति का भी आपको पता होगा?" स्वामीजी ने सगर्व पूछा।

"पता है।"

"तो बताइए।"

"चांडाल थे वह। महज एक व्याध जो लोगों को लूट-पाटकर, उनकी निर्मम हत्या कर अपनी और अपने परिवार की जीविका चलाते थे।"

"पर इस चांडाल को भी तो आपने महर्षियों की श्रेणी में रखा? उन्हें बंद्य और पूज्य माना?"

"माना।"

"तो फिर अन्य चांडाल अछूत कैसे हो गए?" स्वामीजी ने पूछा था।

"बाल्मीकि की बात और थी।" पंडित कुछ देर मौन रहकर बोले।

"क्या बात थी?"

"वह राम-राम जप कर शुद्ध हो गया था, संस्कारित।" पंडितों ने तर्क दिया।

"राम, राम नहीं मरा, मरा।" स्वामीजी बोले।

"वही हुआ मरा-मरा कहते-कहते राम-राम स्वयं कहा जाता है।"

"तो उलटा नाम जप कर बाल्मीकि चांडाल से पंडित और ब्रह्मर्षि बन सकते हैं तो

शेष चांडालों, अछूतों ने क्या अपराध किया है कि वे सीधा नाम जप कर भी अस्पृश्य और उपेक्षित हैं?" स्वामीजी ने तर्क रखा, "कबीर, रविदास और इन्हीं तरह के अन्य लोग भी अगर राम-नाम का जप करते हैं तो उन्हें हम क्यों नहीं अपना सकते?"

"............ ।" पंडित-मंडली चुप। उसके पास कोई जवाब नहीं था।

"आगे बढ़ें?" स्वामीजी ने पूछा।

"बढ़िए।"

"गीता तो हमारी सबसे पूज्य पुस्तक है न? हिन्दू-धर्म के स्तंभों में एक? प्रस्थान त्रयी (गीता, उपनिषद् और ब्रह्मसूत्र) में एक?" स्वामीजी ने पूछा।

"अवश्य, इसमें क्या संदेह है?" पंडितों को स्वीकार करना पड़ा।

"ठीक, तो गीता ने वर्णाश्रम-धर्म के संबंध में क्या कहा? कुछ स्मरण है?"

पंडित चुप। अंततः उनमें से एक ने कहा, "आप ही बता देने की कृपा करें। हमें स्मरण नहीं आ रहा।"

"बता रहा हूं," स्वामीजी आरंभ हुए, "श्रीकृष्ण ने स्वयं गीता में कहा कि चारों वर्ण (ब्राह्मण, क्षत्रिय, वैश्य और शुद्र) मेरे ही द्वारा सृष्ट किए गए हैं[1] किंतु गुण और कर्म के आधार पर। अर्थात् जन्म के आधार पर किसी का जाति-निर्धारण शास्त्र-सम्मत नहीं है। चांडाल के यहां जन्म लेने से कोई चांडाल नहीं होता, न ब्राह्मण के यहां जन्म लेने से कोई ब्राह्मण। उसी तरह जुलाहे के यहां जन्म लेने से ही कोई जुलाहा नहीं हो जाता जैसे कबीर और चमार के यहां जन्म लेने से ही कोई चमार नहीं हो जाता जैसे रविदास। अगर ब्राह्मण चांडाल की तरह आचरण करता है तो वह चांडाल से अधिक कुछ नहीं है और चांडाल अगर ब्राह्मण की तरह आचरण करता है तो वह किसी भी ब्राह्मण से किसी तरह कम नहीं।"

"............ ।" काशी के दिग्गज पंडितों के पास इसका कोई उत्तर नहीं था।

"क्यों आप मौन क्यों हो गए?" स्वामीजी ने पूछा था।

"अब हम गीता की इस उक्ति को कैसे काट सकते हैं? श्रीकृष्ण के इस कथन को?" अंततः पंडितों ने स्वीकारा।

"तो गीता की ही और बात सुनिए। कठिनाई तो यह है कि आप या तो अपने धर्म-ग्रंथों को ठीक से पढ़ते नहीं अथवा पढ़ते भी हैं तो उसका सम्यक् अर्थ नहीं समझते हैं और समझते भी हैं तो उनके अनुसार आचरण नहीं करते।"

"ऐसा आप कैसे कह सकते हैं?" एक वृद्ध त्रिपुंडधारी ब्राह्मण को बुरा लगा था।

"स्पष्ट ही है। मैं कोई गलत थोड़े कह रहा हूं?"

"कैसे?"

"आगे बढ़ें तो मैं आपसे पूछूंगा कि गीता को आप योग की श्रेष्ठ पुस्तक मानते हैं न?"

"निस्संदेह। वह कर्म-योग, ज्ञान-योग और भक्ति-योग का प्रामाणिक ग्रंथ है।" वृद्ध ब्राह्मण ने सगर्व कहा।

---

1. चातुर्वर्ण्यं मया सृष्टं, गुण कर्म विभागशः। —गीता

"गीता ने योग को परिभाषित करते हुए कहा कि नहीं कि समता ही योग है, समभाव, सभी के प्रति समान दृष्टि ?"[1]

"कहा पर इसका यह अर्थ कैसे निकलता है कि सभी मनुष्यों, सभी जातियों में भी समदृष्टि रखनी है। समत्व का मतलब यह कैसे हुआ कि ब्राह्मण और चांडाल दोनों को एक ही पंक्ति में बैठा दें ?"

"यह कुतर्क है," स्वामीजी का मुख-मंडल पहले-पहल क्रोध से थोड़ा रक्ताभ हुआ था, "आप इस बात से सहमत हो गए कि वर्णव्यवस्था का निर्धारण भगवान कृष्ण ने गुण और कर्म के आधार पर किया न कि जन्म के आधार पर। अब आप यह तथ्य स्वीकारने को प्रस्तुत नहीं कि समत्व का अर्थ ब्राह्मण और चांडाल को समान मानना है। तो आपकी बंद दृष्टि खोलने के लिए ही मैं गीता का वह श्लोक उद्धृत करता हूं जिसके अनुसार ब्राह्मण और चांडाल तथा हाथी, गाय और कुत्ते को विद्वान् समदृष्टि से देखते हैं—

विद्या विनय संपन्ने, ब्राह्मणे गवि हस्तनि।
शुनि चैव श्वपाके च, पंडिताः समदर्शिनः।

"बोलिए यह गीता का ही श्लोक है कि नहीं और उसका वही अर्थ है कि नहीं जिसे मैंने बताया।"

"है। अब सत्य तो सत्य ही है, उसे कैसे मिथ्या कहा जा सकता है ?" वृद्ध ब्राह्मण तो मौन हो गए पर दूसरे पंडितों में से कुछ ने कहा, "पर हम उतने मात्र से आपके तर्क को स्वीकार नहीं कर सकते कि गीता जातिवाद के विरुद्ध है। हम युगों से गीता पढ़ते आए हैं और युगों से यह जाति-व्यवस्था चलती आ रही है। गीता के एकाध श्लोक ऐसे हो सकते हैं पर इतने से हम सभी वर्णों-जातियों को समान नहीं मान सकते। एक पंक्ति में नहीं बैठा सकते।"

"मैंने पहले ही कहा आप सब कुतर्क पर उतर रहे हैं। पर मैं आपकी ही बात से आपके तर्क को काट रहा हूं। गीता में ऐसी एकाध उक्तियां नहीं, जैसा आपने कहा। मुझे दुःख है कि विद्वानों की नगरी वाराणसी में रहकर भी गीता तक को या तो ठीक से पढ़ नहीं पाए हैं या ठीक से समझ नहीं पाए हैं। इस गीता में ही श्रीकृष्ण ने कहा कि नहीं कि मेरा अंश ही सभी जीवों में बसता है। (मयैवांसो जीव लोके जीवभूतो सनातनः)।

"..............।" पंडित मंडली चुप। गलत जगह पकड़ी गई थी।

"बोलिए।" स्वामीजी ने पूछा, "सूर्य को मेघों द्वारा ढक जाने से सूर्य के अस्तित्व को इनकार कर सकते हैं ? बोलिए यह गीता की उक्ति है अथवा नहीं ?"

"है।" स्वामीजी की ललकार पर सभी को एक स्वर से बोलना पड़ा।

"तब जब सभी जीवों, सभी मनुष्यों में एक ही ईश्वर का अंश बसता है तो सभी जीव सभी मनुष्य कैसे नहीं हुए ? ईश्वर के भिन्न-भिन्न अंशों को भी आप आसमान कह सकते हैं क्या ? सागर की विभिन्न लहरों को आप आसमान कहेंगे क्या ? सभी

---

1. समत्वं योग उच्यते। —गीता

लहरों में सागर-जल ही है अथवा नहीं?"

"है।" पंडितों ने विवश होकर कहा।

"इतने से ही नहीं छोड़नेवाला," स्वामीजी पूरी तरह पद्मासन लगा चुके थे और काशी के पंडितों के गर्व-मर्दन को प्रस्तुत हो गए थे, "गीता में यह कहा गया है कि नहीं कि ईश्वर सभी जीवों के अंदर बसता है—

ईश्वरः सर्व भूतानां हृददेशे अर्जुन तिष्ठति।

"ठीक है यह गीता की ही पंक्ति है।" एक गंभीर से प्रतीत होते पंडित ने स्वीकारा।

"ईश्वर एक है कि अनेक?" स्वामीजी ने पूछा।

"स्पष्ट ही वह एक है। उसमें तर्क की क्या बात हो सकती है?" कई ब्राह्मणों ने साथ ही कहा।

"जब ईश्वर एक है और वह सभी जीवों के अंदर बसता है तो सभी जीव सभी मनुष्य एक ही तरह के हुए या नहीं? जब ईश्वर में आप भेद-दृष्टि नहीं रख सकते हैं तो सभी मनुष्यों में इसी ईश्वर की उपस्थिति को देखते हुए आप भेद-दृष्टि कैसे रख सकते हैं? तब सभी मनुष्य समान हुए कि नहीं?"

पंडित-मंडली कुछ देर चुप रही फिर बोली—

"स्वामीजी सत्य कथन कर रहे हैं। यह तर्क अकाट्य है। ब्रह्मास्त्र है यह। इसकी कोई काट नहीं। हमें स्वामीजी के हाथों पराजय स्वीकार करनी चाहिए। मनुष्य-मनुष्य में भेद करने का हमें कोई शास्त्रीय आधार नहीं।" किसी गंभीर ब्राह्मण ने कहा।

"रुकिए," वह वृद्ध ब्राह्मण बोल पड़ा, "वाराणसी के ब्राह्मण स्वामीजी से यों आसानी से पराजित नहीं हो सकते। स्वामीजी आप प्रस्थान त्रयी की बात कह रहे थे न? गीता, उपनिषद् और ब्रह्मसूत्र की?"

"अवश्य।" स्वामीजी अविचलित बोले।

"छोड़िए योग-सूत्र को, उसका इससे बहुत संबंध भी नहीं किंतु अगर आप उपनिषदों के किसी एक श्लोक से भी समभाव को सिद्ध कर दें तो हम पराजय स्वीकार कर लेंगे।"

स्वामीजी मंद-मंद मुसकराए फिर बोले, "वाराणसी के ब्राह्मणों को हो क्या गया है? क्या बाबा विश्वनाथ के चढ़ावों और प्रसादों के वितरण को लेकर विवाद तक ही उनकी उपलब्धि निःशेष हो गई है? अन्य ग्रंथों को छोड़ भी दें तो क्या वे उपनिषदों से भी मुंह मोड़ चुके हैं? क्या हो गया उनके स्वाध्याय को?"

"आप ऐसा कैसे कह सकते हैं? यह तो हमारा अपमान है।" वह वृद्ध ब्राह्मण बोले।

"यह आपका अपमान क्यों कर हो गया?" स्वामीजी ने पूछा, "अगर सत्य कथन अपमान होता है तो इसे वही मान लें। क्या उपनिषदों में समभाव, समत्व एवं समदृष्टि का उल्लेख नहीं है? आप उपनिषद् की किसी एक उक्ति पर ही संतुष्ट होने को तैयार

हैं। मैं एक ही की ओर आपका ध्यान आकृष्ट कर रहा हूं। ईशावास्योपनिषद् के प्रथम मंत्र को ही लें। क्या वहां स्पष्ट नहीं किया गया है कि इस विश्व में जो कुछ है सबमें ईश्वर का ही वास है।[1] इससे यह नहीं सिद्ध होता है कि जब सभी में एक ही ईश्वर वर्तमान है तो सभी समान हैं? आप लोगों ने उपनिषद् की एक ही उक्ति मांगी इसलिए मैं एक ही दे रहा हूं। ऐसे श्लोक वेद की ऋचा भी हैं। वहीं से उपनिषद् में इसे ग्रहण किया गया। मैंने पूर्णरूपेण आपको संतुष्ट कर दिया कि मानव-मानव समान हैं, ऊंच-नीच, छुआछूत की बातें व्यर्थ हैं। मैंने आपके सभी तर्कों का अकाट्य उत्तर प्रस्तुत किया। आपने जो चाहा, वह भी मैंने किया। अब आप बताइए कि मैं किधर से गलत हूं। नहीं बता सकिए तो अपनी पराजय स्वीकार कीजिए।"

"हमारे पास इसके अलावा कोई उपाय नहीं," वृद्ध ब्राह्मण ने ही कहा, "हम पराजित हुए आप विजयश्री से मंडित। आपके कथन में हमारी सहमति है। अब व्यवहार के धरातल पर इसे कौन कितना अपनाता है, कहना कठिन है, किंतु आपके तर्क सही हैं, मनुष्य-मनुष्य में भेद करना शास्त्रसम्मत्त नहीं है।"

स्वामी रामानंद के जयघोष से वातावरण आपूरित हो गया।

इस प्रकार स्वामीजी वाराणसी के ब्राह्मणों पर विजय प्राप्त करने में सफल सिद्ध हुए थे और उन्होंने मुझ कबीर के सदृश कई अस्पृश्यों, उपेक्षितों को सम्मान की जिंदगी प्रदान की थी। आज वही महामानव, देव-पुरुष हम सभी को अनाथ कर इस धरा-धाम को छोड़ स्वर्गलोक को प्रस्थित होने को प्रस्तुत था। जैसा कि मैंने पहले ही कहा, मेरी आंखों में अश्रु छलछला आए थे। जी करता था खुलकर चिल्लाकर रोऊं पर यह शोभनीय नहीं होता, अतः आंखों के जल को यथासंभव नियंत्रित करने का मैंने प्रयास किया।

स्वामीजी के अतिप्रिय शिष्यों में एक अष्टानंद भी थे। हम दोनों में अच्छी पटती था। मुझे देखते ही वह मुझसे लिपट गए। हम दोनों के नेत्रों से प्रवाहित अश्रुधारा से दोनों के स्कंध जलसिक्त हो आए। कुछ देर के पश्चात् मैंने अष्टानंद को धैर्य दे उन्हें अपने से पृथक् किया और आर्द्र कंठ से बोल पड़ा—

"यह समय रुदन और शोक में व्यर्थ बर्बाद करने का नहीं है। स्वामीजी के प्राण अनंत पथ पर प्रस्थित हों, इसके पूर्व हमें उनके अंतिम दर्शन कर लेने चाहिए।"

"पर स्वामीजी ने तो गुफा के अंदर प्रवेश से सबको मना कर दिया है।" अष्टानंद ने अपनी रुलाई को रोकते हुए कहा।

"इससे क्या हुआ?" मैं उतावला होता हुआ बोला, "स्वामीजी की आप पर अपार कृपा है। हम लोगों के जाने का वे बुरा नहीं मानेंगे।"

"अनुकंपा तो उनकी आप पर भी है।"

"इसीलिए तो कह रहा हूं। हम दोनों चलकर उनके चरणों में अंतिम नमन निवेदित करें।" मैंने जोर देकर कहा।

---

1. ॐ ईशा वास्यामिदम् सर्वम् यत्किंच जगत्यां जगत्।
   तेन व्याक्तेन मुंजीथा मा गृधः कस्य चिद्धम्॥

"आप कहते हैं तो चलिए पर स्वामीजी तो समाधि में होंगे, हम समाधि भंग कैसे करेंगे?"

"इस पर वहीं चलकर सोचेंगे। राम मार्ग दिखाएंगे।" मैं बोला और हम दोनों गुफा-द्वार की ओर बढ़ गए। किसी और शिष्य ने न तो हमें रोकने का प्रयास किया, न ही हमारे साथ लगने की भी धृष्टता की। सभी हमारे और स्वामीजी के संबंधों को जानते थे।

अंदर स्वामीजी समाधिस्थ थे। पद्मासन में बैठे स्वामीजी की आंखें बंद थीं। सांसें धीरे-धीरे चल रही थीं। निष्कंप दीपशिखा की तरह उनका शरीर स्थिर था। कहीं से कोई गति नहीं। सिर के चारों ओर एक स्वर्णवर्णी वलय खिंच आया था—पीत प्रकाश का एक देदीप्यमान वृत।

अष्टानंद और मैं किंकर्त्तव्यविमूढ़, स्वामीजी के आसन से थोड़ी दूरी रखकर बैठ गए।

क्या करणीय था, हमारी समझ में नहीं आ रहा था।

समाधिस्थ स्वामीजी को चेतनावस्था में लाना सहज नहीं था। अगर यहां तक आकर सद्‌गुरु के इस संसार से प्रस्थानकाल में कोई वार्ता भी नहीं संपादित हो पाई तो क्या लाभ?

हमने आपस में धीरे-धीरे बातें कीं। स्वामीजी को चेतन करने का एक उपाय हो सकता था। राम-धुन। अगर शनैः-शनैः राम-नाम लिया जाए तो सद्‌गुरु का ध्यान शायद टूट सकता है।

हमने वही किया। साथ-साथ दोनों राम-राम का गान करने लगे। अगर इससे स्वामीजी की समाधि टूटती भी तो वे इसका अन्यथा नहीं लेनेवाले थे। राम-नाम तो स्वामी रामानंद के रोम-रोम में बसा हुआ था।

हमारे भजन—राम-नाम कीर्तन—से स्वामीजी के ध्यान में कोई अंतर नहीं आ रहा था। वे उसी तरह सुस्थिर थे। निष्कंप दीप-शिखा कहीं से कंपित नहीं हो रही थी।

हमारे पास इसके अलावा कोई और यत्न नहीं था। राम-नाम की धुन को जारी रखने के सिवा और कोई चारा भी नहीं था। इस धुन को, अपने स्वर को हम अधिक उच्च भी नहीं कर सकते थे। यह मर्यादा के विरुद्ध होता। हमने राम-नाम की धुन तो उसी रूप में जारी रखी, मंद स्वर में, किंतु हमने अपने ध्यान को अधिक एकाग्र किया। अष्टानंद ने अपने साकार राम से और मैंने अपने निराकार राम से मन-ही-मन प्रार्थना की। इस स्थिति में राम के अलावा कोई सहायक नहीं हो सकता था। राम के लिए कुछ भी संभव नहीं था, यह मेरा आत्मिक अनुभव था। आपको इस पर विश्वास नहीं भी हो सकता क्योंकि भौतिकवाद की इस अंधी दौड़ में आप राम, कृष्ण, खुदा, अल्लाह सभी को भूल चुके हैं किंतु यह सत्य है कि चमत्कार का दूसरा नाम ही राम है। कोई काम नहीं सधता हो, राम का स्मरण कीजिए, अपना प्रयत्न भी जारी रखिए, वह काम सधकर रहेगा, मैंने यों ही नहीं लिखा—

कबिरा बन बन में फिरा, कारण अपने राम।
राम सरीखा जन मिले, तिन सारे सब काम॥

—कबीर जंगल-जंगल अपने राम के लिए भटकता फिरा। राम के सदृश कोई मिल जाए तो सारे काम सध जाएं।

हमारा काम भी सधना था, राम-कृपा से सध गया। यह चमत्कार कैसे हुआ, कैसे कहूं? मैंने पहले ही कह दिया चमत्कार का दूसरा नाम—राम है।

"कबीर! अष्टानंद!!" हम तो स्वयं आंखें मूंद ध्यानावस्थित थे राम-नाम का उच्चारण करते हुए। स्वामीजी की अमृतवाणी सहसा कानों में पड़ी तो हमने आंखें खोलीं और देखा उनके होंठों पर एक मंद स्मिति खेल रही थी और उनके नेत्रों से हम पर कृपा-वर्षण हो रहा था।

हम मुग्ध हो गए। स्वामीजी की ऐसी अद्‌भुत अनुकंपा तो हम पर पहले हुई नहीं थी।

"अंततः तुम लोग आ ही गए।" स्वामीजी मंद स्वर में बोले, "मैं इसकी अपेक्षा कर रहा था विशेषकर कबीर के आगमन की। उससे गुफा-प्रवेश के समय भी भेंट जो नहीं हुई थी। मैंने अपना विचार-प्रवाह उस तक संप्रेषित किया था। वह आता ही। इसीलिए मैं पूर्णतया समाधिस्थ नहीं हुआ था। अभी तुम लोगों की पुनीत उपस्थिति का कंपन मुझ तक बार-बार पहुंचा तो मेरी अर्द्ध-समाधि भंग हुई।"

"हम धन्य हुए।" मेरे मुंह से अनायास निकला। पर मेरे स्वर की आर्द्रता स्वामीजी से छिपी नहीं रह सकी। साथ ही मेरी आंखों में छलछला आईं अश्रु-बूंदें भी उनसे अनदेखी नहीं रहीं।

"कबीर!" स्वामीजी ने पुकारा।

"गुरुदेव!" मैं अब कुछ अधिक ही भावुक हो आया था। आंखों में छलछला आईं अश्रु-बूंदें अब प्रवाह का रूप ले चुकी थीं।

"कबीर! तुम मेरे अंतिम प्रयाण को इस रूप में लोगे ऐसी अपेक्षा नहीं थी मुझे। अष्टानंद ऐसा करे तो कुछ समझने की बात है पर तुम तो तत्त्वदर्शी हो। आत्मा के इस बाह्य आवरण की अनिवार्य नश्वरता से तुमसे अधिक कौन परिचित है? क्या तुम अपनी इन उक्तियों को भूल गए—

यह ऐसा संसार है, जैसा सैबल फूल।
दिन दस के त्यौहार को, झूठै रंग न भूल॥

—यह संसार सेमल के फूल की तरह है (देखने में रंगीन और सुंदर है) किंतु दस दिनों का ही सारा दिखावा है। इस झूठे रंग पर नहीं भूल।

कबीरा कहा गराबियौ, काल गहै कर केस।
ना जाणों कहौ मारिसी, कै घरि कै परदेस॥

—कबीर कहते हैं, गर्व किस बात का करते हो? काल ने तो तुम्हारा केश पकड़ रखा है। यह भी पता नहीं कि कहां मारेगा, देश में कि परदेश में।

"और भी सुनो अपनी ही बात। व्यर्थ में रुदन पर उतर आए हो।" स्वामी आगे

बोले और मेरी दो साखियां सुना बैठे—

इक दिन ऐसा होइगा, सब सूं पड़े बिछोई।
राजा राणा छत्रपति, सावधान किन होई॥

—एक दिन ऐसा होगा कि सबसे बिछड़ना पड़ेगा। राजा, राणा, छत्रपति सावधान क्यों नहीं हो जाते?

यह तन काचा कुंभ है, चोट चहूं दिसि खाई।
एक राम के नांव बिन, जदि तदि परलै जाई॥

—यह शरीर कच्चा घड़ा है। इस पर चारों ओर से चोट (परिस्थितियों की, विषय-वासनाओं की) लगती है। एक राम के नाम का ही तो सहारा है वर्ना जब कभी भी यह प्रलय (विनाश) को प्राप्त हो सकता है।

"अपने ही ज्ञान को कबीर समय आने पर भूल जाते हो? अरे यह मरना-जीना क्या है? गीता में कृष्ण में क्या ठीक कहा कि यह शरीर तो आत्मा के वस्त्र के सदृश है। जैसे हम पुराने वस्त्र को त्यागकर नए वस्त्र धारण[1] करते हैं, वैसे ही आत्मा पुराने शरीर को छोड़कर नए शरीर धारण करती है। ऐसी स्थिति में कैसा शोक कबीर?"

"गुरुदेव," मैंने आरंभ किया, "यह ठीक है कि शरीर नश्वर है। इसे आज या कल जाना ही है। मैंने बहुतों को अपने से बिछुड़ते देखा है। मेरी माता और मेरे पिता भी मेरी आंखों के सामने ही परमेश्वर के प्यारे हुए। मैं दृढ़ रहा। मेरी आंखों से आंसू की एक बूंद तक नहीं निकली। पर पता नहीं यह क्या है महाराज कि आपको स्वर्गारोहण के लिए प्रस्तुत देखकर मैं अपनी भावनाओं की उफान को रोक नहीं पाता।"

"यह माया है कबीर। विशुद्ध माया। तुम तो गृह-परिवार से विरक्त हो केवल गुरु और राम के होकर रह गए। राम तो तुम्हारे निराकार हैं, तुम उन्हें देख नहीं सकते इसलिए गुरु जो दृश्य है उसकी माया में फंस गए। अब तुम उसे गुरु-भक्ति की संज्ञा दे दो अथवा गुरु-श्रद्धा की पर यह कैसे भूलते हो कि है यह अंततः माया ही। कितनी अच्छी बात तुमने कही थी जब माया को 'महाठगिनी' बताया था। पर यहां मैं माया को लेकर तुम्हारी अन्य उक्ति को कहना चाहूंगा—

माया तजी न जाई, संतो माया तजी न जाई।
जैसे बेल बिरिछ लपटाई, संतो माया तजी न जाई।
काम तजे तो क्रोध ने छूटै, क्रोध तजे तो लोभा।
लोभ तजे तो आसा मारे, मान बढ़ाई सोभा।
जो घर तजे तो मढ़ी छवावे, उद्यम तजे तो फेरी।
लड़का तजे तो चेला मूड़े, मति माया ने घेरी।
मोटि माया सब कोई त्यागे, झीनी तजी न जाई॥
माया तजी न जाई, संतो माया तजी न जाई।

—संतो, माया किसी से त्यागी नहीं जाती। नहीं त्यागी जाती। जैसे लता वृक्ष में

---

1. वासांसि जीर्णनि यथा विहाय, नवानि ग्रहणाति नरोपराणि।
तथा शरीराणि विहाय जीर्णां, न्यानि संयाति नवानि देही। —गीता

लिपट रहती है वैसे ही माया हम सभी से लिपटी रहती है। काम को छोड़ो तो क्रोध नहीं छूटता, क्रोध छोड़ो तो लोभ घेर बैठता है। लोभ को छोड़ो तो आशा अपने बंधन में बांध लेती है। मान की, बड़ाई की और शोभा (रंगीन वस्त्रादि) की आशा लगी रहती है। जब घर छोड़ते हो तो मठ बनवाते हो। जो उद्यम परिश्रम को छोड़ता है वह फेरी, भिक्षाटन ले बैठता है। अपने श्रम छोड़कर दूसरे के परिश्रम पर आश्रित होता है। पुत्र को छोड़ देता हैतो चेला मूड़ता है—शिष्य बनाता है। माया ने तो बुद्धि घेर रखी है। मोटी माया तो सभी छोड़ देते हैं, सूक्ष्म माया छूट नहीं पाती है।"

"तो यह सूक्ष्म माया है कबीर! समझो अपनी ही बात को," स्वामीजी बोले, "देखो यह क्षण बहुत महत्त्वपूर्ण हैं। अच्छा है तुम दोनों आ गए। तुम लोग मेरे विशेष शिष्यों में से हो। मैं तुम लोगों को कुछ अंतिम संदेश देना चाहता हूं। यह रोना-धोना छोड़ो तो मैं कुछ बातें करूं। इस व्यर्थ विलाप को बंद करो कबीर!"

"हमारा संबंध समाप्त हो रहा है सद्गुरु!"

"पुनः तुम अज्ञानग्रस्त होने लगे न। शारीरिक संबंध समाप्त होते हैं, आत्मिक नहीं। और आत्मा जीवित (स्थूल) शरीर में रहे या सूक्ष्म में क्या अंतर पड़ता है? सूक्ष्म शरीर से मैं तुम लोगों का कुछ अधिक ही मार्ग-निर्देश कर पाऊंगा।"

"आज्ञा दें स्वामी!" मैंने अंततः अपने पर नियंत्रण किया। आंखों के कोरों को पोंछा और दिल में उठ रही भावनाओं की उफान पर संयम का ठंडा जल छिड़का।

"आदेश दो गुरुदेव!" अष्टानंद ने भी मेरी हां में हां मिलाई। मेरे इस गुरु-भाई ने तो पहले ही अपनी भावनाओं पर नियंत्रण कर लिया था। स्वामीजी के गुफा-प्रवेश के पूर्व सभी शिष्य उनका आशीर्वाद जो ले चुके थे।

"कबीर और अष्टानंद!" स्वामीजी ने आसन-परिवर्तन किए बिना ही कहा। उनका पद्मासन बना रहा। रीढ़ की हड्डी यथावत् सीधी तनी रही। केवल आंखों की दृष्टि जो हमारे आने के पहले भ्रुव-मध्य में स्थित थी, अब हमारे ऊपर सीधे पड़ रही थी। उसकी तेज को बर्दाश्त करना बहुत आसान नहीं था। हमने अपनी दृष्टि नीचे कर उनके चरणों में लगा दी।

"इस राष्ट्र की स्थिति से तुम तो पूर्णतया परिचित हो। हिन्दुओं और मुसलमानों में निरंतर संघर्ष चलता रहता है। हिन्दुओं में ऊंच-नीच की भावना इस तरह जड़ जमा चुकी है कि अपने आजन्म परिश्रम के पश्चात् भी मैं बहुत कुछ नहीं कर सका। सर्वाधिक चिंता तो धार्मिक स्थिति को लेकर है। धर्म के नाम पर चारों ओर आडंबर व्याप्त है। भिन्न-भिन्न प्रकार के संप्रदायों के सर्प सिर उठाए खड़े हैं। किसी में कोई सार नहीं। कोई तत्त्व नहीं।

"साधु-संतों के वेष में सर्वत्र पाखंडी और लुटेरे घूम रहे हैं। चमत्कारों के बल पर जहां नाथपंथी, योगी भोगी बन रहे हैं वहीं शिव और शक्ति की उपासना के नाम पर शाक्त पंच मकारों के चक्कर में पड़े हैं। मांस भक्षण कर रहे हैं, सोम का नाम ले मदिरा पान कर रहे हैं। कितना गिनाऊं, सब कुछ तुम्हें ज्ञात है। 'अहिंसा, परमो धर्मः' में आस्था रखनेवाले भारतवासी अब हिंसक हो रहे हैं। पूर्ण पशु। यह सच्चा धर्म ही है जो मनुष्य

को पशुओं से पृथक् करता है।

"आप दोनों को ज्ञात ही है कि सर्वत्र व्याप्त इस अंधकार को, अज्ञान-तिमिर को विनष्ट करनेवाली अगर कोई शक्ति है तो वह है राम-नाम। यह वैष्णव धर्म ही समाज और राष्ट्र में व्याप्त कदाचार, अनाचार, अन्याय और हिंसा को निःशेष करने में सर्वथा समर्थ है। हमने साथ-साथ अधर्म के विरुद्ध धर्म और अन्याय के विरुद्ध न्याय तथा असमानता के विरुद्ध समानता की लड़ाई लड़ी है।

"मैं अब नहीं रहूंगा। इसका कारण बताने की आवश्यकता नहीं। संसार में सभी एक अवधि के लिए आते हैं। मेरी अवधि अब पूर्ण हो गई है। शेष रह गए कार्य तुम्हें करने हैं। अपूर्ण रह गए दायित्वों को तुम्हें पूर्ण करने का प्रयास करना है। सामाजिक सुधार और वैष्णव धर्म के प्रचार तथा राम-भक्ति के प्रचार-प्रसार के लिए आजीवन संघर्षरत रहो यही मेरी अंतिम अभिलाषा है। आत्मा और परमात्मा में जो भेद-दृष्टि वर्तमान है, द्वैत भाव है, उसे दूर कर आत्मा परमात्मा की एकात्मकता, अद्वैत भाव को प्रश्रय देने का पाठ तुम्हें पढ़ाने जाना है।

"मृत्यु व्यक्ति की होती है विश्वास और आस्था की नहीं। मैं नहीं रहूंगा किंतु मेरे सदविचार तुम्हारे संगी होंगे। यों तुम स्वयं प्रकाशित हो। विशेषकर कबीर। पर जब कभी अंधकार और प्रकाश के मध्य युद्ध में प्रकाश परास्त होता प्रतीत हो तो मेरा स्मरण करना। मेरी आत्मा तुम्हारा पथ-प्रदर्शन करेगी। ऐसे भी मैं सूक्ष्म रूप में तुम्हें आवश्यक स्फुरण प्रदान करता रहूंगा। मुझे स्मरण करने की तुम्हें आवश्यकता नहीं भी पड़ सकती है। श्री राम का स्मरण ही पर्याप्त होगा⋯।"

"यह कैसे संभव है," मैंने सद्‌गुरु को मध्य में ही रोकने की धृष्टता की, "आपके पश्चात् आपका स्मरण तो सदा बना रहेगा। आपका यही स्मरण हमारे विकट-पथ का पाथेय होगा। हम अपने को, अपने प्राणों के अस्तित्व को विस्मृत कर सकते हैं पर सद्‌गुरु का स्मरण तो सदा बना रहेगा। भला कोई अपने हृदय की धड़कन को भी अपने से पृथक् कर सकता है? आपका स्नेह हमें निरंतर मिलता रहेगा, निर्देशन भी, इसमें तो कोई संशय नहीं किंतु हम आपको क्षण भर के लिए भी विस्मृत कर सकें, यह कहां संभव है?"

"कबीर ठीक कह रहे हैं गुरुदेव!" अष्टानंद ने आरंभ किया, "आपका विस्मरण कैसे संभव है? और हम क्या आपको विस्मृत करेंगे, जब तक यह सृष्टि रहेगी आपका कीर्ति-ध्वज लहराता रहेगा। समय की शिला पर आपने जो अमिट हस्ताक्षर छोड़े हैं उनको कौन मिटा सकता है? स्वयं काल-देवता भी आपकी अमिट कीर्ति को मिटाने में सक्षम नहीं होंगे। जो राम का हो जाता है वह तो काल को भी चुनौती देने में सक्षम है ही। आपके पश्चात् भी।"

"बस, बस अष्टानंद⋯।" स्वामी ने उन्हें बीच में ही रोका, "अपनी ही नहीं, अपने आत्मीय जनों की भी अत्यधिक प्रशंसा नहीं करनी चाहिए। इससे प्रमाद की उत्पत्ति होती है। जो कुछ कराता है वह परब्रह्म परमेश्वर, राम ही कराता है। हम तो उसकी इच्छा के अनुसार ही आचरण करते हैं। हमारी उपलब्धियां हमारी किधर से हैं? हमें

उनका श्रेय लेने का कोई अधिकार नहीं। हमें तो अपने कर्मों-कार्यों के सम्यक् संपादन पर ही अधिकार है। अगर हम यही कर सकें तो पर्याप्त है।

"जैसा कि मैंने तुम दोनों को आदिष्ट किया, तुम्हारा कर्त्तव्य वही कुछ बनता है जो कुछ पारस्परिक प्रेम, विश्वबंधुत्व, धार्मिक स्थिरता और सहिष्णुता स्थापित करने में सहायक है। पुनः स्मरण करा दूं कि धार्मिक अस्थिरता और अनुशासनहीनता के इस युग में एक राम-नाम ही वह प्रेरणास्तंभ है जिसके माध्यम से हम आज के अशांत जन-जीवन में शांति और आस्था के दीप प्रज्जवलित कर सकते हैं।

"मेरे पास अब विशेष समय नहीं है। जो कुछ मुझे कहना था मैंने कह दिया। यों जैसा पहले कहा तुम दोनों स्वयं समर्थ हो। मेरे मंतव्यों से पूर्व परिचित हो, उनके अनुसार आचरण भी करते रहे हो पर इस पृथ्वी से प्रस्थान के पूर्व तुम्हें यह संदेश दे देना ही मेरा धर्म बनता है।"

"यह संदेश नहीं, गुरु-आज्ञा है स्वामी। इसका हम अपने जीवन के अंतिम क्षण तक पालन करेंगे।" मैंने सिर झुकाकर कहा।

"कबीर ठीक कह रहे हैं सद्‌गुरु, हम आपके द्वारा निर्दिष्ट मार्ग पर पहले भी चलते रहे हैं, आगे भी चलते रहेंगे।"

"एवमस्तु।" स्वामी ने कहा और अपनी आंखें मूंद लीं।

हम दोनों ने उनके चरणों के समक्ष प्रणितपात किया और अंतर् में एक हाहाकार लिए ही गुफा से बाहर आ गए।

28

शुभ-कार्य में विघ्न नहीं हो तो उसकी पूर्णता संदिग्ध रहती है। मैंने पूर्व में ही कहा है कि मानव की योजनाओं पर नियति पानी फेरती रहती है। हमारा सोचा बहुधा नहीं होता, घटता वही है जिसे घटना है, जो नियति या भवितव्यता जिसे कहें, को स्वीकार्य होता है। मानव की भूमिका प्रयत्न एवं प्रयास तक ही सीमित है। परिणाम पर उसे कोई अधिकार नहीं दिया गया। वह किन्हीं अज्ञात हाथों में कैद है। मानव की यह विवशता है कि यह सब कुछ जानते हुए भी वह कार्य-रत रहने को अभिशप्त है। हाथ-पर-हाथ रखकर कायर ही बैठते हैं, परिणाम चाहे जो हो, प्रतिकूल अथवा अनुकूल, कर्त्तव्यनिष्ठों को कर्म-रत रहना ही है।

धर्म-प्रचार हेतु आदेश सद्‌गुरु ने भी दिया था। उसके पूर्व ही मैं यात्रा पर निकलने को कटिबद्ध हो आया था किंतु स्वामी रामानंद के परलोक-गमन ने मेरे उस मंसूबे को पूर्ण नहीं होने दिया। मृत्यु और जन्म को लेकर हमारी चाहे जो धारणा हो पर स्वजनों के नहीं रहने पर अव्यवस्थित होना स्वाभाविक है।

सद्‌गुरु के स्वर्गारोहण के पश्चात् शोक और दुःख का सैलाब जो उमड़ा हो उनके शिष्यों और अनुयायियों के मध्य, कुछ औपचारिकताएं भी थीं जिनका निर्वाहन आवश्यक था। उनकी इह-लीला की समाप्ति के चौदह-पंद्रह रोज पश्चात् भंडारे का

आयोजन होना था। हम सब उसी के प्रबंध में लग गए थे। उनके दूर-दूर तक फैले अनुयायी निरंतर वाराणसी पहुंचने लगे थे, उनके देहावसान की सूचना प्राप्त होते ही। इसी कारण गुरु के पार्थिव-प्राणरहित शव को विभिन्न उपायों द्वारा कुछ दिनों तक उनके दर्शनार्थ रखा गया था। जब इसे अधिक समय तक रखना कठिन हो गया तो उसे नौका पर चढ़ाकर तथा एक मंजूषा में बंद कर गंगा में प्रवाहित कर दिया गया।

एक बड़ी नौका को अच्छी तरह सजाया गया था और उसमें मंजूषा को रखकर जो लोग नौका में सवार हुए थे, उनमें मैं भी था। उनके कुछ अत्यंत निकटस्थ अनुयायियों के अतिरिक्त वाराणसी के कई विद्वान् भी थे जो स्वामीजी से शास्त्रार्थ में पराजित होकर उनके प्रशंसक बन आए थे। मेरे उस नौका पर होने और शवयुक्त मंजूषा के साथ ही बैठने का किसी ने बुरा नहीं माना था। वाराणसी के विद्वान् बहुत पहले ही मुझे अछूतों-अस्पृश्यों की श्रेणी से पृथक् कर चुके थे। उनके लिए मैं अब मात्र एक संत अथवा राम-भक्त था। मेरे जन्म और जाति से उन्हें कभी से कुछ लेना-देना नहीं रह गया था। उनमें से कई अक्सर, मुझे दुआ-सलाम करने में भी नहीं हिचकते थे।

यह सब स्वामीजी की अनुकंपा का ही प्रतिफल था—उनके प्रथम भाषण का जो उन्होंने दशाश्वमेध के पास दिया था और उस शास्त्रार्थ का भी जो उन्होंने वाराणसी के तथाकथित महान् पंडितों से किया था और जिसमें उन्हें विजयश्री प्राप्त हुई थी और उनके समक्ष अनेकानेक तर्क रखनेवाले ये शास्त्रज्ञ बुरी तरह पराजित हो गए थे।

मंजूषा रखी नौका के अलावा और अनेक नौकाएं भी उसके साथ-साथ गंगा-जल पर संचरण कर रही थीं। इन नौकाओं में स्वामीजी के अन्य अनुयायी और वाराणसी के संभ्रांत लोग आसीन थे। स्वामीजी के जीवन-काल में लोगों ने इनके प्रति भले ही विभिन्न धारणाएं रखी हों पर उनके परलोक-गमन के पश्चात् संपूर्ण वाराणसी ही शोकमग्न हो गई थी। इसने जैसे अपनी किसी अमूल्य मणि को ही खो दिया था।

नौकाओं पर सवार व्यक्तियों के अलावा गंगा-तीर पर भी असंख्य जनों की भीड़ उमड़ पड़ी थी जो तट से ही सब-कुछ देख रहे थे। उनमें सभी स्थितप्रज्ञ नहीं थे। स्वामीजी के अनेक प्रवचनों को सुनने के पश्चात् भी इनका मोह दूर नहीं हुआ था। आत्मा की अमरता और शरीर की नश्वरता के संबंध में वे अनेक बार स्वामीजी के मुख से सुन चुके थे पर इस अवसर पर वे प्रवचन कुछ काम नहीं आ रहे थे और उपस्थित भीड़ में से अनेक बुक्का फाड़कर रो पड़े थे, चीत्कार कर रहे थे। वाराणसी का मणि-मुकुट ही जो छिन चुका था। अनेक विद्वानों और चिंतकों के होते हुए भी एक स्वामी रामानंद के नहीं रहने से वह जैसे कंगाल हो आई थी—अकिंचन।

मध्य धार में स्वामी की शवयुक्त मंजूषा को विसर्जित कर हम भी एक बार पुनः शोकग्रस्त हो आए थे। पर हमने अपने पर नियंत्रण प्राप्त किया था और शोक व्यक्त करने के बदले राम-नाम का कीर्तन आरंभ कर दिया था। हमारे अनुकरण में अन्य नौकाओं पर भी संकीर्तन आरंभ हो गया था। निस्संदेह अनेक की आंखों में अश्रु उमड़ रहे थे पर सभी; मुख से राम-राम, की ध्वनि उच्चारित करते जा रहे थे। तट-किनारे की भीड़ तो अपने ही दुःख में निमग्न थी। उन्हें राम-नाम लेने कों कौन बाध्य करता? फिर

भी इनमें जो कुछ साधु-संत थे वे मन-ही-मन राम-नाम का जाप अवश्य कर रहे थे। कोई जोर-जोर से भी 'राम-नाम सत्य है' की ध्वनि कर रहे थे।

यह परिपाटी तो अब भी आपके यहां प्रचलित है। शवों के साथ जाते लोग 'राम-नाम सत्य है' की आवाज उठाते हैं। क्या विडंबना है कि किसी संगे-संबंधी के काल-कवलित होने के पश्चात् ही हमें राम-नाम की सत्यता का भान होता है। राम के अस्तित्व का अनुमान अपने-अपने जीवन-काल में ही सभी को हो जाता तो इस विश्व का रूप ही कुछ और होता। क्यों मृत्यु ही हमें एक सर्वोपरि शक्ति, एक राम का स्मरण कराने में सफल होती है? इसका कारण शायद स्पष्ट है। जीवनपर्यंत हम अहंकार में निमग्न रहते हैं, अधिकांश किसी भी अदृश्य नियंता की कल्पना तक नहीं करते पर स्वजन-परिजन के प्राणों के दिवंगत होते ही अनायास उन्हें लगता है कि उनके ऊपर भी एक शक्ति है, सत्ता है जिसने अपना प्रत्यक्ष प्रभाव दिखा दिया है। ऐसी स्थिति में उस सत्ता को स्वीकारने में उन्हें कोई हिचक नहीं होती और वे विवश-से चिल्ला पड़ते हैं—'राम-नाम सत्य है'।

अरे, राम-नाम तो इसके पूर्व भी सत्य था। तुम्हें इसका भान ही नहीं रहा तो क्या करें? मनुष्य के सोच की क्या विडंबना है कि डर के बिना उसके अंदर श्रद्धा-भक्ति का संचार ही नहीं होता। मेरे अनुज उस गोस्वामी तुलसी ने यों ही नहीं कहा था—

भय बिनु होई न प्रीति।

खैर, स्वामी रामानंद के प्राणहीन तन को गंगा में विसर्जित करने के पश्चात् सभी नौकाओं के लोग गंगा-तीर लौटे थे और सभी ने जाह्नवी के पुनीत जल में स्नान संपन्न किया था। यह स्नान किसी शुद्धिकरण के लिए नहीं होकर स्वामीजी और पतित-पावनी गंगा के प्रति हमारी अप्रतिम श्रद्धा का ही द्योतक था। तट पर जुटे अधिकांश लोगों ने भी गंगा के स्फटिक, सदृश स्वच्छ जल में 'डुबकी' लगाई थी।

यह भूल जाइए कि गंगा-जल तब भी आज की तरह ही प्रदूषित था और नदी-तट के धारों के जल पर आज की तरह ही गंदगी का साम्राज्य व्याप्त था और जल का रंग विचित्र रूप से नीला हो आया था।

सद्‌गुरु के भंडारे का भी बड़ा अच्छा आयोजन हुआ। कई दिनों तक ब्राह्मणों और दीन-दुःखियों को खिलाने का क्रम चलता रहा। भोजन में पुआ-पुरी के अलावा भांति-भांति के मिष्टान्न के आयोजन हुए। स्वामीजी के जो अनुयायी, देश के कोने-कोने से आए थे उनके रहने-खाने की पृथक् व्यवस्था थी।

कोई बीस-पच्चीस रोज में सब कुछ सामान्य हो गया। बाहर के शिष्य अपने-अपने स्थानों को प्रस्थान कर गए। आश्रम की व्यवस्था वहीं के शिष्यों ने संभाल ली।

अष्टानंद और मैंने निश्चित किया कि हम एक साथ धर्म-प्रचार को नहीं जाएंगे। संप्रति वह दक्षिण दिशा को प्रस्थान करेंगे और मैं उत्तर दिशा की ओर जाऊंगा। अष्टानंद तो अपने कुछ गुरु-भाइयों के साथ प्रस्थित भी हो गए।

मेरी यात्रा में एक विघ्न खड़ा हो गया। पहले ही कहा कि शुभ-कार्य में विघ्न

होना अवश्यंभावी है। यात्रा के ठीक समय सद्‌गुरु का देहांत बाधा बना तो इस बार एक नया संकट खड़ा हो गया।

मैंने अपने भ्रमण पर जाने की सूचना कोई एक सप्ताह पूर्व ही अपने अनुयायियों को दे दी। उनमें से बहुत मेरे साथ लगने को प्रस्तुत हो गए। मैं किसे रोक सकता था? किसी की श्रद्धा को चोट पहुंचाऊं यह मेरे लिए संभव ही नहीं था। साथ लगनेवालों में हिन्दू-मुसलमान दोनों थे। हिन्दुओं की संख्या स्वभावतः अधिक थी क्योंकि उनकी आबादी भी मुसलमानों से ज्यादा थी।

मेरे साथ लगने के लिए हिन्दुओं और मुसलमानों दोनों में होड़ लगने से यह सिद्ध हो गया कि मेरी प्रसिद्धि अब दोनों संप्रदायों में प्रायः एक प्रकार की थी। मैं तो दोनों का पूर्व से ही था अब दोनों भी मेरे हो गए थे।

प्रस्थान का दिन समीप आ रहा था। मेरी उत्सुकता तो बढ़ ही रही थी, मेरे सहयात्री भी उस शुभ घड़ी की प्रतीक्षा अत्यंत आतुरता से कर रहे थे।

विघ्न आया कमाल के रूप में।

"आप घर छोड़कर घूमने जा रहे हैं न?" वह एक सुबह पूछ बैठा। उसके स्वर पर चढ़ी धृष्टता को पकड़ने में मुझे बहुत समय नहीं लगा।

"घूमने नहीं जा रहा।" मैंने संक्षिप्त उत्तर दिया।

"तब?"

"धर्म-प्रचार में जा रहा हूं।"

"आपके मुंह से यह कथन तो शोभा नहीं देता।" वह व्यंग्य-मिश्रित शब्दों में बोला।

"कैसे?" मैंने पूछा।

"आप अपनी तारीफ खुद कर रहे हैं। यह तो आपके समान लोगों को शोभा नहीं देता। आत्मप्रशंसा तो मृत्यु के समान है। आप ही ने कहा है न कि साधु संसार में ऐसे रहते हैं जैसे जल में कमल—

यों साधु संसार में, कंवला जल माहिं।
सदा सरवदा संग रहै, जल परसत नाहिं॥

—जैसे कमल जल में रहता है वैसे ही साधु इस संसार में रहते हैं। कमल सदा पानी में रहता है पर जल उसको स्पर्श भी नहीं कर पाता। (इसी प्रकार संसार के दोष-पाप, माया-मोह, अहंकार-काम, क्रोध साधु के पास भी नहीं फटकते।)

"आप जब अहंकार से ऐसे ग्रस्त हैं तो साधु कहाने के अधिकारी आप कैसे बन सकते हैं?"

मुझे कमाल का यह कथन बुरा लगा और मैं बोला, "मेरे कथन में आत्मप्रशंसा और अहंकार किधर से है? मैं तो गुरु-आज्ञा से धर्म-प्रचार में जा रहा हूं।"

"जा तो आप गुरु के परलोक-गमन के पूर्व भी रहे थे। उस समय गुरु-आज्ञा कहां थी?"

"आखिर तुम कहना क्या चाहते हो, सीधी बात बोलो", 'मैं झल्लाया, "अगर

धर्म-प्रचार की बात करना अहंकार और आत्मप्रशंसा है तो मान लो मैं वही कर रहा हूं। तुम्हारी समझ में मैं आत्मप्रशंसक और अहंकारी ही सही पर इसमें तुम्हारा क्या बनता-बिगड़ता है?"

"आपकी आत्मप्रशंसा और अहंकार से कुछ बनता-बिगड़ता हो या नहीं आपके बाहर जाने से अवश्य बिगड़ता है।" कमाल बोला।

"कैसे?"

"आप जाइएगा तो यह गृहस्थी कौन संभालेगा? परिवार में अब भी माता लोई हैं और आपकी वह प्रशंसिका अथवा प्रियतमा धनिया भी है। इन सबों का पेट कौन भरेगा?"

"जबान पर लगाम दो कमाल!" मैं थोड़ा ऊंचे स्वर में बोला।

"मैंने क्या गलत कहा?"

"तुम उस धनिया को मेरी प्रियतमा अथवा माशूका कैसे कहते हो? तुम्हें मालूम है कि मेरा उससे कोई लेना-देना नहीं। मेरी उससे कोई बातचीत भी नहीं होती।"

"इससे क्या होता है?" वह बोला, "प्रेम तो दिल में बसता है। बोलो या नहीं बोलो, मिलो या नहीं मिलो, उससे क्या अंतर पड़ता है? एक-दूसरे को दिन में एकाध बार देख लिया वही काफी है। आपने ही तो चांद-चकोर की बात कही है। चकोर कौन चांद से मिलने जाता है, उसे देख-देखकर ही संतोष करना···।"

"कमाल!" मैं बीच में ही उखड़ा। मुझे क्रोध नहीं आना चाहिए था पर कमाल की इस बात को बर्दाश्त करना भी आसान नहीं था, "तुम्हें इस तरह की बातें करते शर्म नहीं आती? वह भी अपने बाप से? तुम यह क्यों भूलते हो कि धनिया को इस घर में लाने में तुम्हारा ही अधिक हाथ है? तुमने मुझे बुरी तरह बाध्य किया कि नहीं उसे इस घर में बैठाने में?"

"किया, पर और चारा ही क्या था? जब वह आप पर इस तरह फिदा थी तो उसे यहां बैठाना ही था।"

"कमाल!!"

"बोलिए।"

"तुम इस तरह बहकी-बहकी बातें क्यों करते हो? धनिया चाहे मुझ पर जो फिदा हो, मेरे दिल में तो उसका कोई स्थान नहीं था।" मैं किंचित् विचलित होते हुए बोला।

"अब आपके दिल में कोई झांककर तो नहीं देख सकता। कोई किसी से लगातार प्यार करता रहे और उसका कोई असर किसी के दिल पर नहीं पड़े, यह कैसे माना जा सकता है?"

"कमाल तुम शिष्टता की सीमा पार कर रहे हो। तुम्हें सब कुछ पता है पर तुम जान-बूझकर मुझसे उलझ रहे हो।"

"यही सही। इसे व्यर्थ का उलझना ही कह लीजिए पर मूल बात पर तो ध्यान दीजिए।" कमाल कुछ संभला।

"किस बात पर?"

"आप चले जाइएगा तो तीन-तीन पेटों का क्या होगा? मेरे, अम्मां और धनिया के पेटों का? आप थे तो भक्ति-भाव में चाहे जो समय लगाएं, करघे पर भी कुछ देर अवश्य बैठते थे। सधे हाथों से थोड़ी ही देर में बहुत-सा वस्त्र बुन लेते थे। मैं भी बुनता था। दोनों के बुने वस्त्रों के आधार पर ही यह गृहस्थी चल रही थी। अब जब आप नहीं रहेंगे तो गृहस्थी की इस गाड़ी को अकेले खींचना तो मेरे वश की बात नहीं। मैं आपको इस यात्रा पर नहीं जाने दे सकता।"

"तुम्हारे रोकने से मैं रुक जाऊंगा?" मेरा क्रोध कुछ फिर उमड़ा।

"नहीं रुकिएगा तो अपना यह कुनबा भी अपने साथ लेते जाइए।" वह ऊंचे स्वर में बोला।

"कुनबा, क्या मतलब?"

"यही अम्मीजान और बीबी धनिया। और क्या?" वह पर्याप्त ढीठ हो आया था।

"तो धर्म-प्रचार में मैं औरतों को लेता चलूं?" मैं विवशता की स्थिति में बोला।

"औरतें आपने की हैं तो उनका बोझ भी तो आप ही को उठाना है। उन्हीं का क्या, मैं भी तो उनमें हूं। मुझे इस संसार में लाने का दायित्व भी तो आप पर ही है? जब जन्म दिया तो मेरा पेट भरने की जिम्मेवारी भी आप पर है कि नहीं।"

"छिः छिः ऐसी बातें मैं सुनना भी नहीं चाहता। अपनी अम्मां को महज एक औरत के रूप में गिनते हो? और उस पाक-साफ धनिया को भी एक साधारण औरत की संज्ञा दे रहे हो। और मैंने उन्हें किया इसका क्या मतलब? शादी सबकी होती है, मेरी भी हुई और धनिया की बात तुम्हें अच्छी तरह मालूम ही है। रह गए तुम तो, कमाल! क्या तुम इतने काहिल हो कि अपना पेट भी नहीं भर सकते? तुम्हारी भूख की आग बुझाने का दायित्व इस बूढ़े बाप का ही है?" मैं झल्लाकर बोल गया।

"है। अभी तो आपको मेरी शादी भी करनी है। आपके नाम पर दो-दो औरतें बैठी रहें और मेरी एक भी शादी नहीं हो?"

"बेशर्मी की भी हद होती है कमाल! कुछ तो शर्म करो।" मैं समझ नहीं पा रहा था कि इस नालायक कमाल को कैसे काबू में लाऊं।

"शादी की बात बेशर्मी किधर से हो गई?" वह बोला, "अगर यह बेशर्मी है तो आपने ही यह बेशर्मी क्यों की? क्यों की अपनी शादी? तब कम-से-कम एक बेटे की शादी को लेकर ऐसी बातें तो नहीं सुननी पड़तीं?"

"मेरी शादी मेरे बाप ने की।" मैं पुनः कुछ-कुछ गुस्से में भर आया।

"तो मेरा बाप कौन है?"

"क्या बकते हो?" अपनी सारी साधना और ध्यान-धारणा के बावजूद मैं अब अपने क्रोध पर काबू पाने में असमर्थ हो रहा था।

"बकता नहीं। ठीक कहता हूं। अगर आपके बाप ने आपकी शादी की तो आप

मेरे बाप होकर मेरी शादी किए बिना ही घर छोड़ क्यों भागे जा रहे हैं! पता नहीं कब तक लौटिएगा, बीस वर्षों में कि पच्चीस वर्षों में तब तक तो मेरे सिर के सारे केश सफेद हो गए होंगे। मुझे कोई बेटी का बाप घास डालने नहीं आएगा।"

"सुनना ही है तो सुन लो," मैं अब अपने को रोक नहीं सका, "घास तो अब भी कोई बेटी का बाप तुम्हें डालने नहीं आ रहा। तुम्हारी उद्दंडता और आवारगर्दी की बात सबको ज्ञात है। तुम कभी मुसलमान टोली में तो कभी हिन्दू टोली में डोलते चलते हो, यह किसको पता नहीं, और जो अपने ही बाप को घास नहीं डालता, उसकी ऐसी की तैसी करता है तो कौन मूर्ख है जो उसे अपनी बेटी का हाथ थमाएगा?"

"तो मेरी शादी नहीं होगी?" वह अब गुस्से से भरकर बोला।

"मेरे जानते तो नहीं ही होगी। कोई बाप अपनी अंधी-कानी लड़की भी तुम्हें देने को तैयार हो तो बुलाओ मैं उससे तुम्हारी शादी कराकर ही जाऊंगा।"

"मैं कोई अंधा-काना हूं?" वह बौखलाया।

"यह मैं कहां कह रहा हूं?"

"तो फिर आप मुझे अंधी-कानी से बांधने को कैसे तैयार हैं?"

"तुम्हें उससे अच्छी कोई मिले तो बतलाओ। मुझे तुम्हारी शादी करने में क्या कठिनाई है?"

"यह दायित्व आपका है, मेरा नहीं।" वह अकड़कर बोला।

"कौन-सा दायित्व?"

"यही लड़की ढूंढ़नेवाला। कमाली के लिए कैसे इत्मिनान से लड़का खोज लाए?"

"वह बात और थी।" मैं बोला।

"कैसे?"

"वह लड़का सुशील और राम-भक्त था। वह मुझे जंच गया। मैं उसे लाया। तुम्हें भी कोई बेटी का बाप पसंद कर ले तो शौक से तुम उसके साथ हो लो और कर लो अपना ब्याह।" मैं झुंझलाकर बोला।

"मैं बेटी के बाप की नहीं, अपने बाप की बात कर रहा हूं। आपको मेरी शादी करके ही कहीं जाना होगा।"

"यह तुम्हारा अंतिम निर्णय है?"

"यही समझ लें।"

"तो यह भी सुन लो तुम्हारी शादी नहीं होने जा रही।"

"क्यों?" कमाल आश्चर्यचकित होकर बोला।

"क्योंकि कोई तुम्हारे समान निठल्लू को अपनी लड़की नहीं दे सकता।"

कमाल कुछ देर के लिए ठिठका, फिर बोला, "और आप किसलिए हैं?"

"क्या मतलब?"

"आपका इतना प्रभाव। सभी तरह के लोगों में लोकप्रियता। आप एक लड़की भी मेरे लिए नहीं ढूंढ़ सकते?"

मैं क्या कहता इस नालायक लड़के को? अपने ही बेटे से इस तरह की बातें करना कैसा लगता है? फिर भी मैंने उचित उत्तर ही दिया—

"मेरी प्रसिद्धि और लोकप्रियता अपनी जगह पर। उससे क्या फर्क पड़ सकता है? लड़की तो लोग तुम्हीं को देंगे और कोई भी तुम्हें इस योग्य नहीं मानता।"

"आपने इसके लिए प्रयास किया? कोशिश की?" वह निर्लज्ज बोला।

"की," मैंने सत्य कथन किया, "कौन नहीं चाहता कि उसकी वंशावली बढ़ती और फूलती-फलती रहे? मैं कहां चाहता हूं कि तुम्हारे साथ ही मेरा वंश समाप्त हो जाए पर मैं क्या करूं, लाचार हूं। कबीर के नाम पर कोई कमाल के लिए अपनी लड़की नहीं दे सकता।"

"तब?" उसके स्वर पर चढ़ी निराशा स्पष्ट थी।

"तब क्या? यह सब तो तुम्हें पहले ही सोचना था। तुम निकम्मे और निठल्लू नहीं होते और आवारा छोकरों की संगति में होकर चारों तरफ मारे-मारे नहीं फिरते तो तुम्हारी शादी होने से कौन रोक सकता था?" मैंने समझाया।

"इसका मतलब मेरी शादी होने से रही?" वह उद्दंड हो रहा था।

"अब यही समझ लो। इसके संबंध में तो मैं बहुत पहले कह चुका हूं।" मैंने स्पष्ट कहा।

"तो आप भी कान खोलकर सुन लीजिए।"

"क्या?"

"आप भी यह घर छोड़कर अपने तथाकथित धर्म-प्रचार के लिए नहीं जा सकते।"

"क्यों?"

"पहले ही कहा घर को संभालना है। यह मेरे अकेले के वश की बात नहीं। यह मैं पहले ही कह चुका। आप रोज करघे पर नहीं बैठेंगे तो घर की रोटी नहीं चल सकती। आप तो अपने को कर्मयोगी कहते हैं तो कर्म को छोड़कर भूलने-भटकने कहां चले?" वह जैसे जिद पर उतरा।

"यह भूलने-भटकने की बात किधर से है? मैं सोए लोगों को जागृत करने जा रहा हूं। उनके अंध-विश्वासों को दूर करने जा रहा हूं। राम-भक्ति की स्थापना के लिए इस अभियान पर जाना चाहता हूं। इसके अतिरिक्त गुरु-आज्ञा के पालने की भी बात है, उनकी अंतिम इच्छा की पूर्ति की। मैं वचन दे चुका हूं। इससे पीछे नहीं हट सकता।" मैंने अपना निर्णय स्पष्ट किया।

"तो मेरा भी निर्णय सुन लीजिए।" वह अकड़ा।

"क्या?"

"आप जाने से रहे। मैं नहीं जाने दे सकता आपको। जाना ही है तो अपनी दोनों औरतों को भी लेते जाइए। मैं अपना पेट किसी तरह भर लूंगा।"

"फिर तुम बेशर्मी पर उतर रहे हो।" मैं झल्लाया।

"कैसे?"

"तुम लोई और धनिया को महज दो औरतें क्यों कहते हो? उनमें तुम्हारी खुद की अम्मां है, दूसरी के संबंध में तुम्हें पता ही है।"

"जो हो उनका पेट तो भरना होगा?" वह गंभीर होकर बोला।

"...............।" मैं क्या कहता? मैं निरुत्तर था। बात तो वह ठीक कर रहा था। कौन पेट भरने जा रहा है दोनों का? कमाल से तो यह होने से रहा।

"उनकी चिंता राम करेंगे।" मैं अंततः बोला।

"चुप करिए," वह मेरे बेटे नहीं बाप की तरह बोला, "आपका राम आपके लिए चाहे जो कर रहा हो। वह आकर हमारे करघे पर नहीं बैठने जा रहा है और न हमारी चक्की ही पीसने जा रहा, आटे के लिए।"

मैं पुनः चुप रहा। इस बात का क्या जवाब था? राम तो सब कुछ कर सकता है। दोनों के खाने-पीने का कोई प्रबंध तो वह करेगा ही। जैसे करे। उसके लिए उसे करघे पर बैठने की आवश्यकता नहीं और न ही चक्की पीसने की। उसके नियम निराले हैं। वह कब किसको किस रूप में सहायता प्रदान करेगा, यह वही जानता है। पर इस अल्प-बुद्धि नास्तिक कमाल को कौन सिखाए?

"तो मैं अपनी यात्रा को स्थगित कर दूं?" मैंने हताश होकर कहा।

"जरूर! जब तक आप उन दोनों के लिए कोई प्रबंध नहीं कर लेते आप जा कैसे सकते हैं? मैंने कहा न अपना पेट तो मैं भर लूंगा पर उन दोनों की मेरे ऊपर कोई जिम्मेवारी नहीं हो सकती।"

"अपना पेट तो पशु भी भर लेते हैं जो अपने साथ दूसरों का भी ख्याल रखता है वही सच्चा इंसान है।" मेरे मुंह से निकला।

"आप सच्चा बने रहिए और इंसान भी, पर यह भी जान लीजिए जो अपने आश्रितों को छोड़कर भगवान को ढूंढ़ने जाता है उससे भगवान भी दूर-ही-दूर रहते हैं।"

"मैं भगवान को ढूंढ़ने कहां जा रहा? वह कहीं दूर है क्या? राम हर जगह है—

मोमे तोमे सरब में, जहं देखूं तहं राम।
राम बिना छिन एकहूं, सरै न एकौ काम॥"

"यह अपनी साखी और दोहे अपने पास ही रखिए। मुझे इन सबसे कोई लेना-देना नहीं। आप भगवान को ढूंढ़ने नहीं जा रहे, भगवान का प्रचार करने ही जा रहे हैं पर चाहे जिस कारण से जाएं, मैंने पहले ही कह दिया मुझे आपके परिवार से कोई लेना-देना नहीं। आप उन्हें भूखों मारना चाहते हैं तो शौक से घूमने जाइए। मुझे कोई दोष नहीं दीजिएगा।"

"मेरा परिवार क्या तुम्हारा नहीं है? तुम्हारी अम्मीजान किसकी हैं? केवल मेरी?" मैं खिझा।

"हां, केवल आपकी," वह पुनः निर्लज्जता से बोला, "मैं बाप से कुछ नहीं पा सका, वही मेरा नहीं हो सका तो मां का क्या? और वह जो दूसरी बैठी है, वह मेरी कौन होती है? मेरा कोई परिवार नहीं।"

"तो समझ लो मेरा भी कोई परिवार नहीं। मैं माया-मोह के बंधन को पूरी तरह

काट चुका हूं।" मैंने अपना निर्णय सुनाया।

"यह तो मालूम ही है। जो अपने बेटे की शादी तक नहीं करा सका उसे ममता-मोह से क्या मतलब ?"

"शादी-शादी-शादी," मैं झल्लाया, "शादी ही तुम्हें स्वर्ग का सोपान लग रही है क्या ? मैं पहले ही कह चुका मेरे किए तुम्हारी शादी नहीं हो सकती। तुमसे कोई शादी करे शौक से कर लो। जो मिल जाए उससे कर लो, तुम्हें तो मालूम ही है मुझे जाति-पांति से कोई लेना-देना नहीं।" मैं इससे अधिक क्या कहता ?

"आपको तो मालूम ही है कोई भी मुझ निठल्लू से शादी करने नहीं जा रही। मैं कहां किसको ढूंढ़ता चलूं ? बाप होने के नाते बेटे की समस्याओं की सुलझाना आपका काम है। आप अपने कर्त्तव्य से मुख मोड़ रहे हैं, पूरे परिवार से मुख मोड़ रहे हैं, आप समाज का क्या कल्याण करेंगे ? जो अपने घर का नहीं हुआ वह दूसरे का क्या भला करेगा ? यह ढोंग छोड़िए और जैसा कहा अपना कुनबा संभालिए। मेरी शादी नहीं हो, नहीं हो पर आपने जो शादी कर रखी है और एक और को जो अपने ऊपर मर-मिटने की इजाजत दे रखी है उनका तो कुछ ख्याल कीजिए। उन्हें भूखा मरते छोड़कर आप कहीं नहीं जा सकते। मैं आपको कहीं नहीं जाने दूंगा।"

"तुम मुझे रोक लोगे ?"

"जरूर।"

"कैसे ?"

"आप जाने को तैयार होइए। देखिए मैं कैसे रोक लेता हूं। मैं धनिया को सबके सामने ला खड़ा करूंगा।"

"उसे और उसके साथ मेरे पाक संबंध को सभी जानते हैं।" मैं शांति से बोल गया।

"मैं बताऊंगा कि आपका संबंध पाक नहीं है।"

"कमाल !" मेरा गुस्सा फिर बढ़ा।

"बोलिए।"

"तुमको नहीं पता कि हमारा संबंध पाक है ?"

"पता है।"

"तब तुम लोगों के सामने ऐसी-वैसी बात क्यों बोलोगे ?"

"आपको रोकने के लिए।"

"तुम इतने नीच हो कि अपने स्वार्थ के लिए तुम अपने बाप के दामन पर भी दाग लगाओगे ?" मैं आश्चर्य से बोला।

"अपना स्वार्थ साधने के लिए कोई कुछ भी कर सकता है। जहां तक मेरे नीच होने का सवाल है, वह तो आपको पहले से ही पता है। मुझे आपके समान दूध का धोया होने का कोई शौक नहीं। मैं जैसा हूं, वैसा हूं और मैंने जो कहा है वही करूंगा। आपको जाने से रोकने के लिए मैं कुछ भी कर सकता हूं।"

"मेरे और धनिया के संबंधों को नापाक बनाकर भी ?"

"अवश्य।"

"ठीक है, मैं नहीं जाऊंगा। मैं अपने को बुरा कहलवाना पसंद करूंगा पर अपने लिए किसी और के दामन पर कालिख नहीं लगने दूंगा। मैं धनिया की मिट्टी नहीं पलीद कर सकता।"

"यह हुई न कोई बात," वह बेशर्म-सा बोला, "आप अपने घर रहिए और अपने 'राम' और करघा दोनों को संभालिए।"

29

राम सहायक हों तो विघ्न-बाधाओं को निःशेष होने में कितना समय लगता है। कमाल जो मेरे रास्ते में एक चट्टान बनकर अड़ गया था उसे भी मोम की तरह पिघलने में कोई समय नहीं लगा।

यह सब धनिया के कारण हुआ। धनिया के विरुद्ध वह मुझे तंग करने के लिए जो कुछ उलटा-सीधा कहे पर अंदर से वह धनिया के प्रति पर्याप्त सहानुभूति रखता था। आखिर धनिया उसी के कारण तो इस घर में आई थी।

कमाल और मेरे मध्य हुए विवाद का पता लोई और धनिया दोनों को था। धनिया लोई के पास पहुंचकर बोली थी, "साईं को बाहर जाने की तैयारी में कमाल व्यर्थ की बाधा बन रहा है।"

"सचमुच। वह अकारण हर चीज में टांग अड़ा बैठता है। बाप की तो कोई बात उसे फूटी आंखों भी नहीं सुहाती। यह अच्छा नहीं हो रहा। साईं के ज्ञान से परिचय बाहर के लोगों को भी होना चाहिए। काशी और उसके आस-पास के बहुत-से लोग तो उनसे लाभान्वित हो ही चुके अब उनके संदेश को जन-जन तक पहुंचना ही चाहिए।"

"पर यह कैसे संभव है," धनिया बोली, "कमाल तो उन्हें किसी प्रकार से जाने देने को तैयार नहीं। वह तो उनका अपमान तक भी करने को तैयार है।"

"एक बात हो सकती है।" लोई ने कहा।

"क्या?"

"तुम कमाल को समझा सकती हो। इसमें तो कोई संदेह नहीं कि तुम्हारे प्रति उसकी श्रद्धा है। इस घर में तुम्हें बैठानेवाला आखिर वही तो है।"

"यह तो सही है," धनिया बोली, "पर अपने बाप के प्रति पता नहीं उसके मन में क्यों इतनी वितृष्णा भरी है। सारा संसार उन्हें पूजता है और वह उनको तिनके के बराबर भी नहीं समझता। उसे कैसे समझाया जाए?"

"तुम्हीं को प्रयास कर देखना होगा?" लोई ने पुनः अपना सुझाव दिया।

"पर यह काम तुम क्यों नहीं कर सकतीं, आखिर वह तुम्हारा पेट-जना बच्चा है?"

"जब बच्चा इतने महान् बाप को नहीं लगाता तो वह मुझे क्या लगाएगा,"

लोई मुंह लटकाकर बोली, "वह मुझसे भी खुलकर बोलता कहां है, उसे फुर्सत ही कहां? दिन-भर बाहर डोलता रहता है। रात चढ़े घर आता है तो रोटियां खाकर कहीं पड़ जाता है। साईं, माया-मोह को त्यागने की बात करते हैं, वह बहुत पहले से उन्हें त्याग बैठा है।"

"नहीं त्याग बैठा है," धनिया ने प्रतिवाद किया, "वह तो अपनी शादी रचाने के लिए व्यग्र है। माया-मोह के बंधन में अपने को पूरी तरह जकड़ना चाहता है। और यह शादी ही है कि पिता और माता दोनों के प्रति वह विरक्त हो आया है। आज तुम उसकी शादी करा दो, कल से वह तुम्हारा तलवा चाटने लगेगा।"

"मात्र शादी की ही बात नहीं। वह तो घर की जिम्मेवारी से भी भागता है। बूढ़े बाप को करघे पर बैठने को कहता है और स्वयं आवारागर्दी करता चलता है।" लोई बोली।

"पर साईं तो शौक से करघे पर बैठते हैं। वे तो कर्मयोगी हैं। भले ही थोड़ा बुनें पर बुनते तो रोज हैं। इधर राम-नाम का ध्यान भी चलता है उधर करघे पर ताना-बाना भी।"

"साईं का इतना ही काम तो कमाल के लिए बहुत होता है और उसमें कुछ मेरा और कुछ अपना लगाकर वह हाट में बेच आता है और जो भी हो सही पैसे हमारे हाथ में दे जाता है। पर अक्सर बाजार तो मैं ही जाती हूं। अब वह सोचता है कि अगर बाप चले गए तो उनका हिस्सा भी उसे ही बुनना पड़ेगा, इसीलिए वह उनके आयोजन में टांग अड़ाता है।"

"इस समस्या का समाधान तो संभव है।" धनिया ने कुछ सोचते हुए कहा।

"कैसे?" लोई प्रसन्न हो आई।

"हम कमाल से कहते हैं कि हम लोग मिलकर साईं का कार्य संभाल लेंगे बल्कि उसे भी करघे पर बैठने की आवश्यकता नहीं, हम उसका भी काम कर देंगे तब तो वह आसानी से मान जाएगा।"

"और शादी?" लोई ने पूछा।

"हां, शादी को लेकर भी वह चिंतित है। पर उसे पता है कि इस मामले में साईं कुछ नहीं कर सकते। वे किसी बेटी के बाप से अपने इस कुपुत्र के लिए बात नहीं कर सकते और कोई भी बाप स्वयं ही अपनी बेटी का हाथ देने हमारा दरवाजा खटखटाने से रहा। यह सब तो कमाल के ही गलत कदमों के कारण हो रहा है। कबीर जितने ही विख्यात हैं कमाल उतना ही कुख्यात। हमीं उसे शादी का भी आश्वासन देंगी। और नहीं तो मेरी दूर की भतीजी है, देखने-सुनने में बहुत अच्छी नहीं है पर गृह-कार्यों में अत्यंत कुशल। मैं उसका ही हाथ कमाल के हाथों में दिला दूंगी।"

"यह तो तुम्हारा बहुत उपकार होगा, हमारे घर पर।" लोई अपने को रोक नहीं सकी।

"उपकार कैसा?" धनिया प्रतिवाद करती हुई बोली, "यह घर क्या मेरा नहीं है और कमाल मेरा कोई नहीं लगता? कमाल भला या बुरा जो हो, वह तुम्हारा बेटा है तो

मेरा भी बेटा है। मैं साईं के रास्ते से कमाल को हटाने के लिए कमाल जो कहे वह करने को तैयार हूं।"

"तो फिर कमाल से बातें कर लो।" लोई ने कहा।

"जरूर! उसे रात में घर लौटने दो तभी कोई बात की जा सकती है। उसका अब बहुत बाहर डोलते रहना भी अच्छा नहीं लगता। उसे यह भी समझाना होगा।"

"वह समझाने से मान जाएगा? बाहर का चक्कर छोड़ देगा?" लोई ने शंका की।

"शादी के नाम पर वह कुछ भी कर सकता है। शादी उसकी कमजोरी है। ऐसे भी तो वह 21-22 के समीप होगा, शादी की उसकी मांग सर्वथा जायज है।"

"ठीक है तो तुम्हीं संभालो यह सब। जैसा कहा वह मुझ मां को भी तो कुछ लगाता नहीं। तुम्हारे प्रति उसकी श्रद्धा अवश्य है। तुम प्रयास कर देखो।" लोई ने कहा तो धनिया इस बात से सहमत हो गई।

उस दिन कमाल देर से आया, आधी रात के बाद, अतः उससे कोई बात नहीं हो सकी।

दूसरे दिन धनिया पहले से ही तैयार थी। कमाल एक पहर दिन चढ़े सोकर उठा और बाहर जाने के लिए तैयार होने लगा।

"जरा इधर तो सुनना।" धनिया ने उसे आवाज दी।

वह एक क्षण को जहां का तहां रुक गया। आज तक तो धनिया ने उसे कभी पुकारा नहीं, आज क्या बात है कि अपने कमरे के दरवाजे के पास खड़ी वह उसे आमंत्रित कर रही है? धनिया की उम्र कमाल से मात्र दो-तीन वर्ष अधिक थी। वह चौबीस-पच्चीस के आस-पास ही होगी, अतः कमाल जान-बूझकर उससे अलग रहता था।

"आओ न, एक विशेष बात है बबुआ जी!"

"क्या?" कमाल धीरे-धीरे धनिया के दरवाजे तक पहुंचा।

"अंदर नहीं चलोगे?" धनिया बोली तो कमाल को मानो सांप सूंघ गया।

"क्या बात है, हम यहीं नहीं कर सकते?"

"नहीं, यह गोपनीय बात है, यहां नहीं हो सकती।" धनिया अंदर जाती हुई बोली। कमाल विवश-सा उसके पीछे लग गया।

कमाल ने धनिया का कोठरा पहले कभी नहीं देखा था। वह बड़ा आकर्षक था। दीवारों पर मुहम्मद, बुद्ध, राम, यहां तक कि कृष्ण के भी चित्र टंगे थे। वह अपनी पूजा के स्थान के पास भी इन चित्रों को रख सकती थी। पर कबीर मूर्ति और चित्र के विरुद्ध थे इसीलिए वे चित्र दीवारों पर लटका दिए गए थे धनिया के द्वारा। पूरा कोठरा अगरू गंध से गम-गम कर रहा था।

धनिया जमीन पर ही बिछाए अपने बिछावन पर बैठ गई और कमाल को भी इशारा किया एक तरफ बैठने को।

"नहीं, नहीं मैं आपके बिछावन को अपवित्र नहीं कर सकता। मैं यों ही भला।"

और वह धनिया से थोड़ी दूरी पर जमीन पर ही बैठ गया।

"यह तुमने कैसे समझा कि तुम्हारे बैठने से मेरा बिस्तर नापाक हो जाएगा?" धनिया ने गंभीरतापूर्वक पूछा।

"यह भी कोई छिपी हुई बात है?" कमाल बोला, "कहां आप सती-साध्वी राम की पुजारिन और कहां मैं एक आवारा, अधार्मिक लड़का? मैं आपके पास भी बैठने लायक कहां हूं?" कहकर कमाल ने धनिया के चेहरे पर देखना चाहा परंतु वहां एक ऐसा अद्‌भुत और अलौकिक तेज वर्तमान था कि वह अपनी आंखें नीची करने को बाध्य हो आया।

"नहीं, तुम आवारा और अधार्मिक नहीं हो।" धनिया ने प्रतिवाद किया।

"तब क्या हूं?"

"अच्छे-भले हो, बुरी संगति में पड़ने से कोई बुरा हो जाता है पर जैसे ही वह ऐसी संगति छोड़ देता है वह बुराइयों से अलग हो जाता है। इसलिए संगति पर ध्यान देना चाहिए। तुम्हारे पिता ने कुसंगति और सुसंगति को लेकर क्या अच्छा कहा है—

निरमल बूंद अकास की, पड़ि गई भोमि विकार।
मूल विनंठा मानवी, बिनु संगति भठछार॥

—आकाश की जल-बूंद निर्मल होती है पर धरती पर आते ही वह गंदी हो जाती है। मनुष्य, जिसकी संगति अच्छी नहीं है उसका मूल ही नष्ट हो गया है। बिना सुसंगति से भ्रष्टाचार (भठछार) से मुक्ति संभव ही नहीं है।

मूरखि संग न कीजिए, लोह जलि न तिराइ।
कदली, सांप भुवंग मुख, एक बूंद तिहुं भाई॥

—मूर्ख का साथ नहीं करना चाहिए। लोहा जल में तैर नहीं सकता। 'इसी तरह मूर्ख से कभी भला नहीं हो सकता। केला, सीप और सांप के मुख में एक ही बूंद (स्वाति जल-बूंद) पड़ती है पर वही केले में कपूर, सीप में मोती और सर्प में विष बन जाती है।

"अब सुसंगति के संबंध में भी सुन लो—

कबीर तासूं प्रीति करि, जो निबाहै ओहि।
बनिता विविध न राचिए, दषित लागे पोड़ि॥

—कबीर कहते हैं कि उसी से प्रेम कीजिए जो अंत तक उसे निभाए। अनेक स्त्रियों से प्रेम (केवल एक से कर सकते हैं) नहीं कीजिए। ऐसे व्यक्ति को देखने से ही पाप (पोड़ि) लगता है।

कबीर तन पंखी भया, जहां मन तहां उड़ि जाई।
जो जैसी संगति करे, सो तैसे फल खाई॥

—कबीर कहते हैं कि (साधारण व्यक्तियों का) तन तो पक्षी हो जाता है। जहां मन उसे उड़ा ले जाता है, उड़ जाता है। जो जैसी संगति करता है, वैसा ही फल मिलता है।

"क्या तुम्हें अपने पिता के कथन में विश्वास नहीं?" धनिया ने मौन कमाल से पूछा था।

"विश्वास है।"

"तब तुम साईं से कैसे कह रहे थे कि अपनी साखियां और दोहे अपने पास रखिए?"

"वह इसलिए कि मैं उन्हें मात्र चिढ़ाना चाहता था। उस प्रकार उन्हें बाहर जाने से रोकना चाहता था। भला जब सारे-के-सारे लोग उनकी वाणियों के दीवाने हो रहे हैं, मैं कैसे उनका मजाक उड़ाता? भला मुझमें और मेरे बाप में कोई तुलना है? वह एक असामान्य, अलौकिक इंसान हैं, मैं उनके समक्ष क्या हूं? मैं तो ठहरा पतित, पामर। मैं क्या खाकर उनके मुंह लग सकता हूं?" कमाल पश्चाताप की भाषा में बोला।

"तब तुम क्यों उनका इतना अपमान कर रहे हो?"

"वह तो आप लोगों ने सुना ही। यहीं आंगन में तो सब बातें हो रही थीं।"

"सुना," धनिया बोली, "तुम उनकी गैरहाजिरी में करघे पर अधिक काम करने से घबराते हो। है न ठीक?"

"ठीक।"

"और तुम्हें इस बात का भी मलाल था कि वे बिना तुम्हारी शादी किए ही जा रहे थे?"

"वह भी ठीक है।"

"अगर हम लोग वही कर दें जो तुम चाहते हो तो तुम उनके रास्ते से हट जाओगे?"

"जरूर। हमें उनसे क्या लेना-देना है, अगर मेरे मन की ही हो जाती है तो मैं उनकी राह की बाधा बनने से रहा।"

"तो तुम्हारी मन की ही होगी।"

"कैसे?"

"वह ऐसे कि तुम जो भी थोड़ा-बहुत करघे पर बैठते हो, तुम्हें उतना भी नहीं बैठना पड़ेगा। तुम्हारे और साईं के कार्यों को हम दोनों मिलकर बांट लेंगे। मैं और लोई।"

"अच्छा!" उसने आश्चर्य किया।

"हां, है न यह अच्छी बात।"

"बात तो अच्छी नहीं है।" कमाल बोला।

"क्यों?"

"वह इसलिए कि आप दोनों औरत होकर इतना सब करें और मैं पुरुष होकर बैठे-बिठाए रोटी तोडूं यह कैसे हो सकता है? कैसा लगता है यह? जो सुने वह भी भला क्या कहेगा?"

"तो तुम्हें लोगों के कहने का भय है?"

"अवश्य! इसी समाज में रहता हूं तो इससे भय खाना स्वाभाविक है।"

"तब तो बड़ी अच्छी बात है।" धनिया प्रसन्न होकर बोली।

"तो हम तीनों मिलकर करघे का काम कर लेंगे," कमाल बोला, "और अब हाट-बाजार का कार्य भी अम्मीजान नहीं करेंगी। मैं ही वस्त्र बेचने को भी जाऊंगा।"

"तब मैं तुम्हारी शादी भी करा दूंगी।"

"सच?" कमाल प्रसन्न होकर पूछ पड़ा।

"एकदम सच पर एक शर्त है।"

"शर्त? कैसी शर्त? मैं शादी के लिए कोई भी शर्त मानने को तैयार हूं।"

"सचुमच?"

"हां।"

"ठीक से सोच लो शर्त कड़ी भी हो सकती है।" धनिया बोली।

"शादी के लिए मैं कोई भी शर्त मानने को तैयार हूं।"

"अच्छा!" धनिया किंचित् मुसकराकर बोली, "शादी के लिए ऐसी दीवानगी क्यों कमाल?"

"बहुत सहज बात है," कमाल आरंभ हुआ, "शादी के बिना यह पूरी जीवन-यात्रा कैसे पूरी होगी? हर यात्रा में एक संगी की आवश्यकता होती है, सहगामी की। एक छोटी-सी साधारण यात्रा भी तो एक साथी के बिना हम किसी तरह राम-राम कर पूरी करते हैं। यह लंबी जीवन-यात्रा बिना किसी अंतरंग साथी के आसानी से पूरी होगी क्या? खुदा बेवकूफ है क्या? उसने मर्द, औरत की अलग-अलग सृष्टि क्यों की? एक-दूसरे के पूरक बनने के लिए ही तो? एक पुरुष के लिए एक औरत, और एक औरत के लिए पुरुष से अच्छा कोई जीवन-साथी नहीं हो सकता। कहिए आप मुझसे सहमत हैं कि नहीं?"

कमाल की इस तर्कपूर्ण उक्ति से धनिया आश्चर्यचकित रह गई। उसे आशा न थी कि कमाल जिसे वह महज आवारा और पथ-भ्रष्ट समझ रही थी, ऐसी तार्किक बुद्धि और जीवन-जगत् के ऐसे सहज ज्ञान से भरा था।

"कमाल तुम तो बड़ी अर्थपूर्ण बातें करते हो। ऐसी अपेक्षा तो हमें तुमसे कभी नहीं थी। हम तो तुम्हें महज एक...।"

"नालायक समझ रहे थे, यही न?" कमाल बीच ही में बोला।

"अब यही समझ लो," धनिया ने कहा, "पर अब सिद्ध हो चुका कि न तुम मंद बुद्धि हो, न आवारा। परिस्थिति के कारण सच पूछो तो पारिवारिक उपेक्षा विशेषकर पिता की अपने प्रति उदासीनता के कारण ही तुम ऐसे हो गए थे। कि नहीं?"

"आप शायद ठीक कह रही हैं," कमाल बोला, "उपेक्षा किसी को विद्रोही बना सकती है। अब पिताजी जितने ऊंचे और बड़े हों पर औरत के विरुद्ध उन्होंने कितनी आग उगली है भले ही वे बाद में कहें कि यह सब साधारण नारियों के लिए हैं, पतिव्रताओं के लिए नहीं, पर अनेक बार वह जो कुछ बोलते हैं वह तो सारी नारी जाति के विरुद्ध होता है। मैं उनकी कुछ उक्तियों को भूल सकता हूं क्या—

नारी निरखि न देखिए, निरखन न कीजै दौर।
देखत ही तो विष चढ़ै, मन आवे कुछ और॥

—नारी को निरखकर नहीं देखिए। निरखकर उसके पीछे नहीं भागिए। उसको देखते ही विष चढ़ता है, मन में कुछ और भाव आता है।

"अब बोलिए नारी को देखते ही विष चढ़ता है तो वह नागिन ही न हुई, विष-बेली? यही नारी पुरुष को भी पैदा करती है कि नहीं तो वह विष कैसे हुई जिसकी कोख से कबीर जैसे संत पैदा होते हैं?"

कमाल की यह बात धनिया को बहुत भायी और उसने कहा, "ठीक कहते हो कमाल! मैंने उनसे एक बार पूछा था कि नारी जब विष है तो वह अमृत के सदृश पुरुष की जननी कैसे बनती है?"

"तब क्या कहा उन्होंने?"

"कहते क्या? यह प्रश्न अभी अनुत्तरित है, मैं नहीं समझ सकती वे कभी इस प्रश्न का जवाब दे पाएंगे। आजीवन।"

"तो आपने उनकी महत्त्वपूर्ण रग पकड़ी है। सचमुच इस तर्क का उत्तर वह आजीवन नहीं दे सकते हैं। नारी प्रेयसी है, पत्नी है, जननी है, जीवनसंगिनी है। उसे कबीर द्वारा इस तरह जलील किया जाना कभी नहीं शोभता।

सर्व सोना के सुंदरी, आवै वास सुवास।
जौ जननी है आपनी, ताहि न बैठे पास॥

—सुंदरी पूरी तरह सोने की बनी हो। उससे मन-भावन गंध भी आ रही हो। वह अपनी माता भी हो तो भी उसके पास नहीं बैठिए।

"अब यह कोई बात हुई? वह भी कबीर के मुख से? यदि उन्हें पुत्र और माता के संबंध को लेकर भी संदेह है तो ऐसे संत को क्या कहिएगा?" कमाल कड़वाहट से भरकर बोला।

"तुम ठीक कहते हो कमाल, नारी के प्रति उन्होंने सदा विष-वमन ही किया है।" धनिया बोली, "उन साखियों पर ध्यान दो—

कामिनी सुनदर सर्पिनी, जो छेड़े तेहि खाय।
जो हरि चरणों राचिय, तिनके निकट न जाय॥

—कामिनी (नारी) एक सुंदर सर्पिणी की तरह है। जो इसे छेड़ता है उसको ही खाती है। जो हरि के चरणों से प्रेम करता है वह नारी और सर्पिणी के पास क्यों जाए?

सांप बीछि को मंत्र है, माहुर झारे जात।
विकट नारी पाले परे, काढ़ि कलेजा खाय॥

—सर्प और बिच्छू को मारने का मंत्र है। इससे विष को 'झार' दिया जाता है। पर यदि विकट नारी पल्ले पड़े तो वह कलेजा ही खा जाती है।

गाय, भैंस, घोड़ी, गधी, नारी नाम है तास।
जो मंदिर में ये बसैं, तहां न कीजै वास॥

—गाय, भैंस, घोड़ी और गधी सबका नाम नारी है। जिस घर में ये बसती हैं, वहां वास नहीं करना चाहिए।

"अब इससे भी कटु बात नारी के लिए कही जा सकती है? शायद कबीर सा'ब ने कभी किसी नारी से बहुत चोट खाई तभी वह उसके विरुद्ध इस प्रकार अकथनीय कथन करते हैं।" धनिया बोली।

"यदि ऐसा हो भी तो एक संत के मुख से नारी के लिए ऐसे कटु वचनों का प्रयोग नहीं होना चाहिए। सभी नारियां बुरी होती हैं क्या? क्या इसी देश में सीता, सावित्री, द्रौपदी, जबालिका, गार्गी, मंडनमिश्र की पत्नी भारती के सदृश नारियां हुई हैं कि नहीं? कात्यायनी और मैत्रेयी के सदृश ब्रह्मज्ञानी स्त्रियां भी पैदा हुई हैं कि नहीं तो एक ही कसौटी पर सभी नारियों को कोसना किधर से उचित है?" कमाल बोल गया और धनिया आश्चर्यचकित हुई।

उसने पूछा, "कमाल तुम तो सचमुच कमाल की बातें करते हो। इतना सब कुछ ज्ञान कहां से प्राप्त कर लिया तुमने?"

"सत्संगति से और क्या?" कमाल बोला, "आप लोग तो समझती हैं कि मैं यों ही आवारा मारा फिरता हूं। मैं हिन्दू पंडितों का भी प्रवचन सुनता हूं। वे तो कभी नारी के विरुद्ध नहीं बोलते। वे तो नारी को देवी मानते हैं और कहते हैं जहां नारियों का सम्मान होता है, उसकी पूजा होती है, अर्थात् उन्हें श्रद्धा और प्रेम का पात्र समझा जाता है, वहां देवता निवास करते हैं। (यत्र नार्यस्तु पूज्यंते रमंते तत्र देवता!) अब जरा उनकी इस साखी पर ध्यान दीजिए—

कनक अरु कामिनी, दुर्लभ घाटि दोय।
जो या घाटी लंघहि, सो जन उतरे पार॥

—कनक और कामिनी दोनों दुर्लभ घाटियां हैं। जो इन घाटियों को सफलतापूर्वक लांघ लेता है वही आदमी इस संसार सागर के पार उतर सकता है।

"छोड़ो कमाल इन बातों को," धनिया ने अंततः यह बात कही, "जो आग से जलेगा वह क्या अग्नि को चंदन बताकर उसकी प्रशंसा करेगा? जैसा कहा सद्गुरु को कभी किसी नारी ने गहरी चोट पहुंचाई है—अमिट—इसलिए वह नारी-जाति को अपने व्यंग्य-वाणों का शिकार बनाते हैं।"

"एक बात पूछूं?" कमाल सहसा बोला।

"क्या?" धनिया ने कुछ सशंकित होकर पूछा।

"यह बतलाइए कि अब्बाजान की नारी के प्रति इस धारणा के बावजूद आप उनसे विवाह को क्यों आतुर थीं और अब भी अपने संपूर्ण जीवन को उनको अर्पित कर मात्र उनकी एक झलक के लिए इस आंगन में क्यों पड़ी हैं?"

कमाल ने एक महत्त्वपूर्ण प्रश्न रखा। धनिया सोचने लगी कि जिस रूप में इस प्रश्न का जवाब दिया जा सकता है, उसी रूप में उसे दिया नहीं जाए पर अंततः उसने सोचा कि कमाल कोई बालक तो है नहीं, शादी की उम्र तक आ पहुंचा है इससे स्पष्ट बात कही जा सकती है और उसने कमाल के समक्ष अपना तर्क रखा—

"देखो कमाल, बहुत-सी नारियां चाहे जो कहें; कुछ नारियों की पूर्ण स्वतंत्रता की बात भी करें पर वस्तुतः नारी एक लता की तरह ही है। किसी भी लता को बढ़ने, फलने-फूलने के लिए एक वृक्ष की आवश्यकता है। लता, वृक्ष से लिपटकर ही आगे बढ़ती है, ऊपर चढ़ती है, अपने अस्तित्व को सार्थक करती है। इसी तरह नारी को एक पुरुष-रूपी वृक्ष के सहारे की आवश्यकता होती है। इसमें जैसे लता का कोई दोष नहीं, उसी तरह नारी का भी कोई अपराध नहीं है। प्रकृति ने उसे ऐसा बनाया ही है कि एक पुरुष के बिना वह अपने अस्तित्व को कोई अर्थ नहीं दे सकती।

"और जब किसी वृक्ष की ही आवश्यकता हो तो लता किसी अल्पजीवी साधारण वृक्ष को क्यों करे; वह वन के सबसे शक्तिशाली वृक्ष का ही सहारा क्यों नहीं ढूंढ़े? एरंड को छोड़कर वह किसी विशाल वट-वृक्ष का ही आश्रय क्यों नहीं पाए? इसी प्रकार जब मुझे किसी पुरुष के सहारे की आवश्यकता थी ही तो मैं आज के सर्वाधिक सम्मानित व्यक्ति का ही सहारा क्यों नहीं ढूंढ़ती? इसमें क्या गलत किया है मैंने?"

"गलत तो किया।" कमाल बोला और धनिया को आश्चर्य हुआ। उसने सहमते-सहमते पूछा—

"क्या गलत किया बेटा कमाल मैंने?"

"आप अनब्याही रह गईं।"

"हा! हा! हा!" धनिया शायद वर्षों में एक उन्मुक्त हंसी हंसी, "कमाल विवाह का अर्थ सदा शारीरिक संबंध ही होता है क्या? असल महत्त्व तो सच्चे प्रेम का है। सद्‌गुरु कबीर से मेरा सच्चा प्रेम है। मैं उनकी एक झलक पाकर ही, उनकी एक आवाज सुनकर ही संतुष्ट हो जाती हूं। सच है कि उनके लिए मैंने अपने जीवन को न्योछावर कर दिया पर मुझे तो इस बात का संतोष है कि मैं पूजा का एक फूल बनकर अपने देवता के चरणों पर जा पड़ी। इससे अधिक इस जीवन की कोई सार्थकता नहीं हो सकती थी। मैंने जितना कुछ पाया है उससे संतुष्ट हूं—पूर्णतः। और यह भी तुम्हारे कारण ही संभव हुआ है वर्ना सद्‌गुरु कहां अपने आंगन में मुझे स्थान देने जा रहे थे? इसलिए मेरा भी तुम्हारे प्रति कोई कर्त्तव्य बनता है। मैं तुम्हारी शादी कराने को प्रस्तुत हूं। मैं अनब्याही जो रह गई, तुम्हें अनब्याहा नहीं रहने दे सकती। विवाह के संबंध में तुम्हारे विचार सर्वथा सार्थक हैं। प्रकृति ने नर-नारी की सृष्टि ही इसलिए की है कि वे एक-दूसरे के पूरक बनकर रहें। एक समर्पित नारी से बढ़कर किसी पुरुष के लिए कोई सच्चा साथी नहीं हो सकता, सही दोस्त, सही सलाहकार। नारी को साधारण नहीं समझो, वह पुरुष की शक्ति है, प्रेरणा। बिना उसके वह अपनी प्रगति की कल्पना भी नहीं कर सकता—किसी भी क्षेत्र में। सद्‌गुरु नारी को लेकर असंतुष्ट हैं। सही है उसका कोई कारण होगा पर हमारे जितने ऋषि-मुनि हुए हैं, सभी ने तो शादियां की थीं, किसी ने एक तो किसी ने एक से अधिक भी। अब ऋषि याज्ञवल्क्य से भी बड़ा कोई ब्रह्मज्ञानी हुआ है? उन्होंने शादी की अथवा नहीं? बल्कि एक के बदले दो से। कात्यायनी और मैत्रेयी से और ये नारियां महज केलि-क्रीड़ा की संगिनी बनकर कहां रह गईं? उन्होंने स्वयं

ब्रह्मज्ञान प्राप्त किया और ऋषि की साधना में सहायक बनीं।

"अगर भारती नहीं होती तो महापंडित मंडन मिश्र तो आदि शंकराचार्य के समक्ष पराजित हो ही चुके थे। नारी जैसा कि कहा शक्ति-स्वरूपा है। व्यक्ति की ऊर्जा। उसकी प्रेरक शक्ति। अब यह हम पर है कि हम नारी को किस रूप में प्रयोग करते हैं। वह तो हमारी इच्छा के रूप में ढलने के लिए बनी ही है। लता कब तक वृक्ष से बैर मोल लेकर जीवित रह सकती है? उसी तरह नारी, पुरुष की इच्छा के अनुसार अपने व्यक्तित्व को गढ़ने के लिए सदा तत्पर रहती है। अगर पुरुष ही उसे गलत सांचे में ढालता है, उसका उपयोग मात्र शय्या-संगिनी के रूप में करता है, उसे अपनी प्रेरणा नहीं बनाकर, कामग्रस्त हो वह उसे अपने पैर की बेड़ियां बनाकर बैठता है तो इसमें नारी का क्या दोष?"

"कमाल! तुम तो किसी विद्वान् की तरह बोलते हो।" धनिया को आश्चर्य हुआ। "मुझे भय है कि ऐसे तर्क तुम्हारे अब्बाजान भी नहीं प्रस्तुत कर सकते।"

"नहीं, नहीं ऐसा नहीं कहिए।" कमाल ने प्रतिरोध किया, "मैं उस महान् पिता के पासंग में भी कहां हूं? यह तो जैसा आपसे कहा सत्संग का प्रभाव है। मैं तो केवल बातें ही करता हूं, मेरे अब्बाजान सद्‌गुरु कबीर ने तो जो कुछ कहते हैं सबको अपने आचरण में उतार लिया है। वे महान् हैं। मैं कुछ नहीं हूं उनके समक्ष। सत्संगति करता हूं तो कुछ कुसंगति भी करता हूं। बुरे लोगों के पास भी रहता हूं। यह मेरी दुर्बलता नहीं विवशता है। सत्संगियों के प्रवचन तो मैं दूर-दूर से ही सुन लेता हूं। वे मुझे संगी और मित्र रूप में नहीं अपना सकते। मुझे देखते ही नाक-भौं सिकोड़ लेते हैं। मनुष्य एकाकी तो रह नहीं सकता, उसे साथी की आवश्यकता तो होती ही है। जब सज्जन मुझसे भड़कते हैं तो मैं दुर्जनों के मध्य जाता हूं। वे हाथ बढ़ाकर मुझे अपना लेते हैं। यही कारण है कि मुझमें अवगुण और सद्‌गुण दोनों हैं। मेरे पिता को मेरा मात्र एक पक्ष दिखाई पड़ा है—बुराई वाला। उन्होंने सिक्के के एक पहलू को ही देखा। मेरी बुराई तो उनकी पकड़ में आ गई पर मेरी अच्छाई की तरफ आंख उठाकर देखने की भी उन्हें फुर्सत कहां? उन्होंने तो मुझे तत्काल कुल-कलंक घोषित कर दिया—

बूड़ा वंश कबीर का, उपजा पूत कमाल।"

कमाल इतना कहकर कुछ देर के लिए चुप हो गया फिर बोला, "बोलिए आप मेरी शादी के लिए क्या कर रही हैं?"

"करा रही हूं और क्या? विवाह के महत्त्व पर तुम अपना विचार प्रकट ही कर चुके हो। मेरी मान्यता के अनुकूल ही है वह। ऐसी हालत में तुम बोलो तुम्हें खूबसूरत बीवी चाहिए अथवा पढ़ी-लिखी, ज्ञानवती?"

"दोनों।"

"अर्थात् तुम भी मुहम्मद साहब के समान कई शादियां करना चाहते हो? कम-से-कम चार-पांच।"

"नहीं, नहीं यह आप क्या कह रही हैं?" कमाल अव्यवस्थित होकर बोला,

"कुराने शरीफ में चार-चार शादियों की मान्यता अवश्य दी गई है पर है यह सामान्य लोगों के लिए ही—कामुक व्यक्तियों के लिए। समझदार आदमी और औरत तो एक-दूसरे के ही होकर रह जाते हैं, उनके बीच कभी कोई तीसरा या तीसरी आती ही नहीं।"

"तो तुम इतने आदर्शवादी हो कमाल ! इसका तो मुझे पता ही नहीं था।" धनिया ने अपना आश्चर्य व्यक्त करते हुए कहा।

"खैर छोड़िए आप मेरी शादी कब करा रही हैं ?"

"तुम इसके लिए उतावले हो ?"

"हूं, यह तो मैं पहले ही कह चुका हूं। हां, आपने पूछा था कि मैं रूपवती पत्नी पसंद करूंगा या कि गुणवती। मैंने कहा था दोनों। इससे मेरा मतलब है कि एक ही औरत हो जो रूप और गुण दोनों में संपन्न हो।"

"ऐसा कम होता है," धनिया बोली, "सोने में सुगंध की बात तो ठीक है पर सोना सुगंधित होता ही कहां है ? किसी-किसी औरत में ये दोनों विशेषताएं उपलब्ध हो जाती हैं, पर इनकी संख्या अधिक नहीं। कुछ तो अच्छा रूप मिल जाने पर दिन-रात अपने को संवारने और सजाने में ही लगी रहती हैं और जो गुणवती होती हैं वे सब कुछ भूलकर, अपने शरीर को भी; मात्र अपने गुणों की वृद्धि में लगी रहती हैं। इसीलिए कहा कि दोनों विशेषताओं का एक साथ मिलना कठिन है।"

"एक बात बताओ।"

"क्या ?"

"तुम्हें अगर एक रूपवती लड़की मिलती है और दूसरी गुणवती तो तुम किसे पसंद करना चाहोगे, रूपवती अथवा गुणवती को ?"

कमाल बिना एक क्षण के देर किए बिना बोला, "निस्संदेह मैं दूसरी को पसंद करूंगा।"

"वाह ! वाह ! मैं तुम्हारी बुद्धि को दाद देती हूं।"

"क्यों ?"

"तुमने गुण को महत्त्व दिया, रूप को नहीं। रूप तो चार दिनों की चांदनी है, देखते-देखते ढल जाता है रूप का चांद। पर गुण तो सदा वर्तमान रहता है। बल्कि समय के साथ-साथ जहां रूप फीका पड़ता जाता है वहीं अनुभव की वृद्धि के कारण समय के व्यतीत होने के साथ गुण में वृद्धि होती जाती है।"

"आपने ठीक कहा।" कमाल सहमत हुआ।

"तो मैं तुम्हारी शादी कराने जा रही हूं एक गुणवती लड़की से। वह मेरी ही भतीजी है कुछ दूर की।"

"आपका शुक्रिया मैं कैसे अदा करूं ? आप सचमुच देवी हैं। जब सभी मुझे दुत्कार रहे हैं, मेरा बाप भी मेरी आवारागर्दी का बहाना बनाकर मेरे विवाह का प्रस्ताव कहीं नहीं ले जाना चाहता, वहीं आप अपनी भतीजी को मेरे साथ बांधने को तैयार हैं।"

"तैयार हूं, यह सही बात है पर मैंने तुमसे पहले ही कहा यह विवाह एक शर्त पर

आधारित है।"

"मैंने कहा न मैं कोई भी शर्त मानने को तैयार हूं। आप बोलिए तो सही, अपनी शर्त।"

"तुम्हें अपनी आवारागर्दी से बाज आना पड़ेगा। कुसंगति छोड़नी होगी। जैसा तुमने कहा तुम उसके शिकार हो।"

"यह तो मैंने ठीक ही कहा। आपसे झूठ बोलने का प्रश्न कहां है ?"

"तो इस कुसंगति को छोड़ना पड़ेगा और इतनी-इतनी देर तक घर के बाहर नहीं रहना होगा।"

"मैं कुसंगति छोड़ दूंगा।" वह निश्चयात्मक शब्दों में बोला।

"और देर से लौटना ?" धनिया ने टोका।

"वह तो स्वतः छुट जाएगा। जब संगी-साथियों से अलग हो जाऊंगा तो देर तक घर से बाहर रहने का प्रश्न ही कहां उठता है ? वैसे भी जब घर में कोई प्रतीक्षा करनेवाली बैठी हो तो घर के बाहर-बाहर डोलना कौन चाहेगा ?" वह कुछ शर्माते हुए बोला।

"ठीक है। तो तुम्हारी शादी भी पक्की।" धनिया ने अपना निर्णय सुनाया।

"कब ?" कमाल अपने को रोक नहीं सका।

"कहा न, बहुत उतावला नहीं बनते।"

"उतावलापन की बात नहीं," वह आरंभ हुआ, "अच्छी बात जितनी जल्दी हो जाए उतना ही अच्छा। आपने भी तो सुन ही रखा होगा—

काल करै सो आज कर, आज करे सो अब।
छिन में परलय होत है, बहुरि करोगे कब ?"

"ठीक है जल्दी ही हो जाएगी शादी। लड़की वालों को तैयारी के लिए समय तो देना पड़ेगा। फिर अच्छे मुहूर्त, शुभ घड़ी की प्रतीक्षा भी करनी पड़ेगी।"

"तो पहले ही मुहूर्त में यह शादी हो जाए तो अच्छी। यह आपके लिए भी मुफीद रहेगा।"

"कैसे ?"

"तब आपकी बात भी रह जाएगी, मैं समय से घर जो लौट आऊंगा ?"

"बड़े नटखट हो तुम," धनिया ने मुसकराते हुए कहा, "अच्छी बात है पहले मुहूर्त में ही तुम्हारा विवाह हो जाएगा।"

"शुक्रिया, मैं तहेदिल से आपका शुक्रिया अदा करता हूं।" वह सिर झुकाकर बोला।

"अब तो तुम साईं को जाने दोगे ? उनकी राह का कांटा नहीं बनोगे ?"

"कांटा ? आप कहिए तो मैं उनके मार्ग का फूल बन जाऊं ? उनकी राह में लेट जाऊं और वे मेरे शरीर को पवित्र करते हुए मेरे ऊपर से गुजर जाएं।"

"वाह, तो तुम साईं से इतनी श्रद्धा रखते हो ? फिर भी तुम्हें गलत समझा जा रहा है।" धनिया आश्चर्य से बोली।

"अब्बाजान के प्रति मेरी श्रद्धा तो है ही, इसमें संदेह कहां। पर सच पूछिए तो मेरे

बुरा हो जाने के मूल में भी वही हैं।"

"कैसे?"

"वह ऐसे कि जैसा मैंने पहले भी कहा उन्हें अपने राम की ध्यान-धारणा और उसके कीर्तन से कभी मौका ही नहीं मिला कि वे अपने परिवार की ओर भी ध्यान दें। अपने एकमात्र बेटे के लिए भी कुछ सोचें। इसकी चाल-ढाल को देखें-सुनें। उसे पिता का प्यार दें। प्यार के अभाव में किसी का भटक जाना स्वाभाविक है। यह प्रेम ही तो है, इसका स्वरूप जैसा हो, जो आदमी के जीवन का आधार है, उसके जीवित रहने का बहाना। क्या आप अब्बाजान के प्रति प्यार के कारण ही, सब कुछ छोड़कर यहां नहीं पड़ी हुई हैं? प्यार की ताकत को आप झुठला सकती हैं?"

"नहीं। तुम एकदम ठीक हो, प्यार से ही जीवन उत्पन्न होता है। यह उसी का परिणाम है अतः मनुष्य जीवन-भर इस प्यार, प्रेम की अपेक्षा करता रहता है। इसके लिए कोई भी प्रतिदान देने को तैयार रहता है। तुम हर तरह से इस प्रेम से वंचित रहे। पिता का प्रेम नहीं पाकर तुम घर भी कम आते रहे, अतः अपनी अम्मां और मेरा भी प्यार नहीं पा सके। खैर, कोई बात नहीं। अब तो कोई ऐसा आ रहा है जिसे तुम प्यार करोगे और जो तुम पर अपना प्रेम उड़ेला करेगी।"

"ठीक है आप अब्बाजान को उनकी यात्रा पर जाने को कह दीजिए बल्कि अम्मीजान से कहलवा दीजिए क्योंकि आप संकोचवश उनसे बोलती ही नहीं। आपका प्यार आदर्श की पराकाष्ठा का उदाहरण है। दुनिया सदा आपके इस त्याग को याद रखेगी।"

यह कहकर वह धनिया के सामने सिर टेककर, उसके कमरे से बाहर हो गया।

30

लोई ने मुझे सारी कहानी कह सुनाई। धनिया और कमाल से वार्तालाप की बात। धनिया के त्याग की बात। इस पर अपनी भतीजी को न्योछावर करने की बात।

धनिया के प्रति मेरे मन में एक श्रद्धा का भाव उमड़ा। नहीं, वह मात्र प्रेम के योग्य नहीं, श्रद्धा और आदर की भी पात्रा थी। मैंने उसे कितना उपेक्षित किया फिर भी वह मुझसे सटी रही। मेरे घर में ही आकर बस गई बिना कोई अधिकार मांगे और आज वह मेरी योजना को सफल बनाने के लिए इतना बड़ा त्याग कर बैठी। अगर वह नहीं होती तो क्या मेरा भ्रमण पर जाना संभव होता? कमाल अपनी अम्मीजान की बात भी कहां सुनता है? मेरा बाहर जाना सपना ही बना रहता।

मेरा जी कर रहा था मैं धनिया के पास जाकर उसके इस प्रयास और त्याग के लिए उसे धन्यवाद दूं। उसका शुक्रिया अदा करूं। पर मेरी विवशता। मैं जिसकी इतने दिनों तक उपेक्षा करता रहा उसके सामने जाने की हिम्मत मैं अपने अंदर नहीं पा रहा था।

मैंने लोई से कहा, "तुम मेरे बदले में धनिया का शुक्रिया अदा कर दो।"

"चुप भी रहो," लोई कुछ उखड़ी, "जिसने इतना सब किया उसके लिए शुक्रिया के दो शब्द काफी होंगे क्या? इस औपचारिकता की कोई आवश्यकता नहीं। कर सको तो तुम इतना ही करो कि जाने के पूर्व उसके कोठरे में चले जाओ। वह तुम्हारे चरणों की धूल अपने सिर से लगाकर ही अपने को धन्य महसूस करेगी।"

मेरे पास और कोई चारा नहीं था। लोई का तर्क अकाट्य था। आखिर जिस नारी ने मेरे लिए इतना कुछ किया था उसे धन्यवाद के दो शब्द से क्या हो जाना था? उसके त्याग के सदृश त्याग तो असंभव था। उसने तो अपने संपूर्ण जीवन को ही आहुति बना प्रेम की अग्नि को अर्पित कर दिया था। उसका अपना था ही क्या?

मुझे विवश उसके कोठरे में जाना पड़ा। मेरे पद-चापों से ही, नत-मस्तक बैठी धनिया ने सिर उठाकर मेरी ओर देखा। उसकी सुंदर मीन-आंखें अश्रु-जल से परिपूर्ण थीं। कैसे आंसू थे? मेरी समझ में नहीं आया, प्रेम के, भक्ति के या आसन्न वियोग के?

मेरे और अंदर जाते ही उसने मेरे पैरों पर अपना सिर रोप दिया। अश्रु-जल से मेरे पैर भीग आए।

मैं अपने को और अधिक रोक नहीं सका। बोला, "तुम रो क्यों रही हो धनिया? मुझे तो इसका कोई कारण नहीं दिखाई पड़ रहा।"

धनिया बहुत देर चुप रहकर इसी प्रकार अश्रु बहाती रही। मेरे बार-बार पूछने पर वह अंततः बोली, "ये प्रेमाश्रु हैं साईं!"

"प्रेमाश्रु मतलब?" मैंने पूछा।

"आप यह नहीं समझ सकते क्योंकि आप एक पुरुष हैं। नारी-हृदय की कोमलता और संवेदनशीलता आपको मिली नहीं। ऐसे में मानवीय प्रेम का अर्थ आप क्या समझेंगे? आप तो राम के हो गए। अपने हृदय की सारी स्निग्धता आपने राम को दे दी। अब आपके पास कुछ बचा ही क्या है कि मुझे देंगे? मैं आपके कुछ काम आ सकी यह मेरी उपलब्धि है। आप शौक से अपने अभियान पर जाएं, मैं यहां बैठी-बैठी सदैव राम से आपकी कुशलता की कामना करती रहूंगी।"

"पर मैंने तुम्हें कुछ दिया नहीं धनिया! मैंने सदैव तुम्हारी उपेक्षा ही की, ऐसी स्थिति में तुम मेरे प्रति इतनी आर्द्र क्यों हो? कैसी है तुम्हारी समर्पण-भावना? जो बिना कुछ लिए सब कुछ देने को प्रस्तुत है?"

"यही प्रेम है सद्गुरु!" धनिया बोली, "प्रेम में लेना क्या? देना ही तो प्रेम का पर्याय है। प्रेम अपने लिए कहां कुछ सोचता है? अपनी बहुमूल्य से बहुमूल्य वस्तु वह अपने प्रेमास्पद को ही अर्पित करना चाहता है।

"मेरे पास और कुछ था ही क्या? मात्र यह शरीर। इसे मैंने आप ही की तरह राम-भक्ति में झोंक दिया। जो प्रेमी करे वही उसकी प्रेयसी को भी करना चाहिए कि नहीं? अतः मैंने वही किया जो आपको प्रिय था। आप राम-भक्त बन गए तो मैं जो आपके प्रेम की पिपासु थी, राम की भक्ति में लीन हो गई, सब कुछ भूलकर। एक समय मैं याचिका बनकर आपके घर पर गई थी। आपको पति के रूप में पाना चाहती थी पर

आपने मुझे स्वीकारने से इंकार कर दिया। अब मैं पत्नी बनकर नहीं एक राम-भक्तिन के रूप में आपके घर पड़ी हूं। अब मेरी कोई इच्छा नहीं रही। मेरी सारी कामनाएं राम-भक्ति की आग में भस्म हो गईं। लेकिन फिर भी मैं आपको नहीं भूल सकी। आपकी मंगल-कामना में ही लगी रही। आपकी हर उपलब्धि को मैं अपनी उपलब्धि ही मानती रही। यही मेरा सुख रहा। आपकी प्रसन्नता, मेरी प्रसन्नता। आपका दुःख मेरा दुःख।

"इसीलिए मैंने इतना कुछ कर कमाल रूपी कंटक को आपके मार्ग से हटा दिया है। अब आप शौक से अपनी यात्रा पर जाएं। पर इतना स्मरण रखिएगा आप जहां कहीं भी होंगे मेरी भावनाएं आपके साथ होंगी। मेरी काया यहां बैठी रहेगी पर मेरी छाया हमेशा आपका पीछा करेगी। मेरा तन यहां रह जाएगा, मन आपके साथ ही जाएगा।"

मेरा पत्थर-मन भी थोड़ी देर के लिए द्रवित हुआ और मैंने कहा, "तुम चाहो तो मैं तुम्हें भी अपने साथ ले चल सकता हूं।" धनिया ने तत्काल अपनी बड़ी-बड़ी आंखों को ऊपर उठाकर मेरी आंखों से मिलाया। उसकी आंखें अब भी अश्रुपूर्ण थीं। उसने मेरी आंखों में मेरे कथन की सत्यता को निरखना चाहा। वह आश्वस्त हुई। मैं जो कुछ कह रहा था मन की गहराइयों से कह रहा था। कबीर को झूठ से क्या वास्ता?

आश्वस्त हुई तो उसने पूछा, "सच साईं, तुम मुझे अपने साथ धर्म-प्रचार में ले जाओगे?"

"तुमने तो मेरी आंखों में सब कुछ पढ़ ही लिया। अब मुंह से पूछने का प्रयोजन?" मैं बोला।

"आप ठीक कहते हैं। आपके सत्य का प्रतिपादन आपकी आंखों ने कर दिया। क्या ही अच्छा होता मैं आपके साथ लग जाती? जीवन-भर जिस संग जिस सामीप्य के लिए तड़पती रही, वह अचानक मुझे मिल जाता। पर काश, मैं जा पाती!"

"क्यों इसमें क्या हर्ज है? मैं तो तुम्हें ले जाने को प्रस्तुत हूं?"

"आप लोई बहन को साथ क्यों नहीं ले जाते? वह आपकी अर्द्धांगिनी हैं। उनका आपके साथ जाना अधिक सार्थक रहे।" धनिया निर्लिप्त-सी बोली।

"लोई तो सदा मेरे पास रही है। पत्नी है वह मेरी, पूर्णतया मुझको समर्पित। उसे अब क्या पाना-खोना है मुझसे? पर तुम्हारे साथ मैंने अन्याय किया। तुम्हारी भावनाओं को मैंने निर्ममतापूर्वक अपने पैरों के नीचे कुचला। मेरी गलती थी कि मैंने तुम्हें एक साधारण नारी समझा, सामान्य। पर तुम वैसी हो नहीं। तुम शेष सभी से पूर्णतया भिन्न हो। तुमने एक को चाहा तो चाहा। उसके ठोकर मारने पर भी तुम उसके साथ लगी हो। तुम्हें कुछ मिला नहीं, मेरे आंगन में डेरा डालने के बावजूद। तुम कुछ पाना ही नहीं चाहती थीं। अपने पति की एक नजर भी नहीं। जो प्रेमी को प्रिय था वही तुम्हारा भी प्रिय हो गया अर्थात् श्रीराम। इसीलिए कहता हूं, चलो मेरे साथ।"

"मैं धन्य हुई साईं, आपके इस प्रस्ताव को पाकर। पर जैसा कहा मेरे भाग्य में विधाता ने कुछ और ही लिखा है।"

"क्या?" मैंने सहसा पूछा।

"यही जीवन-भर का वियोग। आपकी निकटता का अभाव।"

"तो तुम मेरे साथ जाने को प्रस्तुत नहीं।" मैंने साश्चर्य पूछा।

"नहीं।" वह सिर नीचा कर बोली।

"क्यों?"

"लोकापवाद के कारण। आपके साथ मुझे देखकर लोग क्या कहेंगे? मैं अपनी प्रसन्नता के लिए आपकी प्रतिष्ठा को दांव पर नहीं लगा सकती।"

"धनिया?" मैंने विस्मयपूर्वक पूछा।

"साईं!"

"तुम इतने दिन यहां रहकर मुझे ठीक से समझ भी नहीं पाईं? मैं किसी बात से डरता हूं? मेरी निर्भयता का तुम्हें ज्ञान नहीं। लोकापवाद की मैंने कब परवाह की? लोग क्या कहेंगे, इसकी चिंता मैंने कब की? सत्य-पथ पर चलनेवाले कब किससे डरते हैं? जो सत्य है वह सत्य ही रहेगा। तुम्हारा-हमारा संबंध पाक है तो लोगों को उसे नापाक ही कहना हो तो कहें। इससे मेरा क्या बिगड़ता है? मेरा विवेक अगर मुझे धिक्कारे तो बात अलग है। पर हम कोई गलत काम करने ही नहीं जा रहे तो हमारा विवेक हमें कैसे कचोटेगा?

"डरना है तो व्यक्ति से नहीं, समाज से भी नहीं, केवल अपने राम से। अगर हम सही मार्ग पर चलेंगे तो राम भी हमारे साथ होंगे। तुम क्यों डर गईं धनिया? मुझे तो आश्चर्य हो रहा है।"

"मैं अपने लिए नहीं, आपके लिए डरती हूं। मेरा क्या बनना-बिगड़ना है? मैंने क्या पाया है जिसे खोने का डर हो? पर आपने तो अपने राम की कृपा से बहुत कुछ पाया है। देशव्यापी ख्याति। लोगों की अपार श्रद्धा। आपकी चादर पर कोई दाग लगे यह मैं कैसे बर्दाश्त कर सकती हूं? जिससे प्रेम किया उसके उत्थान का कारण नहीं बन पाऊं यह बात अलग, किंतु उसके पतन का कारण क्योंकर बनूंगी?

"सभी एक ही प्रकार नहीं सोचते। जो आपको निकट से जानते हैं वे भले ही कुछ नहीं सोचें पर जो आपसे समीप से परिचित नहीं, जो लोग आपको पहले-पहल देखेंगे उनकी श्रद्धा पर कैसा तुषारापात होगा? आपने नारी के विरुद्ध इतना कुछ कहा है और आप स्वयं एक पराई नारी को साथ लेकर चलें तो संदेह की उंगलियों को उठने से कैसे रोकिएगा? आपने ही तो कहा है—

काजल केरी कोठरी, तैया यहु संसार।
बलिहारी ता दास की, पैसि हे निकसनहार॥

"जब यह संसार काजल की कोठरी है तो इससे बचना ही चाहिए कि नहीं? इसी से कहती हूं कि मुझे साथ लेने का दुराग्रह नहीं कीजिए।"

"मैं तुम्हारी नहीं सोचता। जो द्वंद्वों से ऊपर नहीं उठा वह साधु क्या? सुख-दुःख, जय-पराजय, जीवन-मृत्यु, मान-अपमान ये सारे द्वंद्व हैं। साधु उन द्वंद्वों की कोई परवाह नहीं करता। उसके लिए मान, अपमान में कोई भेद नहीं। वह निर्विकार है, मान मिले तब भी अच्छा, अपमान मिले तब भी वाह! वाह! वह केवल अपने राम के प्रति

उत्तरदायी है और किसी के प्रति नहीं। राम जिसे गलत समझे, वह गलत है, संसार को सही-गलत की पहचान कहां? मैं कहूं—

कबीर इस संसार में, धणैं मानिष मतिहीन।
राम नाम जांणों नहीं, आए टापी दीन॥

—इस संसार में बहुत-से लोग बुद्धिहीन हैं। राम-नाम को तो जानते नहीं। अपनी आंखों पर विषय-वासना की पट्टी बांधे हुए हैं।

"ऐसे भूखों से क्या और क्यों डरना? जो निर्भय नहीं हुआ उसने राम की भक्ति ही क्यों की? भय इस बात का प्रमाण है कि राम के प्रति हमारी आस्था में कहीं कुछ कमी है। नहीं तो राम के होते भय किस बात का?"

"तुम्हारी यह बात मान भी लूं साईं, मान-अपमान के द्वंद्व से ऊपर उठ भी जाऊं तो भी तुम्हारे साथ लगना संभव नहीं।" धनिया दो टूक बोली।

"क्या कहती हो धनिया?" मुझे आश्चर्य हुआ, "वह तुम्हीं न हो जो मेरे पास विवाह के लिए पहुंची थी और भांति-भांति का तर्क देकर मुझे विवाह के लिए स्वीकृति देने को बाध्य कर रही थी। अपने प्रेम की दुहाई दे रही थी? उम्र के अंतर को भी दर-किनार कर मेरी बनना चाहती थी? क्या यह मात्र मेरे सान्निध्य के लिए नहीं था, मेरे आस-पास डोलने के लिए? तुम्हीं न थीं जो कहती थी कि उम्र शरीर की होती है प्रेम की नहीं?

"तो आज जब मैं तुम्हारे त्याग से प्रभावित हो तुम्हें अपना सान्निध्य प्रदान करने के लिए प्रस्तुत हूं तब तुम इस तरह मुझे नकार क्यों रही हो?"

"साईं," धनिया विह्वल होकर बोली, "खुदा के नाम पर अपने राम के नाम पर ऐसी बात नहीं बोलिए। आपको नकारना संभव है क्या मेरे समान एक सामान्य नारी के लिए? जिसे संसार पूजता है, उसे कौन अभागिन होगी जो अपने पास पाकर भी नकारना चाहेगी?"

"फिर तुम मेरे साथ होने में इस तरह हिचकिचाती क्यों हो?"

"मैंने कहा न कि यह सब आपके लिए है? मैं जिसे पूजती हूं, जिससे प्रेम करती हूं, जिसके प्रति मैं अपार श्रद्धा रखती हूं उसके अपवाद की बात मैं सोच भी नहीं सकती। उसके गलत समझे जाने को मैं काबिले बर्दाश्त नहीं मानती। उस पर लांछना लगे इसके पूर्व मैं मर जाना चाहूंगी पर उसके अपमान, उसके तिरस्कार का कारण मैं बनने से रही। ठीक है कि मैंने तुम्हें पति के रूप में पाना चाहा था। मेरी किस्मत ने मेरा साथ नहीं दिया वर्ना आज निश्चय ही तुम्हारी बीबी, तुम्हारी अर्द्धांगिनी के रूप में जानी जाती तो मैं इस तरह आशंकाग्रस्त नहीं होती। भय का कोई भाव मेरे मन में नहीं होता पर जब तुम्हारे राम को यह रिश्ता मंजूर नहीं हुआ तो उसी राम के भरोसे मैं तुम्हें अपमान के दलदल में डालूं, तुम्हारे स्वच्छ दामन पर काजल के धब्बे लगने दूं यह कैसे मुमकिन है? कैसे संभव है यह? सभी अपने भाग्य के अनुसार पाते हैं, अपने पूर्व कर्मों के आधार पर। मेरा भाग्य ही खोटा होगा, मेरे पूर्व के कर्म ही ऐसे नहीं होंगे कि मैं तुम्हारी बन सकूं। इसमें किसका क्या दोष? तुमने मुझसे शादी नहीं की, यह बात और

है, तुमने मुझे प्यार का प्रतिदान नहीं दिया, यह बात भी अपनी जगह। पर तुम मुझे प्रेम करने से रोक तो नहीं सकते? मेरे मन में जो तुम्हारे प्रति श्रद्धा-भाव है उसे तुम कैसे मिटाओगे?

"तुम जाओ साईं अपने अभियान पर। मैं तो तुम्हें प्रेम करती ही रहूंगी। अपने मन में जन्मे श्रद्धा के बिरवे को अपनी आंखों के जल से सींचती ही रहूंगीं।"

"धनिया!" मैं सहसा भावुक हो आया।

"साईं!"

"तुम ऐसी बात कैसे कर रही हो?"

"कैसी बात?"

"मेरे नहीं रहने पर आंसू बहाने की बात।"

धनिया के म्लान चेहरे पर एक विद्रूप मुसकान उभरी और वह बोली, "कितने भोले हो तुम साईं! वियोग, अश्रु नहीं तो क्या हंसी प्रदान करता है? अवसाद नहीं तो क्या आह्लाद प्रदान करता है? मैं तुम्हारे वियोग में आंसू के परनाले बहाऊं अथवा जल से बाहर हुई मीन की तरह तड़पती रहूं इससे क्या? तुम अपने अभियान में आगे बढ़ो, सफल होते रहो यही मेरी आंतरिक कामना है।"

"धनिया!"

"बोलो।"

"मैं तुम्हें इस वियोग से मुक्ति दिलाने के लिए ही तो यह प्रस्ताव रख रहा हूं। मेरे यहां रहने पर तो तुम मेरी एक झलक पाकर, मेरी आवाज सुनकर भी संतुष्ट होती रही होगी। पर मेरे नहीं रहने पर तुम कैसे अपना समय काट पाओगी? तन्हाई किस तरह कटार की नाईं हृदय को काटती है, इसका अनुभव तुम्हें नहीं है। तुम इस एकाकीपन, इस वियोग को नहीं झेल पाओगी धनिया! तुम्हारे मन में बस 'मैं' बसा रहूंगा और तुम भूख-प्यास सब भूलकर मेरे ही ध्यान में लगी रहोगी। यहां मेरे राम भी तुम्हारी सहायता नहीं कर पाएंगे।"

"क्यों?"

"क्योंकि तुम मेरी तरह विरक्त नहीं हो सकती हो। तुम राम की नहीं बन सकी हो। मुझे यह पूरी तरह पता है कि अपने सारे भजन-कीर्तन और ध्यान-साधना के बावजूद तुम अपने मन-मंदिर से कबीर को निष्कासित कर राम को वहां नहीं बसा सकी हो। तुमने मनुष्य से प्रेम किया है, परमेश्वर से नहीं। मानुषी-प्रेम तो कष्टप्रद होता ही है।"

"मैं उस कष्ट को झेल लूंगी पर मैं अभी कह रही थी कि तुम्हारे साथ नहीं जाने का एक और बड़ा कारण है।"

"क्या है वह?"

"तुम्हारी अनुपस्थिति में इस गृहस्थी को संभालना। तुम्हें तो मालूम ही होगा कि मैं कमाल को वचन दे चुकी हूं कि तुम्हारे जाने के पश्चात् तुम्हारे कार्यों को भी हम अपने में बांट लेंगे। यद्यपि कमाल ने कहा है कि वह ऐसा नहीं करने देगा और

अधिकांश कार्य वह स्वयं करेगा पर उसके संबल, सहारे के रूप में तो मुझे यहां रहना ही है। फिर उसके विवाह का भी वचन दिया है मैंने। वह कैसे तोड़ूंगी? उसे जैसे ही ज्ञात होगा कि मैं भी तुम्हारे साथ घर छोड़कर चली तो वह पुनः तुम्हारे मार्ग की बाधा बनकर खड़ा हो जाएगा। चट्टान। अभी तो वह फूल की तरह तुम्हारे प्रस्थान के समय तुम्हारे पैरों के नीचे बिछ जाने की बात करता है किंतु हमारे सम्मिलित प्रयाण की बात सुनकर वह पुनः राह का कांटा बन आएगा। तुम क्यों बनी-बनाई बात को बिगाड़ना चाहते हो?"

"इसलिए कि मैंने तुम्हें बहुत दुःख दिए हैं, अब अधिक नहीं दे सकता। तुम्हारे प्रेम, तुम्हारी श्रद्धा को मैंने सदा नजरअंदाज किया है। तुमने मेरे लिए बहुत कुछ किया, इतने त्याग किए, मैं तुम्हारे लिए कुछ नहीं कर सका।"

"यह तो स्वाभाविक है। इसको लेकर पश्चाताप कैसा?" वह सामान्य-सी बोली।

"कैसे स्वाभाविक है?"

"वह ऐसे कि प्रेम मैंने तुमसे किया। तुमने मुझसे नहीं, अतः त्याग आदि मुझे ही करने थे तुम्हें नहीं। जहां प्रेम है वहां त्याग अनिवार्य है। जहां वह नहीं है वहां से त्याग की अपेक्षा ही क्यों?"

"बहुत कटु बन रही हो धनिया!" मैंने उसकी झुकी आंखों की तरफ देखते हुए कहा।

"छोड़ो," वह अश्रुपूर्ण आंखों को उठाकर बोली, "बहुत देर हो चुकी है! अब तक गंगा में बहुत पानी बह चुका है। इस सब पर अब सोचने से लाभ? तुमने अपने लिए एक संसार गढ़ा है, प्रतिष्ठा पाई है, अपार लोगों की श्रद्धा अर्जित की है। तुम अपने विजय-पथ पर अबाधित अग्रसर होते रहो। धनिया तुम्हारे इस महान् अनुष्ठान, एक महान् यज्ञ में समिधा बनकर भस्म हो जाएगी लेकिन वह तुम्हारे पथ की बाधा नहीं बनेगी। वह तुम्हारे परिवार को बिखरने से रोकेगी। अगर कमाल सचमुच कुछ काम नहीं आया तो धनिया तुम्हारे करघे और हाट-बाट को स्वयं संभालेगी। अपने प्राणों को विसर्जित कर भी तुम्हारे मार्ग को सुगम कर देगी ताकि तुम्हारी कीर्ति-पताका युगों-युगों तक लहराती रहे। इसी में उसकी सार्थकता है। जाओ साईं, जाओ, बहुत देर हो रही है।"

"यह तुम्हारा अंतिम निर्णय है?" मैंने अव्यवस्थित-सा होकर पूछा।

"हां।"

"उसे मेरा आदेश भी नहीं बदल सकता?"

"नहीं, क्योंकि तुम्हें मुझे आदेश देने का कोई अधिकार नहीं। तुमने मुझको प्रेम नहीं दिया तो आदेश किस बल पर दोगे?"

"ठीक कह रही हो। दोष मेरा ही है। अच्छा मैं चला," कहकर मैं मुड़ा तो धनिया ने सहसा मेरे चरणों पर अपना सिर रोप दिया और दुर्बल स्वर में बोली, "मेरे देवता, मुझे क्षमा करना अगर मुझसे जाने-अनजाने कोई गलती हो गई हो।"

31

मेरी यात्रा सुनिश्चित हो गई। मैंने अपने राम को बहुत-बहुत धन्यवाद दिया। यात्रा निर्धारित समय पर ही आरंभ हुई।

मेरे जो अनुयायी मेरे साथ गए थे उनके अलावा बहुत-से लोग हमें वाराणसी की सीमा तक छोड़ने आए। सर्वप्रथम किधर जाना था यह भी हम सुनिश्चित कर चुके थे।

हमारे साथ मेरे कुछ अंतरंग शिष्य भी थे जैसे पद्मनाथ एवं श्रुतिगोपाल।

हम राम-नाम की ध्वनि करते हुए आगे बढ़े। अब तक मुझे बहुत लोग जान चुके थे, अतः जहां भी मेरी मंडली पहुंचती वहां 'संत कबीर की जय', 'सद्गुरु कबीर की जय' की आवाज से आकाश गूंज जाता। मुझे ऐसी बातों की आदत नहीं थी अतः मुझे यह बहुत अच्छा नहीं लगता। मैं हाथ उठाकर लोगों को इस जय-जयकार से रोकना चाहता। पर मेरा स्वर नकारखाने में तूती की आवाज बनकर रह जाता। लोग मेरी जय-जयकार द्वारा आकाश को गुंजायमान करते ही रहते।

हम जहां जाते हमारे खान-पान और रहने की समुचित व्यवस्था पहले से ही हुई रहती। यदि वहां कोई राजा या जमींदार या धनी व्यक्ति होता तो हमारे स्वागत-सम्मान की व्यवस्था वही सहर्ष स्वीकार करता। वह ऐसा कर अपने को धन्य समझता। मुझे अब तक यह पता नहीं था कि लोगों की वैष्णव धर्म में इतनी श्रद्धा थी कि लोग राम-नाम के दीवाने थे। आवश्यकता थी तो मात्र एक पथ-प्रदर्शक की।

हम अपने पथ पर बढ़ते गए। कठिनाई उत्पन्न हुई जौनपुर में। यह मुसलमान नवाबों का गढ़ था। इन नवाबों ने अपने धन-जन के बल पर जौनपुर को इस्लाम-धर्म के प्रचार का गढ़ ही बना दिया था। ऐसे भी यदि स्वेच्छा से कोई किसी धर्म को अपनाना चाहे तो मुझे कोई आपत्ति नहीं पर ये नवाब तो इस्लाम को बलात् लोगों पर थोप रहे थे। सबसे बड़ी यह थी कि वे उन लोगों पर भारी जुल्म भी ढाते थे जो कमजोर थे और उनकी बातें नहीं मानते थे।

यह बात मुझे पसंद नहीं आई। मैंने इन नवाबों की एक बैठक बुलाई। मेरे नाम पर सभी एकत्रित हो गए तो मैंने अपने राम का बहुत-बहुत धन्यवाद किया।

"मजहब के नाम पर उपद्रव खड़ा करना कोई अच्छी बात नहीं। अपने धर्म का ठीक से पालन किया जाए यही बड़ी बात है। लेकिन कठिनाई यह है कि हम खुद खुदा की इबादत करें या नहीं, दूसरों पर अपना मजहब लादने के लिए तैयार रहते हैं।"

"आप यह कैसे कह सकते हैं?" नवाबों के सरदार ने कहा।

"मैं जो कुछ कहता हूं खूब सोच-समझकर कहता हूं। आप सभी इस्लाम को माननेवाले हैं। बताइए तो आप में से कितने लोगों ने कुरानशरीफ को शुरू से आखिर तक पढ़ा है? पढ़ने की बात तो अलग कितनों के पास उसकी एक प्रति भी है?

"आप में से कितने लोग पांचों नमाज अदा करते हैं? कितने? बताइए?

"कुरानशरीफ में लिखा है कि तुम लोग शौक से मांस खाओ पर अपने पेट को जानवरों का कब्रगाह नहीं बनाओ तो आप में कितने ऐसे हैं जो खुदा के इस हुक्म को

अदा फरमाते हैं !

"कुरानशरीफ ने तय किया है तुम्हें अपनी आमदनी का दसवां हिस्सा खुदा के नाम, उसके बंदों के नाम खर्च करना है। तो कितने ऐसे हैं जो इस नियम का सख्ती से पालन करते हैं। आप अपनी तिजोरियों को भरते जाते हैं। खुदा और उसके बंदों के नाम पर दिखावे-भर के लिए कुछ-न-कुछ कर देते हैं यही न ?

"आप में से कितने रामजान के समय रोजा रखते हैं ? कितने ? आपको तो चारों वक्त पेट भरने का शौक है। तुम नवाब हो, तुम अपने शरीर को कष्ट क्यों दोगे ? यही न ?

"कुरानशरीफ में फरमाया गया है कि तुम अपने रुपयों पर सूद नहीं लोगे। तुम में कितने ऐसे हैं जो इस हिदायत को मानते हैं ?

"बोलिए मैंने कुछ गलत कहा।" मैंने पूछा।

नवाबों के सरदार ने सिर झुका लिया। उसके पास कोई जवाब नहीं था।

मैंने फिर पूछा, "मेरे सवालों का जवाब दीजिए। सरदार नहीं बोल रहे तो आप ही लोग बोलिए।"

"आपने बजा फरमाया," एक नवाब ने सिर झुकाकर कहा, "हममें से अधिकांश ने न तो कुरानशरीफ पढ़ रखा है और न उसकी आयतों के अनुसार चलते हैं। हम शर्मिंदा हैं।"

"फिर आपको अपने मजहब को, इस्लाम को दूसरों पर जबर्दस्ती थोपने का क्या अधिकार है ?"

नवाबों के बीच सन्नाटा खिंच गया। सबों के सिर प्रायः झुके हुए थे।

"बोलिए, आप बोलते क्यों नहीं, जवाब दीजिए।" मैंने उन्हें फिर संबोधित किया।

"आप ठीक कह रहे हैं, हमें ऐसा करने का कोई अधिकार नहीं। जब हम अपने मजहब को खुद नहीं मानते तो दूसरों पर उसे थोपने का हमें कोई अधिकार नहीं। हमारी गलती को मुआफ फरमाएं।" नवाबों के सरदार ने सिर उठाया और कहा।

"तो आप अपनी गलती को महसूस करते हैं ?" मैंने सरदार से ही पूछा।

"बेशक हमने गलती की है तो उसे कबूल करने से क्यों शर्माएंगे ? हमारी यह खुशकिस्मती है कि आप इधर आए। हम आपकी बात मानकर आंज और अभी से अपनी यह हरकत बंद करेंगे।"

"बड़ी अच्छी बात है," मैंने कहा, "पर एक और बात भी करनी होगी।"

"क्या ?" सभी ने एक साथ पूछा।

"आपको कुरानशरीफ के 'सूरः अन्फाल'[1] के वाल्यूम-10 की इक्यानवीं आयत याद है ?"

नवाबों के और यहां उपस्थित बहुत सारे लोगों के चेहरे पर ताज्जुब उभर आया। वे सोचने लगे कि यह अनपढ़, गंवार कबीर राम के भजन-भाव अथवा

1. कुरानमजीद—महमूद और कंपनी, बंबई, पृ. 288

इबादत, ध्यान की जो बातें करे, वह कुरानमजीद के संबंध में इतनी बारीकी से कैसे बात कर सकता है।

"बोलिए।" मैंने पूछा।

नवाब अपने में लौटे। एक-दूसरे का मुंह ताकने लगे। आखिर उनके सरदार ने कहा, "आपको मालूम ही है कि हम विलासी हैं। मजहब आदि से हमें कुछ लेना-देना नहीं। राग-रंग की जिंदगी बिताते हैं हम। हमने पहले ही अर्ज किया कुरानमजीद से भी हमें कुछ लेना-देना नहीं। अब आप ही इस आयत को बता देने की मेहरबानी करें।"

"मुझे मालूम है वह आयत," मैंने कहा, "उस आयत का तर्जुमा यह है कि, यह (ज्ञान रखो) कि खुदा बंदों पर जुल्म नहीं करता' (व अन्नला-ह लै-स- बिजलामिल-लिलअवीद)।"

"सद्‌गुरु हमें क्या हिदायत देना चाहते हैं?" सरदार-नवाब ने पूछा।

"हिदायत साफ है। मुझे मालूम है कि आप सभी अपनी रियाया पर बहुत जुल्म करते हैं, खासकर जो मुसलमान नहीं हैं उन पर। हिन्दुओं को काफिर करार कर उनसे मुफ्त में काम कराते हैं, गुलामी, साथ ही कमजोर और दलित लोगों की पीठों पर बिना किसी कारण कोड़े भी बरसाते हैं। यह जुल्म नहीं तो क्या है? 'आयत' के मुताबिक खुदा बंदों पर जुल्म नहीं करता लेकिन आप इससे बाज नहीं आते। इसका अर्थ यही हुआ न कि आप खुदा से भी ऊपर हैं?"

"................।" कुछ देर के लिए कोई नहीं बोला। सब एक-दूसरे का मुंह देखते रहे।

"क्यों आप लोग बोलते क्यों नहीं? खुदा जब बंदों पर जुल्म की बात नहीं करता तो आप क्यों करते हैं? आप खुदा की बात को पैरों तले रौंदकर परवरदिगार को खुश करते हैं कि ना-खुश?"

"................।" इस बार भी कोई कुछ नहीं बोला।

"बोलिए।" मैं कहां रुकनेवाला था। "आप खुदा के ऊपर हैं कि खुदा आपके ऊपर?"

"खुदा के ऊपर होने की बात हम सोच भी कैसे सकते हैं?" आखिर एक नवाब ने मुंह खोला, "खुदा हम सभी के ऊपर है और खुदा ही क्या आपके समान लोग भी जो खुदा की खिदमत ही अपनी जिंदगी का मकसद बना चुके हैं वे भी हमसे ऊपर हैं।"

"तब आप खुदा के बंदों पर जुल्म क्यों करते रहे हैं?" मैंने पूछा, "आप उन्हें जानवर से भी बदतर क्यों समझते हैं? उनकी आजादी क्यों छीनते हैं आप? बंधुआ-मजदूरों की जिंदगी बिताने को क्यों बाध्य करते हैं उन्हें? अगर खुदा आपके साथ ही ऐसा सलूक करे तब? दोज़ख में डालकर?"

"हम गलत करते रहे हैं," नवाबों के सरदार ने कहा, "आपका हुक्म है तो आगे से हम कभी ऐसा नहीं करेंगे। मुझे पता है कि हम लोगों के मनमाने

व्यवहार का पता दूर-दूर तक है। हम आपके सामने अपने सभी गलत कामों के लिए शर्मिंदा हैं। आप हमें मुआफी बख्शें। हम कसम खाते हैं कि आगे से ऐसा कभी नहीं करेंगे।"

"नहीं, इतने से काम नहीं चलेगा।" मैंने कहा।

"तब ?"

"आप सभी बंधुआ मजदूरों को तो छोड़ ही देंगे, साथ ही जिन पर आपने जबर्दस्ती इस्लाम थोपा है वे अगर अपने पुराने मजहब को अपनाना चाहें तो आप उन्हें ऐसा करने से रोकने की कोशिश भी नहीं करेंगे।"

"नहीं करेंगे।" नवाबों के मुखिया ने कहा।

"मैं एक बात और कहना चाहूंगा।" मैंने सभी की ओर देखते हुए कहा।

"फरमाइए।"

"आप अपनी विलासिता को छोड़ें और अपने मजहब की बातों को जानिए और उनके अनुसार चलने की कोशिश कीजिए। मेरे लिए हिन्दू-मुसलमान सभी समान हैं। आप इस्लाम को मानते हैं तो शौक से मानिए। एक ही ताकत तो है जो सारे जहान् को चलाती है। उसे आप अल्लाह कह लें, खुदा कह लें, मैं राम कह लूं, किशन कह लूं, उससे क्या अंतर पड़ता है ? बोलिए आपको मेरी बात मंजूर है ?"

सद्गुरु की बात को कौन टाल सकता है ? आपने हमें दर्शन दे, अपना दीदार करा हम पर बहुत बड़ा एहसान किया। हम जिंदगी-भर आपकी सीख याद रखेंगे और उसके अनुसार चलने की कोशिश करेंगे।"

"ठीक है। राम आपका मंगल करें।" मैंने कहा और उठ खड़ा हुआ।

सभी नवाबों ने जाने के पहले मेरा सिजदा किया और फिर इस तरफ आने की विनती की।

"यह तो मैं नहीं कर सकता," मैंने कहा, "मुझे अभी कई जगहों पर जाना है। ऐसे भी मैंने एक अच्छी साखी इस संबंध में कही है। सुन लीजिए—

बहता पानी निर्मला, बंधा गांधीला होय।
साधू जन रमते भले, दाग न लागै कोय॥

"एक विनती है।" सरदार ने कहा।

"बोलिए।"

"आप लोग कई हैं। राह में खाने-पीने में कठिनाई हो सकती है।"

"आप कहना क्या चाहते हैं ?"

"मैं चाहता हूं कि आप हम लोगों से कुछ धन ले लें जिससे राह में कुछ कठिनाई नहीं हो। हम इसे अपना अहोभाग्य मानेंगे।"

मैं हंसा और बोला, "मेरे गुरु ने मुझे 'अपरिग्रह' की शिक्षा दी है, मतलब कुछ जमा नहीं करने की। मुझसे ही सुनना हो तो सुन लीजिए—

साधू भूखा भाव का, धन का भूखा नाहिं।
धन का भूखा जो फिरै, सो तो साधू नाहिं॥

"आप लोग अब मेहरबानी कर अपने-अपने स्थान को जाइए। हम लोग थोड़ा आराम कर आगे बढ़ेंगे।"

हमने कुछ रात्रि शेष रहते ही आगे बढ़ने का कार्यक्रम बना लिया।

घूमते-घामते राह में लोगों को समानता और सहानुभूति का संदेश देते, सांप्रदायिकता के मूल पर करारी चोट करते और एकेश्वरवाद के महत्त्व को प्रतिपादित करते हुए आगे बढ़ते जिस स्थान पर हम विशेष रूप से रुके उसका नाम प्रतिष्ठानपुर (अब झूंसी) था।

यहां हमें एक विचित्र बात बताई गई। कब्रपूजक थे यहां के कुछ मौलवी और कुछ प्रतिष्ठित मुसलमान।

झूंसी किले की बगल में इक्कीस मुस्लिम सूफी गुरुओं की कब्रें थीं। उन पर उन सभी गुरुओं के नाम भी अंकित थे। उस समय वे समाधियां काफी अच्छी स्थिति में थीं। आज भी आप वहां जाइएगा तो उनके भग्नावशेष वहां मिल जाएंगे। पर पांच सौ वर्षों से अधिक से समय के थपेड़े खाती ये समाधियां अब बिखर गई हैं। पीरों की समाधियों पर लिखे नाम भी अब पढ़े नहीं जाते। इन समाधियों को अभी 'कबीर लोटन नाला झूंसी' कहकर पुकारते हैं।

मुझे आश्चर्य हुआ कि इन समाधियों अथवा कब्रों के पास इस्लाम के उपासक एकत्रित होकर खुतवा (प्रार्थना) करते थे। लोग मनौतियां मानते थे और उन्हें पूरी होने पर वहां चढ़ावा चढ़ाते थे।

मनौतियां क्या? उनमें तो कुछ को यों ही पूरा होना है और जो कठिन हैं उनको कोई पूरा नहीं कर सकता। परंतु अंध-भक्त थे लोग उन कब्रों के। यह बड़ी विचित्र स्थिति थी। मैं घूमते-टहलते एक शाम उधर गया तो दूर ही से देखा बहुत सारे लोग इन समाधियों का सिजदा कर रहे हैं। मेरा मन म्लान हो आया।

मैं लौट आया और कुछ दिन झूंसी में ही डेरा डालने का हमने निर्णय लिया। सभी मौलवी-मुल्लाओं को यह मालूम हुआ कि मैं अपने कुछ अनुयायियों के साथ वहां पड़ा हूं तो लोगों ने सत्संग की इच्छा की। हमारे पास खबर पहुंची कि ये लोग मेरे 'मुखारविंद' से कुछ सुनकर अपने को धन्य करना चाहते थे। मैंने तो इसी कार्य के लिए वहां रुका ही था। एक शाम एक अच्छी-खासी भीड़ को मैंने संबोधित किया—

"आप सभी इस्लाम के उपासक हैं। इससे मेरा कोई एतराज नहीं पर मुहम्मद साहब ने मुसलमानों के लिए जो नियम बनाए उनसे आप भटक गए हैं। आपको मालूम ही है कि मुहम्मद साहब ने एक ईश्वर को छोड़कर किसी और की उपासना करनेवाले को आस्तिक नहीं माना बल्कि उसे कुफ्र (प्रपंची) की संज्ञा दी। वह मूर्ति-पूजा के सख्त विरोधी थे। पर आप तो कब्र-पूजा कर रहे हैं। क्यों, क्या ये कब्रें आपसे बोलती हैं? सजीव हैं ये, जो आपकी मनोकामनाओं की पूर्ति करती हैं। क्या रखा है इन पत्थरों में? खुदा? वह यहां क्यों आने लगा? उसका तो खुद कोई रूप नहीं। निर्गुण, निराकार है वह। तब इन साकार कब्रों पर सिर क्यों

पटकते हैं आप?

"आप इस्लामधर्मी हैं आपको पता नहीं कि मुहम्मद साहब ने अपनी मृत्यु के समय कहा था कि मेरी समाधि आदि कुछ नहीं बनाई जाए अथवा मेरे द्वारा उपयोग में लाई गई चीजों की पूजा नहीं हो। मेरा चित्र भी नहीं रखना। इस जगत् में तो बस एक ही पूजनीय है, वह है अल्लाहताला।

"यह आप क्या कर रहे हैं? हिन्दू जैसे अनेक मंदिर बनाकर उनमें अनेक देवी-देवताओं की पत्थर-मूर्तियां पूजते हैं, उनके नाम पर सिजदा करते हैं, वही कुछ तो आप भी करते हैं? किधर से भिन्न हैं आप?

"बल्कि आप तो उनसे भी गए-बीते हैं। वे तो अपने मुर्दों को श्मशानों में जलाकर उन्हें भूल जाते हैं। जिस स्थान पर मृतकों को जलाया उस स्थान को अपवित्र मानते हैं और भूलकर भी उधर नहीं जाते। पर आप तो इन मुर्दों की कब्रों को पाक मानकर इनकी पूजा कर रहे हैं और इनको खुश कर कुछ प्राप्त करने की निरर्थक प्रार्थना करते हैं। क्या देंगी ये कब्रें जिनमें दफनाए शरीर तक कभी के गल-पच गए हैं। और आपको मालूम है कि रूहें भी यहां नहीं रहतीं। वे तो कहीं पड़ी अंतिम निर्णय का इंतजार करती हैं जब खुदा सबको बुलाकर उनके भले-बुरे कार्यों की विवेचना करता है। फिर इन कब्रों पर सिर रगड़ने से फायदा? इस्लाम के इतने बड़े हिमायती होते हुए भी आप इस्लाम के अनुसार चलते कहां हैं?

"ईसा से लेकर मुहम्मद साहब तक सभी नबियों (ईश्वर के संदेश-वाहकों) ने सही फर्माया है कि केवल एक परमेश्वर को जानो, चाहे उसे जिस नाम से पुकारो।

"मुहम्मद साहब ने तो यहां तक कहा कि ऐसी उपासना असत्य है। अल्लाहताला ने स्वयं इसे हराम करार दिया है और इस पर सख्त पाबंदी लगा दी है। कुरानशरीफ में लिखा है कि नहीं कि जो उसके हुक्म को नजरअंदाज करता है, उसका पालन नहीं करता, वह उसका प्यारा नहीं है। मुहम्मद साहब भी तो यही फरमाया करते थे?

"तो कैसे मुसलमान हैं आप जो अपने पैगंबरों की बात भूल गए, अपने नबियों की बात भूल गए, खुदा के हुक्म को नजरअंदाज कर दिया और बन आए कब्र-पूजक? आपसे तो मूर्ति-पूजक ही भले कि वे एक पाक स्थान में बैठकर अपने विभिन्न देवी-देवताओं की उपासना करते हैं। आप तो मुर्दगाह में जाकर अपने को अशुद्ध करते हैं, बेजान पत्थर जो अपनी ही रक्षा करने में असमर्थ हैं, जो रोज टूटते और धराशायी होते जाते हैं, उनसे आप अपनी रक्षा और भलाई की उम्मीद करते हैं?

"कहिए आप भटके हुए लोग हैं कि नहीं? न इधर के न उधर के। न हिन्दू न मुसलमान। फिर आप किस मजहब के हिमायती हैं? मेरी समझ में तो कुछ नहीं आता।

"आप इस्लाम को मानते हैं तो मुहम्मद साहब को मानिएगा कि नहीं? कुरान-मजीद पर अमल कीजिएगा कि नहीं? उसके सूर= अन्आम-6 और व इज़ा 7 की आयत 106 में लिखा है कि नहीं कि जो हुक्म तुम्हारे परवरदिगार से तुम्हारे पास आता

है उसी पर अमल करो। उसके अलावा कोई शक्तिशाली नहीं और तुम खुदा के विरुद्ध बोलनेवालों से अलग रहो।*

"बताइए कि आप जब मुहम्मद साहब की राह पर चलनेवालों में हैं तो आप उनकी बात क्यों नहीं मानते? यह कैसी मजहबपरस्ती हुई कि आपने न अपने गुरु और न खुदा की ही बात सुनी!

"क्या यह अच्छी बात है?" मैंने पूछा।

"नहीं, आपके उपदेश सुनने के बाद हमें लग रहा है कि हम अच्छा नहीं कर रहे।" एक लंबी, सफेद दाढ़ीवाले मौलवी ने कहा।

"मेरे उपदेश की बात तो अलग। आपने अपना धर्म-ग्रंथ भी नहीं पढ़ रखा है? आप तो मौलवी हैं?"

"पढ़ रखा है पर आपसे क्या छिपाना सारी बातें मेरे पल्ले नहीं पड़ीं।"

"जो पड़ीं उन पर अमल किया आपने?"

"कोशिश की।" उन्होंने कहा।

"मजहब में कोशिश नहीं चलती," मैंने कहा, "अक्सर लोग कोशिश कहकर अपनी जान बचा लेते हैं। 'कोशिश' क्या, जो करने योग्य है, जिसे करना है, जिसके लिए अल्लाहताला का हुक्म है उसको लेकर कोशिश नहीं की जाती, उसे तो पूरे मन से करना होता है।"

"यह तो आपने ठीक फरमाया," एक दूसरे बुजुर्ग ने कहा, "पर इन मजारों पर सिर टेकने पर हमारे बहुत-से मुरीदों की उम्मीदें पूरी हो जाती हैं, अब हम उन्हें कहां ले जाएंगे?"

"खुदा के पास?" मेरे मुख से निकला।

"आप यह क्या कह रहे हैं? जीते जी उनको हम खुदा का प्यारा कर दें यह कैसे हो सकता है?" वह बड़े आश्चर्य से बोले।

"खुदा के पास ले जाने से मेरा मतलब यह थोड़े है?" मैंने उन्हें तसल्ली दी।

"तब?"

"मेरा मतलब है उन्हें खुदा की बंदगी में लगाइए। वही सबकी ख्वाहिशें पूरी करता है। वह निराकार है तब भी किसी साकार से लाखों गुना अधिक कार्य करता है। उसे पैर नहीं पर उसके समान कोई प्राणी चल नहीं सकता। उसे आंखें नहीं पर वह लगातार हमारे कार्यों को देखता रहता है। उसे कान नहीं पर वह हमारी प्रार्थनाओं को जो हृदय की गहराइयों से निकली होती हैं तत्काल सुनता है। और क्या कहें उस निराकार-निर्विकार के रूप में? उसके पास जाने के लिए किसी कब्रगाह अथवा मजार या मस्जिद का सहारा नहीं लेना पड़ता। वह तो आपके अंदर है, सबके अंदर केवल सुरति द्वारा, ध्यान द्वारा, अपने ही अंदर झांकने की जरूरत है—

---

* इत्तबिय मा अहिं-य इलैयत मिर्रकि रिंछि··· —कुरानशरीफ

मुलां कहां पुकारै दूरि, राम रहीम रह्या भर पूरि ॥
यहु तौ अलह गूंगा नांही, देखै खलक दूनीं दिल माही ॥

—मुल्ला साहब दूर कहां पुकारते हो? राम-रहीम तुम्हारे भीतर भरे हैं। अल्लाह को गूंगा नहीं समझो (वह अपने मुरीदों के माध्यम से लगातार बोलता है)। उसे देखना ही चाहते हो तो (सारी सृष्टि उसकी ही लीला है) उसे सृष्टि में देखो, संसार और अपने दिल में देखो।"

"आप राम और रहीम दोनों की बातें करते हैं," एक मुल्ला बोल पड़े, "आप इस्लाम का प्रचार कर रहे हैं या काफिरों के मजहब का?"

"नहीं, नहीं," मैंने उनको तत्काल रोका, "यहां कोई काफिर नहीं है। ऐसी चुभती हुई बात आप सबों को शोभा नहीं देती—

ऐसी बानी बोलिए, मन का आपा खोय।
अपना मन सीतल करै, औरन को सुख होय ॥

या उसी को थोड़ा बदलकर कहूं तो आपको शायद अधिक पसंद आएगा—

ऐसी बानी बोलिए, मन का आपा खोय।
औरन को शीतल करै, आपहुं शीतल होय ॥

"जीभ पर तो लगाम होनी ही चाहिए," मैंने आगे कहा, "रह गई बात मेरे द्वारा धर्म के प्रचार-प्रसार की तो मैं न तो इस्लाम का प्रचार करता हूं न हिन्दू धर्म का। 'ना मैं हिन्दू, ना मुसलमान' मैंने यह बात बार-बार कही है। मैं तो सद्भाव का संदेश लेकर चला हूं। आपको भी मेरी तरह न हिन्दू होना चाहिए न मुसलमान। दोनों अल्लाह के बंदे हैं। राम और रहीम में कोई फर्क नहीं। जिसको जो अच्छा लगे वही बोले। मुझे राम अच्छा लगा है इसलिए मैं राम का नाम लेता हूं पर इसके कारण मैं हिन्दू हो गया और मुसलमान नहीं रहा, यह बात नहीं। कहा न, मैं तो सभी इंसानों को एक जाति मानता हूं। यहां न कोई मुसलमान है, न कोई हिन्दू। सभी एक ही परमेश्वर की सृष्टि हैं, इसलिए सभी एक हैं।

"खैर, मैंने जो बात पहले कही उसको आप मानते हैं या नहीं? अगर आप अपने को इस्लाम के बंदे कहते हैं और दूसरों को काफिर तो आप पहले अपने को मुसलमान साबित कीजिए। मुसल्लम इमान अर्थात् मुसलमान। आप ईमानदारी से कुरानमजीद की बतलाई राह पर चलिए। मजारों, कब्रों की इबादत छोड़िए। यह आपको शोभा नहीं देता। आप ही की देखा-देखी सभी यही करना शुरू करें, तब? जिस रास्ते बड़े लोग जाएंगे, उसी राह तो दूसरे भी जाएंगे? बोलिए, आप इसे बंद कर रहे हैं?"

"इसमें पूछना क्या है?" एक संजीदा से लगते मुल्ला ने कहा, "सद्गुरु के हुक्म को तो सिर-आंखों पर लेना ही पड़ेगा। हमने आज से तोबा किया इन कब्रों और मजारों को पूजने से। आप कह रहे हैं एक ही खुदा सब कुछ देने को तैयार है तो हम मुर्दा बंदों की मजारों पर क्यों माथा टेकते चलें?"

"बड़ी अच्छी बात कही आपने," मैंने कहा, "मेरा इधर आने का मकसद पूरा हो गया।"

"नहीं, नहीं, ऐसी बातें क्यों करते हैं? किस्मत तो हमारी जगी कि हमें आपका दीदार हुआ। हम सभी गलत राह पर चल रहे थे। आपने हमें सही राह दिखाई, यही क्या कम है?"

किंतु इस कबीर के दुःख का कोई अंत नहीं है। उस समय तो वे लोग मान गए और उन कब्रों की पूजा बंद कर दी। देखा-देखी औरों ने भी ऐसा किया पर थोड़े दिनों बाद ही वही सब आरंभ हो गया और आज भी वह बंद नहीं हुआ। कब्रों के नाम पर आज उनकी चट्टानें और मिट्टी ही बचे हुए हैं पर लोभी-लालची लोग आज भी उन्हीं चट्टानों पर अपना सिर फोड़ रहे हैं।

बात वहीं तक कहां सीमित है? अब तो जगह-जगह पीरों के मज़ार बन चुके हैं। लोग चादरें चढ़ाते हैं उन पर, फूल-मालाएं। प्रसाद का ढेर लग जाता है। पैसे-रुपए चढ़ाते हैं। लोगों की मुरादें पूरी हो या नहीं, मौलवियों के पौ-बारह हैं। ये वही कर रहे हैं जो वे करते हैं जिन्हें ये काफिर बोलते हैं। कहां इस्लाम अपने रूप में रहा आज? रोजा-नमाज की रस्में कुछ लोग भले पूरी कर लें, अब तो बहुतों के घर में कुरानशरीफ की एक प्रति भी ढूंढ़े नहीं मिलती। आज तो हर जगह बड़े-बड़े बैंक खुल गए हैं। अपने को इस्लाम के अनुयायी कहनेवाले उन बैंकों में मोटी राशियां जमा कर ब्याज खा रहे हैं जिसे मुहम्मद साहब ने हराम बताया था।

इस्लाम का दुरुपयोग हो रहा है राज्यतंत्रों की स्थापना के लिए—प्रजातंत्रों की भी ऐसी विडंबना नहीं देखी। सब इस्लाम के नाम पर एक-दूसरे को धक्का दे गद्दी संभालते हैं और उनका इस्लाम अपनी औरतों को बुरके में ढंकने तक सीमित रह जाता है। औरतों की आजादी छीनते हैं और स्वयं स्वच्छंद हो वही सब करते हैं जो कुरानशरीफ में मना है। अपने धर्म-ग्रंथों को पढ़ें भी तो कुछ जानें? वे तो मात्र इतना ही जानते हैं कि औरतों को सताना, एक की जगह चार-चार बीवियां करना, खाने को हो या नहीं, दर्जन-भर बच्चे पैदा करना और मौका मिलते ही तथाकथित काफिरों की पीठ अथवा सीने में खंजर भोंकना तथा उनके घरों में आग लगाकर बहू-बेटियों को तबाह करना ही असली इस्लाम है।

खैर, मैं कहां से कहां आ गया, पर जब बात से बात निकलती है तो कहना ही पड़ता है। यह कैसे हो कि मैं मात्र मुसलमानों को ही दोष दूं। कितने हिन्दुओं के घर में उनके धर्म की कोई पुस्तक होगी? वेद-पुराण और उपनिषदों की बात छोड़ दें। कितनों के घर से गीता की एक प्रति भी निकलेगी अथवा तुलसी की रामायण की? जो हाल रोजा अथवा रमजान का है उससे बदतर हालत हिन्दुओं के धार्मिक उत्सवों की हो गई है। दुर्गा-पूजा के समय दुर्गा की ऐसी-ऐसी मूर्तियां गढ़ते हैं कि उन्हें देखते ही शर्म आती है। भजन-प्रार्थना और स्त्रोतों के बदले पंडालों में लगे लाउडस्पीकर फिल्मों के अश्लील गाने उगलते हैं।

इसीलिए तो मैंने पहले ही मजहब को एक नया रूप दे दिया। केवल ध्यान लगाओ अपने राम। सुरति में उतरो। काम करते रहो नाम लेते रहो वह भी चिल्ला कर नहीं, मन-ही-मन। लोक भी सुधर गया परलोक भी। पर कितनों से यह भी करते बनता

है ? मन में राम का नाम तो आने से रहा। ईर्ष्या, द्वेष और लोभ-लालच जहां अपने जाल फैलाए बैठे हों, उस हृदय में राम को प्रवेश कहां से मिलेगा ?

अयोध्या में एक नया राम-मंदिर बनाने को लेकर तो बवाल खड़ा करेंगे। उसके नाम पर वोट मांगेंगे—दे खुदा के नाम पर। किंतु उसी अयोध्या में सैकड़ों राम-मंदिर समय की मार से ध्वस्त हो रहे हैं, कितनों में आरती-पूजा तक नहीं होती ! कितने जुआरियों और शराबियों के अड्डे बन गए हैं, कितनों में रिक्शा-चालक अपना घर बनाकर बस गए हैं, कितनों का उपयोग केवल व्यभिचार के लिए होता है, इसकी चिंता किसी को नहीं है। बने-बनाए मंदिर खंडहर हो जाएं, एक नया मंदिर अपनी जिद की पूर्ति के लिए, लोगों को गुमराह करने के लिए !

32

गति ही जीवन है और अगति मृत्यु। चलते रहो तो जीवित हो, जीवन से स्पंदित। रुक गए तो मृत्यु नहीं रुकेगी, वह तुम्हारे पास दौड़ी आएगी तुम्हें अपने साथ करने। इस मृत्यु को मात्र सांसारिक मृत्यु नहीं समझें ! शरीर छोड़ना।

ज्ञानियों के लिए ज्ञान के क्षेत्र में रुक जाना ही मृत्यु है। चिंतन थम गया, भक्ति रुक गई। ध्यान छूट गया तो ज्ञानी इसे मृत्यु-सदृश ही समझते हैं।

किंतु अभी हम सामान्य गति की ही बात कर रहे हैं। चलते रहने की, इस जीवन के राज-पथ पर। भौतिक गति है यह। आगे, कुछ और आगे, हम चलते ही रहते हैं पर कभी-कभी इस गति में बाधा भी आ सकती है। पहले ही कहा कि शुभ-कार्य में बाधा नहीं हो तो उसकी सफलता संदिग्ध ही रहती है। विघ्न ही इस बात का सूचक है कि विरोधी शक्तियों को तुम्हारी प्रगति का एहसास हो गया है, इसलिए वे तुम्हारी प्रगति में बाधा बनकर तुम्हारी परीक्षा लेना चाहती हैं।

हमारा कारवां जो आगे बढ़ रहा था सहसा रुक गया। मुझे सूचना मिली कि मेरी अनुपस्थिति में काशी के पंडितों और मुल्लाओं ने मिलकर षड्यंत्र रचा है।

यह सही है कि सामान्य हिन्दुओं, मुसलमानों में मेरी प्रतिष्ठा बढ़ी थी पर दोनों संप्रदायों के कट्टरपंथी अब भी मेरे विरोधी थे। स्वामी रामानंद के भाषण और मेरे तर्क से पराजित होने के पश्चात् वे थोड़े दिनों के लिए चुप बैठ गए थे पर मेरी बढ़ती ख्याति उनकी छाती पर सर्प बनकर लोटने लगी।

उस समय दिल्ली की गद्दी पर सिकंदरलोदी आसीन था। मेरी अनुपस्थिति का लाभ उठाकर वाराणसी के कुछ पंडितों और मौलवियों का एक झुंड दिल्ली पहुंचा।

सिकंदर लोदी अहंकारी प्रकृति का व्यक्ति था। मनमानी करना उसकी आदत थी। राजमद उसपर पूरी तरह हावी था। ऐरे-गैरों को वह घास भी नहीं डालता था। वाराणसी से आए लोगों के संबंध में जानकर भी वह कुछ दिन चुप ही रहा। ऐसे भी वाराणसी को वह 'काफिरों का देश' के नाम से पुकारता था। वहां चूंकि भक्तों और

साधु-संतों की भीड़ लगी ही रहती थी, अतः वाराणसी के प्रति उसके मन में सदा वितृष्णा ही भरी रही थी।

कुछ दिनों तक तो वाराणसी की यह मंडली बादशाह के दर्शन के लिए दिल्ली में पड़ी ही रही।

अंत में सिकंदर लोदी के कर्मचारियों से अनुनय-विनय कर वे बादशाह से मिलने का समय प्राप्त कर सके।

"क्या काम है?" सिकंदर ने अपने सामने खड़े पंडितों और मुल्लाओं से पूछा।

"बड़ा भारी उपद्रव हो रहा है जहांपनाह!" तथाकथित शिष्ट-मंडल ने अपनी बात को प्रभावी बनाने के लिए कहा।

"हुआ क्या?" लोदी कुछ उखड़ा, "क्या वहां काफिरों ने विद्रोह का झंडा ऊंचा कर रखा है?"

शिष्टमंडल को कोई उत्तर समझ में नहीं आ सका। वे लोदी की क्रोधी प्रकृति से पूरी तरह परिचित थे। उसकी ओर बिना देखे ही एक बूढ़े मुल्ला ने साहस कर कहा, "यह क्या कह रहे हैं जहांपनाह? हुजूर की हकूमत में किसकी हिम्मत है कि विद्रोह का झंडा लहराए?"

"तब आप लोगों ने यहां आने का कष्ट क्यों किया?"

"कुछ बात ही ऐमी है हुजूर!"

"यह हुजूर-हुजूर क्या किए जा रहे हैं? असली मुद्दा पर क्यों नहीं आते? क्या समझ रहे हैं कि बादशाहेहिन्द को इतना अधिक समय है कि वह आप चंद सिरफिरों के लिए समय नष्ट करें?"

"हम सिरफिरे नहीं हैं शाहंशाह!" इस बार विश्वनाथ-मंदिर के एक पंडे ने कहा। इन पंडों को भय था कि मेरे वैष्णव धर्म के प्रचार से इन शैवों और शाक्तों की रोजी-रोटी ही चली जाएगी।

"माना आप सिरफिरे नहीं, महान् पंडित हैं।" सिकंदर उखड़ा, "तो कम-से-कम अपने आने का मकसद तो बताइए।"

"हम आपको वाराणसी चलने के लिए दावत देने आए हैं।" वही बूढ़ा मुल्ला फिर बोला।

"दावत और मुझे? काशी नगरी आपकी हुकूमत में आती है क्या? हमें अपने ही साम्राज्य के किसी भी हिस्से में जाने के लिए आप लोगों के हुक्म और दावत की जरूरत पड़ेगी क्या?"

"..............।" लोदी के गुस्से के सामने सबकी बोलती बंद हो गई थी।

"हुजूर बात ही कुछ ऐसी है।" मुल्ला ने फिर साहस किया।

"क्या बात है? वही तो पूछ रहा हूं। आप लोगों को बादशाहों और शाहंशाहों से बात करने की तमीज भी नहीं है तो क्यों चले आते हैं सिर उठाए राजधानी की ओर? जो कुछ कहना हैं जल्दी कहिए वर्ना मैं आप सभी को अभी बाहर करा दूंगा।" लोदी का चेहरा गुस्से से तमतमा आया। मौलवी और पंडित मन-ही-मन प्रसन्न हुए। ऐसे ही

गुस्सेवाले आदमी की तो जरूरत ही थी।यह तो कबीर की हरकतों को जानते ही, उसे कच्चा चबा जाएगा।

"हुजूर, काशी में कबीर नाम के एक आदमी ने उपद्रव खड़ा कर दिया है। आप चलकर उसे उचित दंड दीजिए।" वही मुल्ला बोला।

"काफिर है?" लोदी ने कड़कते हुए पूछा।

"नहीं हुजूर!"

"तो मुसलमान होगा?"

"नहीं हुजूर!"

"यह नहीं हुजूर, नहीं हुजूर का क्या मतलब?" लोदी उखड़ा, "वह काफिर है नहीं, मुसलमान है नहीं तो है क्या? आदमी है कि जानवर है, कि कोई फरिश्ता ही उतर आया है तुम्हारी काशी में? शिव के त्रिशूल पर बसी है न काफिरों की यह काशी! यहां कुछ भी हो सकता है। फरिश्ते तो फरिश्ते वहां इनके भोले बाबा भी डमरू बजाते उतर सकते हैं।"

"हुजूर, सचमुच वह बोलता है कि 'ना मैं हिन्दू, ना मैं मुसलमान'। कहता है मैं केवल आदमी हूं।"

"माना वह केवल आदमी है। कोई बब्बर शेर तो नहीं तो फिर उससे क्या डर है? आप लोगों ने यहां आने की जहमत ही क्यों उठाई?"

"हुजूर वह शेर से भी अधिक खतरनाक है। शेर तो आदमी के जिस्म को खाता है, वह काशीवालों की आत्मा को ही खाए जा रहा है—रूह को।"

"क्या मतलब?" लोदी ने कड़ककर पूछा।

"वह हिन्दू और मुसलमान दोनों को गुमराह करता है। मंदिर-मस्जिद दोनों के खिलाफ बोलता है। अपना ही एक धर्म चला रखा है। कहता है सभी मनुष्य एक हैं, न कोई बड़ा, न कोई छोटा। न कोई ऊंच है, न नीच। न कोई छूत है, न अछूत। उसकी मीठी वाणी से प्रभावित हिन्दू और मुसलमान दोनों उसके मुरीद बनते जा रहे हैं। यही हालत रही तो कुछ ही दिनों में काशी में न तो हिन्दू मिलेंगे, न मुसलमान। मिलेंगे केवल कबीरपंथी। फिर काशी आपके हाथ से निकल जाएगी या बनी रहेगी, आपके साम्राज्य का अंग?" बूढ़े मुल्ला ने समझाना चाहा।

"क्या बोल रहे हैं वह आदमी है या जादूगर? और आप लोग वहां बैठे-बैठे क्या कर रहे हैं? आप अनेक होकर एक का सामना नहीं कर सकते तो आप शाहंशाहे-हिन्द का दरवाजा खटखटाने आए हैं?" लोदी ने सगर्व कहा। उसे यह पता था कि उसकी सल्तनत सिकुड़कर मात्र उत्तरी भारत के कुछ भागों तक ही रह गई है फिर भी वह अपने को शाहंशाहे-हिन्द ही कहता और कहलवाना चाहता था।

"आपने ठीक फर्माया हुजूरेआला, वह आदमी तो है ही, जादूगर भी है," उस पंडे ने लोदी के कथन में निहित गलती की ओर इशारा करते हुए आरंभ किया पर लोदी को पंडे का व्यंग्य पकड़ में नहीं आया, "उसने अपने जादू के बल पर बहुत सारे हिन्दू और मुसलमानों खासकर गरीब और निचले तबके के लोगों को अपना मुरीद बना लिया है।

उसने इस्लाम के खिलाफ जेहाद ही बोल दिया है। मस्जिदों को महज कंकड़-पत्थर बताता है और कहता है कि कोई खुदा या अल्लाह इनमें नहीं बसता। उसका कहना है कि मौलवी मुर्गा की तरह है जो मस्जिद के ऊपर से बांग देता है मानों खुदा बहरा है।"

"वह मौलवी को मुर्गा बोलता है?" सिकंदर लोदी की भौंहें तनीं।

"जी हुजूर!" सभी ने एक साथ कहा।

"इसका मतलब वह इस्लाम को जलील कर रहा है?"

"कहा न हुजूरआला कि वह न अपने को मुसलमान मानता है, न हिन्दू। इसलिए इस्लाम की कर रहा है वह ऐसी की तैसी।" बूढ़े मौला ने कहा।

"माना वह अपने को न मुसलमान बोलता है, न हिन्दू पर आप लोगों को तो पता होगा कि वह है क्या? मुसलमान के यहां पैदा हुआ या हिन्दू के यहां?"

"वह कहां पैदा हुआ यह किसी को पता नहीं।" एक पंडा बोले।

"क्या बकते हैं आप लोग?" लोदी का गुस्सा फिर उभरा, "वह कहां पैदा हुआ नहीं पता, इसका मतलब क्या? क्या वह इस धरती पर पैदा नहीं होकर धरती और आसमां के बीच पैदा हुआ है?"

"ऐसी बात नहीं हुजूर," एक मुल्ला शुरू हुए, "पैदा तो यकीनन वह धरती पर ही हुआ है पर कहां पैदा हुआ इसका पता किसी को भी नहीं। उसके बाप को भी नहीं।"

"कैसा बाप वह जिसको अपनी औलाद की पैदाइश का भी पूरा पता नहीं?" सिकंदर लोदी पूछ उठा।

"दरअसल उसका बाप है ही नहीं।" एक पंडा बोले।

"क्या मतलब?" सिकंदर के गुस्से का पारा और ऊपर चढ़ा, "एक तरफ बोलते हैं कि उसकी पैदाइश का पता उसके बाप को भी नहीं और दूसरी तरफ कहते हैं कि उसका बाप है ही नहीं। आप लोग इस तरह गुस्ताखी करते गए तो मैं कबीर का कुछ बिगाड़ूं या नहीं, आप लोगों को जीवन-भर के लिए सींखचों के पीछे अवश्य कर दूंगा।"

"खता मुआफ हो हुजूर!" बूढ़े मुल्ला ने कमर से झुककर कहा, "दरअसल उसके बाप ने उसे पाला-पोसा मात्र था, उसे वह किसी जगह पड़ा मिल गया था, इसलिए फर्माया गया कि उसके बाप को भी उसके बाप का पता नहीं।"

"तो लावारिस है वह?"

"हुजूर!" मुल्ला ने ही कहा।

"जिस बाप ने उसे पाला-पोसा वह क्या है? हिन्दू या मुसलमान?" लोदी ने पूछा।

"है नहीं था हुजूरे आला!" एक युवा मुसलमान बोल पड़ा।

"यह क्या बकवास कर रहा है?" लोदी की आंखें गुस्से से फिर लाल हो आईं। उसने पूरी मंडली को घूरते हुए पूछा, "आप लोग यहां पहेलियां बुझाने आए हैं या कुछ काम की बात करने? मैं उस छोकरे को अभी हवालात के हवाले करूंगा। मैं ऐसी गुस्ताखी को काबिले-बर्दाश्त नहीं मानता। आप सब अभी दफा होइए वर्ना⋯।"

"खता मुआफ हो जहांपनाह," बूढ़े मुल्ला ने फिर बात की बागडोर पकड़ी, "यह

ठीक ही फर्मा रहा है। दरअसल उसका बाप हाल ही में खुदा को प्यारा हो गया।"

"उसकी कोई जाति तो रही होगी?" लोदी ने झल्लाकर पूछा।

"जी हुजूर, वह जुलाहा था।" मुल्ला ने ही कहा।

"तो वह मुसलमान हुआ न? और उसके यहां पलनेवाला यह कबीर भी मुसलमान हुआ या नहीं?"

"हुआ हुजूर, जरूर हुआ।" बूढ़े मुल्ला ने कहा।

"तो वह मुसलमान होकर भी अपने को मुसलमान नहीं मानता और बोलता है 'ना मैं हिन्दू, ना मैं मुसलमान'?"

"हुजूर!"

"और हिन्दू और मुसलमान दोनों की फौज खड़ा कर रहा है?"

"अब फौज ही समझ लीजिए हुजूर," मुल्ला आरंभ हुआ, "उनके पास कोई हथियार तो नहीं पर इतने लोग अगर बागी बन जाएं तो कुछ भी कर सकते हैं।"

"मतलब काशी पर कब्जा कर कबीर को वहां का सरताज बना देंगे?"

"लगता तो यही है हुजूर," एक पंडे ने कहा, "और काशी क्या अब तो काशी के बाहर भी घूम-घूमकर वह अपने मुरीदों की संख्या बढ़ा रहा है।"

"अर्थात् अपनी फौज की संख्या बढ़ा रहा है?" सिकंदर लोदी ने सशंकित होकर पूछा।

"अब आप खुद अंदाज लगा लीजिए सरकार! अगर आपने जल्दी इस कबीर को सीधा नहीं किया तो अंजाम क्या होगा, यह आप खुद समझ लें। काशी तो जाएगी ही, उसके आस-पास के इलाके भी···।"

"बस। बस।" सिकंदर ने मुल्ला को बीच में ही रोककर कहा, "मैं जल्दी ही काशी पहुंच रहा हूं। कबीर के इस बच्चे को मैं ऐसा सबक सिखाऊंगा कि वह भी क्या याद करेगा?"

"हुजूर वह आपकी सल्तनत के विरुद्ध बगावत के जुल्म में मौत से कम की सजा का हकदार नहीं।" एक दूसरे मुल्ले ने जोड़ा।

"यही होगा। आपने ठीक फर्माया। उसे अपनी मौत द्वारा ही अपनी हरकतों की कीमत चुकानी पड़ेगी।"

•

मेरे पास संदेश पहुंचा कि मुझे वापस काशी लौटना है। दिल्ली से ही एक दूत पहुंचा था। मैं तो दिल्ली की ओर ही जा रहा था पर जब ही एक दूत पहुंचा था। मैं तो दिल्ली की ओर ही जा रहा था पर जब 'शाहंशाहे हिन्द' ही दिल्ली से मेरी मुलाकात के लिए प्रस्थान कर चुके थे तो मुझे उनके स्वागत के लिए काशी में होना ही चाहिए था।

"अगर मैं नहीं लौटूं तो?" मैंने दिल्ली-दरबार के दूत से पूछा।

"तो मुझे आपको कैद कर ले जाने का हुक्म है।"

"कैदी तो मैं पहले से ही हूं अपने राम का, अब और कौन मुझे कैदी बना

सकता है?" मैं बोला। पर दूत क्या समझता इस बात को? वह भौंचक-सा मेरी ओर देखता रहा।

मैंने अपने साथियों के साथ विचार-विमर्श किया। राय यह बनी कि हम लौट ही चलें। लोदी का सामना करना ही उचित था। कायर की तरह भाग जाना अपने राम का ही अपमान करना था। राम के होते एक क्या कई सांसारिक राजाओं का सामना किया जा सकता है।

मेरे प्रमुख अनुयायियों पद्मनाथजी और श्रुतिगोपालजी ने पहले तो इसका विरोध किया पर फिर मेरे तर्क से सहमत हो गए।

"राम के अलावा हम किसी और के चाकर नहीं हैं। हुक्म के बंदे। हम क्यों लोदी से मिलने के लिए लौटें? हम आगे बढ़ना चाहते हैं, पीछे लौटना नहीं।" पद्मनाथजी ने अपना तर्क रखा था।

"ठीक कह रहे हैं पद्मनाथजी," श्रुतिगोपाल बोले, "आप पुनः एक बार अपने निर्णय पर विचार कीजिए। पीछे लौटने का अर्थ हमारी कायरता नहीं होगी क्या—का-पुरुषता?"

"नहीं," मैंने जोर देकर कहा, "हम काशी इसलिए लौट रहे हैं कि हम 'भगेडू' नहीं समझ जाएं। अगर लोदी हमसे मिलना चाहता है तो हम उसके भय से भागना नहीं चाहते। हम उसका मुकाबला करें और मुकाबला सदा अपनी धरती पर ही करना चाहिए क्योंकि तब आपको सहायता के लिए आपके संगी-साथी भी उपलब्ध रहते हैं।"

"ठीक है, हम तो आपके हैं जैसा कहेंगे वैसा ही करेंगे।" श्रुतिगोपालजी ने कहा और पद्मनाथजी भी इससे सहमत हुए।

हमारी काशी पहुंचने के कोई दो सप्ताह पश्चात् सिकंदर भी वहां पहुंचा। उसने गंगा-पार रामगढ़ में अपनी छावनी लगाई। उसके आने के दूसरे ही दिन मेरी 'पेशी' हुई शाहंशाहे-हिन्द के सामने। मेरे साथ पद्मनाथजी और श्रुतिगोपालजी भी हो लिए। बहुत सारे और लोग भी साथ हो लिए। होने को तो बहुत लोग हमारे साथ हो रहे थे पर मैंने जबर्दस्ती उनको रोका। फिर भी एक सौ लोग तो मेरे साथ हो ही लिए। उनमें मुसलमान और हिन्दू दोनों थे। आबादी के अनुसार हिन्दुओं की संख्या ही ज्यादा थी।

मुझे अकेले ही सिकंदर के सामने हाजिर होने का हुक्म मिला। पर मेरे मुरीद मुझे अकेले कहां छोड़नेवाले थे?

"हम कबीर सा'ब के साथ ही रहेंगे।" उन्होंने अपना निर्णय सुनाया।

"पर बादशाह का हुक्म है केवल कबीर साहब के लिए।"

"हम किसी और का हुक्म नहीं मानते सिवा कबीर साहब के।" लोगों ने जवाब दिया।

बात लोदी तक पहुंचाई गई। वह गुस्से से लाल-पीला हो आया। उसे लगा ठीक ही काशी के लोगों को इस कबीर ने भड़का रखा है और वे बगावत पर उतरे हैं।

"आने दो उसके साथ जितने लोग आना चाहें," वह आग-बबूला हो बोला, "पर कोई भी कोई अस्त्र-शस्त्र लेकर नहीं आएगा यहां।"

"हुजूर वे सभी निहत्थे हैं। किसी के पास कोई हथियार नहीं।" उसके लोगों ने उसे बताया।

"तो ठीक है।" वह बोला। उसने काशी के कोतवाल को भी अपने सिपाहियों के साथ पहले से ही बुला रखा था। सभी अस्त्र-शस्त्र से सुसज्जित थे।

आश्विन के आरंभ के दिन थे। बाहर की गुनगुनी धूप में ही बादशाह का दरबार सजा। आगे वह बैठा था और उसके पीछे दिल्ली से आई फौज की एक टुकड़ी और कोतवाल तथा उसके आदमी खड़े थे।

मेरी पेशी हुई शाहंशाहे-हिन्द के सामने। दो सिपाही मुझे दोनों ओर से पकड़कर ले जा रहे थे।

"मैं कहीं भागा नहीं जा रहा। मैं खुद आपके शाहंशाह के सामने चल रहा हूं। मेरे साथ तुम लोगों के लगने की जरूरत नहीं।" मैंने उन सिपाहियों से कहा।

"पर हमें आपको पकड़कर ही लाने का हुक्म है।" एक सिपाही बोला।

"वह हुक्म तुम्हारे लिए होगा। मेरे ऊपर राजा राम के अलावा किसी और का हुक्म नहीं चलता।" इतना कहकर मैंने दोनों को झटक दिया, वे धरती पर गिरते-गिरते रहे। वे भयभीत होकर मुझसे अलग हो गए। बात सिकंदर तक पहुंची। कुछ सोचने के पश्चात् वह बोला, "आने दो वह जैसे आना चाहता है। मुझे उसके यहां आने से मतलब है। वह खुद आ रहा है तो मुझे क्यों एतराज हो सकता है?"

थोड़ी देर बाद मैं लोदी के सामने खड़ा था।

"तुम ही हो कबीर?" वह बोला, "मस्जिद के चूहे के समान दुबले-पतले हो। मैंने सोचा खासे लंबे-तगड़े होगे। इस दुबली काया से कैसे मेरे हुक्म उदूली पर उतरे हो?"

"कौन आपकी हुक्म उदूली करता है?" मैं बोला, "मेरे लिए राम के हुक्म के अलावा किसी और के हुक्म का कोई महत्त्व नहीं। मैं आपका हुक्म ही नहीं मानता तो हुक्मउदूली का सवाल ही किधर से पैदा होता है?"

"तो यह बात है," वह बोला, "तुम्हारे छोटे मुंह के अंदर बड़ी जीभ बसती है। तुम शाहंशाहे-हिन्द के मुंह लगने को भी तैयार हो।"

"कैसा शाहंशाह और कैसे गुलाम? शाहंशाह तो केवल एक राम राजा है बाकी सभी उसके गुलाम।" मैं निर्भीक बोल गया।

"मतलब मैं भी उसका गुलाम हो गया? तुम्हारे राम राजा का?"

"जरूर।" मैंने कहा।

"तुम मुसलमान हो न?"

"कौन कहता है?"

"तो तुम मुसलमान नहीं हो?"

"नहीं।"

"तुम नीरू जुलाहे के यहां नहीं पले?"

"पला तो इससे क्या? मैं मुसलमान नहीं बना। किसी का अन्न-जल खाने से ही

कोई उसकी जाति का हो जाता है क्या ?" मैंने पूछा।

"तो हिन्दू हो ?" वह गुस्से से भरकर बोला।

"नहीं।" मैंने गंभीरता से कहा।

"नहीं का क्या मतलब? हिन्दुस्तान में दो ही कौमें बसती हैं, हिन्दू और मुसलमान। तुम दोनों में से एक भी नहीं हो तो हो क्या ?"

"मैं किसी कौम आदि को नहीं मानता। मैं न हिन्दू हूं, न मुसलमान। मैं मात्र एक अदना-सा इंसान हूं, महज आदमी हूं। अपने राम का चाकर, बिना मोल का गुलाम।"

"मुसलमान होकर भी तुम काफिरों के भगवान का नाम लिए जा रहे हो, तुम्हें शर्म नहीं आती ?" वह उखड़ा।

"मैंने कहा न, मैं मुसलमान हूं ही नहीं, फिर आप ऐसी बात क्यों बोलते जा रहे हैं ?"

"नहीं हो मुसलमान माना पर हिन्दू तो जरूर हो वर्ना काफिरों के भगवान···।"

"खुदा के नाम पर अपनी जीभ को लगाम दीजिए, यहां कोई काफिर नहीं है। अगर हिन्दू मूर्ति पूजने के कारण काफिर हैं तो मुसलमान भी कब्र-पूजक होने के कारण काफिर हैं। रास्ते में किसी मजार पर आपने चादर चढ़ाई या नहीं ?"

"चुप करो," लोदी आपे से बाहर हो गया, "तुम्हारी जीभ बहुत लंबी हो रही है, कुतर दी जाएगी।"

"वह आपके वश की बात नहीं।" मैं बोला।

"क्यों ?"

"क्योंकि उस पर राजा राम का नाम बसता है। वह आपके काटे नहीं कट सकती।"

"क्या बकते हो ?" वह उखड़ा।

"मैं नहीं मेरी जीभ बकती है। काट लीजिए उसे। बहुत गुस्ताख है।"

"अच्छा तो तुम ऐसी बातें भी करते हो ?" लोदी आपे से बाहर हुआ, "तुम्हें अपनी जीभ के कटने का भी डर नहीं।"

"डर? डर कैसा सिकंदर? डर नाम के शब्द से तो हम परिचित भी नहीं। राम का नाम लेनेवाला डरे तो वह खाक राम की भक्ति करता है ?"

"तुम्हें बोलने की भी तमीज नहीं," लोदी के गुस्से की आग पर जैसे किसी ने घी छिड़क दिया हो, "तुम शाहंशाहे-हिन्द को उसका नाम लेकर भी पुकार सकते हो ?"

"कैसा शाहंशाह और कैसा बादशाह? धरती के एक टुकड़े पर राज करनेवाले तुम शाहंशाह हो तो धरती के चप्पे-चप्पे का मालिक राजा राम क्या है? असल शाहंशाह वही है। उसके अलावा मैं किसी को शाहंशाह या बादशाह नहीं मानता।"

"तुम्हारी गुस्ताखी बढ़ती जा रही है," अब तक लोदी गुस्से से कांपने लगा था, "तुम मुझे तुम कहकर भी पुकार सकते हो ?"

"तुम तो पहले से ही मुझे तुम कहते आ रहे हो, मैंने तुम्हारी भाषा में ही तुमसे

बात करना आरंभ किया तो तुम्हें बुरा क्यों लगा?"

"तो मुझमें तुममें कोई फर्क नहीं?" वह किसी छेड़े हुए सर्प की तरह फुंफकारते हुए बोला।

"फर्क है।" मैं बोला।

"क्या?"

"यही कि तुम अपने को बादशाह बोलते हो और मैं अपने को मात्र एक इंसान मानता हूं। लेकिन सच पूछो तो खुदा सभी को आदमी बनाकर ही भेजता है हिन्दू या मुसलमान बनाकर नहीं, बादशाह या रियाया बनाकर नहीं, नीच या ऊंच बनाकर नहीं, छूत और अछूत बनाकर नहीं, धनी और गरीब बनाकर नहीं। इसलिए सभी आदमी ही हैं। यह बादशाही, यह हुकूमत तो आने-जानेवाली चीज है इसका क्या भरोसा? आज रहेगी, कल नहीं। तो फिर तुम मात्र आदमी बनकर रह जाओगे कि नहीं?"

"मैं कहता हूं कि तुम हद को पार कर रहे हो। मुझे पता है कि तुम काशी में मेरे विरुद्ध बगावत खड़ा कर स्वयं यहां का राज्य हड़पना चाहते हो।"

"हा! हा! हा!" मैं अपने को हंसने से रोक नहीं सका।

"फिर तुमने गुस्ताखी की।" वह उखड़ा।

"कैसे?"

"मेरे सामने, शाहंशाहे-हिन्द के सामने तुमने हंसने की जुर्रत की। तुम्हें तमीज से जरा भी मतलब नहीं?"

"हंसना मेरा जायज था और गुस्ताखी कैसे? मैं राम के सिवा किसी को शाहंशाह या बादशाह मानता ही नहीं तो तुम्हारे सामने हंसने की बात गुस्ताखी किधर से होती है?"

"तुम्हारी हंसी जायज कैसे थी?" उसने पूछा।

"वह इसलिए कि तुम कहते हो कि मैं काशी में बगावत कर यहां का राज्य हड़पना चाहता हूं जबकि मैं महज एक कबीर हूं। राज्यों और साम्राज्यों के असली रूप को पहचानता हूं। वे धूल से अधिक कुछ नहीं और धूल ही रहेंगे। मैं तो इससे बड़े राज्य, स्वर्ग के राज्य को प्राप्त करने की कोशिश में हूं और तुम कहते हो कि मैं तुम्हारी इस धूल को अपने सिर पर चढ़ाना चाहता हूं। मुझे क्या इस माटी से?"

"तो तुम, मुझे तुम कहना बंद नहीं करोगे?" सहसा उसने पैंतरा बदला।

"जैसे को तैसा। तुम जब तक मुझे तुम कहोगे मैं भी वही करूंगा।"

"मैं पहले ही कह चुका हूं कि मैं तुम्हारी गुस्ताख जीभ को कुतरकर रहूंगा।" वह फिर क्रोध से, आग पर चढ़े पानी की तरह उबलता हुआ बोला।

"देर तुम ही कर रहे हो। अगर तुमने अब तक मेरी जीभ कुतर दी होती तो वह इतनी गुस्ताखी कर ही नहीं पाती।"

"ठीक है अब वही करना पड़ेगा।" उसने कहा और कोतवाल को अपने सामने बुलाकर बोल पड़ा, "ले जाओ, इस गुस्ताख की जीभ को काटकर इसकी हथेली पर रख दो।"

कोतवाल बहुत देर तक नहीं लौटा। सिकंदर अपना संतुलन खो रहा था। इतनी देर में तो सौ जीभों को मैं कुतर चुका होता।

"कोतवाल को यहां हाजिर किया जाए।" गुस्से से भरकर उसने पास में खड़े एक चोबदार को कहा।

कोतवाल कांपते हुए हाजिर हुआ।

"क्या हुआ ?" सिकंदर उखड़ा।

"............... ।" कोतवाल कांपता रहा। उसके मुंह से कोई आवाज़ नहीं निकली।

"क्यों, बोलते क्यों नहीं ?" सिकंदर का गुस्सा बढ़ता जा रहा था।

"............... ।" कोतवाल अब भी चुप।

"कोतवाल ! तुम बोलते क्यों नहीं ? क्या तुमने कबीर की जीभ के बदले अपनी ही जीभ काट ली ?"

"नहीं...हुजूर ?" कोतवाल कांपती आवाज में बोला।

"तो कहां है कबीर की जीभ ? अभी तक तुम एक जीभ नहीं काट सके तो उसका सिर कलम करने को कहा जाए तो तुम कैसे करोगे ?"

"हुजूर ! !"

"यह क्या हुजूर-हुजूर लगा रखा है ? बात क्यों नहीं बताते ?" सिकंदर के गुस्से का कोई अंत नहीं था।

"हुजूर जान बख्शें तो...कहूं।"

"क्यों ऐसी क्या बात है ?"

"बात... ही...ऐसी है।" कोतवाल हकलाया।

"बोलो, तुम्हारी जान बख्शी मैंने।"

"हुजूर उसको...जीभ है ही नहीं... । मैं लगातार...कोशिश करता...रहा ...पर ...वह मिली...ही नहीं। इसीलिए इतना समय भी लग गया... ।"

"क्या बकते हो कोतवाल ? तुम्हारा दिमाग तो नहीं फिर गया ? अभी उसकी जीभ कतरनी की तरह चल रही थी और तुम कहते हो कि उसको जीभ ही नहीं ?" सिकंदर गुस्से में कांपते हुए उठ खड़ा हुआ। कोतवाल की तरफ अंगारे उगलती आंखों से देखता रहा।

"............... ।" कोतवाल क्या बोलता ? उसकी टांगें इस कदर कांप रही थीं कि वह अब धरती पर गिरा कि तब ?

"मैं कहता हूं साफ-साफ बोलो माजरा क्या है ? मुझे लगता है इस कबीर का जादू तुम पर भी चल गया है। ठीक ही लोग उसे जादूगर बोलते हैं। आखिर तुम भी उसकी चपेट में आ ही गए न ? तुम्हारी टांगें, जैसे यहां मेरे भय से कांप रही हैं, वैसे ही तुम्हारे हाथ कांप रहे होंगे उस राम-नाम के उपासक काफिर की जीभ काटते समय और तुम बेशर्म की तरह बहाना बना रहे हो कि उसको जीभ ही नहीं।"

"मैं...ठीक...कह...रहा...हूं हुजूर !" कोतवाल किसी तरह बोला। "नहीं...विश्वास हो तो आप स्वयं देख लें।"

"हरामी !" सिकंदर ने अब पूरी तरह आपे से बाहर होकर पूछा, "मैं और उस काफिर के मुंह में अपना हाथ डालूं ? इन पाक हाथों को नापाक करूं ?"

"ठीक कहा तुमने सिकंदर," इस बीच मैं अंदर से बाहर आ गया था, "तुम्हारे हाथ जरूर पाक हैं क्योंकि ये हाथ न जाने कितने बेगुनाहों के लहू से रंगे हैं और मेरा मुंह जरूर नापाक है क्यों इससे अल्लाहताला का एक नाम 'राम' निकला करता है। पर तुम्हारे पास उपाय भी क्या है सिवा मेरे नापाक मुंह में अपना हाथ डालने के अलावा, अगर तुम्हें अपने ही कोतवाल की बात पर विश्वास नहीं ? और तुम मुझे बार-बार काफिर क्यों कहे जा रहे हो, तुम्हें पता है कि न मैं मस्जिद के अनदेखे खुदा पर विश्वास करता हूं, न मंदिर के अंदर शोभती पत्थर-मूर्तियों पर ही ? खैर, तुम जो चाहे कह लो पर अपने कोतवाल की जीभ काटने पर नहीं उतरो। खुद तसल्ली कर लो इस संबंध में जो वह कह रहा है।"

"कोतवाल !" वह मुझे छोड़कर फिर कोतवाल की तरफ मुखातिब हुआ।

"हुजू ''र !" वह पीपल के पत्ते की तरह कांपता जा रहा था।

"अपनी गुस्ताखी का अभी तुम्हें पता लगा या नहीं ? इसकी जीभ अभी कैंची की तरह इतनी देर चलती रही और तुम बोलते हो कि उसे जीभ ही नहीं।" सिकंदर अभी अपनी जगह पर ही खड़ा था।

"…………….।" कोतवाल चुप।

"क्यों फिर चुप क्यों कर गए ?" वह कोतवाल पर बरसा।

"तुम उस निरीह पर क्यों पड़े हो ? वह तो वही कहेगा जो उसने महसूस किया है। करना है तो खुद तसल्ली क्यों नहीं कर लेते ?"

"ठीक है खोलो मुख। जो यह नालायक नहीं कर सका वह मैं ही करता हूं। लाओ खंजर दो मुझे कोतवाल !"

कोतवाल कांपते पैरों से गया और वह कटार ले आया जिससे वह मेरी जीभ काटने की कोशिश में लगा था।

"खोलो अपना मुख।" वह कटार को दाहिने हाथ में लेते हुए बाएं हाथ से मेरी ठुड्डी को ऊपर उठाते हुए बोला।

"लो।" मैंने अपना मुख उठाते हुए बोला।

सिकंदर ने अपनी उंगलियां अंदर कीं मेरी जीभ को पकड़ने के लिए। कोई आधे पल तक वह मेरे मुंह में अपनी उंगलियां फिराता रहा फिर उन्हें बाहर निकालकर कहा, "आश्चर्य ! सचमुच इसे जीभ नहीं ! ठीक ही तुम जादूगर हो। यहां के लोग ठीक ही कह रहे थे।" लोदी बोला।

"किसी भी जादू के बल पर जीभ नहीं गायब की जा सकती सिकंदर," मैंने कहा, "जादू तो हाथ की सफाई मात्र है। यहां तो मेरे हाथ जहां के तहां हैं। तुम्हारे ही हाथ ने मेरे मुंह में जीभ ढूंढ़ने की नाकाम कोशिश की है।"

"माना यह जादू नहीं है तो तुम्हीं बतलाओ कि बिना जीभ के तुम बोल कैसे रहे हो ? जीभ तो सचमुच तुम्हारे मुंह में है ही नहीं।" सिकंदर के चेहरे पर अब गुस्से के

बदले आश्चर्य पसरा हुआ था।

"............।" मैं चुप।

"क्यों बताओ न इस असंभव को संभव कैसे कर रहे हो?" उसके स्वर में अब अनुरोध का भाव भरा था।

"मैं यह बताने को मजबूर नहीं हूं।" मैंने दो टूक कहा।

"माना तुम्हें बताने के लिए मजबूर नहीं किया जा सकता पर तुम्हें यह बताने में हर्ज क्या है कि यह चमत्कार तुम कैसे कर रहे हो?"

"कैसा चमत्कार?"

"यही बिना जीभ के बोलने का?"

"बिना जीभ के कोई बोल नहीं सकता सिकंदर! यह चमत्कार नहीं है।"

"इसका मतलब तुम्हें जीभ है।" सिकंदर आश्चर्य व्यक्त करते हुए बोला।

"मेरा बोलना ही यह साबित करता है कि मुझे जीभ है।"

"फिर न वह कोतवाल को मिली न मुझको। ऐसा कैसे हुआ?"

"यह मैं कैसे बताऊं? हो सकता है मेरे राम को यह मंजूर नहीं हो कि मेरी जीभ कटे।"

"तो तुम्हारे राम ने तुम्हारी जीभ गायब कर दी और फिर उसने उसे वापस भी ला दी।"

"मैं यह नहीं कह सकता।"

"तो फिर यह राज ही बताओ कि तुम्हारी जीभ गायब कैसे हुई?"

"कह दिया न यह बताना मेरी मजबूरी नहीं है।" मैंने साफ-साफ कहा।

"ठीक है मुझे यह जानने की जरूरत नहीं। मैं अब यह मानने को मजबूर हूं कि तुम जादूगर हो।"

"तुम कुछ भी समझने को आजाद हो।" यह तो मैंने सिकंदर को कह दिया पर आपको बताऊं यह न कोई चमत्कार था न जादू। योग की एक विशेष क्रिया द्वारा जीभ को ऊपर के तालू से ऐसे सटा दिया जाता है कि उसको कितना भी ढूंढ़ने का प्रयास करो वह मिलने से रही। योग की इसी क्रिया द्वारा योगी अमृत का पान करता है। यह यों ही नहीं था कि मैं एक सौ बीस वर्ष तक जीवित रहा। योग की यह क्रिया कोई गुप्त विद्या नहीं, आप में से जो भी योग की विभिन्न क्रियाओं से परिचित होगा इसको जानता होगा।

"तो तुम अपने को जादूगर मानने को तैयार हो?" सिकंदर ने मेरे कथन के जवाब में कहा।

"मैं तो नहीं मानता तुम जो चाहे मान सकते हो।" मैंने निर्भय कहा।

"तुम अपने को क्या मानते हो?" सिकंदर ने सहसा बात बदलकर पूछा।

"क्या मतलब?" मैंने साश्चर्य पूछा।

"मतलब यह कि कुछ लोग तुम्हें जादूगर मानते हैं तो कुछ सद्‌गुरु भी, कोई तुम्हें सिरफिरा कहता है तो कोई एक महान् शायर, कवि।"

"मैं इनमें से कुछ भी नहीं हूं।" मैंने साफ कहा।

"इसीलिए तो पूछा तुम अपने को क्या मानते हो?"

"मैं? मैं अपने को एक अदना-सा राम-भक्त मानता हूं।" मैंने शांत स्वर में कहा।

"कबीर!" लोदी सहसा चिल्लाया।

"सिकंदर!"

"तुम गुस्ताख हो।"

"यह कहने का तुम्हें अधिकार कहां से आता है?" मैंने उसकी ओर सीधे देखते हुए कहा।

"अधिकार कहां से आएगा? मुझे अधिकार देने, नहीं देनेवाला कौन है? मैं शाहंशाहे-हिन्द हूं। मैं तुमसे पूछता हूं कि मुसलमान होते हुए भी तुम राम का नाम क्यों लेते हो? और तुम किस हैसियत से मेरा नाम लेकर पुकारते हो? तुम्हें पता है मैं बादशाह हूं।"

"मैं राम के अलावा किसी को शाह या बादशाह नहीं मानता। इसीलिए मैं तुम्हें तुम्हारा नाम लेकर पुकारता हूं। तुमको मेरा नाम लेने का अधिकार है तो मुझे भी तुम्हें उसी तरह पुकारने का अधिकार बनता है या नहीं?"

"मुसलमान होकर भी तुम राम को क्यों भजते हो?"

"मुसलमान होगे तुम। मैं नहीं।" मैंने गुस्से से भरकर कहा।

"क्या कहा?" सिकंदर की त्योरियां चढ़ीं।

"जो कहना है कह दिया। तुम्हें समझ नहीं है तो वह मैं तुझे नहीं दे सकता।"

"यह गुस्ताखी की हद है कबीर।" सिकंदर बोला।

"होगी, पर मैं अपने उसूल को किसी भय से बदलना नहीं जानता। मैं इंसान को इंसान के रूप में देखने का आदी हूं। मेरे लिए न कोई मुसलमान है, न कोई
बहुत बार कह चुका हूं, तुम्हारे चाटुकारों ने तुमसे कहा भी होगा, मैं किसी को
मानता हूं, न नीच। न किसी को छूत, न किसी को अछूत। सब अल्लाह के
७८ ९। सभी समान हैं। मैं मनुष्यता, इंसानियत, मानवता का पुजारी हूं। मैं भेद-भाव में विश्वास नहीं करता।"

"कबीर!"

"बोलो!"

"जानते हो कि तुम किसी को अछूत और नीच क्यों नहीं मानते?"

"क्यों?"

"क्योंकि तुम खुद एक अछूत और नीच जाति में पैदा हुए हो। जुलाहा हो तुम।"

"सिकंदर! अपनी जबान पर लगाम दो।" गुस्से से परहेज करनेवाले मुझको भी गुस्सा आ ही गया, "मैं इसलिए सभी को समान नहीं मानता कि मैं जुलाहे के घर पाला-पोसा गया हूं। मैं सभी को समान इसलिए मानता हूं कि सभी मेरे राम के बंदे हैं। अगर केवल नीच जाति में पैदा होने से ऊंच-नीच के भेद को नहीं मानता तो मैं हिन्दुओं

और मुसलमानों के भेद को भी समाप्त करने की बात क्यों करता ?"

"कबीर !" सिकंदर का चेहरा गुस्से से अंगारे की तरह लाल हो आया।

"बोलो। अपना आपा इतना क्यों खोते हो? यह तुम्हारी सेहत के लिए ठीक नहीं।"

"तुम मेरी सेहत की फिक्र मत करो। मैं तो इतना ही कहता हूं कि तुम शाहंशाहे-हिन्द को जबान पर लगाम देने की बात कहने की गुस्ताखी कैसे कर रहे हो ?"

"शाहंशाहे-हिन्द, हा ! हा ! हा !" मैंने कहा, "यह तो ऐसा ही हुआ जैसे कोई गीदड़ जंगल का राजा होने का दावा करे। आज टुकड़ों में बंटे इस देश में तुम्हारी तरह के कई लोग ऐसी गलतफ़हमी पाले बैठे हैं कि वे सभी शाहंशाहे-हिन्द हैं। और देश के टुकड़े करनेवाले लोग भी तुम्हारी ही तरह की संकीर्ण मनोवृत्तिवाले हैं। हिन्दू, मुसलमान, पठान, राजपूत, गैरराजपूत की दीवार खड़ी कर तुम्हारे समान लोगों ने ही इस देश की कर दी है ऐसी की तैसी।"

"कबीर ! तुम्हारी जीभ ज्यादा ही लंबी हो रही है।"

"तो क्या करोगे, इसे काट फेंकने का तुम्हारा इरादा भी तो बेकार गया ?"

"मैं क्या कर सकता हूं तुम अभी देखोगे।" वह बोला।

"मैं नहीं देखूंगा।" मैं आत्म-विश्वास से भरकर बोला।

"तो कौन देखेगा ?" वह आश्चर्य करते हुए बोला।

"मेरा राम देखेगा।"

"राम, हा ! हा ! हा !" सिकंदर एक विद्रूप हंसी हंसा, "तुम्हारा राम क्या खाकर तुम्हें बचा पाएगा ? मेरा अल्लाह, तुम्हारे राम से बहुत भारी पड़ता है।"

"तुम नासमझ हो सुल्तान !" मैंने कहा।

"क्या बकते हो ?"

"बकता नहीं हकीकत-बयानी कर रहा हूं।"

"क्या हकीकत है ?" वह पुनः गुस्से से भरकर बोला।

"जिसे तुम अल्लाह कहते हो वही तो राम है। राम और अल्लाह में फर्क करनेवाले तुम्हीं लोगों ने इंसान को भी खेमों में बांट रखा है।"

"वही सही।" वह अपने गुस्से पर काबू नहीं कर पा रहा था, "पर आज न तो तुमको राम बचा सकता है, न अल्लाह। तुम राजद्रोह के दोषी हो। दिल्ली के तख्त को उलटना चाहते हो। और नहीं तो काशी और इसके आस-पास तुम मुसलमानों और हिन्दुओं की नीच कौमों को मिलाकर अपना एक अलग राज्य कायम करना चाहते हो।"

"बस," मैं मुसकराया, "तुम्हारी समझ को दाद देनी पड़ेगी। एक फकीर को दिल्ली और काशी के राज्य से क्या होना-जाना ? वह तो सभी के दिलों पर राज्य करना चाहता है। सभी में प्रेम बांटना चाहता है—इंसानियत। सभी की मुहब्बत का प्यासा है वह। तुम कर लो चंद लोगों के शरीरों पर राज्य लोगों के मन में अपने लिए मुहब्बत किधर से भरोगे ? किसी के मन में झांककर देखो; तुम्हारे प्रति, तुम्हारे जुल्मों के कारण नफरत की कैसी आग भरी है वहां ?"

"कबीर!" वह गर्जा, "मैं बात को आगे नहीं बढ़ाना चाहता। मैं अभी और यहीं तुम्हें राज-द्रोह के दंड में मौत की सजा सुनाता हूं।"

उपस्थित सभी लोग सन्न रह गए। वहां बहुत-से मेरे अनुयायी उपस्थित हो गए थे। बात-की-बात में बात बहुत पहले काशी और उसके आस-पास पहुंच चुकी थी कि सिकंदर लोदी सद्गुरु कबीर पर जुल्म ढाने काशी पहुंच चुका है। लोदी कोई फौज की बड़ी टुकड़ी लेकर नहीं आया था। उसने मात्र एक व्यक्ति को रास्ते पर लाने के लिए किसी बड़ी फौज की आवश्यकता नहीं समझी थी। काशी से जो पंडे और मुल्ला आए थे वे बात बिगड़ती देख कभी के वहां से कूच कर गए थे। पता नहीं इस सिरफिरे सुल्तान का क्रोध किस पर गाज बनकर गिर पड़े और मुल्लाओं और पंडितों को ही इस बात का दोषी ठहरा बैठे कि उन लोगों ने बात को इतना आगे बढ़ने के पूर्व ही उसे सूचना क्यों नहीं दी?

सामने और आसपास जो लोग खड़े थे वे मेरे ही आदमी थे। पीछे उसके और काशी के कोतवाल के चंद लोग हथियारों से लैस खड़े थे पर मेरे आदमियों में भी कोई निहत्था नहीं था। सबके हाथों में और कुछ नहीं तो उनका पारंपरिक डंडा तो पड़ा ही हुआ था। उसी के बल पर वे सिकंदर के आदमियों पर भारी पड़ते। भले कुछ खेत हो जाते पर सिकंदर और कोतवाल का एक आदमी भी नहीं बच पाता।

प्राण-दंड की सजा की बात सुनते ही मेरे लोगों में खलबली मच गई। पहले तो लोगों में कानाफूसी चली फिर भीड़ एकाएक भड़क उठी और लोग 'सद्गुरु कबीर—जिंदाबाद और सिकंदर लोदी—मुर्दाबाद' के गगनभेदी नारे लगाने लगे। इसके साथ ही भीड़ उत्तेजित मुद्रा में आ गई। अब किसी क्षण वह विरोधियों पर टूट पड़ सकती थी। सिकंदर और कोतवाल के चेहरे सफेद होने लगे। उन्हें हालात का अंदाजा लगाने में बहुत समय नहीं लगा।

मैंने परिस्थिति की नाजुकता समझी और लोगों को संबोधित किया—

"आप सभी शांत होइए। जब तक मेरा राम मेरे साथ है एक क्या सौ सिकंदर भी मेरा बाल-बांका नहीं कर सकते। मेरी कई बार की दुहराई बात को आप कैसे भूल जाते हैं—

जाको राखे साइंया, मार सके ना कोय।
बाल न बांका कर सके, जो जग बैरी होय॥

सिकंदर क्या खाकर मेरे प्राण लेगा? आपको अपने सद्गुरु में विश्वास हो, तो राम के नाम पर शांत हो जाइए। सिकंदर के साथियों ने क्या बिगाड़ा है? वे तो गुलाम हैं, राम के नहीं एक अदना इंसान के—सिकंदर लोदी के।"

"हम सिकंदर को जिंदा नहीं छोड़ेंगे।" लोग एक साथ चिल्लाए।

"मरे हुए को क्या मारना?" मैंने कहा, "जिसके दिल में इंसानियत नहीं, खुदा का खौफ नहीं, वह आदमी किधर से है? यह लोदी तो महज मांस का एक लोथड़ा है। इसे क्या मारना या नहीं मारना? फिर मैंने हिंसा की सबक आपको कभी नहीं दी। आपको किसी पर हाथ उठाने का कोई हक नहीं। आप कृपया अपने-अपने घर जाएं। मेरी रक्षा

का भार मेरे राम पर है।"

"जब तक सिकंदर आपको कैद से मुक्त नहीं करता, हम जानेवाले नहीं—"

'सिकंदर वापस जाओ।'

'कोतवाल मुर्दाबाद।'

'सद्गुरु कबीर की जय।'

वे नारे लगाने लगे। साथ ही लोग आक्रामक मुद्रा में आगे बढ़ने को भी हुए। लोदी और कोतवाल के चेहरे और सफेद पड़ने लगे। उनके सिपाही बगले झांकने लगे।

"घबराओ नहीं सुल्तान," मैंने कहा, "मैं इन्हें तुम्हारा कुछ नहीं बिगाड़ने दूंगा। ये राम के बंदे हैं, इनके अंदर खुदा की खौफ भरी गई है। ये अभी शांत हो जाएंगे। तुम्हारी बदसलूकी पर ये कुछ उत्तेजित हो आए हैं। मैं इन्हें रास्ते पर ला देता हूं। जो तुम्हारी हथियारबंद टुकड़ी नहीं कर सकती उसे मैं अभी करके दिखाता हूं। नहीं, यह मेरा घमंड नहीं बोल रहा, मुझे अपने अनुयायियों पर पूरा विश्वास है। मैं जो कहूंगा वे वही करेंगे।"

"तब तो पंडितों और मुल्लाओं ने ठीक ही कहा था कि तुम इनके बल पर काशी को हड़पना चाहते हो?" सिकंदर ने धीरे-से कहा, "पर तुम याद रखो अभी यह तुम्हारी डंडावाली सेना मुझ पर भारी भी पड़ी तो मैं जल्दी ही दिल्ली से नई फौज मंगाऊंगा और इन सभी के सिर कलम करा दूंगा।"

"नादानी की भी हद होती है सिकंदर! तुम किस बूते पर इतना कुछ बके जा रहे हो? अभी तो तुम्हारे ही सिर की खैर नहीं। मुझे इन्हें रोकने दो, वर्ना तुम्हें पता है तुम्हारी और तुम्हारे लोगों की खैर नहीं।"

इसके बाद मैंने भीड़ को पुनः संबोधित किया—

"आप लोगों को राम, उस निराकार, निर्विकार की ताकत में भरोसा है कि नहीं?"

"है।" सभी एक साथ बोले।

"इस कबीर में आपका विश्वास है या नहीं? इसकी बातों में?"

"पूरी तरह।"

"तब आप लोग अभी मेरी बात मानकर अपने-अपने घरों को चलें जाएं। यह राम के नाम पर मेरी आपसे अंतिम विनती है।"

सभी लोग गर्दन झुकाए अनमने मन से वहां से विदा हो गए।

"कोतवाल!" सिकंदर ने पुकारा।

"हुजूरे आलम!"

"इस कबीर को अभी कोठरी में बंद कर दो। मैं इसे मौत का दंड दे चुका हूं। कल एक पहर दिन चढ़ते इसे अंजाम दिया जाएगा।"

"जैसा हुक्म।" कोतवाल ने कहा और मुझे एक तंग कोठरी में बंद कर दिया गया। मैं सोया नहीं। रात-भर राम के ध्यान में लगा रहा। शून्य में विलीन रहा। निराकार में आकार की कल्पना करता रहा। नहीं, मुझे राम से अपने प्राणों की भीख नहीं मांगनी थी। देना-लेना तो उसका काम। रात की साधना तो हमारी, हम साधुओं की

परंपरा रही है। यह मार्ग तो हमारा किशन (कृष्ण) भी बता गया है—"जब संसार के सारे जीव सोते हैं तब साधक जगता रहता है।"[1]

33

सिकंदर लोदी के समान लोग भी कभी-कभी खुदा से खौफ खाते हैं। या यों कह लें कि कहने के लिए ऊपर से भले कोई यह कह ले कि वह राम अथवा अल्लाहताला नामक किसी शक्ति में विश्वास नहीं करता पर अंदर-अंदर उसे लगता अवश्य है कि कोई है हम सबों के अलावा, हम सबों से ऊपर, हम सबों से अधिक शक्तिमान जिसकी नाराजगी मोल लेना हमारे हित में नहीं है।

लोदी के साथ उसका गुरु शेख तकी भी दिल्ली से आया था। रात में जब मैं राम के ध्यान में लगा था तब लोदी शेख तकी के शिविर में आया और दोनों में वार्तालाप आरंभ हुआ।

"कबीर को मृत्यु-दंड देना क्या उचित होगा?" लोदी ने पूछा।

शेख तकी मुझसे जलता था। मेरी लोकप्रियता उसे फूटी आंखों भी नहीं सुहाती थी। उसने लोदी के उत्तर में कहा—

"आप कबीर को मौत की सजा दे चुके हैं। बादशाह के मुंह से निकली बात और धनुष से छूटे बाण वापस नहीं हुआ करते।"

लोदी की समझ में नहीं आया कि इस बात का क्या जवाब दे? वह अपने निर्णय को लेकर अंदर से कहीं अस्थिर महसूस कर रहा था। लगता था कुछ गलत हो गया है जिसे सुधारना जरूरी है।

अकस्मात् उसे एक राह सूझी।

"कबीर लोगों में काफी लोकप्रिय है। हिन्दुओं और मुसलमानों में समान रूप से। कल की भीड़ को याद करें। अगर कबीर स्वयं उसको वापस नहीं करता और उसके एक हुक्म पर ही सभी लौट नहीं गए रहते तो हमारी खैर नहीं थी।"

"अब तो इतने लोग होंगे नहीं," शेख तकी ने जवाब दिया, "कल पहर-भर दिन चढ़ते ही आपके हुक्म के अनुसार कबीर को मौत के मुंह में झोंक देना है। उस समय तक उसके कितने हितैषी यहां जुट पाएंगे?" शेख ने दलील दी।

"बात इतनी ही नहीं है," लोदी ने कहा, "कबीर की मौत के बाद जो हंगामा बरपेगा उसे संभालना आसान होगा क्या? पूरी काशी और उसके आस-पास विशेषकर निचले तबके के लोग जिसमें वह बहुत लोकप्रिय है। विद्रोह का झंडा ऊंचा कर देंगे। रिआया हमारे खिलाफ हो जाएगी तब हम क्या करेंगे? हमारे पास इतनी फौज भी नहीं है।"

सिकंदर की हिम्मत को लड़खड़ाते देख शेख को चिंता हुई। वह हर हालत में

1. या निशा सर्वभूतानां तस्यां जागर्ति संयमी।
यस्यां जाग्रति भूतानि सा निशा पश्यतः मुनेः॥ —*गीता*

मुझे समाप्त करने पर अड़ा था।

"दिल्ली से और कुमुक मंगा लीजिए तब तक के लिए कबीर की सजा को मुल्तबी रखिए। सजा सुनाई जा चुकी है तो उसे अंजाम देना ही है। उसे टाल सकते हैं पर खत्म नहीं कर सकते।"

सिकंदर के लिए इस सवाल का जवाब हाजिर था और वह झट से बोल पड़ा, "दिल्ली से कुमुक इतनी जल्दी आ जाएगी क्या? रात-दिन चलें तब भी सिपाहियों को यहां पहुंचने में बीस रोज का समय लगेगा। तब तक हम दिल्ली छोड़कर काशी में पड़े रहेंगे और तब तक यहां की रिआया हमें यों ही छोड़ देगी? कितने दिन बंद कर रखेंगे कबीर को? और एक बार जब लोग उसे छुड़ा ले गए तो फिर वे उसे हमारे हाथ लगने देंगे? कबीर आना भी चाहे तो वे उसे मौत के मुंह में आने को छोड़ देंगे?"

"तब?" शेख तकी परेशान होकर बोल पड़ा।

"तब आप ही बताइए। आप तो हमारे उस्ताद हैं।"

"मेरी समझ में तो मात्र इतना ही आता है कि बादशाह का हुक्म पत्थर की लकीर है। उस लकीर को किसी प्रकार मिटना नहीं चाहिए वर्ना सल्तनत की लगाम ढीली पड़ जाएगी।"

सिकंदर कुछ देर तक सोचता रहा फिर बोला, "कुछ ऐसा करते हैं कि सांप भी मरे और लाठी भी नहीं टूटे।"

"क्या?" शेख शंका की निगाह से सिकंदर को देखते हुए बोला।

"कबीर को इस्लाम कबूल करने पर मजबूर करते हैं। ऐसी हालत में उससे कोई खतरा भी नहीं रहेगा और उसकी जान बख्श देने का हमें एक बहाना भी मिल जाएगा।"

शेख घबराया। सुल्तान का दिमाग इस तरह तेज है इसका तो उसे अंदाजा ही नहीं था। फिर भी वह अपनी ओर से बाज कब आनेवाला था?

"कबीर के इस्लाम कबूल कर लेने से उससे खतरा क्योंकर नहीं रहेगा?" उसने हर शब्द पर जोर देते हुए पूछा।

"साधारण बात है अभी तो वह, 'ना मैं हिन्दू, ना मुसलमान' का नारा लगाता है। दोनों को बराबर समझता है—समान। जिस दिन वह इस्लाम कबूल कर लेगा हिन्दू इससे खुद-ब-खुद अलग हो जाएंगे। रह गए मुसलमान तो कबीर से, हमारी मुसलमानी सल्तनत को मुसलमानों से क्या भय?"

इस बात की कोई काट नहीं थी शेख के पास। वह चुप लगा गया।

"पर कबीर से इस्लाम कबूल कैसे कराया जा सकता है," स्वयं सिकंदर बोल पड़ा, "यह काम इतना आसान है क्या?"

"यह टेढ़ी खीर है।" शेख को मौका मिल गया।

"मैं इसे अंजाम देने की कोशिश करूंगा।" सिकंदर बोला।

"आप?" शेख सशंकित हुआ।

"और क्या?"

"बेहतर है यह काम आप मुझ पर छोड़ देते। मजहब इत्यादि की बात करना मेरे

लिए ज्यादा मुफीद रहेगा।" शेख ने अपनी चाल चली। उसने सोचा वह दो-चार बातें मुझसे कर सिकंदर को बोल देगा कि यह जुलाहा इस्लाम कबूल करने की जगह अपनी मौत ज्यादा पसंद करता है। किंतु सिकंदर को उसकी तजबीज पसंद नहीं आई और उसने कहा—

"नहीं, यह आपके बूते की बात नहीं। बिना डर के कोई सीधी राह नहीं चलता। इस्लाम शमशीर (तलवार) के बल पर फैला है, इस बात को आप कैसे भूल जाते हैं? कबीर को इस्लाम की राह पर लाने में तलवार धारण करनेवाला एक सुल्तान खुदा की बंदगी करनेवाले एक उस्ताद से कहीं अधिक कारगर होगा। ऐसे भी तर्क में आप उससे नहीं जीत सकते, यह तो आपको पता ही है। आप मेरे गुरु हैं तो क्या, मुझे कहना ही पड़ेगा कि मजहबी मामलों में वह आपसे बहुत आगे है। तर्क के बल पर उसे मुसलमान बनाने का सपना पालना बेकार है। डर कुछ कारगर हो तो हो, ऐसे इस बारे में भी बहुत उम्मीद नहीं रखता। डर को भी वह चुनौती पहले ही दे चुका है, फिर भी मुझे राजनीति से काम लेने दीजिए धर्म-नीति यहां काम नहीं आएगी।"

शेख तकी क्या बोलता? चुप लगा गया।

अहले सुबह सिकंदर मेरे कमरे में पहुंचा।

"सुल्तान इस फकीर के यहां? आश्चर्य है।" मैंने कहा। मैं अब तक गुस्ल आदि कर तैयार बैठा था। सुल्तान को उम्मीद थी कि मैं उठकर उसका स्वागत करूंगा। पर उसकी इस आशा पर पानी फिर गया तो वह बोल पड़ा, "शाहंशाहे-हिन्द को सलाम नहीं करना किसी के लिए शोभा नहीं देता भले ही वह अपने को संत या सद्‌गुरु ही क्यों नहीं कहता हो।"

"शाहंशाहे-जहां की बंदगी करनेवाले किसी अदने सुल्तान को सलाम नहीं अर्ज किया करते सिकंदर! एक राम अथवा अल्लाहताला के नाम पर झुकनेवाला कबीर का सिर केवल अपने गुरु को छोड़कर किसी के सामने नहीं झुका। वह गुरु भी खैर राम की नगरी को चले गए अतः इस सिर को किसी के सामने झुकने का सवाल ही नहीं पैदा होता।"

"बहुत गुस्ताख हैं आप!" सिकंदर बोला। उसे उम्मीद नहीं थी कि उसे ऐसा जवाब सुनने को मिलेगा।

"तुमसे आप पर उतरने के लिए शुक्रिया," मैंने कहा, "इसके पीछे भी कोई चाल ही होगी वर्ना अपनी गुस्ताखी के लिए बदनाम सुल्तान किसी को आदर दे यह सोचने की भी बात नहीं।"

"आदर के काबिल इंसान को आदर देना अपनी इंसानियत का ही परिचय देना है।"

"सुल्तान को अपने को इंसान मानते देख ताज्जुब हो रहा है।" मैंने छुटते ही जवाब दिया।

"आपकी दो टूक बातों के दंश की बात तो सुनी थी आज महसूस भी कर रहा हूं।" सिकंदर शांति से बोला।

"काम की बात पर आइए। मुझे समय जाया करने की आदत नहीं। जो भी समय, परवरदिगार के इबादत, बन्दगी में गुजरा वह तो सार्थक हुआ, बाकी सब निरर्थक—बेमानी।"

"आपको मालूम है आपके सिर पर तलवार लटक रही है।" उसने सहसा बात बदली।

"नहीं, मुझे इसका कोई पता नहीं।"

"आपने शाम के एलान को नहीं सुना कि आज एक पहर दिन चढ़ते ही आपके प्राण-पखेरू आसमान की बुलंदियों की ओर बढ़ जाएंगे? आप मौत के घाट उतार दिए जाएंगे?"

"मैंने सुना पर किसी और ने भी सुना, इस सबका पता और चिंता भी उसे होनी चाहिए। जिसका जो काम हो करे मैं क्यों दूसरे के काम की चिंता करूं? फिर मुझे अपनी जान जाने का पता भी क्यों कर हो, वह तो मात्र एलान-भर था। इंसान के एलान का क्या, वह जब पूरा हो तब जानें।" मैंने शांत स्वर में कहा।

"तो आपको मौत का भी खौफ नहीं?"

"खौफ? यह किसे बोलते हैं? राम-भक्त को खौफ कब से होने लगा? मुझे इस शब्द से खास परिचय नहीं।" मैं बेफिक्र बोला और मन-ही-मन पुनः अपने राम का स्मरण करने लगा।

सिकंदर की बुद्धि चकरा गई। वह आगे क्या बोले समझ नहीं पा रहा था।

"मैं आपको सलाह देने की काबिलियत तो नहीं रखता पर मैं इस संबंध में आपको एक राय देने आया था।"

"शौक से दीजिए।"

"मानना-न-मानना आपके हाथ में है पर राय मैं काम की ही दे रहा हूं।" वह कुछ सोचते हुए बोला।

"यह बात तो आपकी कीमती राय को सुनने के बाद ही कही जा सकती है।"

"आप अपनी ताकत मेरा मतलब इल्हामी ताकत को बेकार ही जाया कर रहे हैं चंद भाग्य के मारों के बीच। आपके शब्दों में दीन-दुःखियों और दलितों-शोषितों के बीच। दुःखी, दलित और शोषित होना तो इनकी किस्मत में ही लिखा है। पैर की धूल को सिर का तिलक बनाना कोई बुद्धिमानी की बात नहीं। आप इनको अपने हालात पर छोड़कर मेरे बताए रास्ते पर आ जाएं तो इंसानियत को बहुत बड़ा लाभ मिले।"

"क्या है आपका रास्ता जिस पर चलने से इंसानियत को लाभ हो? मैं जरूर ऐसे रास्ते को अपनाना चाहूंगा। आखिर परवरदिगार ने मुझे इंसान की सेवा के लिए ही इस धरती पर भेजा है।"

"मेरा इतना ही कहना है कि आप परवरदिगार को राम कहना छोड़कर अल्लाह को कहें।"

"बस इतनी-सी बात? खोदा पहाड़ भी तो निकली बस चुहिया! मैं तो अनेक बार कह चुका हूं कि मैं राम और खुदा में कोई फर्क नहीं मानता। जो राम वही रहीम। जो किशन वही करीम। परवरदिगार के नाम अनेक हैं, वह केवल एक है।"

"मैं तो यही कहना चाहता था कि आप परवरदिगार के और नामों को भूल जाएं खासकर राम को और आप उसके एक ही नाम को जानें अल्लाहताला को, खुदा को।"

"मतलब मैं मुसलमान बन जाऊं? इस्लाम को गले लगा लूं? यही न?" मैं सिकंदर की चाल समझकर बोला।

"आपने ठीक समझा।"

"पर आपने गलत आदमी को चुना। आज तक असंख्य हिन्दू मुसलमान बन चुके हैं शमशीर के बल पर, खौफ के कारण। कबीर ने कभी केवल हिन्दू होने का दावा नहीं किया अतः उसे मुसलमान बनने का कोई शौक नहीं और नहीं बनने पर मिलनेवाले अंजाम की भी चिंता नहीं। वह सबका होकर रहेगा, हिन्दुओं का भी, मुसलमानों का भी। न उसे कोई मुसलमान बना सकता है, न हिन्दू। कबीर किसी व्यक्ति का नहीं, समझ सको तो समझो वह एक प्रवृत्ति का नाम है जो सबके मन में एक ही परवरदिगार को बसते देखती है। आदमी-आदमी में, धर्म-संप्रदाय, जाति-जन्म, रूप-रंग और गरीबी-अमीरी के कारण भेद करना नहीं जानती।"

"तो आप अपने निश्चय पर दृढ़ हैं?" सिकंदर निराश होते हुए बोला।

"इसे आपको बहुत पहले समझ लेना था।"

"तो इसकी कीमत आपको अपने प्राणों से चुकानी पड़ेगी।" वह गुस्से में आग पर रखे दूध की तरह उबला।

"यह कौन-सी नई बात फरमा रहे हैं आप? यह फैसला तो आप कल ही सुना चुके हैं। सुल्तानों को अपने फैसले को बदलने की बात पहले-पहल सुन रहा हूं, वह भी बिना किसी दरख्वास्त के। मैंने कभी आपसे अपने प्राणों की भीख नहीं मांगी। आपने न अपने ओहदे को महत्त्व दिया न मेरे सिद्धांत को। व्यर्थ में दोनों की जगहंसाई करने पहुंच गए। एक पहर दिन चढ़ने में अब बहुत समय शेष नहीं रहा। आपको अब तक मुझे मौत के मुंह में डालने की तैयारी में लगे होना चाहिए था। और यह भी सुन लीजिए बेकार आप 'मेरे' प्राणों को लेने की बात करते हैं। ये प्राण, ये सांसें न मेरी हैं न आपकी। जिसकी है वह इसकी चिंता करे। उसकी मर्जी वह अपनी जान आपको दे, नहीं दे, मैं बीच में कहां आता हूं?"

"तो आपको अपनी जान के बच जाने का भी भरोसा है?" वह गरूर से भरकर बोला।

"कहा न यह मेरी जान है ही नहीं। आपको उसे लेना है, आप हाजिर हैं, जिसे उसे देना है उसका कुछ पता नहीं। उसकी मर्जी को जानने का कोई जरिया भी नहीं। आप अब शौक से इस नाचीज के पास से जा सकते हैं। जो बात पहले से ही शीशे की तरह साफ है उसको लेकर इतना सिर खपाने से लाभ?"

"यह मेरे प्रस्ताव की तौहीन है। इस्लाम की तौहीन है। मैं इसे कतई बर्दाश्त नहीं

कर सकता।" वह उठते हुए बोला।

"नहीं यह इस्लाम की तौहीन नहीं, मजहबपरस्ती के मुंह पर एक करारा तमाचा है। आपको जो करना है जल्दी कीजिए। वर्ना देर हो जाने से मेरे आदमी जुट गए तो आप मुश्किल में पड़िएगा।"

•

शेख तकी के पास सिकन्दर अपना-सा मुंह लेकर लौटा।

"मैंने कहा था न यह शाहंशाहों के बस का मर्ज नहीं। जहां उस्ताद की जरूरत थी वहां शार्गिद के जाने से क्या बनता?" शेख तकी ने व्यंग्य किया।

सिकन्दर अपने उस्ताद के व्यंग्य को झेल गया और बोला, "वह खालिस इस्पात का बना इन्सान है। उसे झुकाना मेरे ही नहीं आपके बस की भी बात नहीं। मुझे तो भय है शमशीर का वार भी उस पर बेकार नहीं जाय। पता नहीं कौन रूहानियत उसके अन्दर भरी है और कौन चमत्कार वह कर बैठे, इसीलिए उसकी मौत का पुख्ता प्रबंध करना है।"

"आप भी उसके झांसे में आ गए?" शेख तकी बोला, "वह चमत्कार क्या दिखाएगा? उसे सीधे शमशीर के घाट उतार दीजिए। दुनिया की कोई ताकत तलवार की धार से किसी की गर्दन नहीं बचा सकती।"

"हो सकता है," सिकन्दर ने कहा, "पर मैं राजनीति के चौपड़ का एक मंजा खिलाड़ी हूं। मैं व्यर्थ कोई खतरा मोल नहीं लेता। मैं कबीर की मौत का दोषी बनना भी चाहता हूं, नहीं भी चाहता। अपनी आंखों में दोषी, रिआया की आंखों में निर्दोष। हमें इसकी मौत से मतलब है, मौत के जरिए से नहीं। मैं कुछ ऐसा उपाय सोचता हूं कि लोग उसकी मौत का जिम्मेदार हमें नहीं मानकर हालात को मानें, परिस्थिति को।"

"क्या कीजिएगा आप?"

"देखते जाइए।"

इस समय तक लोगों की भीड़ बढ़ने लगी थी। सिकन्दर अब अधिक समय नहीं खोना चाहता था। उसने एक नौका मंगवाई। उसमें पहले से ही छिद्र था जिससे पानी अन्दर प्रवेश करता था। सिकन्दर ने शेख तकी की उपस्थिति में ही नाविक को समझाया, इस नाव पर लोहे के जंजीरें रख लो छिपाकर। अपने साथ दो-चार नाविक ऐसे ले लो जो तैरने में तुम्हारी समानता रखते हों। वे सभी कबीर को घेर कर बैठ जाएंगे। किनारा छोड़ने के बाद ही उनमें से एक उसे लोहे की जंजीरों से पूरी तरह जकड़ देगा जिससे वह हाथ-पांव तक नहीं हिला सके। किनारे का कोई आदमी इसे देख नहीं पाएगा। मझधार आते-आते तुम्हारी छेद वाली नौका पानी से भर कर बीच धार में डूब जाएगी। तुम सभी तैरकर बाहर आ जाना। जंजीर में बंधा कबीर तैर नहीं पायेगा। वह चट्टान की तरह नदी के पेट में उतर जाएगा। लोग समझेंगे वह दुर्घटनाग्रस्त हो गया। बात आई-गई हो जाएगी। कोई किसी पर संदेह नहीं कर पायेगा। तुम्हारी नौका की कीमत की भरपाई राज्यकोष से होगी। बल्कि कीमत से ज्यादा ही तुम्हें मिलेगा। इस संबंध में तुम्हें और

तुम्हारे आदमियों को अपना मुंह बंद रखना है पूरी तरह। समझे?"

शेख तकी प्रसन्न था कि चाहे जैसे हो बात उसके मन की ही हो रही थी।

"समझ गया।" नाविक बोल कर अपने अभियान पर निकल गया और थोड़ी ही देर में नौका में चार-पांच नाविकों और छिपाकर रखी जंजीरों को लेकर आ गया।

"अब आपकी बारी आती है उस्ताद साहब।" सिकन्दर ने शेख तकी को कहा, "आप जाकर कबीर से कहिए कि उसे बा-इज्जत बरी कर दिया गया और वह नौका पर सवार होकर उस पार जा सकता है। आप उस्ताद हैं वह आपकी बातों का विश्वास कर लेगा। मेरे ऊपर अब उसका भरोसा नहीं।"

शेख तकी मेरे पास पहुंचा। अदब के साथ उसने मेरा सिजदा किया।

"क्या बात है तकी तुम तो सुल्तान के उस्ताद हो। इस कैदी के पास आने का कष्ट क्यों फरमाया?"

"सुल्तान का फरमान लेकर।" वह बड़ी विनम्रता से बोला।

"अब क्या फरमान हो सकता है?" मैंने कहा, "सबसे बड़ा फरमान तो वह सुना चुका है। उसी को अमली जामा पहनाने की कोशिश करने में उसकी सहायता करो। यह काम बहुत आसान नहीं है। मेरे राम को मुझसे अभी बहुत काम लेना है। वह आसानी से तुम्हारे सुल्तान को अपना मकसद पूरा नहीं करने देगा ।"

"नहीं फरमान कुछ और है।"

"क्या?"

"शांहशाहे हिन्द सिकन्दर लोदी ने आपको प्राणों की भीख दे दी। अब आप जा सकते हैं। उसका प्रबंध भी कर दिया गया है।"

"पर मैंने तो कभी प्राणों की भीख मांगी नहीं।" मैंने आश्चर्य से कहा।

"सुल्तान की मर्जी। जब वह आपको छोड़ना चाहता है तो उसके निर्णय में कौन टांग अड़ा सकता है? जैसे आपके राम की इच्छा के विरुद्ध एक पत्ता भी नहीं डोलता उसी तरह उसकी सल्तनत में वही होता है जिसे सिकन्दर चाहता है।"

"पर वह तो मुझे शमशीर के घाट उतारना चाहता था। यह विचार-परिवर्तन कैसे हुआ?"

"आपके राम ने प्रेरणा दी होगी।" पता नहीं शेख तकी ने अपनी ओर से मजाक किया या क्या पर बात वह सच ही बोल गया।

"ठीक है। मुझे क्या करना है?" मैंने पूछा।

"कुछ नहीं केवल मेरे साथ लग जाना है।"

"चलो।"

थोड़ी देर बाद हम राजघाट के उस स्थान पर पहुंच गए जहां से मुझे प्रस्थान करना था। लोदी वहां पहले से मुझे विदा देने के लिए खड़ा था।

थोड़ी देर में नौका भी आ गई।

"विराजिए।" सुल्तान ने अदब के साथ कहा।

"यह अंतिम विदाई तो नहीं है?" मैंने मजाक में कहा।

"आप भी क्या फरमाते हैं?" सिकन्दर ने झेंपते हुए कहा और मेरा हाथ पकड़कर मुझे नौका पर बैठा दिया।

किनारे पर दोनों तरफ अब तक लोग काफी संख्या में उपस्थित हो गए थे।

"संत कबीर की जय।"

"सुल्तान सिकन्दर की जय।" से राजघाट का किनारा गूंज उठा।

उस तरफ भी लोग प्रसन्नता से उछल रहे थे। पर वहां की बातें इस तरफ नहीं आ सकती थीं।

नौका धीरे-धीरे धार में आगे बढ़ी। थोड़ी देर में मैं लोगों की आंखों से ओझल हो गया। मुझे घेरकर बैठे नाविकों ने मुझे पूरी तरह लौह-जंजीर से जकड़ दिया। मैं उनकी मंशा समझ गया और जकड़ने के समय ही कुम्भक प्राणायाम से मैंने अपने शरीर को विशेष कर वक्ष-स्थल और पेट को पूरी तरह फुला दिया। बाद में यही क्रिया बहुत काम आई।

नाव में पानी बढ़ना आरम्भ हो गया। नाविकों के सरदार ने कपड़े और 'सन' से भरे एक और बड़े छिद्र को अपने डंडे से खोल दिया और पानी अब तेजी से नौका में भरने लगा। चौथाई, आधा और बीच धार में आते-आते नौका पूरी तरह पानी से भर आई। किनारे खड़े लोगों ने यह सब नहीं देखा।

नाव अब डूबी कि तब। सभी नाविक बात की बात में नाव से छलांग लगा गए और किनारे की ओर तैरने लगे।

नौका मुझे लिए-दिए जल से आंकठ भरी, धार के बीचों-बीच डूब गई।

दोनों किनारे के लोग हाहाकार कर उठे। नाविक किनारे पर आए तो लोगों ने उन्हें घेर लिया।

"हम क्या करते नौका में अकस्मात् छिद्र हो गया। वह डूब गई।"

"और कबीर?" लोग चिल्लाए।

"उसे तैरना नहीं आता होगा। डूब मरा होगा।"

"कबीर ! कबीर ! सदगुरु कबीर!!" लोग चिल्ला पड़े। नाविक उसका फायदा उठा भाग चले।

जो लोग तैरना जानते थे वे बात की बात में नदी में कूद पड़े। जहां नौका डूबी थी उसके आस-पास कई लोगों ने डुबकी लगा दी। देर तक खोज होती रही। मुझे नहीं मिलना था, मैं नहीं मिला।

लोग निराश होकर किनारे पर आ खड़े हुए। काशी के तीर पर लोग क्रन्दन करने लगे। बहुत सारे स्त्री-पुरुष चीख-चीखकर हाय कबीर! हाय सदगुरु! हाय संत-शिरोमणि! कह-कह आंखों में अश्रुओं की अनवरत धार बहाने लगे। इसमें हिन्दू-मुसलमान सभी थे। बहुतों को आज मालूम पड़ा कि एक अदना-सा जुलाहा कबीर सचमुच दोनों सम्प्रदायों में कितना लोकप्रिय था। राजघाट के सामने के इस गंगाघाट पर कोई आधे कोश तक लोगों की भीड़ जमा थी। बाल, युवा, बूढ़े सभी। बहुत सारे पंडे और मुल्ला भी जो मुझे देख कर लगातार ईर्ष्या की अग्नि में जलते रहते थे, मेरी मृत्यु

का समाचार सुन गंगा-तट आ गए थे और उनकी आंखों से भी बरबस पानी बरसने लगा था।

"काशी के प्राण लुट गए। यहां की अमूल्य धरोहर जाती रही। यह सब हमारे पापों का परिणाम है। हम हीरा को कांच समझकर ठुकराते रहे। अब कभी नहीं पैदा होगा इस धरती पर ऐसा आदमी। ऐसा निर्भीक, ऐसा समतावादी, मानवता-प्रेमी, ऐसा राम-भक्त, और सबसे ऊपर ऐसा आशु कवि जिसके मुख से दोहे और साखियां, रमैनी और उलटवांसियां झरने से निकलते जल की तरह झरती थीं—निर्बाध, निर्द्वन्द्व, अनायास, अप्रयास।" बहुत-से पढ़े-लिखे पंडे और पुरोहित, मौलाना और मौलवी यह कह-कहकर पश्चाताप और दारुण दुःख की अग्नि में जलने लगे।

पूरी काशी और उसके आस-पास मातम छा गया। जिसने जहां सुना, वहीं स्तब्ध रह गया। कितने घरों में चूल्हे नहीं जले। कितने घरों के जले चूल्हे बुझ गए।

मानो काशी की आत्मा ही गंगा-जल में डूब मरी। जो शेष था वह मात्र निर्जीव शरीर। असहाय। जैसे मरणकंडिका पर पड़ा कोई शव।

34

एक की अप्रसन्नता अक्सर दूसरे की प्रसन्नता का कारण बनती है—सबब। एक का दुःख दूसरे को हर्ष दे जाता है। एक का विषाद, अवसाद, दूसरे के आह्लाद का जनक होता है। एक की विपत्ति जैसे दूसरे को अपार संपत्ति से पूरित कर देती है। एक का दुर्भाग्य दूसरे का सौभाग्य-सूर्य बनकर चमक उठता है। एक का सर्वस्व विनाश, दूसरे के विकास-पथ को प्रशस्त करता है। सृष्टि का यही नियम है, नहीं मनुष्य का यही स्वभाव। दूसरों के अपकर्ष में ही वह अपना उत्कर्ष देखता है। ईश्वर ने मानव को अपना स्वरूप प्रदान किया, अपने रूप में गढ़ा। काश वह उसे अपना मन भी प्रदान किए रहता! अपनी उदारता, अपनी अपार करुणा, अपना अकारण प्रेम, अपनी अगाध सहानुभूति, अपना अमाप्य, अथाह, अलौकिक स्नेह! तब मानव मानव कहां रहता, वह देवता बन आता कि नहीं? स्वयं ईश्वर?

इसीलिए मुझ कबीर ने कभी अवतारवाद को प्रश्रय नहीं दिया, नहीं दी मान्यता। ईश्वर न ही पैदा होता है, न ही अवतरित होता है परब्रह्म परमात्मा, परवरदिगार। मनुष्य स्वयं अपने गुणों, अपनी विशेषताओं, अपने अलौकिक चरित्र, अपनी अकल्पनीय उपलब्धियों, मानव-मात्र के प्रति अपनी असामान्य करुणा, अगाध प्रेम-स्नेह और जीव-मात्र के प्रति समत्व भाव के बल पर ही ईश्वर-तुल्य हो आता है। चाहे वह राम हो या कृष्ण, मुहम्मद या मूसा, बुद्ध अथवा महावीर, ईसा अथवा नानक, सभी अपने अलौकिक गुणों के कारण ईश्वरत्व, देवत्व को प्राप्त हुए। ईश्वर कभी मानवीय काया धारण कर इस धरती पर नहीं आया। वह निराकार, अचिंत्य, निर्गुण, निर्विकार किस तरह गुणों और विकारों के वश में होकर मानुषी तन धारण कर सकता है? नारायण, नर बनकर कभी नहीं आया। नर, नारायण बन आता है। यह मुझ

कबीर की अमिट धारणा है, अडिग विश्वास। आपकी सहमति हो इसमें यह आवश्यक नहीं। आप अपने विचारों, मान्यताओं और विश्वासों-आस्थाओं के आधार पर उसको जिस रूप में चाहिए अपनाइए, अपनी अगाध श्रद्धा, अपना अप्रतिम प्रेम प्रदान कीजिए। आप स्वतंत्र हैं अपनी भावना के अनुरूप आचरण करने के लिए, आध्यात्मिक आस्था विकसित करने के लिए। कबीर आपको दिग्भ्रमित करने नहीं आया, पर जो कुछ उसकी अल्पबुद्धि में आया वह सब उसने निर्भय, निर्विकार होकर कह दिया।

खैर, इधर काशी में लोगों पर महाशोक के काल डरावने मेघ मंडरा रहे थे, उधर राजघाट के किले में जश्न मनाया जा रहा था। मदिरा के प्याले के प्याले साकी-बालाओं द्वारा लोगों के कंठ में उतारे जा रहे थे। नृत्य और संगीत का दौर चल रहा था। घुंघरुओं की झनझनाहट मदहोश लोगों के मन में स्वर्गिक ध्वनि बनकर उतर रही थी। झूमते-झामते, मदिर-गंध से भरे लोग गले मिल रहे थे। एक-दूसरे के वक्ष से वक्ष सटाकर अपना हर्ष प्रकट कर रहे थे। शेख तकी और उसके कुछ शार्गिदों की प्रसन्नता का कोई पारावार नहीं था। आखिर एक गया जिसके कारण उनकी आंखों की नींद उड़ रही थी, जिसकी निरक्षरता-आधारित ज्ञान ने भी उनके अध्ययन-मनन पर ग्रहण लगा दिया था, उनकी विद्वता और अध्यात्म-ज्ञान पर प्रश्नचिह्न लगा दिया था—सवालिया निशान। उन्हें कबीर के चले जाने का हर्ष था।

वे निश्‍चिंत थे। उनसे अब कोई सवाल भी नहीं करता कि कबीर क्यों मरा, कैसे मरा? किसने मारा? सबको पता हो गया, नौका-दुर्घटना में उसका अंत हो गया। उसे जल-समाधि मिल गई। अब सल्तनत को भी कोई खतरा नहीं था। कबीर के अनुयायियों को बिखर जाना था। हिन्दुओं को हिन्दू और मुसलमानों को मुसलमान बन जाना था।

पर यह प्रसन्नता अत्यंत ही क्षण-जीवी सिद्ध हुई। सुख के मेघ पूरी तरह बरस भी नहीं पाए थे कि दुःख की घटाएं घिर आईं। आह्लाद का उत्साह समाप्त भी नहीं हुआ था कि अवसाद का अनुत्साह उपस्थित हो गया।

यह समाचार सावन की बौछार की तरह सर्वत्र बरस पड़ा कि कबीर जीवित है। पूरी तरह सुरक्षित।

राजगढ़ के किले में जब संतरी ने शेख तकी को यह संवाद दिया तो अविश्वास से उसकी आंखें फट आईं।

"क्या बकते हो?" वह संतरी पर उखड़ा, "कहीं मुर्दे भी जीवित होते हैं? कयामत के दिन आ गए क्या? जल में डूब मरा आदमी लाश बनकर बाहर आता है कि जिंदा, सशरीर? किससे सुना तुमने? लोगों ने कबीर को देखा है या उसके भूत को?"

"किसी से सुनने का सवाल कहां है," संतरी बोला, "मैं स्वयं उसे जीवित देख आया हूं। अभी तो मैं उसी पार से आ रहा हूं। हवलदार ने एक जरूरी काम से भेजा था।"

"क्या बोलते हो?" शेख तकी की आंखें फिर विस्मय से फट आईं, "जिंदा और

तंदुरुस्त देख आए हो?"

"और क्या? वह तो लोगों के बीच खड़ा-खड़ा मुसकरा रहा था। लोग उसे फूल-मालाओं से पाटे जा रहे थे। सद्‌गुरु कबीर की जय, कबीर मसूर की जय, संत शिरोमणि की जय, के आकाश-भेदी नारों से दिशाएं गूंज रही हैं। लोगों की भीड़ समुद्र के ज्वार की तरह उमड़ पड़ी है। दशाश्वमेध घाट से लेकर मरणकंडिका और उसके आगे तक गंगा की बाढ़ की तरह आदमियों की बाढ़ ही उमड़ आई है। एक हट्टे-कट्टे से पहलवाननुमा आदमी ने उसे अपने कंधों पर उठा रखा है और लोग उस पर मालाओं के साथ-साथ क्या कहते हैं अछत (अक्षत), चंदन और भांति-भांति के फूलों की वर्षा किए जा रहे हैं और तो और उसकी आरती उतारने की होड़-सी लगी है; औरतों, खासकर हिन्दू औरतों में। लोगों ने भीड़ को चीरकर दो भागों में कर दिया है और पांति (पंक्ति) में लगी महिलाएं कपूर और घी के दीप से लगातार उसकी आरती किए जा रही हैं।"

"क्या बके जा रहे हो?" शेख तकी फिर उखड़ा, "मान लिया कि कबीर जिंदा भी हो गया तो वह आदमी बनकर ही आया है कि सहसा फरिश्ता बन गया? उसकी इतनी आवभगत, ऐसी पूजा-अर्चना की आवश्यकता कैसे पड़ी?"

"पड़ी," संतरी ने कहा, "जैसा मैंने सुना है वह साधारण रूप में थोड़े आया है—नदी तैरकर?"

"तब क्या वह आसमान से उतरा है?"

"कुछ ऐसा ही समझिए। एक चमत्कार घटा है। वह मृगछाला पर बैठा-बैठा नदी की धार पर बहता हुआ दशाश्वमेध के पास किनारे लगा है।" संतरी बोला।

"चुप करो।" शेख तकी अब आश्चर्य की जगह क्षोभ से घिर आया था, अगर सचमुच कबीर ने ऐसा चमत्कार किया है तो पहले से ही कबीर की अपेक्षा उसे हीन समझनेवाला सिकंदर अपने दिल से उसे निकाल फेंकेगा।

"क्या तुमने अपनी आंखों से उसे मृगछाले पर बैठकर आते देखा है?" शेख ने संतरी की ओर अंगारे की तरह आंखों से घूरते हुए पूछा।

"मैं कैसे देखता?" संतरी बिना भयभीत हुए बोला, "मैं तो बाद में गया। पर पूरी काशी में यह हल्ला है। सुना असंख्य लोगों ने किनारे पर खड़े होकर इस दिरिस्य (दृश्य) को देखा है। सभी झूठ थोड़े न बोलेंगे?"

"बोल सकते हैं," शेख को अपनी पड़ी थी, "जब तक तुमने खुद इस घटना को नहीं देखा तुम्हें यह अफवाह फैलाने का कोई अधिकार नहीं है। देखो, यह बात शाहंशाह तक नहीं पहुंचे। नहीं तो बहुत बुरा होगा। मैं उनसे बोलकर तुम्हें नौकरी से बर्खास्त करा दूंगा।"

"शाहंशाह तक बात पहुंच चुकी," संतरी ने कहा, "मैंने लौटते ही हवलदार से यह बात कही और उसने हुजूरेआला तक यह बात पहुंचा दी। अब नौकरी लेनी हो शेख साहब तो हवलदार की लीजिए।" शेख की शेखी जाती रही। एक अदना संतरी उन्हें नहीं लगा रहा था तो शाहंशाहे-हिन्द की नजर में वह कितना गिर चुका होगा?

शेख क्या करे, क्या नहीं करे की स्थिति में बहुत देर तक अपने शिविर में पड़ा

रहा। सिकंदर के सामने जाने की हिम्मत वह जुटा नहीं पा रहा था।

उसका दुर्भाग्य! कुछ देर पश्चात् ही सिकंदर के यहां से उसकी बुलाहट आ गई।

वह धड़कते दिल और कांपते पैरों से वहां पहुंचा। उसे उम्मीद के विपरीत, वहां जाकर कुछ राहत ही मिली। सिकंदर गुस्से से भरने की जगह जैसे शर्म से सिर झुकाए बैठा था। उसके आस-पास कोई नहीं था। बाहर पहरे पर संतरी अवश्य लगे थे।

सिकंदर ने सदा की तरह इस बार अपने उस्ताद की बंदगी भी नहीं की। शेख को इस पर आश्चर्य हुआ पर इसे इतने से ही संतोष करना पड़ा कि उसने कम से कम गुस्सा नहीं किया। अपनी प्रतिकूल मनोदशा के कारण सिकंदर शायद, दुआ-सलाम की औपचारिकता भूल गया हो।

कुछ देर यों ही खड़ा रहने के पश्चात् शेख तकी खुद सामने की एक चौपाई पर बैठ गया।

सिकंदर ने अपनी लाचार दृष्टि उसकी तरफ उठाई।

"कुछ सुना आपने?" उसने अपने उस्ताद से पूछा।

"सुना, पर मेरे ख्याल से यह बात मात्र अफवाह हो सकती है।" शेख सिर लटकाकर बोला।

"माना यह मात्र अफवाह ही हो पर आपने इस संबंध में तहकीकात करने की कोई कार्रवाई अपने स्तर से की? आप राजदरबार के मजहबी उस्ताद हैं। यह फर्ज तो आपका ही बनता है। क्या किया आपने अब तक? समाचार को प्राप्त हुए काफी वक्त गुजर गया।"

शेख से तत्काल कोई जवाब देते नहीं बन पड़ा।

"आप बोलते नहीं?" सिकंदर ने फिर अपनी उदास आंखें शेख की तरफ उठाईं।

"मैंने ऐसी बिना सिर-पैर की बात की तहकीकात की जरूरत नहीं समझी।" वह धीरे-धीरे बोला।

"यह न बिना सिर की बात है, न बिना पैर की। इसके सिर और पैर दोनों हैं। कबीर ठीक ही मृगछाला पर बैठा गंगा की धारा पर सवार दशाश्वमेध-घाट पर उतरा।"

"यह आप कैसे फरमा सकते हैं?" तकी अचानक बोल पड़ा।

"क्योंकि मैं आपकी तरह अपना फर्ज निभाना भूल नहीं गया। मैंने पूरी तरह तहकीकात करा ली है। खुद सेना की टुकड़ी का सरदार अभी उस पार से लौटा है।" सिकंदर के स्वर पर अब थोड़ी-थोड़ी खीज चढ़ी थी।

"............... ।" शेख तकी चुप।

बहुत देर पश्चात् लोगों की भीड़ ने मुझे छोड़ा। मैंने लोगों से आंखों में अश्रु भरकर

इतना ही कहा, "राम की कृपा से असंभव भी संभव है। राम ने मेरी जान बचाई। ऐसे मुझे अपने जिंदा रह जाने की इतनी खुशी नहीं है जितनी इस बात की कि मेरे राम की इच्छा है कि मैं कुछ और समय तक आपकी सेवा कर सकूं।"

मैंने तत्काल एक साखी कही—

गंगा की लहरि मेरी टूटी जंजीर, मृगछाला पर बैठे कबीर।
कहि कबीर कोऊ संग न साथ, जलथल राखन है रघुनाथ॥

(कबीर ग्रंथावली)

जहां तक मेरे मृगछाले पर तैरते आने की बात है, वह यह है कि गंगा की लहरों में मुझे डालने के क्रम में ही मुझे कसी जंजीर ढीली पड़ गई थी। मैंने आपको आरंभ में ही बताया था कि जब मुझे जंजीर से बांधा जा रहा था, मैंने कुंभक द्वारा अपने शरीर को फुला लिया था। शरीर के सामान्य स्थिति में आने पर बंधन का ढीला पड़ना स्वाभाविक था। पानी के अंदर ऊब-चूब करते मुझे यह पता नहीं चला कि मैं कब बंधन-मुक्त हो गया। एक बार गर्दन ऊपर आई तो देखा एक काठ का छोटा टुकड़ा तैरता आ रहा है। डूबते को तिनके का सहारा। मैंने उसे किसी तरह पकड़ा और उस पर सवार हो गया। कुछ ही देर के पश्चात् एक मृगछाला लहरों पर तैरता मिला। किसी साधु-संत का रहा होगा। मैं प्रसन्न हो गया। मैंने उस मृगछाले को उस काठ के टुकड़े पर बिछाकर पद्मासन लगा लिया। मुझे अब और क्या करना था? मेरा राम सब कर रहा था। मैं उसके ध्यान में मग्न हो गया। टुकड़ा तैरते-तैरते जब किनारे पहुंचा तो लोगों की जय-जयकार से मेरा ध्यान भंग हुआ। मैं दशाश्वमेध-घाट पर लगा था।

मैं सीधे वहां से घर पहुंचा। मेरे पीछे एक खासी बड़ी भीड़ मेरे और मेरे राम की जय बोलती हुई मुझे दरवाजे तक छोड़ गई। मैंने हाथ जोड़कर लोगों से विदा ली।

आंगन में पहुंचा तो धनिया आंखों से जलधार बहाती खड़ी मिली।

मुझे देखते ही वह मेरे पैरों पर लोट पड़ी। पता नहीं उसकी आंखों में कहां से इतना पानी उमड़ा कि मेरे दोनों पैर पूरी तरह भींग गए। वह जोरों से सिसक-सिसककर रो रही थी। मेरे असमंजस का कोई ठिकाना नहीं। मैं उसे कैसे चुप कराऊं, समझ नहीं पा रहा था। मैंने उसके सिर पर हाथ फेरकर सांत्वना देनी चाही पर मेरा हाथ कांपकर रह गया। धनिया की सिसकियां थामे नहीं थम रही थीं।

"साईं! मेरा सुहाग लौट आया।" वह रोत-रोते ही बोली।

यह क्या? धनिया को यह नहीं कहना था। मैं उसका सुहाग किधर से हो गया? वह मुझसे प्रेम करती थी, मेरे यहां, अपना सब कुछ त्यागकर मेरे दर्शन-मात्र के लिए टिकी थी, यह अलग बात थी पर सुहाग तो मैं लोई का था। धनिया को यह अधिकार किसने दिया? पर किसी और के मन पर किसी का क्या अधिकार जब अपने ही मन पर अपना अधिकार नहीं चलता? धनिया ने मन-ही-मन मुझे अपना सुहाग मान ही लिया हो तो मैं क्या कर सकता था?

"साईं!!! रा··· म··· कित···ने दयालु हैं···।" धनिया फफक-फफककर रो रही

थी। मेरे दोनों पैर अब भी उसके आंसुओं से गीले होते जा रहे थे।

मैं किंकर्त्तव्यविमूढ़! किस संकट में फंस गया मैं? घर के और लोग कहां थे लोई और कमाल? वे रहते तो मुझे राहत दिला सकते थे। मैं अपने पैरों को झटककर अलग हो जाऊं यह हो नहीं सकता था। एक बार उसके साथ ऐसा किया था पर आज ऐसा नहीं किया जा सकता था। आज मेरे प्राणों के बचने के उपलक्ष्य में वह अपने हृदय के उद्‌गार निकाल रही थी। ऐसे हृदय को तोड़ना किसी निष्ठुर-से-निष्ठुर व्यक्ति के लिए भी संभव नहीं था।

मैं भारी दुविधा में था। धनिया को चुप कराना आवश्यक था। वर्ना उसके इस असामान्य प्रेम-प्रदर्शन के फलस्वरूप अपनी लाख साधना और भक्ति के बावजूद मैं अंदर से दुर्बल पड़ सकता था। सच्चे प्रेम को उपेक्षित करना बहुत आसान नहीं है। धनिया के आंसू मुझे अपनी ही एक साखी की याद दिला रहे थे—

प्रेम छिपाया ना छिपे, जा घट उपजा होय।
जो पै मुख बोले नहीं, तो नैन देत हैं बोल॥

—किसी के अंदर उपजे प्रेम को उसके लिए छिपाना कठिन है। मुख से वह कुछ नहीं बोले पर उसकी आंखें बोल देती हैं।

धनिया की आंखें वही कर रही थीं। आंसुओं के रूप में अपने प्रेम का इजहार! प्रेम का प्रतिदान तो प्रेम ही होता है। मैं अपने को कब तक उसके प्रेम को नकारने के लिए मजबूर किए रहता? अगर मैं सांत्वना के लिए ही उसके केशों में उंगलियां भी फेर देता तो वह मेरी प्रेम-जनित दुर्बलता को पकड़ लेती अथवा नहीं? फिर क्या यह अच्छा होता? मेरी इस आकस्मिक विपत्ति का कोई अंत नहीं था। प्रेम आंसुओं के समक्ष तो पत्थर-दिल भी पिघल जाते हैं, मेरा हृदय तो पहले ही से राम के प्रेम में तार-तार हुए बैठा था। किसी ने इस अधबूढ़े साधु के प्रति मानवीय प्रेम का प्रदर्शन नहीं किया था वर्ना मैं अपने इस संवेदनशील हृदय को कहां तक रोक पाता कहना कठिन है। धनिया पहले से ही यह करती आ रही थी। मैं अपने मन को पत्थर बनाकर ही उसे उसकी ओर झुकने से रोक रखा था। पर आज? आज यह कठिन लग रहा था। धनिया का प्रेम पहले मुख द्वारा जो व्यक्त हुआ हो और मेरे बाहर के लिए प्रस्थान करते समय कुछ आंसुओं द्वारा भी, पर इस तरह प्रेमाश्रु की बाढ़ वह भी ऐसे नाजुक अवसर पर उसकी आंखों से कभी नहीं उमड़ी थी। अगर ये गर्म आंसू मोम बन आए मेरे प्रस्तर-मन को पिघला ही देते तो मैं क्या करता? प्रेम त्याग है न? और त्याग को आप कब तक नकारोगे? धनिया के तो संपूर्ण प्राण ही जैसे आंसुओं की राह मेरे पैरों पर पिघले जा रहे थे। सामान्य आंसू भी कितने वज्र-हृदयों को पिघला देते हैं, ये तो थे असामान्य अश्रु-अगाध, अछोर प्रेम-पूरित। इनको नकारना आज मेरे लिए भी कठिन होने लगा था। मैं जो सदा मानुषी प्रेम को भक्ति-मार्ग का बाधक समझ रहा था, इस सच्चे प्रेम-प्रदर्शन के समक्ष आंधी की चपेट में पड़े किसी तरु की तरह जड़-मूल से टूटने ही वाला था कि मेरे कानों में 'राम! राम!' की आवाज पड़ी।

लोई थी वह। आंगन के अंदर राम-राम का उच्चारण करते आ चुकी थी। मेरा ध्यान सहसा बंट गया।

लोई ने अब धनिया को मेरे चरणों से उठाया और जो कुछ मुझे करना था उसने करना शुरू किया। उसने उसके सिर पर अपना दाहिना हाथ रखकर उसे प्यार से सहलाया और फिर बोली, "नहीं रोते धनिया! माना ये खुशी के आंसू हैं पर यह हमारे दिल को मथते जा रहे हैं। साईं भी कमजोर पड़ते जा रहे हैं।" पता नहीं उसे मेरी दुर्बलता का अनुमान कैसे हुआ? स्त्रियां कुछ मामलों में पुरुषों से अधिक ही संवेदनशील होती हैं न? अंतर्दृष्टि से भी युक्त? उसने मेरे चेहरे पर उगे मनोभावों को जिनका मुझे पता भी नहीं था अवश्य पढ़ लिया होगा।

धनिया फिर भी नहीं उठी तो लोई ने झुककर उसे अपने अंक में समेट लिया और उसे प्रेम से उठाती हुई बोली, "न रो धनिया! राम को धन्यवाद देने के इस वक्त को आंसुओं की राह नहीं बताओ। शायद तुम्हारे अमूल्य प्रेम से ही प्रभावित होकर राम ने साईं को मौत के मुंह से बाहर निकाल लिया हो।" कहती हुई लोई धनिया को उसके कमरे में ले गई और उसने उसके पूजा-स्थान पर बैठा दिया।

"साईं! राम सचमुच हैं न?" बाहर आकर मेरे पास खड़ी होती लोई की आंखें भी भींगी थीं।

"तुम्हें इसका पता आज लगा है?" नहीं चाहते हुए भी मेरी आंखें भी गीली हो आई थीं और मेरा कंठ प्रायः अवरुद्ध। यह राम के प्रति मेरी प्रेमाभिव्यक्ति थी।

"पता तो मुझे पहले से था साईं, पर आज वह पूरी तरह प्रत्यक्ष हुआ।"

"कौन?"

"राम।"

"क्या कहती हो?" अपनी आंखों को पोंछते हुए एक फीकी मुसकान मुसकराते हुए मैं बोला।

"क्यों, क्या तुम्हें ऐसा नहीं लगता साईं? मैं कहीं कुछ गलत कह गई क्या?" लोई अपनी भींगी आंखों को मेरी आंखों में डालती हुई बोली।

"हां लोई!"

"कैसे?"

"निराकार, निर्विकार राम कब प्रत्यक्ष हुआ है?" मैंने गंभीर बनने का प्रयास करते हुए कहा।

"तो यह सब क्या है साईं, इस तरह चमत्कार की तरह तुम्हारा निश्चित मौत के मुंह से निकल आना? यह राम के प्रत्यक्ष होने का प्रमाण नहीं है?" वह किंचित् आश्चर्य करती हुई बोली।

"नहीं लोई, राम नहीं उसकी अपार और अकारण करुणा प्रत्यक्ष हुई है, भक्तों के प्रति उसकी अकल्पनीय प्रीति। उसके भक्त-वात्सल्य ने ही रूप पकड़ा है इस घटना में। निर्विकार राम को इतना कष्ट करने की क्या आवश्यकता? उसका प्रेम—पूर्ण दृष्टि—निक्षेप पर्याप्त है भक्तों को भव-महासागर से उबारने के लिए तब इस पवित्र पर

नन्ही गंगा की क्या बिसात कि वह उसके भक्त को ले डूबे?"

"फिर भी राम के प्रति हमें कृतज्ञ तो होना चाहिए साईं?"

"अवश्य लोई," मैंने कहा, "तुम पता नहीं कब से राम-राम जपती आ रही हो, यह उसके प्रति तुम्हारी कृतज्ञता का ही तो प्रदर्शन है कि और क्या।"

"और तुम, तुमने साईं उस करुणामय के प्रति अपनी कृतज्ञता नहीं ज्ञापित की?"

"नहीं लोई!"

"क्यों?" उसे आश्चर्य हुआ।

"यह बात तुम शायद नहीं समझोगी।"

"क्यों?" लोई ने अपना वही प्रश्न दुहराया।

"हम भक्त अपने राम के किसी उपकार के लिए उसके प्रति कृतज्ञता नहीं प्रकट करते। यह औपचारिकता सामान्य मनुष्यों के मध्य होती होगी। हम तो पूर्णतया अनौपचारिक हैं। हम राम के हैं। उसके प्रति पूरी तरह समर्पित। हमारी सांस-सांस राम के यहां गिरवी पड़ी है। अगर वह हमारी सांसों-प्राणों की रक्षा ही कर लेता है तो यह कौन बड़ी बात है? वह तो अपनी थाती की रक्षा कर रहा है या नहीं? उसे औपचारिक धन्यवाद दे, उसके प्रति कृतज्ञता प्रकट कर हम उसकी अपार भक्त-वत्सलता पर प्रश्नचिह्न नहीं लगाना चाहते। वह तो वही कर रहा है जो उसे करना ही है। अपने आश्रितों की रक्षा तो आश्रयदाताओं का धर्म! प्रेम का प्रतिदान तो प्रेमास्पद का कर्त्तव्य! कि नहीं? मेरा राम जो कुछ करता है करणीय ही करता है। हमें उसका सब कुछ ग्राह्य है। वह दुःख भी देता है तो हम उसे उलाहना नहीं देते, वह कृपा भी करता है तो हम उसके प्रति कृतज्ञता-ज्ञापन की औपचारिकता नहीं निभाते। वह अपना है। सर्वथा हमारा। अपनों से कैसी औपचारिकता लोई? कुछ बात आई समझ में?"

"बात तो तुम साधुओं की कठिन होती हैं साईं! वह भी तुम्हारी। बाप रे बाप तुम्हारी उलटवांसियां तो बड़े-बड़े ज्ञानी-ध्यानियों की बुद्धि उलटकर रख देती हैं। फिर मेरी समझ में तुम्हारी बातें कितनी आ सकती हैं? फिर भी तुम्हारा आशय मैं समझ गई। बाप बेटे पर कोई उपकार करता है तो बेटे को उसे धन्यवाद देते नहीं सुना। उसी तरह तुम्हारा राम तो तुम्हारा पिता है, उसने तुम्हारे लिए कुछ किया तो तुम उसे धन्यवाद देकर पिता-पुत्र के प्रेम पर सवालिया चिह्न ही तो लगाओगे कि नहीं? क्या मैं गलत समझ गई साईं?"

"नहीं लोई," मैंने उसके सिर पर अपनी हथेली फेरते हुए कहा, "तुम एकदम सही हो। राम से हमारा ठीक वैसा ही संबंध है जैसा तुमने सोचा।"

"अच्छा साईं," लोई आंचल से आंसुओं को पोंछती हुई बोली, "चलो, स्नान कर कुछ खा-पी लो। बहुत दिन चढ़ आया।"

"लोई तुम भी कैसी भोली हो?" मैं मुसकराकर बोला।

"कैसे साईं?" वह कुछ नहीं समझकर मेरी ओर देखती रही।

"वह ऐसे कि गंगा के पेट से बाहर आने के पश्चात् भी स्नान करना शेष रह गया है क्या? यों तो हम चौबीसों घंटे राम-नाम की अमृत-बूंदों से स्नान करते ही रहते हैं पर

आज का स्नान तो अपने ढंग का हुआ है लोई ! यह तो इतिहास-पृष्ठों में कैद होकर रहेगा, राम की अपार करुणा और उसकी भक्त-वत्सलता का साक्षी बनकर कि नहीं लोई ? यह स्नान तो एक ही साथ दो-दो प्रकार के जल में था। गंगा-जल में भी और राम के कृपा-जल में भी। क्यों, क्या मैं ठीक नहीं कह रहा लोई ?"

"तुम गलत कैसे कहोगे साईं ? मैं तो राम में और तुम में भेद ही नहीं मानती। राम कभी गलत नहीं करता। कबीर भी गलत नहीं कहता, नहीं करता। मुझ मंदबुद्धि को माफ करना साईं !"

"धत् पगली, इसमें माफ करने, नहीं करने की क्या बात है ?" मैं बोला, "चलो खाना खाते हैं पर अभी किसी ने कुछ बनाया भी क्या होगा ? सभी तो कल से मेरी किस्मत को लेकर जार-जार रोते ही रहे होंगे, लोई !"

"ठीक कहा तुमने साईं ! इस अद्भुत घटना से मेरी बुद्धि ही मारी गई है। मैं अभी कुछ देर में ही तुम्हारे लिए कुछ बना देती हूं।"

थोड़ी ही देर में लोई बाहर आई। मैं आंगन में ही खड़ा था।

"साईं !"

"बोलो !"

"क्या बोलूं ? मैं तो बहुत शर्मिंदा हूं।" लोई के चेहरे पर एक विवशता चिपकी पड़ी थी।

"समझ गया।" मैंने कहा।

"क्या ?"

"यही कि घर में खाना बनाने के लिए कुछ नहीं है। हो भी कैसे ? इधर तुम सभी तो मेरी हालत को लेकर दौड़-धूप करते रहे। कोई करघे पर बैठा नहीं। कोई हाट-बाजार गया नहीं। पैसे किधर से आते ?"

"कल सुबह से तुम्हारी चिंता में चूल्हा नहीं जला है। इसलिए मुझे याद ही नहीं रहा कि घर में कुछ है अथवा नहीं।"

"कोई बात नहीं। फांकाकसी तो हमारी आदत है।" मैंने उसे सांत्वना देनी चाही।

"नहीं, ऐसे कैसे चलेगा ?" वह बोली, "मुझे कुछ प्रबंध तो करना ही पड़ेगा।"

"तुम क्या प्रबंध करोगी ?" मैंने आश्चर्य किया।

"मैं मोदी के यहां जाकर कुछ उधार लाती हूं।" वह दरवाजे की ओर बढ़ने को हुई।

"रुक जाओ !" मैंने कहा।

"क्यों ?" वह पलटी।

"मोदी को मैं जानता हूं। वह भारी लालची है। हमें वह कुछ नहीं देगा। अगर मेरे राम की इच्छा है कि हम लगातार दो दिनों तक भूखे ही रहें तो उसकी इच्छा शिरोधार्य करो। मैं अभी जाकर करघे पर बैठता हूं। कुछ करके खाना अच्छा है। भीख और उधार का मैं विरोधी हूं।"

"जैसी तुम्हारी इच्छा," लोई बोली, "पर अभी ही तुम इतना वस्त्र नहीं बुन लोगे कि उससे चार प्राणियों के खाने भर सामान आ जाए। ऐसे भी अब हाट नहीं खुला पड़ा है कि वहां ले जाकर बेचोगे अपने कपड़े को।"

"वस्त्र आज नहीं बिकेंगे तो कल तो बिक ही जायेंगे। मैं रात भर करघे पर बैठूंगा। कल खाने-भर से अधिक के ही कपड़े बुन लूंगा।"

"साईं!" लोई का स्वर गीला हो आया।

"बोलो!"

"तुम यह क्या करने जा रहे हो? तुम दो दिनों से सिकंदर की प्रताड़ना सहते रहे, आज तुम वस्त्र बुन लोगे? वह भी रात-भर? इस उम्र में अपने स्वास्थ्य का भी तो ख्याल करो। तुम नहीं, मैं जाती हूं करघे पर बैठने।"

"नहीं, नहीं आप दोनों बैठें, मैं यह काम कर लेती हूं।" धनिया का स्वर था यह, अब भी गीला और भारी, "मुझे पहले ही इसे कर लेना था पर मैं साईं की चिंता⋯।"

इतना कहकर धनिया करघा-घर की ओर बढ़ने को हुई।

"नहीं धनिया, तुम रुको मैं ही करूंगी यह। तुम्हारा स्वास्थ्य ठीक नहीं। दो दिनों से तुम लगातार आंसुओं के परनाले बहाती रही हो।" लोई ने उसका रास्ता रोकना चाहा।

"आप में से किसी को कुछ करने की जरूरत नहीं। मैं सब प्रबंध कर आया हूं।" इस स्वर ने हमें चौंकाया। कमाल था यह। मेरी आंखें छलछला आईं।

"मुझे मालूम था कि यह समस्या खड़ी होगी, अतः मैं लगातार करघे पर बैठता रहा। अम्मीजान और किसी को भी उसका पता नहीं चला। सब रोने-धोने में लगी थीं। मुझे अब्बाजान की शिक्षा याद थी—वही कर्मवाली। अब्बाजान का रखवाला तो राम था। मुझे पूरा विश्वास था कि वे सुरक्षित घर लौट आएंगे। मैं सब कुछ राम पर छोड़कर अपना काम करता रहा।"

कमाल के हाथों में दो बड़े-बड़े झोले थे। उसने उन्हें जमीन पर रख दिया और मेरे पैर छुए, "अब्बाजान! मुझे माफ करें। मुझे आज आपकी सही कीमत का पता लगा। पूरी काशी आपकी ही प्रशंसा में लगी है। आपको पिता के रूप में पाकर मैं धन्य हुआ। मैं मुआफी तो आपसे एक बार पहले भी मांग चुका हूं पर उस समय वह महज औपचारिक थी। आपकी यात्रा में विघ्न पड़ रहा था इसीलिए मैंने वह सब औपचारिकताएं पूरी कीं। मैं आपके नहीं रहने पर अपनी प्रतिज्ञा के अनुसार घर को भी चलाता रहा। पर इस वक्त मैं कोई औपचारिकता नहीं कर रहा। आज काशी के सारे मुल्ले और पंडित जो कल तक आपकी आलोचना कर रहे थे, आपकी प्रशंसा करते नहीं थक रहे। मैं सचमुच अपने को बहुत सौभाग्यशाली समझ रहा हूं बापू!" अभी वह मेरे पैरों पर ही पड़ा था। मैंने उसे उठाकर गले लगाया, "नहीं कमाल, यह कोई मेरा कमाल नहीं है, यह सब मेरे राम की कृपा है। मैंने क्या किया? कुछ नहीं। राम को मुझे बचाना था उसने बचाया। शायद वह मुझसे कुछ और काम लेना चाहता है।

"जहां तक तुम्हारी बात है तुमने तो उसी दिन से अपना कर्त्तव्य-पालन आरंभ कर दिया जिस दिन तुमने मेरी यात्रा को आसान कर दिया। तुम लगातार कर्म करते रहे। कर्म ही तो पूजा है। दो-दो प्राणियों के प्राणों की रक्षा में तुम लगे रहे, यही क्या कम महत्त्वपूर्ण बात है? नहीं, तुम पश्चाताप नहीं करो। तुमने अपने पिछले गलत-सही कार्यों का पर्याप्त प्रायश्चित कर लिया। आज मुझे कमाल को अपना पुत्र कहने में गर्व हो रहा है।"

"नहीं बापू," कमाल के आंसुओं से मेरा कंधा भींगता जा रहा था, "मैं बहुत बड़ा पापी रहा हूं। आपके सदृश पुण्यात्मा के विरुद्ध बोलता रहा। आपको जलील करने की कोशिश की। मेरे बुरे कर्मों का प्रायश्चित इतना शीघ्र नहीं हो सकता। मैं··· ।"

"नहीं कमाल," मैंने उसे बीच ही में रोका और उसे अपने कंधे से अलग करते हुए उसकी डबडबाई आंखों में देखते हुए कहा, "तुमने गलतफहमी में जो कुछ किया, वह सब तुम्हारे शुभ-कार्यों द्वारा समाप्त हो गया। बाकी बचा आज तुम्हारे इन आंसुओं के प्रवाह में बह गया। अब चिंता नहीं करो। जाओ, अपने काम पर लग जाओ। हां, अब काम के अलावा राम पर भी कुछ ध्यान दो। तुमने उसकी शक्ति देख ली। देख ली उसकी अपार करुणा और अहैतुकी कृपा। अब तुम भी उसके हो जाओ।"

"कोशिश करूंगा बापू! मैं तो राम को अपनाने को तैयार हूं, वह मुझ पापी को अपनाने को तैयार हो तब तो?" वह अपनी आंखों को पोंछते हुए बोला।

"अपनाएगा कमाल! राम तुम्हें जरूर अपना लेगा। यही तो उसकी विशेषता है। जो उसकी तरफ एक कदम भी बढ़ाता है वह उसकी ओर दस कदम बढ़कर पहुंचता है। तुम उसे पुकारकर तो देखो। वह तुम्हारी पहली ही पुकार पर तुम्हारी तरफ अपनी आश्वस्ति का हाथ बढ़ा देगा। उसके हाथ बहुत बड़े हैं कमाल!"

"अब्बाजान!" वह प्रायः प्रकृतिस्थ होते हुए बोला, "तुम तो कहते हो वह निराकार-निर्विकार है। फिर उसको हाथ किधर से होंगे?"

"हा! हा! हा!" बहुत दिनों के पश्चात् पहले-पहल मेरे होंठों पर एक हंसी खिली।

"क्यों हंसते हो बापू?" कमाल आश्चर्य से आंखें फाड़ रहा था।

"तुम्हारी नादानी पर कमाल! निराकार होने का क्या मतलब? यही तो उसकी विशेषता है कि वह आकारहीन होने पर भी इतना कुछ करने में समर्थ है जितना कोई साकार भी नहीं कर सकता। वह बिना पैर होते हुए भी बड़ी तेजी से चलता है। बिना हाथ हुए भी आश्चर्यजनक कार्य कर दिखाता है। बिना आंखों के भी वह हमसे बहुत-बहुत अधिक देखता है। हम तो केवल बाहर की वस्तुएं ही देख पाते हैं वह सबके अंदर भी देख लेता है। आश्चर्य तो यह कि बिना कान के भी वह सब कुछ सुन लेता है, हमारी हलकी-से-हलकी प्रार्थना भी, हमारी नन्हीं पुकार भी उस तक तत्काल पहुंच जाती है।"

"बापू!"

"बोलो।"

"कुछ ऐसी ही बात तो मैंने काशी के एक पंडित के प्रवचन में सुनी थी।"

"हां कमाल, सत्य तो हर जगह सत्य ही है। पंडितों के उपनिषद् में भी यह बात साफ-साफ कही गई है। पर पंडित तो मात्र तोता-रटंत पर विश्वास करते हैं। जो कुछ पढ़ा उसी को उगल देते हैं। उसे पचाने का भी प्रयास नहीं करते। सत्य का अनुभव करने की भी कोशिश नहीं करते। उपनिषद् के ऋषियों ने जो कुछ स्वयं देखा-समझा, उसे ही लिखा। मैं भी उपनिषदों और कुरानशरीफ अथवा गीता की बातें मात्र कहने के लिए नहीं कहता। मैं सब कुछ सुनता अवश्य हूं पर कहता उसे ही हूं जिसे मैंने अपने अनुभव के स्तर पर सत्य पाया है। महसूसा है। मैं ऐसे ही नहीं कहता—'मैं कहता आंखन देखी'।"

"बापू!"

"बोलो।"

"क्या तुम सचमुच वह सब देख लेते हो जो हम सब नहीं देख पाते?" कमाल आज एकदम बालक बन आया था।

"यही समझो कमाल। सब राम की कृपा है, वह हमारी भीतरी आंखें खोल देता है। संस्कृतवाले यों ही नहीं कहते कि सच्चे शास्त्र हमारे अनेक संशयों को दूर करने के अलावा हमें अदृश्य के भी दर्शन करा देते हैं। वे ही वस्तुतः आंखें हैं। जिनको शास्त्रों का पूरा ज्ञान नहीं है वे इन चर्म-चक्षुओं के होते हुए भी अंधे हैं।[1]

"मैंने शास्त्रों का अध्ययन तो नहीं किया पर उनका अनुभव कर चुका हूं कि जब राम कृपा करता है तो वह अज्ञात को भी ज्ञात कर देता है, अपरोक्ष को भी परोक्ष।"

"बापू।"

"बोलो।"

"इसीलिए तो तुमको बहुत लोग जादूगर कहते हैं? नहीं? सिकंदर भी तो शायद तुम्हें यही कहता था।"

"कमाल!" मैं मुसकराया।

"कहो बापू।"

"वह राम है न? वह परवरदिगार? वह सबसे बड़ा जादूगर है। यह सारी दुनिया, यह असंख्य तारों-भरा आसमां, ये नदियां, ये झरने, यह प्राणदायी सूरज—आफताब, यह अमृत बरसाता चांद, ये सब उसकी जादूगरी का ही तो कमाल है। उससे जो जुड़ेगा, वह भी छोटा-मोटा जादूगर तो हो ही जाएगा?"

"बापू!" आज कमाल ज्यादा ही वाचाल बन रहा था।

"बोलो कमाल।"

"लोग कहते हैं एक दिन तुमने गंगा में बहते आते एक मुर्दे को भी जिंदा कर

---

1. अनेक संशयोच्छेदि, परोक्षार्थस्य दर्शकम्।
सर्वस्य लोचनं शास्त्रं, यस्य नास्त्यन्ध एव सः॥

दिया था। कैसे किया बापू तुमने इसे, अपनी जादूगरी से?"

"............ ।" मैं चुप रहा।

"बोलते क्यों नहीं बापू?" कमाल मचला।

"ऐसी बातें नहीं बोलीं जातीं कमाल! पर तुम भी और लोगों की तरह जादू आदि का बातें करना छोड़े। और कोई शब्द नहीं मिलने पर इन ईश्वरीय चमत्कारों को लोग जादू की संज्ञा दे बैठते हैं। जादूगरी, बाजीगरी नहीं है यह सब कुछ। मात्र उस राम की कृपा है।"

"तो बोलो न बापू! तुमने उस मुर्दे को जिंदा किया था?"

"यह कैसे कहूं?"

"क्यों?"

"जो कुछ किया, वह मैंने नहीं मेरे राम ने। मैंने तो मात्र उसके कान में 'राम' शब्द को डाला था। वह अंगड़ाई लेकर उठ बैठा तो इसमें मेरी क्या विशेषता है? हो सकता है, उसमें कुछ सांसें बाकी हों और लोग उसे मुर्दा समझ बैठे हों।"

"मैं नहीं मानता बापू!"

"क्या?"

"यही कि उसकी सांसें बाकी थीं और वह उन्हीं के बल पर जिंदा हो आया। मैं क्या इतना नहीं जानता कि पानी में डूबा आदमी जब सांसों को पूरी तरह खो बैठता है, मुर्दा बन आता है तभी पानी पर तैरता है, वर्ना वह तो नीचे ही होता है या ऊब-चूब करता है। तुम जानते हो कि अश्रद्धालु लोग चमत्कारों आदि में विश्वास नहीं करते इसलिए तुम असली बात को छिपा रहे हो।"

"किस बात को?"

"वही उस मुर्दे के शरीर में प्राण फूंकने की बात।"

"............ ।" मैं फिर चुप कर गया।

"बापू!"

"बोलो।"

"क्यों नहीं मेरी बात का जवाब देते हो? बोलो न कि तुम्हीं ने उस मुर्दे को जिंदा किया।"

"कहा न मैंने नहीं मेरे राम ने किया।" मैं इस बात को यहीं समाप्त करना चाहता था पर कमाल कहां माननेवाला था। वह फिर बोल पड़ा—

"राम ने ही किया तो माध्यम तो तुम्हीं बने न बापू? बोलो न? हां, क्यों नहीं करते?"

"कैसे कर दूं?" मैं शांत स्वर में ही बोला।

"क्यों?"

"मान लो राम ने मेरे ही माध्यम से ही यह चमत्कार किया। पर मैं ऐसा कबूल कर लूं तो कल से मुझे और नहीं तो मरणकंडिका पर आनेवाले सभी मुर्दों को जिंदा करना पड़ेगा। तो यह सृष्टि-चक्र में व्यवधान नहीं होगा? सभी लोग

जिंदा ही होते रहेंगे, मरेंगे ही नहीं तो इस धरती पर एक दिन तिनका रखने की भी जगह रह पाएगी क्या?"

"………..।" कमाल नहीं बोला। शायद उसकी शंका का समाधान हो गया था। किंतु थोड़ी देर बाद ही वह फिर बोल पड़ा—

"बापू!"

"कहो।"

"तो तुमने उस मुर्दे को ही जिंदा क्यों किया? लोगों के मन में आशाएं भर दीं?"

"उसकी बात और थी?"

"क्या?"

"उसकी हाल-हाल में ही शादी हुई थी। उसकी पत्नी मेरे पैरों पर पड़कर जार-जार रो रही थी। मेरा मन पिघल गया।"

"ऐसी घटनाएं तो और हो सकती हैं बापू?"

"कैसी?"

"ऐसे ही कि कभी किसी नववधू का पति मौत को प्यारा हो जाए। किसी विधवा का एकमात्र पुत्र काल-कवलित हो जाए।"

"तुम तो अब पंडितों की भाषा बोलने लगे हो कमाल!" मैंने बात टालनी चाही।

"यह सब संग का प्रभाव है बापू! पर तुम मुझे भुलावा न दो। मेरी बात का जवाब दो। तुम ऐसे सभी मुर्दों को जिंदा करोगे? सभी ऐसी विधवाओं को सधवा करोगे? ऐसी सभी निपूतियों को पुत्रवती करोगे?"

"नहीं।"

"क्यों?"

"कहा न मैं सृष्टि-चक्र में व्यवधान नहीं बन सकता। माना कि राम-भक्त में वे सारी विशेषताएं आ जाती हैं जो राम की हैं पर उनका दुरुपयोग करने का मुझे कोई अधिकार नहीं बनता। भक्त और भगवान में अंततः कोई अंतर नहीं रहता। सर्वशक्तिमान की शक्तियां उसकी शक्तियां बन जाती हैं। उसकी एक इच्छा पर बहुत कुछ अघटनीय घट सकता है पर जैसा कहा हम भक्त ही रहना चाहते हैं, भगवान बनना हमें पसंद नहीं। हम उसके सृष्टि-चक्र में व्यवधान नहीं बनना चाहते।"

"फिर तुमने उस मुर्दे के अंदर प्राण क्यों फूंके?"

"कहा न उस समय मेरा चट्टान-सा मन भी मोम बनकर पिघल आया था?" मैं किंचित् झल्लाया।

"वह फिर नहीं पिघलेगा, ऐसा तुम कैसे कह सकते हो?"

"अब मैं उसे पिघलने ही नहीं दूंगा। हम साधु तो जितने मृदु होते हैं उतने कठोर भी। हम तटस्थ हैं। राम जिसे चाहता है दुःख देता है, जिसे चाहता है सुख, जिसे चाहता है जन्म देता है, जिसे चाहता है मृत्यु, हम उसकी इच्छा में व्यवधान बनने

क्यों जाएं? हां, हम फूल की तरह कोमल हैं तो बज्र की तरह कठोर भी (बज्रादि कठोरानि मृदुनि कुसुमादपि)। मुझे गीता की एक उक्ति का अर्थ याद आ रहा है जो निर्भय और निरहंकार अर्थात् ममता और अहंकार से रहित है वह शांति से रह पाता है।[1] समझे अब भी?"

"समझ गया बापू। मुझे माफ करना।"

"किस बात के लिए?"

"यही तुम्हें इतनी बहस में घसीटने के लिए। तुमसे तर्क करने के लिए।"

"तो एक बात जान लो।"

"क्या?"

"यह तर्क तो ठीक। पर राम के होने-न-होने के संबंध में, उसकी अकल्पनीय शक्ति के संबंध में कभी कोई तर्क नहीं करना। न अपने से, और न औरों से। न भीतर ही, न बाहर ही। वर्ना राम-भक्ति तुम प्राप्त करने रहे। राम और राम-भक्ति तर्कातीत हैं। उनको लेकर तर्क करना अपने को संशय में डालना है और फिर मुझे इस किशन की गीता की बात याद आ रही है—संशयात्मा का विनाश होता है। अज्ञानी का भी।[2] ये दोनों कहीं नहीं पहुंच सकते सिवा सर्वनाश के विस्फारित मुख के अंदर।"

35

चलनेवाला रुकना नहीं जानता। रुकना भी नहीं चाहिए। प्रकृति भी यही पाठ पढ़ाती है। इस पृथ्वी से लेकर सूरज, चांद और सारे सितारे, नक्षत्र, सभी तो करोड़ों वर्षों से चल रहे हैं, करोड़ों वर्षों तक चलते रहेंगे। मैंने पहले ही चलने के महत्त्व पर जोर डाला है और इससे संबंधित अपनी प्रसिद्ध साखी भी उद्धृत की है।

सिकंदर लोदी के चले जाने के पश्चात् मैंने पुनः अपने चलने की योजना बनाई। इस बार कोई बाधा उपस्थित नहीं हुई। कमाल घर का कार्य-भार संभालने को पहले से ही प्रस्तुत बैठा था। अब उसे अपने बाप की महानता का जो बोध हो गया था। लोई ने भी मेरे जाने की सहर्ष सहमति दे दी। यहां रहकर किसी और सिकंदर या अख्तर का कोपभाजन बनने की अपेक्षा दूर देश में भटकना, धर्म-प्रचार करना कहीं ज्यादा अच्छा था। हां, लोई ने चलते वक्त यह हिदायत अवश्य दे दी थी कि इस बार यात्रा की निरंतरता को बाधित नहीं होने देना है। जहां तक जा सकूं, जिधर जा सकूं, जाना है। विश्व-बंधुत्व, भाईचारे, समदृष्टि अर्थात् समता तथा राम के प्रति प्रीति के संदेश को गांव-गांव घर-घर तक पहुंचाना है। जन-जन तक। जैसा कि पहली बार हुआ था इस बार भी बहुत सारे लोग मेरे पीछे लग गए। मेरे अनुयायियों की संख्या अब काफी बढ़ गई थी। सिकंदर वाली घटना के पश्चात् तो काशी में अब शायद ही

1. निर्भयो निरहंकारः स शांतिमधिगच्छति। —*गीता*
2. अज्ञश्च, अश्रद्धानश्च संशयात्मा विनश्यति। —गीता

मेरा कोई विरोधी रह गया था।

मेरे साथ चलनेवालों की संख्या को सीमित करना आवश्यक था। सभी लोग अपना घर-द्वार छोड़ महीनों मेरे साथ भटकते रहेंगे तो उनके परिवार का क्या होगा? ठीक ही, जोश में आ बहुत सारे लोग अपने परिवार को बिना किसी सहारे के छोड़ मेरे साथ लगने को तैयार थे। जिनके घर पर देखभाल के लिए कोई हो, उसकी बात तो अलग थी पर जो घर का एकमात्र कर्ता-धर्ता था उसे भी अपने साथ लगा लेना मुझे अच्छा नहीं लगा।

मैंने ऐसे लोगों को रोकने का प्रयास किया तो वे भक्ति-भाव और गुरु-सेवा की दुहाई देने लगे।

"केवल भक्ति-भाव ही पर्याप्त नहीं है। ध्यान और धारणा," मैंने ऐसे लोगों को समझाया, "कर्म भी कोई चीज है, दायित्व का निर्वहन। जिन लोगों ने गार्हस्थ्य को अपना रखा है, परिवार बनाया है, उन्हें तो तभी मेरे साथ लगना चाहिए जब कोई उनके परिवार को देखनेवाला हो। कर्म को उपेक्षित कर धर्म को साधने का मैं पक्षधर नहीं हूं। कर्म करने के साथ-साथ धर्म भी सध सकता है अगर राम के प्रति सच्ची प्रीति हो। पर मात्र धर्म के हो जाने से कर्म किधर से सधेगा? और जब परिवार के अपने आश्रित असुरक्षा का शिकार होंगे, दाने-दाने को तरसेंगे तो धर्म भी अधर्म का, पाप का कारण बन जाएगा कि नहीं?"

मेरे बहुत समझाने-बुझाने पर मेरे साथ लगनेवालों की संख्या काफी कम हुई। मुझे इस बात पर भी ध्यान देना था कि हमारी मंडली जहां पहुंचे वहां लोगों के लिए भार नहीं बन जाए। आखिर यात्रा में खाना-पीना, रहना तो औरों के सिर ही पड़ना था।

पिंड छुड़ाते-छुड़ाते भी कोई पचास लोग तो लग ही गए होंगे मेरे साथ। मैंने अपने अनुयायियों को चुनते समय यह ध्यान रखा कि उन्हें अधिक-से-अधिक मेरे सिद्धांतों का ज्ञान हो, उन्हें मात्र उनका ज्ञान ही नहीं हो बल्कि उन्होंने उन्हें आचरण के स्तर पर भी उतारा हो। ऐसे व्यक्तियों को चुनना बहुत कठिन नहीं था। जिन लोगों को मैंने सभी प्रकार के लोगों से घुलते-मिलते देखा, साथ-साथ खाते-पीते देखा, अहंकार-रहित पाया और सबसे ऊपर अपने राम के प्रति समर्पित देखा, उसका ध्यान और भजन-भाव करते देखा, उन्हें अपने साथ लगने लायक समझा।

बहुत से लोग साथ लगने से रह गए, उनको मैने समझाया कि काशी में ही रहकर अपने भक्ति-भाव को अधिक गहरा करें। गार्हस्थ्य-धर्म को निभाने के साथ-साथ अपनी वृत्तियों को नियंत्रित कर अपने को राम-मय बनाएं।

"तब क्या आपके साथ अगली यात्रा में चलने लायक हम हो जाएंगे?" कुछ लोगों ने पूछा।

"आगे की कौन जानता है मेरे राम के सिवा? भविष्य के संबंध में कुछ भी कहना कठिन है। हम ही कब तक लौटेंगे और हममें से कौन लौटेगा और कौन नहीं लौटेगा यह हम कैसे कह सकते हैं?" मैंने स्पष्ट कहना ही उचित समझा।

"पूरी काशी नगरी सद्गुरु के बिना सूनी हो जाएगी।" वहां एकत्रित लोगों में से कुछ ने कहा।

"कोई कब तक कहीं रहता है? अभी तो काशी छोड़कर कुछ दिनों के लिए ही जा रहा हूं। जिस दिन यह धरती ही छोड़नी पड़ेगी तब क्या होगा?"

"ऐसा नहीं हो सकता" एक अति श्रद्धालु ने कहा, "सद्गुरु अमर, अनंत हैं। आपका काल भी कुछ नहीं बिगाड़ सकता।"

"ऐसा कहीं हुआ है? इस मरणधर्मा धरती पर कोई अमर बनकर आया है? मेरी साखी नहीं याद है—

आया है सो जाएगा, राजा रंक फकीर।
एक सिंहासन चढ़ि चलै, एक बंधै जंजीर॥

यह नहीं याद है तो क्या यह भी नहीं याद है—

माटी कहै कुम्हार को, क्या तू रुंदे मोहिं।
एक दिन ऐसा आएगा, मैं रुंधूंगी तोहिं॥

"जाते-जाते एक बात कह दूं। जिन दिन जन्म हुआ उसी दिन मरण भी निश्चित हो गया। उसी दिन से सांसें बंधक पड़ गईं। वे किसी और की अमानत हैं, उन्हें तो समाप्त होना ही है। सुन लीजिए इस अवसर पर मैं एक नई साखी गढ़ता हूं—

कबिरा रसरी पांव में, कहै सोवैं सुख चैन।
स्वास नकारा कूंच का, बाजत है दिन रैन॥

—कबीर कहते हैं कि पांव में रस्सी (यम का पाश) बंधी है। सुख-चैन से कैसे सो रहे हो? दिन-रात तो स्वांस रूपी नगारा बजकर कूच करने का संकेत दे रहा है।

"और फिर बात यह है कि यह माया-मोह सब व्यर्थ है भले ही वह गुरु के प्रति श्रद्धा या प्रेम क्यों न हो। अपने गुरु स्वामी रामानंद के अनंत-पथ पर प्रस्थान के समय मेरी आंखें भी गीली हो आई थीं। तब सद्गुरु ने कहा था, 'यह सब माया है कबीर! गुरु-भक्ति के बहाने उसने तुम्हें जकड़ रखा है। आश्चर्य है कि तुम भी इस माया के चक्कर में आ गए।'

"इसीलिए मैं कहता हूं कि बंधना है तो राम से बंधिए। वह बंधन माया नहीं है। वह अद्भुत बंधन तो सांसारिक मायारूपी बंधन से भी मुक्ति दिलाने में समर्थ है। यहां कोई किसी का नहीं है। गुरु भी नहीं। वह दीक्षा दे देगा। राम के प्रति आपकी भक्ति की आग को हवा दे देगा किंतु आपकी मृत्यु के समय वह भी आपका नहीं होगा। आपको बचा नहीं पाएगा मैं कहूं—

तू मति जानैं बावरे, मेरा है सब कोय।
पिंड प्रान सौ बंधि रहा, सो अपना नहीं होय॥

—अरे, पागल! यह नहीं समझा कि सभी तेरे हैं। शरीर जो प्राण से सदा बंधा रहता है वह भी अंत समय में साथ नहीं देता। शरीर मिट्टी बनकर रह जाता है प्राण अकेले अपनी राह पर चल देते हैं।

"अब आप सभी जाइए," मैंने लोगों की ओर हाथ जोड़े, "जो कुछ मैंने है अथवा जो कुछ आप मेरे व्यवहार और आचरण से सीख चुके हैं उसी के अनुसार चलिए। राम आप सबों का मंगल करेगा।"

लोगों ने पुनः एक बार अश्रुपूर्ण आंखों से हमें विदाई दी। हम अपने गंतव्य की ओर बढ़ चले। पर सच पूछिए तो हमारा गंतव्य भी क्या था? सारा संसार तो हमारे राम का था। जहां चाहो वहां जाओ। सब जगह तो भ्रम और अंधविश्वास घर कर बैठे थे। पर सब जगह जाना भी संभव कहां था। जैसा पहले बतलाया आज की तरह उस समय विभिन्न सवारियां तो उपलब्ध थी नहीं, जहां जाना था पांव-पैदल ही। सवारियां रहतीं भी तो मैं उनका प्रयोग करनेवाला कहां था? मैं तो तब भी पांव-पैदल ही जाता। मुझे तो जन-जन से मिलना था। जहां तक हो सकता था, गांव-गांव और शहर-शहर में अलख जगाना था। यह पैदल चले बिना हो भी कैसे सकता था?

अब मैं कैसे बताऊं कि कहां-कहां गया? आज से साढ़े पांच सौ वर्ष पहले राज्यों और शहरों के नाम वही थे क्या जो आज हैं? कितनी बार कितने स्थानों के नाम बदले यह कहना कठिन है। अब यह मद्रास का भाग कभी द्रविड़ प्रदेश था। फिर यह बनते-बिगड़ते मद्रास रेजीडेंसी बना, आंग्ल शासकों के समय। जब यह प्रदेश अंग्रेजों के चंगुल से छूटा तो तमिलनाडु बन गया। अब इसकी राजधानी मद्रास को भी तो बदलकर आपने चेन्नई कर दी है! गुजरात कभी गुर्ज्जर था। उड़ीसा, उत्कल। आज का पटना कभी पाटलिपुत्र था। वह इसके चरमोत्कर्ष के दिन थे। अशोक महान् के समान शासक हुआ करते थे यहां।

खैर, मैंने दक्षिण भारत की ओर अधिक ध्यान देने की आवश्यकता समझी। काशी में तो उत्तर भारत के प्रायः सभी भागों से लोग आते ही रहते थे अतः उस भाग में मेरे नाम के साथ-साथ मेरे सिद्धांत का भी पता लोगों को था। विंध्याचल के पार हमारा संदेश नहीं पहुंचा था।

हमने दक्षिण की ओर ही मुंह किया। कई-कई स्थानों पर लोगों ने हमारी बात मान ली, कई-कई जगहों पर विरोध भी हुआ। विरोध विशेषकर ब्राह्मणों ने किया जो अपने संस्कृत-ज्ञान के कारण अपने को महापंडित मानते थे और मेरे संस्कृत-ज्ञान के अभाव का फायदा उठा वे मुझसे संस्कृत में शास्त्रार्थ करने को ललकारते थे। मैं साफ कह देता कि संस्कृत पढ़ने, नहीं पढ़ने से कुछ नहीं होता। संस्कृत पढ़ने मात्र से आत्मज्ञान हो जाता तो सभी ब्राह्मण मोक्ष पा लेते, पर कोई है ऐसा पंडा-पंडित जो दावे के साथ कहे कि वह भव-बंधन से मुक्त हो जाएगा, कि वह नर्क नहीं जाएगा और स्वर्ग के द्वार ही उसके लिए उद्घाटित रहेंगे? मैंने स्पष्ट कह दिया कि संस्कृत तो कुंए के जल के समान है—सीमित और बंधा। भाषा तो बहता हुआ जल है। भाषा ही सद्गुरु है, सत्य है। इसी के द्वारा गंभीर संत-मत का प्रचार संभव है। एक बार पुनः मुझे अपनी पुरानी साखी रखनी पड़ी—

कबीरा संस्कृत कूप जल, भाषा बहता नीर।
भाषा सद्गुरु सत्य है, संतमत गहर गंभीर॥

बात भी ठीक है। संस्कृत कितने लोगों को आती है? अगर भाषा को माध्यम नहीं बनाया जाए तो भक्ति-भाव को फैलाना, विस्तार देना संभव है क्या? आप जरा इससे समझिए कि आपके गांधी अगर आंग्ल भाषा को छोड़कर भाषा (हिन्दी) का प्रयोग नहीं करते तो इस देश की, अंग्रेजों की गुलामी से जान छुटती? मातृभाषा का महत्त्व

अन्य किसी भी भाषा से अधिक होता है चाहे वह संस्कृत हो अथवा और कोई भाषा। मैंने संस्कृतवालों पर प्रहार करते हुए ठीक ही कहा—

कबीरा संस्कृत संसार में, पंडित करै बखान।
भाषा भक्ति दृढ़ावहीं, न्यारा पद निर्वान॥

—कबीर कहते हैं कि इस संसार में पंडित ही संस्कृत का बखान करते हैं। यह भाषा ही है जो भक्ति को दृढ़ करती है। निर्वाण रूपी न्यारा पद प्रदान करती है।

दक्षिण में ही एक जगह एक पंडित मुझसे पूरी तरह उलझ गया। बोला कि आपको संस्कृत से इतनी नफरत है तो आपको आत्म-ज्ञान किधर से प्राप्त होगा? सारा ज्ञान तो संस्कृत-ग्रंथों में भरा पड़ा है।

मैंने कहा, "आपने तो बहुत सारे ग्रंथों को पढ़ा है तो क्या आपका अज्ञान-अंधकार मिट गया है? राम अथवा परब्रह्म की अनुभूति भी हुई है?" मैंने उस पंडित को कहा कि, "पंडित और मसालची दोनों समान हैं। दूसरों में तो प्रकाश बांटते हैं पर खुद अंधेरे में रहते हैं। कुछ दिखाई नहीं पड़ता उन्हें—

पंडित और मसालची, दोनू सूझै नाहिं।
औरन को करै चांदना, आप अंधेरा माहिं॥"

वह पंडित मेरी इस साखी पर आपे से बाहर हो गया और बोला, "पढ़ाई-लिखाई तो कुछ भी नहीं किए, चले हैं धर्म-प्रचार करने। जिन्होंने पुस्तकों के दर्शन नहीं किए वे भगवान के दर्शन करने-कराने चले हैं।"

मैंने इस पर व्यंग्य किया—

पंडित पुस्तक बांधि के, दै सिरहाने सोय।
वह अक्षर इनमें नहीं, हंसि दे भावै रोय॥

—पंडित, पुस्तकों को बांधकर उन्हें सिरहाने रखकर सो जाता है। असल अक्षर तो उनमें है नहीं, अब वह रोए या मन भाव को हंसे।

मैंने कहा पंडिताई और भक्ति में बहुत फर्क है। केवल लिखने-पढ़ने से परमेश्वर से मन नहीं बंध जाता। जब तक आत्मज्ञान नहीं हो मन का संशय नहीं मिटता। भक्ति हो तो ज्ञान स्वयं अंतर् में प्रकट हो जाता है। इस बात को मैं किस-किसको समझाऊं कि दुःख का कारण तो यही है कि लोग समझते हैं कि सब कुछ पढ़ाई-लिखाई से ही प्राप्त होता है। सारा ज्ञान। मैंने इसी को लेकर एक साखी गढ़ी—

पढ़ै गुनै सीखै सुनै, मिटे न संशय सूल।
कहै कबीर कासों कहूं, एही दुःख का मूल॥

"तो आप समझते हैं कि बिना पढ़े-लिखे भी आदमी परमेश्वर को प्राप्त कर सकता है? बिना वेदों के अध्ययन द्वारा कोई ईश्वर तक कैसे पहुंचेगा? सरस्वती की अराधना के बिना ज्ञान-गंगा में गोता लगाना संभव है क्या?"

मैंने कहा वाणी अथवा सरस्वती से क्या होता है और क्या होता है वेदों से? सरस्वती तो परमेश्वर के यहां पानी भरती है और चारों वेद वहां मजदूरी करते हैं। ईश्वर की सेवा-बंदगी में चूकने से और उसकी चाकरी नहीं करने से क्या मिलने को है—

वाणी तो पानी भरै, चारू वेद मजूर।
चूक्यो सेवा बंदगी, किया चाकरी दूर॥

"यह तो ठीक है कि मेरा ज्ञान पुस्तकों तक ही रह गया," उस पंडित ने स्वीकारा, "आत्मदर्शन तो हुआ नहीं, ईश्वर के दर्शन किधर से होंगे? यदि आप समझते हैं कि मेरा सारा ज्ञान व्यर्थ है तो आप ही बता दें कि मैं ईश्वर को कैसे प्राप्त करूंगा?"

"ईश्वर-प्राप्ति के कितने मार्ग हैं, मालूम हैं?" मैंने पूछा।

"मेरे ख्याल से तीन।" उसने कहा।

"कौन-कौन?"

"ज्ञान, भक्ति और कर्म।"

"ज्ञान से तो आप इसे नहीं प्राप्त कर सके?"

"नहीं।"

"जानते हैं क्यों?" मैंने पूछा।

"नहीं।"

"ज्ञान-मार्ग सबसे कठिन है। इससे अहंकार उत्पन्न होता है। जैसे आपमें हो गया है। नहीं तो आप तर्क पर नहीं उतरते। आपके शब्दों में शास्त्रार्थ पर।

"ज्ञान का मार्ग खड्ग की धार है। इस पर चलना सबके लिए संभव नहीं। मैंने वेद-उपनिषद् तो नहीं पढ़े पर याद कीजिए आप ही के उपनिषद् में कहीं लिखा है कि यह मार्ग छुरे की तेज धार की तरह तेज है और दुर्गम है। याद आया?"

"आ गया वह श्लोक यों है—

क्षुरस्य धारा निशिता दुरर्वयया।
दुर्गम पथस्तत कवचो वदंति॥

"किंतु आप धन्य हैं," उसने कहा, "संस्कृत नहीं जानते हुए भी वेद-उपनिषदों की बातें जानते हैं।"

"यह सब सत्संग का प्रभाव है," मैंने कहा, "मेरे गुरु महान् थे, उनके और उनके विद्वान् शिष्यों के संग रहकर, सत्संग कर मैंने बहुत कुछ सीखा है।"

"कौन थे आपके गुरु?"

"स्वामी रामानंद।"

"ओह! वह तो दक्षिण के ही थे। उनके शिष्य होने के कारण तो आप हमारे पूज्य हुए।" कहकर उस पंडित ने मेरे पैर पकड़ लिए।

"नहीं, नहीं ऐसा नहीं करते," मैंने उसे अपने पैरों से उठाया, "यहां कोई बड़ा-छोटा नहीं है। सभी में एक ही राम बसता है।"

"राम आपके अंदर बसता होगा। मेरे अंदर तो उसका कहीं पता नहीं। मेरे भीतर तो अंधकार-ही-अंधकार भरा है।" पंडित ने स्वीकार किया।

"आप इतने पढ़े-लिखे ज्ञानी होकर भी अज्ञानियों की तरह बात क्यों करते हैं," मैंने पूछा, "आपकी गीता और उपनिषदों ने यह नहीं कहा कि सबके भीतर ईश्वर का ही वास है? मैं संस्कृत नहीं बोल सकता, नहीं मैं वे श्लोक सुना देता आपको।"

"नहीं, इसकी आवश्यकता नहीं। मुझे सब कुछ याद है," उसने कहा, "पर आप यह क्यों भूल जाते हैं कि हममें बहुतों के अंदर भगवान के बदले शैतान बसता है?"

"यह हमारी करनी से।" मैंने कहा और अपनी एक साखी कही—

कथनी थोथी जगत् में, करनी उत्तम सार।
कहै कबीर करनी भली, उतरे भव जल पार॥

"मैं पूरी तरह समझा नहीं।" उसने कहा।

"समझाने की ऐसी बात भी नहीं," मैंने कहा, "आप ही ने बताया कि ईश्वर-प्राप्ति के तीन मार्ग हैं—ज्ञान, भक्ति और कर्म? अभी मैं ज्ञान (कथनी) और कर्म (करनी) की बात कर रहा था। ज्ञान की अपेक्षा कर्म का मार्ग सहज है। अच्छा कर्म करें, दीन-दुःखियों की सेवा करें तो ईश्वर सहज ही प्रसन्न होता है। आपने भी कहा कि ईश्वर सबके अंदर बसता है, ऐसा आपके धर्म-ग्रंथ कहते हैं। ऐसी स्थिति में दीन-दुःखियों की सेवा, सबके प्रति सम-भाव, सबमें एक ही परमेश्वर के दर्शन से वह राम, वह परवरदिगार क्यों नहीं प्रसन्न होगा? कथनी अर्थात् ज्ञान बघारने की बात छोड़कर कर्म करना ज्यादा अच्छा है। मेरी बात मानिए तो—

कथनी, बदनी छांड़ि दे, करनी सू चित लाय।
पर को नीर प्याये बिन, कबहूं प्यास न जाय॥

"कोई प्यासा हो तो इस ज्ञान से काम नहीं चलता कि प्यास बुझाने का साधन जल है। जल-जल रटने से ही प्यास नहीं जाएगी। प्यास बुझाने के लिए तो प्यासे को पानी पिलाना होगा। यही कर्म है। कर्म का फल अवश्यंभावी है। बुरे का बुरा और भले का भला। भले कार्य, परमेश्वर के प्रिय कार्य उस तक सीधे पहुंचाते हैं। इसके लिए पोथियों के पन्ने उलटने की आवश्यकता नहीं।"

"और भक्ति?" उसने पूछा।

"यही तो सर्वसुलभ कार्य है। पूरी तरह सहज। यह तो राज-मार्ग है। परमेश्वर वह मोम है जो भक्ति की आंच पर पिघले बिना रह नहीं सकता।"

"तो फिर सब कुछ छोड़कर भक्ति ही क्यों न की जाए।" वह बोला।

"आए न रास्ते पर," मैंने कहा, "पर भक्ति को इतना आसान भी नहीं समझ लीजिए। भक्ति ईश्वर के प्रति प्रेम है और प्रेम त्याग की अपेक्षा करता है। सिर तक सौंपने को जो तैयार हो, वही ईश्वर से प्रेम (भक्ति) कर सकता है—

कबीरा यहु घर प्रेम का, खाला का घर नांहि।
सीस उतारै हाथ करि, सौ पैठे घर मांहि॥

—कबीर कहते हैं कि यह (ईश्वर का) घर प्रेम का है। किसी वेश्या का कोठा नहीं। जो सिर उतारकर हाथ पर रखने को तैयार हो वही इस घर में प्रवेश कर सकता है।

"और सुनिए।" मैंने आग कहा—

प्रेम न खेतौं उपजे, प्रेम न हाट बिकाय।
राजा परजा जिछ रुचै, सीस देई लई जाय॥

"पर आप भक्ति में बार-बार सिर उतारने की बात क्यों करते हैं? क्या सिर उतार

देने से भगवान मिल जाएंगे?" उस दक्षिणी पंडित ने पूछा।

"आप ज्ञानी होकर भी बात नहीं समझते तो मैं क्या करूं?" मैंने समझाना चाहा, "कहा न भक्ति अथवा प्रेम त्याग का पर्याय है। और सिर से बढ़कर कौन-सी वस्तु है जो मनुष्य को सर्वाधिक प्रिय हो? तो इस सिर को जो राम के नाम पर कटवाने को प्रस्तुत हो, उससे बड़ा त्यागी कौन होगा, उससे बड़ा भक्त?"

"सिर उतारने की नौबत क्यों आएगी भक्ति में?" उसने पूछा।

"नौबत आ सकती है," मैंने कहा, "मान लीजिए कोई आततायी राजा किसी साधु व्यक्ति को, निरपराध को प्राण-दंड दे रहा है, वैसी हालत में आप उस निर्दोष को बचाने के लिए अपना सिर सौंप बैठें तो भगवान प्रसन्न नहीं होगा कि आप उसके भक्त के प्राणों की रक्षा अपने प्राण देकर भी करने को प्रस्तुत हैं।

"फिर शीश देने का एक अर्थ अपने को पूरी तरह परमेश्वर के नाम पर, राम के नाम पर अर्पित कर देना है। अपने अहम् को पूर्णतया विसर्जित कर देना है। अहंकार, हमारे और ईश्वर के मध्य सबसे बड़ी दीवार है। इस अहंकार से मुक्त होना सिर देने के ही समान है। सिर देने की बात तो मैंने भक्तों के लिए कई बार, कई रूपों में कही है। ऐसे भक्तों को, अनहंकारी व्यक्तियों को अपनाने के लिए तो प्रभु सदा तैयार रहते हैं—

सूर सीस उतारिया, छाड़ा तन की आस।
आगे वैं हरि मुलकिया, आवत देख्या दास॥

—अपना सिर उतारकर शूर (बहादुर भक्त) तन की आशा छोड़कर अर्थात् अपने अहम् को पूर्णतया विसर्जित कर जब परमेश्वर के पास जाता है तो उस दास को आते देखकर प्रभु स्वयं उससे मिलने चले आते हैं।

"तो भक्ति निर्भय ही कर सकते हैं, सूरमा जिन्हें अपने प्राणों का भी मोह नहीं हो। भक्ति, वीरों का कार्य है, कायरों का नहीं—

भगति देहुलि राम की, नहिं कायर का काम।
सीस उतारैं हाथ करि, सौ लेसी हरि नाम॥

"भक्ति में एकाग्रता की आवश्यकता होती है। जो भगवान का होना चाहता है उसे भगवान को प्रिय लगनेवाले कार्य ही करने होंगे। कुकर्म से सदा बचना होगा—लोभ, मोह, क्रोध और काम से। आपने ज्ञान के संबंध में कहा न कि वह छुरे की तेज धार पर चलने के समान है, कुछ ऐसी ही बात भक्ति के साथ भी है। केवल राम-नाम का सहारा नहीं लेकर जो इधर-उधर भटकेगा उससे भक्ति सधने से रही—

भगति दूहेली राम की, जैसे खड्ग की धार।
जो डोलै तो कटि पड़ै, नहीं तो उतरै पार॥

—राम की भक्ति दुःख-मय है। खड्ग की धार है वह। अगर इस मार्ग पर चलते-चलते डोल गए तो काटना निश्चित है। एकाग्रतापूर्वक बढ़ गए तो पार उतर जाइएगा।"

"अगर ज्ञान और भक्ति दोनों खड्ग की धार ही हैं तो आप भक्ति को सर्वश्रेष्ठ क्यों मानते हैं?" पंडित ने तर्क दिया।

"बात आसान है," मैं बोला, "ज्ञान-मार्ग में शास्त्र-ज्ञान के लिए कटने की बात होती है, भक्ति-मार्ग में भगवान के लिए कटने की, अतः भगवान इस मार्ग से शीघ्र मिल जाता है, यदि संभलकर चला जाए। ज्ञान के कठिन मार्ग से भी वह सबको मिलने से रहा। जैसा कहा ज्ञान अहंकार का जनक है और अहंकार ईश्वरीय मार्ग का सबसे बड़ा बाधक। ज्ञान-मार्ग में अहंकार के खड्ग से बचना होता है तो भक्ति-मार्ग में कुवृत्तियों से—काम, क्रोध, मोह, मत्सर से। पहला कठिन है, दूसरा आसान। अहम् का त्याग, अहंकार का त्याग, बड़े-बड़े ज्ञानियों के भी वश की बात नहीं। कुछ समझे आप?"

"हां।"

"क्या?"

"कि ईश्वर-प्राप्ति के लिए भक्ति-मार्ग भी यद्यपि कठिन है तथापि वह सर्वश्रेष्ठ मार्ग है क्योंकि वह प्रेम का मार्ग है, त्याग का मार्ग है। सच्ची भक्ति से भगवान शीघ्र पिघलते हैं। अन्य मार्ग भक्ति-मार्ग के समक्ष कहीं नहीं ठहरते।

36

मत्कारों का युग था वह। जैसा कहा नाथपंथी योगी भगवान अथवा अपने आराध्य आशुतोष शिव को भूलकर चमत्कारों के चक्कर में पड़े थे और आम जनता को उन्हीं चमत्कारों के भ्रम में डाल उनका शोषण करते थे।

दक्षिण भारत चमत्कार की इस आंधी से अप्रभावित अवश्य रहा था पर इधर के लोगों को भी उनके चमत्कारों का पता अवश्य था।

ये चमत्कार भी अजब तरह के थे। मुर्दा को जिंदा कर दे अथवा ईशा की तरह किसी कोढ़ी को काया और किसी अंधे को आंखें दे दें, यह तो उनके वश की बात नहीं थी पर कुछ साधारण मंत्रों की सिद्धि द्वारा अथवा कुछ भूत-प्रेतों को वश में कर ये हलके-फुलके अनुपयोगी चमत्कार दिखाते थे। उदाहरण के लिए कहीं से प्रसाद अथवा मिठाई मंगा देना। हवा से छोटी-मोटी वस्तुएं प्रकट कर देना उनके लिए आसान था। हां, ऐसे छोटे-मोटे चमत्कार संभव हैं। मैं उनकी चर्चा भी करता क्योंकि आज के वैज्ञानिक युग में इन चमत्कारों में कोई विश्वास नहीं करता, पर हमारे लेखक महोदय चूंकि ऐसे कई चमत्कारों को देख चुके हैं और इन पर अपनी पुस्तक (बंधक आत्माएं, प्रभात प्रकाशन, चावड़ी बाजार, दिल्ली-6) भी लिख चुके हैं अतः इनसे इन चमत्कारों को तो नहीं ही छिपाया जा सकता। आप में से भी कई इन चमत्कारों को कहीं-न-कहीं देख चुके होंगे। उनके पल्ले तो ये बातें आसानी से पड़ सकती हैं पर जिन्हें कभी इन्हें देखने का अवसर नहीं मिला उन्हें विश्वास दिलाना कठिन है। जो बात स्वयं अपनी आंखों से नहीं देखो उस पर विश्वास नहीं होता भले ही वह किसी भी व्यक्ति द्वारा कही अथवा लिखी गई हो। है न यही बात?

ये नाथपंथी ऐसे-ऐसे चमत्कार भी करते थे जिनको देखकर बाजीगर भी आश्चर्यचकित हो जाएं। पर ये सस्ते चमत्कार आध्यात्मिक शक्ति से युक्त व्यक्ति द्वारा देखते-ही-देखते समाप्त किए जा सकते हैं अथवा उसके समक्ष ये संपन्न ही नहीं किए जा

सकते क्योंकि ये अंततः माया हैं। आध्यात्मिक-शक्ति-संपन्न व्यक्तियों के समक्ष सस्ती चमत्कारिक शक्तियां अपनी शक्ति खो बैठती हैं।

मुझे याद है जब मैं पहले-पहल गुरु रामानंद का शिष्य बनने गया था तो मेरे विरोधियों में एक नाथपंथी भी था। उसने अपनी शक्ति के प्रदर्शन के लिए स्वामी के अहाते में ही कुछ प्रयास किया पर वहां जब वह सफल नहीं हुआ तो वह फाटक के बाहर आ गया। वहां उसने हवा में हाथ घुमाया तो उसके हाथ में एक लंबी रस्सी आ गई। उसने उसे आसमान की ओर उछाल दिया। वह कोई चालीस हाथ की ऊंचाई तक लकड़ी की तरह सीधी खड़ी हो गई। उस नाथपंथी ने रस्सी के निचले छोर को पकड़ा और उस रस्सी के सहारे ऊपर चढ़ता गया और रस्सी के अंतिम छोर पर चालीस फुट की ऊंचाई पर खुले आसमान में जा बैठा। पूरा तमाशा लग गया। अहाते के भीतर के लोग भी बाहर आकर यह विचित्र चमत्कार देखने लगे। इसके पूर्व कि भीड़ उस नाथपंथी का लोहा मान लेती और उसकी जय-जयकार कर बैठती, स्वामीजी के एक शिष्य ने अंदर जाकर उन्हें इस अविश्वसनीय बात की सूचना दी।

स्वामीजी के मुख पर एक मुसकान खिली और वह बोले, "ये सस्ते भौतिक चमत्कार हैं। इस कटोरे में मेरे कमंडलु का जल ले लो और राम का नाम लेकर उस रस्सी के निचले सिर पर छिड़क दो।"

शिंष्य ने वही किया और देखते-देखते रस्सी के साथ वह नाथपंथी भी नीचे आ गया। यह तो स्वामीजी की कृपा थी कि वह सुरक्षित रहा वर्ना इतने ऊपर से गिरने के पश्चात् उसकी हड्डी-पसली का भी पता नहीं चलता।

मेरे प्रचार-अभियान के द्वारा मुझसे भी स्वभावतः चमत्कार दिखलाने के लिए कहा गया पर मैंने साफ कह दिया कि मैं कोई चमत्कार आदि नहीं करता। यह नहीं कहा कि मैं चमत्कार कर ही नहीं सकता क्योंकि ऐसा कहना मिथ्या-भाषण करना होता। मैं आपको पहले भी इंगित कर चुका हूं और अब भी कहता हूं कि राम का सच्चा भक्त तो राम की शक्तियों से ही पूर्ण हो जाता है। जो कुछ राम कर सकता है उसे वह भी कर सकता है पर वह जान-बूझकर ऐसा नहीं करता। ईश्वरीय शक्ति का दुरुपयोग करना वह कभी नहीं चाहता।

किंतु इस यात्रा के दौरान मुझे एक-दो बार इस शक्ति का दुरुपयोग करना ही पड़ा। नहीं करने से चलता भी नहीं।

दक्षिण में शैवों और शाक्यों का वर्चस्व जमाने से चला आ रहा था।

आज के बंगलौर के पास की बात है। वहां मैं एक स्थान पर प्रवचन कर रहा था। राम-भक्ति और कर्म के महत्त्व पर प्रकाश डाल रहा था। लोग एकाग्र भाव से मुझे सुन रहे थे। जिनको मेरी भाषा पकड़ में आती थी उनके लिए तो ठीक, जिनको नहीं आती थी उनके लिए मेरे दुभाषिया थे हमारे परम शिष्य श्रुतिगोपालजी। उनका पूर्व नाम पंडित सर्वानंद था। ये द्रविड़ थे और सभी वेद-पुराणों के मर्मज्ञ। संस्कृत तो धाराप्रवाह बोलते ही थे साथ ही अपनी मातृभाषा तमिल और दक्षिण की प्रायः सभी भाषाओं की इन्हें जानकारी थी। इन्होंने उस समय के प्रायः सभी विद्वानों को शास्त्रार्थ में पराजित कर दिया था और अपना नाम रख लिया था सर्वजीत।

किंतु उनकी मां कभी इन्हें इस नाम से नहीं पुकारतीं थीं और हमेशा सर्वानंद ही कहती थी।

"मां तुम मेरी मां होकर भी मुझे महत्त्व नहीं देतीं। मुझे सर्वजीत कहकर क्यों नहीं पुकारतीं?" एक दिन उन्होंने अपनी मां को उपालंभ दिया।

"जो तुम नहीं हो वह मैं कैसे कहूं? अपने पुत्र के अहंकार की अग्नि में स्वयं हविष् डालूं, घृत?" मां ने छुटते ही कहा।

"मैं अहंकारी हूं?" सर्वानंद ने साश्चर्य पूछा।

"और क्या?" श्रद्धामूर्ति मां बोली।

"कैसे?"

"कैसे क्या तुम तो स्वयं पंडित हो, पता नहीं कि शास्त्रों में कहा गया है कि विद्या विनय अर्थात् नम्रता प्रदान करती है और नम्रता से ही पात्रता आती है और पात्रता से धन की प्राप्ति होती है, उस धन से धर्म सधता है और धर्म के सधते ही सुख की प्राप्ति होती है[1] तो किधर से है तुममें विनय अर्थात् विनम्रता? जब विनय नहीं तो तुम पात्र कैसे हुए और जब तुममें पात्रता ही नहीं तो धन और धर्म का लाभ तुम्हें कैसे होगा? तुम तो अहंकारी हो, स्वयं ही अपना नाम सर्वजीत रख लिया?"

"और मैंने इतने सारे ग्रंथ पढ़ लिए सो?" सर्वजीत अर्थात् सर्वानंद बोले।

"पढ़ने से क्या हुआ? पढ़ने से कोई गुण तो तुममें आया नहीं, आया अहंकार। पंडितों, गुणियों के लक्षण फिर याद कराऊं? तुम्हें तो पता ही होगा, इतना सारा कुछ पढ़ जो गए हो। पंडित अर्थात् गुणी व्यक्ति झुक जाता है, जैसे फूलों से लदे वृक्ष झुक जाते हैं। सूखी लकड़ी और मूर्ख कभी नहीं झुकते।[2]

"मां।"

"बोलो।"

"इसमें मेरा कोई दोष नहीं है?"

"किसमें?"

"यही मेरे द्वारा अहंकार पालने में। अपना नाम सर्वजीत रखने में।"

"कैसे?" मां ने पूछा।

"जब देश के सभी विद्वानों को मैंने देशाटन कर पराजित ही कर दिया, कोई मेरे समक्ष ठहरा ही नहीं तो मेरे अंदर अहंकार का उत्पन्न होना स्वाभाविक है। ऐसी हालत में मैं अपना नाम सर्वजीत रखूं या विश्वजीत, बुरा किधर से कर रहा हूं?"

"ठीक कहते हो," विदुषी माता गंभीर होकर बोली, "तुमने विद्या नहीं अविद्या प्राप्त की है। उपनिषदों में पढ़ा ही होगा, विद्या दो प्रकार की होती है, विद्या और अविद्या। विधा का ज्ञानी ही विद्वान् होता है, अविद्या की शरण लेनेवाला अहंकारी ज्ञान

---

1. विद्या ददाति विनयम्, विनयाधाति पात्रताम्।
पात्रत्वाद्धनमाटच्नोति, धनादधर्मः ततः सुखम्॥
2. नमान्ति फलिनो वृक्षाः, नमन्ति गुणिनो जनाः।
शुष्क काष्ठाश्च मूर्खाश्च, न नमयन्ति कदाचन॥

के प्रकाश को नहीं अज्ञान के अंधकार को प्राप्त होता है, यह तो तुमने उपनिषदों में पढ़ा ही होगा।"[1]

"मान लिया। तुम्हारा कहना ही ठीक है, मैं अहंकारग्रस्त हो गया हूं और उसी कारण मेरी विधा भी अविद्या बन गई है," सर्वानंद ने कहा, "पर वह उपाय तो बतलाओ जिसके द्वारा मेरा अहंकार समाप्त हो और मैं अविद्या-जनित अंधकार से ग्रसित नहीं होऊं।"

"उपाय है।"

"क्या?"

"तुम्हें अपने को सर्वजीत कहना छोड़ना होगा।"

"जब मैंने सबको जीत ही लिया है तो मेरे सर्वजीत नाम पर तुम्हें क्यों चिढ़ है?"

"तुम्हें भ्रम है।"

"किसका?"

"सबको जीतने का।"

"यह क्या कह रही हो मां?" सर्वानंद ने आश्चर्य किया, "काशी से भी बड़ी, विद्वानों की कोई स्थली है? मैंने अयोध्या और प्रयाग के विद्वानों को परास्त करने के पश्चात् काशी के विद्वानों को भी पराजित किया। कैसे नहीं जीता मैंने सबको?"

"जिस काशी की तुम बात कर रहे हो वहीं एक व्यक्ति है जिसे तुम पराजित नहीं कर सके हो और मुझे पूरा विश्वास है कभी कर भी नहीं पाओगे?"

"क्या नाम है उसका?" सर्वानंद ने विस्मित होते पूछा।

"कबीर।"

"कबीर?"

"हां।"

"मुझे तो काशी में किसी विद्वान् ने इस व्यक्ति के बारे में बताया नहीं।" सर्वानंद को आश्चर्य हुआ।

"बताते भी कैसे? वह तो विद्वानों का विद्वान् है। कोई विद्वान् उसका नाम कैसे लेता?"

"वह इतना बड़ा विद्वान् है?"

"विद्वान् नहीं ज्ञानी है। वास्तविक विद्वान्। तुम उसे पराजित कर सको तो मैं अपनी कोख को धन्य समझूं।"

"तुम उसके संबंध में इतना अधिकारपूर्वक कैसे बोल सकती हो?" उसे सहसा अपनी मां की बातों पर विश्वास नहीं हुआ।

"क्योंकि मैंने उसके दर्शन किए हैं। तीर्थाटन के क्रम में वहां भी गई जिसे कबीरचौरा कहते हैं। वहां ही महात्मा कबीर के दर्शन हुए। उनके शरीर से मानो एक आभा फूट रही थी। देव-पुरुष लगते थे। तुम्हारे समान कई विद्वान् उनके सामने सिर झुकाए बैठे थे। उस कबीर को पराजित कर सको तो तुम्हें सर्वजीत या विश्वजीत जो कहो मान लूं।"

1. अन्धं तमः प्रविशांति ये अविधामुपासतेः —**ईशावस्योपनिषद्।**

"तो मैं उन्हें पराजित कर ही तुम्हें अपना मुख दिखाऊंगा।" सर्वानंद उत्तेजित होकर बोला।

"नहीं, नहीं, ऐसा नहीं कहो," माता घबराई, "तुम मेरे एकमात्र पुत्र हो। कबीर से पराजित होना तो तुम्हें है ही, ऐसी हालत में तुम मुझे मुख नहीं दिखाओगे तो मैं कहां की रहूंगी? नहीं, नहीं, मुझे नहीं भेजना तुम्हें काशी, तुम जो कहो मैं तुम्हें मान लेती हूं। अब से मैं तुम्हें सर्वजीत ही कहूंगी।"

"नहीं मां, मुझे एक बार कबीर से मिलने दो। मेरे मार्ग की बाधा नहीं बनो। अगर तुम्हारी इच्छा है कि मैं उनसे पराजित होकर भी तुम्हारे पास लौटूं तो यही होगा। मैं अवश्य लौटूंगा। हर हालत में।" सर्वानंद ने अनुनय किया।

"ऐसी बात है तो ठीक है। तुम काशी अवश्य जाओ। एक माता का संपूर्ण आशीर्वाद तुम्हारे साथ है, पर मैं क्या करूं मैं जानती हूं कि तुम वहां पराजित होगे। परंतु स्मरण रहे अपनी प्रतिज्ञा नहीं तोड़ना—यहां वापस लौटनेवाली।"

"स्मरण रहेगी।" सर्वानंद ने कहा और काशी आने की तैयारी करने लगा।

एक शाम मैं कबीरचौरा पर बैठा हुआ था कि मेरा एक शिष्य दौड़ता-भागता मेरे पास पहुंचा। उसके चेहरे पर घोर आश्चर्य का भाव चढ़ा हुआ था।

"क्या बात है?" मैंने पूछा।

"अजीब बात है सद्‌गुरु!" वह विस्मय करते हुए बोला।

"बोलो न बात क्या है? इतना आश्चर्यचकित क्यों हो? क्या मेरी सारी शिक्षा व्यर्थ गई? मैंने कहा है न कि सदा स्वभाव में रहा करो। सुख-दुःख, जय-पराजय, सामान्य-असामान्य से तुम्हें कभी प्रभावित नहीं होना। अब ऐसी क्या बात है कि तुम आश्चर्य से भरे जा रहे हो?"

"बात ही ऐसी है सद्‌गुरु! इसमें मेरा कोई दोष नहीं। क्या सच मुझे दी गई सारी शिक्षा शायद व्यर्थ ही गई। मैं अपने को अब भी आश्चर्यचकित होने से नहीं रोक पा रहा।" वह श्रद्धा से झुकते हुए बोला।

"बात बताओ।" मैंने स्पष्ट आदेश दिया।

"दक्षिण का एक विद्वान् अपने सोलह बैलों पर पुस्तकें लादे आपसे शास्त्रार्थ करने आ रहा है। वह अपने को सर्वजीत बोलता है। कहता है उसने देश के सभी विद्वानों को हरा दिया है, अतः वह सर्वजीत है।"

"तो इसमें आश्चर्य की क्या बात है?" मैंने शांति से पूछा।

"सोलह बैलों पर लदी पुस्तकें!" वह फिर आश्चर्यचकित हो बोला।

"सोलह ही तो बैल हैं। सोलह सौ तो नहीं? उतने भी होते तो कोई बात नहीं थी। तुम उस विद्वान् को अतिथिशाला में ठहरा दो। उसके और उसके बैलों के खाने-पीने की व्यवस्था कर दो! बोल दो कि आज वह रात्रि-विश्राम करें, कल सुबह मेरे पास शास्त्रार्थ करने पहुंचें।"

"जैसी सद्‌गुरु की आज्ञा।" शिष्य ने कहा और चला गया पर उसके मुख-मुंडल से आश्चर्य की रेखाएं नहीं गई थीं, मैंने स्पष्ट देखा।

प्रातः, मैं स्नान-ध्यान से निवृत्त होकर कबीरचौरे पर बैठा हुआ था। मैंने एक शिष्य को उस पंडित को बुलाने भेज दिया था।

वह थोड़ी देर पश्चात् अपने सोलह बैलों पर लदी पुस्तकों के साथ आ पहुंचा। बैल आस-पास बांध दिए गए। पंडित सर्वजीत के मेरे साथ शास्त्रार्थ की सूचना काशी में चारों तरफ फैल गई थी, अतः दर्शकों और श्रोताओं की भी एक बहुत बड़ी भीड़ कबीरचौरे पर आ जुटी थी। उनमें काशी के जाने-माने पंडित और विद्वान् भी थे और सामान्य-जन भी। जितने लोग बैठ सके उतने के बैठने का प्रबंध कर दिया गया। शेष स्थान के अभाव में खड़े ही रहे।

पंडित सर्वजीत ने मेरे सामने आते ही झुककर मुझे प्रणाम किया।

"इतने महान् पंडित खासकर ब्राह्मण होने के बावजूद आप मुझे प्रणाम क्यों कर रहे हैं?" उसके अपने आसन पर बैठते ही मैंने पूछा।

"मैंने आपको प्रणाम नहीं किया।"

"तब?"

"मैंने आपके अंदर स्थित राम को प्रणाम किया।"

उसके इस उत्तर पर सभी श्रोता स्तब्ध रह गए और मेरी ओर देखना आरंभ किया कि मैं क्या बोलता हूं। बहुतों को लगा कि मैं शास्त्रार्थ के प्रथम चरण में ही पराजित हो गया। पंडित ने तो अकाट्य तर्क रखा था। भला इसकी काट क्या हो सकती थी? मेरे शिष्य और अनुयायी विशेष रूप से चिंतित हो आए।

"इन बैलों में भगवान अथवा राम हैं कि नहीं जिन पर आप इतना बोझ लादकर सुदूर दक्षिण से आ रहे हैं?" मैंने पूछा।

"हैं। अवश्य हैं।"

"तो भगवान को इतना कष्ट देना आवश्यक था?"

वह मेरे प्रश्न पर सहसा चकित हो गया और उसके मुख से कोई उत्तर नहीं निकला। श्रोता-मंडली में से बहुतों ने हर्ष से भरकर ताली बजाई। बाजी मैंने जीत ली थी।

"बोलिए।" मैंने पंडित को संबोधित किया।

"इस बात का मेरे पास उत्तर नहीं है। मैंने ठीक ही इतने बैलों को भारी कष्ट दिया है। भगवान को कष्ट दिया है।" उसने स्वीकारा।

"क्या आप इन बैलों को नित्य सुबह इस तरह प्रणाम करते हैं जिस तरह आपने मुझे किया?" मैंने पूछा।

"नहीं। मैंने इसकी आवश्यकता नहीं समझी। पशुओं को प्रणाम मनुष्य करे यह बात मेरी समझ में नहीं आती।"

"आप ही ने कहा न कि इनमें भी भगवान हैं तो फिर आपने जैसे मुझे प्रणाम किया वैसे इनके अंदर निहित भगवान को प्रणाम क्यों नहीं करते? इनमें पशु-दृष्टि क्यों रखते हैं?"

पंडित पुनः चुप। लोगों ने फिर तालियां बजाईं। पंडित सर्वजीत् का मुख कुछ

निस्तेज हुआ। हर बार वह गलत मोड़ पर पकड़ रहा था।

"एक बात बोलिए।" मैंने ही बात का सूत्र आगे बढ़ाया।

"कहिए।"

"इन बैलों पर पुस्तकें लादकर लाए हैं न?"

"हां।"

"क्यों? इतनी पुस्तकों को लादकर लाने की आवश्यकता क्या थी?"

"क्योंकि शास्त्रार्थ में इनका प्रयोग हो सकता है। जहां आवश्यकता हो उनसे प्रमाण दिया जा सकता है।" वह विजेता की मुद्रा में बोला।

"तो वे प्रमाण आपको कंठाग्र नहीं हैं? उन्हें जानने के लिए आपको पुस्तकें देखनी पड़ेंगी?"

"स्वाभाविक है। सभी बातें कंठाग्र नहीं हो सकतीं।" वह बोल गया।

"तो शास्त्रार्थ मुझे आपसे करना है या पुस्तकों से?"

इस प्रश्न पर उसका सिर नीचा हो गया और उपस्थित लोगों ने पुनः तालियां बजाईं।

वह कुछ झल्लाया और बोला, "आप मुझे व्यर्थ अपमानित किए जा रहे हैं।"

"अपमानित करने तो आप आए थे मुझे इतनी पुस्तकें लेकर। अब ये पुस्तकें आपके काम क्यों नहीं आ रहीं?"

वह कुछ नहीं बोल सका।

"एक बात जानते हैं न? आपके ही ग्रंथों में लिखा है कि जो विद्या केवल पुस्तकों में निहित है वह विद्या (पुस्तकास्थ तु या विद्या सा ना विद्या) है ही नहीं। विद्या को तो व्यक्ति के अंदर होना है।

"क्यों मैंने गलत कहा?" मैंने पूछा, "यह शास्त्र-वाक्य-प्रमाण है कि नहीं?"

"है।" उसने कहा।

"तो आप अपनी पराजय स्वीकार कीजिए और जहां से आए हैं वहां लौट जाइए। आप बार-बार पराजित होते जा रहे हैं और मेरे पास और अधिक समय आप पर नष्ट करने के लिए नहीं है।" श्रोता-मंडली ने इस बार जोर से ताली बजाई और कुछ लोग चिल्ला पड़े—

'सद्गुरु कबीर की जय।'

काशी के उन पंडितों के चेहरे भी चमक उठे जो उससे पराजित हो चुके थे।

वह घर लौट तो अवश्य गया पर पुनः लौटकर वापस आ गया। उसने अपनी मां से कहा, "मैं सचमुच सद्गुरु कबीर के सामने कहीं नहीं ठहरता। वे तेज-पुंज हैं। उनकी आध्यात्मिक साधना के समक्ष मेरा ग्रंथीय ज्ञान तुच्छ है। मैं अब सब कुछ छोड़कर उनके चरणों की सेवा में जा रहा हूं। राम की भक्ति के प्रभाव को मैं देख चुका। मेरा सारा अहंकार विगलित हो गया।"

"पर तुमने तो कहा था तुम मुझे अकेले नहीं छोड़ोगे?"

"इसीलिए तो तुमसे आज्ञा लेने आया हूं। वर्ना मैं काशी में ही नहीं रह जाता?"

"उन बैलों और ग्रंथों का क्या हुआ?"

"ग्रंथ मैंने गंगा के हवाले कर दिए और बैलों को मुक्त कर दिया।"

"तो मैंने भी तुम्हें मुक्त किया," उसकी माता बोली, "मेरा बेटा राम की भक्ति में लगे इससे अधिक प्रसन्नता की बात क्या होगी? आज सचमुच मेरी कोख धन्य हो गई।"

वही सर्वानंद अथवा सर्वजीत मुझसे दीक्षित होकर जब कबीरचौरा में ही रह हमारी सेवा में लग गए तो उनका नाम हम लोगों ने श्रुतिगोपाल रखा। जैसा कहा इस यात्रा में वे हमारे दुभाषिए का कार्य कर रहे थे।

खैर, तो मैं बंगलौर के पास के अपने प्रवचन की बात कर रहा था पर इस कथा को पूर्ण करना आवश्यक था वर्ना आपके साथ न्याय कहां हो पाता! ऐसे भी आप मेरी आदत से परिचित हैं। इस डाल से उस डाल पर उछल जाना मुझसे कब छूटा? यों सच कहिए तो इस कथांतर के लिए आपको इस लेखक महोदय को ही जिम्मेवार मानना उचित है। आगे की कथा को पीछे और पीछे की कथा को आगे रख यह अपने लेखन-कौशल का परिचय दे रहे हैं। जैसा पहले भी कहा, आज की भाषा में 'सस्पेंस' डाल रहे हैं तो मैं क्या करूं। यह मुझे भी पता है कि आधुनिक कथा-लेखन में 'सस्पेंस' एक आवश्यक तत्त्व नहीं रह गया पर लेखक की भी यहां मजबूरी है—विवशता। जब मेरे सदृश नीरस निर्गुणियां की कथा लिखनी हो तो कथा को सरस बनाने के लिए 'सस्पेंस' की सहायता, आवश्यकता, हो जाती है वर्ना कौन पढ़ने का कष्ट करेगा इस चार सौ पन्नों की मेरी आत्म-गाथा को?"

खैर, आइए बंगलौर। मैं कभी-कभी अपने द्वारा संपन्न आध्यात्मिक चमत्कार की बात कर रहा था जिसे अत्यंत आवश्यकता की स्थिति में ही मैं करने को विवश होता था।

इस प्रवचन के समय ऐसी ही घड़ी उपस्थित हो गई।

इस क्षेत्र में पूर्णानंद नामक एक शाक्त का साम्राज्य था। सभी उसी के भक्त थे। वह अपने सस्ते तांत्रिक चमत्कारों से लोगों को भ्रमित किए हुए था।

आश्विन नवरात्रि के दिन थे वे। देवी की पूजा विभिन्न स्थानों पर सज्जित पांडालों में हो रही थी। इस पूजा को भी छोड़ लोग मेरे प्रवचन में आ गए थे। यह बात पूर्णानंद को नहीं भायी। नवरात्रि में उसकी तांत्रिक शक्ति भी अधिक जाग्रत थी। वह एक सिंह को हाथ से पकड़े आ रहा था जो घोर गर्जना कर रहा था।

मेरे श्रोताओं में अनायास खलबली मच गई। कई लोग डरकर इधर-उधर भागने लगे और एक-दूसरे पर गिरने लगे। कितने, सिंह के चिग्घाड़ से ही होश खो बैठे। कितने 'त्राहि माम्, त्राहि माम्' करते मेरे आसन की तरफ बढ़े।

मैंने हाथ उठाकर सबको ढाढस देना चाहा, "अरे यह माया का सिंह है। चिग्घाड़ने के सिवा कुछ नहीं कर सकता। आप शांत रहिए।"

पर मेरी आवाज नक्कारखाने में तूती की आवाज सिद्ध हुई। उस साक्षात् काल के समक्ष मेरे थोथे आश्वासन पर कौन विश्वास करता?

अंततः मैंने राम का स्मरण कर अपने कमंडलु से एक अंजुलि जल ले उसे सिंह की दिशा में फेंक दिया। तत्काल सिंह एक छोटा-सा कुत्ता बन आया और तांत्रिक पूर्णानंद निस्तेज दिखने लगा।

भागते हुए लोग लौट आए और बेहोश लोगों को होश में लाया गया। उस तांत्रिक को अपने प्राणों का खतरा अनुभव हुआ और सबकी उपस्थिति में ही वह मेरे पैरों पर आ गिरा, "मैं प्राणों की भिक्षा मांगता हूं।"

"उठो पूर्णानंद," मैंने कहा, "हम राम के भक्त किसी की जान नहीं लेते।"

"मुझे अपना शिष्य बना लें।" उसने करबद्ध प्रार्थना की। मैंने उसे राम-मंत्र दिया और उसके साथ ही उसके सारे शिष्य भी वैष्णव हो गए। इस तरह वहां जीव-हिंसा समाप्त हुई और एक बड़े क्षेत्र में वैष्णवों की भरमार हो गई। सभी हमारे राम की उपासना करने लगे। मैंने पूर्णानंद को ही उस क्षेत्र का प्रभारी बनाया और उसे सभी को भाईचारे और समता का पाठ पढ़ाने का आदेश दिया। छुआछूत की बीमारी से अलग रहकर सबको राम-मय होने का संदेश देकर हम कुछ दिनों में दूसरी दिशा को चल पड़े।

37

दक्षिण में हमारा काफी समय लग गया। कई-कई गांवों एवं नगरों में हमने डेरा डाला। कई जगह विरोध का भी सामना करना पड़ा। विरोध को हमने प्रेम से दबाया। शत्रुओं को भी अपने व्यवहार से मित्र बनाया।

कई जगह शाक्तों के चमत्कारों का सामना करना पड़ा जिससे हमारी संत-मंडली के लोगों को काफी भय हुआ। इन चमत्कारों का भी शमन मैंने राम-कृपा से कर दिया। किंतु मैंने अपनी आध्यात्मिक शक्ति का दुरुपयोग कभी नहीं किया। स्वयं लोगों के हजार कहने पर भी मैंने चमत्कार नहीं दिखाया। विवशता की स्थिति में ही, जब हमारे ऊपर चमत्कारिक शक्तियों का प्रयोग किया गया, मैंने राम का स्मरण कर इन चमत्कारों का भिन्न-भिन्न रूपों में सामना किया। इसे मेरा चमत्कार कह लें या राम की कृपा पर मैंने कभी मात्र प्रदर्शन करने अथवा लोगों को आकृष्ट करने के लिए चमत्कार नहीं किया। यों तो मेरे साथ कई कबीरपंथियों ने चमत्कारों की श्रृंखला ही बांध दी है। कई मुझे साक्षात् शिव का ही अवतार मानते थे। यह विडंबना नहीं तो और क्या है कि जो आजीवन अवतारों को नकारता रहा उसे लोग किसी शक्ति का अवतार मान लें। उसके साथ विविध कल्पित चमत्कारों को जोड़ दें। पर मैं क्या कर सकता हूं? जब जीवित था तब भी मैंने इसका विरोध किया जब रूहानी स्वरूप में हूं तब भी एक बात सभी पर स्पष्ट कर देना चाहता हूं कि मैं कोई अवतार आदि नहीं था, न मेरे पास कोई चमत्कारिक शक्तियां थीं। मैं आप सभी की तरह एक सामान्य आदमी था, बल्कि आपसे भी गया-बीता, क्योंकि आप तो इस पुस्तक को पढ़े जा रहे हैं, मैं तो एक पंक्ति न लिख सकता था न पढ़। इस राज को तो आप जानते ही हैं। अपितु कहिए कि मैं आपसे भी गया-बीता इसलिए था कि मैं तो एक नीच जुलाहा कुल में पैदा हुआ था। आपमें से तो

अधिकांश कुलीन नहीं तो उच्च अथवा मध्यवर्गीय परिवारों में अवश्य पैदा हुए होंगे, अन्यथा इतनी कीमत की यह पुस्तक पढ़ते कैसे ?

नहीं, मुझे अपनी निम्नवर्गीय जाति को लेकर कभी पश्चाताप नहीं हुआ। न मैं इससे किसी कुंठा से ही ग्रस्त हुआ। कोई ग्रंथि नहीं पाली अपनी पैदाइश को लेकर। आप जानते हैं मैं मुंहफट रहा, पूरी तरह अक्खड़, जो मन में आया कह दिया किंतु किया सत्य-कथन ही, इसको लेकर किसी को बुरा लगे या भला मैंने इसकी कभी परवाह नहीं की। उस समय और आज भी जातियों में ब्राह्मण ही श्रेष्ठ माना जाता है न ! मैंने इस ब्राह्मण-जाति को भी नहीं बख्शा—

कलि का ब्राह्मण मसखरा, ताहि न दीजै दान।
कटुंब सहित नरकै चला, साथ लिया यजमान॥

इसका अर्थ तो साफ है। इसे क्या बताऊं? आगे भी सुनिए—

कबिरा ब्राह्मण की कथा, सो चारों की नांव।
सब अंधा मिली बैठहीं, भावैं तहां ले जांव॥

—ब्राह्मण की कथा चार अंधों की कथा है। चार अंधे नाव पर बैठकर उसे इधर-उधर ले जाते हैं। उनका कोई गंतव्य नहीं है—कोई किनारा। ब्राह्मण को स्वयं नहीं मालूम कि उसे किधर जाना है।

जिन शब्दों में मैंने ब्राह्मणों की भर्त्सना की उनका उदाहरण अन्यत्र नहीं मिल सकता। मैंने उन्हें गधा तक कह दिया—

ब्राह्मण गदहा जगत् का, तीरथ लादा जाय।
यजमान कहै मैं पुनि किया, वह मिहनत का खाय॥

—ब्राह्मण इस संसार का गधा है। तीर्थ पर लदकर जाता है—पोथी-पत्रा और पूजा के सामान के साथ। यजमान को लगता है कि उसने पुण्य किया और ब्राह्मण उसकी मिहनत का खाता है।

ब्राह्मणों के प्रति इतना कटु होने के बावजूद ब्राह्मणों ने इसका बुरा नहीं माना। इसका सबसे बड़ा सबूत तो यही है कि सब कुछ जानते हुए भी एक ब्राह्मण ने ही विस्तार से प्रायः पहले-पहल मेरी जीवन-गाथा को औपन्यासिक स्वरूप देने का प्रयास किया है। इसका कारण स्पष्ट है। मैंने जो कुछ कहा वह कटु भले हो पर यथार्थ के समीप था। ऐसे भी किसी को यह अनुमान लगाना सहज है कि मैंने ब्राह्मणों के विरुद्ध कुछ कहा भी तो वह सभी ब्राह्मणों के प्रति थोड़े था ? जो लोभी, लालची और मूर्ख थे, यजमानों को भगवान के नाम पर छलते थे, उन्हीं के लिए मैंने इन कड़वी उक्तियों का प्रयोग किया।

फिर मैंने ब्राह्मणों को आड़े हाथों लिया तो मुल्लाओं को भी कहां छोड़ा ? देखिए—

ब्राह्मण ते गदहा भला, आन देव ते कुत्ता।
मुल्ला ते मुरगा भला, शहर जगावै सुत्ता॥

—ब्राह्मण से गदहा अच्छा है और अन्य देवताओं से कुत्ता (क्योंकि ईश्वर एक है देवी-देवता सब उसके चाकर) मौला से मुर्गा अच्छा है (क्योंकि एक काम तो वह आता

है) सोते हुए शहर को (बांग देकर) जगा देता है।

खैर, बात फिर कहां से कहां आ गई। दरअसल मैं उन सभी मूल बातों को किसी-न-किसी बहाने कह ही देना चाहता हूं जो मेरे सिद्धांत का अंग रहीं। आज अगर काम आना है तो वे ही आएंगी—सांप्रदायिकता के विरुद्ध मेरी ललकार, ऊंच-नीच के भेद की समाप्ति का आह्वान, जाति-पांति का निर्भय बहिष्कार, राम की शरणागति आदि। यात्राएं तो मैंने कीं, अन्य धर्म-प्रचारक भी करते रहे पर उन यात्राओं की अब क्या प्रासंगिकता है? उस समय जितने लोग मुझसे प्रभावित हुए, हुए। अब कितने मेरे सिद्धांत से सहमत हैं, महत्त्व उसका है।

फिर भी मैं आपको निराश नहीं करूंगा। अपनी यात्राओं के उल्लेखनीय अंशों का उल्लेख अवश्य करूंगा।

एक घटना को मैं अभी तक नहीं भूलता। उसका वर्णन आवश्यक है। घोर आपत्ति में पड़ने पर भी यहां मुझे किसी चमत्कार का सहारा नहीं लेना पड़ा और एक वज्र हृदय भी पिघल आया। उस नर-राक्षस, मानव-रक्त-पिपासु का हृदय-परिवर्तन ही हो गया हमारे संग से।

दक्षिण से धर्म-प्रचार कर हम वापस हो रहे थे। पश्चिम की ओर जाने का इरादा था—विशेषकर राजस्थान की ओर। पहले हमने मध्य भारत में (जिसे आज आप मध्य प्रदेश कहते हैं) कुछ समय बिताया, लोगों में अपने सिद्धांत का प्रचार किया फिर पश्चिम की ओर मुड़े तो रास्ता भटक गए। मार्ग के सामने एक घोर जंगल था जिसके न आरंभ का पता लगता था, न अंत का। हम चारों ओर मार्ग ढूंढ़कर थक गए तो जंगल के बीच से ही जाने का तय किया। कहीं तो पार निकलेंगे! जंगल में कुछ कंद-मूल और फूल-फल भी थे जो हमारे खाने के काम आ सकते थे। इन वस्तुओं को हम 'घुमंतू' साधु आसानी से पहचान सकते थे।

घोर जंगल में चलते कई दिन हो गए। उसका अंत ही नहीं मिलता था। तभी हम एक भयानक नदी के किनारे पहुंच गए। उसमें अथाह जल प्रतीत होता था। अब हम क्या करते? जंगल को तो पार कर सकते थे पर इस नदी को कैसे पार करते?

चंबल नदी थी यह। इधर कुछ दिनों तक दस्युओं के उत्पात के कारण चंबल घाटी पर्याप्त चर्चा में रही। लगता था उस समय भी इस नदी के घाट और इससे लगी घाटी और जंगल दस्युओं की शरण-स्थली थे।

हम लोग इस नदी को पार करने की कोई युक्ति नहीं पाकर किनारे पर बैठे चिंतित थे। हमारे प्राण संकट में थे। पीछे घोर जंगल और अगम्य घाटी जिसे पुनः पार कर लौटना हमारे वश की बात नहीं थी। आगे फुफकारती उफनती नदी—विभिन्न जल-जंतुओं से भरी। मगरमच्छों और घड़ियालों को उसमें उलटते-पुलटते देखा जा सकता था। अभी तो आपकी उदासीनता और बहुतों के लालच तथा नदियों के जल के घोर प्रदूषण के कारण अधिकांश नदियां जलीय जंतुओं-रहित हो रही हैं। अब तो आपको मगरमच्छों और घड़ियालों को पालने के लिए 'फार्म' बनाने पड़ते हैं। उस समय प्रायः सभी सदा-सलिला नदियों में ये जीव-जंतु बहुतायत से मिलते थे—निर्भय

अठखेलियां करते थे नदी-जल में।

"भगवान आप ही कोई चमत्कार कीजिए जिससे हम इस भयानक नदी को पार कर सकें वर्ना हमें इसके तट पर ही प्राण विसर्जित करने पड़ेंगे। पीछे जा नहीं सकते, आगे बढ़ नहीं सके तो यहीं कालकवलित होना पड़ेगा और क्या?" श्रुतिगोपाल ने अन्य संतों से सलाह कर मेरे सामने यह प्रस्ताव रखा।

"यह नहीं हो सकता।" मैंने स्पष्ट कहा।

"क्यों नहीं हो सकता भगवन्! आप तो जगत् प्रसिद्ध राम-भक्त हैं, राम की असीम कृपा है आप पर। आप चाहें तो जल-थल एक हो सकता है, आपके सदृश रामानुरागी के लिए क्या कुछ कठिन है?"

"श्रुतिगोपाल! तुम तो बहुत बड़े पंडित हो। वेद-पुराणों के ज्ञाता। तुम भला ऐसा प्रस्ताव कैसे रख रहे हो?"

"आपके और आपके आश्रितों की प्राण-रक्षा के लिए प्रभु!" श्रुतिगोपाल ने सविनय कहा।

"ठीक है मेरा राम सब कुछ कर सकता है। मैं उसके बल पर तुम सबों को नदी के उस पार क्या, जंगल के उस पार भी बात की बात में भेज सकता हूं, पर मैं यहीं रहूंगा। इसी नदी के किनारे, इसी घोर वन में। मैं अपने लिए अपने राम को कष्ट नहीं दे सकता। आध्यात्मिक शक्ति का दुरुपयोग नहीं कर सकता। तुम शौक से इस नदी को पार कर इस घोर जंगल से बाहर जा सकते हो। मैं तुम्हें सीधे राजस्थान की राजधानी भेज रहा हूं पर जैसा कहा, मैं तुम्हारे साथ नहीं रहूंगा। मेरा राम मेरी परीक्षा लेने को प्रस्तुत है तो मैं अवश्य दूंगा परीक्षा। उसकी इच्छा के विरुद्ध मैं नहीं जा सकता। उसकी मर्जी मुझे यहीं मारने की है तो वही सही? तुम सब आंखें बंद करो, आंखें खोलते ही तुम अपने को राजस्थान की सुरम्य राजधानी में पाओगे।"

"यह कैसे हो सकता भगवन्?" श्रुतिगोपाल ने हाथ जोड़े, "आप तो हमारे प्राण हैं। आपके बिना हमारे शरीर शव-मात्र रह जाएंगे। आपके बिना हम जीवित रहकर भी क्या करेंगे? आप अपने लिए अपने राम को कष्ट नहीं देना चाहते हैं तो हमारे लिए भी नहीं दीजिए। हम भी आप ही के साथ इसी चंबल की घाटी में दफन हो जाएंगे।"

"कौन हो तुम मुड़िए?" इसी मध्य यह कड़कती आवाज हमारे कानों में पड़ी तो हमने पाया कि जितनी हमारी संख्या थी उतने ही दस्यु हमें घेरकर खड़े थे, अंतर इतना ही था कि वे नाना प्रकार के शस्त्रास्त्रों से युक्त थे—भाला, बल्लम, तलवार, कटार, गड़ासा आदि और हमारे हाथ में थे मात्र मृगछाला और कमंडलु।

इस झुंड को देखकर अधिकांश संत तो भयभीत हो पीपल के पत्ते की तरह कांपने लगे। नहीं डरे तो श्रुतिगोपाल और मैं। श्रुतिगोपाल को मुझमें पूर्ण विश्वास था। वह पूर्णतया मुझको समर्पित, उसे विश्वास था कि कबीर और उसके राम के रहते कोई हमारा कुछ नहीं बिगाड़ सकता है।

थोड़ी देर के लिए कोई कुछ नहीं बोला।

"अरे तुम बहरे हो क्या? मुख क्यों नहीं खोलते या मेरे देखते ही तुम्हारी जीभ

तुम्हारे तालू से सट गई है?" दस्युओं का भीमकाय सरदार बोला। जैसे निरभ्र आकाश में कहीं बिजली कड़की हो। उस मद्यप की लाल आंखें अंगारे उगल रही थीं और उसके हाथ में पड़ी तलवार पर सूरज की सीधी किरणें पड़ उसे एक अद्‌भुत चमक प्रदान कर रही थीं मानो उसके हाथ में तलवार नहीं साक्षात् मृत्यु की लपलपाती जिह्वा हो।

"तुम तो हमें देख रहे हो।" मैं चुप रहा। श्रुतिगोपाल ने ही अपना मुख खोला। "हम साधु-संन्यासी हैं कोई चोर-डाकू तो नहीं।"

"हूं!" श्रुतिगोपाल का व्यंग्य वह सरदार अच्छी तरह समझ गया। उसे डाकू कहा गया था यह बात उसके पल्ले पड़ गई थी। पर वह संयत स्वर में बोला, "तुम लोग यहां क्या कर रहे हो?"

"हम लोग इस नदी को देखकर किंकर्त्तव्यविमूढ़ यहां खड़े हैं। इसके पार जाने का कोई मार्ग हमें दृष्टिगोचर नहीं हो रहा।" श्रुतिगोपाल अपनी पांडित्यपूर्ण भाषा में बोला।

"अरे मुड़िए!" सरदार ने श्रुतिगोपाल को संबोधित किया, "किस भाखा में बोले जा रह्यो यह सब? साफ-साफ इधर की भाखा में उगलो जो कुछ कहना है? वर्ना मेरे हाथ में पड़यो इस तलवार को देख्यो, एक क्षण में तुम्हारी गरदन चंबल के पानी में ऊब-यूडूब करत्यो नजर आयो।"

"इसकी यही भाखा है भाई," मैंने अब वार्तालाप के सूत्र को अपने हाथ में लेना उचित समझा, "हम ठहरयो साधु-संत, उस पार जाने का विचार रख्यो पर सूझत किछु नाहीं।"

"यह होई न कोई बात?" सरदार बोला, "हम तुम मुड़ियों को उस पार अपने नाव पर उतार सकते हैं। तुम्हें 'चींता' करने की कोई जरूरत नाहीं। चलो मेरे साथ लगो।"

"यह तो ठीक," मैं बोला, "पर तुम्हारे साथ लगयो ये लोग और उनके और तुम्हारे हाथों में पड़यो ये हथियार? एक तो खौफनाक नदी, दूसरे तुम 'शस्तरधारी' हम तुम्हारा 'विसवास' कयसे करयो सकयो? हमारे पंडितों ने तो[1] लिख्यो—नदियों का, शस्त्रधारियों का, नखवालों (बाघ, सिंह आदि) सींगवालों का, स्त्रियों का और राजाओं का विसवास नहीं करयो। यहां तो दो-दो मौजूद—नदी भी, शस्त्रधारी भी।"

एक क्षण के लिए मुझे स्त्री-पाठकों से इस उक्ति को उद्धृत करने के लिए क्षमा मांग लेने दीजिए। ये सब पुराने दकियानूसी विचार हैं। मैं भी पहले इनसे प्रभावित रहा और जैसा आपको पता ही है स्त्रियों के विरुद्ध बहुत कुछ बोल गया। बाद में मैं सावधान हो गया। धनिया ने उस दिन ठीक ही पूछा था कि स्त्री यदि विष है तो उससे पुरुष रूपी अमृत कैसे पैदा हो गया। मेरा जवाब है कि स्त्री वस्तुतः पीयूष है अमृत, उसे विष मनुष्य ही बनाता है। स्त्री तो कुम्हार के हाथ में पड़ी कच्ची मिट्टी की तरह है, पुरुष उसको कैसे मोड़ ले, उसको जो आकार दे दे, वह उसके ऊपर है। अपनी सारी

1. नदीनां शस्त्रपाणिनां, नखीनां श्रृंगीणां तथा।
   विश्वासो नैव कर्तव्य, स्त्रिषु राजकुलेषु च।

विशेषताओं के बाद स्त्री पुरुषाधीन ही है। जैसा पहले कहा वह लता है जो पुरुष रूपी वृक्ष के अभाव में ऊंचाइयां नहीं चढ़ सकती। वह अमृतरूपी पुरुष को अवश्य जनती है, अब यह पुरुष पर है कि वह स्त्री को क्या स्वरूप देता है। वह शक्ति है, उसकी शक्ति के सदुपयोग और दुरुपयोग पर ही पुरुष का उत्थान अथवा पतन आधारित है।

खैर लौटिए नदी-तीर—चंबल की घाटी।

मेरी बात से सरदार के मुंह पर एक कुटिल मुस्कान खिली जिसे सभी ने नहीं देखा। वह बोला, "तुम, मुंड़ियों का सरदार लगता है। तुम इन सब अपने चेलों को लेकर हमार नाव पर चढ़ियो, हम तुम्हें पार लगावेंगे, डरने की कोई बात नहीं—न इस खूंखार नदी से, न हम हथियारबंदों से। इस नदी के पानी को चीरती हमार नौका तो ऐसे भाग्यो है जैसे नदी के मगरमच्छ।"

"चलो भाई, चलो सभी। हम इस सरदारजी की बातों का विश्वास कर इनके साथ लगते हैं। आगे प्रभु राम की इच्छा।" मैंने अपने अनुयायियों को संबोधित किया।

श्रुतिगोपाल तो तत्काल खड़े हो गए पर बाकी संत जमीन से गड़े रहे। दस्युओं के चमकते हथियार देख उनके होश हवा हो गए थे।

"अरे भाई चलो, सद्‌गुरु का आदेश हो गया। अब भय किस बात का?" श्रुतिगोपाल ने उन्हें ढाढस दिया।

बाकी साधु भी खड़े हो गए पर भय से उनके पैर कांप रहे थे, इसे स्पष्ट लक्षित किया जा सकता था।

"चलो भय्या कीधर होय तुम्हारी नय्या?" मैंने सरदार से कहा।

थोड़ी ही दूर पर हमें सरदार की नाव बंधी हुई मिल गई।

"चढ़ो भय्या पहले आप मुड़िया विराजमान होय्यो इन नवका पर।" सरदार ने कहा।

मैं और श्रुतिगोपालजी शीघ्र ही उस नौका पर जा चढ़े। मुझे राम पर विश्वास था और श्रुतिगोपाल को मुझ पर। बाकी साधुओं को शायद किसी पर विश्वास नहीं था। व्यर्थ ही इनका चुनाव करते समय मैंने सोचा था कि मैं चुनिंदा और पक्के आदमियों को साथ ले रहा हूं। ये तो सबके सब कायर निकले। प्राणों के मोह-पाश में जकड़े। ठीक ही है—सभी के लिए सच्चा साधु होना आसान नहीं। मोह के और फंदे काट भी लें तो प्राणों का मोह कहां छुटता है? साधुओं का झुंड नहीं हो सकता। लाखों में एक-दो, सर्वथा त्यागी और मोह-माया-रहित, काम-लोभ और क्रोध से कोसों दूर, कोई भगवद्‌भक्त मिल सकता है। शेष में कोई-न-कोई कमजोरी तो होती है। ऐसे ही नहीं मैंने एक बार कहा था—

सिंहों के लेहड़े नहीं, हंसों की नहीं पात।
हीरों की नहीं बोरियां, साधु न चलै जमात॥

खैर, शेष लोगों को भी श्रुतिगोपाल ने ललकारकर नाव पर बैठाया। उनमें से कुछ तो अब स्थिर भाव से बैठ गए थे पर कुछ अब भी आंधी में घिरे वृक्षों की तरह कांप रहे थे।

"मुड़िया तेरा नाम ?" मध्य धार आने को था कि सरदार मेरी तरफ मुड़ा।

"पहले अपना नाम तो बता।" मैंने पूछा।

"मेरा नाम सुन के दहल जय्यो। मुझे अजीत सिंह बोलता है—डाकुआन के सरदार।"

"मैं किसी से दहलता आदि नहीं। सिवा राम के मुझे किसी का भय नय्यो," मैं बोला, "अपनी मकसद प्रकट करय्यो।"

"मेरा मकसद तो स्पष्ट। लोगन का हत्या करना हमार काम। धन-माल छिन के चंपत। अब सब तुम मरन को तय्यार हो जा। तोह सबन के काल, जावे के बेरा उपस्थित हो गयलह।"

"किसी को किसी का जाने का समय नहीं मालूम। राम की इच्छा बिना कोई मिरत्यु पराप्त नई कर सकत।" मैंने कहा।

"यह केया बोलत है ?" सरदार की आंखें और लाल हुईं, "हम अभी थोड़े मरब ? तोहर समान कई लोगन के परान लइके हमार मौत होयत, नहिंयो होयत।"

"यह असंभव है। सुनो मेरी बात—

कारनि कौन संवारै देहा, यह तन जरि जरि ह्वै है बेहा।
चोवा चंदन चरचत अंगा, सो तन जरत काठ के संगा।
बहुत जनत करि देह मुट्याई, आगिन दहै कि जुम्बक खाई।
जो सिर रचि रचि बांधत पागा, ता सिरि चंच संवारत कागा।
कहि कबीर सब झूठा भाई, केवल राम लह्यो लव लाई॥

—किस कारण इस देह को संवारते हो ? यह तन तो जल-जलकर राख हो जाएगा। अपने शरीर पर चोवा-चंदन मलते हो पर यह तो लकड़ी के साथ जल जाएगा। बहुत उपाय कर इस शरीर को मोटा करते हो पर या तो इसे अग्नि जलाती है अथवा शृगाल खा जाते हैं। जिस सिर पर रच-रचकर पगड़ी बांधते हो उस सिर पर कौए अंत में चोंच मारकर उसे संवारते हैं। कबीर का कहना है कि यहां सब कुछ मिथ्या है। केवल राम में लगन लगाओ (तो कोई बात बने)।

मेरी इस उक्ति पर सरदार निश्चित प्रभावित हुआ और बोला, "भई तुम तो सचमुच के भगत लगत हो। अब तक अपन नाम त बोलल ना।"

"मैं बताता हूं," श्रुतिगोपाल ने कहा, "इनका नाम कबीर है।"

"कबीर !" सरदार अचकचाया।

"हां।"

"वही कबीर जो काशी में रहत है। जो भारी राम भकत है और जिनके सामने सिकंदर लोदी भी मात खा गयल ?" सरदार हक्का-बक्का होकर बोला।

"हां, वही कबीर। सद्‌गुरु कबीर।" श्रुतिगोपाल बोले।

इतना सुनते ही सरदार मेरे पैरों पर गिर पड़ा। उसकी आंखों से पश्चाताप के आंसुओं की धार बह चली। मेरे पैर गर्म-गर्म जल से प्रक्षालित हो गए।

मैंने उस दस्युराज को उठाकर अपने अंक से लगाया और कहा, "भूल जाओ

अजीत सिंह अब तक तूने जो कुछ किया।"

"नहीं सद्‌गुरु, उस सबका भूलल मुस्किल।" वह रोते-रोते बोला, "अब तक हम हजारों निरदोख के गला काट चुकलौं। हमर उधार (उद्धार) का कवनो उपाय नाहीं।"

"उपाय है।"

"केया?"

"राम।"

"राम? राम के भकति से हमर यह सब पाप कट जायत?" वह गिड़गिड़ाते हुए ब्रोला।

"जरूर। आग के सामने शीत ठहरता है क्या? राम के सामने जाते ही सारा पाप-ताप जलकर भस्म हो जाता है।" मैंने उसके समझने लायक भाषा में कहा।

"सद्‌गुरु हमरा अपने मुख से कान में राम मंतर फूंक दाव। हम आज से बाज अयलौं एह घिरणित काम से।"

मैंने उस दस्युराज को ही नहीं, उसके सभी अनुयायियों को भी राम-मंत्र दे, उन्हें राम का भक्त बनाया और कहा, "जो भी दस्यु अथवा दुराचारी कदाचारी तुम्हें मिलें उन्हें राम की भक्ति में लगाओ और बताओ कि आदमी-आदमी सभी एक हैं, सबके अंदर एक ही राम रमता है, इसलिए किसी के साथ अन्याय करना ठीक नहीं।"

इस प्रकार हम न केवल उस दस्यु-झुंड को रास्ते पर लाए बल्कि अन्य बहुत सारे दस्युओं में भी मानवता तथा राम-भक्ति के प्रचार-प्रसार का प्रबंध कर दिया।

38

बंग-महिलाओं के सौंदर्य, इनकी रूप-राशि के बखान की आवश्यकता नहीं, उनकी बड़ी-बड़ी मीन की आंखों-सी आंखें भी अन्यत्र नहीं मिलतीं। ये मीनाक्षियां कितने मनों में घर कर बैठती हैं, यह कहना कठिन है कमर से नीचे तक लटकते इनके भ्रमर-कृष्ण केश कितने दिलों को अपने में ही उलझा छोड़ते हैं, यह कहना भी आसान नहीं।

और कामरूप (असम का एक भाग) की कामिनियां? इनके गौरांग और मोहक देह-यष्टि का क्या कहना? इनके कटाक्षों से कितनों के हृदय विदीर्ण हो जाते हैं और फिर वे वहीं के होकर रह जाते हैं, यह बताने की भी आवश्यकता नहीं।

बंग-बालाओं के केश-जाल में फंसकर अपना आपा खो देनेवालों और अपने देश-प्रदेश को भूल जानेवालों की संख्या की गिनती कौन करे? घर से प्रदेश, विशेषकर बंगाल जानेवाले व्यक्तियों की औरतें उनसे हाथ जोड़कर विनती करती थीं कि वहां की महिलाओं के केश-गुच्छ में बंधकर नहीं रह जाना। बंगाल का जादू उन दिनों इतना प्रसिद्ध था कि उस प्रदेश में प्रवेश करनेवालों के इससे बाहर आने की संभावना कम ही रहती थी।

यही बात कामरूप को लेकर प्रसिद्ध थी। अन्य प्रदेशों को प्रेषित पतिकाएं

(जिनके पति विदेश गए हों) कामरूप में गए अपने प्रियतमों को लेकर सदा सशंकित रहती थीं। पुरुषों को भेड़, बकरा अथवा तोता-मैना बनाकर अपने यहां पाल लेनेवाली कामरूप की सौंदर्य-पूरित बालाओं-महिलाओं से संबंधित कहानियां सर्वत्र प्रचलित थीं।

कामरूप के कामाख्या मंदिर के कारण तांत्रिकों की बन आई थी और वे विभिन्न प्रकार की तामसिक सिद्धियों के लिए प्रसिद्ध थे। इन्हीं सिद्धियों में वहां की कुछ महिलाएं भी सिद्ध-हस्त हो गई थीं औरतें, तो इसमें आश्चर्य क्या ?

इसी प्रकार जैसा कि पहले कहा उन दिनों बंगाल का जादू सिर चढ़कर बोलता था। जगह-जगह तांत्रिकों के केंद्र थे। पंच-मकार का बोलबाला था सर्वत्र।

इसी बंगाल में अब भी एक सशक्त तंत्र-प्रीठ वर्तमान है तारापीठ के रूप में। यहां प्रसिद्ध तांत्रिक वामाक्षेपा ने देवी तारा की उपासना की थी और श्मशान-सिद्धि प्राप्त की थी। तारापीठ से लगा श्मशान आज भी तांत्रिकों और सामान्य जनों के आकर्षण का केंद्र है। इस भयावह श्मशान में कहीं आपको ऐसे साधक बैठे मिलेंगे जिनके शरीर से मांस, मज्जा कभी के गायब हो गए और जिनका अस्थि-पंजर मात्र ही शेष है। ऐसे तांत्रिक भी मिल जाएंगे जिनकी कुटियों में मुर्दों की खोपड़ियां और हाथ-पैर की हड्डियां ही लटकती मिलेंगी। बहुत कुटियों में झूलते नर-कंकाल भी आपको भय से भर देंगे।

श्वानों की यहां खास बन आती है। काल-भैरव की सवारी की संज्ञा से युक्त ये मांस-भक्षी कुत्ते किसी अधजली उपेक्षित लाश पर टूटकर आपस में लड़ते-मिटते रहते हैं तो साधकों की झोपड़ियों के आगे भी ये उन प्रसादों पर टूटते रहते हैं जिन्हें श्रद्धालु दर्शक उनके आगे फेंक देते हैं।

रात्रि के क्षणों में तो तारापीठ के इस श्मशान में जाना निर्भीक से निर्भीक लोगों के लिए भी कठिन है।

पर यह सब तंत्र का सर्वथा विद्रूप रूप है। वामाक्षेपा नाममात्र साधक नहीं थे। मां तारा की इन पर विशेष कृपा थी और उन्हीं के आशीर्वाद स्वरूप इन्हें अथाह सिद्धियां प्राप्त थीं।

इसी कड़ी में इधर बंगदेश में काली के एक अनन्य भक्त उत्पन्न हुए—रामकृष्ण परमहंस। काली के इन्हें साक्षात् दर्शन हुए, यह निर्विवाद है और भगवती काली ने इन्हें अमरत्व प्रदान कर दिया, इसमें कोई संदेह नहीं। आज बहुत से लोग रामकृष्ण और मां काली को अविभाज्य मानते हैं तो इसमें कोई विस्मय की बात नहीं होनी चाहिए।

मुझे पता है आप अपना सिर पीट रहे हैं कि सभी देवी-देवताओं को नकारनेवाला और मात्र अपने राम को सर्वस्व और सर्वश्रेष्ठ माननेवाला यह कबीर काम-रूप और बंगाल की तांत्रिक साधनाओं के कैसे गुणगान कर रहा है और वामाक्षेपा और रामकृष्ण की प्रशंसा में कैसे बोले जा रहा है।

यह सही है कि मैंने मात्र राम की उपासना और ध्यान-धारणा की बात की। मैंने अन्य देवताओं, देवियों के अस्तित्व को नकारा नहीं। राम के समक्ष उनकी उपासना-आराधना को व्यर्थ माना। वे सारी शक्तियां तो उसी एक निराकार और निर्विकार शक्ति से निकली हुई हैं। ये उसकी मुखापेक्षी हैं। अतः मैंने मूल को साधने

की बात की—शाखाओं को अनावश्यक समझा। आज भी वैसा ही मानता हूं पर कोई अगर अपनी विशेष साधना के बल पर स्तुत्य और पूज्य हो आता है तो उसकी महानता को नकारना मेरा लक्ष्य नहीं। वामाक्षेपा और रामकृष्ण यद्यपि मेरे बहुत बाद हुए पर उन्होंने शक्ति की विशुद्ध, निरामिष उपासना से देवी तारा अथवा माता काली की जो अनुकंपा प्राप्त की उससे मुझे कोई विरोध नहीं। मैं इतना संकीर्ण तो हूं नहीं, राम-भक्त में इतनी उदारता तो होनी ही चाहिए कि वह उन लोगों के प्रति श्रद्धा-भाव अवश्य रखें जो श्रद्धास्पद हैं—श्रद्धा के पात्र।

खैर, उन दिनों बंगाल के जादू अथवा चमत्कारों तथा कामरूप की पंच मकार-साधना की बात सुनकर और वहां शाक्तों की प्रबलता को देखकर, हमने बंगाल और आसाम की यात्रा का भी निर्णय लिया।

दोनों जगहों में पर्याप्त विरोध हुआ। कई चमत्कारों के द्वारा भी मुझे भयभीत करने का प्रयास किया गया पर राम-कृपा से हमारे किसी भी संगी-साथी का बाल-बांका नहीं हुआ।

बंगप्रदेश की एक घटना उल्लेखनीय है जहां नहीं चाहते हुए भी मुझे अपनी आध्यात्मिक शक्ति का उपयोग करना पड़ा। अपने राम को कष्ट देना पड़ा।

मुझे और मेरी संतमंडली को एक दिन कालदेव नामक एक तांत्रिक का सामना करना पड़ा। इसे कालभैरव की सिद्धि थी। मैं कालभैरव को नहीं नकारता। आज भी उनके साधक मौजूद हैं और उन्हें कालभैरव से सहायता प्राप्त होती है। उज्जयिनी के महाकाल और काशी के कालभैरव की शक्ति के संबंध में कौन नहीं जानता? मैं अपनी मान्यता को एक बार पुनः स्पष्ट करूं कि ये सारी शक्तियां, भैरव की अथवा शिव-गणेश और हनुमान-काली की एक ही स्रोत से अपने को शक्ति-संपन्न करती हैं और वह है परब्रह्म निराकार राम की शक्ति। परवरदिगार की शक्ति। यही शक्ति सर्वोपरि है। सर्वश्रेष्ठ। तो जिसका संबंध इस परम शक्ति से जुट गया, वह किसी और शक्ति के पीछे क्यों दौड़े, क्यों हो उसका कृपाकांक्षी? मेरे बाद आनेवाले कृष्ण-चरित्र के गायक सूरदास ने कितना अच्छा रूपक देकर इस तथ्य को स्पष्ट किया—

'सूरदास प्रभु कामधेनु तज, छेरी कौन दुहाए?'

—कामधेनु के होते हुए कोई बकरी का दूध क्यों दूहे?

हां तो कालदेव को कालभैरव की सिद्धि प्राप्त थी।

हम लोग एक दिन एक स्थान पर रामधुन में लगे थे। मैं तो ध्यानमग्न था, अतः मुझे पता नहीं लगा पर संतों के कोलाहल से मेरा ध्यान भंग हुआ।

अभी तक तो मैं बंगाल के जादू की बात सुनता ही मात्र रहता था—वहां के तांत्रिक प्रयोगों का। आज मैं उसे प्रत्यक्ष देख रहा था और जादू हो रहा था।

मैंने देखा कि संत-मंडली को घेरकर जल की ऊंची-ऊंची लहरें उठ रही थीं। यही नहीं इन जल की लहरों से आग की लपटें भी निकल रही थीं। इस आश्चर्यजनक घटना को देखकर सभी स्तब्ध रह गए। पानी और आग में तो बैर है फिर पानी और आग एक साथ कैसे?

साधुओं की घबराहट का कोई अंत नहीं। लग ` था पानी और अग्नि की ऊंची-ऊंची लहरों के द्वारा वे अब निगले गए कि तब।

श्रुतिगोपालजी दौड़े हुए मेरे पास पहुंचे, "भगवन्! कुछ करें वर्ना ये साधु घबराकर मर ही जाएंगे।"

"इनका कुछ नहीं होगा," मैंने कहा, "यह मात्र माया का खेल है। इससे मात्र भय होता है कुछ बिगड़ता-बनता नहीं।"

"पर श्रीमन्। इन्हें कौन समझाए? ये तो भय के मारे मरे जा रहे हैं। कुछ कृपा हो।" श्रुतिगोपाल अधीर होकर बोले।

"अच्छा जाओ। सब ठीक हो जाएगा।" मैंने कहा और ध्यानस्थ होकर अपने राम का स्मरण किया। कुछ ही देर में न आग का पता था, न पानी का।

साधु जो भय से मरे जा रहे थे शांत हुए।

पर दूसरे ही क्षण उन पर पुनः विपत्ति आ पड़ी। उन्होंने देखा कि उन्हें घेरकर भयानक काले कुत्ते खड़े हैं। वे लगातार ऊंचे स्वर में भौंकते जा रहे थे और उनकी लाल-लाल लपलपाती जीभें तथा चमचम चमकते दांत उनमें भय भरे जा रहे थे। साधुओं को लगा कि उन कुत्तों ने उनकी अंतड़ियां अब निकालीं कि तब।

श्रुतिगोपाल फिर दौड़ आए, "भगवन्! साधुओं पर पुनः विपत्ति आ गई। भयानक कुत्तों के भय से उनकी जान निकली जा रही है। वे पीपल के सूखे पत्तों की तरह कांपे जा रहे हैं।"

"वे मूर्ख हैं," मैंने कहा, "व्यर्थ में इतना घबराते हैं। यही बात थी तो उन्हें मेरे साथ लगना ही नहीं था। गलती मेरी ही है। मैंने कच्चे घड़ों को पका समझकर अपने साथ कर लिया। अब इस गलती का मूल्य तो चुकाना ही पड़ेगा। मैं ठीक से ध्यान भी नहीं लगा पा रहा।"

"उनकी कोई गलती नहीं गुरुवर्य," श्रुतिगोपाल बोले, "ऐसी घटनाओं से किसी का भी भयभीत होना स्वाभाविक है।"

"तो आप भी भयभीत हैं?"

"नहीं, नहीं। आपकी कृपा से मैंने माया पर विजय प्राप्त कर ली है। मुझे उसकी लीला से कोई भय नहीं लगता पर ये साधु अभी अपरिपक्व हैं, इनके लिए तो कुछ करना ही पड़ेगा।"

"जाओ राम का नाम लेकर मंडली के चारों ओर एक रेखा खींच दो और साधुओं से बोलो कि वे शांति से बैठें, कोई भी कुत्ता उस रेखा के अंदर नहीं प्रवेश करेगा।" श्रुतिगोपाल ने ऐसा ही किया। कुछ देर के पश्चात् कुत्ते भौंकते-भौंकते थक गए और फिर गायब हो गए। साधुओं की जान में जान आई। पर उनकी विपत्ति का कोई अंत नहीं था। थोड़ी ही देर के पश्चात् उनके चारों ओर भयानक चक्रवात उत्पन्न हुआ। जोरों से आंधी के कारण बड़े-बड़े वृक्ष मूल से उखड़ने लगे और उस भीषण चक्रवात की चपेट में पड़ आसमान में उड़ने लगे। धूल की दीवारें खड़ी हो गईं। जमीन-आसमान एक होने लगे। साधुओं को लगा यह असामान्य चक्रवात उन्हें ही आसमान की ऊंचाइयों में ले उड़ेगा।

श्रुतिगोपाल को सबने जा पकड़ा, "पंडित जी, हमारी जान बचाइए। हम मुफ्त में मारे जा रहे हैं।"

"कैसे? आप सबों को तो इस चक्रवात ने अभी तक छुआ नहीं।

"जब हम आसमान में उड़ ही जाएंगे तो आप क्या करेंगे?"

"ऐसे भी मैं इस बार कुछ नहीं कर सकता।"

"क्यों?" भयग्रस्त साधुओं ने पूछा। चक्रवात आता जा रहा था।

"सद्‌गुरु आपकी अकल्पनीय कायरता और अनावश्यक भय से क्रोधित हो गए हैं। वे सोच रहे हैं कि उन्होंने अपने अनुयायियों के चयन में भारी भूल की।"

"कैसे?"

"वह ऐसे कि आप लोगों से यह अपेक्षा कदापि नहीं थी कि आप महज जादूगरी और माया-प्रसूत सामान्य घटनाओं से भयभीत हो त्राहि-त्राहि करने लगेंगे। आप लोगों को उन्होंने पूर्णतया परिपक्व समझा और आप निकले मिट्टी के कच्चे घट। वे आपके व्यवहार पर क्षुब्ध हैं। मैं उनके पास पुनः जाने का साहस संजोने में स्वयं को सर्वथा असमर्थ पा रहा हूं।"

"तब तो हम लोग बेमौत मारे गए।" साधु धैर्य खोकर बोले। चक्रवात अब पास आया कि तब। कई साधु तो बिलख-बिलखकर रो पड़े।

"यह आप लोगों के लिए शोभनीय नहीं है। सर्वथा अयोग्य है यह आचरण सद्‌गुरु कबीर के शिष्यों, अनुयायियों के लिए। ऐसे भी, मृत्यु से भयभीत होने का पाठ सद्‌गुरु ने हमें कभी नहीं पढ़ाया। सद्‌गुरु ने गीता पढ़ी हो या नहीं पर उसकी इस उक्ति के समर्थक हैं कि जिसने जन्म लिया है वह मरण को भी प्राप्त होगा और जिसकी मृत्यु होती है उसका जन्म भी अवश्यंभावी है।"[1]

"श्रुतिगोपालजी!" एक मेरे अत्यंत निकट के साधु ने कहा, "आप परम प्रकांड एवं पारंगत विद्वान् हैं, हमें पता है लेकिन इसका अर्थ यह नहीं कि आपके कहने पर हम अपने प्राणों को भी विसर्जित कर दें। कबीर सा'ब आपसे अधिक व्यावहारिक व्यक्ति हैं। वे मात्र वेद-शास्त्र और गीता-कुरान के कथनों पर नहीं जाते। उनमें जो कुछ जनोपयोगी है, उसे ही उन्होंने ग्रहण किया है। शास्त्र-वाक्य प्रमाण उन्होंने कब माना? अगर शास्त्रों पर ही जाना है तो वहां भी शरीर की रक्षा को सर्वप्रथम[2] स्थान दिया गया है। शरीर से ही उपासना-आराधना, जप-कीर्तन और ध्यान-धारणा साधते हैं। अगर वही नहीं तो हम किसके बल पर राम की प्राप्ति का प्रयत्न करेंगे? आप कृपा कर हमें मृत्यु के काल-मुख में नहीं झोंकिए। सबों को पता है, आप सद्‌गुरु के अत्यंत समीप हैं, आप ही उनसे मिलकर हमें आसन्न मृत्यु से बचा सकते हैं।"

"मैंने कह दिया मैं सद्‌गुरु को और कष्ट नहीं दूंगा। उनका ध्यान भंग होता है और वे रुष्ट होते हैं।" मैंने कहा और देखा कि इस मध्य चक्रवात ने और भीषण रूप धारण कर लिया था। वह हमारी तरफ पहुंचने ही वाला था, आश्चर्य इस बात का था कि

1. जातस्य हि ध्रुवोमृत्युर्ध्रुवो जन्म मृतस्य च। **—गीता**
2. शरीरमाद्यं खलु धर्मसाधनम्। **—गीता**

अभी तक वह हमें अपनी चपेट में क्यों नहीं ले चुका था। मैंने इस पर विचार किया और जो बात मेरी समझ में आई मैंने कह दी, "आप लोग कृपया इसी रक्षा-पंक्ति के अंदर रहिए जिसे सद्‌गुरु के कथनानुसार हमने खींच रखी है। इसके अंदर चक्रवात नहीं आ सकता जैसे वे कराल कुत्ते नहीं आए थे।"

साधुओं की जान में जान आई और वे रेखा के केंद्र में आ प्रायः एक-दूसरे से सटकर बैठ गए और विह्वलता में राम ! राम ! चिल्लाने लगे।

ठीक ही चक्रवात पंक्ति के बाहर ही उत्पात करता रहा, वह उसके अंदर नहीं आ सका पर मुझे लगा कि इस तरह चल नहीं सकता। प्राणों का मोह वस्तुतः सभी को होता है। अगर घोर तांत्रिक कालदेव कोई और भयावह दृश्य उत्पन्न करने में सहायक हो गया तो वह समीप आए या नहीं उसे देखते ही कितने भीत साधुओं के प्राण अनंत-पथ के पथिक हो जाएंगे। मैंने इस समस्या पर गंभीरता से विचार किया और साधुओं से कहा, "आप लोग इसी तरह रहिए, मैं इस खेल को सदा के लिए समाप्त करके ही आता हूं।"

साधु जहां के तहां स्थिर हो गए पर उनमें से एक ने कहा, "शीघ्र ही लौटिएगा। पता नहीं कब हमारे ऊपर संकट के नए मेघ उमड़ आएं।"

"शांत रहिए और सद्‌गुरु तथा राम की शक्ति में आस्था रखिए। अगर हमें यह पता होता कि आप ऐसे भीरू प्राणी हैं तो हम आपको साथ लेते ही नहीं। हम दोनों एकाकी ही चल दिए होते।"

"आप लोगों की बात पृथक् है। क्यों भूलते हैं कि आप दोनों सिद्ध महापुरुष हैं, सद्‌गुरु तो साक्षात् नारायण के ही अवतार हैं भले ही वे अवतारवाद के कट्टर विरोधी हों और आपकी विद्वता और सिद्धि भी जगत् प्रसिद्ध है। जहां तक हमारा प्रश्न है, हम तो मात्र साधक हैं। हमें भी अगर यह पता होता कि बंगाल का जादू सिर चढ़कर बोलता है तो हम बंग-भूमि को दूर से ही प्रणाम कर लेते। इसके अंदर प्रवेश का प्रयास ही नहीं करते।" उसी मेरे समीपी साधु ने कहा।

श्रुतिगोपाल ने कुछ उत्तर नहीं दिया और एक बार पुनः मेरे पास पहुंचे।

"आओ श्रुतिगोपाल, आओ। तुम्हारे साधु पुनः अपने प्राणों को लेकर भयग्रस्त और सशंकित हो गए होंगे। यह कालदेव सचमुच भयानक तांत्रिक है।" मैंने कहा।

"भगवान ने ठीक ही कहा। साधु पुनः त्राहि-त्राहि कर रहे हैं। मैं उन्हें समझा-बुझाकर, रेखा के अंदर ही रहने को कहकर आपके पास एक प्रार्थना लेकर आया हूं।"

"बोलो, तुम्हारी बात कब अमान्य की मैंने ?"

"इस कालदेव का ही कुछ करना आवश्यक है। यह एक उपद्रव की समाप्ति अपितु शमन के पश्चात् दूसरा और उससे अधिक भयानक संकट खड़ा कर देता है। साधुओं का भले ही आपके होते कोई अहित नहीं हो पर वे बार-बार भयभीत होकर अपने प्राण ही विसर्जित कर बैठेंगे।"

"क्या करें, बोलो ?" मैंने कहा।

"कृपया कालदेव को यहां उपस्थित कर उसे राह पर लाइए।" श्रुतिगोपाल बोले।

"यह मेरी शक्ति की बात है? कालदेव पर भैरव की विशेष अनुकंपा है। वह उन्हीं के भरोसे यह माया-जाल रच रहा है और क्या? उसे हमारा बंग-प्रवेश बुरा लगता है और उसे प्रतीत होता है कि हमारे आगमन से उसके अनुयायियों में घोर कमी आएगी, इसी कारण वह भयग्रस्त कर हमें यहां से वापस लौटने को विवश करना चाहता है।"

"शायद वह आपकी प्रकृति और शक्ति दोनों से अनभिज्ञ है। वह नहीं जानता कि पीछे मुड़कर देखना आपके स्वभाव में नहीं और भय पर आप कभी की विजय प्राप्त कर चुके हैं।"

"अच्छा बोलो, क्या करें? मैं भी इस तांत्रिक के एक के बाद एक प्रयोग से तंग आ गया हूं। साधु अगर विह्वल हैं तो व्यर्थ नहीं, ऐसी स्थिति में बड़ा से बड़ा साधु भी साहस खो बैठेगा।"

"मैंने कहा न कालदेव को कैद कर यहां लाइए।"

"मैं कालभैरव का अपमान करूं? उनकी मर्यादा को भंग करूं। अंततः शक्ति तो उन्हें हमारे राम द्वारा ही प्रदत्त है। भैरव का मान भंग भगवान को अच्छा लगेगा?"

"भैरव अपनी शक्ति का नाहक दुरुपयोग कर रहे हैं। एक सामान्य कापालिक को इतना शक्ति-संपन्न बनाए जा रहे हैं तो उन्हें भी मार्ग पर लाना आपका ही कर्तव्य है। कब आपने राम के सिवा किसी और देवी-देवता को प्रश्रय दिया?"

"यह तो ठीक। देखो कुछ करता हूं। तुम्हारी बात टाली भी नहीं जा सकती।" इतना कहकर मैं समाधिस्थ हो गया। क्षण लगते-न-लगते कालभैरव अपने भयानक रूप में प्रकट हो गए। एक खूंखार काले कुत्ते पर सवार कृष्णवर्णी भैरव की लाल-लाल आंखें मद्यपान से, दहकते अंगारों की तरह चमक रही थीं। उनसे निस्सृत स्फुलिंग-कण दिशाओं में व्याप्त हो रहे थे। एक हाथ में खड्ग और दूसरे में रक्त से लबालब भरा प्याला पड़ा था।

"कहिए क्यों स्मरण किया?" कालभैरव ने गर्जना की। मैं समाधि से उबरा।

"बड़ी कृपा की जो आप पधारे।" मैं उनके भयानक स्वरूप से अप्रभावित बोला।

"कहिए क्या इच्छा है आपकी?" भैरव ने घन-गर्जना की। दूर स्थित साधुओं के भी कान के पर्दे फटते-फटते रहे होंगे।

"मेरी कोई इच्छा नहीं," मैंने कहा, "हमारे गुरु महाप्राण रामानंदजी के अनुग्रह से हमारा राम स्वयं मेरी आवश्यकताओं को जान जाता है और उनकी पूर्ति कर देता है। आपको भी तो आने को उसी ने प्रेरित किया है वर्ना आप यहां होते?"

"मैं शिवाज्ञा से यहां उपस्थित हुआ हूं।" कालभैरव का अहंकार यथावत् था।

"शिव भी तो राम के अधीन हैं," मैं बोला, "रामाज्ञा को ही शिरोधार्य कर शिव ने आपको यहां भेजा होगा।"

"मैं स्वयं शिव-संभूत हूं। शिव की अवमानना मेरी अवमानना है। मैं इसे कदापि बर्दाश्त नहीं कर सकता। आप अपना मंतव्य स्पष्ट करें वर्ना हमें जाने की आज्ञा दें।"

"मैं भला आपको आज्ञा देनेवाला कौन होता हूं?"

'शिवाज्ञा ही ऐसी है कि मैं आपकी आज्ञा का पालन करूं।"

"यह शिवाज्ञा नहीं रामाज्ञा है जो शिव के माध्यम से आप तक संप्रेषित हुई है। आप इस बात को मानते क्यों नहीं। मैं राम के अलावा किसी की शक्ति में कोई आस्था नहीं रखता, सभी रामाधीन हैं।"

"वही सही, बात बोलिए।" कालभैरव अपने भयानक कुत्ते से उतरकर मेरे समक्ष खड़े थे फिर भी उनका अहंकार यथावत् था।

"बात स्पष्ट है। आपका भक्त यह कालदेव व्यर्थ हमारे लोगों को तंग कर रहा है। आप उसके कृत्यों पर रोक लगाइए।"

"यह नहीं हो सकता।" भैरव ने पुनः घन-गर्जना की।

"क्यों?"

"मैं केवल आपके शिष्यों से ही नहीं, आपसे भी रूष्ट हूं।"

"भला वह क्यों?"

"आप उज्जयिनी से होकर गुजरे हैं?"

"हां।"

'आपने वहां मेरे प्रसिद्ध मंदिर में आने का कष्ट किया? मुझे नमन निवेदित किया?"

"नहीं।"

"आप वर्षों से काशी-वास कर रहे हैं न?"

"हां, मैं तो वहीं पैदा ही हुआ।"

"आप वहां नहीं पैदा हुए। वहां पले-पुसे। आप अपनी जन्म-कथा मेरे मुंह से नहीं सुनना चाहेंगे।" कालदेव का अहंकार, मर्यादा का अतिक्रमण कर रहा था।

"मैं भूतजीवी नहीं। वर्तमान में मेरा विश्वास है और मेरी आस्था। आप जो कहना चाहते हैं कहिए।"

"काशी में इतने दिन रहते हुए भी आप कभी मेरे मंदिर में आए? मेरे समक्ष सिर झुकाया?"

"आपको काशी का कोतवाल कहते हैं न?" मैंने पूछा।

"आप ठीक कहते हैं।" कालभैरव उच्च स्वर में बोले।

"तो मैं कोतवाल और हवलदार के समक्ष सिर झुकाने को बाध्य नहीं जब मेरा संबंध सीधे सम्राट् से है। उन्हें छोड़कर किसी के समक्ष मेरा सिर नहीं झुकता। मैं आप देवी-देवताओं के अस्तित्व को मानता ही नहीं।" मैंने खीझकर कहा।

"हमारे अस्तित्व को नकारने से हम विलुप्त हो जाएंगे? हम सदा से रहे हैं और सदा रहेंगे। अभी तो मैं आपके समक्ष सदेह खड़ा हूं? आप किस बूते पर मेरे होने पर ही प्रश्नचिह्न लगाते हैं? लोगों को दिग्भ्रमित कर हम देवी-देवताओं की उपेक्षा करा रहे हैं?"

"यह होना भी कोई होना हुआ भैरवदेव?" मेरे होंठों पर व्यंग्य उभरा, "आप

सभी पराधीन हैं। आप शिवाधीन हैं तो शिव रामाधीन। आप तो अधीनस्थ हैं। मैं आपकी इस स्थिति से सहानुभूति रखता हूं पर आपके अस्तित्व को नकारता इसलिए हूं कि आप सबों—सभी देवी-देवताओं—के किए कुछ नहीं होता। आप सभी अपनी अल्पशक्ति के लिए राम के ही ऋणी हैं। यह नहीं होता तो आपके शिव ही राम-राम क्यों भजते?"

भैरव को इस बात का उत्तर नहीं सूझा। थोड़ी देर बाद वह बोले, "मुझे विलंब हो रहा है। आप शीघ्र अपना मंतव्य प्रकट कीजिए।"

"वह तो मैं कर चुका। आप अपने उपासक कालदेव को अंकुश दें।"

"मैंने कह दिया, यह नहीं होगा। मैं बदला आपके साधुओं से नहीं ले रहा, अपितु जैसा कहा यह आपके द्वारा निरंतर की गई मेरी उपेक्षा का प्रतिफल है यह।"

"अर्थात् आप कालदेव को नहीं रोकेंगे?" क्रोध से प्रायः अत्यंत दूर रहनेवाले मुझ कबीर की भौंहें किंचित् वक्र हुईं।

"नहीं।"

"फिर मुझे आपको रोकना पड़ेगा।"

"मुझे? हा! हा! हा!" कालभैरव ने अट्टहास किया, "मनुष्य होकर आप मुझ देव को नियंत्रित करेंगे? वह भी कालभैरव को? आपका काल समीप आ गया है क्या? मैं तो पृथक् अभी मेरा वाहन श्वान ही अपने भयानक दांतों से आपके शरीर के टुकड़े कर उसे नोच खाएगा।"

मैंने अपने राम का ध्यान किया फिर पूछा, "कहां है आपका कुत्ता? मैं तो स्वयं राम का कुत्ता हूं। आपका कुत्ता मेरे सामने कहां टिकेगा?"

कालभैरव ने घूमकर देखा, उनका कुत्ता कहीं नहीं था।

"कबीर!" कालभैरव गरजे।

"बोलिए।"

"आप भी जादूगरी पर उतर आए? चमत्कार पर? किधर छिपा दिया मेरे कुत्ते को?"

"मैं जादूगर, बाजीगर नहीं," मैंने कहा, "मेरा राम ही सबसे बड़ा जादूगर है और वही संपूर्ण ब्रह्मांड को अपने इंगित मात्र से नचा रहा है। आपका कुत्ता काशी पहुंच चुका है।"

"कबीर!"

"आज्ञा कीजिए।" मैंने विनम्रता से कहा।

"आप पर राम की सचमुच अत्यधिक कृपा है। आप कृपया मेरी सवारी वापस मंगाइए। मैं, काशी का कोतवाल, पांव-पैदल काशी पहुंचूंगा तो बाबा विश्वनाथ को क्या मुंह दिखाऊंगा?"

"कहा न, मैं शिव अथवा आपके बाबा विश्वनाथ को नहीं मानता। वे जिसके उपासक हैं, मैं भी उसी का हूं—राम का। हम दोनों सहधर्मी हो सकते हैं पर मैं शिवाधीन नहीं। मंगाना हो तो आप अपने भोले शंकर, पशुपति से ही अपने उस पशु

को मंगा लीजिए—श्वान को। सवारी भी चुनी तो वाह, क्या कहना—कुत्ता। आपकी पसंद की भी दाद देनी पड़ेगी।"

"मेरे किए यह नहीं होगा।" कालभैरव ने अब अनुनय के स्वर में कहा।

"तो मैं बुलाता हूं आपकी सवारी श्वान को। आप पहले कालदेव को यहां बुलाइए और उसको दी गई संपूर्ण शक्ति को वापस लीजिए।"

"ऐसा ही होगा।" भैरव ने कहा और थोड़ी देर पश्चात् जंजीरों में जकड़ा कालदेव वहां प्रकट हो गया। उसी के साथ साधुओं को संत्रस्त करनेवाला वह वात-चक्र भी समाप्त हो गया। मैंने साधु-मंडली की ओर दृष्टि दौड़ाई। वे अब प्रसन्नता से नृत्यरत हो राम-राम का कीर्तन कर रहे थे।

"मुझे जंजीर में क्यों जकड़ा गया?" कालदेव ने आते ही पूछा।

"तुम्हारी अति के फलस्वरूप," कालभैरव ने कहा, "तुम मेरे द्वारा प्रदत्त शक्ति का दुरुपयोग कर रहे हो।"

"ये सभी वैष्णव हैं," कालदेव उखड़ा, "ये बंग-भूमि के सारे शाक्तों को वैष्णव बना देंगे।"

"इससे क्या अंतर आता है?"

"आता है इससे शिव की अवमानना होगी, शक्ति की भी—काली की।" कालदेव बोल गया।

"गलत है," कालभैरव बोले, "मैं शिवांश हूं। शिव को मुझसे अधिक तुम नहीं जानते। स्वयं शिव रामोपासक हैं। अगर कबीर लोगों को रामोपासक बना रहे हैं तो कोई अनर्थ नहीं कर रहे। इन्हें अपना काम करने दो।"

"मेरे रहते, यह नहीं हो सकता।" कालदेव ने कठोरता से कहा।

"यह मेरी आज्ञा है।" कालभैरव बोले।

"मैं इसके अनुपालन के लिए विवश नहीं हूं।"

"कालदेव!" भाव-गर्जना हुई।

"कहिए।"

"मेरी बिल्ली और मुझी से म्याऊं? तुम क्या बोलते हो इसका पता है।" भैरव की भृकुटि टेढ़ी हुई।

"पता है। मैं केवल आपके भरोसे नहीं हूं, मैंने शिव की भी उपासना की है। आप मेरा कुछ नहीं बिगाड़ सकते।" कालदेव उखड़ा।

"मैं शिवांश हूं।" कालदेव ने गगनभेदी गर्जना की। देवताओं के भी प्राण अवश्य कंठगत हो गए होंगे। इतना कहकर कालभैरव ने अपने ललाट पर बल दिया। वहां से उनका तीसरा नेत्र खुला और उससे निस्सृत अग्नि-लपटों से कालदेव देखते-देखते भस्म हो गया।

"अब प्रभु!" कालभैरव ने हाथ जोड़े।

"आपकी कृपा का आभारी हूं। मेरे अनुयायी साधु अब स्वतंत्रता से विचरण कर सकते हैं।"

"आप तो सर्व-समर्थ हैं," भैरव बोले, "इतना कुछ तो आप ही कर सकते थे।

इसके लिए मुझे आहूत करने की क्या आवश्यकता थी?"

"थी," मैंने कहा, "मैं आपके अधिकार-क्षेत्र में दखल देना नहीं चाहता था। मैं भी आपकी ही तरह काशीवासी हूं। आपकी कोतवाली की कद्र नहीं करूं पर आपके अधिकार को अपने हाथ में ले लूं यह नहीं शोभता।"

"यह आपकी महती अनुकंपा है। अब चलूं? आपका आदेश है?"

"अवश्य, पर एक शर्त है।"

"क्या?"

"अब से आप भी रामोपासना करेंगे इससे आपकी शक्ति ही बढ़ेगी।"

'आखिर आपने मुझे भी अपना शिष्य मूड़ ही लिया," कहकर कालभैरव एक भयानक मुसकान मुसकराए और जोड़ा, "आपका आदेश अनुल्लंघ्य है। मैं भी रामोपासक बन गया। जब आशुतोष शिव ही राम-राम भजते हैं तो मैं किस गली में हूं?"

"भैरव गली में।" कहकर मैं मुसकराया। मेरा तात्पर्य भैरव-मंदिर की गली में था।

"आप काशी लौटें तो मैं आपके दर्शनार्थ उपस्थित होऊंगा।" कालभैरव बोले।

"कृपा होगी। अब मैं कबीरचौरा को छोड़कर कहीं जाना नहीं चाहता। उम्र भी हुई। नहीं तो मैं स्वयं आपके यहां आता।"

"नहीं, नहीं, यह अनर्थ नहीं हो सकता। मैं ही आपके यहां आऊंगा। मुझे सवारी भी जो है।" कालभैरव अब विनोद मुद्रा में थे।

"भैरवजी!" मैं मुसकराते हुए बोला।

"कहिए।"

"मैं यह नहीं समझ पा रहा हूं कि इतने जीवों के रहते आपने कुत्ते को ही सवारी के लिए क्यों चुना?"

"कुत्ता?" कालभैरव बोले, "उसकी वफादारी के लिए कबीर सा'ब। आप कुत्ते से अधिक वफादार जानवर बता दीजिए। मैं उसी दिन इस सवारी को छोड़ उसी को अपना लूंगा।"

"यह तो कठिन है," मैंने कहा, "वफादारी में उसकी कोई मिसाल नहीं, इसीलिए तो मैंने अपने को राम का कुत्ता कहा—'कबिरा कूता राम का....'।"

"आपकी जिह्वा पर तो साक्षात् सरस्वती विद्यमान हैं। आप तो आशु कवि हैं। देखते-देखते जैसे महुए के वृक्ष से उसके फल टपकते हैं उसी तरह आपके मुख से साखी और पद झड़ते हैं। आज आपके दर्शन कर मैं कृतार्थ हुआ।"

"आपकी अनुकंपा का आभारी हूं। भगवान भोलेनाथ को मेरा नमन निवेदित करेंगे। मैं उनके मंदिर नहीं जाता क्योंकि मुझे मूर्ति-पूजा में विश्वास नहीं है, आपको पता ही है।"

"पता है। जब स्वयं आपके हृदय में राम विराजमान हैं तो अन्य देवताओं की प्रस्तर-मूर्तियों के पीछे आप क्यों दौड़ेंगे? राम के अंदर सभी हैं, सभी के अंदर राम हैं। ब्रह्मा, विष्णु से लेकर महेश तक उनके अनुगामी हैं। अब मुझे आज्ञा दें।"

"अवश्य। आपकी सवारी आपके पार्श्व में ही विद्यमान है।"

कालभैरव ने मुड़कर देखा, उनका कुत्ता पार्श्व में खड़ा प्रसन्नता से पूंछ डुला रहा था।

भैरव ने मेरे समक्ष झुककर अपना प्रणाम निवेदित किया और अपने कुत्ते के साथ अंतर्धान हो गए।

"सद्‌गुरु!" श्रुतिगोपाल ने अधीर होकर कहा।

"बोलिए, श्रुतिगोपालजी!" मैंने उनके सिर पर अपना हाथ रखा।

"आज मुझे लगा कि आपको गुरु बनाकर मैंने कोई गलती नहीं की। मेरा बचा-खुचा अहंकार भी विगलित हो गया।"

"यह तो ठीक है श्रुतिगोपालजी!" मैंने कहा, "पर अपने सभी साधुओं को बताइए कि वे निर्भय हो जाएं। वे अब खुलकर अपने धर्म का प्रचार कर सकते हैं। यही करें।"

39

"चमत्कारों पर नहीं जाएं आप। मेरी आत्मकथा को पढ़ने के बावजूद।" मैंने आगे बढ़ने के पहले साधुओं को संबोधित किया, "आपने देख लिया, ये आपका कुछ नहीं बिगाड़ सके। ईश्वर के, मेरे राम के चमत्कार की कोई सीमा है? मनुष्य के इन छोटे-मोटे चमत्कारों का क्या? नहीं विश्वास हो तो राम का होकर देखें। आपके जीवन में चमत्कार पर चमत्कार स्वयं घटित होने लगेंगे। यह अंधविश्वास नहीं है। अध्यात्म क्षेत्र की गहन अनुभूति के पश्चात् मैं यह बोल रहा हूं। सुना है कृष्ण ने अपनी गीता में कहा है कि सभी धर्मों को छोड़कर मेरी शरण में आ जाओ। मैं तुझे सभी पापों से मुक्त कर दूंगा।[1] हां, यहां सबको छोड़ने की बात महत्त्वपूर्ण भक्ति, प्रेम का परिष्कृत रूप है। जैसे प्रेम का अर्घ्य किसी एक को ही अर्पित हो सकता है, उसी तरह भक्ति भी मात्र एक की ही संपादित हो सकती है, मेरे राम और कृष्ण में कोई अंतर नहीं। जो कृष्ण कह रहा है, समझिए वह राम का ही कथन है। अल्लाह का भी, परवरदिगार का भी।

"मुझे कृष्ण की एक उक्ति पर घोर विश्वास है।"

"किस पर?" बगल में खड़े श्रुतिगोपालजी ने पूछा।

"अरे श्रुतिगोपालजी," मैंने कहा, "आप तो सभी वेद-शास्त्रों, गीता-उपनिषद् के स्वयं अधिकारी विद्वान् हैं। आपको क्या बताना? आप ही लोगों के सदृश ज्ञानियों की संगति में तो मैंने थोड़ी बहुत गीता-उपनिषद् आदि की बातें सुनी हैं। वेदों में तो मेरी आस्था नहीं। 'वेद कुवेद...' की मेरी उक्ति प्रसिद्ध है पर गीता में मेरा दृढ़विश्वास है क्योंकि राम और कृष्ण में मैं अंतर नहीं मानता और जैसा कहा गीतागायक चक्रधारी कृष्ण को भी मैं अपना धनुर्धारी राम ही मानता हूं। यह बात और है कि मेरे कृष्ण और राम सभी निराकार हैं। जब उनका आकार ही नहीं तो वे कुछ धारण क्या करेंगे? पर जैसा कि कहा गीता की उस उक्ति का मैं पूरी तरह कायल हूं जिसमें कहा गया है कि जो

1. सर्वधर्मान् परित्यज्य मामेकं शरणं व्रज।
अहम् त्वाम् सर्वपापे भ्यो मोक्षायिष्यामि मा शुचः॥

सदा अनन्य भाव से मेरा ही चिंतन करता है, मेरी पर्योपासना करता है, उसके योग और क्षेम का वहन मैं स्वयं करता हूं। श्रुतिगोपालजी, आपको इस श्लोक का पता होगा। हमारे सद्‌गुरु रामानंद के विद्वान् शिष्य ही गीता आदि की चर्चा किया करते थे।"

"स्मरण है गुरुदेव!" श्रुतिगोपालजी ने यह कहकर उस श्लोक को उद्धृत किया—

अनन्याशियन्तयन्तो[1] मां, ये जनाः पर्युपासते।
तेषां नित्याभियुक्तानां, योगक्षेम् वहाम्यहम्॥

"ठीक, ठीक ऐसे ही बोलते थे। मेरे महान् गुरु भगवान रामानंद के शिष्य।" मैंने अपनी स्मृति के आधार पर कहा, "इस उक्ति को मैं अपने राम की ही उक्ति मानता हूं। वह आप सभी साधुओं की, जो मात्र उसके ही होकर रहते हैं रक्षा स्वयं करता है, उनकी आवश्यकताओं की पूर्ति भी स्वयं करता है। यह सब उसका चमत्कार ही है। उसके चमत्कार हमारे जीवन में लगातार घटते रहते हैं। हमें केवल उन्हें अनुभव करने की आवश्यकता है जो हम नहीं करते। ईश्वरीय चमत्कारों के समक्ष मानवीय अथवा तांत्रिक या दैवी चमत्कार कहीं नहीं ठहरते।"

"पर सद्‌गुरु एक बात पूछूं?" श्रुतिगोपाल ने विनम्रता से कहा।

"पूछिए। आप तो स्वयं पंडित हैं।"

"नहीं, इसमें पांडित्य की बात नहीं। सामान्य-सी बात है यह। मेरी उत्सुकता जग आई है।"

"पूछ लीजिए।" मैं उनका उत्साहवर्द्धन किया।

"हमारा भगवान भी मनुष्यों की तरह ईर्ष्यालु है न?"

"क्या मतलब?" मैंने कुछ नहीं समझकर पूछा।

"मतलब यह कि जैसे मानवीय प्रेम में ईर्ष्या होती है एक से अधिक को वह समर्पित नहीं हो सकता, उसी तरह आपके कृष्ण (अथवा राम) भी एकात्म प्रेम अथवा भक्ति में ही विश्वास करते हैं, उन्हें भी भक्त और अपने मध्य किसी का आना स्वीकार नहीं? तभी तो बोलते हैं—सर्वधर्मान् परित्यज्य मामेकं शरणं ब्रज—सभी धर्मों को छोड़कर मात्र मेरी शरण में आओ···।"

"ठीक कहते हैं भगवान, श्रुतिगोपालजी।" मैंने कहा।

"कैसे भगवन्?"

"इसी तथ्य को तो मैं निरंतर उजागर करता रहा हूं। आखिर हमारा अद्वैत सिद्धांत है क्या? एक ही को, एक ही ईश्वर को तो हम सर्वशक्तिमान, सर्वसमर्थ मानते हैं। वहां दूसरे को कहां आने देते? एकेश्वरवाद के ही तो पोषक हैं हम। ठीक ही कहते हैं भगवान न, कि भक्त और उनके मध्य किसी और को नहीं आना चाहिए। कोई और बीच में आ गया तो श्रद्धा बंटेगी या नहीं? खंडित होगी अथवा नहीं और खंडित प्रेम जब मनुष्य को पसंद नहीं तो ईश्वर को खंडित भक्ति क्यों कर स्वीकार्य होगी? प्रेम और भक्ति एकाग्रता की मांग करते हैं—एकात्मकता की। इससे आपको क्यों विरोध होना चाहिए? भक्ति की गहनता में ही उसकी पूर्णता है और एक से अधिक के प्रति भक्ति हो तो गहनता किधर से आएगी?

1. गीता, अध्याय 22, श्लोक-9

गहनता नहीं आई तो भक्ति अपूर्ण रह जाएगी और इस अपूर्ण भक्ति से आप कहां पहुंचिएगा? मेरी उक्ति याद है न—'एक म्यान में दो खड्ग, देखा सुना न कान'।"

"है पर यह तो दूसरे संदर्भ में आपने कही। पूरी उक्ति तो यह है—

चाखा चाहे प्रेम रस, राखा चाहे मान।
एक म्यान में दो खड्ग, देखा सुना न कान॥

"संदर्भ छोड़िए," मैंने कहा, "एक म्यान में दो खड्ग का होना मुश्किल है न?"

"अवश्य।"

"उसी तरह ईश्वरीय भक्ति है। वहां भी यही नियम चलता है। एक के साथ दूसरे, तीसरे की भक्ति नहीं सध सकती। आपके उपनिषद् में यह उक्ति आई है न कि वह एक ही है, विद्वान् उसे भिन्न-भिन्न बताते हैं।"

"हां।"

"कैसे है, वह उक्ति? आपको तो ज्ञात ही है संस्कृत मेरी जिह्वा पर नहीं चढ़ती।"

"पर अब तो आप परिष्कृत भाषा बोलने लगे हैं।"

"यह तो सत्संग का प्रभाव है। देखिए मैं पहले किशन बोलता था। अब कृष्ण बोलने लगा हूं। यह आपके सदृश विद्वानों के सत्संग का ही प्रतिफल है पर संस्कृत के मंत्र और श्लोक तो इस उम्र में अब मेरी जिह्वा पर उतरने से रहे। हां, तो उस उक्ति को उद्धृत कीजिए।"

"वह ऐसे हैं," श्रुतिगोपालजी बोले, "एकं सदविप्रा बहुधा वदन्ति।"

"ठीक है। मात्र एक ही की कल्पना भी हम इसीलिए करते हैं कि हमारी भक्ति अविभाज्य रहे। कोई और है ही नहीं तो किसके साथ इस भक्ति, इस भगवत्-प्रेम को विभक्त होना है? ठीक है मान लिया कि हमारा भगवान भी हमारी तरह ही ईर्ष्यालु है। जैसे हम अपने और अपने प्रेमास्पद के मध्य किसी तीसरे को नहीं देखना चाहते, वह भी वैसे ही एकात्म भक्ति का आकांक्षी है। वह भी भक्त और भगवान के मध्य किसी अन्य देवी-देवता को नहीं सहन कर सकता। सहे भी तो कैसे? आखिर ये देवी-देवता, उस सर्वशक्तिमान के समक्ष हैं ही क्या? संतुष्ट हुए आप श्रुतिगोपालजी? आप विद्वानों को संतुष्ट करना आसान भी कहां है? वह तर्कातीत है और आप विद्वान्-गण तर्क पर उतरने को बाध्य हैं।"

"नहीं, नहीं ऐसा नहीं है सद्गुरु! आपसे दीक्षित होने के पश्चात् मैंने तर्क-कुतर्क तो छोड़ दिए। यह मात्र एक छोटी-सी जिज्ञासा थी।"

"शांत तो हो गई वह?"

"पूर्णतया।"

"तो मैं अपना संबोधित भी समाप्त करता हूं," मैंने कहा, "हमारा बहुत-सा समय इस कालदेव के चक्कर में निकल गया। अब कुछ सार्थक करना चाहिए।"

"सद्गुरु का तात्पर्य?"

"चलिए एकांत में बैठकर बातें करते हैं।" यह कहकर मैं अपने स्थान की ओर चल पड़ा। श्रुतिगोपाल मेरे पीछे लग गए।

"मुझे पता है पूर्वी बंग क्षेत्र में मुसलमान, हिन्दुओं पर अकल्पनीय अत्याचार कर रहे

हैं। उन्हें काफिर पुकारते हैं और इस्लाम कबूल करने के लिए बाध्य करते हैं। जो ऐसा नहीं करते उनकी खेती-बाड़ी को बलात् हड़प जाते हैं। उनके घरों, झोपड़ियों को फूंक देते हैं और उन्हें घोर शीत और असह्य धूप में खुले आसमान के नीचे रहने को बाध्य करते हैं। हिन्दुओं की पकी फसल को लूटकर उन्हें दाने-दाने को तरसने को विवश करते हैं। मुस्लिम-बहुल इलाका होने से मुट्ठी-भर हिन्दू सामना नहीं कर पाते और लाचार हो उनके अन्याय, अत्याचार सहते जाते हैं। हमें इस संबंध में कुछ करना होगा।" मैं बोल गया।

"मैं आपसे सर्वथा सहमत हूं, सद्‌गुरु! आप अपनी योजना बताएं, हम सभी लोग मिलकर उसे क्रियान्वित करने के अथक परिश्रम से नहीं चूकेंगे।" श्रुतिगोपालजी ने मुझे आश्वस्त किया।

"हम गांव-गांव, गली-गली, घूमकर मुसलमानों का हृदय-परिवर्तन करेंगे। इन्हें दया, सदाशयता और समानता का पाठ पढ़ाएंगे। मनुष्य-मनुष्य के मध्य के भेद को मिटाने, उनके बीच की दीवार को गिराने का प्रयास करेंगे। राम और रहीम को, कृष्ण और करीम को एक बताएंगे। एक ही परमेश्वर, एक ही परवरदिगार के ये भिन्न-भिन्न नाम हैं, इस तथ्य से उन्हें हम अवगत कराएंगे।"

"सद्‌गुरु के सदविचार स्वागत योग्य हैं। अत्याचार और दमन के विरुद्ध आवाज उठाना मानवता की प्रथम आवश्यकता है। दुःखियों और पीड़ितों को दुःख और पीड़ा से हम कुछ भी मुक्ति दिला सकें तो यह मनुष्यता की बहुत बड़ी सेवा होगी।"

"यही बात मैं सोच रहा था। धर्म-मात्र कीर्तन-भजन और ध्यान-धारणा का ही नाम नहीं है। मानवता के अभाव, मानवीय संवेदना की अनुपस्थिति में धर्म का कोई अर्थ नहीं रह जाता। क्यों आप इससे सहमत हैं श्रुतिगोपालजी कि धर्म का प्रथम लक्ष्य मनुष्य को जीने योग्य बनाना है, उसके जीवन-धारण को सहज करना है? आपके शास्त्रों में ऐसी बात आई है कि नहीं? मैं तो वेदो-शास्त्रों का कायल नहीं, जो कुछ अपने दिल में आता है बोलता हूं, अगर वह शास्त्र-सम्मत हो तो अच्छी ही बात है।

"शास्त्र-सम्मत है सद्‌गुरु," श्रुतिगोपाल ने कहा, "शास्त्रों में धर्म की परिभाषा देते हुए कहा गया है कि धर्म की प्रथम शर्त धारण[1] करना है। वह धर्माचारियों को धारण करता है अर्थात् उन्हें एक सुखमय और शांत जीवन व्यतीत करने का अवसर प्रदान करता है।

"महाभारतकार पुनः कहता है कि जो धर्म की रक्षा करता है धर्म उसकी रक्षा करता है। वेद-व्यास ने स्पष्ट कहा है कि धर्म की हत्या करने पर धर्म हमारी हत्या करता है और उसकी रक्षा करने पर वह हमारी रक्षा करता है—

धर्म एव हतो हन्ति।
धर्मे रक्षति रक्षितः॥

"सद्‌गुरु के विचार हमारे शास्त्रीय विचारों से सर्वथा मिलते हैं। सद्‌गुरु ने शास्त्रों का अध्ययन नहीं किया इसके बावजूद उनके विचार शास्त्रीय सिद्धान्तों से मेल खाते हैं तो इसमें आश्चर्य नहीं होना चाहिए?"

---

1. धारयति इति धर्मः।

"क्यों ?" मैंने स्पष्ट करना चाहा।

"वह इसलिए कि सभी महान लोग एक ही तरह सोचते हैं। शास्त्र-पुराण भी तो मनुष्यों द्वारा ही निर्मित हैं। महापुरुषों के द्वारा, अतः उनके विचार में और आपके विचार में साम्य है तो उसमें आश्चर्य क्या ?

"अब साधारण उदाहरण लें गुरुदेव, आप अहिंसा पर इतना बल देते हैं। हिन्दू शास्त्रों ने भी कहा कि अहिंसा सर्वश्रेष्ठ धर्म है—अहिंसा परमोधर्मः। यही बात मुहम्मद साहब ने कही, यही महात्मा बुद्ध ने, महावीर जैन ने। आपकी समानतावाले सिद्धांत को, गीता में कितना महत्त्व दिया गया है, यह तो आप जानते ही हैं। आपने स्वयं कई बार उदाहरण दिया है।"

"मैं आपकी बातों से सहमत हूं, श्रुतिगोपाल जी," मैंने कहा, "धर्म यदि धार्मिक की रक्षा नहीं करता और अधर्म यदि अधार्मिक का विनाश नहीं करता तो धर्म और अधर्म का कोई महत्त्व नहीं है। पर आप जरा इस विडंबना को देखिए कि पूर्व बंग के ये इस्लाम के अनुयायी धर्म के नाम पर कितना जघन्य अत्याचार कर रहे हैं, कदाचार को बल दे रहे हैं, लोगों को उत्पीड़ित और शोषित कर रहे हैं, तब भी ये कहते हैं कि ये धर्म का प्रचार कर रहे हैं ?"

"सद्‌गुरु !"

"कहिए।"

"वस्तुतः ये धर्म का प्रचार नहीं कर रहे।"

"तब ?"

"तब यह कि सद्‌गुरु आपको पता ही है इन मुहम्मद के अनुयायियों को इस्लाम का ककहरा भी नहीं आता। ये धर्म का, इस्लाम का किस बूते पर प्रचार करेंगे ? ये तो धर्म को महज ढाल बनाकर लूटपाट में लगे हैं। ये पथभ्रष्ट लोग मात्र शोषण के लिए, लोगों की धन-दौलत तथा इज्जत-प्रतिष्ठा को लूटने के लिए धर्म अथवा इस्लाम की आड़ ले रहे हैं। इनका प्रधान लक्ष्य तो हिन्दुओं को यहां से निष्कासित करना है। यह सारा शोषण और परपीड़न इसी लक्ष्य की पूर्ति के लिए है।"

"श्रुतिगोपाल !"

"गुरुदेव !"

"इन क्रूर लोगों का, जिनके पास हृदय प्रायः है ही नहीं, हम हृदय-परिवर्तन की बात कैसे सोचते हैं ? क्या इस असंभव को संभव किया जा सकता है ?"

"सद्‌गुरु मुझसे परामर्श की अपेक्षा रखते हैं ?" श्रुतिगोपाल ने विनम्र शब्दों में कहा, "हम तो आपके दिशा-निर्देश की आकांक्षा करते हैं—मार्गदर्शन। आपके होते करणीय-अकरणीय के संबंध में निर्णय लेने का अधिकार हमें किधर से आता है ? जो सद्‌गुरु की इच्छा होगी हम उसी के अनुकूल बर्ताव करेंगे। अगर आप मेरी इच्छा जानना ही चाहते हैं तो मैं इतना ही कहना चाहूंगा कि सदगुरु के सिद्धांत के अनुसार ही, कर्म परम आवश्यक है। गीता में कहा गया कि कर्मण्यता, अकर्मण्यता से बहुत श्रेष्ठ[1] है। गुरुदेव भी

1. कर्मज्यायोह्यकर्मणः।

सदा कर्मरत रहे हैं और अपने अनुयायियों-शिष्यों से भी यही अपेक्षा रखते आए हैं। गुरुदेव के दिशा-निर्देश में हम प्रयास करेंगे। सफलता-असफलता तो प्रभु के हाथ में है।"

"ठीक कहते हो श्रुतिगोपाल," मैंने कहा, "हमारे राम ने आज तक कभी हमें धोखा नहीं दिया। मेरे सुकर्म का सुफल मुझे सदा मिला है। कर्म-सिद्धांत में मेरी पूरी आस्था है। तुम्हारा कहना अत्यंत सही है। हमें प्रयास से क्यों भागना है ? मेरे ख्याल से तो प्रयास करने से पत्थर-दिल को भी पानी बनाया जा सकता है। ये मुहम्मदपंथी निश्चय ही हृदयहीन हो गए हैं—पत्थर-दिल। प्रयास कर हम इन्हें शायद सुमार्ग पर ला ही सकें। हिन्दुओं के प्रति इनकी वितृष्णा और उनके अकारण द्वेष-भाव में परिवर्तन लाया जा सकता है और उनके मन को इनके प्रति प्रेम-पूरित किया जा सकता है। क्या विचार है तुम्हारा ?"

"गुरुदेव ने सही सोचा है। प्रयास में मेरा भी अटूट विश्वास है।"

अपने निर्णय के अनुसार हम पूरबी बंगाल के परिभ्रमण में निकले। यह कार्य ही स्वयं में दुष्कर था। बंगदेश का यह क्षेत्र छोटी-बड़ी नदियों और जलाशयों से इस तरह पटा था कि यात्रा में पग-पग पर बाधा आ रही थी। इन नदियों पर पुलों का तो कोई प्रश्न ही नहीं था, अधिकांश घाटों पर नौकाएं भी नहीं थीं। जहां नौकाएं थीं भी वे मुसलमानों की थीं। इनके नाविक हम लोगों को देखते ही भड़क उठते—

"मुड़िए ! नहीं, तुम लोगों को अपनी नाव पर बैठाकर मुझे उसे नापाक नहीं करना है।"

"आखिर हम भी इंसान हैं। हमें पार कर दोगे तो कुछ पुण्य-कार्य ही करोगे।" मैंने कहा।

नाविक मुझे नीचे से ऊपर तक देखता। शायद मुझसे कुछ प्रभावित होता, बोलता, "अकेले होते तो पार भी कर देता। इन पचास-पचास मुड़ियों को लेकर क्यों चले हो ? दो-तीन खेप से कम में ये पार होंगे ?"

"भई ये मेरे साथी हैं। इनको छोड़कर मैं पार भी क्यों जाऊंगा ? थोड़ी मेहनत जरूर करनी पड़ेगी पर सबको पार कर दो।"

"खेवाई क्या दोगे ?"

"दुआ।" मैं कहता।

"क्या मतलब ?" नाविक आश्चर्यपूर्वक बोलता।

"भई खुदा के दरबार में फरियाद करेंगे तुम्हारे और तुम्हारे परिवार के भले के लिए। इससे अधिक हम क्या कर सकते हैं ? हमारे पास द्रव्य थोड़े है ? दुआ ही तो हम दे सकते हैं।"

कई तो हमारी बात से द्रवित हो जाते और हमें बारी-बारी से पार कर देते। कई ऐसे भी जालिम थे कि वे हमारी किसी बात पर नहीं पिघलते और बोलते, "खिसको यहां से। गांठ में पैसे नहीं, चले हो नौका पर सैर करने।"

पानी अधिक नहीं होने पर कई नदी-नालों को हम डूबते-उतराते पार कर जाते। अधिक जल होने पर हमें लाचार घाट से लौटना पड़ता और दूसरी दिशा में जाना पड़ता।

खैर, विभिन्न कठिनाइयों को पार कर हम कई गांवों और इलाकों में गए। हमारी वेशभूषा ही ऐसी थी कि हमें आदमियों को एकत्रित करने की आवश्यकता नहीं पड़ती। हमें देखते ही बहुत सारे लोग उत्सुकता से भर जुट आते। हम उन्हें संबोधित करते। प्रत्येक मनुष्य के प्रति, धर्म और जाति-संप्रदाय पर विचार किए बिना सहानुभूति और प्रेम दिखाने की आवश्यकता पर जोर देते। राम और रहीम में अंतर नहीं देखने की शिक्षा देते।

बंगप्रदेश में भी हमें भाषा को लेकर विशेष कठिनाई नहीं हुई। इधर के कई लोग हमारे अनुयायी हो गए थे, उन्हीं में से एक को हमने दुभाषिया के रूप में रख लिया था। इसके अलावा काशी से ही हमारे साथ लगे रविदास जी[1] भी थे। रविदासजी को बंगला एवं असमिया का अच्छा ज्ञान था। वे मेरे विशेष शिष्यों में थे। उन्हें मैंने अपना निजी दुभाषिया बना लिया।

मेरे प्रवचनों और उपदेशों का कहीं-कहीं मुसलमानों पर अच्छा प्रभाव पड़ा। उन्होंने आगे से हिन्दुओं को नहीं सताने की शपथ ले ली।

इतना ही नहीं। मेरे कथन से प्रभावित होकर, उन्होंने मिल-जुलकर कई हिन्दुओं की उजड़ी झोपड़ियों को भी बनवा दिया। उनकी हड़पी हुई संपत्ति वापस कर दी और अगली फसल तक के लिए, आपस में चंदा कर उनके खाने-पीने की भी व्यवस्था कर दी। ऐसा कई गांवों और कस्बों तथा छोटे शहरों में हुआ। इन स्थानों पर हिन्दुओं के प्रति उपजी सहानुभूति की लहर अन्य स्थानों पर भी पहुंची और जहां हम नहीं जा पाए थे उन स्थानों पर भी मुसलमानों ने हिन्दुओं को भाई मानकर उनके प्रति अत्याचार बन्द कर दिया तथा जहां तक हुई उनकी क्षति की पूर्ति कर दी।

यह सब राम की कृपा थी सर्वत्र मेरा नाम फैल गया और अधिक-से-अधिक स्थानों पर संत कबीर की जय के नारों के साथ मुसलमान, हिन्दुओं की मदद के लिए आने लगे। पूरबी बंग के अधिक क्षेत्रों में धीरे-धीरे सद्भाव और सौहार्द का वातावरण बनने लगा तथा सांप्रदायिकता की भावना समाप्त होने लगी।

यह बात इस्लाम के ठेकेदारों—मौलवी-मुल्लाओं—को अच्छी नहीं लगी। एकाएक आई इस नवीन क्रांति ने इनके चित्त को आशंकाग्रस्त कर दिया। कहीं-कहीं हिन्दू से मुसलमान बना दिए गए मुसलमान पुनः हिन्दू बन गए। यह बात मौलवी-मुल्लाओं को विशेष रूप से नागवार लगी।

हम उन दिनों पूरबी बंगाल की उत्तरी सीमा के पास एक सराय में ठहरे थे। पास ही एक छोटी नदी बहती थी जिसका जल काफी स्वच्छ था। मुझे यह स्थान बहुत पसंद था। नदी की कल-कल धारा का स्वर हमारी सराय तक भी पहुंचकर हमारे कानों में अमृततुल्य संगीत भरता था। नदी में स्नान-मज्जन करने की सुविधा सहज उपलब्ध थी। उसका पानी भी, वस्त्र से छानकर पीने के काम में आता था। इस इलाके में पेय जल का भी घोर अभाव था। दूर-दूर के स्थानों के लोग इस नदी से मिट्टी के घड़ों में पानी भर-भरकर पीने के लिए ले जाते थे। पूरे प्रदेश में दरिद्रता इस तरह पांव पसारे पड़ी थी कि लोगों के शरीर पर ढंग के कपड़े भी नहीं थे। जल भरने के लिए पीतल अथवा तांबे के बर्तन किधर से आते?

1. इन्हें प्रसिद्ध संत रविदासजी से पृथक् समझें।

इस स्थान से हम प्रतिदिन शीघ्र नित्य कर्म समाप्त कर विभिन्न दिशाओं में निकल जाते और देर रात तक वापस आते। मैंने अपनी मंडली को चार भागों में बांट दिया था। चारों मंडली के लोग चार दिशाओं में जाते। पश्चिम की ओर जानेवाली मंडली का नेतृत्व श्रुतिगोपालजी संभालते, पूरब की ओर मैं जाता, दक्षिण की ओर की मंडली का नेतृत्व रविदासजी के जिम्मे था, उत्तर की ओर जानेवाली मंडली का नेतृत्व एक योग्य बंगाली पंडित के जिम्मे था जिन्होंने हमारा शिष्यत्व स्वीकार कर लिया था। इन्हें किसी दुभाषिया की भी आवश्यकता नहीं थी.।

एक दिन कुछ अस्वस्थता के कारण मैं बाहर नहीं जा सका। हमारी मंडली के लोग भी मेरे साथ सराय में ही पड़े रहे।

"बाहर कुछ लोग आपसे मिलने के लिए खड़े हैं।" मैं अंदर के एक कमरे में अपने कंबल पर लेटा विश्राम कर रहा था कि मेरे एक शिष्य ने आकर सूचना दी।

"कौन लोग हैं?" मैंने पूछा।

"देखने से मौलवी लगते हैं। सबों की सफेद दाढ़ी-मूंछें हैं और सबों ने अपने सिर के ऊपर सफेद दुपल्ली टोपी डाल रखी है।"

"उन्हें बाहर के बरामदे पर दरी बिछाकर बैठाओ, मैं आता हूं। मेरा आसन उनके समीप ही अलग लगा देना।"

मैं थोड़ी देर बाद बाहर आया तो मौलवियों ने बैठे-बैठे ही मुझे आश्चर्य से घूरा। पता नहीं उन्हें मुझमें क्या दिखाई पड़ा कि कुछ मुझे देखते ही रह गए। लोग कहा करते थे कि वृद्धावस्था प्राप्त कर लेने पर भी मेरे चेहरे से एक नूर टपकता लगता था। मुझे इसका पता नहीं था। इतना अवश्य था कि मैं सामान्य से भी अधिक गोरा था और बुढ़ापे में भी मेरे शरीर के किसी अंग पर झुर्रियां नहीं पड़ी थीं।

उनके चेहरे फिर भी तनावपूर्ण थे और उनमें कुछ की आंखें रक्तिम थीं। वे मेरे आने पर खड़े भी नहीं हुए। इसकी आकांक्षा भी मुझे नहीं थी लेकिन सामान्यतः लोग मुझे देखकर खड़े हो जाते थे। यह मेरी उम्र के कारण भी हो सकता था। इस समय मैं नब्बे के आसपास था। मेरी आदत तो किसी के सामने सिर झुकाने की थी नहीं, अतः मैं आकर सीधे अपने आसन पर बैठ गया। एक दुभाषिया मेरी बगल में जमीन पर ही आ जमा। रविदास तो थे नहीं।

मैंने प्रश्न-भरी आंखों से उनकी ओर देखा।

"तो आप ही का नाम कबीर है?" उनमें अपेक्षाकृत एक बुजुर्ग व्यक्ति ने पूछा। वह इस दल का नेता प्रतीत होता था।

"कबीर, नहीं कबीरदास।" मैंने कहा।

"क्यों नाम के आगे उपाधि लगाना आवश्यक है क्या?" उसने व्यंग्यात्मक स्वर में पूछा।

"यह पदवी नहीं है। न कोई उपाधि।"

"तब?"

"मैं अपने राम का दासानुदास हूं, अतः नाम के साथ दास लगाता हूं।"

"तो आप राम के भक्त हैं?" मौलवी गुर्राया।

"क्यों, इसमें कोई बुराई है क्या?"

"बुराई तो है। आप काफिर हैं।"

"मैं काफिर नहीं हूं।"

"कैसे?"

"क्योंकि मैं मूर्ति-पूजा का विरोध करता हूं।" मैंने सहजता से कहा।

"तो आप हिन्दू नहीं हैं?"

"नहीं।"

"तो मुसलमान होकर आप हिन्दुओं की मदद क्यों करते हैं? उनकी उजड़ी झोपड़ियां क्यों बनवाते हैं? चंदा कराकर उनके खाने-पीने की व्यवस्था क्यों कराते हैं?"

"कौन कहता है कि मैं मुसलमान हूं?"

"मुसलमान नहीं हैं?"

"नहीं?"

"तो फिर क्या हैं? फरिश्ता? न मुसलमान हैं, न हिन्दू हैं तो आखिर आप हैं क्या?" बूढ़े मौलवी का स्वर ऊंचा हुआ। उसकी भौंहें तनीं।

"क्रोधित होने की जरूरत नहीं," मैंने शांत स्वर में कहा, "क्रोध सेहत के लिए खराब है।"

"अपनी नसीहत अपने पास रखिए। हम गांव के साधारण मुसलमान नहीं जो आपके झांसे में आ जाएंगे और काफिरों की झोपड़ियां छाने लगेंगे। पहले आप साफ-साफ बताइए कि आप मुसलमान नहीं, हिन्दू नहीं तो आखिर किस मजहब को मानते हैं?"

"इंसानियत को।" मैंने उनकी ओर सीधे देखते हुए कहा।

"इंसानियत? यह कौन-सा मजहब है?"

"यह वह मजहब है जो इंसान को इंसान के रूप में देखता है, हिन्दू और मुसलमान के रूप में नहीं।"

कुछ देर के लिए बूढ़े मौलवी की समझ में नहीं आया कि वह क्या बोले। इसके बदले एक दूसरे मौलवी ने पूछा—

"हमने सुना था कि आप एक मुसलमान हैं।"

"आपने गलत सुना।"

"आप जुलाहा नहीं हैं? जुलाहे का काम आप नहीं करते थे?"

"करता था। घर लौटूंगा तो फिर करघे पर बैठूंगा। इससे मैं जुलाहा या मुसलमान कैसे हो गया?"

"तो क्या हुए?"

"कह तो दिया मैं महज आदमी हूं। खुदा ने मुझे न मुसलमान बनाकर भेजा, न हिन्दू बनाकर। न मुझे दाढ़ी देकर भेजा, न शिखा-तिलक। उसने मुझे मात्र आदमी के रूप में भेजा, अतः मैं वही हूं।"

"अभी आपने खुदा का नाम लिया।" बूढ़े मौलवी की समझ लौटी।

"तो क्या बुरा किया ?"

"पहले आपने राम का नाम लिया था ?"

"नामों में क्या रखा है ? ये सभी परमेश्वर अथवा परवरदिगार के नाम हैं। कोई नाम लो, सुनता वही है। वह एक ही है, दो या तीन नहीं।"

बूढ़ा मौलवी फिर चकराया। कुछ देर शांति छाई रही।

"फिर भी एक बात है।" बूढ़ा कुछ देर बाद बोला।

"क्या ?"

"लेते आप राम ही नाम अधिक हैं। यह सही है अथवा नहीं ?"

"एकदम सही है।"

"ऐसा क्यों ? जब आप हिन्दू-मुसलमान कुछ नहीं हैं तो राम का नाम ही क्यों लेते हैं ? अल्लाहताला का क्यों नहीं ?"

"आपने सफेद वस्त्र ही क्यों पहन रखे हैं जबकि बाजार में कई रंगों के वस्त्र मिलते हैं ?" मैंने बूढ़े मौलवी की तरफ सीधे देखते हुए कहा।

"क्योंकि यही रंग मुझे पसंद है।"

"यही बात मेरे संबंध में भी समझिए। परवरदिगार के सभी नामों में मुझे राम-नाम ही पसंद है इसलिए मैं उसे ही लेता हूं। कहिए, इसमें क्या बुराई है ?"

बूढ़े के साथ सभी लाजवाब हो गए। किसी के पास कोई जवाब नहीं था।

"तो मैं अब उठूं ? मुझे ध्यान में जाना है।" मैंने पूछा।

"किसका ध्यान करेंगे ?" बूढ़े मौलवी को अचानक एक प्रश्न सूझ गया।

"राम का करेंगे ? दशरथ-नंदन का कि और क्या ?" एक दूसरे मौलवी ने फबती कसी।

"आप गलत हैं।" मैंने कहा।

"कैसे ?" बूढ़े ने ही पूछा।

"मेरा राम दशरथ-नंदन नहीं हैं। वे बस राम हैं। वे कहीं पैदा नहीं हुए, न मरे। वे अजर-अमर-अनादि-अनंत तथा निराकार हैं। वे सृष्टि के पहले भी थे, अब भी हैं और यह मरणधर्मा सृष्टि नहीं रहेगी तब भी रहेंगे।" मैं बोल गया।

"यह आदमी क्या बोल रहा है ?" दुभाषिए द्वारा मेरे कथन का भाषांतर सुनाने के बावजूद बूढ़ा मौलवी बोला।

दुभाषिए ने दुबारा मेरी बात को बूढ़े पर स्पष्ट करने का प्रयास किया।

"तुम और तुम्हारी बातें सभी समझ के बाहर हैं।" बूढ़ा मौलवी एक बार फिर गुर्राया।

"मैं आपको वह कहां से दूं ?"

"क्या ?"

"समझ।" मैंने निर्भीक कहा।

"बात हद से आगे बढ़ रही है।" बूढ़े का सिर क्रोध से कांपने लगा। बाकी लोगों की सांसें भी जोर-जोर से चलने लगीं। मेरे आदमियों की भी जो वहां उपस्थित थे,

आंखों में भय तैरने लगा।

"बात करने आप ही आए हैं। मैं आपके यहां नहीं गया। न मैंने आपको बात करने के लिए आमंत्रण ही भेजा।" मैं शांत स्वर में बोला।

"इसका अंजाम ठीक नहीं होगा।" बूढ़े के एक दूसरे साथी ने कहा।

"............... ।" मैंने उसे मुंह लगाना अच्छा नहीं समझा।

"सुना नहीं आपने?" बूढ़े ने कहा।

"सुना।" मैं पूरी तरह अनुत्तेजित था। पूर्णतया प्रकृतस्थ।

"तब भी आपको खौफ नहीं?"

"खौफ किसे कहते हैं?"

"क्या मतलब? आप खौफ का भी अर्थ नहीं जानते?"

"जानता हूं। पर मैंने आज तक इसका कभी अनुभव नहीं किया। राम और भय में छत्तीस का रिश्ता है। जो राम का हो गया, उसके पास भय किधर से फटकेगा?"

"यह सब सिद्ध करता है कि आप हिन्दू हैं। काफिर।" बूढ़े ने जैसे निर्णय सुनाया।

"आप कुछ भी मानने को स्वतंत्र हैं। मैं जो हूं, मैंने आपको बता दिया। अब आप तशरीफ ले जा सकते हैं।" कहकर मैं खड़ा हो गया। अंदर जाने को हुआ।

"सुनिए।" बूढ़े के उसी साथी ने कहा। सभी अब अपनी जगह पर खड़े हो गए थे। सभी क्रोध से कांप रहे थे जैसे हवा में मस्जिद का ध्वज कांपता है।

"बोलिए।" मैंने रुककर कहा।

"हम आपको देख लेंगे।"

"अभी देख लीजिए। भविष्य का क्या विश्वास?" मैंने कहा और अपनी साखी रख दी—

काल करै सो आज कर, आज करै सो अब।
छिन में परलय होत है, बहुरि करोगे कब?

दुभाषिए ने मेरी साखी का अर्थ भी सबको समझा दिया।

"हम समझ रहे हैं यह आदमी बहुत काइयां है। यह जानता है कि हम बूढ़े और निःशस्त्र हैं और इसके साथ के आदमी जवान हैं? वे हम पर भारी पड़ेंगे इसीलिए ऐसा बोल रहा है। ऐसे भी इन नापाक पर हाथ उठा हम अपने हाथों को भी नापाक नहीं करेंगे।"

"मैं गाली का जवाब गाली से नहीं देता। गाली बुरी चीज है और मैंने अपनी वह साखी रख दी जिसका मैं उल्लेख एक बार पहले भी कर चुका हूं—

आवत गाली एक है, उलटत होय अनेक।
कह कबीर नहीं उलटिए, वही एक की एक॥"

"यह तो भारी ज्ञानी भी है जी, बात की बात में दोहा उगलता है।" उस शिष्ट मंडली में से एक ने कहा।

"ये सारे दोहे सद्‌गुरु के अपने हैं।" मेरी ओर से एक आदमी बोल पड़ा।

"यह बात की बात में दोहे गढ़ लेता है?" बूढ़े ने आश्चर्य से पूछा।

"यह तो उनके बाएं हाथ का खेल है।" मेरा आदमी बोला।

"यह शायर है?" बूढ़े ने आश्चर्य किया।

"शायर भी हैं।" मेरा आदमी बोल गया।

"इसका मतलब और कुछ भी है? तांत्रिक भी है? सुना एक जगह इसने भारी करामात दिखाई थी।"

"अब आप जो समझिए।" मेरा आदमी बोला। मैं अब तक लौट चुका था। अपने कमरे के दरवाजे के पास था कि मेरे कान में आवाज आई, "ना रे, बाबा ना। हम इसको देखने नहीं सकता। सच ही यह आदमी नहीं, फरिश्ता होना मांगता।"

"राम! मेरा राम!!" मैंने कहा और अपने आसन पर आकर बैठ गया।

40

असम पुकार रहा था। बंगाल में पर्याप्त कार्य हो चुका था। असम का क्षेत्र आध्यात्मिक मामले में कोरे कागज की तरह ही था। एक धार्मिक उच्छृंखलता ही वहां व्याप्त थी। किसी धर्म-विशेष के प्रति वहां किसी का कोई आकर्षण नहीं था। तंत्र-मंत्र का बोलबाला था वहां सर्वत्र।

कामरूप के आसपास के क्षेत्रों में विशेषकर कामाख्या मंदिर के कारण तंत्र अधिक ही हावी था। धर्म के नाम पर इधर शक्ति की उलटी-सीधी साधना चल रही थी। शाक्त थे लोग लेकिन कहने भर को। शक्ति की उपासना के नाम पर पंच मकारों का प्रभाव इस क्षेत्र में बुरी तरह व्याप्त था। कामाख्या मंदिर में नित्य कितने निर्दोष निरीह जानवरों की बलि चढ़ती थी, कहना मुश्किल था। इनका मांस वहां के पुजारी और उनके परिजनों के अलावा अन्य लोग भी प्रेमपूर्वक भक्षण कर रहे थे। मांस के साथ मदिरा आवश्यक थी और जब मदिरा ने मदहोश कर दिया तो शेष तीन मकारों को भी आना ही था।

मंदिर के आस-पास की बात छोड़ दें तो अधिकांश क्षेत्रों में किसी धर्म से किसी का कोई विशेष परिचय नहीं था। कुछ क्षेत्रों में इस्लाम का प्रभाव अवश्य था, वह भी मुसलमानों के अथक प्रयास के कारण। पर इन क्षेत्रों के लोग कहने भर को ही मुहम्मदपंथी थे। रोजा-नमाज आदि की किसी को कोई चिंता नहीं थी। कुरानशरीफ की बातों के पता होने का तो कोई प्रश्न ही नहीं था। उसकी एक प्रति भी कहीं मिल जाए तो आश्चर्य की बात थी।

शेष क्षेत्र, जैसे पहले कहा धर्म के नाम पर पूरी तरह कोरे थे। यदा-कदा कुछ लोग स्थानीय देवी-देवताओं, यहां तक की भूत-प्रेतों की भी पूजा कर लेते थे और उनका धर्माचरण यहीं तक सीमित था। अंधविश्वास इन स्थानों में जड़ जमाकर बैठा था। स्थानीय ओझाओं (भूत-प्रेत उतारनेवाले लोग) और अधकचरे तांत्रिकों का दबदबा पिछड़े इलाकों में हर कहीं व्याप्त था।

ऐसे में असम जाना आवश्यक था।

हम सदल-बल बंगाल से असम के लिए प्रस्थान तो कर गए पर आगे की यात्रा

कठिन थी। बंगाल में जहां नदी-नालों ने हमारा मार्ग रोका था, वहीं इन क्षेत्र में घनघोर जंगलों—वन-प्रांतों—ने हमारी यात्रा को कठिन और कष्ट-साध्य कर दिया था। आदिवासी क्षेत्रों में और कठिनाई थी। यहां पग-पग पर भाषा बदल जाती थी। भाषा क्या कहिएगा उन्हें, बोली ही कह लीजिए। आदिवासियों के विभिन्न कबीले थे और प्रायः प्रत्येक कबीले की अपनी बोली।

बोली अथवा भाषा को लेकर हम विशेष संकट में पड़े। कोई हमारी बात नहीं समझता, न हम किसी की बोली समझ पाते थे। ऐसे में मार्ग का अनुसंधान भी कठिन था। इशारों से कुछ बातें हो जातीं पर वह पर्याप्त नहीं था।

आज के गोहाटी, डिब्रूगढ़ आदि पर हमारा ध्यान था जहां बहुत हद तक विकसित सभ्यता का बोलबाला था। ब्रह्मपुत्र नदी के दोनों ओर ही, उसके किनारों और कुछ हद तक अंदर तक असमिया भाषा-भाषी लोग थे जिनसे निबटना पूरी तरह आसान था। हमारे रविदासजी जो धाराप्रवाह बंगला बोलते थे, हमारा काम आसान कर सकते थे क्योंकि असमिया और बंगला में कुछ अंतर था पर विशेष नहीं। एक-दो सप्ताह के प्रयास में ही असमिया भी आसानी से समझ सकते थे। बोल सकते थे।

किंतु इन प्रदेशों तक पहुंचना कठिन लग रहा था। मार्ग के वन तो वन, वन्य पशुओं और वनवासियों से भी कुछ कम बाधा नहीं आ रही थी। बहुत-से आदिवासियों, वनवासियों तक तो सभ्यता की भूली-भटकी किरण भी नहीं पहुंच पाई थी। वे पूरी तरह नग्न थे—आपाद मस्तक। केश और दाढ़ी-मूंछों के काटने-छाटने का कोई प्रश्न ही नहीं था अतः वे झाड़ी-झंखाड़ की तरह उनके चेहरों पर फैले पड़े थे।

नागाओं से निबटने में विशेष कठिनाई हुई। पूरी तरह आवरणहीन ये हाथ में कोई-न-कोई हथियार विशेषकर 'टांगी' लिए होते और दल बनाकर चलते। इनसे कुछ पूछना, इन्हें छेड़ना, अपनी मृत्यु को ही आमंत्रण देना था।

सभी आदिवासी खूंखार हों ऐसी बात भी नहीं थी। कुछ तो पूरी तरह कायर थे जो हमें देखते ही भयग्रस्त हो जाते और भाग खड़े होते। कुछ दूरी पर खड़े होकर हमें जाते देखते रहते। इनकी आंखों में भय और जिज्ञासा का सम्मिलित भाव होता। हमारे गुजर जाने पर ये निश्चिंत होते और पता नहीं ऊंचे स्वर में वे क्या बोलते। शायद वे हमारे इधर पुनः नहीं आने के लिए हमें चेतावनी देते।

हमारी संख्या ही हमारी सहायता करती। कुछ आदिवासी नरभक्षी भी थे। इनके पास पत्थर या लोहे का कुछ अटपटा-सा हथियार होता पर हमारा संख्या-बल ही इन्हें हमारे पास आने से रोकता। यही हालत हिंसक जानवरों के साथ भी होती। राह चलते व्याघ्र और भल्लूक जैसे जानवरों का दिखाई पड़ जाना आम बात थी पर वे हमें देखते ही भाग खड़े होते या रुककर हमारी गतिविधियों का अवलोकन करते। आक्रमण करने की मुद्रा किसी में नहीं होती क्योंकि पचास की संख्या में काशी से चले हम लोग अब प्रायः सौ थे। रास्ते में बने अनेक अनुयायियों और शिष्यों में से कई हमारे साथ लाख मना करने पर भी लग गए थे।

हम किसी प्रकार लाखों विघ्न-बाधाओं के बावजूद अपने गंतव्य तक पहुंच गए। यह गंतव्य था कामरूप का कामाख्या मंदिर। जैसा कि पहले कहा इस क्षेत्र में—मंदिर

के आस-पास और दूर-दूर तक शाक्तों की विकृत प्रवृत्ति का बोलबाला था। धर्म के नाम पर जादूगरी और मांस-मदिरा का सेवन सर्वत्र प्रचलित था।

हमने मंदिर के पास ही अपना डेरा जमाया। हम बंग-प्रदेश की तरह ही टोलियों में बंटकर वैष्णव धर्म का प्रचार करने लगे। राम-नाम की महिमा का बखान करने लगे। अहिंसा परमो धर्मः पर जोर देने लगे।

अहिंसा के नाम पर बहुत-से पंडित-पुजारियों से मेरा विवाद भी हुआ। एक वृद्ध पुजारी एक दिन मुझसे बुरी तरह उलझ गया।

"आप कहां से आए हैं?" उसने पूछा।

"जहां से आप आए हैं।" मैंने छोटा-सा उत्तर दिया।

"क्या मतलब?"

"मतलब यह कि आपको नहीं पता कि आप इस धरती पर कहां से आए हैं। है क्या? यदि है तो समझिए मैं भी वहीं से आया हूं। सभी वहीं से आते हैं।"

"मैं इस आने का बात नहीं कर रहा।"

"तब?"

"यहां पर आप किस स्थान से तशरीफ लाए?"

"सब स्थान राम का ही है। इसे टुकड़ों में हमीं लोगों ने बांटा है और अलग-अलग नाम दिए हैं। ऐसी हालत में किसी और स्थान से आने का क्या प्रश्न उठता है?"

पुजारी चकराया और कुछ और नहीं समझ पाने पर पूछ बैठा, "यह राम-नाम की रट आप क्या लगा बैठे हैं। पता नहीं, यह महाकाली का क्षेत्र है?"

"पता है। पर आपको यह पता है कि आपकी काली-महाकाली को शक्ति कहां से प्राप्त होती है?"

"कहां से?"

"शक्ति का एक ही स्रोत है।"

"कौन?"

"राम।"

"फिर आप राम पर उतरे?" वह झल्लाया।

"अब जो सत्य है, उसे तो कहना ही पड़ेगा। आपने पूछा तो मैंने बताया।"

"यह आप कैसे कह सकते हैं कि राम ही सर्वशक्तिमान हैं? आपने उसे देखा है?"

"आपने अपनी महाकाली को देखा है?"

"नहीं देखा पर उनकी मूर्ति तो मंदिर में विराजमान है।"

"वह पत्थर है।"

"क्या मतलब?"

"मतलब यह कि मैं मूर्तियों में विश्वास नहीं करता। होने के लिए तो राम की मूर्तियां भी कई मंदिरों में हैं पर पत्थर, पत्थर है वह देवी-देवता या राम अथवा परवरदिगार का प्रतिरूप नहीं हो सकता।" मैंने स्पष्ट कहा।

"तब आप म्लेच्छ हैं।"

"यह क्या होता है ?"

"अर्थात् आप मुहम्मदपंथी हैं। मुसलमान। वही मूर्ति-पूजा का विरोध करते हैं और मंदिरों को बुतखाना कहकर उनका अपमान करते हैं।"

"आप गलतफहमी में हैं।"

"यह कैसे ?"

"मैं मुसलमान नहीं हूं ?"

"तब आप मूर्ति-पूजा का विरोध क्यों करते हैं ?"

"विरोध करनेवाली बात का विरोध किया ही जाएगा। इस सृष्टि में राम के सामने और कोई शक्ति नहीं है। और वह राम किसी मूर्ति या बुत में वास नहीं करता। वह निराकार है। उसे आकार देने की, मूर्ति गढ़ने की मूर्खता व्यर्थ है।"

"उसी तरह महाकाली की मूर्ति भी व्यर्थ है। नहीं ? यह मंदिर भी बेमानी है। बल्कि देश के सारे मंदिर व्यर्थ हैं ?"

"और क्या ?" मैंने जोर देकर कहा।

"तब तो आपका वश चले तो आप सारे मंदिरों को तोड़वा दें। ध्वस्त कर दें।"

"और क्या ? मन ही मंदिर है। इसमें राम नहीं उतर सकता तो इन ईंट-पत्थरों की इमारतों में क्या उतरेगा ?"

"यह तो हद हो गई। आप तो मूर्ति-भंजक हैं। मंदिर-विरोधी। इस पर तुर्रा यह कि आप कहते हैं कि आप म्लेच्छ नहीं हैं ? मुसलमान ?"

"नहीं हूं, क्योंकि मैं मस्जिदों का भी विरोधी हूं। इनके संबंध में मैं पहले ही कह चुका हूं कि इन कंकड़-पत्थर की बनी मस्जिदों पर चढ़कर मुल्ला मुर्गों की तरह बांग देता है, क्या खुदा बहरा हो गया है ?"

"आश्चर्य है।" पुजारी ने सिर पर हाथ देकर कहा।

"क्या ?"

"न आप मंदिर मानते हैं, न मस्जिद अर्थात् आप न हिन्दू हैं, न मुसलमान।"

"आपने ठीक सोचा, ना मैं हिन्दू, ना मुसलमान।"

"मैं समझ गया, आप क्या हैं ?" वह जैसे अपना मत दृढ़ करते हुए बोला।

"क्या ?"

"आप चारवाकपंथी हैं।"

"यह क्या है ?" मैंने अपनी अनभिज्ञता प्रकट की।

"अर्थात् आप नास्तिक हैं। आप ही की तरह एक चारवाक हुआ था। अपने को महान् चिंतक मानता था। उसका कहना था कि जब तक जीवित रहो, सुखपूर्वक जीवित रहो। कर्ज लेकर भी घृत पियो। इस आग में जल जानेवाले शरीर के फिर से आने-जाने का प्रश्न कहां उठता है ?"

"ऐसी स्थिति में आप ही नास्तिक हैं। मैं नहीं।"

"क्या बोलते हैं आप ? हमें नास्तिक बोलते हैं ?" वह आपे से बाहर होते हुए बोला।

"क्रोध बुरा है।" मैंने कहा और अपनी साखी रखी—

कामी, क्रोधी, लालची, इनते भक्ति न होय।
भक्ति करै कोई सूरमा, जाति वरन कुल खोय॥

"तो आप जो मैं सोच रहा था, उससे भी आगे हैं।" वह और क्रोधित हुआ।

मैंने कुछ नहीं कहा। एक और साखी रख दी—

काम क्रोध मद लोभ की, जब लग घट में खानि।
कहां मूरख कहां पंडिता, दोनों एक समानि॥

"यह हद हो रही है।" उसका क्रोध बढ़ता ही जा रहा था।

"आप कहना क्या चाहते हैं?" मैंने पूछा।

"क्या कहूं? एक बात हो तब तो?" वह क्रोधित मुद्रा में ही बोला। उसका मुख सुर्ख लाल हो आया था। मंदिर का प्रसाद (विशेषकर मांस) खाते-खाते और निश्चय ही मदिरा सेवन करते-करते उसका मुख तो पहले से ही रक्तवर्णी था। क्रोध के कारण जैसे शरीर का सारा रक्त ही चेहरे पर आ जमा।

"जितना कहना हो कह लीजिए। मैं सब कुछ सुनने को तैयार हूं। मैं आपकी तरह क्रोध नहीं कर सकता—

काम क्रोध सूतक सदा, सूतक लोभ समाय।
शील सरोवर न्हाइए, तब यह सूतक जाय॥

—काम, क्रोध सदा छूत (सूतक) हैं। लोभ भी सूतक हैं। शीलरूपी सरोवर में स्नान करने से ही इस सूतक से जान छुट सकती है अर्थात् शीलवान बनिए। न क्रोध का आखेट होइए, न काम का, न ही लोभ-लालच का शिकार बनिए।

"तो आप अपने को महान् ज्ञानी समझते हैं। कवि? नहीं? यह तो अहंकार है। देखता हूं आप सर्वगुण संपन्न हैं। कहने को तो कितनी बात हो गई। अपने पहले दोहे के अनुसार आप जाति और वर्ण-व्यवस्था में भी नहीं विश्वास करते। दूसरे में आपने हमें मूर्ख ही बना दिया, तीसरे में हमें शील भी सिखाने लगे।"

"आपने जो कुछ कहा सब ठीक है पर मैं अहंकारी नहीं। मैं नाक ऊंची कर नहीं चलता। ऊंची नाक को तो सभी ऐंठते हैं। अहंकार के कारण ही राम ने हाथी को चार गज की नाक दे दी—

कबिरा ऊंची नाक को, ऐंठत है संसार।
जाते हरि हाथी किया, नाक दिया गज चार॥

"आपसे तर्क में नहीं जीता जा सकता," वह बोला, "आप इसी तर्क के बल पर और साखियां दोहे पढ़-पढ़ लोगों को बरगला रहे हैं। मैं और सारी बातों को छोड़ता हूं। आप यही बताइए कि आप जीव-हिंसा के इतने विरोधी क्यों हैं? हम मंदिर में कोई नर-बलि तो नहीं करते? बकरे, भेड़ ही तो काटते हैं।"

"तो आपको मेरी अहिंसा की बात बुरी लगती है। यही न?" मैंने कहा, "लगे भी क्यों नहीं, आखिर हिंसा ही तो आपकी उदरपूर्ति का साधन है। आप नर-बलि नहीं करते, नहीं सही पर आप यह क्यों नहीं मानते कि बकरे-बकरियों और भेड़ों में भी जीव हैं। उनमें भी परमेश्वर बसता है। जहां प्राण हैं, वहां राम हैं। राम के बिना, परमेश्वर के बिना

प्राण का अस्तित्व किधर से? जीव-हिंसा आपके शरीर को जो पुष्ट करता हो पर किसी भी प्राणी की हिंसा पाप है।" मैंने कहा और अपनी दो साखियां रख दीं—

कहता हूं कहि जात हूं, कहा जो मान हमार।
जा को गला तुम काटि हो सौ फिर काटै तुम्हार॥
कलियुग केरा ब्राह्मना, मांस मछलियां खाय।
पांय लगे सुख मानई, राम कहै जरि जाय॥

—कलियुग का ब्राह्मण मांस-मछली खाता है। पांव लगने से सुख मानता है। राम कहने से जल जाता है।"

"बात अब सीमा से आगे बढ़ रही है," पुजारी का क्रोध सातवें आसमान पर चढ़ा, "आपको पता है हम ब्राह्मण हैं? आप मेरे मुंह पर ही मुझे गाली दे रहे हैं।"

"गाली देना मेरी आदत नहीं है। मैंने गाली और अपशब्द के विरुद्ध भी कहा है। शब्द का महत्त्व है। शब्द सर्वोपरि है। शब्द का दुरुपयोग अल्लाहताला को पसंद नहीं। आप ब्राह्मण हैं और आपको पढ़ने-लिखने से कोई संबंध रहा होगा तो यह मालूम होगा कि आपके ही शास्त्रों में शब्द को ब्रह्म कहा गया है। जहां तक मेरे सत्संग से प्राप्त ज्ञान का प्रभाव है मैंने तो यही सुना है कि एक शब्द का भी ठीक से प्रयोग हो तो वह स्वर्ग और लोक दोनों में इच्छित फल देनेवाला होता है।"[1]

"आप कोई पैगंबर हैं क्या?" वृद्ध ब्राह्मण बोला।

"मुआफ कीजिए। मेरे समान साधारण मनुष्य को पैगंबर कहकर परवरदिगार का दिल नहीं दुखाइए। मैं इंसान हो जाऊं यही बड़ी बात है, पैगंबर तो मात्र एक मुहम्मद हुए थे।"

"आपको समझना कठिन है।"

"यह कैसे?"

"कभी आप उर्दू के अल्फाज बोलते हैं, कभी संस्कृत के शब्दों का उच्चारण करते हैं। आप मुसलमान हैं कि हिन्दू मुझे तो अभी यही ठीक से समझ नहीं आ रहा है।"

"इसमें मेरा क्या दोष है? मैंने तो पहले ही कह दिया कि मैं संप्रदाय, जाति और वर्ण में विश्वास नहीं करता। मैं क्यों हिन्दू होने जाऊं और क्यों मुसलमान? यह सब प्रपंच आप ब्राह्मणों और मुल्लाओं का ही खड़ा किया हुआ है। अपनी उदर-पूर्ति के लिए आप सभी प्रकार के ढोंग रचते हैं और सही बात सुनने पर क्रोधित हो आते हैं। मैंने किधर से मिथ्या भाषण किया जब मैंने कहा कि कलियुग का ब्राह्मण मांस-मछली खाता है। मैंने तो थोड़ा ही कहा आप कामरूप के ब्राह्मणों ने तो अति कर दी है। केवल मांस की बात क्या आप तो पंच मकारों में विश्वास करते हैं। तंत्र के नाम पर अपनी वुभुक्षा और कुत्सित इच्छाओं की पूर्ति करते हैं। अपनी विभिन्न दमित वासनाओं को खुलकर खेलने की छुट्टी देते हैं। कहिए कि मैं गलत कह रहा हूं?"

"आपके गलत अथवा सही कथन से मेरा कोई सरोकार नहीं। मैं तो इतना ही

1. एकः शब्दः सुप्रयुक्तः सम्यक् ज्ञातः।
स्वर्गे लोके च कमाधुक् भवति॥

जानता हूं कि आप हमारे पेट पर लात मारने आए हैं। हम इसे कतई बर्दाश्त नहीं करेंगे। आप और आपके साथियों को इसका फल भोगना होगा।"

"देख लेंगे," मैंने कहा, "अपितु मैं क्या देखूंगा मेरा राम देख लेगा।"

"आप गलतफहमी में हैं।" वृद्ध ने जरा अकड़कर कहा।

"कैसे ?"

"आपको पंच मकारों का तो पता है पर उनके आधार पर हमने जिस तंत्र विद्या को साधा है, उसका आपको कुछ पता नहीं।"

"और आपको राम की शक्ति का पता नहीं।" मैंने छुटते ही कहा। "उससे बड़ा तांत्रिक और ऐंद्रजालिक कोई नहीं। आपका यह तंत्र उसके समक्ष धरा-का-धरा रह जाएगा।"

"तो आपको अपने राम पर इतना नाज है ?" उसने घमंडपूर्वक कहा।

"है।"

"तो आपको पता लग जाएगा। बेहतर था आप इधर मुंह करने के पहले और अपना प्रचार-अभियान शुरू करने के पहले यहां की तांत्रिक उपलब्धियों का भी पता कर लिए होते।"

"मैं सब कुछ पता कर चुका हूं और जानना चाहते हैं तो जान लीजिए हमने इसी कारण इतना कष्ट उठाकर इधर की यात्रा की है।"

"किस कारण ?" वह कुछ चिंतित होकर बोला।

"इसी वीभत्स तंत्र की प्रसिद्धि, प्रचार की बात जानकर। परम पिता परमेश्वर को भूलकर एक निरीह देवी के नाम पर अकरणीय को करणीय बनाने की बात जान-सुनकर। धर्म की विकृति को सीमा पार करते हुए देखकर।"

"अच्छा तो यह बात है ?" उसने धमकाया।

"यही समझिए।"

"तो आप इसका फल भोगने को भी तैयार हो जाइए।"

"कितनी बार यह कहिएगा ? करनेवाले कहकर दिखाते हैं। कहकर समय नष्ट नहीं करते।"

"अच्छी बात है। आपके आदमी वैष्णव धर्म के प्रचार में निकले हैं न ? राम-नाम की कीर्ति का बखान करने ?"

"हां।"

"कब तक लौटेंगे ?"

"जब तक नित्य लौटते हैं।"

"आप सीधी बात क्यों नहीं बोलते ?" ब्राह्मण को गुस्सा आया।

"यह तो मेरे बोलने का तरीका ही है। आपको क्या पता है, मैं अपनी उलटवांसियों के लिए ही प्रसिद्ध हूं।"

"आपकी सारी प्रसिद्धि यहां मिट्टी में मिल जाएगी।" ब्राह्मण ठीक से मेरी बात को नहीं समझकर बोला।

"देखना है। बल्कि मैंने जैसा कहा मेरे राम को देखना है।"

"मैंने पूछा था आपके आदमी कब लौटेंगे?"

"आपको बताने की क्या आवश्यकता है?"

"क्यों?"

"आपका तंत्र किसलिए है? उसके माध्यम से आप सब कुछ नहीं जान सकते हैं क्या?"

"………… ।" वह चुप हो गया।

"क्यों? आप बोलते क्यों नहीं?"

"सब कुछ जानना-समझना किस शक्ति के बस की बात है?" वह विवशता में बोला।

"है।" मैंने सविश्वास कहा।

"किसके?"

"कहा न, राम के।"

"देखूंगा।" वह फिर किंचित् क्रोधित होकर बोला।

"यह तो मैं कई बार सुन चुका हूं।"

वृद्ध पुजारी ने जो कुछ कहा उसे करने में उसने कुछ उठा नहीं रखा।

संध्या को मेरे अनुयायी विभिन्न स्थानों का भ्रमण कर लौटे। उन्होंने मेरे पास आकर मेरे पैरों पर अपना सिर झुकाया।

"राम सब ठीक रखें।" मेरे मुंह से अनायास निकला। वे कुछ आश्चर्यचकित हुए। सामान्यतः मैं इस तरह कभी आशीर्वाद नहीं देता था। उनकी ओर बस हाथ उठा देता था, अभय की मुद्रा में।

वे पुनः अपने-अपने स्थानों में विश्राम करने चले गए।

मैं अपने संध्याकालीन ध्यान में लग गया। रात्रि की स्याही धरती पर पूरी तरह उतरी नहीं था। दिवा-रात्रि की संधि-बेला में जितना अंधकार रहता है अर्थात् प्रकाश और तम का एक आनुपातिक सम्मिश्रण, वही व्याप्त था चतुर्दिक् ध्यान में जाने के पूर्व।

"सद्‌गुरु! सद्‌गुरु!! सद्‌गुरु!!!"

कभी किसी ने आज तक मेरा ध्यान भंग करने का साहस नहीं किया था पर आज यह क्या हो रहा था?

मैंने आंखें खोलीं! श्रुतिगोपाल खड़े थे। उनका चेहरा सूर्यास्त के वक्त का सूरज लग रहा था! निस्तेज! प्रभाहीन! विवश!

"क्या बात है श्रुतिगोपाल?" मैंने उनकी ओर दयापूर्ण दृष्टि डालते हुए कहा।

"सद्‌गुरु!!"

"बोलो भी तो क्या बात है?"

"अघटनीय घटित हो गया सद्‌गुरु! मैं कुछ कहने की स्थिति में नहीं हूं।"

"बोलो भी तो सही। या यों ही मुंह लटकाए रहोगे?" मैं धैर्य खो रहा था।

"अब बोलने लायक हो तभी तो बोलूं?" श्रुतिगोपाल पहेली बनते जा रहे थे।

"जो कुछ हो बोलो। मैं सब कुछ सुनने को तैयार हूं।"

"हमारे सारे साथी गर्दभ हो गए।" वह डूबते स्वर में बोले।

"क्या??" मैंने घोर आश्चर्य के साथ कहा।

"अब सद्‌गुरु को तो सब पता है। मैं अधिक क्या कहूं?"

मैंने ध्यान लगाया। बात सही थी।

मैं श्रुतिगोपाल के साथ अपने अनुयायियों के वास-स्थल की तरफ गया। वहां गर्दभ पागुर कर रहे थे। एक-दूसरे पर लातों से प्रहार कर रहे थे। कई ऊंचे स्वर में रेंक रहे थे। कोई 'लीद' कर उसी पर सुखपूर्वक लेट रहे थे।

उनकी स्थिति देख मेरी आंखों में आंसू आ गए।

"श्रुतिगोपाल!" मैंने भींगे स्वर में कहा।

"सद्‌गुरु!" श्रुतिगोपाल बिलखते स्वर में बोले।

"यह तो अकल्पनीय घट गया। अब हम उनके परिवार के सदस्यों को क्या मुख दिखाएंगे?"

"..........।" श्रुतिगोपाल चुप। उनकी आंखें झरना बनी हुई थीं।

"श्रुतिगोपाल!" मैंने पुकारा।

"सद्‌गुरु!" श्रुतिगोपाल आंखों से निरंतर निस्सृत जल को हथेलियों से पोंछते हुए बोले।

"अभी तक तो हम कामरूप के तांत्रिकों के अद्‌भुत कमाल की बात सुनते ही आ रहे थे, आज उसे प्रत्यक्ष देख लिया।"

"सद्‌गुरु से, हमारी अनुपस्थिति में किसी से कुछ विवाद हुआ था क्या?"

"हुआ था श्रुतिगोपाल!" मैंने आर्द्र स्वर में कहा।

"किससे?"

"एक वृद्ध ब्राह्मण से। उससे मैं इस क्षेत्र में प्रचलित धार्मिक उच्छृंखलता की बात कर रहा था। विशेषकर ब्राह्मणों के पतन की। उनके मांस-मद्यभक्षी बनने की।"

"यही तो गड़बड़ हुआ।" श्रुतिगोपाल ने लंबी सांस खींची।

"उस बूढ़े ब्राह्मण ने क्रोधित होकर कहा, 'मैं आपको देख लूंगा'।"

"सो उसने देख लिया।" श्रुतिगोपाल रोने-रोने को हो आए।

"श्रुतिगोपाल! सब्र से काम लेना सीखो। इस तरह घबराने से काम नहीं चलेगा।"

"सद्‌गुरु! अब किस सब्र की बात कर रहे हैं? हमारा तो सब कुछ लुट गया। अब हम कैसे लौटेंगे? इन सौ गर्दभों को हांकते हुए?"

"नहीं, ऐसा नहीं होगा।"

"तो क्या इन्हें यहीं छोड़ देंगे!" वह चिंतित होकर बोले।

"नहीं, नहीं, श्रुतिगोपाल यह भी नहीं होगा।" मैं कुछ सोचते हुए बोला।

"तब?"

"अच्छा तुम गर्दभ बनने से कैसे रह गए?" मेरा सोचना जारी था।
"कैसे कहूं?"
"क्या लौटने पर तुम इनके साथ नहीं थे?"
"इनके संग ही था गुरुदेव!"
"फिर भी बच गए न!"
"सद्‌गुरु भी बच गए न!"
"सद्‌गुरु की कृपा है।"
"नहीं।"
"तो।"
"राम की कृपा है। तुम उसके अनन्य उपासक जो हो। श्रेष्ठ भक्त जो ठहरे! केवल प्रकांड पंडित थोड़े हो?"
"सद्‌गुरु!"
"बोलो।"
"यह क्या कह रहे हैं? राम-भक्ति में आपके समक्ष मैं कहां ठहरता हूं।" श्रुतिगोपाल ने सिर झुकाया।
"यह बात पृथक् है पर इससे यह तो ज्ञात होता है कि राम यहां भी काम कर सकते हैं। शायद इस स्थिति से वे उबार ही लें।"
"सद्‌गुरु चाहें तो क्या कुछ असंभव है? सद्‌गुरु के राम असंभव को संभव करने के लिए ही तो विख्यात हैं?"
"अच्छा उस वृद्ध ब्राह्मण को कैसे ढूंढ़ा जाए? क्या इन्हें गर्दभ बनते समय कोई वृद्ध वहां उपस्थित था? पूरी तरह श्वेत केशोंवाला और तप्त अंगारों की तरह चमकती आंखोंवाला?"
"था सद्‌गुरु," श्रुतिगोपाल बोले, "एक ऐसा व्यक्ति था। वह चुभती दृष्टि से हमें देख रहा था। मैं कुछ समझ नहीं पा रहा था। तभी यह अघटनीय घटा और मैं अवाक् यह सब देख ही रहा था कि वह तत्काल गायब हो गया।"
"तुम उस बूढ़े को कहीं से ढूंढ़कर ला सकते हो? मंदिर के प्रांगण या इसके पास ही कहीं होगा।" मैंने कुछ सोचते हुए कहा।
"प्रयास कर सकता हूं गुरुवर्य!"
"तो फिर शीघ्रता करो, मुझसे अपने शिष्यों का यह कष्ट देखा नहीं जाता।"
"जैसी आज्ञा सद्‌गुरु!" वह चलने को हुए।
"उसे पहचान तो लोगे?" मैंने पूछा।
"अवश्य सद्‌गुरु! उसका रूप-रंग पूरी तरह मेरी आंखों में बस गया है। पर क्या वह बुलाने से आ ही जाएगा?" श्रुतिगोपाल ने शंका प्रकट की।
"प्रयास करो। प्रयास करना तो हमारा कर्त्तव्य ही है।"
"सद्‌गुरु का आदेश सिर आंखों पर।" कहकर श्रुतिगोपाल एक दिशा में चले गए।

मैं अपने स्थान पर जाकर बैठ गया। ध्यान लगाने का अभी प्रश्न ही नहीं था। मन विचलित हो रहा था। शिष्यों की घृणित और दयनीय स्थिति निरंतर आंखों के सामने नृत्य कर रही थी।

मैं देर तक चिंतित मुद्रा में बैठा रहा। श्रुतिगोपाल के लौटने में पर्याप्त विलंब हो रहा था।

रात्रि का अंधकार अब तक पूरी तरह इस पर्वतीय प्रदेश को आच्छादित कर रहा था। मंदिरों से कुछ प्रकाश बाहर आ रहा था। वहां घृत-वर्तिकाएं जल गई होंगी।

अब मुख्य मंदिर से घंटा-ध्वनि भी आने लगी थी। सांध्य-आरती संपन्न हो रही थी।

मैंने अपने कमरे में प्रकाश किया। श्रुतिगोपाल के नहीं आने पर चिंता हुई। कहीं उनका भी तो उस बूढ़े ने काया-परिवर्तन कर दिया?

अंततः कोई आधे घंटे पश्चात् श्रुतिगोपाल लौटे। मुख डूबते हुए चांद की तरह पीला पड़ा था। मुझे समझते देर नहीं लगी कि वे अपने अभियान में सफल नहीं हुए।

वह आकर मेरे समक्ष मूक खड़े हो गए। आंखें भाद्रपद की नदी की तरह उमड़ रही थीं।

"क्या हुआ श्रुतिगोपाल? नहीं मिला वह वृद्ध तांत्रिक?" मेरे मुख से तत्काल निकला।

"मिला सद्‌गुरु।"

"तब?"

"मेरे लाख अनुनय-विनय करने पर भी वह यहां आने को प्रस्तुत नहीं हुआ।"

"क्या बोलता है।"

"कैसे कहूं सद्‌गुरु?" श्रुतिगोपाल सकुचाए।

"बोलो। बोलो।" मैंने उनका धैर्य बढ़ाया।

"अकथनीय है सद्‌गुरु।"

"फिर भी कहो।"

"सद्‌गुरु!!"

"मैं कहता हूं, जो भी हो कहो। इस तरह संकोच करना भी उचित नहीं है। सद्‌गुरु के आदेश का पालन करो।"

"जैसी आज्ञा सद्‌गुरु!" श्रुतिगोपाल ने ससंकोच आरंभ किया, "वह बूढ़ा कहता है कि मैं किसी का कृतदास नहीं कि उसके बुलाने पर जाऊंगा। वह छोटी-छोटी दाढ़ीवाला मुहम्मदपंथी तो बड़ी-बड़ी बातें कर रहा था। ब्राह्मणों को भी अपशब्द कहने से बाज नहीं आ रहा था। मुसलमान होकर भी राम की दुहाई दे रहा था और हमारी महाकाली की भर्त्सना कर रहा था। उनकी शक्ति पर ही प्रश्नचिह्न लगा रहा था। अब क्या हो गया जो मेरी आवश्यकता पड़ गई उसको?"

"तो वह नहीं आएगा?" मैंने चिंतित होकर पूछा—"क्या वह मेरे वहां आने की अपेक्षा करता है?"

"नहीं सद्‌गुरु, मैंने यह प्रस्ताव रखा था। वह कहता है… !" कहकर श्रुतिगोपाल चुप हो गए।

"बोलो न, फिर चुप क्यों हो गए।" मैं किंचित् आकुल होकर बोला।

"वह कहता है… कि… मैं… उस… म्लेच्छ… का… मुख भी नहीं देखना चाहता।"

"कोई बात नहीं। इसके लिए चिंतित होने की क्या बात है ?"

"कैसे नहीं चिंतित होऊं गुरुदेव ! वह सद्‌गुरु का अपमान कर गया।"

"श्रुतिगोपाल !"

"सद्‌गुरु !"

"मेरे साथ इतने दिनों तक रहकर भी तुम मान-अपमान के बोध से मुक्त नहीं हुए ? स्वयं अपने शास्त्रों के महापंडित हो। गीता की बात भी भूल गए ? नहीं कहा उसने कि सब स्थिति में समान हो जाओ ? मान-अपमान में भी समान हो जाओ ?"[1]

"कहा सद्‌गुरु !" श्रुतिगोपाल ने स्वीकारा।

"तब चिंता छोड़ो। चिंता मनुष्य की बुद्धि को भ्रमित करती है। अस्थिर। अभी सोचना है कि करणीय क्या है—क्या करना है।"

"सद्‌गुरु !"

"बोलो।"

"मेरे मन में एक बात आती है।"

"क्या ?"

"सद्‌गुरु सर्वसमर्थ हैं।"

"करणीय तो बताओ। मेरी समर्थता तो यहां संदिग्ध हो रही है। ऐसी स्थिति का तो मैंने आज तक कभी सामना ही नहीं किया। विचित्र हैं ये असम के तांत्रिक।" मैं चिंतित हुआ।

"सद्‌गुरु को बताने की आवश्यकता नहीं कि उनकी सामर्थ्य क्या है ? राम ! सद्‌गुरु कृपया अपने राम को पुकारें। वह अकरणीय भी करणीय कर देता है। असंभव को भी संभव करने की शक्ति उसी में है।"

"वह तो सर्वशक्तिमान है ही।" मैं बोला।

"तो फिर उसी की सामर्थ्य का भरोसा है। सद्‌गुरु उसे पुकारें। ध्यानस्थ हों।"

"जैसी तुम्हारी इच्छा," मैंने कहा, "मैं राम को किसी बात के लिए कष्ट नहीं देना चाहता पर यह तो कोई ऐसी-वैसी बात है नहीं। हमारे सौ शिष्यों का प्रश्न है। तुम जैसा कहते हो वैसा ही करूंगा। तुम बाहर से मेरे कमरे के कपाटों को बंद कर दो।"

श्रुतिगोपाल ने वैसा ही किया और मैंने शून्य में ध्यानावस्थित हो अपने राम को पुकारना आरंभ किया। निराकार राम को। मैं उस शून्य में मिलकर स्वयं शून्य होता गया। अपने अस्तित्व का मुझे स्वयं पता नहीं रहा। कुछ देर पश्चात् ही कानों में अनहद नाद ध्वनित होने लगा। बंद आंखों के समक्ष प्रकाश-वलयों का बनना-मिटना आरंभ हुआ। पुनः सर्वत्र एक अलौकिक प्रकाश ही व्याप्त हो गया। मैं भी उस प्रकाश का अंश

1. समं मानापमानयोः —गीता

बन आया। शून्य मस्तिष्क में भी अपना ही एक कथन ध्वनित-प्रतिध्वनित होने लगा—'लाली मेरे लाल की जित देखौं तित··· ।'

कोई कमरे के कपाटों की जोर-जोर से पीट रहा था। पता नहीं कब से। शनैः-शनैः मैं शून्य से वापस आया। प्रकृतिस्थ हुआ। बाहर से श्रुतिगोपाल का स्वर कानों में पड़ा, "सद्‌गुरु ! !"

मैंने धीरे-से उठकर द्वार के पास जाकर कहा, "क्या बात है श्रुतिगोपाल ?"

"सद्‌गुरु कपाटों को उद्‌घाटित करने का आदेश दें।"

"क्यों ?" मैंने पूछने के लिए पूछ लिया।

"अत्यावश्यक कार्य आ पड़ा है, सद्‌गुरु क्षमा करें।"

"आ जाओ अंदर।"

श्रुतिगोपाल ने अंदर आकर कपाट लगा दिए।

"क्या बात है ?"

"वह वृद्ध ब्राह्मण विक्षिप्त हुआ जा रहा है। स्वयं दौड़ता आया है। उसके बार-बार अनुरोध करने पर ही मैंने सद्‌गुरु का ध्यान भंग करने का अपराध किया है।"

"तुम क्या चाहते हो ?"

"मैं नहीं, वह चाहता है सद्‌गुरु !"

"क्या ?"

"सद्‌गुरु के दर्शन।"

"किस हेतु ? उस अहंकारी अघोरी से अब मिलना उचित है क्या ?"

"वह शरणागत है। शरणागत के अनुरोध को शायद सद्‌गुरु नहीं ठुकराना चाहें।"

"बुला लो। जब तुम्हारी इच्छा है।"

वृद्ध ब्राह्मण अंदर आते ही मेरे पैरों पर शव की तरह प्राणहीन-सा बिछ गया, "अपराधा क्षमा हो। मैंने आपको समझने में महान् भूल की। अब आपकी कृपा के बिना त्राण नहीं। हम कहीं के नहीं रहे।" उस बूढ़े की आंखों से अनवरत अश्रु-प्रवाह जारी था, मेरे पैरे जैसे गर्म जल से सिक्त होते जा रहे हों।

"क्या बात है ?" मैंने बिना उसका स्पर्श किए ही कहा।

"पहले श्रीमान् वचन देने की अनुकंपा करें।"

"किस बात की ?" मैंने आश्चर्यचकित पूछा।

"हमें घोर विपत्ति से त्राण दिलाने की।"

"कैसी विपत्ति उपस्थित हुई है ?"

"कहते शर्म आती है।" वह गिड़गिड़ाया।

"श्रुतिगोपाल !" मैंने पास खड़े श्रुति को संबोधित किया।

"आज्ञा गुरुदेव ?"

"क्या कहना है तुम्हारा ?"

"सद्‌गुरु तो कृपानिधान हैं। शरणागत पर करुणा तो आपका धर्म है। उसे तो

आप मेरे अनुरोध के बिना भी दिखाएंगे।"

"अच्छा उठो पुजारी! बोलो क्या बात है?" मैंने उसके सिर पर आश्वस्ति का हाथ रखा।

"सभी ब्राह्मणों की पत्नियां गर्दभी बन गई हैं।" उसने उठकर रोते-बिलखते कहा।

"तुम्हारा मंत्र उन पर नहीं चल रहा?" मैंने मन-ही-मन अपने राम को धन्यवाद दिया।

"नहीं श्रीमान्। हम सब कुछ कर थक गए। हमारा कोई वश नहीं चल रहा। आप राम-भक्त हैं। राम अशरण-शरण हैं। आप कृपया हमें शरण दें।"

"और हमारे शिष्य जो गर्दभ बन गए हैं उनका क्या होगा?"

"उनका हमें कुछ नहीं करना है। आपके राम की कृपा से वे स्वयं पुनः मनुष्य बन आए।"

"हां श्रुतिगोपाल?"

"सद्गुरु!"

"ठीक है पंडित। तुम लोगों को कुछ प्रतिज्ञाएं करनी पड़ेंगी।"

"जो आज्ञा श्रीमान् की। हम कुछ भी करने को प्रस्तुत हैं। हमें इस घोर लज्जाजनक स्थिति से बचाएं।" वह बुरी तरह गिड़गिड़ाया।

"बचाने को तो मेरे राम ही तुम लोगों को इस स्थिति से बचाएंगे। मैं प्रयास करूंगा। पर तुम प्रतिज्ञाएं करो।"

"आदेश करें श्रीमान्।"

"मेरे शिष्यों द्वारा इस क्षेत्र में राम-नाम की उपासना तथा वैष्णव धर्म के प्रचार में कहीं कोई बाधा नहीं डालेगा?"

"नहीं डालेगा श्रीमान्," वह उतावला होकर बोला, "कोई नहीं डालेगा। कहीं नहीं डालेगा।"

"तुम लोग राम को सर्वोपरि मानोगे, अपनी महाकाली से भी।"

"वह तो सर्वशक्तिमान सिद्ध ही हो गए श्रीमान्। यहां की सारी शक्तियां विफल हो गईं। जब हमारी कामाख्या मां ने ही उन्हें सर्वोपरि मान लिया तो अब हमारी क्या बिसात?"

"तुम किसी को ऊंच, किसी को नीच, किसी को छूत, किसी को अछूत, किसी को ब्राह्मण, किसी को चांडाल, किसी को म्लेच्छ, किसी को हिन्दू, किसी को पवित्र, किसी को अपवित्र, किसी को पूज्य और किसी को हेय नहीं समझोगे।"

"श्रीमान् के सभी आदेश सिर-माथे पर। हम श्रीमान् के द्वारा दिए गए निर्देशों का ही पालन करेंगे।" वह हाथ जोड़कर गिड़गिड़ाया।

"जाओ, मैं अपने राम को तुम लोगों के लिए पुनः कष्ट देता हूं। पर तुम सभी मंदिर के बाहर आज रात-भर राम-नाम का कीर्तन करो। राम ने चाहा तो प्रातः तक सब ठीक हो जाएगा।"

वह पुनः प्राणिपात कर चला गया। प्रातःकाल तक सब ठीक हो गया।

हम लोगों ने कोई दो वर्षों तक असम के विभिन्न क्षेत्रों में प्रचार-कार्य किया। तत्पश्चात् वहां से प्रस्थित हो गए।

41

ब्रह्मपुत्र-तट उफान पर था। जाते समय जाड़े के गुनगुने दिन थे। नदी का पानी प्रायः पट में चला गया था। फिर भी नित्य-सलिला नदी का जल बहुत कम भी कहां था? नौकाओं की आवश्यकता तो पड़ी ही थी। पर लौटते समय वर्षा के भींगे दिन थे। वह भी असम की बरसात! सप्ताहों तक आसमान जैसे एक भयानक जल-प्रपात ही बना रहता। जल की फुहारें, बौछारों का रूप धारण कर धरती को त्रस्त करती रहतीं। आज के उजड़े-से-उजड़े असम की तुलना उन दिनों के पग-पग पर वनस्पति-पूरित असम से नहीं कीजिए। मेघों को वहां बरबस, इन वन-प्रांतरों और पर्वतों के क्रोड़ में खिंचना ही था और अपने को पूरी तरह रिक्त कर ही देना था। समय चाहे दिनों में खिंच जाए अथवा सप्ताहों में।

बरसात के इन बौछारी दिनों में ब्रह्मपुत्र की बाढ़ का क्या कहना? नदी का जल, कूल-किनारों की मर्यादा को तोड़, दूर-दूर तक विस्तृत हो जाता। हवा के हल्के थपेड़ों पर ही नदी-जल आसमान छूने को आकुल हो आता। ऊंची-ऊंची लहरों का अनियंत्रित नर्तन दर्शनीय होता।

ऐसे में नदी पार करने की कोई अनुमति नहीं देता। वह भी मेरे सदृश प्रायः सौ की उम्र-सीमा को स्पर्श करने वाले वृद्ध को। पर मैं अक्खड़, इस उम्र में भी बदला किधर से था? बाधाएं सदा मेरे समक्ष चुनौती के सदृश ही आती रहीं। राम-कृपा से उनकी अभेद्य दीवारें कभी मेरे लिए बाधक नहीं बन सकीं। ध्वस्त हो गईं। नदी की ये खूंखार लहरें क़िधर से मुझे अनुत्साहित करतीं? मैंने पार जाने का निर्णय कर लिया। ऐसे भी पीछे लौटना मेरी आदत में शुमार नहीं था। इसका पता अब तक आपको भी लग ही गया है।

असम-निवासी, नदी के किनारे, सैकड़ों की संख्या में, हमें विदा देने आ पहुंचे थे। पर हिम्मत सबकी पस्त थी।

"सद्गुरु नहीं जाएं। कुछ दिन और इस क्षेत्र में रुक जाएं। नदी पार करना कष्ट-साध्य ही नहीं असंभव-सा है।"

"इतने सारे लोग तो पार करते ही हैं। ये तो अकेले भी होंगे, हमारे साथ तो राम हैं।"

"राम को भी गंगा पार करने के लिए निषादराज के सदृश केवट का सहारा लेना पड़ा था।"

"ये केवट निषादराज थोड़े ही हैं? अपने साथ आपको भी ले डूबेंगे।" कोई कहता।

मैं मन-ही-मन मुसकराता। किस राम की बात कर रहे हैं ये! दशरथ-सुत, कैकेयी-प्रताड़ित मानुषी राम की। उन्हें केवट की आवश्यकता पड़ी होगी। मेरा निराकार, अनादि अनंत राम तो स्वयं ही केवट बनकर करोड़ों को नदी-नद क्या भवसागर के पार ले जाया करता है।

"आप चिंता नहीं करें जैसे ये सारे लोग नौकाओं के सहारे पार उतर रहे हैं, हम भी उतर जाएंगे।" मैं उन्हें आश्वस्त करने का प्रयास करता।

"आपके अधिकांश अनुयायी तो यौवन और वृद्धावस्था की संधि-रेखा पर खड़े हैं, आपकी काया तो उम्र की मार से जर्जर हो चुकी है। नौकाएं डूबी-उतराई तो इनमें से कुछ तो तैरकर पार भी कर जाएंगे। आपको लेकर आशंका स्वाभाविक है।" लोग प्रार्थना करते।

"मैं आशंकाग्रस्त होने का आदी नहीं। मेरी चिंता राम करता है। आप लोग आश्वस्त रहें। चलना मेरा लक्ष्य है। गति मेरी दुर्बलता। ये उच्छृंखल नदी-नद मुझे कैसे रोक सकते हैं? गति मेरी नियति है। इस नियति पर ही आप मुझे छोड़ दें।" मैंने अपना निर्णय सुना दिया।

कोई उपाय नहीं देख हमारे लिए मजबूत-से-मजबूत नौकाओं का प्रबंध कर दिया गया। बड़ी नौकाएं। मछली के सदृश पतली, और इस नदी में अक्सर डूबती-उतरातीं, उलटती-पुलटती पर अपनी सवारियों को सुरक्षित रखतीं नौकाओं का इन दिनों कहीं पता नहीं था।

हम नौकाओं पर सवार हुए। लोगों ने भरे मन से हमें विदा दी। नौकाएं, धाराओं और लहरों पर उछालें लेने लगीं। मेरी नौका में श्रुतिगोपाल के सिवा दस और लोग भी रहे होंगे। खूंखार लहरों पर चढ़ती-उतरती और धाराओं और जल-चक्रों से बचती-निकलती, हमारी नौका हिचकोले पर हिचकोले खाती रहती। कभी तो लगता कि उसने इस विशाल नदी के गर्भ में अब जल-समाधि ली कि तब।

मैंने ध्यान से अपने सहयात्रियों के चेहरों की तरफ देखा। सभी जैसे रक्तहीन हो रहे थे। भय एक भयावह रूप में ही अधिकांश के मुखों को म्लान कर रहा था।

मृत्यु का भय इतना भीषण है न? मुझे पहले-पहल लगा। मेरे साथ इतने दिनों क्या वर्षों तक रहने के बावजूद भी ये मृत्यु के भय से मुक्त नहीं ही हुए न? अवश्यंभावी को लेकर भी इतने निरीह हैं ये! सबको एक-न-एक दिन तो जाना ही है। अगर आज ही जाना पड़े तो उसको लेकर इस तरह चिंतित और भयभीत होना क्या इन राम-भक्तों के लिए उचित था? केवल श्रुतिगोपालजी निश्चिंत थे। निर्द्वन्द्व। मैंने उसी समय निर्णय कर लिया अगर मेरा कोई उत्तराधिकारी अथवा मेरे दिखाए मार्ग पर लोगों को ले चलने में समर्थ होगा तो वह यही है—श्रुति।

मैं सभी लोगों पर एक उड़ती दृष्टि डालने के पश्चात् ध्यानावस्थित हो गया। नौका उछलती-कूदती रहे, मेरे पद्मासन को अव्यस्थित नहीं होना था। अन्य नौकाओं पर सवार लोगों को लेकर भी मुझे चिंता नहीं थी। राम सबका रक्षक था। चिंता करनी हो तो वह शौक से करे। चिंता-व्यालिनी से मेरा कुछ लेना-देना नहीं। वह सर्पिणी मुझसे सदा दूर ही रहती आई है।

बाढ़ आडोलित ब्रह्मपुत्र को पार करने में एक पूरा दिन और एक पूरी रात लग ही गए होंगे। जैसी अपेक्षा थी वैसा ही हुआ। अंततः सभी सुरक्षित सूखी भूमि पर आ ही गए। मेरे भयभीत अनुयायियों में से बहुतों ने किनारे लगते ही सिर झुकाकर इस महान्

नद का नमन किया जिसने उन्हें सुरक्षित अपने एक तट से दूसरे तट पर पहुंचा दिया था यद्यपि जैसा कहा तटों का कहीं अता-पता नहीं था। दोनों तरफ जल उनको तोड़कर दूर-दूर तक विस्तृत हो गया था।

मेरे मन में एक बात पुनः आई। मैंने श्रुतिगोपाल को पास बुलाया और धीरे-धीरे कहा, "श्रुति इन नादानों को ज्ञान कब आएगा?"

"सद्गुरु?" श्रुतिगोपाल कुछ नहीं समझकर बोले।

"देखो न ये भीरू इस जल को नमस्कार कर रहे हैं। जैसे इसी ने इनको पार किया हो। इसका चलता तो यह कभी इन्हें समाधि दे देता—जल-समाधि। जिसने इन्हें पार किया, उस खेवनहार का इन्हें कोई ख्याल नहीं न? इनको लेकर आगे का कार्यक्रम कैसे चलाओगे? अविश्वासी हैं ये उस सर्वसमर्थ की शक्तिमत्ता के प्रति। दूसरों को कैसे आश्वस्त करेंगे ये?"

"सद्गुरु चिंता नहीं करें," श्रुतिगोपाल ने निवेदित किया, "मृत्यु के साक्षात् तांडव के दर्शक बने हैं ये। भयभीत होना स्वाभाविक है। ऐसी स्थितियां जीवन में शायद ही अधिक बार आती हैं। ये आगे ऐसा आचरण करने से रहे। सद्गुरु के संसर्ग में आते ही ये फिर यथावत् हो जाएंगे।"

"भय इस बात का नहीं श्रुतिगोपाल!"

"तब?"

"यह विडंबना नहीं तो और क्या है कि जब मैं परमेश्वर के सिवा किसी और सत्ता के सामने यहां तक कि देवी-देवताओं के सामने भी सिर झुकाने का विरोधी रहा हूं ये जलीय लहरों को भी प्रणाम किए जा रहे हैं।"

"मृत्यु का भय सद्गुरु सहसा सभी के मन से नहीं निकल जाता। ये समझते हैं कि इस नद ने ही कृपा कर, इन्हें प्रायः निश्चित मृत्यु के मुख से बाहर निकाला है, अतः ये इसके प्रति अपनी कृतज्ञता ज्ञापित कर रहे हैं। ऐसे भी श्रीमान् को पता है कि इनमें अधिकांश कच्चे घट हैं। बहुत तो विनोदवश हमारे साथ लग गए। इनके इस आचरण को लेकर सद्गुरु को चिंतित नहीं होना चाहिए।"

"ठीक कहते हो। अभी बहुत सारे कच्चे घट ही हैं। इनमें से कुछ को परिपक्व होने में कुछ समय लगेगा।" मैं इतना ही बोलकर चुप कर गया। कहना यह भी चाहता था कि अब शेष लोगों को परिपक्व करने का दायित्व तो तुम्हारा ही होने जा रहा है पर मैं अभी श्रुतिगोपाल को असंतुलित और अव्यवस्थित नहीं करना चाहता था।

हम बीहड़ जंगलों, बियाबानों को पार करते आगे बढ़ते गए। मेरा शरीर अब शिथिल हो चला था। मैं दो व्यक्तियों के स्कंधों का सहारा लेकर चल रहा था। श्रुतिगोपाल और पद्मनाथ अक्सर मेरे सहायक बनते। पद्मनाथ मुझे लौटते समय बंग और उत्तर प्रदेश की सीमा पर मिल गए थे। वे कुछ शिष्यों के साथ प्रचार के साथ-साथ हमारे अन्वेषण में भी निकले थे।

मैं यह बात सुनते ही मुसकराकर बोला था, "पद्मनाथ तुम्हें लग रहा था कि असम के व्याघ्र-सिंह हमें उदरस्थ कर गए होंगे। नहीं? अरे वे सारे राम-भक्त हो गए हैं।

कम-से-कम मनुष्यों पर मुंह मारना तो छोड़ ही चुके हैं।"

"नहीं सद्‌गुरु को लेकर हमें किसी हिंसक जंतु का भय नहीं था। अहिंसा के अवतार का क्रूरतम से क्रूरतम हिंसक भी क्या अहित कर सकते हैं? हम तो सद्‌गुरु का दीर्घ काल तक सत्संग नहीं उपलब्ध होने के कारण व्यथित हो आए थे।"

मेरे मन में आया कह दूं अब कब तक इस संग को उपलब्ध होना है? पर अभी से लोगों को अव्यवस्थित करना उचित नहीं था।

हम मार्ग में जहां-तहां पड़ाव डालते और अपने पंथ का प्रचार करते अंततः वाराणसी के समीप पहुंचने-पहुंचने को हुए।

इसके पूर्व कि वहां पहुंचते मगहर (गोरखपुर के समीप) कुछ दिन व्यतीत करना पड़ा। वहां श्रद्धालुओं की संख्या अधिक ही थी। हिन्दुओं-मुसलमानों दोनों की। वे मेरी सेवा-सुश्रुषा में लग गए।

कठिन यात्रा से मैं शिथिल हो आया था। मन में राम का आवास था अतः उसे क्या होना था? यह यथावत् स्वस्थ और सानंद था। भक्ति की आनंददायिनी लहरियां अब भी उसे आह्लाद के झूलों पर डुलाती थीं पर शरीर तो श्लथ हो ही चला था। मन-प्राणों की बैसाखी अब उसे खड़ा रखने में समर्थ नहीं हो रही थी।

गोरखपुर का मुहम्मदपंथीय नवाब बिजुली खां मेरा विशेष भक्त हो आया था। उसने मेरे विश्राम की विशेष व्यवस्था कर रखी थी। मेरे उपचार के लिए वैद्य-हकीमों की टोली भी लगा रखी थी। किंतु उस नवाब को यह कहां पता था कि शून्य को शून्य में मिलने में अब विशेष समय नहीं था। मृत्यु का भी कोई उपचार होता है? ऐसे भी मुझे इस धरती पर सदा बने रहने का शौक भी कहां था? पर मन सबका रखना था। मन को दुखाना राम को दुखाना है। है कि नहीं। पर कितने ऐसी समझ रखते थे। वर्ना आए दिन इतने दिल कैसे टूटते रहते? इतने अपने विराने कैसे होते जाते? इतने सांप्रदायिक और जातीय विवाद क्यों होते? नतीजा नर-संहार तक कैसे पहुंचता? पता नहीं मानव कब पशु होने से रुक पाएगा? पता नहीं,कितनी स्थितियों में तो वह पशु से भी बदतर होने से नहीं चूकता। पशुओं से उसकी तुलना कीजिए तो पशु उसे अपना अपमान ही समझेंगे।

नवाब बिजुली खां और मगहर के हिन्दू-मुसलमान शिष्यों की मुहब्बत के वश हो मुझे काफी दिन मगहर में गुजारने पड़े। ऐसा प्यार तो वाराणसी में भी नहीं मिला था। प्रेम से तो मन को पसीजना ही है आखिर खालिस इसी तत्त्व से वह निर्मित जो है। क्या गलत कह रहा हूं कुछ?

अंततः मगहर छोड़ने का समय किसी-न-किसी प्रकार आ ही पहुंचा। कई बार हम वाराणसी के लिए प्रस्थित होने को प्रस्तुत हुए पर हर बार मगहरवासियों का प्रेम पैरों की बेड़ी बनकर रह जाता।

लोगों का अनुरोध था कि अब जीवन के शेष दिनों के लिए मैं मगहर का ही होकर रह जाऊं। मैं तो इस प्रस्ताव पर चुप होकर ही रह जाता पर श्रुतिगोपालजी और पद्मनाथजी एकांत में मेरे समक्ष इसका घोर विरोध करते।

"सद्‌गुरु का शरीर हमारे दुर्भाग्यवश अब पंच तत्त्वों में मिलने को आतुर है।

ऐसी स्थिति में वाराणसी नहीं पहुंचना मूर्खता होगी। ईश्वर नहीं करे अगर सद्‌गुरु का तन यहीं पंचभूतों में विलीन हो गया तो यह बहुत बड़ा दुर्भाग्य होगा।" वे आंखों में अश्रु भरकर बोलते।

"क्यों?" मैं निर्बल स्वर में पूछता।

"मगहर में मृत्यु को प्राप्त होने से सद्‌गति किधर से मिलेगी? काशी तो मोक्षदायिनी है।"

मैं मुसकराकर रह जाता। वे उसका अर्थ नहीं समझकर भौंचक-सा मेरा मुंह देखते रह जाते। उनकी आंखें अपने में कोई प्रश्न टांक लेतीं पर इस प्रश्न के समाधान का अभी अवसर नहीं आया था, अतः मैं चुप ही हो जाता।

•

अभी वाराणसी मुझे पुकार रही थी। श्रुतिगोपाल और पद्मनाथजी के द्वारा बताए जा रहे कारणों के फलस्वरूप नहीं। जीवन का अधिकांश जहां व्यतीत किया था उस धरती को अंतिम प्रणाम प्रदान करना था कि नहीं? जो शिष्य वर्षों से मेरे विछोह की अग्नि में जल रहे थे उनके दर्द पर अपनी उपस्थिति का शीतल जल इस वक्त भी नहीं डालना था? जिन लोगों ने काशी से भरी आंखों से मुझे विदा दी थी उनके अश्रु-जल को पोंछने का समय आ गया था कि नहीं?

मेरे बहुत प्रयास के पश्चात् मगहर के लोग और नवाब बिजुली खां इसी शर्त पर मुझे वहां से आने की अनुमति देने को सहमत हुए कि मैं काशी में कुछ समय व्यतीत कर शीघ्र ही मगहर वापस लौटूंगा और अपने जीवन के अंतिम काल में उन्हें ही अपनी सेवा-सुश्रुषा का अवसर दूंगा।

मैं सहमत हो गया। श्रुतिगोपाल और पद्मनाथजी चौंके।

"सद्‌गुरु ने यह क्या कह दिया?" उन्होंने एकांत में पूछा, "क्या सद्‌गुरु सचमुच अंतिम प्रयाण के समय मगहर लौटने का मन बना चुके हैं?"

"और क्या? मैं अपने को साधु ही किस भरोसे कहता हूं, अगर अपने वचन की रक्षा भी नहीं कर सकता? राम-भक्त, मिथ्या-भाषण ही करता है क्या?"

"यह अनर्थ होगा सद्‌गुरु!" वे मुंह लटकाकर बोलते।

मैं पुनः अंदर-ही-अंदर मुसकराता और कहता, "नादान हैं आप लोग। समय आने पर सब कुछ समझ जाइएगा।"

दूर तक मगहरवाले हमें विदा करने आए। नवाब बिजुली खां भी पांव-पैदल ही सभी के साथ आया। उसकी भक्ति अकृत्रिम थी, यह बात समझने में मुझे विशेष समय नहीं लगा।

"नवाब तुम अब इन लोगों के साथ अपने स्थान को लौट जाओ। मैं वचन दे चुका हूं। मैं अवश्य लौटूंगा यहां।" मेरे बहुत समझाने और मेरे बार-बार यह आश्वासन देने पर ही कि मैं अवश्य अपने अंतिम प्रयाण के पूर्व यहां आऊंगा, लोग हमें छोड़कर गए। लौटते-लौटते भी अपना अनुरोध बार-बार दुहराते रहे—"सद्‌गुरु अवश्य शीघ्र ही

दर्शन देंगे।" मैं कई बार मन-ही-मन व्यथित हुआ—ये लोग इतने आतुर क्यों हो रहे, मेरे कथन पर विश्वास क्यों नहीं कर रहे? बार-बार एक ही रट क्यों लगा रहे हैं? मेरे बहुत दिनों के बाद जब तुलसी ने लिखा—'आरत के हिरदय नहीं चेतु, बार-बार कहे आपन हेतु' तब मुझे उनकी उस स्थिति का सही अनुमान हुआ।

मैं वाराणसी पहुंचा तो बहुत कुछ पहले ही की तरह नहीं था। मेरा भव्य स्वागत हुआ वहां अवश्य पर वे बहुत सारे चेहरे उस भीड़ में नहीं थे जो मेरे वहां से जाते समय थे। कई वृद्ध दिवंगत हो चुके थे।

मुझे दुःख हुआ और मैं यथाशीघ्र स्वागतकर्त्ताओं से मुक्ति पा अपने स्थान की ओर चला। श्रुतिगोपाल और पद्मनाथजी के स्कंधों पर ही मेरा भार था।

कबीरचौरा बहुत विकृत हो चुका था—देखभाल के अभाव में। मैंने पीछे आते शिष्यों को उसे यथाशीघ्र ठीक-ठाक करने को कहा।

कुछ देर पश्चात् सभी से मुक्ति ले मैं अपनी झोपड़ी में आ पड़ा—आंगन की टूटी खाट पर ही। निढाल।

आंखें थकान से स्वयं ही बंद हो गईं। राम-राम का जप अंदर-ही-अंदर फिर भी जारी रहा। अजपा जप।

सहसा पैरों पर किसी कोमल स्पर्श का अनुभव हुआ और साथ ही गर्म जल से उनके प्रक्षालित होने का भी।

श्रम-शिथिल आंखें खुलीं। मंद पड़ती नेत्र-ज्योति से उधर दृष्टिपात किया। पैरों पर किसी का मस्तक पड़ा था। ध्यान से देखने का प्रयास किया। कुछ समझ में नहीं आया। कोई नारी-मस्तक ही लग रहा था। सिर के सारे केश कांस के श्वेत फूलों की तरह सफेद हो आए थे। अश्रु-प्रवाह निरंतर जारी था।

अवश मैं उठा। श्वेत केशों पर हाथ रखा, "कौन?"

सिर उठा। मुख सामने हुआ। झुर्रियों से भरा चेहरा। जैसे किसी कृषक ने धरती के किसी टुकड़े पर बेदर्दी से हल चलाया हो। पहचान की एक रेखा मेरे चेहरे पर उभरी। मैंने हाथ को झट से वहां से हटाया, "धनिया तुम?"

"हां साईं! पर अब यह परहेज क्यों? इस जर्जर शरीर और मृतप्राय मन में भी कहीं, किसी कोने में कोई कामना-वासना सिर उठाती दिखती है क्या? भौतिक प्रेम की कोई छाया? सब कुछ तो बुझते दीपक के स्नेह (तैल) सा कभी का जल गया। निःशेष। अब कैसे अस्पृश्य रह गई मैं?"

मेरी बूढ़ी आंखों से आंसू का सैलाब उमड़ आया। अकस्मात् जाग्रत पश्चाताप और शर्म की अग्नि से अंतर् दग्ध हो आया। मुश्किल से बोला, "नहीं धनिया तुम अस्पृश्य नहीं हो। तुम विशुद्ध प्रेम की साक्षात् प्रतिमूर्ति हो, त्याग की वंद्य देवी। मेरे दंभ को क्षमा करना। मैं ही सदा दिग्भ्रमित रहा। तुम्हारे निःस्वार्थ, नैसर्गिक प्रेम के समक्ष मेरा संकीर्ण सोच कहीं नहीं ठहरता। मैं हीरे को कांच और कमल-पुष्प को निर्गंध मदार-फूल मानने का दोषी हूं। मैं सदा निष्पाप आसक्ति को अपवित्र रागात्मक आकर्षण मानने की अज्ञानता का आखेट रहा। मेरे इस पाप का कोई प्रायश्चित नहीं। हे राम!

क्षमा कर पाओगे मेरे उद्धत अहंकार और अमर्यादित दंभ को? कैसी भक्ति की मैंने तुम्हारी कि प्रेम-भक्ति पूरित और श्रद्धा-भाव से छलछलाते एक नारी-मन के प्याले को सदा अपने पैरों के निष्करुण ठोकर से ठुकराता रहा?"

"नहीं, नहीं साईं!" दुर्बल स्वर उठा, "अपने को नहीं कोसें। आप मेरे देवता रहे हैं, हैं। देवता सदा निष्पाप होता है। आपने कोई अपराध अथवा पाप नहीं किया जिसके प्रायश्चित की आवश्यकता हो। पश्चाताप की। आपका कीर्ति-ध्वज आकाश-स्पर्शी होता गया है, मैं सब कुछ सुन-जानकर प्रफुल्लित होती रही हूं। पूरी तरह आप्त काम हूं मैं। सांसें कभी का साथ छोड़ रही थीं, आपके आगमन की प्रत्याशा में ही वे नहीं टूटीं। अब ··· साईं ··· अब ··· साईं ··· मुझे मुक्त होने ··· दें।" हिचकियां बंध गईं।

"नहीं, नहीं ··· धनिया यह क्या ··· ?" मैं हड़बड़ाकर बोला, "··· मैं ··· तो ··· आज ··· तक ··· तुम्हें ··· दो ··· मीठे बोल ··· भी नहीं ··· दे सका ··· । अभी नहीं ··· धनिया! दो क्षण ··· दो मुझे। मैं ··· तुमसे ··· एकाध ··· प्रेमपूर्ण ··· बातें ही ··· कर ··· लेता।"

"नहीं, नहीं साईं ··· क्षमा करना ··· मेरे पास ··· अब ··· समय ··· नहीं रहा ··· । जाने फिर कब इन ··· पाक पैरों ··· का यह ··· स्पर्श ··· मिले या ··· नहीं मिले ··· । मैं चली स्वामी। ··· चली ··· । शायद ··· उस लोक में ··· शायद ··· उस ··· जन्म में ··· साईं ··· मैं तुम्हारे ··· लायक बन ··· सकूं। साईं!" और धनिया का सिर एक ओर लुढ़ककर रह गया। कभी नहीं हंसने और रोने का आदी मैं फफककर रो पड़ा, "धनिया ··· मेरी धनि ··· ।"

42

जिसका सब कुछ लुट गया हो उसे आप किस प्रकार सांत्वना दे पाएंगे?

धनिया गई। पता लगा लोई 'साईं ··· साईं' करते वर्षों पूर्व ही इस धरती को अपना अंतिम निवेदन दे गई।

कमाल पूरी तरह वृद्ध हो आया था। केश श्वेत और कमर कमान।

वह मेरी सेवा में लगा रहा। पर उसे ही अब सेवा की आवश्यकता थी।

मेरा मन पूरी तरह उचट गया। सारे भौतिक संबंध निःशेष हो गए थे। व्यर्थ। बेमानी।

राम पुकार रहे थे। कुछ नहीं था यहां अब।

वाराणसी में मन-ही-मन रोते-बिलखते मेरे जीवन के दो और वर्ष व्यतीत हो गए। राम से लौ फिर भी लगी रही। यह तार नहीं टूट सकता था।

कबीरचौरे पर निरंतर दर्शनार्थियों की भीड़ उमड़ती रही। मैं दुर्बल स्वर में सदा अपने राम का गुणगान करता रहा। लोगों को सुपथ दिखाता रहा। ऊंच-नीच, हिन्दू-मुसलमान के भेद को समाप्त करने की बातें करता रहा।

पर अब नहीं। अब कुछ नहीं हो पाता था। राम की पुकार बढ़ती जा रही थी। जाना चाहिए था। एक सौ बीस पूरे होने में अब शायद कुछ माह ही शेष थे।

"मेरे प्रस्थान का प्रबंध करो।" मैंने श्रुतिगोपाल और पद्मनाथ को एक दिन पास

बुलाकर कहा।

"अभी? कहां सद्‌गुरु? परमधाम को?" वे विगलित स्वर में बोले।

"नहीं, नहीं, मगहर के लिए।" मैंने अपना निर्णय सुनाया।

"नहीं, सद्‌गुरु। अंतिम प्रयाण के समय काशी से अच्छा कोई स्थान नहीं।" श्रुतिगोपाल आंखों से अश्रु प्रवाहित करते बोले।

"क्यों? मगहर क्या बुरा है?"

"है।" श्रुतिगोपाल और पद्मनाथ दोनों ने कहा।

"छोड़ो, मैं वचनबद्ध हूं। जाना ही होगा मगहर।" मेरे कुछ और अनुयायी भी वहां उपस्थित हो गए थे। सबने मेरा यह निर्णय सुना। बात, बात की बात में पूरी काशी में दावाग्नि की तरह व्याप्त हो गई। अनेक, विदग्ध हृदय हो पहुंचे।

"अंतकाल में काशी को यह दारुण कष्ट नहीं दें।"

"जीवनपर्यंत वाराणसी का सौभाग्य-सूर्य इसके आसमान में चमकता रहा। अब उसके अस्ताचलगामी होने के समय कोई और आकाश नहीं ढूंढ़ें भगवन्।"

"वाराणसी विधवा हो जाएगी। उसे आज तक आपने सनाथ किया। अंतिम समय उसे अनाथ करने का निर्णय नहीं लें गुरुवर्य!"

कई लोगों ने अपने-अपने रूप में तर्क दिए। तर्क के सारे तीर मेरे निर्णय की चट्टान से टकराकर व्यर्थ हो गए। चूर।

अंत में लोगों ने अपने रूप में अंतिम प्रयास किया।

काशी के एक महान् पंडित, मिथिला-प्रदेश के एक व्यास को मेरे समक्ष लाया गया। उनकी विद्वता के साथ ही इनकी शिव-भक्ति भी चतुर्दिक् ख्यात थी।

आते ही उन्होंने मेरा नमन किया और आसन-ग्रहण कर बोले, "भगवन् क्या सुन रहा हूं?"

"क्या?"

"सुना आप मगहर के लिए प्रस्थित होने को प्रस्तुत हैं।"

"सही सुना आपने।"

"भगवान की काया क्षीण हो गई है। वयस भी शायद पर्याप्त हुई।"

"हां, एक सौ बीस छूनेवाला हूं।" मैंने स्वीकारा।

"ऐसी स्थिति में मगहर से वापस आने की संभावना भी क्षीण ही है।" व्यास ने व्यथित स्वर में कहा।

"वह तो है।" मैंने कहा।

"मगहर में प्राणांत का होना शास्त्र-सम्मत नहीं है।"

"मैंने आपके शास्त्रों को कब महत्त्व दिया?" मैंने दुर्बल पर दृढ़ शब्दों में कहा।

"............।" व्यास कुछ देर तक मौन रहे।

अपार भीड़ सागर के ज्वार की तरह उमड़ती जा रही थी। हिन्दू-मुसलमान, ऊंच-नीच, पंडित-मूर्ख, अछूत-छूत सभी एक-दूसरे के कंधे-से-कंधा मिला रहे थे। यह दृश्य मुझे पुलकित कर गया। अंततः मैं अपने जीवन का मकसद पूरा करने में सफल हो

गया। राम बहुत कृपालु थे। 'हे राम' मेरे मुंह से आभार का क्षीण स्वर निकला।

भीड़ शांत थी। निस्स्पंद। व्यास और मेरे बीच चल रहा वार्तालाप बहुत लोगों तक पहुंच रहा था।

"शास्त्र को महत्त्व नहीं दें तो लोकमत से सहमत होना पड़ेगा?" अंततः व्यास ने अपनी वाणी पाई।

"क्या है लोकमत?"

"काशी में मरने से मोक्ष-प्राप्ति होती है।"

"अच्छा!" मैंने विस्मय प्रकट किया।

"तभी तो लोग दूर-दूर से यहां आते हैं। कोई-कोई वर्षों तक मृत्यु की प्रतीक्षा कर अंततः यहीं प्राणों का विसर्जन करते हैं।"

"बड़े भोले हैं वे लोग।" मेरे व्यंग्य की पैनी धार अब भी यथावत् थी।

"क्यों?" व्यास को आश्चर्य हुआ।

"मरने को तो काशी में बहुत प्राणी मरते हैं तब तो सभी को सुगति मिलती होगी? मुक्ति?"

"नहीं समझ सका मैं।"

"मेरा मतलब अनेक 'शूकर-कूकर' यहां नित्य मरते हैं। पतित-पावनी गंगा में ही नित्य सैकड़ों मछलियां एवं अन्य जल-जीव मरते हैं, वे तो सीधे मोक्ष को प्राप्त होते होंगे? मुक्ति का द्वार उद्घाटित रहता होगा उनके लिए?" मैं बोल गया। बीच-बीच में सांसें भी उखड़ रही थीं।

"..............।" व्यास को ढूंढ़े उत्तर नहीं मिल रहा था।

"उनकी बात पृथक् है।" व्यास बोलने के लिए बोले।

"क्यों?"

"वे मनुष्य थोड़े हैं?"

"तो आपका परमेश्वर कब इतना पक्षपाती हो गया? प्राणी-प्राणी में भेद करने लगा? आपके शास्त्रों के अनुसार एक ही आत्मा विभिन्न योनियों में जाती है तो मछलियों और कछुओं, मगरमच्छों और घड़ियालों ने ही क्या अपराध किया है कि ये प्राणी मरणोपरांत मनुष्य की तरह ही मुक्त नहीं हों या कम-से-कम अपनी निकृष्ट योनि को त्यागकर मनुष्य ही नहीं बन जाएं? है ऐसा कोई उदाहरण? कुछ कहते हैं आपके शास्त्र इस संबंध में?"

"नहीं।"

"तब?"

"एक बात मानिए, गुरुवर्य से करबद्ध अनुरोध है।"

"क्या?"

"काशी में मरनेवालों के कान में भगवान सदाशिव तारक मंत्र देते हैं। उसे स्वयं मोक्ष प्रदान करते हैं।"

"आपने देखा है इसे?"

"यह कैसे संभव है ?" व्यास विवश हुए।

"तो फिर? बिना देखे की प्रतीति कैसे? आप तो जानते हैं 'मैं कहता आंखन देखी'।"

"............।" व्यास फिर मौन।

"कुछ और बोलना है ?" मैंने पूछा।

"अब क्या कहूं ? भगवान से तर्क में कौन पार पा सकता है ? कहना इतना ही है कि यह तो जगत्-विख्यात है कि काशी मुक्ति-प्रदायिनी है। शास्त्र की बात नहीं मानें। लोकमत नहीं मानें तो युग-युग से आते विश्वास को तो मान्यता देंगे ?"

"व्यासजी एक बात बोलें ?" मैंने अंततः कहा।

"सद्‌गुरु !"

"अगर काशी में ही मरने से मुझे मुक्ति मिलनी है तो जीवनपर्यंत मैं राम-राम क्यों करता रहा ? वह राम ही क्या जो काशी में मुक्ति दिला सके और मगहर में मुक्ति देने में असमर्थ हो जाए। मैं मगहर में ही प्राणांत करूंगा—

क्या काशी क्या मगहर ऊसर, जो पैं हरदय बस मोरा।
जो काशी तन तजे कबीरा, राम ही कौन निहोरा॥

●

तर्क समाप्त हो गया।

मगहर के लिए मैं प्रस्थान कर गया। श्रुतिगोपाल और पद्मनाथ के स्कंधों पर हाथ दे राम का स्मरण करते मैं काशी से बाहर आ गया—मगहर के पथ पर। मैं आभारी हूं काशीवासियों का। दूर तक, हजारों की संख्या में वे मुझे छोड़ने आए। कई रोते। कई मूक आंसू बहाते। कई मगहरवासियों और विशेषकर नवाब बिजुली खां को कोसते कि उन्हीं लोगों ने असम-यात्रा से लौटते समय मेरी विशेष सेवा-सुश्रुषा कर मेरा मन मोह लिया। मुझे वचनबद्ध कर लिया। मेरे बहुत समझाने-बुझाने पर वे रोते-धोते वापस हुए। मेरे कुछ पचास एक शिष्य फिर भी साथ रह गए।

●

अंतिम प्रयाण की कहानी करुण है। आमी नदी के तट पर कुछेक दिन विश्राम करने के पश्चात् ब्रह्मरंध्र को चीरकर मेरे प्राण ऊर्ध्वगामी हुए। ज्योति से ज्योति मिल गई तो मेरे प्राणहीन शरीर को लेकर हिन्दुओं और मुसलमानों में विवाद हो गया। एक जलाने को तैयार थे तो दूसरे दफनाने को। मेरे जीवन-भर के श्रम पर पानी फिरता नजर आया तो बिजुली खां ने यत्न निकाला। मेरे शव के ऊपर डाले गए पुष्पों को दो भागों में विभक्त कर दोनों संप्रदायों को दे दिया गया और मेरे शव को मेरे साथ गए कमाल को प्रदान कर दिया गया।

मगहर से लेकर वाराणसी तक शोक का साम्राज्य विस्तृत हो गया। मैं लोगों की नादानी पर मुसकराता रहा।

अथ कबीर उवाच

मेरी रूह अब इस निरीह लेखक के सिर से उतरकर जा रही है। सबको राम-राम सबकी खुदा खैर करे। पर जाने के पूर्व कुछ बातें।

घबराएं नहीं। अब मुझे बहुत नहीं कहना है। केवल एक-दो बातें।

एक बात कि मैंने प्रतिज्ञा की थी कि मैं अयोध्या-विवाद का हल दूंगा।

मेरी बात मानेंगे आप? मस्जिद तो आप तबाह ही कर चुके। वहां एक नन्हा-सा मंदिर बना रखा है। नहीं? वहां पुलिस का पहरा भी बैठा दिया है।

धन्य हुए मेरे राम जो सबके पहरुआ हैं, उन पर भी पहरा! खैर मैं कह रहा था कि मुझे न मस्जिद से कुछ लेना, न मंदिर से। आपको बता ही चुका मुझे दोनों में विश्वास नहीं। न मस्जिद में खुदा का वास है, न मंदिर में राम का, परमेश्वर का। आप कहते हैं राम वहां पैदा हुए। जन्मभूमि है वह उनकी। मैं कह चुका हूं, राम, कृष्ण कभी नहीं पैदा होते। निराकार आकार नहीं ग्रहण किया करता। अवतार नहीं लेता परब्रह्म। किसी दशरथ का कोई पुत्र वहां पैदा हुआ होगा। मेरा राम नहीं। उसी तरह चिंता छोड़िए खुदा की, अपने परवरदिगार की। एक और मस्जिद, एक और मुल्ला के बांग देने के लिए वहां खड़ी करने की मूर्खता पर नहीं उतरिए।

राम का मंदिर मन है, मानव-मन। खुदा की मस्जिद भी वही है।

तो मानव के लिए ही कुछ कीजिए। इंसान के लिए। उस सारी भूमि पर कई वासस्थल बना दें। मकान। काशी में बहुत-से हिन्दू-मुसलमान बिना घर-बार के हैं। उनमें कुछ को ही सही इन मकानों में साथ-साथ बसा दीजिए। इंसान का मन प्रसन्न हो जाएगा। मानव-मन प्रफुल्लित होगा तो राम और खुदा भी खिल आएंगे। सांप्रदायिक सद्भावना का एक अद्भुत उदाहरण भी आप प्रस्तुत करेंगे इस रूप में। जो हिन्दू-मुसलमान मंदिर-मस्जिद के नाम पर एक-दूसरे के खून के प्यासे रहे वे साथ-साथ रहकर एक-दूसरे के मध्य प्रेम बांटेंगे। मुहब्बत पनपेगी वहां। मानिए मेरी बात तो यही कीजिए। ऐसे, आप कीजिएगा वही जो आपके मन में आएगा। जब साठ वर्ष के बूढ़े माता-पिता की बात आपको काट खाने दौड़ती है तो इस साढ़े पांच सौ वर्ष के बूढ़े की बात कौन सुनेगा?

दूसरी बात है इस लेखक को लेकर। मेरी नजर में मेरी कथा के साथ न्याय ही किया है इसने। आपकी नजर में यह खरी उतरी कि खोटी, आप तौलिए।

हां, इसने आपकी दृष्टि में एक अपराध शायद किया हो। भाषा के प्रति अपने

पूर्वाग्रह से यह अपने को मुक्त नहीं कर पाया। कहीं-कहीं मुझसे उर्दू-फारसी के अल्फाज भी बुलवाए हैं, पर प्रमुखता इसने अपनी तत्सम शब्दावली को ही दी है। मेरे मुख से अनेक बार संस्कृत के कठिनतम शब्दों को भी उगलवाया है।

इसके पास इसका शायद कोई उत्तर नहीं है पर मेरे पास है।

पहली बात तो यह कि मैंने इस औपन्यासिक आत्मगाथा के आरंभ में ही इसे भाषा के प्रयोग में स्वतंत्रता दे दी थी। इसने उसी स्वतंत्रता का प्रयोग आद्यंत किया है तो इसमें आप इसे किधर से दोषी बनाएंगे?

दूसरी बात है कि मेरी अपनी भाषा ही क्या थी? ईमानदारी से कहूं तो भोजपुरी। तो यह आत्मगाथा भोजपुरी में तो लिखी नहीं गई। हुआ प्रयोग हिन्दी भाषा का ही न? अब इस भाषा के स्वरूप के निर्धारण का अधिकार तो लेखक को देना ही पड़ेगा। कि नहीं?

फिर भी मेरी आत्मा संतुष्ट लौट रही है। मेरे लेखक ने मुझ पर एक मेहरबानी अवश्य की है। तत्सम शब्दों का भी इसने प्रयोग किया है तो एक सीमा तक ही। वह भी कहीं-कहीं। क्लिष्ट शब्द तो नहीं ही है प्रायः। कहीं वह अपनी सर्वप्रिय भाषा पर उतरता तो यह पुस्तक दूसरा 'पवनपुत्र' बन आती। नहीं, मैं एहसान के रूप में इसकी इस पुस्तक का प्रचार नहीं कर रहा। आपको पता है किसी को मैंने अपने समक्ष कभी लगाया नहीं। इस लेखक को क्या घास डालूंगा? पर नहीं पढ़ी हो तो इसकी पुस्तक 'पवनपुत्र' तो पढ़ ही लीजिए। वह इसलिए कि तब पता लगेगा कि सचमुच इसकी संस्कृतनिष्ठ तत्सम शब्दावली क्या होती है। अगर उस भाषा में मेरी आत्मगाथा आती तो मैं अपना सिर ही पीट लेता। मैं आम आदमी हूं। ले-देकर यह पुस्तक आम आदमी की भाषा में ही है। आम आदमी तक यह पहुंचेगी। वह इसे पढ़-समझ पाएंगे।

अगर अपनी भाषा को प्रायः आम आदमी की भाषा के स्तर पर उतारने में मेरे लेखक महोदय को उनकी लेखकीय गरिमा कहीं से गिरती नजर आ रही है तो मैं चाहूंगा एक ग्रंथ में यही सही। दूसरे में अपना पांडित्य प्रकट कर लीजिएगा। मेरी भी दुआ रहेगी साथ में, क्यों?

अच्छा एक बार फिर राम-राम, खुदा-हाफिज।

●●●